JE TUE

Giorgio Faletti

JE TUE

ÉDITIONS FRANCE LOISIRS

Titre original : *Io Uccido*,
Éditeur original : Baldini & Castoldi S.p.A.
Traduit de l'italien par François Rosso

Édition du Club France Loisirs,
avec l'autorisation des Éditions Flammarion.

Éditions France Loisirs,
123, boulevard de Grenelle, Paris.
www.franceloisirs.com

ISBN 2-7441-7561-7

À Davide et Margherita

Par la route la mort va,
couronnée de fleurs d'oranger fanées.
Elle chante, chante une chanson
sur sa guitare blanche,
et chante, et chante, et chante.

Federico García Lorca

PREMIER CARNAVAL

Il est un homme et personne.

Voilà des années qu'il promène un visage plaqué sur sa boîte crânienne et une ombre cousue à ses pieds, mais il n'a pas encore réussi à décider lequel des deux est le plus pesant. Quelquefois, il éprouve une envie irrépressible de les arracher de lui pour les suspendre à un clou, puis de s'effondrer à tout jamais sur le sol, comme un pantin auquel une main compatissante aurait coupé ses ficelles.

À d'autres moments, la fatigue fige sa pensée et l'empêche de discerner que la seule issue raisonnable serait de s'abandonner à une course effrénée vers la folie. Ce qui l'environne n'est plus alors qu'une interminable précipitation de visages, d'ombres et de voix, ceux de gens qui ne se posent aucune question, acceptent passivement que la vie soit ce voyage d'ennui et de souffrance inexpliqués, et se bornent à envoyer de temps à autre quelques cartes postales idiotes.

Là où il se trouve en ce moment, il y a de la musique, des corps en mouvement, des bouches qui sourient, des paroles échangées. Il se tient parmi tout cela, élément anonyme offert à la curiosité de ceux qui voudraient prendre une photo et la verront jour après jour se faner.

Il s'appuie à une colonne, en pensant que tous ces gens sont des inutiles.

En face de lui, de l'autre côté de la salle, attablés l'un près de l'autre sous la grande verrière qui donne sur le jardin, deux personnes : un homme et une femme.

Elle, dans la lumière diffuse, est subtile et douce comme la mélancolie. Ses cheveux sont noirs, ses yeux verts si grands et lumineux qu'il les voit distinctement malgré la distance. À son côté, l'homme n'a d'yeux que pour sa beauté et lui parle à l'oreille, pour qu'elle l'entende malgré la musique tapageuse. Ils se tiennent par la main et elle rit des mots tendres qu'il lui glisse, renversant la tête en arrière, puis enfouissant son fin visage au creux de l'épaule de son compagnon.

Tout à l'heure, elle a tourné un bref instant la tête dans sa direction, peut-être inconsciemment troublée par le regard fixe que pose sur leur couple cet homme appuyé à une colonne, et cherchant la raison du léger malaise qu'elle éprouvait. Leurs yeux se sont croisés, mais ceux de la jeune femme, indifférents, ont glissé fugacement sur son visage comme sur le reste du monde qui l'entoure. Ensuite, elle a recommencé d'offrir le miracle de ses yeux verts à l'homme qui l'accompagne et qui lui rend son regard, le même regard, imperméable à tout message, hormis la présence de son aimée.

Ils sont jeunes, beaux, heureux.

L'homme appuyé à la colonne a décidé qu'ils allaient mourir.

1

Jean-Loup Verdier pressa le bouton de la télécommande et, pour ne pas respirer de gaz d'échappement dans l'espace restreint du box, attendit que la porte métallique fût à demi relevée pour démarrer son moteur. La lumière des phares troua l'écran noir de l'obscurité. Quand la porte fut entièrement ouverte, il appuya sur l'accélérateur et fit avancer lentement son petit coupé Mercedes dans la cour, tout en pressant cette fois le bouton de fermeture, la télécommande au-dessus de sa tête. En attendant le « clang » de la porte qui se verrouillait, il contempla un instant le panorama qu'on découvrait de sa cour.

Monte-Carlo était un lit de ciment sur la mer. Sous ses yeux, la ville était presque sans forme, enveloppée dans une vapeur légère qui reflétait les lumières du soir. Juste en contrebas, les courts du Country Club – déjà en territoire français – où sans doute s'entraînait quelque vedette du tennis international, étaient illuminés. Un peu au-delà se dressait comme un long doigt raide le gratte-ciel de Parc Saint-Roman, un des plus hauts de la Principauté. Plus loin, vers Cap-d'Ail, sous le rocher de la vieille ville, on devinait le quartier de Fontvieille, arraché à la mer mètre par mètre, bribe par bribe.

Il alluma simultanément une cigarette et l'autoradio,

réglé sur Radio Monte-Carlo. En conduisant sa voiture le long de l'allée en pente qui menait à la route, il actionna l'autre télécommande, celle de la grille. Puis il tourna à gauche et descendit sans hâte vers la ville, capote baissée, en respirant l'air déjà chaud de la fin du mois de mai.

La radio diffusait *Pride*, un titre de U2, dont le fond rythmique à la guitare était reconnaissable entre mille. Il sourit. Stefania Vassallo, l'animatrice de l'émission qui passait à cette heure, était habitée d'une passion inconditionnelle pour « The Edge », le guitariste du groupe irlandais, et ne perdait aucune occasion de glisser un ou deux U2 dans son programme. Au siège de RMC, on l'avait taquinée pendant des mois sur l'expression rêveuse qu'elle arborait comme un maquillage des grands jours quand, après bien des efforts, elle avait enfin obtenu une interview de ses idoles.

En parcourant la route tout en virages qui, de Beausoleil, conduit vers le centre-ville, il se surprit à battre la mesure de son pied gauche, tandis que Bono, de sa voix chargée de rouille et de mélancolie, racontait l'histoire d'un homme venu *in the name of love*.

Il y avait dans l'air un avant-goût d'été, et cet arôme intense propre aux villes maritimes du Sud – de saumure, de pin, de romarin, de volupté et de vanité. À Monte-Carlo, de vanité surtout. Et de promesses, et de paris. Promesses non tenues, paris perdus.

La mer, les pins, les romarins et les floraisons de l'été seraient encore là longtemps, infiniment longtemps après que lui et ses pareils, qui s'affairaient sur ces rivages et sur d'autres, auraient sombré dans l'oubli.

Cette pensée désabusée ne l'empêchait pas de rouler avec décontraction, jouissant de sentir le vent dans ses cheveux. Lui aussi, après tout, avait des promesses plein le cœur et des paris sur la vie. Il y avait au monde, se dit-il, des sorts pires que le sien.

Malgré l'heure, il était seul sur la route.

Il prit le bout de sa cigarette entre le pouce et l'index et le lança en l'air, suivant dans le rétroviseur sa parabole lumineuse. Il le vit tomber sur l'asphalte dans un minuscule feu d'artifice d'étincelles. La dernière bouffée de fumée se perdit dans le même souffle de vent.

Arrivé au bas de la descente, il hésita un instant sur l'itinéraire pour gagner le quartier du port. En contournant le rond-point, il opta pour un tour dans le centre et prit le boulevard d'Italie.

Les touristes commençaient à se presser dans la Principauté. Le Grand Prix de Formule I, qui venait d'avoir lieu, était le signal de l'été monégasque. À partir de maintenant, les jours, les soirées et les nuits de la Côte allaient être un va-et-vient d'acteurs et de spectateurs. D'un côté, des limousines avec chauffeur transportant des gens à l'expression suffisante et ennuyée. De l'autre, des petites cylindrées remplies de gens en sueur et plein d'admiration. Comme ceux-ci, plantés devant les vitrines éclairées que reflétaient leurs yeux. Certains se demandaient sûrement où trouver le temps d'acheter telle veste ou tel bijou ; d'autres, où trouver l'argent. Ils étaient le jour et la nuit, deux catégories extrêmes, entre lesquelles existait une variété impressionnante de nuances de gris. Beaucoup vivaient dans le seul but de jeter de la poudre aux yeux, beaucoup d'autres avec celui de s'en protéger.

Jean-Loup songea que les priorités de chacun étaient, somme toute, assez lisibles. Il était peu d'endroits au monde où leur liste fût aussi facile à établir. En première place, la chasse au pognon : certains en avaient, d'autres le convoitaient. C'était simple. Un lieu commun l'est d'autant plus qu'il contient une grosse quantité de réalité. L'argent ne fait peut-être pas le bonheur, mais en l'attendant, c'est une agréable manière de tuer le temps : telle était sans doute la conviction de tous ces gens.

Son portable, dans la poche de sa chemise, le tira de ses songeries. Il répondit sans même vérifier sur l'écran qui l'appelait, car il le devinait sans peine aucune. La voix de Laurent Bedon, metteur en ondes et coauteur de *Voices*, l'émission que Jean-Loup animait chaque soir, résonna dans son oreille, mêlée au bruissement de l'air sur le micro du téléphone.

« Daigneras-tu nous honorer de ta présence, ou allons-nous devoir nous passer de notre superstar, ce soir ?

— Salut, Laurent. J'arrive, je suis en route.

— À la bonne heure. Rappelle-toi que Robert a le pacemaker qui s'affole quand l'animateur n'est pas là une heure avant l'émission. Il a déjà les couilles qui fument.

— Les couilles aussi ? Ses foutues cigarettes, ça ne suffisait pas ?

— Apparemment, non. »

Entre-temps, le boulevard d'Italie était devenu le boulevard des Moulins. Les vitrines illuminées, de chaque côté de la rue, s'ouvraient grandes sur une mer de promesses, comme les yeux aguicheurs de putes de luxe. Et il suffisait de payer pour que ces promesses devinssent réalité...

Un léger sifflement électronique, celui du téléphone en conflit avec les ondes de l'autoradio, perturba la conversation. Jean-Loup colla son mobile à son autre oreille et le sifflement cessa. Comme si ç'avait été un signal convenu, Laurent changea de ton.

« Euh, blague à part, bouge-toi un peu. Il m'est venu deux ou trois...

— Attends. Les flics en vue », l'interrompit Jean-Loup.

Il posa vivement son téléphone et offrit à la maréchaussée son plus beau visage de faux-jeton. Il était arrivé à un feu, au carrefour de l'avenue de la Madone, et s'était arrêté sur la file de gauche. Un policier en uniforme se tenait au coin des deux rues et vérifiait que les automobilistes suivaient à la lettre les instructions de son collègue lumineux. Jean-Loup espéra avoir caché son téléphone assez vite pour n'être pas remarqué. À Monte-Carlo, on sévissait avec une grande rigueur contre les usagers du portable au volant. Et il n'avait nulle envie de perdre son temps à parlementer avec un inflexible gardien de la paix monégasque.

Quand le feu passa au vert, Jean-Loup tourna à gauche sous le regard soupçonneux de l'agent. Il le vit suivre des yeux son coupé Mercedes tandis qu'il s'engageait dans la brève descente qui passait devant l'*Hôtel Métropole*. Dès qu'il fut sûr de n'être plus vu, Jean-Loup reprit son téléphone.

« Le danger est écarté ! Excuse-moi, Laurent. Tu disais ?

— Je disais qu'il m'est venu deux ou trois idées qui me semblent envisageables, et j'aimerais bien t'en parler avant le début de l'émission. Alors, dépêche-toi.

— Comment ça, envisageables ? Comme le 32 ou le 27 ?

— Va te faire foutre, pauvre minable, répliqua Laurent, ironique mais un peu vexé.

— Comme disait je ne sais plus qui, ce qu'il me faut, ce ne sont pas des idées. Ce sont des adresses.

— Arrête de dire des conneries et arrive en vitesse, plutôt.

— Message reçu. Désolé, je suis à l'entrée d'un tunnel », mentit Jean-Loup.

Laurent coupa la communication, et Jean-Loup sourit : son collègue qualifiait toujours ses nouvelles idées du même adjectif, « envisageables ». En toute justice, il fallait reconnaître qu'en général, elles l'étaient. Malheureusement, il employait le même terme pour les numéros dont il sentait qu'ils gagneraient à la roulette, ce qui ne se vérifiait presque jamais.

Au carrefour suivant, il tourna à gauche et descendit l'avenue des Spélugues, entrevoyant bientôt les lumières de la place centrale de la Principauté où, postés face à face telles des sentinelles flanquant le casino, l'*Hôtel de Paris* et le *Café de Paris* partageaient la clarté que dispensaient les réverbères braqués sur sa façade. On avait démonté en un temps record les barrières et les tribunes amovibles érigées là pour le Grand Prix. Rien ne devait offusquer trop longtemps la sacralité païenne du lieu, entièrement dédié au culte du jeu, de l'argent et des apparences.

Il laissa derrière lui la place du Casino et emprunta sans hâte la longue pente que, peu de jours auparavant, les Ferrari, les Williams et les MacLaren avaient dévalée à une vitesse affolante. Après le virage du Portier, il sentit la brise de mer effleurer son visage et, devant lui, surgirent les lampes jaunes du tunnel. Il s'y engouffra, sentant l'air devenir plus frais dans cette atmosphère d'aquarium où la clarté artificielle mêlait les couleurs. À la sortie, il retrouva le spectacle accoutumé du port et de ses lumières, où, selon toute probabilité, quelques centaines de millions d'euros ondulaient comme tous les jours, sous forme de yachts et autres voiliers de luxe. Plus haut, le Rocher, où le Palais s'enveloppait de brillances diffuses, semblait veiller altièrement à ce que rien ne vînt troubler le sommeil du prince et de son entourage.

Malgré l'habitude, c'était un spectacle qui ne pouvait laisser indifférent, et Jean-Loup comprenait que devant une telle image un habitant d'Osaka, d'Austin ou de Johannesburg eût le souffle coupé – et attrapât une tendinite au bras à force de prendre des photos.

Il était presque arrivé. Il longea le port, où l'enlèvement des barrières continuait plus calmement, passa devant les Piscines, et, juste après La Rascasse, s'engagea dans la rampe d'accès du vaste parking souterrain creusé sous le siège de la station.

Sa voiture garée, il monta par l'escalier, au son de la musique tapageuse qui s'échappait des portes ouvertes du *Stars 'n Bars* : simple vidéo-pub, mais aussi point de passage obligé pour les noctambules de Monaco, où l'on buvait une bière avec un plat tex-mex en attendant que la nuit fût assez avancée pour investir les discothèques et autres lieux de plaisir.

Sous l'arcade du grand bâtiment abritant RMC, face au quai Antoine-Ier, s'ouvraient les portes d'une foule de commerces hétérogènes : restaurants, concessionnaires navals, galeries d'art, et les studios de Télé Monte-Carlo.

Jean-Loup arriva devant le hall vitré et pressa le bouton du vidéophone, en se plaçant juste devant la caméra pour qu'elle ne transmît qu'un gros plan de son œil droit.

La voix de Raquel, la secrétaire, s'éleva du haut-parleur, aussi menaçante qu'elle parvenait à l'être.

« Qui est-ce ?

— Bonsoir, je suis Œil-pour-Œil, le Cyclope vengeur. Vous pouvez m'ouvrir, s'il vous plaît ? »

Il recula, pour que la jeune femme le reconnût. Du haut-parleur sortit d'abord un rire étouffé, puis une voix condescendante :

« Montez donc, monsieur Œil-pour-Œil...

— Merci. Je venais vous vendre un aspirateur, mais peut-être que je me bornerai à vous regarder tendrement dans les yeux. »

Aussitôt, il entendit le déclic de la serrure. Arrivé au quatrième étage, la porte automatique de l'ascenseur coulissa et il se trouva devant le visage joufflu de Pierrot, planté sur le palier, une pile de CD dans les mains.

Pierrot était en quelque sorte la mascotte de Radio Monte-Carlo. Il avait vingt-deux ans, mais l'esprit d'un enfant du cours préparatoire. Il était un peu plus petit que la moyenne, avec un visage rond et des cheveux raides toujours ébouriffés qui donnaient à Jean-Loup l'impression comique que le garçon souriait perpétuellement caché derrière un masque d'ananas.

Pierrot était aussi l'être le plus incorruptible qu'on pût trouver à la surface du globe. Il avait le don, particulier à certaines personnalités simplettes, d'inspirer la sympathie au premier regard et, d'instinct, n'en éprouvait que pour ceux qui lui semblaient le mériter. Il ne se trompait que très rarement.

C'était un fou de musique – pop-rock, jazz, soul et cent autres choses – et, dès lors qu'il en parlait, son cerveau, pourtant déconcerté par le plus élémentaire raisonnement, devenait tout à coup aussi clair que finement analytique. Pour tout ce qui touchait aux énormes archives de la radio et à la musique en général, la mémoire de Pierrot était aussi fiable qu'un ordinateur. Il suffisait de lui citer un titre ou de lui fredonner un air pour le voir partir ventre à terre et revenir quelques minutes plus tard avec le disque contenant le morceau en question. En raison de ce point commun avec le personnage central du film éponyme, tout RMC le surnommait affectueusement « Rain Boy ».

« Salut, Jean-Loup !

— Pierrot ! Qu'est-ce que tu fais encore ici à cette heure ?

— Maman travaille tard ce soir. Il y a des invités chez Monsieur et Madame. Elle passe me prendre *un peu plus tout à l'heure.* »

Jean-Loup sourit intérieurement. Certaines expressions de Pierrot appartenaient à un idiome à part, entièrement personnel, et de son inventivité – alliée à la candeur avec laquelle il les prononçait – surgissaient parfois des bonheurs de langage extrêmement réjouissants. Sa mère gagnait sa vie comme domestique auprès d'un couple de riches Italiens résidant à Monaco.

Il les avait connus environ deux ans plus tôt devant l'entrée de la radio. Jean-Loup les avait à peine remarqués, jusqu'au moment où la mère s'était avancée vers lui et l'avait abordé timidement, avec l'air d'une femme qui s'excuse sans fin de sa présence en ce monde. Il avait compris que c'était lui qu'ils attendaient.

« Excusez-moi, monsieur. Est-ce que vous êtes Jean-Loup Verdier ?

— Oui. Que puis-je pour vous ?

— Eh bien... Excusez-nous de vous déranger, mais auriez-vous la gentillesse de donner un autographe à mon fils ? Pierrot écoute la radio plusieurs heures par jour et vous êtes son animateur préféré. »

Jean-Loup avait remarqué sa mise humble, ses cheveux qui semblaient prématurément gris. Elle devait être plus jeune qu'elle ne le paraissait. Il avait souri.

« Bien volontiers. C'est le moins que je puisse faire pour un auditeur si assidu ! »

Tandis qu'il prenait la feuille de papier et le stylo à bille qu'elle lui tendait, Pierrot s'était avancé.

« Tu es pareil. »

Jean-Loup l'avait regardé, perplexe.

« Pareil ?

— *Pareil comme à la radio.* »

Il s'était tourné vers la mère, et celle-ci avait baissé les yeux et la voix.

« Vous savez, mon fils est... Comment dire... »

Elle s'était interrompue, comme si elle cherchait un mot qu'elle connaissait pourtant depuis de longues années. Jean-Loup avait regardé attentivement Pierrot, vu sur son visage les signes de sa différence, et éprouvé de la compassion pour sa mère et pour lui.

Pareil comme à la radio...

Jean-Loup avait compris que, dans son curieux langage, Pierrot voulait dire qu'il était tel qu'il l'avait imaginé en écoutant sa voix. À ce moment, le garçon avait souri et la rue s'était comme illuminée. C'est alors qu'était née en lui l'immédiate, profonde empathie que Pierrot avait le don étrange de susciter.

« Eh bien, mon garçon, maintenant que je sais que tu m'écoutes, je peux dire que ma journée a été bonne. En remerciement, je te dois un autographe énorme ! Tu peux me tenir ça ? »

Pour avoir les mains libres, il lui avait tendu la liasse de feuillets retenus par un élastique qu'il avait sous le bras ; et, tandis qu'il écrivait quelques mots amicaux, Pierrot avait laissé courir ses yeux sur la première feuille, puis avait relevé la tête en le regardant d'un air tout content.

« Three Dog Night, avait-il dit de sa petite voix tranquille.

— Pardon ?

— La réponse à la première question, c'est Three Dog Night. Et à la deuxième, c'est Allan Allsworth et Ollie Alsall », avait répété Pierrot, avec une prononciation anglaise très personnelle.

Jean-Loup s'était rappelé qu'il avait noté sur le feuillet un questionnaire musical en vue du concours qu'il organisait chaque mois pour les fidèles de son émission. Un concours dont le premier prix était un weekend dans un hôtel de luxe, en sorte qu'il avait concocté quelques heures plus tôt une liste de questions plutôt ardues. La première était : « Quel groupe des années soixante-dix chantait la chanson *Celebrate* ? » Et la deuxième : « Comment s'appelaient les guitaristes de Tempest ? »

Pierrot les avait lues, et répondu dans l'instant. Jean-Loup avait regardé sa mère, stupéfait. Celle-ci avait haussé les épaules, comme si elle devait en appeler à son indulgence.

« Pierrot est passionné de musique. Si je l'écoutais, je le laisserais mourir de faim pour acheter des disques.

Il est... Enfin, il est comme il est, mais dès qu'il s'agit de musique, il a une excellente mémoire de ce qu'il lit et de ce qu'il entend. »

Jean-Loup avait désigné du doigt le premier feuillet de la liasse, que le garçon tenait encore.

« Tu veux essayer de répondre aux autres aussi, Pierrot ? »

Une par une, Pierrot lui avait donné quinze réponses exactes en prenant tout juste le temps de lire les questions. Aucune, pourtant, n'était facile. Jean-Loup avait du mal à en croire ses oreilles.

« Madame, savoir répondre à tout cela, ce n'est pas seulement le signe d'une excellente mémoire. Votre fils est une véritable encyclopédie ! »

Il avait repris la liasse des mains du garçon et répondu à son sourire par un sourire. Puis il lui avait montré l'entrée de Radio Monte-Carlo.

« Pierrot, ça te plairait de faire un tour à l'intérieur ? Tu verrais d'où nous émettons la musique. »

Il l'avait guidé à travers les studios, lui avait montré l'endroit d'où partaient les voix et les ondes musicales qu'il écoutait chez lui, puis il lui avait offert un Coca-Cola. Pierrot observait tout avec des yeux fascinés, les yeux scintillants dans lesquels la mère lisait la joie sur le visage de son fils. Mais l'émotion suprême était venue quand Jean-Loup lui avait ouvert la porte des archives : dans le vaste entrepôt à demi souterrain, Pierrot, découvrant cet océan de CD et disques vinyle, avait eu le visage illuminé comme une âme bienheureuse au moment d'entrer au Paradis.

Par la suite, quand tout Radio Monte-Carlo connut son histoire (son père avait pris la poudre d'escampette le jour où il avait compris que le garçonnet était handicapé, les laissant sans le sou, lui et sa mère), et surtout put apprécier l'étendue de ses connaissances musicales, on avait trouvé moyen de l'engager comme « assistant documentaliste ». Sa mère n'en revenait pas. Pierrot avait non seulement un lieu où aller et une occupation pour le distraire lorsqu'elle était à son travail, mais il touchait même un petit salaire !

Et surtout, il était heureux.

Promesses et paris, pensa de nouveau Jean-Loup. Ainsi, il pouvait donc advenir qu'une promesse fût tenue et un pari gagné. Le sort de Pierrot avait changé. C'était peu de chose, mais ce peu de chose comptait tout de même.

Celui-ci monta dans l'ascenseur, tenant d'une main la pile de disques serrée contre sa poitrine pour appuyer sur le bouton.

« Je descends dans la *grande pièce* pour ranger tout ça. Ensuite, je remonte voir l'émission. »

La grande pièce était le nom qu'il donnait à la salle des archives, mais voir l'émission n'était pas une de ses curieuses alchimies linguistiques : cela signifiait simplement que ce soir-là, il lui serait possible de s'installer derrière la grande paroi en verre pour observer de ses yeux remplis d'adoration Jean-Loup, son grand ami, son idole absolue. D'habitude, Pierrot était déjà rentré chez lui quand celui-ci arrivait pour animer *Voices*, et il l'écoutait à la radio.

« D'accord. Je te garde une place au premier rang ! »

La porte se referma sur le sourire de Pierrot, mille fois plus lumineux que l'éclairage aseptisé de l'ascenseur.

Jean-Loup traversa le palier et composa sur la serrure alphanumérique le code d'ouverture de la porte. À

impalpable qui sépare la fumée du gaz neurotoxique ! Ou bien, tu l'as déjà franchie depuis longtemps et je parle avec ton fantôme. »

Robert ne répliqua pas, aussi invulnérable aux sarcasmes de Jean-Loup qu'à son affreux tabac.

« Mon silence est l'expression de mon évidente supériorité sur l'auteur de ces plaintes de demoiselle poitrinaire. D'ailleurs, ce n'est pas pour t'entendre diffamer piteusement mes exquises cigarettes que j'ai attendu l'atterrissage de ton précieux fessier sur mon fauteuil. Précieux parce que tout le monde sait qu'il te tient lieu d'intellect... »

L'échange de vacheries préliminaires faisait partie d'un petit cérémonial qui durait entre eux depuis des années, mais, en dépit de cette familiarité goguenarde, Jean-Loup se disait qu'il était loin de pouvoir considérer son vis-à-vis comme un ami. Au fond, la causticité n'était qu'un moyen de cacher la difficulté de savoir ce que pensait vraiment, qui était vraiment, Robert Bikjalo. Peut-être un homme intelligent ; sans aucun doute extrêmement astucieux. Jean-Loup n'était pas un naïf, et il connaissait les règles du jeu dans le monde des médias privés. Il était le créateur et l'animateur de l'émission la plus écoutée de Radio Monte-Carlo, et les gens comme Bikjalo ne s'intéressent à vous qu'en fonction de l'audience que vous attirez.

« Je voulais seulement te dire ce que je pense de toi et de ton programme, avant de te chasser inexorablement à coups de pied dans ton si précieux séant et de t'abandonner sur un sinistre trottoir des bas-fonds de la Côte... »

Il s'appuya au dossier et écrasa enfin son immonde cigarette dans un cendrier rempli de cadavres. Puis il laissa tomber entre eux un silence de partie de poker, avant de reprendre du ton de quelqu'un qui s'apprête secrètement à brandir un full aux as :

« J'ai reçu aujourd'hui un odieux coup de téléphone à propos de *Voices*, émanant d'une personne très bien en cour au Palais. Ne me demande pas son nom, parce que je suis tenu au secret de la confession, surtout quand j'entends proférer des abominations pareilles... »

Le ton du directeur changea brusquement, et un large sourire révéla au moins cinquante-deux dents jaunies par le tabac russe :

« Le prince en personne a exprimé sa grande satisfaction devant le succès de l'émission. »

Jean-Loup se leva du fauteuil avec un sourire similaire, quoique plus blanc, serra la main tendue de Bikjalo, puis se rassit, le laissant poursuivre son vol sur les ailes de l'enthousiasme.

« Monte-Carlo a toujours eu une image de luxe, de richesse, mais aussi, depuis pas mal d'années, celle d'un centre international de l'évasion fiscale. Dernièrement, avec tous ces scandales financiers aux États-Unis et la crise économique rampante qui sévit un peu partout, beaucoup de gens ont connu de sérieuses difficultés... »

Il avait mentionné les « gens » comme si les maux de la planète lui inspiraient de la compassion, mais son expression ne trahissait pas un chagrin bien profond face aux infortunes d'autrui. Il prit une autre cigarette dans son paquet, en plia soigneusement l'embout entre ses doigts et déclencha avec son briquet un nouvel enfumage méphitique.

« Il y a quelques années, à cette époque, on voyait deux mille personnes se presser sur la place du Casino.

À présent, certains soirs, la même place a un air de lendemain de fête presque angoissant. L'élan que tu as donné à *Voices* en tirant l'émission vers le social est un apport très neuf et très bienvenu. Maintenant, le public peut aussi voir Monte-Carlo comme une ville où la solidarité existe, où chacun peut téléphoner pour demander de l'aide. Pour la station, je ne te cache pas que c'est sacrément revigorant. Une ribambelle de nouveaux sponsors sont apparus à l'horizon, et c'est le meilleur baromètre du succès. »

Jean-Loup haussa les sourcils et ne réprima pas un petit sourire. Robert Bikjalo était un entrepreneur dans l'âme, et pour lui, succès se traduisait par soulagement et satisfaction au moment d'établir son bilan. L'époque héroïque de Radio Monte-Carlo, celle de Jocelyn et Awanagana et d'Herbert Pagani, était bien finie. Aujourd'hui, on faisait du business.

« Le fait est que nous nous sommes bien débrouillés, tous les deux. Toi surtout, évidemment. À part la formule gagnante de départ et ses développements ultérieurs, le succès est largement dû à tes talents d'animateur et à ta capacité de les exercer aussi bien en français qu'en italien. Moi, je n'ai fait que mon travail... »

Bikjalo accompagna ces mots d'un geste large, qui prétendait exprimer une modestie tout à fait étrangère à son caractère. En réalité, Jean-Loup le savait très fier de son intuition, effectivement très aiguë du point de vue entrepreneurial. La qualité du programme et le bilinguisme de l'animateur l'avaient conduit à tenter une manœuvre qu'il avait su mener à bien avec l'entregent et l'adresse d'un diplomate consommé : le lancement d'une *joint-venture* avec Europe 2, qui émettait de

Paris et dont la ligne éditoriale était très proche de celle de RMC. Le résultat était que maintenant, *Voices* était reçue sur la plus grande partie des territoires français et italien.

Robert Bikjalo posa ses pieds sur le bureau et souffla la fumée de sa cigarette vers le plafond. Jean-Loup trouva cette posture et ce geste parfaitement institutionnels, et même allégoriques. Sans doute le président ne les eût-il pas jugés dans les mêmes termes.

Le directeur poursuivit, triomphal :

« À la fin du mois prochain, ce sont les Music Awards. Des rumeurs me sont parvenues selon lesquelles on a pensé à toi pour présenter la cérémonie. Ensuite, il y a le Festival du cinéma et de la télévision. Pour ça aussi, il semblerait qu'on ait pensé à toi. Ton étoile est en train de monter très vite, Jean-Loup ! Dans la même situation, beaucoup d'hommes de radio ont eu de sérieux problèmes pour passer le cap du visuel. Mais toi, tu as beaucoup de charme, beaucoup de présence et de charisme. Si tu es assez malin pour jouer les bonnes cartes au bon moment, j'ai bien peur que tu ne provoques rapidement un méchant bras de fer entre la télé et la radio. »

Jean-Loup sourit et regarda sa montre. Puis il se leva.

« En ce moment, c'est Laurent qui doit disputer un méchant bras de fer avec son foie. Je ne l'ai pas vu aujourd'hui et nous devons encore réviser le conducteur, pour ce soir.

— Dis-lui de ma part, à cette espèce de metteur en ondes de mes deux, que je vais bientôt l'envoyer sur le même trottoir sordide que toi », ricana Bikjalo.

Jean-Loup se dirigea vers la porte. Au moment où il allait sortir, Robert le rappela :

« Jean-Loup ? »

Il se retourna. Bikjalo était toujours assis, mais se balançait sur son siège avec l'expression d'un Gros Minet qui aurait enfin dévoré Titi le canari.

« Je t'écoute.

— Il va de soi que si toutes ces histoires de télé se concrétisent, tu n'auras pas d'autre agent que moi... »

En observant son regard faussement débonnaire et authentiquement prédateur, Jean-Loup décida qu'il vendrait cher sa peau.

« J'ai beaucoup souffert en absorbant un pourcentage de ton ignoble fumée. Pour absorber un pourcentage de mes cachets, il faudra que tu souffres au moins autant ! »

Quand il referma la porte, Robert Bikjalo fixait le plafond d'un air rêveur. Jean-Loup supposa qu'il comptait déjà dans sa tête l'argent qu'il ne lui avait pas encore rapporté.

2

Jean-Loup, à travers la grande baie vitrée de la cabine de régie, observait la ville et ses jeux de lumière reflétés sur les eaux immobiles du port. Au-dessus, enveloppée d'obscurité, la présence tutélaire du mont Agel était signalée par une petite constellation de lumières rouges, celles de l'antenne qui permettait à Radio Monte-Carlo d'émettre en territoire italien.

Dans son dos, la voix de Laurent s'éleva de l'interphone :

« Pause terminée. Retour au charbon. »

Sans prendre la peine de répondre, l'animateur s'éloigna de la fenêtre et rejoignit son poste. Il plaça le casque sur sa tête et s'assit devant le micro. De l'autre côté de la vitre, Laurent ouvrit la main pour lui indiquer que la série de spots publicitaires prendrait fin dans cinq secondes. Puis il lança le bref indicatif de *Voices* pour annoncer la reprise de l'émission. Jusqu'à présent, celle-ci avait été de tout repos, et même amusante par moments, sans les appels soporifiques ou geignards qu'ils devaient parfois endurer.

« Radio Monte-Carlo. Ici Jean-Loup Verdier, avec vous pour la suite de *Voices*. En espérant très fort que par cette belle soirée de mai, personne n'aura besoin de notre soutien moral, et tout le monde de bonne musique ! Tiens, on me fait déjà signe qu'il y a un auditeur en ligne. »

De fait, le signal rouge en haut de la paroi venait de s'allumer et Laurent le lui montrait de l'index, pour confirmer qu'il avait un appel. Jean-Loup s'accouda confortablement et avança la tête vers le micro.

« Bonsoir. Qui est à l'appareil ? »

Quelques secondes de crachotements, puis le silence. Jean-Loup haussa les sourcils et fixa Laurent, qui écarta les bras d'un air d'impuissance. Le problème ne venait pas de chez eux, disait son geste.

« Oui, allô ? »

Enfin, la réponse arriva, traversant les airs, et les ondes de l'émetteur la répandirent à leur tour à des centaines et des centaines de kilomètres à la ronde, pour qu'elle résonnât aux oreilles de qui voudrait l'entendre. Elle vint s'introduire dans les faisceaux hertziens, et dans leurs esprits, et dans leurs vies. De ce moment et pour longtemps, les ténèbres allaient devenir un peu plus obscures, et il faudrait ensuite beaucoup de bruit pour couvrir ces quelques secondes de silence.

« Bonsoir, Jean-Loup. »

Il y avait quelque chose de dénaturé dans le son de cette voix. Elle semblait étrangement plate, sans timbre et sans expression, comme si elle passait par un tuyau. Les mots sonnaient comme un écho étouffé, à la façon d'un avion qui décolle dans le lointain.

De nouveau, Jean-Loup regarda Laurent d'un air interrogateur, mais le metteur en ondes se borna à dessiner quelques petits cercles de l'index pour signifier que la distorsion venait de la ligne utilisée par le correspondant.

« Bonsoir. Comment t'appelles-tu ? »

À l'autre bout du fil, la voix hésita brièvement. Puis

la réponse arriva : presque un souffle dans son étrange réverbération.

« *Ça n'a pas d'importance. Je suis un homme et personne.*

— Ta voix n'est pas claire, je t'entends mal. D'où nous appelles-tu ? »

Un silence. Le chuintement indistinct d'un avion qui s'envole vers on ne sait où.

L'interlocuteur ne releva pas la question de Jean-Loup.

« *Ça aussi, c'est sans importance. Ce qui compte, c'est que le moment est venu de nous parler, même si ensuite ni toi ni moi ne serons plus les mêmes.*

— Dans quel sens, plus les mêmes ?

— *Je serai bientôt un homme traqué et tu seras du côté des chiens qui aboient en poursuivant des ombres. C'est dommage. En ce moment, nous sommes encore semblables. Deux réalités identiques.*

— Pourquoi identiques ?

— *Parce que pour le monde, nous sommes tous les deux une voix sans visage, qu'on écoute les yeux fermés, en imaginant. Dehors, on voit partout des gens dont le seul souci est de se fabriquer un visage qu'ils puissent montrer avec fierté, s'en inventer un qui diffère de tous les autres, sans que personne s'occupe de ce qu'il y a derrière. Mais justement, le moment est venu d'aller voir ce qui se cache au-dessous.*

— Sous les visages ? Je ne comprends pas ce que tu veux dire. »

Un autre silence, assez long cette fois pour qu'ils pensent la communication interrompue. Mais la voix se fit entendre de nouveau, et quelques-uns de ceux qui écoutaient crurent y déceler un semblant de sourire.

« *Tu comprendras, en temps utile.*

— C'est bien mystérieux. J'avoue que j'ai du mal à te suivre. »

Une brève pause, comme si l'homme au bout du fil réfléchissait, cherchait les mots qu'il allait employer.

« *Ne t'inquiète pas pour cela. Moi aussi, j'ai parfois du mal à me suivre.*

— Mais alors, pourquoi téléphones-tu ? Pourquoi voulais-tu me parler ?

— *Parce que je suis seul.* »

Intrigué, Jean-Loup se pencha en avant et se prit la tête entre les mains.

« Tu parles comme un homme qui ne peut pas sortir d'une prison, dit-il.

— *Nous sommes tous dans une prison. La mienne, je me la suis construite tout seul, mais ce n'est pas pour ça qu'il m'est plus facile d'en sortir.*

— C'est triste pour toi. J'ai l'impression que tu n'aimes pas beaucoup les gens.

— *Et toi, tu les aimes ?*

— Pas toujours. Mais en général, j'essaie de les comprendre. Et quand je n'y arrive pas, j'essaie au moins de ne pas les juger.

— *En cela aussi, nous sommes pareils. La seule chose qui nous différencie, c'est que toi, quand tu as fini de parler avec les gens, il t'est permis de te sentir fatigué. De rentrer chez toi et d'éteindre ton esprit comme on éteint la lumière, de l'endormir avec tous ses maux. Moi, je ne peux pas. La nuit, il m'est impossible de dormir, parce que mon mal n'est jamais au repos.*

— Alors, qu'est-ce que tu fais, la nuit, pour soigner ton mal ? »

Jean-Loup était décidé à presser un peu son interlocuteur, mais la réponse se fit attendre. Quand elle vint, ce fut comme si un objet emballé dans plusieurs couches de papier paraissait enfin aux regards.

« *Je tue...*

— Qu'est-ce que... »

La voix de Jean-Loup fut interrompue par une musique qui surgissait du récepteur. C'était un air doucement chantant et mélancolique, à la mélodie pleine de charme ; mais après les deux derniers mots de l'homme, il sembla se répandre dans l'atmosphère comme une menace. La petite chanson nostalgique ne résonna qu'une dizaine de secondes, puis se tut aussi brusquement qu'elle avait commencé.

Dans le silence poisseux qui suivit, tous entendirent distinctement le déclic de la communication qui prenait fin. Jean-Loup releva vivement la tête vers les autres. Dans la pièce, il n'y avait que le bruissement frais de l'air conditionné et le gel soudain des pensées ; et pourtant, on aurait cru que tous les regards s'étaient tournés au même instant vers l'incandescence aveuglante de Sodome et Gomorrhe en flammes.

Après ce lugubre incident, ils poursuivirent l'émission vaille que vaille jusqu'à l'indicatif de fin. Aucun autre auditeur ne téléphona. Plus précisément, l'étrange appel suscita des réactions nombreuses et variées, mais le standard assailli n'en retransmit aucune sur les ondes.

Jean-Loup ôta son casque et le posa près du microphone. Il s'aperçut que malgré l'air conditionné, il avait les cheveux humides de sueur, comme après une heure de jogging.

Ni toi ni moi ne serons plus les mêmes.

Jusqu'au terme de l'émission, il s'était borné à passer des disques et n'avait pris la parole que pour souligner, assez laborieusement, certaines similitudes entre Tom Waits et Paolo Conte : tous deux interprètes atypiques, tous deux auteurs-compositeurs de première importance, tous deux fous de jazz, etc., etc. Pour illustrer son parallèle, il avait traduit deux de leurs chansons. Heureusement, l'équipe et lui disposaient de quelques échappatoires pour meubler les soirées désespérées, et cette analyse-bateau en était une. De même que certains numéros de téléphone auxquels on recourait quand l'émission était vraiment trop morne. On appelait tel ou tel ami chanteur ou musicien, on le priait d'intervenir et l'on passait un quart d'heure poétique ou drôle avec Francis Cabrel ou un autre.

La porte de communication s'entrebâilla, laissant apparaître la tête de Laurent.

« Ça va, Jean-Loup ? »

Jean-Loup le regarda comme s'il ne le reconnaissait pas.

« Oui, oui. Ça va. »

Il se leva et tous deux sortirent du studio, croisant au passage les regards perplexes et presque fuyants de Jacques et de Barbara, les deux ingénieurs du son. La jeune femme portait une chemisette bleu pâle, et Jean-Loup remarqua deux larges auréoles de transpiration sous ses aisselles.

« Nous avons eu je ne sais combien de coups de fil. Ça n'arrêtait pas ! Pour commencer, un brave gars nous a demandé si c'était le début d'un polar radio et quand on passerait le prochain épisode. Ensuite, une armée de gens scandalisés par nos procédés pour faire grimper l'audience. Même le big boss a appelé. Il est arrivé ventre à terre et il nous attend dans le bureau du directeur. Lui aussi a cru à une mauvaise blague, et il demande si nous sommes tous devenus complètement cinglés. Si j'ai bien compris, un de ses sponsors bien-aimés lui a téléphoné, et ce n'était pas pour lui dire des mots doux. »

Jean-Loup imaginait déjà la pièce : encore plus enfumée, si c'était possible, et résonnant d'un discours un peu moins enthousiaste que celui dont Bikjalo l'avait gratifié tout à l'heure.

« Comment se fait-il que le standard n'ait pas filtré la communication ?

— Personne n'y comprend rien. Raquel me dit que l'appel n'est pas passé par le standard. Pour une raison qu'elle est incapable d'expliquer, il est arrivé directement sur la ligne du studio. Un cafouillage technique, je ne sais pas. Ou alors, c'est le nouveau standard électronique qui est entré en lutte contre la censure. Tu verras : un jour, nous finirons par faire la guerre aux machines, comme dans *Terminator* ! »

Ils quittèrent la régie et marchèrent côte à côte vers le bureau de Bikjalo, sans avoir le courage de se regarder. Entre eux se dressait comme une paroi invisible une petite phrase de deux syllabes :

Je tue...

Ils passèrent devant la salle d'informatique, perplexes. Le son blême de la voix au bout du fil semblait encore flotter dans l'air.

« Et cette musique, à la fin ? Je ne retrouve pas ce que c'est, mais j'ai l'impression que je la connais très bien.

— Moi aussi. Sauf erreur, c'est une musique de film. *Un homme et une femme.* Trintignant et Anouk Aimée. Un des premiers Lelouch, celui qui l'a rendu célèbre, en 65 ou 66. Peut-être même avant.

— Et qu'est-ce que ça veut dire ?

— Qu'est-ce que tu veux que j'en sache ? »

Jean-Loup se sentait encore sous le choc. Ce qu'ils venaient de vivre était un événement totalement inédit, que ni l'un ni l'autre ne pouvaient relier à quoi que ce fût dans leur expérience d'hommes de radio. Surtout du point de vue émotionnel.

« Et toi, qu'est-ce que tu en penses ?

— Pfff ! Une blague. »

Laurent accompagna ses mots d'un geste insouciant, mais sa voix trahissait son désir de se convaincre lui-même.

« Tu crois ?

— Oui. Il y a bien le petit mystère du standard qui n'a pas filtré, mais sinon, je ne vois que ça. Un connard quelconque qui a voulu faire l'intéressant. »

Ils s'arrêtèrent devant la porte du bureau de Bikjalo et Jean-Loup posa une main hésitante sur la poignée. Pour la première fois, ils se regardèrent en face et Laurent poursuivit :

« Ensuite, il pense que tout le bar du *Sporting* parlera de son exploit en rigolant à nos dépens. »

Mais son expression révélait qu'il n'était pas très sûr de son explication. Jean-Loup poussa la porte et, en entrant dans le bureau du directeur, se demanda si ce coup de téléphone était une promesse ou un défi.

3

Jochen Welder actionna la commande du cabestan électrique et maintint le bouton pressé pour faire descendre l'ancre et une longueur de chaîne suffisante pour que le *Forever* reste au mouillage. La manœuvre achevée, il éteignit le moteur. Le voilier, un superbe deux-mâts de vingt-deux mètres dessiné par son ami Bruce Farr et construit spécialement pour lui par les chantiers Bénéteau, fit lentement demi-tour. Poussé par la brise légère qui soufflait en direction de la côte, il suivit le courant, la poupe tournée vers le port. Arijane, qui avait contrôlé la descente de l'ancre, se retourna et marcha vers lui, traversant le pont d'un pas désinvolte et ne posant que par intermittence la main sur le bastingage pour atténuer l'effet du léger tangage. Jochen la regarda s'approcher, les yeux mi-clos, admirant pour la millième fois sa silhouette svelte, athlétique, vaguement androgyne. Il s'emplit de la solidité vigoureuse de son corps et de la grâce sans apprêt de ses gestes, avec une sensation de chaleur dans la bouche et le ventre. Il sentit le désir monter en lui comme une petite douleur diffuse et fut pris d'un élan de gratitude pour dame Nature, qui, dans sa bienveillance, avait créé une femme si proche de son idéal personnel de perfection physique que lui-même n'aurait pu s'en approcher davantage s'il l'avait façonnée de ses mains.

Il n'avait pas encore eu le courage de lui dire qu'il l'aimait.

Elle le rejoignit près du timon, passa son bras autour de son cou et posa sur sa joue un délicat baiser. Jochen sentit la tiédeur de son souffle et l'odeur naturelle de son corps, et se dit – comme il se le disait souvent – qu'il n'est de parfum plus délicieux que celui d'une peau qui sent bon. La sienne sentait la mer et le sel, et bien d'autres choses encore, qu'il lui appartenait de découvrir, un peu à la fois, sans hâte. Le sourire d'Arijane resplendit dans le contre-jour du crépuscule, et Jochen imagina plus qu'il ne le vit le reflet du couchant dans ses yeux.

« Je descends prendre une douche. Ensuite, tu pourras en faire autant. Et surtout, fais-moi le plaisir de raser cette saleté de barbe de yeti. C'est la condition que je pose pour accepter toute éventuelle proposition après le dîner... »

Jochen lui rendit son sourire complice et se passa la main sur le menton.

« Curieux. Moi qui croyais que les femmes aimaient les hommes à l'état sauvage ! »

Il imita la voix d'un acteur de films d'aventures des années cinquante :

« Tu sais, une belle brute velue qui t'enlace avec un bras et se sert de l'autre pour guider le navire vers l'horizon ! »

Arijane, se prenant au jeu, s'éloigna vers l'escalier avec la démarche ondulante d'une vedette du muet.

« J'imagine sans peine un voyage vers l'horizon en ta compagnie, ô mon héros, mais je doute qu'il soit moins exaltant si tu m'épargnes d'avoir les joues en feu. »

Elle disparut comme si elle quittait l'écran après une réplique à effet.

« Arijane Parker, vos adversaires vous prennent pour une grande joueuse d'échecs, mais je suis le seul à savoir qui vous êtes vraiment... »

Sa tête reparut un instant, intriguée.

« Et... Qui suis-je ?

— Le plus grand clown de la planète !

— Bien sûr ! C'est d'ailleurs pour ça que je suis une grande joueuse d'échecs. Parce que je ne prends rien au sérieux. »

Elle disparut de nouveau. Jochen vit la lumière allumée jeter des reflets sur le pont, et peu après entendit le ruissellement de la douche.

Son sourire refusait de quitter son visage.

Il avait connu Arijane quelques mois plus tôt, à l'occasion du Grand Prix du Brésil, lors d'une réception organisée par un des sponsors de l'équipe, une multinationale qui produisait des accessoires sportifs. D'habitude, il évitait autant que faire se pouvait ce genre de mondanités, surtout à l'approche d'une course ; mais celle-ci était au profit de l'Unicef et il n'avait pas eu le cœur de refuser.

Il se promenait de salon bondé en salon bondé, un peu mal à l'aise et emprunté malgré son smoking si parfaitement seyant que nul n'aurait pu imaginer qu'il l'avait loué pour l'occasion. Il était embarrassé par la coupe de champagne qu'il n'arrivait pas à boire, et plus encore par l'expression d'ennui que sa bonne volonté ne pouvait chasser de son visage.

« Vous êtes toujours aussi boute-en-train ou vous faites un effort particulier aujourd'hui ? »

Il s'était retourné au son de cette voix et avait découvert le sourire et les yeux verts d'Arijane. Elle aussi portait un smoking, sur une chemise ouverte, sans le classique nœud papillon. Aux pieds, une simple paire de tennis blanches. Ainsi vêtue et avec ses cheveux noirs coupés court, elle faisait songer à Peter Pan en tenue de soirée. Il avait vu plusieurs fois sa photographie dans la presse, et reconnut aussitôt Arijane Parker, la surprenante jeune Bostonienne qui avait accédé à une soudaine notoriété en réduisant à quia les plus grands champions d'échecs de la planète.

Elle lui avait lancé sa raillerie en allemand, et il avait répondu dans la même langue.

« Comme alternative, on m'avait proposé le peloton d'exécution. Mais j'ai certaines obligations en fin de semaine, et c'est pourquoi j'ai dû me résigner à... à ceci. »

Du menton, il avait indiqué la petite foule massée près d'un des buffets. Le sourire de la jeune femme s'était élargi, et, devant son expression amusée, Jochen eut le sentiment qu'il venait de réussir un examen. Elle lui avait tendu la main.

« Arijane Parker.

— Jochen Welder. »

En serrant cette main tendue, il avait eu la nette sensation que ce geste avait une signification particulière, que leurs regards qui se croisaient étaient déjà chargés d'un discours que leurs mots n'auraient pu contenir. Ensuite, ils étaient sortis sur la vaste terrasse qui semblait en apesanteur sur le souffle de la nuit brésilienne.

« Comment se fait-il que vous parliez si bien l'allemand ?

— La seconde femme de mon père, qui se trouve par hasard être ma mère, est berlinoise. Par chance, ils sont restés mariés assez longtemps pour que j'apprenne sa langue.

— Et pourquoi la propriétaire d'un si beau visage se plaît-elle à le garder penché des heures d'affilée sur un échiquier ? »

Arijane avait haussé un sourcil avant de lui renvoyer la balle :

« Pourquoi le propriétaire d'un visage aussi intéressant se plaît-il à le cacher sous cette espèce de soupière que les pilotes ont l'habitude de se mettre sur la tête ? »

Léon Uriz, le représentant de l'Unicef qui avait organisé la soirée, était arrivé à ce moment pour réclamer sa présence dans le grand salon, et Jochen avait quitté Arijane à contrecœur, bien décidé à venir au plus vite répondre à sa question. Avant de rejoindre les autres invités, il s'était retourné et l'avait regardée un bref instant, debout près de la balustrade, qui l'observait, une main dans la poche. Avec un sourire et un air entendu, elle avait levé vers lui la coupe que son autre main tenait encore.

Le lendemain, après les essais libres du jeudi, il était allé la voir disputer son tournoi. Son arrivée avait suscité un certain émoi parmi le public et les journalistes présents. De toute évidence, la présence de Jochen Welder, deux fois champion du monde de Formule 1, à une compétition où brillait la resplendissante Arijane Parker ne pouvait être le fait du hasard, non plus qu'elle ne s'expliquait par une passion subite pour les échecs. Elle était assise à la table de jeu, isolée des juges et de l'assistance par une mince barrière en bois. Au léger brouhaha causé par son entrée, elle avait tourné la tête et, en l'apercevant, conservé une expression inchangée, comme si elle ne l'avait pas reconnu. L'instant d'après, son regard impassible était de nouveau fixé sur l'échiquier qui la séparait de son adversaire. Jochen avait admiré sa concentration, son profil immobile incliné sur le jeu, la séduisante incongruité de cette mince silhouette de femme dans un environnement d'habitude si masculin. À partir de ce moment, toutefois, Arijane avait commis quelques erreurs tactiques incompréhensibles. Il n'entendait rien aux échecs, mais l'avait compris aux murmures du public passionné qui emplissait la salle. Soudain, elle s'était levée et avait posé son roi sur l'échiquier, en signe de reddition. Tête basse et sans regarder personne, elle était sortie par la porte de bois qui s'ouvrait au fond de la salle. Jochen avait tenté de la rejoindre, mais elle s'était éclipsée sans mot dire.

Les essais chronométrés, puis les obligations d'avant la course l'avaient empêché de la chercher davantage ; mais le matin du Grand Prix, alors qu'il contrôlait les réglages suggérés par les techniciens après l'échauffement, il avait eu la surprise de la voir paraître dans la stalle réservée à son écurie. Sa voix, comme le soir de leur première rencontre, l'avait presque fait sursauter.

« La combinaison vous sied moins que le smoking, mais au moins, c'est plus gai. »

Il s'était retourné et l'avait trouvée là, ses grands yeux verts tout brillants, les cheveux à demi cachés par un petit bonnet. Elle portait une chemisette légère sous laquelle se devinaient ses seins libres d'entrave et un short coloré, comme tout le monde sur le circuit. Autour de son cou, un cordon d'où pendait un laissez-passer de la Fédération et une chaînette retenant une paire de lunettes fumées. La surprise l'avait complètement paralysé, au point qu'Alberto Regosa, son chef mécanicien, lui avait lancé d'un ton persifleur :

« Dis, Jochen, si tu gardes la bouche ouverte jusqu'à cet après-midi, tu auras du mal à enfiler ton casque ! »

Jochen avait posé sa main sur l'épaule d'Arijane et s'était adressé simultanément à elle et à son ami.

« Venez, allons faire un tour ailleurs. Je pourrais vous présenter un certain individu, mais étant donné qu'il sera viré dès demain, ce n'est pas la peine. »

Puis il l'avait entraînée à l'extérieur, non sans se retourner discrètement pour adresser un doigt d'honneur à l'insolent Alberto. Après quoi, il avait observé effrontément les jambes parfaites qui dépassaient du short.

« Honnêtement, le smoking vous allait bien aussi, mais je vous préfère comme ça. Un légitime soupçon pèse sur les jambes des femmes en pantalon. »

Ils avaient ri tous les deux ; puis, comme Arijane ne connaissait strictement rien aux courses automobiles, Jochen avait sommairement déchiffré à son intention l'agitation permanente qui régnait sur les circuits, lui révélant qui était telle personne et à quoi servait telle machine bizarre, haussant parfois la voix pour éviter qu'elle ne fût couverte par le bruit d'un moteur rugissant à proximité. Au moment de s'aligner sur la grille de départ, il l'avait invitée à regarder la course depuis son stand.

« Je crains qu'il ne soit l'heure de me coiffer de ma soupière, comme vous dites. À plus tard. »

Avant de s'éloigner, il l'avait confiée à Greta Ringer, l'attachée de presse de l'équipe. Puis il s'était glissé dans l'habitacle de son bolide et, tandis que ses assistants l'attachaient au siège comme un bébé qu'on emmaillote, il avait relevé la tête pour la regarder. Par l'ouverture de son casque, leurs yeux s'étaient de nouveau parlé et leur langage lui avait fait oublier un instant l'émotion de la course. Sa Formule 1 avait quitté la piste presque tout de suite, après une dizaine de tours. Il avait pris un bon départ, mais, alors qu'il était en quatrième position, la suspension arrière (toujours le point faible des modèles de son écurie) avait cédé d'un coup, lui faisant faire un tête-à-queue à la sortie d'un virage difficile à négocier. L'engin avait heurté violemment les barrières de protection, puis rebondi vers le milieu de la piste et s'était finalement immobilisé, à demi détruit. Un peu secoué, il avait prévenu son équipe par radio qu'il était indemne et regagnerait les stalles à pied. À peine arrivé, il avait cherché Arijane du regard, en vain. Il lui avait fallu expliquer les causes de l'accident au directeur sportif de l'écurie et aux techniciens avant de pouvoir partir à sa recherche. Au bout d'un moment, il avait fini par la trouver dans un motor-home, assise en compagnie de Greta, qui s'était discrètement éloignée à son arrivée. Arijane s'était levée et lui avait passé ses bras autour du cou.

« Je peux supporter que tu me fasses perdre la demi-finale d'un tournoi de première importance, mais je crois que j'aurai plus de mal à accepter de me sentir mourir de peur chaque fois que tu risqueras ta vie sur ces fichus circuits. Cela dit, tu peux m'embrasser, si tu veux... »

Depuis ce jour, ils ne s'étaient plus quittés.

Jochen alluma une cigarette et resta seul dans la pénombre, assis à même le pont, fumant et observant distraitement les lumières de la côte. Il avait ancré son deux-mâts à quelque distance du cap Martin, devant Roquebrune et sous le grand V bleu qui brillait dans la montagne : l'enseigne du *Vista Palace*, l'hôtel de luxe bâti au bord d'un à-pic. Sur sa gauche brillait Monte-Carlo, étincelante et factice comme un dentier trop neuf, baignant dans ses lumières imméritées et l'argent qui n'était pas à elle. Trois jours avaient passé depuis le Grand Prix et, après le bain de foule du week-end, la ville était déjà rentrée dans sa normalité vitrifiée. Dans ses rues où avaient rugi les moteurs des bolides, la circulation habituelle avait repris, paresseuse et ordonnée sous le soleil de mai. Monte-Carlo, désormais, était dans l'attente de l'été ; mais celui qui s'annonçait ne serait plus comme ceux d'autrefois, pour lui. Ni d'ailleurs pour beaucoup d'autres – mais cela, il l'ignorait.

Jochen Welder, à trente-quatre ans, se sentait vieux. Et il avait peur.

La peur, cela faisait des années et des années qu'il la connaissait bien : elle était la compagne accoutumée de tout pilote de Formule 1, celle – inexorable, insatiable – avec qui il devait coucher toutes les veilles de compétition, quelle que fût la femme qui, à ce moment, partageait sa vie et son lit. Il en reconnaissait jusqu'à l'odeur, sur ses combinaisons imbibées de sueur qui séchaient dans les stalles après la course. Longtemps, il l'avait affrontée lucidement et su la maîtriser, longtemps il l'avait oubliée au moment d'enfiler son casque, de monter dans son monoplace et d'attacher ses ceintures de sécurité, impatient de sentir le flot d'adrénaline qui courrait bientôt dans ses veines. Mais à présent, c'était différent. À présent, il avait peur de la peur : celle qui substitue la raison à l'instinct, qui lui faisait lever le pied de l'accélérateur un instant plus tôt que nécessaire, chercher la pédale du frein alors qu'il aurait fallu attendre encore un peu, un tout petit peu... Celle qui rendait muet tout à coup, parce qu'elle parlait haut et clair dans le chronomètre – sa seule voix intelligible – et révélait combien une seconde est brève pour le commun des mortels, mais longue, si longue, pour un pilote.

Près de lui, son téléphone portable sonna aigrement. Il s'étonna de ne pas l'avoir éteint et le regarda un instant, tenté de réparer cet oubli. Puis, avec un soupir, il le tira de son étui et prit la communication.

« Bon sang, Jochen ! Où diable es-tu allé te cacher, hein ? »

La voix de Roland Schatz, son manager, jaillit de l'appareil, aussi sonore que celle d'un présentateur de jeu télévisé. Il s'attendait à son appel, mais, dans le calme du crépuscule, il le prenait pourtant au dépourvu.

« Oh, je me balade..., répondit-il évasivement.

— Tu te balades ? Et puis quoi encore ? Tu sais quel charivari s'est déclenché ? »

Jochen ne le savait pas, mais pouvait aisément l'imaginer. Un pilote qui avait course pratiquement gagnée et se faisait battre *in extremis* à cause d'une erreur stupide dans les derniers virages répandait toujours les flots d'une encre fort peu sympathique sur les pages de la presse sportive du monde entier. Roland ne lui donna pas le temps de répondre et continua sur le même ton :

« L'équipe a essayé de te couvrir de toutes les façons, mais les journalistes sont déchaînés et Ferguson encore plus. Une vraie hyène ! Du début à la fin de la course, tu n'as pas tenté un seul dépassement. Tu t'es retrouvé en tête uniquement parce que les autres sont sortis de la piste ou ont eu des problèmes de moteur. Et avec tout ça, tu t'arranges pour laisser gagner ce blanc-bec danois ! Le titre le plus clément, c'est "Jochen Walder perd le Grand Prix et la face". »

Jochen tenta de protester faiblement.

« Je t'ai dit qu'il y avait quelque chose dans la suspension... »

Mais Roland, son manager, ne le laissa même pas finir sa phrase.

« La suspension, mon cul ! Les rapports de la télémétrie sont là, et ils nous sonnent les cloches plus fort qu'un beffroi flamand. La voiture était parfaite, absolument parfaite. Et tant que son moteur a tenu, Malot t'en a fait voir de toutes les couleurs, alors que sur la grille de départ il était loin derrière toi. »

François Malot était le deuxième pilote de l'écurie, un jeune homme au talent effronté que depuis le début de la saison, Alexander Ferguson, le directeur sportif de la Klover F1 Racing Team, choyait et poussait de manière de plus en plus ostensible. Certes, Malot manquait encore de l'expérience nécessaire, mais il se montrait brillant aux essais et avait du courage et du culot à revendre. Les professionnels du circuit n'avaient cessé de lorgner sur lui et d'observer ses progrès depuis ses débuts en Formule 3 ; jusqu'au jour où Ferguson les avait tous pris de court en lui offrant un contrat de deux ans. Roland Schatz lui-même n'avait pas ménagé ses efforts, naguère, pour s'occuper de ses intérêts parallèlement à ceux de Jochen – quitte à leur donner un jour la priorité si, d'aventure, cela s'avérait opportun. Car telle était la loi dans le monde du sport, et de la Formule 1 en particulier : une toute petite planète, terriblement exiguë, où le soleil s'élevait au zénith et chutait dans les profondeurs avec une impitoyable rapidité.

La voix de Roland changea tout à coup, et Jochen y perçut en filigrane l'amitié authentique qui le liait à lui et allait bien au-delà des simples rapports professionnels. Le résultat fut qu'il lui donna l'impression bizarre de jouer deux rôles à lui tout seul, ceux du flic teigneux et du flic bonhomme qui conduisent traditionnellement les interrogatoires dans les vieux films noirs hollywoodiens.

« Écoute, Jochen, nous avons de très sérieux problèmes. La semaine prochaine, on a prévu une session d'essais privés à Silverstone, avec les Williams et les Jordan. Si j'ai bien compris, tu n'es pas convoqué. Ces messieurs, Ferguson en tête, ont préféré confier les tests de la nouvelle suspension à Malot et à Barendson. Tu sais ce que ça veut dire ? »

Il le savait parfaitement. Il connaissait trop bien le monde du sport automobile pour ignorer cette évidence : quand un pilote était tenu à l'écart des dernières innovations techniques de son équipe, c'était pour éviter qu'il ne divulguât des informations précieuses à une équipe rivale. Autrement dit, qu'on n'était pas du tout sûr de renouveler son contrat.

« Qu'est-ce que tu veux que je te dise, Roland ?

— Que tu me dises ? Rien. Tout ce que j'attends, c'est que sur les circuits, tu réapprennes à te servir de ta tête et de ton pied comme tu savais le faire il n'y a pas si longtemps. »

Après un instant de silence à peine perceptible, il reprit :

« Tu es avec cette fille, c'est ça ? »

Jochen sourit malgré lui. Roland, il en avait bien conscience, n'éprouvait pour Arijane aucune sympathie, au point que s'il voulait parler d'elle, il ne daignait même pas prononcer son prénom : dans sa bouche, sa compagne n'était jamais autre chose que « cette fille ». Il était naturel qu'aucun manager ne fût animé de sentiments bien chaleureux pour la femme qu'il jugeait responsable d'un ramollissement chez son champion. Des dizaines d'autres avaient traversé l'existence de Jochen au fil des ans, que Schatz avait lucidement tenues pour ce qu'elles étaient : le corollaire inévitable d'une vie de star du sport, de beau garçon perpétuellement au centre de l'attention, une constellation mouvante de jolies petites lunes brillant à la lumière solaire que dégageait l'aura du champion. Mais, curieusement, ses antennes de détection s'étaient dressées quand Arijane avait paru, et, d'emblée, son attitude avait été défensive, voire hostile. Peut-être le moment était-il venu de lui expliquer qu'Arijane n'était nullement la cause du mal mais, tout au plus, un de ses symptômes. Jochen prit le ton d'un papa gentil et patient qui doit convaincre un enfant buté de se laver aussi derrière les oreilles.

« Roland, est-ce qu'il ne t'est pas venu à l'esprit que nous sommes peut-être à la fin du film ? J'ai trente-quatre ans. À mon âge, beaucoup de pilotes ont déjà pris leur retraite. Et ceux qui courent trop longtemps deviennent la caricature de ce qu'ils ont été. »

Il omit volontairement de mentionner ceux qui étaient morts. Il y songeait pourtant, et souvent, à ces visages, ces yeux, ces rires de jeunes hommes dont il n'était soudain rien resté qu'un corps encastré dans la carrosserie tordue d'un monoplace, qu'un casque aux couleurs vives penché vers l'avant alors qu'on attendait une ambulance forcément trop lente, un hélicoptère forcément trop paresseux, les prouesses d'un médecin forcément trop inapte aux miracles.

En entendant ces mots, Roland eut un sursaut de rébellion.

« Qu'est-ce que tu racontes ? La Formule 1, soit, je sais aussi bien que toi que ça n'est pas éternel. Mais j'ai une masse de propositions des États-Unis, pour le karting. Tu as encore de belles années pour t'amuser et gagner des mille et des cents. Et sans risque ! »

Jochen n'eut pas le courage de doucher la fougue managériale de Roland. L'argent n'était assurément pas une motivation qui pût changer son état d'esprit : il en avait assez pour deux générations, qu'il avait gagné en risquant sa peau pendant des années, mais sans se laisser charmer par les sirènes de la prodigalité, comme certains de ses collègues qui succombaient à la tentation d'un avion personnel ou de villas dans tous les coins du monde. Il renonça à faire comprendre à Roland Schatz que le problème était ailleurs, que, sans doute, il était lassé et ne s'amusait plus. Pour une raison ou pour une autre, le fil précieux et délicat qui conduit de l'enthousiasme au triomphe s'était soudainement rompu. Au moins avait-il eu la chance que ce ne fût pas arrivé alors qu'il se tenait en équilibre dessus...

« D'accord. On en parlera plus en détail, si tu veux. »

Schatz comprit que pour le moment, mieux valait ne pas insister.

« Bon. Mais tâche au moins d'être en forme pour l'Espagne ! Le championnat n'est pas fini, et il te suffirait de deux ou trois belles courses pour que la balance se remette à pencher complètement de l'autre côté. D'ici là, amuse-toi bien, don Juan ! »

Sur ces mots, Roland mit fin à la communication, mais Jochen fixa longuement le petit écran bleuté de l'appareil, comme s'il cherchait à y distinguer le visage soucieux de son manager.

« Bravo ! Tu attends que j'aie le dos tourné pour téléphoner à ton aise. Dis-moi tout de suite qui est cette femme ! »

Arijane, rieuse, remontait de la cabine. Elle s'approcha de lui, tout en continuant de s'essuyer énergiquement les cheveux.

« C'était Roland.

— Ah... »

Ce monosyllabe résumait à lui seul leur situation.

« J'ai l'impression qu'il me porte de moins en moins dans son cœur, celui-là. »

Jochen l'attira vers lui et entoura sa taille mince de ses bras. Puis il pressa sa joue sur son ventre et lui parla sans la regarder.

« Ce n'est pas ça le problème. Roland a ses soucis, comme tout le monde, mais c'est un ami et j'ai entièrement confiance en sa bonne foi. »

Arijane lui caressa les cheveux.

« Tu lui as dit ?

— Non, je n'avais pas envie de lui annoncer ça au téléphone. Je crois que j'attendrai Barcelone. Là, je les verrai en tête à tête, Ferguson et lui. Après la course. De toute façon, je n'annoncerai officiellement ma retraite qu'à la fin de la saison. Je ne tiens pas à ce que les journalistes nous poursuivent encore un peu plus. »

Inévitablement, leur histoire d'amour s'était révélée

un morceau de premier choix pour la presse *people* du monde entier. Depuis plusieurs mois, leurs deux visages, ensemble ou séparément, avaient fait la couverture d'innombrables magazines, et les chroniqueurs alléchés s'étaient délectés à inventer sur leur compte toutes les âneries et extravagances possibles.

Jochen leva le visage vers son aimée, cherchant son regard. Sa voix n'était qu'un murmure, chargé soudain d'émotion.

« Je t'aime, Arijane. Je t'aimais avant même de te connaître, et je ne le savais pas. »

Arijane ne répondit rien. Elle se contenta de le regarder longuement, dans la pénombre éclairée par les reflets de la lumière allumée dans la cabine. Jochen eut un petit frisson d'inquiétude ; mais c'était fait : il le lui avait dit, enfin, et il ne pouvait ni ne voulait revenir en arrière.

DEUXIÈME CARNAVAL

La tête de l'homme émerge de l'eau à peu de distance de la proue du *Forever*. À travers son masque, il repère la chaîne d'ancre et s'en rapproche en quelques brasses lentes. De sa main droite, il l'agrippe et reste un moment à observer le bateau, dont la coque en résine de verre reflète la blancheur lumineuse de la pleine lune. Dans la soupape du tuba, sa respiration est calme et tranquille.

La bonbonne de cinq litres qu'il porte sur le dos n'est pas adaptée aux longues immersions, mais elle est légère, maniable, et lui garantit une autonomie amplement suffisante à ses besoins de cette nuit. Il a revêtu une combinaison noire, anonyme, sans inscriptions ni accessoires colorés, assez épaisse pour le protéger du froid le temps qu'il séjournera dans l'eau. Il ne peut se servir d'une torche électrique, mais la clarté presque éhontée de la lune lui permettra de s'en passer sans problème. Prenant bien soin de ne provoquer aucun bruit d'éclaboussement, il se laisse de nouveau glisser sous la surface de l'eau et longe la silhouette de la coque immergée, dont la longe dérive, tendue vers les profondeurs sombres, se dessine à contre-jour. Puis sa tête émerge à nouveau, du côté de la poupe de l'élégant voilier, et il s'accroche à l'échelle de coupée. Personne, visiblement, n'a songé à la remonter.

Très bien. Cela lui évitera d'inutiles acrobaties pour se hisser à bord. Il déroule les deux ou trois mètres de fil de nylon enroulés autour de sa taille, fixe un mousqueton à l'échelle et attache à l'autre bout du fil la mallette à fermeture hermétique qu'il transporte avec lui. Ensuite, il s'affaire à retirer sa ceinture lestée, sa bonbonne et ses palmes pour les accrocher aussi à l'échelle, à quelques dizaines de centimètres sous la surface de l'eau. Il ne peut prendre le risque d'être entravé dans ses mouvements, même s'il a tout lieu de penser que l'effet de surprise jouera en sa faveur : puisque les deux occupants du voilier sont probablement endormis, il devrait lui être assez facile d'accomplir ce pour quoi il est venu.

C'est au moment où il s'apprête à ôter ses palmes qu'il entend soudain un léger bruit de pas sur le pont du deux-mâts. Il s'écarte de l'échelle et se place à tribord, de manière à être invisible. De là, tapi dans l'ombre, il voit la jeune femme surgir en haut de l'échelle et rester debout, immobile, comme fascinée par le jeu des clartés lunaires sur la mer presque étale. Quelques instants, son peignoir blanchoie dans la nuit comme un autre reflet ; puis, d'un geste fluide, elle le laisse glisser au sol et apparaît nue sous la pleine lune.

De son poste d'observation, l'homme la contemple de profil et admire son corps svelte et vigoureux, le galbe parfait d'un sein petit et ferme ; il suit du regard la courbe des fesses, qui se dissout dans la ligne des jambes longues et musclées.

Avec des mouvements qui semblent d'argent, la délicate apparition s'avance maintenant vers l'échelle, tend une jambe et tâte du bout du pied la température de l'eau.

L'homme sourit. C'est le sourire acéré d'un squale que dessinent ses lèvres.

Il a peine à croire à sa chance, et espère ardemment que la jeune femme ne sera pas dissuadée par le froid de l'eau, ne résistera pas à la séduction d'un bain nocturne sous la pleine lune de la fin mai. Alors, comme si elle avait compris sa pensée, elle se retourne, descend les échelons et se laisse doucement glisser entre les vagues molles, frémissant au contact de la mer encore fraîche en cette saison, qui lui donne la chair de poule et lui durcit agréablement les tétons.

Elle s'éloigne du voilier en nageant sans hâte, vers le large, du côté opposé à celui où la silhouette en combinaison noire se tient aux aguets. Le mouvement silencieux avec lequel l'homme disparaît sous l'eau a la sinistre fluidité de ceux du prédateur qui, déjà, se joue de sa proie ignorante. Partie cruelle, dont l'enjeu est toujours la vie ou la mort.

Pour descendre plus vite et plus profondément, l'homme vide complètement ses poumons par le tuba ; puis il commence à nager dans la même direction que la jeune femme. Bientôt, il est au-dessous d'elle : en levant la tête, il distingue clairement la forme de son corps, tache sombre dans le contre-jour de la surface de l'eau ; il la voit agiter les mains et les pieds pour garder la tête émergée. Alors, il remonte lentement, respirant à petits coups discrets pour que des bulles d'air ne trahissent pas sa présence. Quand la jeune femme est à portée de main, il la saisit aux chevilles et l'attire avec force vers le fond.

Arijane prend conscience avec stupeur que quelque chose l'agrippe et l'entraîne avec violence sous la surface. L'immersion est si soudaine qu'elle n'a pas même le temps d'emplir ses poumons d'air avant d'être happée vers les profondeurs. Elle est déjà un mètre sous l'eau. Sentant la prise se relâcher, elle donne instinctivement un puissant coup de reins pour remonter vers l'air libre ; mais à présent, deux mains appuient sur ses épaules, avec une force qui la pousse encore plus bas, vers le lit de la mer, loin de la surface qui scintille au-dessus d'elle comme une promesse narquoise d'air et de lumière. Puis, ce sont deux bras âpres et rapaces qui lui entourent le buste, pressent ses seins comme une ceinture de fer. Elle reconnaît le contact visqueux du néoprène, d'une combinaison de plongée qui, maintenant, adhère à son dos nu, cependant qu'un corps inconnu s'enlace au sien, que son agresseur lui entoure de ses jambes le bassin et les cuisses pour lui interdire tout mouvement.

La terreur bloque la pensée dans un mur de gel.

Arijane se débat sauvagement, en criant silencieusement, mais ses poumons, déjà à court d'oxygène, brûlent en quelques secondes leurs maigres réserves. À mesure que croît la suffocation elle sent peu à peu ses forces la quitter, et son corps toujours plus enserré par l'étreinte mortelle d'un autre corps, indéchiffrable, à la prise si étroite qu'il se confond presque avec le sien, qui l'entraîne, omnipotent et inexorable, vers la nuit sans lune du tréfonds de l'eau.

Elle perçoit vaguement (car déjà sa conscience est envahie d'un étrange brouillard) qu'elle va mourir, que dans un instant elle sera morte, qu'on est en train de la tuer sans qu'elle sache seulement pourquoi. De ses yeux s'échappent des larmes amères, salées, et ses larmes vont se confondre avec les milliards de milliards de gouttes anonymes qui forment la mer indifférente.

Elle sent la noirceur de l'étreinte se dilater et s'étendre comme une tache d'encre dans l'eau claire, jusqu'à faire partie intégrante d'elle-même. Une serre froide et sans pitié s'infiltre dans chaque partie, chaque recoin de son corps, dedans, dehors, fouille avec frénésie, comme pour éteindre dans sa glace la moindre étincelle de vie qu'elle y trouverait, avant d'atteindre son jeune cœur de femme et de l'arrêter à jamais.

L'homme sent le corps qu'il tient se détendre brusquement, au moment même où la vie l'abandonne. Il attend quelques instants encore, puis le retourne vers lui, passe son bras sous les aisselles de la jeune morte et commence à agiter ses palmes pour remonter à l'air libre. À mesure que se rapproche la surface lumineuse, le visage tourné vers lui cesse d'être une tache sombre et prend lentement forme à travers l'oculaire du masque. Peu à peu apparaissent les traits délicats, le nez fin, la bouche entrouverte d'où sortent quelques ultimes et railleuses petites bulles d'air. Puis, ce sont les splendides yeux verts sans vie, fixés comme dans un morbide instantané, dont il devient clairement visible en approchant de cette lumière qu'ils ne pourront plus voir, qui ne leur appartient plus.

L'homme observe le visage de la femme qu'il vient de tuer comme un photographe regarde se développer un cliché qui lui tient particulièrement à cœur. Quand il est parfaitement sûr de la beauté de ce visage, son sourire de squale reparaît.

Enfin, sa tête resurgit de l'eau. Soutenant toujours le cadavre, il s'approche de l'échelle de coupée. Il saisit le fil de nylon noué à la rampe tubulaire et en entoure le cou de la morte, pour empêcher qu'elle ne sombre pendant qu'il se débarrasse de la bonbonne et du tuba.

Le corps glisse mollement sous la surface de l'eau, en provoquant un bref tourbillon. Il voit les cheveux de la jeune femme qui ondulent à quelques centimètres sous l'eau, agités par le clapotis de l'onde contre la coque, tels les tentacules d'une méduse qu'on distingue sous la lune.

Il ôte ses palmes, son masque et sa ceinture lestée et les pose délicatement sur le pont du voilier, sans faire le moindre bruit. Une fois libre, il saisit un montant de l'échelle, arrache le fil et tire à lui le corps sans vie, qu'il prend de nouveau sous son bras. Sans effort apparent, il monte les quelques échelons en portant le cadavre de sa victime, qu'il couche soigneusement sur le plancher de teck. Il prend le temps de l'observer un moment, puis se penche en avant pour ramasser le peignoir blanc qu'elle portait avant sa baignade mortelle. Comme dans un geste de tardive pitié, il l'étend sur la jeune femme couchée, comme pour abriter son corps déjà froid de la froidure d'une nuit qui, pour elle, ne finira plus.

« Arijane ? »

La voix qui s'élève à l'improviste vient de l'intérieur de la cabine. L'homme tourne instinctivement la tête de ce côté. Peut-être le compagnon de sa victime a-t-il été réveillé par l'obscure sensation d'être seul dans la chambre et dans le lit, peut-être a-t-il tendu sa jambe pour chercher le contact de la peau de son aimée, a-t-il été surpris de ne trouver que le vide et la blancheur du drap sous la blancheur déversée par la lune...

Puisqu'il n'a pas eu de réponse, il va sûrement sortir sur le pont.

Recouvert de la combinaison noire qui fait de lui une ombre plus obscure que toutes celles que projette la lune, l'homme se lève et va se tapir derrière le plus grand mât. De son poste d'observation, il voit surgir d'abord la tête, puis le reste du corps du propriétaire du voilier, monté sur le pont en quête de sa compagne. Il est nu. L'homme le voit tourner les yeux de droite et de gauche, puis fixer son regard vers la proue, où il a aperçu celle qu'il aime, étendue derrière la barre du timon. Elle a le visage tourné vers la mer, semble s'être distraitement couverte de son peignoir blanc. Il fait un pas vers elle, puis baisse les yeux, car il a senti que le pont était mouillé. Elle a dû prendre un bain de minuit, songe-t-il, avec un élan de tendresse pour ce corps qui paraît voluptueusement abandonné au sommeil sous la clarté lunaire. Peut-être l'imagine-t-il en train de nager, à longues brasses fluides et silencieuses, peut-être voit-il en esprit son corps trempé se revêtir de reflets argentés au moment où elle est sortie de l'eau... Il la rejoint à pas de loup, désirant sans doute la réveiller d'un baiser, l'entraîner dans la cabine, pour faire l'amour. Il s'accroupit près d'elle et pose sa main sur l'épaule qui dépasse du peignoir. L'homme en combinaison noire, accroupi aussi derrière le mât, entend distinctement ses paroles :

« Chérie... »

Mais la jeune femme ne donne pas le moindre signe d'avoir entendu le son de sa voix. Sa peau est glacée.

« Chérie, tu ne peux pas rester ici toute la nuit. Tu vas prendre froid... »

Toujours pas de réponse. Jochen sent une étrange angoisse crisper ses nerfs au creux de son estomac. Il prend délicatement la tête de son aimée entre ses mains, la tourne vers lui et découvre un regard sans vie. Le léger mouvement fait couler un filet d'eau de la bouche entrouverte. Immédiatement, il comprend qu'elle est morte et un hurlement silencieux dévaste son esprit comme une bourrasque. D'un coup, il se redresse, et c'est à ce moment qu'il sent un bras humide contre sa gorge. Une violente pression l'oblige à arquer le dos et à se courber en arrière.

Jochen est un peu plus grand que la moyenne et son corps est celui d'un sportif, parfaitement entraîné à force de longues séances de gymnastique et d'heures quasi quotidiennes de jogging, indispensables pour affronter la terrible épreuve physique d'un Grand Prix. Mais son agresseur est plus grand que lui, tout aussi vigoureux, et il a l'avantage de la surprise, sans compter le choc psychologique provoqué par la découverte de la mort d'Arijane. Les mains du pilote agrippent instinctivement le bras gainé de noir qui presse sa gorge et lui coupe la respiration, il tente de toutes ses forces de desserrer la prise qui l'étouffe. Du coin de l'œil, il a le temps de discerner, à droite, un scintillement léger dans la pénombre. Une fraction de seconde plus tard, le couteau de son agresseur, effilé comme un rasoir, décrit un rapide arc de cercle en faisant vibrer l'air de la nuit.

Le corps de Jochen est agité d'une brutale secousse au moment où la lame pénètre sous son sternum et lui transperce le cœur. Il sent dans sa bouche le goût âcre du sang, se contracte dans un spasme d'agonie et meurt, les yeux encore pleins du froid sourire de la lune.

L'homme ne lâche pas prise, et son poing continue d'appuyer sur le couteau, jusqu'au moment où le corps de Jochen n'est plus qu'un poids mollement abandonné entre ses bras. Alors seulement, sa main desserre son étreinte et il saisit sa victime aux aisselles, pour amortir sa chute sur le pont. Un instant, il s'attarde à regarder les deux cadavres à ses pieds, en respirant profondément pour calmer les battements de son cœur. Puis il saisit les épaules de l'homme et, sans difficulté apparente, le traîne vers l'escalier qui descend vers la cabine.

Il n'a plus beaucoup de temps avant que le soleil se lève, et un délicat travail l'attend encore.

La seule chose qui manque à son bonheur, en cet instant, est la musique.

4

Roger sortit sur le pont du *Baglietto* et respira à pleins poumons l'air frais du matin. Il était sept heures et demie, et la journée s'annonçait splendide. Après la semaine du Grand Prix, les propriétaires du yacht dont il était le skipper étaient repartis pour leur chalet valaisan et avaient laissé le luxueux bateau à ses soins, jusqu'à leur croisière estivale qui, d'habitude, durait environ deux mois. Aussi resterait-il à Monte-Carlo pendant six semaines au moins, seul à bord et jouissant d'une parfaite tranquillité, sans avoir à se soucier de l'encombrante présence de l'armateur et, surtout, de sa femme : une parvenue insupportable, une altesse des enquiquineuses si chargée de bijoux que, par beau temps, il fallait la regarder avec des lunettes de soleil.

Donatella, la serveuse italienne du *Restaurant du Port,* finissait de préparer les tables de la terrasse. Bientôt arriveraient les gens des bureaux et des boutiques du port, pour s'arrêter le temps d'un petit déjeuner. Roger l'observa en silence, jusqu'au moment où elle s'aperçut de sa présence. Elle lui adressa un sourire avenant et, d'un geste à peine perceptible, défit un bouton de plus de son chemisier.

« C'est la belle vie, pas vrai ? »

Roger s'accorda aussitôt au petit jeu de séduction qui, entre eux, durait depuis quelque temps. Il prit un air affligé.

« La belle vie ? Oui, si on veut. N'empêche qu'elle pourrait être encore bien plus belle, la vie... »

Donatella franchit les quelques mètres qui séparaient la terrasse de la poupe du *Baglietto* et se planta juste au-dessous de lui. Son corsage échancré laissait entrevoir l'aguichant petit vallon ouvert entre ses seins, et Roger y laissa tomber son regard comme s'il y avait un hameçon au bout. La jeune femme s'en aperçut, mais ne manifesta pas le moindre déplaisir.

« Que veux-tu ! Si tu te servais un peu moins de tes yeux et un peu plus de ta cervelle, pour trouver les mots qu'il faut... Hé ! Mais qu'est-ce qu'il fait, celui-là ? »

Roger tourna la tête, suivit son regard et vit un élégant deux-mâts, à l'évidence issu des chantiers Bénéteau, se diriger tout droit vers la rangée de bateaux au mouillage. À toute vitesse. Et sans personne sur le pont.

« Qu'est-ce que c'est que ces imbéciles ? Ils vont... »

Il abandonna Donatella, courut jusqu'à la proue du yacht et agita frénétiquement les bras, en criant :

« Eh, du bateau ! Faites attention... »

Du deux-mâts, aucun signe de vie. Il continuait sa course, la proue pointée vers le môle, sans que sa vitesse diminuât si peu que ce fût. Déjà, il n'était plus qu'à quelques mètres et la collision semblait inévitable.

« Hé ! vous... »

Roger lança un dernier cri désespéré, puis s'accrocha au bastingage en attendant l'impact. Avec un claquement sec, la proue du *Forever* éperonna le *Baglietto* sur son flanc gauche et glissa un peu plus avant, pour s'encastrer entre sa coque et celle du bateau amarré à son côté, en gîtant légèrement. Par chance, le moteur n'était pas assez puissant pour causer de graves dommages et les pare-bords avaient atténué le choc ; mais l'impeccable vernis du yacht portait maintenant une longue griffure grisâtre. Roger était furieux. Il hurla en direction du *Forever* :

« Mais vous avez perdu la boule, espèces de brutes épaisses ? Vous êtes bourrés, c'est ça ? »

Aucune réponse. Roger sauta directement du pont du *Baglietto* à la proue du *Forever*, tandis qu'une petite foule de curieux s'attroupait sur le quai. Arrivé à la poupe du voilier, il remarqua quelque chose qui le laissa perplexe. La barre du timon était bloquée. Quelqu'un l'avait coincée avec une gaffe, solidement attachée par du fil de nylon. Il vit aussi un sillon rougeâtre qui courait du pont à l'escalier menant à la cabine. Tout cela avait quelque chose d'étrange et de sinistre, et Roger se sentit parcouru d'un léger frisson glacé. Il descendit lentement l'escalier en suivant le sillon, qui s'achevait en une flaque plus sombre au pied de la table, dépliée comme pour un repas. Quand il comprit que c'était du sang, Roger eut la chair de poule. Il s'approcha, les jambes un peu tremblantes. Sur la table, quelqu'un avait écrit deux petits mots en lettres sanglantes :

Je tue...

La menace contenue dans ces mots et dans les trois points de suspension qui les suivaient était glaçante. Roger n'avait que vingt-quatre ans et ce n'était pas un héros ; toutefois, quelque chose de plus fort que lui le poussa vers la porte de ce qui était probablement la chambre à coucher. Là, il s'arrêta un instant devant le battant entrebâillé, la bouche soudain très sèche. Puis il l'ouvrit d'un geste décidé.

Il fut submergé par une bouffée d'odeur douceâtre, qui le prit à la gorge et lui donna une légère nausée. Mais il n'eut même pas la force de crier. Toutes les années qu'il lui restait à vivre, ce qu'il découvrit devait venir hanter ses nuits et les peupler de cauchemars.

L'agent de police qui montait à bord et les curieux rassemblés sur le quai le virent remonter sur le pont en courant comme un fou, se pencher par-dessus le bastingage et vomir dans l'eau du port, râlant bruyamment, le corps agité de violentes secousses hystériques.

5

Frank Ottobre s'éveilla et reprit conscience de son corps, étendu entre les draps d'un lit qui n'était pas le sien, dans une maison qui n'était pas la sienne, quelque part dans une ville qui ne l'était pas davantage.

L'instant d'après, le souvenir s'infiltra dans sa tête comme le soleil entre les lamelles du store – et la douleur était intacte ; comme de juste elle n'avait pas changé d'un iota depuis la veille au soir. S'il existait encore un monde, et dans ce monde un moyen pour oublier, son esprit les lui cachait l'un et l'autre. Le téléphone sans fil sonna sur la table de chevet et il se retourna, tendant la main pour saisir l'appareil dont le petit signal rouge brillait.

« Allô ?

— Salut, Frank. »

Il ferma les yeux et vit aussitôt paraître le visage de cette voix. Un nez busqué, des cheveux couleur de sable, des yeux gris pâle. Et une odeur d'après-rasage, une démarche indolente, un complet gris qui était presque un uniforme.

« Salut, Cooper.

— Je sais qu'il est tôt, pour toi. Mais quelque chose me disait que tu étais réveillé.

— Oui, depuis peu... Qu'est-ce qui se passe ?

— Ce qui se passe ? Un peu de tout, ces temps-ci.

C'est la folie totale, nous sommes de service pratiquement vingt-quatre heures sur vingt-quatre. Et si nos effectifs étaient doublés, il faudrait les doubler encore, au moins, pour avoir quelques chances de faire face. Les gens essaient de faire comme s'il n'était rien arrivé de si grave, en septembre dernier, mais en réalité ils ont peur. Tous. Difficile de le leur reprocher. Parce que nous aussi, nous avons peur. »

Un bref silence. Puis :

« Et toi, comment vas-tu ? »

Oui, comment ?

Frank se posa cette question comme s'il venait seulement de se ressouvenir qu'il était en vie.

« Plutôt bien. Je prends du bon temps avec toute la jet set de Monte-Carlo. Le seul danger, c'est qu'à force de fréquenter les milliardaires, je ne finisse par me croire riche aussi. Je repartirai quand j'aurai envie de m'acheter un yacht de quarante mètres et que ça me semblera une idée normale. »

Il se leva du lit, toujours nu, et, le combiné à l'oreille, alla s'asseoir sur la cuvette des toilettes pour uriner.

« Si tu trouves moyen de la réaliser, ton idée normale, fais-moi savoir comment tu t'y es pris ! »

Cooper n'était pas dupe de son ironie douloureuse, mais il préférait jouer le jeu. Frank l'imagina de nouveau, assis dans son bureau, avec un sourire crispé et, peinte sur son visage, toute la compassion soucieuse qu'il éprouvait pour lui. Cooper était toujours Cooper. Alors que lui coulait à pic et qu'ils le savaient bien, tous les deux.

De nouveau, il y eut un silence ; puis Frank eut l'impression d'entendre distinctement un sifflement : celui de leur fiction de bonne humeur, que Cooper laissait se dégonfler comme une baudruche. Sa voix se fit plus dure, parce que plus anxieuse.

« Frank, tu ne crois pas... »

Il devinait la suite de la phrase et le coupa aussitôt.

« Non, Cooper. Pas encore. Je n'aurais pas le courage de revenir. C'est trop tôt.

— Frank, Frank, *Frank* ! Cela fait presque un an, maintenant. De combien de temps crois-tu avoir besoin pour... »

Mais pour Frank, les mots de son ami se perdirent dans l'immense espace qui le séparait du continent américain, un vide intergalactique. Tout ce qu'il entendit, ce fut la voix de ses pensées.

Oui, Cooper, de combien de temps ? Un an, cent ans, un million d'années ? Combien de temps faut-il à un homme pour oublier qu'il a brisé une vie aimée, et la sienne propre ?

« Et puis, Homer l'a dit clairement : tu peux reprendre du service quand tu veux, si ça peut t'être utile. Ce qui est sûr, c'est que toi, tu le serais ! Dieu sait combien on a besoin de types comme toi, en ce moment. » Il hésita, puis ajouta : « Tu ne crois pas que revenir parmi nous et te sentir de nouveau investi dans quelque chose de bénéfique, pour mettre un terme à toute cette histoire... »

La voix de Frank, tout à coup, fut une lame si acérée qu'elle eût tranché net toute tentative de rapprochement :

« Cooper ! De terme à toute cette histoire, il n'en existe qu'un. »

Le silence de Cooper trahissait qu'une question hurlait dans sa tête et qu'il avait peur de la poser, fût-ce dans un murmure. Sa voix finit par résonner de nouveau, et l'espace qui séparait Monte-Carlo des États-

Unis n'était rien comparé à celui qui se creusa entre eux.

« Quel terme, Frank, pour l'amour du Ciel ?

— Le Ciel n'a rien à voir là-dedans. Cela ne regarde que moi. C'est entre moi et moi que se fera la décision. Et tu sais que dans ce genre de lutte, on ne fait pas de prisonniers. »

Il éloigna le téléphone de son oreille et regarda dans la pénombre son doigt qui pressait sur le bouton pour couper la communication. Puis il leva les yeux et observa son corps dans le grand miroir de la salle de bains. Ses pieds nus sur le marbre, ses jambes musclées, et puis, plus haut, son thorax strié de cicatrices rougeâtres. Et, plus haut encore, ses yeux éteints. Et de nouveau ses cicatrices.

Sa main, comme animée d'une volonté propre, s'éleva pour les effleurer. Il laissa monter en lui, sans rien faire pour le réprimer, le souffle quotidien de cette mort qui l'habitait.

Quand il s'était réveillé, la première chose qu'il avait vue était le visage de Harriet. Puis, lentement, celui de Cooper avait aussi surgi de la pénombre. Quand il était parvenu à scruter le reste de la pièce, il avait découvert Homer Woods, assis dans un petit fauteuil contre le mur, impassible, les cheveux tirés en arrière, et ses yeux bleus qui l'observaient, inexpressifs derrière ses lunettes cerclées d'or.

Il avait tourné la tête vers sa femme et, comme dans un rêve, s'était rendu compte qu'il se trouvait dans une chambre d'hôpital, qu'une lumière verdâtre filtrait par le store vénitien, qu'un gros bouquet de fleurs était posé sur la table. Des tuyaux jaillissaient de ses bras, et un bip-bip monotone résonnait dans un appareil à côté de lui. Soudain, tout s'était mis à tourbillonner.

Il avait tenté de parler, mais sa voix se refusait à sortir de son corps.

Harriet s'était penchée pour approcher son visage du sien, elle lui avait posé une main sur le front. Il avait senti sa main, mais ses paroles lui étaient restées inaudibles, car il s'était senti replonger dans les profondeurs d'où il venait à peine d'émerger.

Quand il était vraiment revenu à lui, qu'il avait pu poser des questions, savoir ce qu'il faisait là, Homer Woods était debout au côté de Harriet. Mais il n'avait plus vu Cooper. La luminosité de la pièce avait changé, mais c'était encore – ou de nouveau – une clarté diurne. Frank s'était demandé combien d'heures avaient passé depuis son précédent réveil, et si Homer était resté tout ce temps. Ses vêtements étaient les mêmes, son expression aussi. Mais il s'était rappelé ne lui en avoir jamais vu d'autres. « M. Husky », l'appelait-on au bureau, à cause de ses yeux bleus qui semblaient de verre comme ceux d'un chien de traîneau.

La main de Harriet s'était de nouveau posée sur son front, puis glissée dans ses cheveux. Il avait vu une larme sur sa joue, une larme immobile qui semblait faire partie d'elle, être suspendue là depuis le commencement des temps.

« Bonjour, chéri. Bienvenue chez les vivants. »

Elle avait posé ses lèvres sur les siennes, en un léger baiser salé. Frank avait respiré son haleine comme un marin les parfums de la côte, l'air du pays retrouvé.

Cooper, discrètement, avait reculé d'un pas.

« Qu'est-ce qui s'est passé ? » avait-il demandé d'une voix sans timbre, qu'il n'avait pas d'abord reconnue comme sienne. Sa gorge était bizarrement douloureuse et il ne se rappelait rien. La dernière image qu'avait enregistrée sa

mémoire était celle d'une porte qu'il ouvrait d'un coup de pied tandis que ses mains pointaient son arme vers l'intérieur d'une grande pièce noire. Et puis, il y avait eu un éclair aveuglant, un bruit de tonnerre, la sensation qu'une énorme main le projetait en l'air, vers des ténèbres sans douleur.

« Tu es à l'hôpital, tu viens de passer huit jours dans le coma. Tu nous as fait une sacrée frayeur ! »

La larme, maintenant, semblait incrustée dans le visage de sa femme comme un sillon dans sa peau. Elle étincelait comme son chagrin.

Elle s'était écartée et avait lancé un coup d'œil à Homer, lui abandonnant tacitement le reste des explications. Lui s'était approché du lit et l'avait regardé derrière l'écran de ses lunettes.

« Les deux Larkin avaient fait courir le bruit d'un échange entre eux et leurs fournisseurs, ce soir-là. Un échange très important d'argent et de marchandise, dans un entrepôt désaffecté. Ils avaient manigancé ça pour allécher Harvey Lupe et sa bande, pour qu'ils tentent d'intercepter la marchandise et le fric. L'entrepôt était bourré d'explosifs. Leur idée, c'était de se débarrasser une fois pour toutes de leurs principaux concurrents, dans un beau feu d'artifice. Mais au lieu de Lupe et de sa clique, c'est Cooper et toi qui êtes arrivés sur les lieux. Cooper était encore à l'extérieur, du côté sud, quand tu es entré par la porte des anciens bureaux. Quand le bâtiment a explosé, il a été protégé par un échafaudage et il s'en est tiré avec des bleus et quelques brûlures superficielles. Toi, c'était une autre affaire ! Ta chance a été que les Larkin soient très efficaces comme trafiquants, mais beaucoup moins comme artificiers. C'est un miracle si tu es encore en vie. Pour tout te dire, je devrais t'engueuler parce que tu n'as pas attendu les renforts, mais je ne peux pas : si

vous étiez tous entrés en même temps, ç'aurait été un vrai carnage. »

À présent, Frank savait tout, mais ne se souvenait encore de rien. Il se rappelait seulement que Cooper et lui s'évertuaient depuis deux ans à piéger les frères Larkin, mais qu'au bout du compte, c'étaient eux qui s'étaient fait piéger.

Plus exactement : lui.

« Qu'est-ce que j'ai ? » avait-il demandé, sentant son corps traversé de sensations très confuses et voyant, comme si elle appartenait à un autre, sa jambe droite immobilisée par un plâtre.

La réponse lui était venue d'un médecin, entré dans la chambre juste au bon moment pour entendre ses mots. Ses cheveux bruns étaient précocement striés de fils blancs, mais il avait le visage et l'air farceur d'un garçonnet. Il lui avait souri, en inclinant la tête cérémonieusement.

« Bonjour, cher monsieur. Je suis le docteur Fraser, un des responsables de la prolongation de votre séjour en ce monde. J'espère que vous ne m'en voudrez pas. Ce que vous avez, demandez-vous ? Pour faire court, une demi-douzaine de côtes cassées, une lésion à la plèvre, une jambe fracturée en deux endroits, des trous de largeur et de profondeur diverses un peu partout, le thorax tellement labouré de plaies qu'on dirait un champ de betteraves après la récolte, et un traumatisme crânien. Et une telle quantité d'ecchymoses et autres hématomes qu'on peut sans hésiter vous classer parmi les gens de couleurs, mais de couleurs avec plusieurs "s" tellement elles sont variées. Oh, j'oubliais ! Vous avez, ou plutôt vous aviez, un éclat de métal qui s'est arrêté à un quart de millimètre du cœur. Nous avons sué sang et eau pour vous en débarrasser, faute de quoi c'est vous qui auriez débarrassé notre bonne vieille Terre. »

Tout en parlant, il avait saisi un panneau accroché au pied du lit, puis s'était approché de lui et avait commencé de prendre son pouls. Frank avait senti l'odeur de sa blouse lavée de frais.

« Et maintenant, si ces messieurs-dames veulent bien nous excuser, je crois qu'il serait bon de contrôler la politique de grands travaux que nous avons engagée pour remédier au désastre. »

Harriet et Homer Woods s'étaient dirigés vers la porte, au moment où elle s'ouvrait pour livrer passage à une grosse infirmière noire poussant un chariot débordant presque d'instruments et de médicaments. Harriet, avant de sortir, avait lancé un regard inquiet au moniteur qui surveillait le rythme cardiaque de son mari, comme si elle jugeait sa présence nécessaire pour les faire fonctionner l'un et l'autre. Puis elle avait tourné la tête et refermé la porte.

Pendant que le médecin et l'infirmière s'affairaient autour de son corps surchargé de bandages et de drains, Frank avait demandé un miroir. L'infirmière, sans commentaire, lui avait apporté celui qui se trouvait à côté de la porte et l'avait placé devant lui en souriant.

Avec une étrange absence d'émotion, il avait alors découvert le visage blême et les yeux souffrants de Frank Ottobre, agent spécial du FBI, encore vivant.

Autre miroir, autre regard.

Le présent se superposa au souvenir et, dans la grande glace de la salle de bains, Frank retrouva ses yeux d'ici et maintenant, en se demandant si, vraiment, tous ces médecins avaient eu raison de se donner tant de mal pour le ramener à la vie.

Il retourna dans la chambre à coucher, alluma la lumière, puis il chercha la commande du store dans la série d'interrupteurs qui s'alignaient à côté du lit. Il le pressa et, avec un léger ronronnement, le store se souleva, laissant la lumière du jour se mêler à celle de la lampe. Puis il s'approcha de la porte-fenêtre, l'ouvrit et sortit sur la terrasse.

Étendue à ses pieds, il vit Monte-Carlo, pavée d'or et d'indifférence. Et, jusqu'au terme du monde, une mer intensément bleue, qui regardait le ciel sans le voir. Il repensa à sa conversation avec Cooper. Tout au bout des mers, son pays était pris dans une drôle de guerre – une guerre, bien sûr, qui touchait particulièrement les hommes comme lui. Et tous ceux et toutes celles qui aspiraient à vivre en goûtant la clarté du jour, sans ombres démentes et sans frayeur. C'est là qu'il aurait dû partir, sans doute, pour défendre le monde et les hommes et les femmes de bonne volonté.

Autrefois, il l'aurait fait sans hésiter un instant, il se serait précipité en première ligne avec Cooper, Homer Woods et les autres. Du reste, il avait failli mourir pour que le monde et son pays continuent de marcher à peu près droit : ses cicatrices en témoignaient. Mais ce temps était révolu.

Et Harriet...

Un souffle de brise monta de la mer, frais en cette heure matinale, et le fit frissonner. Il prit conscience qu'il était toujours aussi nu. En rentrant dans l'appartement, il se demanda ce que le monde pourrait bien faire du dénommé Frank Ottobre, agent spécial du FBI, quand lui ne savait plus que faire de lui-même.

6

En descendant de voiture, le commissaire Nicolas Hulot, de la Sûreté publique de la principauté de Monaco, vit aussitôt le gracieux voilier encastré entre deux yachts, qui penchait légèrement d'un côté.

Il s'avança sur le quai et l'inspecteur Morelli, son adjoint, vint à sa rencontre en parcourant le pont du *Baglietto*, que le deux-mâts avait éperonné. Quand il se trouva face à lui, le commissaire fut surpris de lui voir une expression aussi bouleversée. Morelli était un policier brillant, qui avait suivi des cours de perfectionnement auprès des services secrets israéliens et en avait vu de toutes les couleurs en quinze ans de carrière. Pourtant, son visage était livide et il lui parlait avec une perceptible difficulté à soutenir son regard, comme si ce qui se passait était en partie sa faute.

« Alors, Morelli ?

— C'est une boucherie, commissaire. Une vraie boucherie. De ma vie, je n'ai jamais vu une chose pareille... »

Il poussa un long soupir et, l'espace d'un instant, Hulot eut l'impression qu'il allait vomir

« Du calme, Claude. Explique-moi, plutôt. Qu'est-ce que tu entends par "boucherie" ? On ne m'a pas dit grand-chose, on m'a seulement parlé d'un meurtre.

— Deux, commissaire. Je viens de voir les corps

d'un homme et d'une femme dans ce bateau – ou du moins ce qu'il en reste. »

Hulot se retourna pour regarder la foule de badauds qui se pressait derrière les barrières métalliques délimitant la zone. Il était pris d'un affreux pressentiment. La principauté de Monaco n'était pas un lieu où survenaient des « boucheries », ni rien de ce genre. Sa police, si policée fût-elle au premier abord, était une des plus efficaces du monde, et le taux de criminalité si bas qu'il rampait comme un lombric sous la surface du sol, et dans les rêves de tous les ministres de l'Intérieur. On comptait un policier pour soixante habitants, et des caméras vidéo étaient discrètement installées un peu partout. Le territoire était parfaitement sous contrôle. Ici, les gens s'enrichissaient ou se ruinaient, mais ils ne s'entretuaient pas. Il n'y avait ni vols, ni meurtres, ni pègre. À Monaco, par définition, il n'arrivait jamais rien.

« Quelqu'un a vu quelque chose ? »

Morelli indiqua d'un geste un jeune homme assis à la terrasse du bar-restaurant, entre un agent et un des assistants du médecin légiste. L'endroit, qui d'habitude grouillait à cette heure de gens et d'attachés-cases de marque, était quasi désert. Toutes les personnes susceptibles d'avoir un témoignage à apporter y avaient été entendues, mais on avait interdit l'entrée aux clients. Le patron se tenait sur le seuil, au côté d'une jeune serveuse brune à la poitrine avantageuse, et se tordait nerveusement les mains.

« Ce garçon. C'est le skipper du *Baglietto*, le yacht que le voilier a éperonné. Il s'appelle Roger Quelque-chose. Après la collision, il est monté à bord pour engueuler les propriétaires. Comme il n'a trouvé personne sur le pont, il est descendu dans la cabine. C'est là qu'il les a trouvés. Pour le moment, il est en état de choc, mais je doute qu'il en sache beaucoup plus. L'agent Delorme, qui est nouveau, est descendu juste après lui. Maintenant, il est assis dans une voiture et il ne va pas beaucoup mieux. »

Le commissaire tourna de nouveau les yeux vers les curieux attroupés entre les barrières et le boulevard Albert-Ier, où une équipe d'ouvriers finissait de démonter les tribunes dressées pour le Grand Prix. Il se prit à regretter la confusion de la course et de ses préparatifs, l'agitation de la foule et les petits désagréments que tout cela entraînait parfois.

« Bon, allons voir. »

Ils gravirent la passerelle instable du *Baglietto* et, grâce à une autre passerelle tendue entre les deux bateaux, rejoignirent le pont du *Forever*. Nicolas Hulot remarqua aussitôt le timon bloqué, puis la traînée de sang – maintenant coagulé – qui, du plancher de teck, descendait se perdre dans l'ombre de la cabine. Malgré le soleil qui commençait à taper assez fort, il se sentit tout à coup le bout des doigts glacé. Que diable était-il arrivé sur ce bateau ?

Morelli lui indiqua l'escalier de la cabine.

« Si ça ne vous ennuie pas, je vous attends ici, commissaire. Une fois, ça me suffira amplement pour aujourd'hui. »

En descendant les marches couvertes de bois antidérapant, il faillit entrer en collision avec le très élégant docteur Lassalle, le légiste, qui s'apprêtait à remonter. La charge qu'il exerçait dans la Principauté était une sinécure, et son expérience des plus limitées. Hulot ne l'estimait ni personnellement, ni en tant que médecin.

Il avait obtenu son poste en faisant jouer les relations de sa femme et jouissait, grâce à un très confortable salaire, d'une vie de play-boy un peu sur le retour, tout en ne faisant à peu près rien. Un médecin « de compagnie » surpayé et vaguement décoratif, se disait souvent le commissaire. S'il était ici, cela signifiait seulement que personne d'autre n'était disponible pour le moment.

« Bonjour, docteur Lassalle.

— Bonjour, commissaire. »

Le médecin parut soulagé de le voir. De toute évidence, il se trouvait confronté à une situation qui le dépassait.

« Où sont les corps ?

— Par ici, venez voir. »

Maintenant que ses yeux s'étaient accoutumés à la pénombre, Hulot vit que la traînée de sang s'élargissait en une flaque rouge au pied de l'escalier, puis disparaissait au-delà d'une porte ouverte. Il tomba en arrêt devant la table dépliée, sur laquelle une main avait tracé en lettres de sang deux mots :

Je tue...

Ses doigts étaient maintenant dix petites barres de glace. Pour se calmer, il s'obligea à respirer profondément par le nez. Alors, il perçut l'odeur douceâtre du sang et de la mort, l'odeur qui attire l'angoisse et les mouches.

Il suivit cette odeur douceâtre et pénétra dans la cabine. Au moment où il arriva sur le seuil de la porte ouverte, le froid de ses doigts gagna instantanément tout son corps et il ne fut plus qu'un bloc de banquise vacillant.

Étendus sur le lit, l'un à côté de l'autre, il y avait les

cadavres d'un homme et d'une femme, entièrement nus. Sur le corps de la femme, on ne remarquait pas de blessures apparentes, mais sur celui de l'homme, au niveau du cœur, une large plaie rougeâtre avait largement imbibé le drap de sang. Du reste, il était partout, le sang : sur les murs, sur les oreillers, sur le sol. Il semblait impossible que ces deux pauvres corps sans vie eussent contenu tant de sang...

Le commissaire s'obligea à regarder les visages des deux morts. Mais ils n'en avaient plus. L'assassin avait enlevé la totalité de la peau qui recouvrait leurs têtes, cuir chevelu compris, comme on écorche un animal à fourrure.

Il resta un moment tétanisé, fixant les deux paires d'yeux écarquillés fixant un plafond qu'ils ne voyaient pas, les muscles de ces visages, rougis et noircis de sang coagulé, les dents, exhibant un rictus macabre que la disparition de leurs lèvres n'éteindrait plus jamais.

Hulot eut la sensation que sa vie allait s'arrêter là, qu'il resterait pour toujours debout sur le seuil de cette chambre, face à ce spectacle de mort et d'épouvante, qui serait devant lui pour les siècles des siècles. Un instant, il pria le Ciel que la personne capable d'un tel carnage eût au moins éprouvé assez de miséricorde pour tuer ces deux infortunés avant de leur infliger cet atroce supplice.

Il se reprit à grand-peine et se dirigea d'un pas chancelant vers la cuisine, où le docteur Lassalle l'attendait. Morelli avait pris sur lui et l'avait suivi : il se tenait debout à côté du légiste, scrutant le visage du commissaire pour guetter ses réactions.

Hulot se tourna d'abord vers le médecin :

« Vos commentaires, docteur ? »

Lassalle haussa les épaules.

« La mort remonte à quelques heures. La rigidité cadavérique est à peine commencée, et les marques hypostatiques semblent le confirmer. L'homme a probablement été tué avec une arme blanche, d'un coup précis qui lui a transpercé le cœur. Sur la femme, à part... » Il s'interrompit une seconde pour déglutir avec difficulté. « À part les mutilations, on ne constate aucune blessure, du moins sur la partie frontale. Je n'ai pas changé la position des corps, parce que nous attendons vos collègues de la Scientifique. L'autopsie nous fournira sûrement plus de précisions.

— On sait qui étaient les deux victimes ? »

Cette fois, ce fut Morelli qui répondit :

« Selon le livre de bord, le voilier appartient à une société anonyme basée à Monaco. Mais nous n'avons pas encore fait de perquisition poussée. Les types de la Scientifique vont nous sonner les cloches. Après les allées et venues qui ont eu lieu sur ce bateau, le lieu n'est plus intact du tout et un tas de choses ont pu être effacées. »

Hulot baissa les yeux. Il regarda la traînée de sang et vit çà et là des empreintes de pas, qu'il n'avait pas remarquées jusqu'ici. Quand il tourna le regard vers la table ouverte, il se surprit à le faire avec l'espoir absurde que l'horrible, affolante inscription n'y serait plus.

À ce moment, il entendit deux voix fortes qui provenaient du pont et semblaient s'invectiver. Il sortit, et se trouva tout à coup dans un autre monde, de soleil, de lumière et de vie, d'air frais transportant des effluves salés, sans cette odeur de mort qui l'avait tant oppressé.

Debout sur le pont, un agent de police s'efforçait de

retenir un homme d'une petite cinquantaine d'années, à l'air furieux, qui hurlait en français avec un fort accent germanique et tentait de l'écarter.

« Laissez-moi passer, je vous dis !

— Je ne peux pas, c'est strictement interdit. Personne ne peut passer. »

L'homme essayait à toute force de se dégager des mains de l'agent, qui le tenait par les bras. Son visage était très rouge et sa fureur confinait à l'hystérie.

« Je vous dis que je dois passer ! Sur quel ton faut-il vous le répéter ? Il faut absolument que je sache ce qui s'est pass... »

L'agent aperçut le commissaire et fut visiblement soulagé.

« Désolé, commissaire, mais nous n'avons pas réussi à l'arrêter en bas. »

Hulot fit un geste pacifique et l'agent se décida à lâcher prise. L'homme rajusta sa veste d'un air outragé et marcha tout droit sur le commissaire, montrant ostensiblement sa satisfaction de pouvoir, enfin, parler à une personne qui ne faisait pas partie de la valetaille. Il s'arrêta devant lui et retira ses lunettes de soleil pour le fixer droit dans les yeux.

« Bonjour, commissaire. Puis-je savoir ce qui se passe sur ce bateau ?

— Et moi, puis-je savoir à qui j'ai l'honneur ?

— Je m'appelle Roland Schatz et, croyez-moi, c'est un nom qui pèse d'un certain poids. Je suis l'ami du propriétaire de ce voilier. Et j'exige une réponse immédiate.

— Monsieur Roland Schatz, je m'appelle Hulot et mon nom pèse probablement d'un poids nettement moindre que le vôtre, mais je suis commissaire de police. Ce qui signifie que sur ce bateau, celui qui pose les questions et exige des réponses, jusqu'à preuve du contraire, c'est moi. »

Hulot vit distinctement la colère monter dans les yeux de son interlocuteur. Schatz s'approcha un peu plus et sa voix se fit basse et sifflante :

« Monsieur le commissaire... », articula-t-il à quelques centimètres de son visage. Il y avait dans ses mots un abîme de mépris. « Ce bateau appartient à Jochen Welder, deux fois champion du monde de Formule 1, dont je suis le manager et l'ami personnel. Je suis également l'ami personnel de Son Altesse le prince Albert. Aussi allez-vous immédiatement m'expliquer par le menu ce qui est arrivé à ce voilier et à ses occupants ! »

Hulot laissa quelques fractions de seconde ces paroles flotter entre eux. Puis, sa main se leva avec la vitesse de la foudre et saisit Roland Schatz par son nœud de cravate, en le tordant jusqu'à lui couper la respiration. Le visage de l'autre vira au cramoisi.

« Alors, vous voulez savoir ce qui est arrivé ? Eh bien, vous allez être satisfait. Venez voir ce qui s'est passé sur ce bateau, pauvre con ! »

Il était furieux à son tour. Il secoua violemment le manager, le traîna presque dans l'escalier et le força à le suivre dans la cabine.

« Viens, ami personnel du prince Albert, viens voir de tes yeux ce qui s'est passé sur ce bateau ! »

Il s'arrêta devant la porte de sa chambre et lâcha enfin prise. Puis il désigna de la main les deux corps étendus sur le lit.

« Voilà, regarde ! »

Roland Schatz reprit sa respiration, pour la perdre

aussitôt. Quand il prit conscience de ce qu'il avait devant les yeux, son visage, tout à coup, fut envahi d'une pâleur mortelle. Le blanc de ses yeux brilla comme un bref éclair dans la pénombre, puis il s'effondra sur le sol, évanoui.

7

En descendant à pied vers le port, Frank Ottobre aperçut la petite troupe des badauds arrêtés pour observer les voitures de police et les hommes en uniforme qui s'affairaient parmi les bateaux à quai. Puis il entendit dans son dos le son d'une sirène monter peu à peu en volume. Il ralentit légèrement le pas. Un tel déploiement de forces impliquait un événement plus grave que ce qu'il pouvait voir, une simple collision entre yachts.

Et puis, il y avait les journalistes. Frank était trop expérimenté pour ne pas les reconnaître au premier coup d'œil. Ils allaient et venaient, flairant, furetant, en quête d'informations, et leur excitation perceptible ne pouvait s'expliquer que par une affaire d'importance. La sirène, qui d'abord n'était qu'une sorte de pressentiment sonore, devint une assourdissante réalité.

Deux véhicules de police débouchèrent à toute allure du redoutable virage de la Rascasse, longèrent le quai et freinèrent devant les barrières, qu'un agent s'empressa d'écarter pour les laisser passer. Les voitures s'immobilisèrent derrière une ambulance garée près du môle, dont les portières arrière grandes ouvertes firent à Frank l'effet d'une gueule de fauve toute prête à engloutir sa proie.

Des véhicules descendirent plusieurs policiers, la plupart en uniforme, deux ou trois en civil, qui se dirigèrent vers la poupe d'un grand deux-mâts. Debout au pied de la passerelle, Frank aperçut le commissaire Nicolas Hulot. Les nouveaux arrivants s'entretinrent quelques instants avec lui, puis montèrent ensemble sur le pont du voilier encastré de biais entre deux autres yachts.

Frank contourna lentement la foule attroupée et alla s'appuyer contre le mur du bar. De là, il pouvait observer commodément la scène.

De la cabine du deux-mâts remontèrent quelques hommes, qui transportaient avec peine deux grands sacs en plastique hermétiquement clos. Frank reconnut immédiatement des conteneurs pour cadavres.

Il suivit des yeux le transport des corps jusqu'à l'ambulance, avec une étrange indifférence. Autrefois, les lieux de crime étaient en quelque sorte son habitat naturel. Mais à présent, il assistait à ce spectacle comme si de pareils faits ne l'avaient jamais concerné, sans le sentiment de défi qu'éprouve tout policier devant un crime, sans le frisson que suscite chez les gens ordinaires la mort violente.

Quand les portes de l'ambulance se furent refermées sur leur cargaison, le commissaire Hulot et ses collègues descendirent en file indienne la passerelle du *Forever*. Hulot se dirigea aussitôt vers la petite troupe des journalistes – reporters de la presse écrite, envoyés des chaînes de radio et de télévision – que deux agents retenaient à grand-peine. Il fondit sur eux comme une bourrasque sur une forêt de bambous, et, de loin, Frank imagina le flux habituel de questions s'entrecroisant parmi les micros spasmodiquement tendus vers la bouche du commissaire, dans l'espoir de lui arracher quelques informations, fût-ce de simples bribes sur lesquelles on pourrait tresser des phrases propres à aguicher le public. Quand les journalistes n'avaient aucune vérité à offrir, ils se contentaient d'attiser la curiosité. En général, c'était largement suffisant.

Tandis qu'il les affrontait, Hulot tourna un instant la tête de son côté et Frank comprit qu'il l'avait vu. Il finit par les planter là, poursuivi par un vol de questions auxquelles il ne pouvait ni ne voulait répondre. Avec l'expression classique du policier agacé par tant de feinte naïveté, il s'arrêta près d'une barrière et fit signe à Frank de s'approcher. À contrecœur, celui-ci s'exécuta et fendit la foule pour le rejoindre.

Les deux hommes se regardèrent. Il n'y avait sans doute pas très longtemps que le commissaire était réveillé, mais il semblait aussi fatigué que s'il n'avait pas dormi depuis quarante-huit heures.

« Salut, Frank. Viens donc un moment. »

Il fit un signe au planton posté près d'eux, qui écarta la barrière pour le laisser passer ; puis il prit Frank par le bras et l'entraîna vers une table à la terrasse du *Restaurant du Port*, abritée sous un grand parasol. Une fois assis, Hulot laissa son regard errer aux alentours, comme s'il n'arrivait pas encore à bien saisir ce qui se passait réellement. Frank ôta ses lunettes de soleil et attendit qu'il reprît ses esprits.

« Alors ? demanda-t-il enfin.

— Deux morts, Frank. Sauvagement assassinés », murmura-t-il, les yeux toujours dans le vague.

Il garda un instant le silence, puis tourna enfin le visage vers lui.

« Et pas n'importe quels morts. Jochen Welder, le pilote de Formule 1. Et Arijane Parker, sa petite amie du moment, une championne d'échecs dont on a beaucoup parlé ces derniers temps. »

Frank ne dit rien. Il pressentait que Nicolas n'en avait pas terminé.

« Quand je dis "sauvagement", Frank, le mot est faible. Ils n'ont plus de visage. L'assassin leur a écorché la tête comme on écorche un vison. C'était une vision d'horreur absolue. Jamais de ma vie je n'ai vu tant de sang. »

Entre-temps, le départ plaintif de l'ambulance et du fourgon de la police scientifique avait fait comprendre aux badauds qu'il n'y avait plus rien à voir, et ils s'éloignèrent petit à petit, vaincus par la chaleur et le besoin de vaquer à d'autres occupations. Les journalistes, résignés à ce qu'il n'y ait plus la moindre parcelle d'information à grappiller, firent de même.

Hulot, de nouveau, garda le silence quelques secondes. Il regarda Frank dans les yeux, et son silence semblait exprimer beaucoup de choses.

« Tu veux jeter un coup d'œil ? » dit-il enfin.

Frank aurait voulu dire non. Tout en lui disait non. Il ne voulait plus jamais revoir du sang, des meubles renversés ou des impacts de balles, plus jamais toucher la gorge d'un homme étendu pour savoir s'il était mort. Il n'était plus policier, il n'était même plus un homme. Rien, il n'était plus rien, désormais.

« Non, Nicolas. Pas envie.

— Je ne te le propose pas pour t'aider. C'est pour moi. »

Frank Ottobre regarda Nicolas Hulot comme s'il le voyait pour la première fois. Pourtant, ils se connaissaient depuis plusieurs années. Dans le passé, ils avaient collaboré dans une affaire qui avait réuni le FBI et la

Sûreté publique de Monaco, une grosse affaire de blanchiment d'argent de la drogue et de financement du terrorisme international. La police monégasque, en raison de son exceptionnelle efficacité et, bien sûr, des facilités qu'offrait la Principauté pour le transit de sommes aussi énormes que douteuses, entretenait des liens constants avec toutes les polices du monde, FBI compris. Frank, qui parlait très bien le français et l'italien, avait été envoyé sur place, et c'est ainsi que leur amitié était née. Par la suite, ils étaient restés en contact, et, un été, Frank avait séjourné avec Harriet dans la jolie maison qu'habitaient le commissaire et sa femme. Ce voyage aurait dû être suivi d'une visite des Hulot aux États-Unis, l'été suivant, quand l'histoire de Harriet...

Frank songea qu'il ne parvenait toujours pas à nommer l'événement, comme s'il suffisait de ne pas nommer la nuit pour empêcher que l'obscurité se fasse. Dans sa tête, ce qui était advenu était encore « l'histoire de Harriet ».

Quand il avait su, Hulot lui avait téléphoné presque chaque jour pendant des mois. Pour finir, il l'avait convaincu de quitter sa réclusion pour venir passer quelque temps sur la Côte d'Azur auprès de lui. Avec la discrétion des vrais amis, il lui avait procuré l'appartement qu'il occupait à Monte-Carlo, celui d'André Ferrand, un homme d'affaires qui passait plusieurs mois par an au Japon.

En cet instant, toutefois, c'était Hulot qui le regardait comme un marin en détresse regarde un sauveteur. Mais qui était le marin et qui le sauveteur ? pensa Frank. Tous deux étaient des hommes seuls, en butte à la fantaisie cruelle de la mort.

Il remit ses lunettes et se leva brusquement, avant

que l'envie de tourner les talons pour s'enfuir reprenne le dessus.

« Allons-y. »

Comme un automate, il suivit son ami sur le pont du *Forever*, sentant son cœur battre de plus en plus fort. Le commissaire lui indiqua les marches qui menaient à la cabine du voilier et le laissa passer le premier. Frank avait remarqué le timon bloqué, mais ne dit rien. Quand il fut descendu, il regarda autour de lui.

« Un bateau de grand luxe, on dirait. Tout est informatisé. Comme pour un navigateur solitaire.

— Oh, le propriétaire avait de l'argent à ne plus savoir qu'en faire. Quand on pense qu'il a fait fortune en risquant sa peau pendant des années, de course en course, et qu'il a fini de cette façon... »

Frank remarqua les empreintes de pas laissées par l'assassin et celles, familières, du passage de la police scientifique, qui avait procédé à toutes sortes de mesures et de prélèvements dans l'espoir de trouver des traces moins évidentes et plus révélatrices. Tous les hublots étaient ouverts, mais l'odeur de mort flottait encore dans l'air.

« Les deux corps ont été trouvés un peu plus loin, dans la chambre, couchés l'un près de l'autre. Les empreintes de pieds sont celles de semelles en caoutchouc. Peut-être les bottillons d'une combinaison de plongée. Il n'y a pas d'empreintes digitales. L'assassin portait des gants et ne les a enlevés à aucun moment. »

Frank s'engagea dans le couloir, arriva devant la chambre et s'arrêta sur le seuil. Dehors, tout était calme, mais à l'intérieur on entrait en enfer. Des scènes comme celle-là, il en avait vu plusieurs fois. Il avait vu de véritables carnages, avec du sang jusqu'au plafond.

Mais chaque fois, il s'agissait d'hommes luttant contre d'autres hommes, avec une cruauté impitoyable, mais pour des raisons humaines : l'argent, le pouvoir, le sexe, et ainsi de suite. Des humains criminels affrontant d'autres humains criminels. Ce qu'on pressentait, ici, était la bataille d'un être contre ses démons intimes, ceux qui dévorent l'âme comme la rouille dévore le fer. Et cela, nul mieux que Frank ne pouvait le comprendre.

Il avait peine à respirer et revint sur ses pas. Hulot reprit son récit :

« Nous avons appris que le bateau avait d'abord jeté l'ancre au port de Fontvieille. Ensuite, Jochen Welder et son amie sont sortis en mer, hier matin. Comme ils ne sont pas rentrés, on suppose qu'ils ont décidé de mouiller quelque part le long de la côte. Pas très loin, probablement. Ils n'avaient pas beaucoup de carburant. Le déroulement du crime est loin d'être éclairci, mais nous avons une hypothèse assez plausible. Nous avons trouvé un peignoir en éponge, sur le pont. Peut-être que la fille est sortie prendre l'air. Peut-être qu'elle s'est baignée. L'assassin doit être arrivé à la nage. Quoi qu'il en soit, il l'a surprise, il l'a entraînée sous l'eau et il l'a noyée. Son corps ne porte aucune trace de blessure. Ensuite, il a guetté Welder sur le pont et il l'a poignardé. Il a traîné les deux cadavres jusqu'à la cabine et c'est là, calmement, qu'il a fait ce... ce joli travail. Pour finir, il a reconduit le bateau vers le port, il a bloqué le timon pour qu'il file tout droit vers le quai et il est reparti comme il était venu. »

Frank resta silencieux. Malgré la pénombre, il n'avait pas quitté ses lunettes. La tête penchée, il semblait observer la traînée de sang qui les séparait comme une ornière rouge sombre.

« Qu'est-ce que tu en penses ?

— J'en pense que si les choses se sont passées comme tu le dis, ce type doit avoir un sacré sang-froid pour faire tout ça sans perdre la tête. »

Il avait envie de partir, de rentrer s'enfermer dans l'appartement, de n'avoir pas vu ce qu'il avait vu, de ne pas dire les mots qu'il prononçait. Envie de redescendre sur le quai et de continuer sous le soleil sa molle promenade vers le néant. De respirer sans penser qu'il respirait. Pourtant, il continua de parler.

« S'il a nagé de la côte jusqu'au voilier, cela veut dire qu'il n'a pas agi sous l'emprise d'un raptus délirant, d'un quelconque accès de folie. Ce qu'il a fait était prémédité et préparé avec soin. Il savait parfaitement où se trouvaient ses deux victimes, il ne les a pas choisies au hasard. Selon toute vraisemblance, c'étaient ces deux-là et personne d'autre qu'il voulait assassiner. Assassiner, et ensuite... »

Il s'interrompit.

Hulot acquiesça, comme s'il venait de dire les mots qu'il avait lui-même en tête.

« Ce n'est pas tout, Frank. Il nous a laissé une sorte de satisfecit, après son acte. »

Il se déplaça presque théâtralement, pour révéler ce qu'il y avait dans son dos. Sous les yeux de Frank apparut la table en bois clair, avec son inscription qui semblait tracée par la plume de Satan.

Je tue...

Frank ôta ses lunettes, comme si la pénombre l'empêchait de bien comprendre le sens de ces mots.

« Si tout s'est passé selon ton hypothèse, cette inscription n'est pas seulement un satisfecit après son acte, Nicolas. C'est l'annonce qu'il va recommencer. »

TROISIÈME CARNAVAL

L'homme ferme derrière lui la lourde porte hermétique.

Le battant reprend sa place en silence, épousant avec précision l'encadrement de métal et ne faisant plus qu'un avec la paroi. Le volant de fermeture, pareil à celui d'un sous-marin, tourne aisément sous sa main. L'homme est fort, mais on devine que le mécanisme est huilé régulièrement pour assurer sa parfaite efficacité. L'homme est très méticuleux et prend le plus grand soin des lieux et des objets. Dans sa pièce-refuge règnent l'ordre, la propreté, la netteté les plus parfaits.

Il est seul, enfermé dans son quartier général d'où sont exclus les autres humains, la lumière du jour et la simple fluidité de la raison. Ce qui, dans son esprit, se bouscule et trouve sa juste place, ce sont la hâte furtive de la bête sauvage qui regagne sa tanière, la concentration lucide du prédateur qui a repéré sa victime, le rouge sang du crépuscule, des voix qui hurlent et des voix qui murmurent, la faim d'une impossible paix et l'excitation de la guerre.

La pièce est rectangulaire, et assez vaste. Le mur de gauche est entièrement occupé par un rayonnage soutenant une collection d'appareils électroacoustiques. Il y a là un équipement complet pour les enregistrements sonores, composé de deux unités Alesis à huit pistes reliées à un ordinateur Macintosh. Y sont intégrées des machines pour la manipulation du son, montées en cascade sur la droite du mur : compresseurs, filtres Focus Rite et Pro Tools, plusieurs racks d'effets musicaux Roland et Korg. Et un scanner, grâce auquel il est possible de capter les communications radio sur toutes les fréquences, y compris celles de la police.

L'homme trouve un vif plaisir à écouter les voix qui circulent dans l'espace. Elles volent de-ci de-là, appartiennent à des gens sans visage et sans corps, elles sont la fantaisie et la liberté de l'imaginaire, sa voix sur la bande, sa voix dans sa tête...

Il prend sur le sol la mallette à fermeture étanche qu'il avait posée pour refermer la porte. À sa droite, contre le mur métallique, un long plan de travail en bois est posé sur deux tréteaux. Il y pose la mallette et s'assied sur la chaise de bureau, dont les roulettes lui permettent de rejoindre d'un simple mouvement le mur opposé, où sont les commandes du matériel d'enregistrement. Il allume une lampe devant lui, qui, s'ajoutant au néon du plafonnier, éclaire puissamment la table où il s'apprête à travailler.

Tandis qu'il actionne une à une les fermetures de la mallette, l'homme sent l'exaltation accélérer les battements de son cœur.

La nuit n'a pas été inutile. L'homme sourit, en pensant que non loin de là, à la lumière d'un jour pareil à tous les autres jours, d'autres hommes le cherchent. Des chiens. Mais des chiens en peluche avec des yeux de verre, immobiles dans la vitrine trop brillante de leur monde fallacieux. Leurs jappements sont d'autres voix dans les airs, qui se poursuivent en vain, comme est vain le sens de leur course.

Ici, dans le bienheureux secret de son antre, le foyer redevient le foyer, la justice regagne sa place et les pas leur écho. Ici, le miroir ne s'est pas brisé, et il reflète la pierre qui gît sur le sol, lancée inutilement.

Son sourire s'élargit et ses yeux resplendissent comme des étoiles annonçant la réalisation d'une antique prophétie. Dans le silence total, seul son esprit entend la musique solennelle qui fait vibrer l'air au moment où il soulève, lentement, très lentement, le couvercle de la précieuse mallette.

Dans l'espace clos de son refuge se répand une odeur de sang et de mer. L'homme sent une angoisse lui serrer l'estomac. Soudain, le battement triomphal de son cœur se mue en un glas.

Il se redresse brusquement, glisse ses deux mains dans la mallette et, avec des gestes délicats de collectionneur, en extrait ce qui reste du visage de Jochen Welder, dégouttant de sang et d'eau de mer. La fermeture étanche n'a pas tenu ses promesses et l'eau salée s'est infiltrée. Minutieusement, il inspecte les dommages causés par le sel. Partout où l'eau de mer l'a touchée, la peau est comme cuite et mouchetée de blanc. Les cheveux sans vie sont cotonneux et ébouriffés.

L'homme laisse retomber son trophée dans la mallette, comme s'il venait tout à coup d'en découvrir l'aspect répugnant. Il se laisse tomber sur sa chaise et prend sa tête entre ses mains sanglantes. Indifférent, il passe ses doigts dans ses cheveux et son front s'incline sous le poids de la défaite.

Tout cela pour rien. L'homme sent la fureur monter en lui, de loin, du tréfonds de son être, bruissement d'une course dans l'herbe haute, souffle coupé, tonnerre qui se brise sur les toits parmi les rauques murmures de la terreur.

Sa rage explose. Il se redresse, saisit la mallette, la soulève au-dessus de sa tête et la jette de toutes ses forces contre la paroi métallique, qui résonne comme un diapason accordé au tocsin dont le fracas s'est déchaîné en lui. La mallette rebondit et atterrit au centre de la pièce. Elle tourne sur elle-même et s'immobilise sur le côté, son couvercle à demi démantibulé par la violence du choc contre le mur. Les pauvres restes de Jochen Welder et d'Arijane Parker se répandent sur le sol, et l'homme leur jette un regard de mépris, comme on regarde le contenu d'une poubelle renversé sur un trottoir.

Sa crise de rage est de courte durée. Bientôt, il reprend haleine, son cœur retrouve un rythme normal, et ses bras retombent le long de ses flancs. Son regard redevient celui d'un grand-prêtre qui écoute dans le silence les voix prophétiques que lui seul peut entendre.

Il y aura une autre nuit. Et après celle-là, beaucoup d'autres encore. Et dans ces nuits, mille visages dont il pourra éteindre le sourire, comme une chandelle dans une stupide citrouille creuse.

Il se rassied, approche sa chaise du mur où sont disposés ses appareils électriques. L'étagère qui court autour de la pièce, un peu au-dessus du sol, regorge de disques, vieux vinyles ou CD. Il en prend un et le glisse dans le lecteur, d'un geste fébrile. Il presse une touche, et la musique d'un orchestre à cordes se répand dans la pièce

C'est un son mélancolique, qui évoque le vent froid de l'automne quand il souffle à ras de terre et contraint les feuilles recroquevillées sur les chemins à une morbide danse tourbillonnante.

L'homme s'appuie au dossier de sa chaise, détendu. Il sourit de nouveau. Son échec est déjà oublié, dissous dans la douceur lénifiante de la musique.

Il y aura une autre nuit. Et beaucoup d'autres encore.

Insinuante, irrésistible comme la mélodie qui emporte sa conscience dans ses remous, lui arrive alors la voix :

C'est toi, Zapp ?

8

« Merde, merde et merde ! »

Le commissaire Nicolas Hulot jeta le journal qu'il tenait entre les mains sur la pile de ceux qui encombraient son bureau. Tous, français ou italiens, nationaux ou locaux, faisaient leur une du double assassinat. Malgré tous les efforts mis en œuvre pour garder certaines informations secrètes, tout s'étalait noir sur blanc, jusqu'aux plus macabres détails. Certes, le *modus operandi* du meurtrier était en soi un morceau de choix, propre à exciter la voracité des journaleux comme celle d'un banc de piranhas appâtés par un quartier de bœuf. Mais en plus, les deux victimes étaient des célébrités : un champion du monde de Formule 1 et son amie, joueuse d'échecs de renom mondial.

L'affaire était une mine d'or, en somme, que n'importe quel reporter ou patron de presse eût creusée à mains nues. Pas étonnant que certains titres se hissent jusqu'à des apothéoses d'éloquence glauque.

Mais d'où venait la fuite ? L'explication la plus probable était qu'une personne adroite avait réussi à soutirer un témoignage, sans doute grassement rétribué, au jeune skipper qui avait découvert les cadavres.

Quant au détail de l'inscription en lettres de sang, il avait inspiré à l'imagination des chroniqueurs les commentaires les plus gloutonnement grand-guignolesques. Chacun, bien sûr, y allait de son interprétation, non sans ouvrir habilement la voie à celles des lecteurs.

Je tue...

Le commissaire ferma les yeux, mais la vision qui surgissait dans son esprit était toujours la même. Il ne parvenait pas à en chasser ces deux petits mots écrits sur une table avec le sang des victimes. Pareilles choses existaient donc dans la réalité ? Non, c'était impensable. Cela ressemblait plutôt à une idée de scénariste à succès, bien installé sur la terrasse d'une villa de Malibu pour travailler en sirotant un cocktail. De telles affaires revenaient de droit à des enquêteurs californiens avec le visage de Bruce Willis ou de John Travolta, des flics au physique athlétique et à la gâchette facile, non à un commissaire monégasque désormais plus proche de la retraite que de la gloire.

Il se leva et marcha vers la fenêtre, du pas d'un homme éprouvé par la fatigue d'un long voyage.

Toutes les huiles judiciaires de la Principauté lui avaient téléphoné, l'une après l'autre, en suivant l'ordre hiérarchique. À chacun de ces dignes messieurs, il avait fait les mêmes réponses, puisqu'ils lui posaient les mêmes questions. Dans une petite heure l'attendait une réunion au sommet pour décider de la coordination des recherches policières. Il y aurait là Luc Roncaille, le directeur de la Sûreté, mais aussi Jérome Durand, le procureur général de Monaco, qui comptait prendre l'enquête en main en qualité de magistrat instructeur. Et, semblait-il, le conseiller pour l'Intérieur en personne. Il ne manquerait que le prince, chef constitutionnel des forces de police monégasques. Et encore, ce n'était pas dit...

Peu importait, au fond. Il les affronterait avec tout ce

qu'il avait à offrir pour le moment : peu de faits et beaucoup de diplomatie.

Il entendit frapper à la porte et se retourna :

« Entrez ! »

C'était Frank, avec l'air d'un homme qui aurait préféré être ailleurs. Hulot fut très étonné de le voir, mais ne put s'empêcher d'éprouver un soulagement instinctif. Il savait bien que sa venue n'était qu'un geste de gratitude, et aussi de solidarité face à l'océan de problèmes dont les vagues montaient autour de lui ; mais Frank Ottobre, le Frank Ottobre de jadis, aurait été l'homme idéal, le plus apte à se colleter avec une telle affaire. Seulement, il savait que son ami ne voulait pas redevenir policier. Jamais.

« Bonjour, Frank.

— Salut, Nicolas. Comment ça va ? »

Il semblait poser cette question rituelle pour éviter qu'on ne la lui posât.

« Comment ça va ? Je te laisse l'imaginer, comment ça va. Une météorite m'est tombée sur la tête alors que je n'étais même pas prêt à recevoir un caillou. Je ne sais plus quoi faire. Ils sont tous après moi, comme des chiens de chasse qui auraient confondu mon cul avec un renard ! »

Frank ne dit rien et prit place dans le fauteuil en face du bureau.

« Nous attendons les résultats de l'autopsie et des analyses de la Scientifique. Mais s'ils avaient de grandes révélations, je le saurais sûrement déjà. Les experts ont passé le bateau au peigne fin, centimètre par centimètre, et ils n'ont rien trouvé. Nous avons même demandé une analyse graphologique de l'inscription sur la table. Là encore, pas de résultats pour le moment. Il nous reste à prier pour qu'elle n'annonce pas d'autres crimes... »

Il guettait sur le visage de son ami le moindre signe d'intérêt, en vain. L'histoire de Frank, il le savait, était un poids terriblement difficile à porter. Depuis la mort de sa femme, dans des circonstances tellement traumatisantes, il semblait habité par un désir d'autodestruction systématique, comme s'il se jugeait responsable de tous les maux de la Terre.

Nicolas avait vu des gens se noyer dans l'alcool, ou pire ; d'autres aller jusqu'au suicide, dans leur besoin désespéré d'imposer silence à leurs remords. Frank, lui, restait d'une effrayante lucidité : il ne cherchait qu'à se remémorer, avec une clarté suraiguë, comme s'il craignait d'oublier un jour et voulait purger heure par heure une peine mentale, une condamnation sans aucune circonstance atténuante. La sentence était prononcée une fois pour toutes, et lui-même était à la fois le juge et le condamné.

Nicolas s'assit à son tour et appuya ses coudes sur le bureau. Frank, en face de lui, gardait un silence totalement inexpressif. D'un ton désemparé, il continua :

« Nous n'avons rien. Rien de rien ! Notre homme portait probablement une combinaison de plongée, avec cagoule, gants et bottillons, et il ne l'a jamais enlevée. Donc, ni poils, ni cheveux, ni traces organiques. Ses empreintes de mains et de pieds sont tellement normales qu'elles peuvent correspondre à celles de millions de personnes. »

Il fit une pause. Les yeux de Frank étaient deux morceaux de charbon, aussi noirs que la mine qui les avait produits.

« Nous enquêtons aussi sur les victimes. Mais des gens comme eux, toujours à courir le monde, tu imagines le nombre de gens qu'ils ont pu rencontrer... »

Tout à coup, l'attitude du commissaire changea. Une idée lui était venue, et déjà elle le taraudait.

« Si tu m'aidais, Frank ? Je pourrais faire appeler ton chef, actionner les bonnes manettes pour que tu sois associé à l'enquête. Après tout, tu as déjà travaillé ici. Sans compter qu'une des victimes était citoyenne américaine. Tu as exactement l'expérience qu'il faut pour une affaire pareille. Tu parles l'italien et le français, tu connais les méthodes et les mentalités des polices européennes... Et puis, sur la Côte, tu es en terrain connu. »

La voix glissa sur le visage de Frank comme un vent annonciateur d'orage, mais les nuages dans son regard appartenaient à une autre tempête.

« Non, Nicolas. Toi et moi n'avons plus les mêmes souvenirs, désormais. Celui que j'étais, je ne le suis plus. Et je ne le serai plus jamais. »

Le commissaire se leva et contourna le bureau. Il se planta devant Frank et se pencha vers lui, comme pour donner plus de force à ses paroles.

« Il ne t'est jamais venu à l'esprit que ce qui est arrivé à Harriet n'était pas ta faute ? Pas complètement, au moins ? »

Frank tourna les yeux vers la fenêtre. Sa mâchoire se contracta, comme s'il voulait retenir avec ses dents une réponse qu'il s'était déjà faite trop de milliers de fois.

Son mutisme fit monter l'exaspération de Nicolas.

« Bon sang, Frank ! Tu as vu de tes yeux ce qui est arrivé. Quelque part près d'ici, il y a un assassin qui a déjà massacré deux personnes et risque de recommencer. Tu l'as dit toi-même ! Je ne sais pas ce que tu as dans la tête, mais tu ne crois pas qu'aider à arrêter ce maniaque te rendrait service pour te sentir un peu mieux ? Pour t'aider toi aussi ? Te donner l'énergie de rentrer chez toi ? »

Il criait presque. Mais Frank posa son regard sur lui, c'était celui d'un homme qui pourrait aller n'importe où sans être jamais autre chose qu'un passant.

« Non. »

Cette seule syllabe, prononcée d'une voix parfaitement calme, resta dressée entre eux comme un mur. Un instant, tous deux restèrent figés, tel un photogramme dans un film dont une panne de projecteur les empêcherait de connaître la fin.

On frappa à la porte et Claude Morelli entra sans même attendre la réponse.

« Commissaire...

— Qu'est-ce qu'il y a, Claude ?

— Nous avons la visite d'un type de Radio Monte-Carlo, et...

— Dis-lui que pour le moment, je ne reçois pas de journalistes. Plus tard, il y aura une conférence de presse en bonne et due forme, mais seulement quand le directeur de la Sûreté l'aura décidé.

— Ce n'est pas un journaliste. C'est l'animateur d'une émission musicale. Il est venu avec le patron de la station. À ce qu'ils disent, ils auraient une info à nous communiquer sur l'affaire du port. »

Hulot ne savait comment réagir. Toute piste, bien sûr, serait un cadeau de la Providence. Mais ce qu'il redoutait comme la peste était un défilé de mythomanes convaincus de tout savoir sur le double crime, voire décidés à passer aux aveux. Il hésita. Puis :

« Fais-les entrer », dit-il.

Il retourna s'asseoir derrière son bureau, et Morelli sortit. Ce fut comme un signal convenu : Frank se leva et se dirigea vers la porte. Il ne l'avait pas encore atteinte quand le battant s'ouvrit de nouveau et Morelli reparut, accompagné de deux hommes. L'un était jeune, un peu plus de trente ans peut-être, avec de longs cheveux noirs et un beau visage hâlé. L'autre était plus âgé et un peu bedonnant. Frank leur jeta un rapide regard et s'écarta pour les laisser passer. Puis il se glissa par la porte encore ouverte. La voix de Nicolas le rattrapa :

« Frank ! Tu es sûr que tu ne veux pas rester un peu ? »

Sans dire un mot, Frank Ottobre referma la porte derrière lui.

9

En quittant le commissariat central, Frank prit la rue Suffren-Raymond et, après avoir parcouru quelques dizaines de mètres, déboucha sur le boulevard Albert-Ier, qui longeait le port. Une grue se déplaçait avec indolence sur fond de ciel bleu. L'équipe d'ouvriers qui démontait les tribunes était encore au travail.

Tout se déroulait selon les règles, comme toujours à Monaco. Presque toujours.

Il traversa le boulevard et s'arrêta sur la promenade du bord de mer pour regarder les bateaux au mouillage. Le quai ne gardait pas la moindre trace de ce qui s'était passé la veille.

Pour les besoins de l'enquête, on avait emmené le *Forever* en sûreté quelque part. Le *Baglietto* et l'autre yacht embouti étaient toujours là, tanguant mollement et sans mémoire et frottant leurs pare-bords l'un contre l'autre quand le mouvement des vagues les rapprochait. Les barrières avaient été enlevées. Il n'y avait plus rien à voir.

Le Restaurant du Port avait repris son activité normale. Sans doute le double meurtre avait-il même accru ses recettes, en attirant des curieux avides de voir où « ça » s'était passé. Et peut-être le jeune skipper qui avait découvert les corps était-il là, maintenant, profitant de son heure de gloire et racontant ce qu'il avait vu. Ou muet devant un verre et s'efforçant d'oublier.

Frank s'assit sur un banc de pierre.

Un gamin en rollers passa devant lui à toute allure, suivi d'une fillette plus jeune qui patinait avec peine et lui criait de l'attendre avec des accents de désolation. Puis vint une femme mûre et embijoutée, chargée de sacs aux noms de marques prestigieuses. Un peu plus loin, un homme attendait patiemment que son labrador eût fini de faire ses besoins, puis tira de sa poche un sachet en plastique et une petite pelle pour effacer les traces de l'incivilité canine et les porter diligemment jusqu'à la poubelle voisine.

Des gens ordinaires, qui vivaient comme tout le monde. Un peu plus richement, avec un peu plus de plaisir, de bonheur, peut-être, ou du moins l'illusion de pouvoir se le procurer plus facilement. Mais il se pouvait que tout cela se réduisît à des apparences : si dorée fût-elle, une cage était toujours une cage, et chacun le seul artisan de son destin. À chacun, donc, de construire sa vie ou de la détruire, selon les règles qu'il s'était fixées. Ou qu'il refusait de se fixer.

À cela, nulle échappatoire.

Un bateau sortait du port. De la proue, une femme blonde en maillot de bain bleu roi saluait de la main des amis restés sur la rive. De loin, elle ressemblait à Harriet.

Frank sentit une bouffée de chaleur fébrile lui monter du ventre au visage. Dans l'instant, une autre mer se superposa à la mer, d'autres reflets aux reflets, le souvenir au regard.

Quand il avait enfin quitté l'hôpital, Harriet et lui avaient loué une maisonnette sur la côte de Georgie. C'était une maison en bois recouverte de tuiles rouges, de style canadien, construite parmi les dunes, à une centaine de mètres d'une plage isolée. Sur le devant, une véranda aux grandes baies coulissantes donnait sur l'océan ; l'été, on pouvait les ouvrir toutes grandes pour faire de la pièce une sorte de patio.

La nuit, ils entendaient le vent souffler sur la végétation éparse, et le bruit régulier des brisants sur le rivage. Dans leur lit, Frank sentait sa femme se serrer très fort contre lui avant de s'endormir, comme si elle ressentait l'intense besoin d'être encore plus sûre de sa présence, comme si elle avait peine à se convaincre que c'était vraiment lui qui était couché auprès d'elle, lui, vivant.

Le jour, ils marchaient jusqu'à la rive pour prendre le soleil et se baigner. Cette partie de la côte était quasi déserte. Ceux qui goûtaient l'agitation des stations balnéaires préféraient d'autres lieux, des plages à la mode, où ils pouvaient se repaître les yeux de l'entraînement des culturistes et des filles faciles aux seins et aux fessiers refaits qui passaient en se trémoussant, comme si elles tournaient un bout d'essai pour Alerte à Malibu.

Là, allongé sur sa serviette, Frank pouvait sans honte exposer au soleil son corps amaigri, couturé de balafres rougeâtres, la cicatrice encore douloureuse de son opération au thorax, celle qui avait permis d'extraire l'éclat de métal logé si près de son cœur qu'il avait failli lui coûter la vie.

De temps à autre, Harriet, étendue à son côté, faisait glisser ses doigts sur la peau encore sensible de ses cicatrices, et ses yeux se mouillaient de larmes. Jamais ils ne parlaient de ce qui était arrivé. Quelquefois, le silence tombait entre eux, quand tous deux pensaient à la même chose – en des termes différents, certes ; mais cela, Frank ne le savait pas encore.

Quand ils se rappelaient les souffrances de ces derniers mois et le prix qu'ils avaient payé.

Alors, ils n'avaient pas le courage de se regarder dans les yeux. Chacun tournait la tête vers son fragment d'océan jusqu'à ce que l'un des deux, toujours en silence, trouvât la force de se tourner de nouveau pour étreindre l'autre.

Tous les quatre ou cinq jours, ils partaient s'approvisionner à Honesty : c'était l'agglomération la plus proche, un simple village de pêcheurs. On s'y serait cru en Écosse plus qu'aux États-Unis. C'était un petit bourg tranquille, exempt de frénésie touristique, où des maisons de bois très semblables entre elles longeaient la route du bord de mer et la digue de ciment bâtie sur les rochers pour contenir les vagues au moment des tempêtes hivernales.

Ces jours-là, ils déjeunaient dans un restaurant aux larges fenêtres, construit sur un ponton près de l'embarcadère. Le parquet de bois clair résonnait des pas des serveuses en tablier blanc. Ils buvaient du vin blanc si froid qu'il embuait les verres et mangeaient du homard fraîchement pêché, en se tachant les doigts et en éclaboussant leur chemise quand ils s'efforçaient de briser les pinces. Souvent, ils avaient des fous rires d'enfants. Harriet semblait ne penser à rien, Frank manifestait la même insouciance.

Ils n'avaient plus reparlé de rien jusqu'au jour du coup de téléphone.

Ils étaient chez eux ce matin-là, et Frank préparait des légumes pour la salade. Du four se répandait une bonne odeur de poisson et de pommes de terre rôties. Dehors, le vent soulevait le sable des dunes et la mer était laineuse d'écume blanche. Les voiles solitaires de quelques rares funboards coupaient le bleu des vagues, et un 4 x 4 était garé au bord de la plage. Harriet lisait dans la véranda, et les sifflements du vent l'avaient empêchée d'entendre la sonnerie.

Il avait passé la tête par la porte de la cuisine, un gros poivron rouge à la main.

« Harriet, le téléphone ! Tu veux bien répondre ? J'ai les mains occupées. »

Sa femme s'était avancée vers le vieil appareil suspendu au mur, qui continuait à sonner avec un bruit strident et vieillot. Il l'avait regardée décrocher et répondre.

« Allô ? »

À peine avait-elle reconnu la voix que son expression avait changé, s'était altérée comme il arrive quand on reçoit une mauvaise nouvelle qu'on n'attend plus à force de trop y penser. Son sourire s'était éteint et elle avait écouté, silencieuse. Au bout de quelques secondes, elle avait posé le combiné près de l'appareil et regardé Frank, avec une intensité qui devait tourmenter longtemps ses nuits.

« C'est pour toi. Homer. »

Puis elle avait tourné le dos et était retournée dans la véranda, sans rien dire de plus. Lui s'était approché et avait saisi le combiné, encore tiède des mains de sa femme.

« Oui ?

— Frank, ici Homer. Comment vas-tu ?

— Bien.

— Bien, vraiment ?

— Oui. »

Si Homer s'était aperçu qu'il lui répondait sur le mode télégraphique, il n'en avait donné aucun signe. Il avait continué comme si leur dernière conversation remontait à dix minutes.

« Nous les avons eus.

— Qui ?

— Les Larkin. Pris la main dans le sac, cette fois. Et sans

guet-apens, sans explosifs. Ça s'est terminé par une belle fusillade, quand même. Jeff Larkin y a laissé pas mal de plumes. Nous avons trouvé une montagne de came haute comme les Rocheuses, et des armes, et d'un tas d'autres choses. Et une montagne de dollars encore plus haute. Sans compter les documents. De nouvelles perspectives se sont ouvertes, et elles sont très, très prometteuses. Avec un peu de chance, nous avons de quoi faire tomber pas mal de gens très intéressants. Et ils tomberont de haut.

— Bien. »

Il avait répété le même monosyllabe, sur le même ton, mais une fois encore, son chef n'avait pas relevé.

Il imaginait Homer Woods dans son bureau aux lambris sombres, téléphone à la main derrière sa grande table de travail, ses yeux bleu pâle derrière ses lunettes cerclées d'or, immuables comme son complet trois-pièces et sa chemise Oxford.

« Tu sais, Frank, c'est principalement grâce à Cooper et à toi que nous sommes remontés jusqu'aux Larkin. Tout le monde en est conscient chez nous, et je tenais à te le dire. Quand penses-tu revenir ?

— Franchement, je n'en sais rien. Bientôt.

— Soit, je ne veux pas te presser. Mais rappelle-toi ce que je t'ai dit.

— D'accord. Merci, Homer. »

Il avait raccroché, puis cherché Harriet. Elle était de nouveau assise dans la véranda, et regardait deux garçons qui démontaient leurs funboards et les chargeaient sur le toit de leur 4 x 4.

Il s'était assis près d'elle en silence. Un moment, ils avaient regardé vers la plage, jusqu'à ce que la voiture des deux garçons se soit éloignée, comme si cette présence étran-

gère, quoique lointaine, était en soi un empêchement à toute communication.

C'était Harriet qui avait parlé la première.

« Il t'a demandé quand tu comptais reprendre ton travail, c'est ça ?

— Oui. »

Ils ne s'étaient jamais menti, et Frank n'avait aucune intention de commencer ce jour-là.

« Et toi ? Tu veux ? »

Frank s'était tourné vers elle, mais Harriet avait soigneusement évité de croiser son regard. Aussi avait-il de nouveau regardé la mer, comme elle, les vagues blanches d'écume qui se poursuivaient sous le vent.

« Harriet, je suis policier. Je n'ai pas choisi cette vie faute de mieux, je l'ai choisie parce qu'elle m'attirait. Parce qu'elle me semblait utile. Je l'ai toujours voulue, et je ne sais pas si je serais capable de m'adapter à autre chose. Il y a un dicton napolitain que ma grand-mère citait souvent : "Celui qui naît carré, il ne devient pas rond." Je ne sais pas si je suis né carré ou rond... »

Il s'était levé pour poser une main sur l'épaule de sa femme.

« ... mais je n'ai pas envie de troquer une forme pour une autre, qui n'est pas la mienne. »

Il était rentré, mais, quand il était revenu dans la véranda, Harriet n'était plus là. Il avait trouvé les empreintes de ses pas sur le sable devant la maison, qui se dirigeaient vers les dunes. De loin, il l'avait vue marcher le long du rivage, minuscule silhouette aux cheveux blonds agités par le vent. Il l'avait suivie du regard, jusqu'au moment où d'autres dunes avaient fini par la lui dérober. Elle voulait rester un peu seule, avait-il pensé, et c'était bien ainsi. Ensuite, il était retourné dans le petit salon-salle à manger, devant un repas dont il n'avait plus envie.

Soudain, il avait pris conscience qu'il n'était plus très sûr de ce qu'il lui avait dit un peu plus tôt. Pour eux deux, une autre vie était peut-être possible, après tout. Probablement était-il vrai qu'un carré ne devenait pas rond ; mais on pouvait arrondir les angles, les adoucir, de manière que personne ne risque de s'y faire mal. Surtout ceux qu'on aimait.

Il s'était donné une nuit pour réfléchir. Le lendemain matin, ils en reparleraient. Ensemble, ils trouveraient une solution, cela ne faisait pas de doute.

Mais pour eux, il n'y avait pas eu de lendemain matin. Il avait attendu le retour de Harriet jusqu'à la fin de l'après-midi. Puis, alors qu'il regardait le soleil descendre vers la mer et allonger les ombres sur les dunes comme de longs doigts noirs, il avait vu soudain deux silhouettes s'avancer lentement le long du rivage. Elles étaient encore trop loin pour qu'il les distingue bien, et il avait plissé les paupières pour protéger ses yeux des feux du crépuscule. Leur pas lourd laissait des empreintes profondes sur le sable, leurs vêtements étaient soulevés par le vent, et leur contour tremblait, comme si une vapeur les dissolvait. À mesure qu'ils s'approchaient, il était parvenu à les discerner mieux, et reconnu que l'un de ces hommes était le shérif de Honesty. L'autre, probablement, son adjoint.

Il avait senti une tempête d'inquiétude monter en lui comme un mauvais présage. L'homme qui était entré ressemblait plus à un comptable qu'à un policier, et ses préoccupations avaient la réalité glaçante d'une banqueroute annonçant une ruine générale. Tenant son chapeau à la main et détournant les yeux, le shérif l'avait mis au courant de ce qui s'était passé.

Environ deux heures plus tôt, des pêcheurs qui longeaient

la côte avaient aperçu de leur bateau une femme dont la description était celle de Harriet. Elle était debout en haut d'un rocher escarpé, qui interrompait comme un incident géologique la longue litanie des plages et des dunes.

La femme était seule et semblait contempler l'horizon, mais, quand ils étaient arrivés à sa hauteur, elle s'était jetée dans l'océan. Ne la voyant pas remonter à la surface, ils avaient aussitôt rapproché leur barque de la côte pour tenter de la secourir, et l'un d'entre eux avait plongé à plusieurs reprises ; mais, en dépit de tous leurs efforts, ils ne l'avaient pas retrouvée. Pour finir, ils avaient prévenu la police, qui avait entamé des recherches – vaines, du moins pour le moment.

La mer n'avait rendu le corps de Harriet que deux jours plus tard, quand le caprice des courants l'avait fait s'échouer au fond d'une petite baie, environ deux milles au sud de leur maison.

Lorsqu'on l'avait convoqué pour l'identification, Frank s'était senti comme un assassin devant le cadavre de sa victime. Il avait longuement regardé le visage de sa femme, étendue sur une table de la morgue, et, d'un signe de tête, avait confirmé qu'il s'agissait bien d'elle. Cette morte, c'était Harriet, et cette mort sa condamnation. Grâce au témoignage des pêcheurs, l'enquête avait été brève et de pure forme, mais cela n'avait pas délivré Frank du remords désormais inscrit dans sa chair et dans son âme.

*Tellement occupé de lui-même et de sa propre récupération, physique et surtout mentale, il n'avait même pas remarqué dans quelle profonde dépression Harriet était tombée après ce qu'il avait enduré – ce qu'*elle *avait enduré. Personne, du reste, ne l'avait remarqué, mais ce n'était en rien une circonstance atténuante. Lui aurait pu comprendre quels tourments assaillaient sa femme.* Dû *comprendre.*

Rétrospectivement, bien sûr, il en avait repéré certains signes ; mais il avait aussi perçu que, pris dans son délire d'auto-commisération, il les avait ignorés, occultés. Et, d'évidence, leur conversation après le coup de téléphone de Homer avait été le coup de grâce.

En définitive, il ne s'était révélé ni carré ni rond. Seulement aveugle, et atrocement égoïste.

Il était reparti avec le corps de sa femme enfermé dans un cercueil, sans même repasser par la maisonnette au bord de l'océan pour faire ses valises.

Et depuis ce jour-là, il n'était pas parvenu à verser une seule larme.

« Maman, regarde ! Un monsieur qui pleure... »

Une voix d'enfant le tira de l'espèce de transe où il était tombé. Près de lui, une mère donna une légère taloche sur l'épaule d'une fillette blonde vêtue d'une robe bleu roi et le regarda avec un sourire gêné. Puis elle s'éloigna en hâte, tirant sa petite fille par la main.

Frank ne s'était pas aperçu qu'il pleurait. Depuis combien de temps ? Il n'aurait su le dire.

Comme elles venaient de loin, ces larmes ! Elles n'étaient pas le salut, certes, ni l'oubli ; mais un soulagement, tout au moins, une petite trêve qui le laissait respirer quelques moments, sentir pour une minute ou une heure la vraie chaleur du soleil, voir la vraie couleur de la mer, écouter les battements de son cœur sans entendre aussitôt le son des tambours accompagnant les condamnés à l'échafaud.

Il payait le prix de son égarement.

Le monde entier en payait le prix.

C'était ce qu'il s'était répété pendant des jours, des semaines, des mois, sur les bancs du jardin de la clinique St. James, où on l'avait hospitalisé parce qu'il était au bord d'une démence irréversible. Et il l'avait compris quelques mois plus tard, un certain 11 septembre, quand il avait vu sur un écran de télévision les deux tours géantes et triomphales s'effondrer comme seules s'effondrent les plus grisantes, les plus sottes illusions. Au nom de Dieu, des hommes lançaient des avions contre des tours surpeuplées, cependant que d'autres, tout près de là peut-être, confortablement assis dans des bureaux hi-tech, calculaient déjà le profit boursier que leur rapporterait la catastrophe. Et que d'autres, ailleurs, partout, gagnaient leur vie en fabriquant et en vendant des mines, et, pour Noël, sans même penser à mal, offraient à leurs enfants des cadeaux achetés en mutilant d'autres enfants. La conscience n'était qu'un accessoire, dont la valeur fluctuait avec les prix du baril de pétrole. Alors, au milieu de tant d'inanité, de tant de désarrois sanglants et mortifères, quoi d'étonnant si de temps à autre surgissait un solitaire égaré, qui écrivait en lettres de sang les mots de son destin :

Je tue...

Le remords d'avoir poussé Harriet à mourir serait, il le savait bien, un compagnon assez cruel pour ne jamais l'abandonner jusqu'au terme de sa route, et ne pas oublier serait un faix de douleur suffisant pour le reste de ses jours, quand bien même il aurait encore mille ans à vivre. Et jamais il ne se pardonnerait, son existence dût-elle durer plusieurs éternités.

Il ne pouvait arrêter la folie du monde. À la sienne propre, à la sienne seule, il pouvait tenter de mettre fin, avec le vague espoir que d'autres, à supposer qu'ils en fussent encore capables, s'inspirassent de son exemple, de la parcelle de volonté revenue l'animer. Pour effacer, ou tenter d'effacer, ces écrits de mort. Ou d'autres, semblables – oh ! tellement semblables...

Frank resta encore longtemps assis sur le banc de pierre, insoucieux de la curiosité des passants, jusqu'au moment où il comprit qu'il n'avait plus de larmes.

Alors, il se leva lentement et retourna vers le commissariat.

10

« *Je tue...* »

La voix resta un instant suspendue dans l'habitacle de l'auto et sembla se nourrir du ronflement étouffé du moteur pour continuer à résonner comme un écho.

D'une pression sur le bouton de l'autoradio, le commissaire Nicolas Hulot fit taire la voix de Jean-Loup Verdier qui, sur la bande, reprenait son émission. Après l'entretien avec l'animateur et Robert Bikjalo, le directeur de Radio Monte-Carlo, un petit espoir cruel avait montré son nez derrière la paroi rocheuse que les enquêteurs tentaient désespérément d'escalader.

Peut-être l'appel téléphonique dont ils avaient parlé était-il simplement le fait d'un mythomane, un hasard incroyable, une coïncidence telles ces rencontres d'astres qui ont lieu une fois par millénaire. Mais ces deux mots – « *Je tue* » –, lancés comme une menace au terme de la communication, étaient bel et bien ceux qu'on avait retrouvés sur la table du voilier, tracés avec le sang de deux victimes innocentes.

Hulot s'arrêta à un feu rouge. Alentour, tout n'était que couleurs et chaleur. L'été arrivait, avec ses promesses ; on le sentait venir aux terrasses des bars, dans les rues grouillantes de monde, sur le bord de mer où les promeneurs ne demandaient qu'une chose : que ces promesses fussent tenues.

Rien que de très normal.

Il n'y avait que dans cette voiture arrêtée au feu rouge sang qu'une présence flottait, impalpable, et prête à transformer les couleurs en un blanc et noir d'une effrayante opacité.

« Des nouvelles de la Scientifique ? » s'enquit Frank.

Le feu passa au vert et Hulot démarra.

« Oui, le rapport du légiste est arrivé. L'autopsie s'est faite en un temps record. Des gens importants sont intervenus, c'est évident, pour avoir un résultat aussi rapide ! En tout cas, nos suppositions sont confirmées. La fille est bien morte asphyxiée, par noyade. Il n'y avait pas d'eau dans ses poumons, ce qui signifie qu'elle est morte sans remonter à la surface. En général, les poumons se remplissent d'eau de mer quand le noyé remonte plusieurs fois avant de sombrer définitivement. Mais l'assassin doit l'avoir surprise dans l'eau et tirée vers le fond. Le cadavre a été examiné sous toutes les coutures, avec tous les instruments possibles et imaginables. Aucune marque sur la peau.

— Et lui ? »

Le visage de Hulot se rembrunit.

« Pour Jochen Welder, c'est une autre histoire. Il a été tué à l'arme blanche, une lame à la pointe très effilée, qui a pénétré de bas en haut, juste sous le sternum, et lui a transpercé le cœur. La mort a été presque instantanée. L'assassin a dû l'attaquer sur le pont, là où commençait la traînée de sang. L'effet de surprise a sûrement joué, mais Welder était un type musclé, vigoureux. Très bien entraîné, surtout. Pas spécialement grand, mais plus que la moyenne des pilotes. Donc, le tueur doit être un type drôlement robuste. Agile et puissant.

— Est-ce qu'ils ont été violentés ? Sexuellement, j'entends. »

Hulot secoua la tête.

« Non. Lui, en tout cas, c'est sûr. Arijane Parker avait des traces de sperme dans le vagin, mais le plus probable est qu'elle avait simplement fait l'amour avec Welder dans la soirée. On attend encore l'analyse ADN, mais à mon avis, elle nous le confirmera.

— Ce qui exclut le mobile sexuel. Au sens classique, du moins. »

Frank prononça ses mots du même ton qu'un homme découvrant dans les décombres de sa maison incendiée une serviette de bain restée intacte.

« En ce qui concerne les empreintes et les traces physiologiques en tout genre, tu ne seras pas surpris d'apprendre qu'on en a trouvé à foison sur ce satané voilier, avec toutes les allées et venues qui ont suivi le crime. Pour ça aussi, nous attendons les analyses ADN, mais je doute qu'elles nous apprennent quoi que ce soit d'intéressant. »

Ils dépassèrent Beaulieu, ses élégantes villas, ses hôtels de luxe en bord de mer, ses voitures luisantes, sentant bon le cuir et le bois de bruyère, placidement sommeillantes sous les arbres des parcs. Partout, des massifs de fleurs resplendissaient sous le soleil de cette journée magnifique. Un instant, Frank se laissa distraire par l'éclat cramoisi d'un hibiscus dans un jardin.

Encore du rouge, encore du sang.

Se concentrant de nouveau, il pressa le bouton de l'aération.

« Donc, nous n'avons rien de plus.

— Rien de rien.

— Les mesures anthropométriques à partir des empreintes ?

— Tout ce qu'elles nous révèlent, c'est que l'homme doit être relativement grand, mais rien de spectaculaire. Un peu plus d'un mètre quatre-vingts, un mètre quatre-vingt-cinq, peut-être, pour un poids d'environ soixante-quinze kilos. Ce qui correspond à des milliers de personnes.

— Un athlète, quand même.

— Oui, un athlète. Et très adroit de ses mains. »

Frank avait la tête pleine de questions qui se bousculaient, mais il ne voulait pas heurter Nicolas, qui semblait s'efforcer de tirer un maximum de conclusions des maigres données dont il disposait. Il attendit en silence.

« Ce qu'il a fait subir aux cadavres n'est pas le travail d'un quelconque boucher. Il a montré un savoir-faire d'expert ! À coup sûr, ce n'était pas la première fois qu'il essayait. Peut-être qu'il travaille dans le milieu médical, la chirurgie... »

Frank, à contrecœur, doucha les espoirs de son ami.

« Ça vaut sans doute la peine de chercher de ce côté, on ne sait jamais. Seulement, ce serait trop beau, je crois. Banal, même. Malheureusement, l'anatomie humaine n'est pas si différente de celle de n'importe quel mammifère, du moins à certains égards. Il lui a probablement suffi de s'entraîner avec quelques lapins.

— Des lapins ? » Nicolas était ahuri. « Traiter des êtres humains comme des lapins...

— Question de prudence. Il est très malin, Nicolas. C'est un fou furieux, mais un fou terriblement malin. Et froid comme la glace. Il faut avoir du fréon dans les veines pour faire ce qu'il a fait, et ensuite envoyer le bateau droit vers le quai en repartant tranquillement comme il était venu. Sans compter qu'il est bien décidé à nous défier, à se moquer de nous. »

Nicolas avait réfléchi un instant.

« C'est à la musique que tu penses ?

— Oui. Il a terminé son appel à Verdier en passant la musique d'*Un homme et une femme.* »

Hulot se souvint d'avoir vu le film bien des années plus tôt, au temps de ses fiançailles avec Céline, sa femme. Il se rappelait que cette belle histoire d'amour lui avait semblé un bon augure pour leur avenir.

Frank lui en rappela un détail.

« Dans le film, le personnage masculin est pilote de course.

— Tiens, c'est vrai ! Et Jochen Welder aussi. Mais alors...

— Exactement. Non seulement il a annoncé son projet de tuer sur les ondes de RMC, mais il a donné un indice sur l'identité de ses victimes. Et à mon avis, ce n'est pas fini. Il va vouloir recommencer. À nous de l'en empêcher. Comment, je ne sais pas, mais il le faut absolument. »

La voiture s'arrêta à un autre feu rouge, au bout du boulevard Carnot. Devant eux s'étendait le vieux Nice, maritime et métissé, aux malpropretés et aux désordres humains très éloignés de la rutilance impeccablement vitrifiée de Monte-Carlo et de sa population de retraités de luxe.

En roulant vers la place Masséna, Hulot se tourna vers Frank à son côté. Absorbé, il regardait fixement devant lui, tel Ulysse redoutant le chant des sirènes.

11

Nicolas Hulot arrêta sa Peugeot devant la grille du Centre de police d'Auvare, rue de Roquebillière. Un agent en uniforme sortit de sa guérite, l'air agacé, pour faire déguerpir ces deux intrus de l'entrée réservée aux fonctionnaires de police, mais Nicolas lui montra sa carte.

« Commissaire Hulot, de la Sûreté publique de Monaco. J'ai rendez-vous avec le commissaire Froberger.

— Excusez-moi, commissaire, je ne vous avais pas reconnu. À vos ordres.

— Pouvez-vous le prévenir que je suis arrivé ?

— Tout de suite. Entrez, en attendant. »

Hulot avança de quelques mètres et se gara à l'ombre. Frank descendit et regarda autour de lui. La caserne de police était un ensemble de bâtiments rectangulaires de couleur ciment, à un étage, disposés en échiquier. Du côté de la rue, chacun était pourvu d'un escalier extérieur.

Le commissaire se demanda ce qu'un New-Yorkais pouvait penser de ce qu'il voyait. Nice était une ville si peu américaine, dans un monde si peu américain ! Une ville d'une autre planète, peut-être, dont il comprenait la langue, mais dont la mentalité lui restait fondamentalement étrangère. Avec des maisons, des cafés, des gens si petits que c'en était déconcertant. Nul rêve américain, ici, nul gratte-ciel à abattre : seulement de petits rêves, parfois, vieillis et usés par le vent marin comme les murs de certains édifices. Mais des petits rêves, pour peu qu'on les brisât, ne surgissaient pas moins de grandes douleurs...

En face de la grille d'entrée, quelqu'un avait collé une affiche contre la globalisation. Des hommes s'efforçaient de faire du monde une sorte de lotissement aux rues et aux habitants le plus similaires possible, tandis que d'autres luttaient pour préserver leur identité. L'Europe, l'Amérique du Nord ou du Sud, la Chine, l'Afrique... Tout cela n'était que taches de couleur sur des cartes, ou données pour agents de change. Le monde était désormais beaucoup plus grand ou beaucoup plus petit : simple question de point de vue.

La seule chose que ni distances ni frontières ne pouvaient arrêter, c'était le Mal, présent partout et parlant partout le même langage, écrivant ses messages avec la même encre.

Hulot claqua la portière et, de nouveau, se tourna vers Frank. Il vit un homme de trente-huit ans dont les yeux étaient ceux d'un vieillard – un vieillard à qui la vie aurait refusé la sagesse. Un visage sombre, latin, couvert d'une ombre plus obscure que ses yeux, que ses cheveux, que la barbe naissante sur ses joues. Un homme au corps puissant, vigoureux, qui avait déjà tué d'autres hommes, protégé par un badge de police et la légitimation de se trouver du côté de la justice. Peut-être n'existait-il ni remède ni antidote au Mal. Mais il y avait des hommes comme Frank Ottobre, que le Mal avait immunisés contre lui-même.

Une guerre sans fin...

Au moment où Hulot fermait la voiture à clef, ils virent apparaître le commissaire Froberger, de la Brigade criminelle. Le collaborateur de la Sûreté chaque fois qu'il en était besoin. Il sortit du bâtiment principal et se dirigea vers eux, adressant à Hulot un grand sourire qui révélait ses larges dents très blanches et éclairait son visage aux traits marqués. Il avait un physique massif, une stature un peu trop forte pour sa veste qui le serrait aux entournures, et le nez cassé d'un ancien habitué des rings. Les petites cicatrices autour de ses sourcils confirmaient cette supposition.

« Salut, Nicolas. Comment ça va ? »

Son sourire s'élargit, et ses yeux devinrent deux fentes au milieu d'un rets de petites rides.

« À toi de me le dire, comment ça va ! Dans cet océan de boue où la tempête se lève déjà, les coups de main des amis me seront drôlement utiles. »

Froberger regarda Frank, et Hulot fit les présentations.

« Frank Ottobre, un vieil ami, agent spécial du FBI. Très spécial. Associé à l'enquête par ses supérieurs, à ma demande. »

Froberger, souriant toujours mais visiblement impressionné, tendit la main

« Charles Froberger, humble commissaire de la Brigade criminelle française. »

Frank eut la sensation que la poignée de main de Froberger aurait pu, s'il l'avait voulu, lui briser les phalanges sans peine aucune. Cet homme lui plut tout de suite. Il donnait tout à la fois une impression de force et de délicatesse, et ses allures de boxeur ne devaient nullement l'empêcher, une fois rentré chez lui, d'assembler des maquettes de bateaux avec ses enfants, en maniant les pièces les plus fragiles avec des doigts étonnamment légers.

Hulot, sans attendre, entra dans le vif du sujet.

« Alors, cette bande ?

— Je l'ai confiée à Michel Clavert, notre meilleur technicien. Un magicien, plutôt ! Il finit de l'analyser avec toute sa panoplie d'alchimiste. Venez, je vous montre le chemin. »

À l'intérieur, il les guida par un bref couloir mal éclairé jusqu'à un escalier menant à un sous-sol. Là, il s'écarta et fit un geste de sa grosse paluche carrée.

« Je vous en prie. »

Ils descendirent deux volées de marches et se retrouvèrent dans une vaste pièce encombrée d'appareils électroniques, où des tubes au néon renforçaient le peu de clarté provenant des vasistas au niveau de la rue. Un jeune type maigre aux cheveux rasés pour masquer un début de calvitie était assis à une table, en blouse blanche ouverte sur une chemise à carreaux qui dépassait négligemment d'un antique jean. Il portait de curieuses lunettes, jaunes et courbées.

Ils s'approchèrent de lui, qui manœuvrait des potentiomètres d'un air absorbé. Il se retourna, et Hulot se demanda comment il pouvait ne pas être frappé de cécité s'il sortait au soleil avec des lunettes pareilles. Froberger s'abstint de faire les présentations, et le jeune homme n'en parut aucunement surpris. Sans doute se disait il que si ces deux zèbres étaient là, c'était pour de bonnes raisons.

« Alors, Michel ? Quelles belles histoires nous raconte-t-elle, cette bande ? »

Michel Clavert haussa les épaules.

« Elle n'est guère loquace. Pour tout vous dire, les

nouvelles ne sont pas fameuses. J'ai analysé l'enregistrement avec tous les appareils dont je dispose, mais sans résultat. La voix est totalement fabriquée et il n'y a pas moyen de l'identifier.

— Vous pouvez être plus précis ? »

Clavert se leva et fit un pas en arrière, semblant soudain conscient que ses interlocuteurs du jour n'étaient pas forcément des experts en électro-acoustique.

« Toutes les voix humaines se meuvent selon des fréquences qui font partie d'un bagage personnel, aussi identifiables que les empreintes digitales ou iridiennes. Un certain dosage de résonances graves, médianes ou aiguës qui sont immuables, même quand on essaie d'altérer le son, en prenant une voix de fausset, par exemple. Il est possible de visualiser ces fréquences grâce à un matériel approprié et de les reproduire ensuite sur un diagramme. Le matériel requis est assez commun : il fait partie de l'équipement de n'importe quel studio d'enregistrement musical. On s'en sert pour équilibrer les fréquences sur les disques et éviter que tel morceau soit trop chargé des unes ou des autres. »

Il s'approcha de l'ordinateur, posa la main sur la souris et, après quelques clics, fit apparaître un fond d'écran blanc traversé de lignes horizontales parallèles. Deux autres lignes se dessinaient entre elles, l'une verte et l'autre violette, plus larges, au tracé fortement accidenté. Avec la flèche de la souris, le technicien indiqua la ligne verte.

« Celle-ci, c'est la voix de Jean-Loup Verdier, l'animateur. Je l'ai analysée, et voici le diagramme phonique qui en a résulté. »

Un autre clic, et l'écran révéla un graphique d'où ressortait une ligne jaune sur fond sombre, mouvante et emprisonnée entre des lignes bleues parallèles.

« Les lignes bleues, dit Clavert avec un geste de la main, ce sont les fréquences. La ligne jaune qui se déplace entre elles, c'est la voix analysée. En prenant un fragment sonore de la voix de Verdier à n'importe quel moment de la bande enregistrée et en la superposant à cette ligne jaune, on verrait qu'elles correspondent exactement. »

Il revint à l'écran précédent et cliqua sur la ligne violette.

« Ça, c'est l'autre voix. »

Il fit reparaître le graphique sur fond sombre, mais cette fois, la ligne jaune se déplaçait de manière beaucoup plus saccadée et dans un espace beaucoup plus étroit.

« Dans ce cas, on constate que le locuteur a fait passer sa voix par un appareil muni de filtres qui, grâce à une série de distorsions et de compressions du son, mélange les fréquences de l'émission vocale et les déstructure complètement. Il suffit de changer les valeurs d'un des filtres, même de façon très légère, pour obtenir un diagramme qui diffère chaque fois du tout au tout. »

Le commissaire Hulot hasarda une question.

« Est-ce que l'analyse de l'enregistrement permet de reconnaître le type d'appareil utilisé ? Ce serait peut-être le moyen de remonter jusqu'au vendeur. »

Le technicien fit une moue dubitative.

« Je ne crois pas. Ce sont des machines qu'on trouve assez facilement dans le commerce. Il en existe de différents modèles, plus ou moins performants selon le prix et la marque, mais pour ce genre d'opération, elles se valent toutes. Et puis, n'oubliez pas que l'électronique est en constante évolution. D'où un marché important des appareils d'occasion. En général, ces trucs s'achètent et se revendent entre fanas du *home recording*, le plus souvent sans facturation. À mon avis, vous risqueriez de chercher pendant des années sans aucun résultat. »

Froberger se sentit tenu de tempérer le défaitisme de Clavert.

« Quoi qu'il en soit, on verra ce qu'on peut faire de ce côté. Quand on a si peu d'éléments, on ne peut rien négliger. »

Hulot tourna la tête pour observer Frank. Il promenait son regard autour de lui, apparemment absorbé par d'autres pensées. Mais le commissaire était convaincu qu'il ne perdait rien de ce qui se disait.

Il se tourna de nouveau vers le jeune Clavert.

« Et sur le fait que l'appel est arrivé sans passer par le standard, Michel, qu'est-ce que vous pouvez nous dire ?

— Rien de précis, malheureusement. Je vois deux possibilités. Les standards téléphoniques modernes sont normalement munis de numéros passants, et il suffit de les connaître pour éviter d'être filtré par la standardiste. En matière de secret, Radio Monte-Carlo n'est sûrement pas la NASA : donc, il n'est pas impensable que quelqu'un se les soit procurés. La seconde hypothèse va vous paraître un peu plus compliquée, mais elle ne relève pas de la science-fiction. En tout cas, elle me semble la plus vraisemblable... »

Il s'interrompit.

« Eh bien ? le pressa Froberger.

— Je me suis renseigné. Le standard de Radio

Monte-Carlo est géré par un programme informatique, dont une des fonctions de base permet de voir le numéro apparaître en temps réel. Dans un but évident de filtrage immédiat. »

Une nouvelle pause, pour s'assurer que tous le suivaient.

« Je pense qu'au moment de l'appel, aucun numéro n'est apparu sur l'écran. Ce qui veut dire que votre homme a dû munir son téléphone d'un dispositif électronique qui neutralise cette fonction du standard.

— Et c'est facile à faire ?

— Relativement, oui, pour un bon connaisseur de la téléphonie et des utilisations d'Internet. Mais pas besoin d'être un génie des télécommunications ! N'importe quel pirate du Net peut réussir des tours de passe-passe beaucoup plus ardus. »

Hulot se sentait comme un détenu à l'heure de la promenade : où qu'il tournât les yeux, il ne voyait que des murs.

« Peut-on savoir si l'appel provenait d'un téléphone fixe ou d'un portable ?

— De façon sûre, non. Mais j'exclurais le portable. S'il s'est servi du Net, les connexions par portable sont beaucoup plus lentes et moins précises. Et s'il a manigancé tout ce que je viens de décrire, il est trop malin pour l'avoir négligé.

— Est-ce que d'autres analyses sont possibles ?

— Avec le matériel dont je dispose, non. Mais j'ai l'intention d'envoyer une copie numérique de la bande au laboratoire de recherche acoustique de Lyon, à tout hasard. Ils sont parmi les mieux équipés au monde. »

Hulot posa la main sur l'épaule de Clavert.

« Bien. Priorité absolue. Et si vos collègues de Lyon

rechignaient à nous aider, je vous ferais avoir tous les appuis nécessaires pour un maximum de rapidité. »

Le jeune homme, estimant que tout était dit, tira un chewing-gum de sa poche, le déballa et le fourra dans sa bouche. Les autres réfléchissaient en silence à tout ce qui venait d'être exposé.

« Venez, je vous offre un café », finit par dire Froberger.

Il les précéda de nouveau dans l'escalier, puis le couloir sombre, et les emmena devant un petit distributeur placé dans une niche. Il prit dans sa poche une carte magnétique.

« Café pour tous ? »

Les deux autres acquiescèrent.

« Qu'est-ce que tu penses de tout ça, Frank ? » demanda Nicolas à son ami toujours silencieux.

Enfin, Frank se décida à parler.

« J'en pense que nous sommes d'emblée dans une impasse, ou peu s'en faut. Je te l'avais dit : nous avons affaire à un individu extrêmement astucieux. Il y a trop de coïncidences pour imaginer qu'il ait seulement eu beaucoup de chance. Pour le moment, la seule chose qui puisse nous conduire à lui, c'est ce coup de téléphone. Si la Fortune nous sourit et s'il est assez narcissique, il téléphonera de nouveau. Si elle nous sourit encore plus gentiment, il appellera la même personne. Et si elle est d'une humeur exceptionnellement bienveillante, il commettra une erreur. C'est notre seul espoir de l'arrêter avant qu'il tue de nouveau. »

Il finit son café et jeta le gobelet de plastique dans la boîte à ordures.

« Je crois, poursuivit-il, que le moment est venu de parler sérieusement avec Jean-Loup Verdier et les gens de RMC. C'est fâcheux à dire, mais pour l'heure, nous sommes entre leurs mains. »

Ils se dirigèrent vers la grille.

« Je présume que dans les bureaux de la Principauté doit régner... Comment dire ? Un certain climat de fébrilité, dit avec tact Froberger à son collègue.

— Parler de fébrilité, c'est un peu comme dire de Mike Tyson que c'est un type irritable, répondit celui-ci. Tout le monde est au bord de l'apoplexie. Monte-Carlo est une vitrine de luxe, comme tu sais. Chez nous, ce qui compte par-dessus tout, c'est l'image. Voilà des décennies qu'on dépense des sommes colossales pour assurer deux choses : le chic et la sécurité. Et voilà que ce sadique réduit tout ça à néant, avec un savoir-faire de virtuose ! Si on ne l'arrête pas en vitesse, tu entendras le bruit d'une ribambelle de sièges éjectables. »

Il soupira, puis ajouta à voix plus basse :

« Dont le mien. »

Ils se saluèrent, et Froberger les regarda monter en voiture, son visage de boxeur exprimant tout autant la solidarité que le soulagement de n'être pas à leur place.

Le commissaire Hulot regarda Frank dans la lumière incertaine de la voiture. L'heure du dîner approchait, et il se sentait soudain affamé.

« Le *Café de Turin* ? »

C'était une gargote plutôt spartiate de la place Garibaldi, où l'on dégustait sur de longues tables en bois d'excellents fruits de mer. Nicolas y avait emmené Frank et sa femme lors de leur séjour en Europe, et tous les deux avaient contemplé avec des yeux fascinés le ballet des serveurs transportant de gigantesques plateaux d'huîtres et de tourteaux et ouvrant dextrement les coquilles. Ils y étaient retournés à plusieurs reprises, si bien que le petit restaurant était devenu leur saint des saints gastronomique. Hulot avait d'abord hésité à mentionner ce lieu chargé de joyeux souvenirs ; mais aujourd'hui, son ami semblait changé, ou du moins décidé à changer. S'il voulait sortir la tête de l'eau, affronter le passé pourrait l'aider. Frank acquiesça, comme pour saluer cette bonne idée tout en reconnaissant les intentions bienveillantes de Nicolas. Mais que pensait-il réellement ? Son visage n'en trahissait rien.

« Va pour le *Café de Turin.* »

Hulot se détendit imperceptiblement.

« Tu sais, je suis un peu fatigué d'aller et venir en parlant comme un flic de téléfilm ! J'ai l'impression d'être une caricature du lieutenant Columbo. J'ai besoin d'une heure de normalité, parmi des gens à peu près sains d'esprit. Sinon, je vais devenir cinglé moi aussi. »

Le soir tombait et les lumières de la ville venaient de s'allumer. Par la fenêtre, Frank regardait en silence les gens « à peu près sains d'esprit » qui marchaient dans les rues, entraient et sortaient des maisons ou des bureaux, bavardaient bruyamment aux terrasses des bars et des restaurants. Tant de visages anonymes... Et tous deux savaient bien que les mots de Nicolas étaient à mille lieues de la vérité. Parmi la foule sans histoires qui peuplait l'été commençant, invisible au milieu de la normalité apparente, la mort rôdait sous les traits plus anonymes encore d'un assassin. Et tant qu'on ne l'aurait pas mis hors d'état de nuire, ils seraient incapables de penser à autre chose.

12

Derrière la vitre de la cabine de régie, Laurent Bedon, le metteur en ondes, actionnait son compte à rebours de fortune en baissant l'un après l'autre les doigts de ses mains levées. Puis il fit signe à Jean-Loup en pointant sur lui son index. Derrière son dos, une lumière rouge s'alluma.

L'animateur s'approcha du micro.

« Bonsoir à tous ceux qui nous écoutent, bonsoir à tous ceux qui nous rejoindront dans la soirée. Au programme : de la musique, encore de la musique, et les récits de ceux qui nous feront partager leur vie. Des vies qui ne chantent pas toutes sur nos rythmes préférés... »

Il se tut, s'appuya au dossier et le mixer lança les notes échevelées de *Born To Be Wild*.

Quelques secondes plus tard, la voix chaude et persuasive de Jean-Loup se superposa à la chanson des Steppenwolf.

« Nous sommes avec vous, nous sommes prêts, si nous pouvons vous être utiles. Pour ceux qui ont donné leur cœur sans rien recevoir en échange, pour ceux qui ont mis trop de sel dans la soupe, pour ceux qui s'énervent de ne pas trouver les mouchoirs en papier, bon sang, où ki sont, j'vais quand même pas me moucher dans ma manche, et pour ceux qui risquent de se noyer dans le petit ruisseau de leurs larmes. Nous sommes avec vous, vivants contre vents et marées, parce que c'est avec vous que nous vivons ! C'est votre voix que nous attendons, attendez notre réponse. Ici Jean-Loup Verdier, sur l'antenne de RMC. *Voices !* »

De nouveau, *Born To Be Wild* à plein volume. Les guitares déglinguées dégringolant une gamme rocailleuse, en soulevant poussière et graviers.

« Ça, c'est un pro ! »

Frank Ottobre, assis à côté de Laurent Bedon dans la cabine, ne cacha pas son admiration. Laurent se tourna vers lui, un sourire sur les lèvres.

« Et comment !

— Pas étonnant qu'il ait un tel succès. Il a une voix et une énergie qui vous vont droit à l'estomac. »

Barbara, la mixeuse assise un peu plus loin, lui fit signe de regarder derrière lui. En faisant tourner sa chaise, Frank découvrit Nicolas Hulot derrière la porte insonorisée, qui l'appelait à travers la vitre. Il le rejoignit.

Le commissaire avait le visage fatigué d'un homme qui dort peu et mal. Frank remarqua les cernes sombres sous ses yeux, ses cheveux qui semblaient plus gris et auraient eu besoin d'une visite chez le coiffeur, le col de sa chemise mouillé de sueur. Nicolas, depuis quelque temps, avait vu et connu tant de choses dont il aurait préféré ne rien savoir qu'à cinquante-cinq ans, il en paraissait dix de plus.

« Salut, Frank. Comment ça va, ici ?

— Oh, rien à signaler. On m'a confirmé que l'émission avait un succès fracassant. Ce Jean-Loup est un phénomène. Je ne sais pas combien il est payé, mais avec un talent pareil, il mérite un pont d'or ! En ce qui nous concerne, rien de rien. Silence total.

— Je t'offre un Coca ?

— Nicolas, je suis new-yorkais, mais j'ai trop de sang sicilien dans les veines pour ne pas être un caféinomane congénital !

— Va pour le café, alors. »

Ils se dirigèrent vers le distributeur au bout du couloir, et Nicolas fouilla dans ses poches. Mais Frank, avec un large sourire, exhiba une petite carte magnétique.

« Mon appartenance au FBI a profondément impressionné monsieur le Directeur. Nous sommes les hôtes de RMC, sinon pour le gîte, du moins pour les boissons. »

Il glissa la carte dans la machine et pressa un bouton, puis se pencha pour prendre le gobelet plein. Le commissaire but une gorgée de café et le trouva infect. Ou peut-être étaient-ce ses papilles qui trouvaient tout infect ?

« Ah, j'oubliais. Les résultats de l'expertise graphologique sont arrivés.

— Et elle n'a rien donné du tout, c'est ça ?

— Oh, je vois que l'homme du FBI a non seulement droit aux boissons gratuites, mais des intuitions foudroyantes ! Eh bien, tu as raison. Le message n'a pas été écrit à la main.

— Comment, alors ?

— Au pochoir ! Il a découpé des lettres dans une bande en carton et il a fait couler du sang dessus. Comment as-tu deviné ? »

Frank secoua la tête.

« Je n'ai rien deviné. Mais, vu avec quel soin

maniaque il s'est arrangé pour ne laisser aucune trace, j'aurais trouvé curieux qu'il laisse sa signature aux graphologues ! »

Avec une moue dégoûtée, Hulot jeta son gobelet de café encore à moitié plein dans la boîte à ordures. Puis il regarda sa montre, en soupirant.

« Bon, il est temps que j'aille voir si ma femme a encore le nez au milieu de la figure ! Il y a deux voitures sur le parking, avec deux agents dans chacune. Au cas où. En cas de besoin, appelle-moi. Je ne bougerai pas de chez moi.

— D'accord.

— Je ne devrais pas le dire, mais je suis content que ce soir, ce soit toi qui t'y colles ! Et surtout content que tu veuilles bien me prêter main-forte. À demain, Frank.

— Bonne soirée. Mes amitiés à Céline. »

Frank regarda son ami s'éloigner, les épaules légèrement voûtées sous sa veste.

Cela faisait trois jours qu'ils faisaient les plantons au siège de Radio Monte-Carlo, dans l'attente d'un appel éventuel. Quand ils lui avaient exposé leurs intentions, Robert Bikjalo, le directeur, les avait regardés avec des yeux mi-clos, comme pour se protéger de la fumée pestilentielle de ses cigarettes russes. Après avoir soigneusement secoué un peu de cendre de son polo de grande marque, il les avait fixés un moment, telle une fouine.

« Alors, vous croyez vraiment que cet homme va rappeler ?

— Nous n'en sommes pas sûrs, évidemment. Ce n'est qu'une supposition optimiste. Mais s'il le fait, nous aurons besoin de votre collaboration. »

Frank et Hulot étaient assis en face de lui, et Frank avait remarqué que la hauteur des fauteuils était soigneusement réglée pour qu'il regardât ses visiteurs en baissant légèrement les yeux vers eux.

Bikjalo s'était tourné vers Jean-Loup Verdier, assis à gauche de son bureau sur un grand canapé en cuir. Celui-ci avait passé sa main dans ses longs cheveux bruns et fixé Frank de ses yeux verts, qui trahissaient la plus grande perplexité. Puis il avait fait craquer ses doigts nerveusement.

« Je ne sais pas si je suis capable de ce que vous me demandez. Je veux dire... S'il appelle, je ne sais pas du tout comment je devrai réagir ! C'est une chose de converser avec un auditeur, même un peu barjo, c'en est une autre de parler avec... avec... »

Frank avait compris qu'il avait du mal à prononcer le mot « assassin », et il était venu à son aide.

« Jean-Loup, je comprends bien que ce n'est pas une perspective réjouissante. Pour nous aussi, c'est tout sauf facile d'essayer de comprendre ce que cet homme a dans la tête. Mais nous serons là, nous vous donnerons toutes les indications possibles, et nous serons prêts à toute éventualité. Nous avons même demandé l'aide d'un expert psychiatre. »

Il s'était tourné vers Nicolas, qui n'avait encore rien dit.

« Vous serez assisté par le docteur Cluny, avait confirmé celui-ci. C'est un collaborateur régulier des polices française et monégasque, un très bon spécialiste des psychopathies criminelles. Par exemple, c'est lui qui nous sert de négociateur avec les preneurs d'otages.

— Bon. Si vous m'indiquez ce que je dois faire, je suis prêt. »

Jean-Loup avait regardé Bikjalo, comme pour lui laisser le dernier mot. Le directeur fixait d'un air pensif le filtre replié de sa cigarette. Enfin, il avait répondu d'un ton faussement détaché :

« Bien sûr, c'est une grosse responsabilité... »

Frank savait déjà où il voulait en venir. Aussi s'était-il levé de son fauteuil pour inverser les rôles : à présent, c'était lui qui, de sa haute taille, dominait son interlocuteur.

« Écoutez, je ne sais pas si vous avez bien compris la situation. Elle vous apparaîtra plus clairement si vous jetez un coup d'œil à ceci. »

Là-dessus, il avait placé sur le bureau quelques photos en 20 x 30 qu'il transportait dans un porte-documents.

« Voilà de quoi est capable l'homme que nous essayons d'arrêter ! »

C'étaient les photos des cadavres de Jochen et d'Arijane, avec leurs têtes écorchées. Le regard de Bikjalo s'était posé sur elles un instant, et il avait aussitôt blêmi. À le voir soudain beaucoup moins faraud, Hulot souriait intérieurement.

Frank s'était rassis.

« Cet homme est quelque part dans la nature, et, selon nous, il se peut très bien qu'il soit décidé à refaire ce qu'il a fait. Pour le moment, Radio Monte-Carlo est notre seul lien avec lui. Monsieur Bikjalo, il ne s'agit pas de stratégie pour faire grimper l'audience ! Il s'agit d'une chasse à l'homme dont le résultat sera la vie ou la mort de ses victimes potentielles. »

Son regard s'était momentanément détourné des yeux fascinés de Bikjalo, comme celui d'un cobra se détourne un instant de la proie qu'il convoite. Il avait pris sur le bureau le paquet de cigarettes russes, pour l'examiner avec une apparente curiosité.

« Sans compter que si cette affaire est résolue grâce à vous, RMC en général et l'émission de Jean-Loup en particulier y gagneront une popularité que cent ans de matraquage publicitaire ne pourraient pas leur apporter. »

À ces mots, Robert Bikjalo s'était perceptiblement détendu. Il avait repoussé vers Frank la série de photos, en les touchant du bout des doigts comme si elles brûlaient, et s'était appuyé au dossier de son fauteuil. Enfin, la conversation retrouvait des paramètres qu'il maîtrisait.

« D'accord. S'il s'agit du bien public et de la protection des innocents, Radio Monte-Carlo ne va certainement pas se défiler. D'ailleurs, c'est l'esprit même de *Voices* : une émission fondée sur la solidarité. Je ne vous demanderai qu'une chose en échange, si c'est possible... »

Une pause savamment calculée. Mais le silence de Frank l'avait poussé à continuer.

« Une interview exclusive de vous, menée par Jean-Loup, aussitôt que cet homme sera arrêté. »

Frank avait regardé Hulot, qui avait acquiescé d'un discret signe de tête.

« Marché conclu. »

Il s'était levé de nouveau.

« Nous allons vous envoyer des techniciens pour mettre les lignes téléphoniques sous surveillance. Ils vous expliqueront tout dans le détail. Ils seront là cet après-midi, avec leur matériel. Et nous, nous commencerons dès ce soir.

— Bon. Je dirai à tout le monde d'être à votre disposition pour une collaboration maximale. »

L'entretien était terminé. Au moment de partir,

Frank avait croisé le regard effaré de Jean-Loup Verdier. Il lui avait serré l'avant-bras, d'un geste rassurant.

« Merci, Jean-Loup. C'est chic de ta part d'avoir accepté. Je suis sûr que tu t'en tireras très bien. Tu as peur ? »

L'animateur l'avait longuement regardé de ses yeux très clairs, verts comme l'eau du large.

« Une peur atroce », avait-il murmuré.

13

Frank regarda l'heure. Jean-Loup lançait la dernière tranche de spots publicitaires avant la fin de l'émission, et Laurent fit un signe à Barbara. La mixeuse déplaça les curseurs pour interrompre l'enregistrement de la voix de l'animateur.

Ils avaient devant eux cinq minutes de pause. Frank se leva et s'étira.

« Fatigué ? demanda Laurent en allumant une cigarette.

— Pas particulièrement. J'ai une longue expérience des attentes.

— Vous avez de la chance. Moi, je suis sur des charbons ardents. Épuisée d'anxiété », dit Barbara en se levant et en secouant sa chevelure rousse. L'inspecteur Morelli, assis sur une chaise contre le mur, leva les yeux du quotidien sportif qu'il lisait. Tout à coup, il parut beaucoup plus intéressé par le corps de la jeune femme sous sa légère robe d'été que par les rebondissements de la Coupe du monde de football.

Laurent fit tourner son siège pour être face à Frank.

« Je suis peut-être indiscret, mais il y a une question que je voudrais vous poser.

— Eh bien, posez-la. Je vous dirai si vous êtes indiscret ou non.

— Qu'est-ce qu'on ambitionne quand on fait un boulot comme le vôtre ? »

Frank le fixa un instant d'un regard qui semblait ne pas le voir, et Laurent pensa qu'il réfléchissait. Il ne pouvait deviner qu'en cet instant, Frank voyait une femme étendue sur la table en marbre d'une morgue, une femme qui, pour le meilleur et pour le pire, avait été la sienne, et qu'aucune voix ne pourrait plus réveiller.

« Ce qu'on ambitionne quand on fait un boulot comme le mien ? »

Frank répéta la question, comme s'il avait besoin de l'entendre une seconde fois avant de répondre.

« Au bout de quelque temps, on ambitionne surtout d'oublier. »

Gêné, Laurent se retourna vers ses appareils. Sa question était probablement stupide. Il ne parvenait pas à le trouver sympathique, cet Américain au corps d'athlète et aux yeux froids comme une pluie d'hiver, qui parlait et se mouvait comme s'il était en retrait du reste du monde et semblait récuser toute proximité. Un homme qui n'attendait apparemment rien des autres et, donc, ne livrait rien de lui. Pourtant, il était là, avec lui et ses collègues, dans l'expectative, et lui pas plus qu'eux ne semblait savoir dans l'expectative de quoi.

« L'avant-dernier spot », annonça Barbara en se rasseyant devant la table de mixage. Sa voix mit fin au moment de malaise. Morelli se replongea dans sa chronique sportive, mais continua de jeter des coups d'œil fréquents aux cheveux de la jeune femme, qui tombaient en cascade sur son dossier.

Laurent fit un geste à Jacques devant ses consoles.

Fondu. Les enceintes résonnèrent d'une musique épique de Vangelis, et un signal rouge s'alluma dans la cabine de Jean-Loup. De nouveau, sa voix se répandit sur les ondes et dans l'air.

« Vingt-trois heures quarante-cinq sur Radio Monte-Carlo. Une nuit commence tout juste, une nuit avec la musique que vous aimez et les mots que vous attendez. Personne ne vous juge, mais tout le monde vous écoute. C'est *Voices*. Appelez-nous ! »

De nouveau, la musique s'enfla, lente et rythmée comme les vagues océanes. Jean-Loup, apparemment détendu, avançait en terrain familier. Dans la cabine de régie, l'affichage DEL de la ligne téléphonique clignota. Laurent fit un geste dans la direction de l'animateur, qui acquiesça de la tête.

« Quelqu'un au bout du fil. Allô ? »

Il y eut un instant de silence, suivi d'un bruit étrange. Soudain, la musique de fond sembla prendre des résonances funèbres. Cette voix qui surgit des enceintes, tous l'avaient déjà entendue : elle était fixée sur une bande magnétique, et dans leurs esprits plus encore.

« Bonsoir, Jean-Loup. »

Frank, comme parcouru d'une secousse électrique, se redressa sur son siège. Il fit claquer ses doigts vers Morelli, qui sortit d'un coup de son indolence, bondit sur ses pieds et saisit son talkie-walkie.

« Ça y est, les gars ! Alerte générale. Tenez-vous prêts.

— Bonsoir. Qui est à l'appareil ? » demanda Jean-Loup.

Dans la voix déformée, ils crurent percevoir une espèce de sourire.

« Tu sais très bien qui je suis, Jean-Loup. Je suis un homme et je ne suis personne.

— C'est toi qui as déjà appelé une fois ? »

Morelli quitta la cabine au pas de course et revint un instant plus tard accompagné du docteur Cluny, l'expert psychiatre, qui attendait dans le hall. L'homme prit une chaise et s'assit à côté de Frank. Laurent mit en marche l'interphone qui permettait de parler dans le casque de Jean-Loup à l'insu des auditeurs.

« Faites-le parler aussi longtemps que vous pourrez, dit Cluny, desserrant sa cravate et ouvrant son col.

— Oui, cher ami. J'ai appelé et j'appellerai encore. Les chiens sont avec toi, je suppose ? »

La voix électronique apportait dans la pièce les feux de l'enfer et l'insondable gel des galaxies mortes. L'atmosphère parut se raréfier, comme si le système de climatisation avalait l'air frais au lieu de le répandre.

« Quels chiens ? »

De nouveau, un silence. Puis :

« Ceux qui me chassent. Ils sont avec toi, non ? »

Jean-Loup leva la tête et se tourna vers eux, avec une expression de panique soudaine. Cluny pencha la tête vers l'interphone.

« Encouragez-le. Dites-lui tout ce qu'il a envie d'entendre, mais qu'il parle ! »

D'une voix qui semblait de plomb, Jean-Loup reprit l'entretien.

« Pourquoi me poses-tu la question ? Tu le savais d'avance, qu'ils seraient là.

— Ils n'ont aucune importance. Ils ne sont rien. C'est toi qui m'importes.

— Pourquoi moi ? Pourquoi est-ce moi que tu appelles ? »

Encore un silence.

« *Je te l'ai dit. Parce que tu es comme moi, une voix sans visage. Mais tu as de la chance. De nous deux, tu es celui qui peut sortir chaque matin dans la lumière du soleil.*

— Et toi, tu ne peux pas ?

— *Non.* »

Ce sec monosyllabe disait le refus sans réplique concevable, la négation absolue, le renoncement total.

« Pourquoi ? » demanda Jean-Loup.

La voix changea, se fit plus ténue, plus friable, comme traversée de rafales de vent.

« *Quelqu'un en a décidé ainsi. Et moi, je n'y peux pas grand-chose...* »

Silence. Le docteur Cluny se tourna vers Frank, surpris.

« Il pleure... »

La pause se prolongea, puis l'homme parla de nouveau.

« *Je n'y peux pas grand-chose, mais il n'y a qu'un moyen de remédier au mal. C'est de le combattre par le même mal.*

— Pourquoi faire du mal quand il existe tant de gens qui pourraient t'aider ? »

Le silence, cette fois, sembla celui de la réflexion. Puis la voix s'éleva de nouveau, accusatrice et rageuse.

« *De l'aide, j'en ai demandé, autrefois, mais la seule que j'ai reçue est ce qui m'a tué. Tu peux le dire aux chiens. Dis-le-leur. Dis-le à tout le monde ! Il n'y aura pas de pitié parce que la pitié n'existe pas, pas de pardon parce que le pardon n'existe pas, pas de paix parce que la paix n'existe pas. Il n'y aura rien ! Rien qu'un os pour tes chiens.*

— Qu'est-ce que tu veux dire ? »

Cette fois, la pause dura plusieurs secondes éternelles. Mais l'homme avait repris le contrôle de ses émotions, et, de nouveau, sa voix fut le souffle glacé surgi des entrailles du néant.

« *Tu aimes la musique, n'est-ce pas, Jean-Loup ?*

— Oui. Et toi ?

— *Moi aussi. La musique ne déçoit pas, ne trahit pas. La musique est le but du voyage. Elle est le voyage même.* »

Subitement, comme la fois précédente, une musique jaillit du téléphone, lente et moelleuse. Le son d'une guitare électrique. Quelques notes, suspendues, solaires, le jeu d'un musicien dialoguant avec son instrument. Frank reconnut l'introduction de *Samba Pa Ti*, de Carlos Santana, domptée par les doigts et l'imagination du guitariste, seul devant les micros : un long prélude qui s'exaspéra jusqu'au spasme et s'acheva dans une tempête d'applaudissements.

Et puis, aussi brusquement qu'elle avait commencé, la musique se tut.

« *Voilà l'os que réclamaient tes chiens. Maintenant, je dois te laisser, Jean-Loup. Cette nuit, j'ai à faire.* »

L'animateur parla d'une voix tremblante.

« Qu'est-ce que tu dois faire, cette nuit ?

— *Tu sais bien ce que je fais la nuit, mon cher Jean-Loup. Tout le monde l'a lu, ce que je fais. Certes, ce n'est pas ma main qui l'a écrit, mais il n'empêche que tu le sais parfaitement.*

— Non, je ne sais pas. Dis-le-moi. »

Encore un long silence, au fond duquel tous crurent entendre un roulement de tambour.

« *Je tue...* »

La voix disparut de la ligne, mais continua de résonner à leurs oreilles tel le cri d'un corbeau croassant sur le fil téléphonique. Les deux derniers mots les avaient immobilisés comme le flash d'un appareil photo, et, pendant une seconde, ils ne furent plus que des corps et des visages sans mouvement ni profondeur pour aspirer l'air.

Frank fut le premier à se reprendre.

« Morelli ! Appelle tes gars et vois s'ils ont capté quelque chose. Laurent, est-ce que tout est sur bande ? »

Le metteur en ondes resta silencieux, le visage entre les mains, scrutant le vide. Barbara répondit à sa place.

« Oui. Je peux m'évanouir, maintenant ? »

Frank observa son visage, tache blanche sous un flot roux. Ses mains tremblaient un peu.

« Non, Barbara, j'ai encore besoin de vous. Faites tout de suite une copie de l'enregistrement. J'en aurai besoin dans cinq minutes.

— Elle est prête. J'avais tout préparé pour que l'appel soit enregistré en double. Il suffit de rembobiner. »

Morelli rangea son talkie-walkie et lui lança un regard admiratif, en prenant soin qu'elle le remarquât.

« Vous êtes parfaite, dit Frank. Morelli ? »

L'inspecteur détacha les yeux de Barbara et regarda Frank avec un air de garnement pris en faute.

« Un des techniciens arrive d'une seconde à l'autre. Mais je crois que les nouvelles ne sont pas bonnes. »

À cet instant, un jeune Noir entra dans la cabine de régie. Frank se leva.

« Alors ? »

Le technicien haussa les épaules, et le regret se peignit sur son visage sombre.

« Alors, rien. Pas moyen de repérer la source de l'appel. Il a dû se servir d'un appareil de dépistage salement efficace...

— Portable ou fixe ?

— Même ça, on ne sait pas. Nous nous sommes pourtant servis d'un système de contrôle satellitaire, mais il n'a capté aucun input d'appel. Ni d'un fixe, ni d'un portable. »

Frank se tourna vers l'expert psychiatre, encore assis et plongé dans ses pensées, qui se mordillait l'intérieur de la joue.

« Docteur Cluny ?

— Je ne peux rien vous dire pour le moment, il faut que je réécoute la bande. Tout ce que je sais, c'est que jamais dans ma carrière je n'ai été confronté à un cas semblable. »

Frank prit son portable dans sa veste et appela Hulot.

« J'ai entendu l'émission, dit aussitôt celui-ci. Je m'habille, j'arrive tout de suite. Vous êtes encore à la radio ?

— Oui. Nous t'attendons. »

Frank se tourna vers Morelli.

« Claude, dès que le commissaire sera là, réunion générale. Laurent, j'ai aussi besoin de votre aide. Nous pouvons nous installer dans la grande salle à côté du bureau du directeur ?

— Bien sûr.

— Bien. Barbara, on peut écouter la bande dans cette salle ?

— Oui, il y a tout ce qu'il faut.

— Parfait. Dépêchons-nous, le temps presse. »

Dans leur émotion, ils avaient oublié Jean-Loup, dont la voix se fit entendre par l'interphone.

« Alors, c'en est fini ? »

À travers la vitre, ils le virent appuyé à son dossier, livide et aussi immobile qu'un papillon sur du velours.

« Non, Jean-Loup, lui répondit Frank. Tout ça n'est qu'un début, malheureusement. Mais tu as été formidable. »

Lentement, Jean-Loup posa ses bras sur la table et y enfouit son visage.

14

Hulot arriva peu après, en même temps que Robert Bikjalo. Le directeur paraissait très secoué et entra en marchant à quelques pas du commissaire, comme si cette distance le mettait symboliquement à l'écart de toute l'histoire. Peut-être venait-il seulement de prendre conscience de ce qu'elle signifiait. Le siège de Radio Monte-Carlo était patrouillé par des policiers armés, et l'air était chargé d'une tension nouvelle, inconnue. Une voix avait parlé, et avec ses mots était venu le sentiment de la mort.

Frank, appuyé à la paroi de bois clair, les attendait à l'entrée de la salle de réunion. Morelli se tenait à côté de lui, et tous deux semblaient fils du même silence. Les autres étaient assis autour de la longue table. Le léger brouhaha des commentaires s'interrompit. Derrière les grands rideaux tirés, les fenêtres étaient ouvertes, et du dehors arrivait la rumeur étouffée de la molle circulation nocturne.

Hulot prit place à droite de Frank, lui laissant tacitement la conduite de la réunion. Il portait la même chemise qu'en début de soirée et ne semblait guère plus reposé.

« Bon, tout le monde est là, dit Frank. À part le commissaire et M. Bikjalo, qui ont écouté l'émission de chez eux, nous étions tous présents au moment de l'appel. Malheureusement, il n'a pas été possible de repérer d'où il provenait. »

Frank fit une pause. Le jeune technicien noir et son collègue s'agitèrent un peu sur leur chaise, visiblement gênés.

« Ce n'est la faute de personne. Cet homme est tout sauf un imbécile, et il sait s'y prendre pour éviter d'être localisé. La technique que nous employons pour cela, c'est lui qui l'utilise contre nous. Puisque nous avons fait chou blanc de ce côté, je vous propose de réécouter l'enregistrement de la conversation au téléphone. Cela pourrait nous aider à formuler des hypothèses. »

Le docteur Cluny acquiesça du chef et parut exprimer l'accord général. Sur un signe de Frank, Barbara, debout près de l'équipement hi-fi, lança la bande ; de nouveau tous se sentirent environnés de fantômes. Ils entendirent la voix de Jean-Loup dans le monde des vivants, et celle de l'homme surgie de son monde de ténèbres. Ce fut dans un silence atterré que retentirent les derniers mots :

« *Je tue...* »

Bikjalo laissa échapper une exclamation libératrice :

« Cet homme est un fou furieux ! »

Le docteur Cluny s'estima tenu de commenter cette opinion en professionnel. Son regard de myope se discernait à peine derrière ses lunettes cerclées d'or et d'écaille, et son nez effilé, un peu aquilin, semblait le bec d'un vieux hibou plein de sagesse.

« Au sens strict, vous avez raison, il s'agit d'un fou furieux. Mais gardons présent à l'esprit que ce fou a déjà tué deux personnes en leur infligeant des mutilations terrifiantes, en faisant preuve d'un étonnant sang-froid. Ce qui révèle une fureur intérieure de la plus extrême violence, couplée avec une lucidité glaciale qu'il est très rare de rencontrer dans l'exécution d'un assassinat. Il téléphone, et s'arrange pour que les techniques les plus pointues de localisation des appels soient mises en échec. Il tue, et ne laisse aucune trace de son passage, quelles qu'elles soient, excepté celles qui ne peuvent mener à rien. Donc, il serait très dangereux de le sous-estimer pour la seule raison qu'il est fou. La meilleure preuve, c'est que lui ne nous sous-estime pas. Il nous défie, certes, mais en connaissance de cause et avec les plus savantes précautions. »

Le psychiatre ôta ses lunettes, révélant deux marques rose vif en haut de son nez. Puis les chaussa de nouveau, comme s'il se sentait mal à l'aise sans elles.

« Il savait très bien que nous serions là, que la chasse était ouverte. Ce n'est pas par hasard qu'il a parlé de chiens. Nous avons affaire à un homme intelligent, d'une culture sans doute supérieure à la moyenne. Et il sait parfaitement que nous sommes dans le noir, parce qu'il nous manque l'élément clef de tous les crimes... »

Une pause. Cluny, songea Frank, était décidément très habile à capter et retenir l'attention de ses auditeurs. Bikjalo devait le penser aussi, car il le regardait avec un intérêt quasi professionnel.

« Le mobile. Nous ne savons absolument rien du ressort mental qui le pousse à tuer, puis à dépecer le visage de ses victimes. Il s'agit d'une sorte de rituel qui, pour lui, a forcément un sens précis, mais nous ignorons de quoi il s'agit. Sa seule folie ne nous permettra pas de l'identifier, car elle est sans doute indécelable pour ceux qui le côtoient. Cet homme vit parmi nous comme un citoyen ordinaire : il doit avoir des collègues de travail, peut-être une famille, il va au restaurant, il écoute de la musique... De tout cela, l'élément le plus important est la musique. C'est parce qu'elle compte beaucoup pour lui qu'il téléphone à Jean-Loup Verdier. *Voices* est une émission musicale qui offre de l'aide aux personnes en difficulté. Il cherche à s'entendre offrir une aide dont il ne veut pas, proposée sur fond de musiques qui lui plaisent.

— Pourquoi dites-vous "une aide dont il ne veut pas" ? interrogea Frank.

— Quand Jean-Loup lui a parlé d'aide, il lui a opposé un "non" très péremptoire. Quel que soit son problème, il s'est convaincu que personne ne pouvait l'aider. Le traumatisme qu'il a subi a dû le conditionner de manière extrêmement violente, au point qu'il laisse exploser la rage destructrice que les sujets tels que lui portent souvent en eux depuis leur prime enfance. Le monde entier lui inspire de la haine, et il doit estimer qu'il l'a maltraité, floué. Sans doute a-t-il enduré de terribles humiliations, du moins de son point de vue. Quant à la musique, il est probable qu'elle a toujours constitué un des très rares îlots de bonheur dans une existence faite de colère et de douleur. Du reste, le peu d'indications qu'il nous donne sur ses projets meurtriers parle le langage de la musique. Le morceau de ce soir est un message, bien sûr, un indice, comme la chanson d'*Un homme et une femme* la première fois. Il faut l'interpréter comme un défi qu'il nous lance, mais aussi comme une supplique inconsciente pour que nous l'arrêtions si nous pouvons. Parce que de lui-même, il sait qu'il ne s'arrêtera jamais. »

La pièce semblait n'être plus qu'ombres, moisi, toiles

d'araignées. Un lieu que la lumière n'effleurait jamais, le royaume des spectres et des rats.

« Barbara, pouvons-nous réécouter cette musique ? demanda Frank.

— Bien sûr. »

La jeune femme pressa une touche et, presque aussitôt, la pièce se remplit des notes exacerbées de la guitare qui interprétait une version un peu insolite de *Samba Pa Ti*, plus déstructurée, plus anxieuse qu'à l'accoutumée. Et pour finir, les acclamations du public.

Frank promena son regard sur les présents.

« Comme vous vous le rappelez, le premier coup de téléphone s'est achevé sur la musique d'*Un homme et une femme*, un film qui raconte l'histoire d'un pilote de course et de la femme qu'il aime. Comme Jochen Welder et Arijane Parker. Quelqu'un a-t-il une idée de ce que peut suggérer ce morceau ? »

De l'autre bout de la table, Jacques, l'ingénieur du son, toussota pour s'éclaircir la voix, comme s'il était intimidé de prendre la parole en cette circonstance.

« Pour ce qui est du morceau, je pense que tout le monde le connaît...

— Ne tenez rien pour acquis, intervint courtoisement le commissaire. Faites comme si nous étions totalement ignares en matière de musique. Cela peut paraître bête, mais les meilleures idées surgissent parfois des remarques les plus insignifiantes. »

Jacques rougit légèrement et leva la main, comme pour s'excuser.

« Je voulais dire qu'il s'agit d'un morceau très connu. *Samba Pa Ti*, de Carlos Santana. Enregistré en public, puisqu'on entend les ovations des spectateurs. Et dans un endroit vaste, peut-être un stade, pour que la réaction soit aussi fracassante. Même s'il arrive que les maisons de disques amplifient après coup les ovations en studio, ou ajoutent des applaudissements enregistrés à part. »

Laurent alluma une cigarette. La fumée s'envola vers la fenêtre ouverte et disparut dans la nuit, mais la légère odeur de soufre de l'allumette resta suspendue dans la salle.

« C'est tout ? »

Jacques rougit de nouveau et resta silencieux. Hulot s'empressa de le tirer d'embarras.

« Excellentes remarques, mon ami. Merci beaucoup. Quelqu'un voit-il quelque chose à ajouter ? Est-ce que *Samba Pa Ti* évoque un événement particulier, est-ce un morceau associé à un personnage marquant, à un fait resté dans les mémoires ? »

La plupart des présents échangèrent un regard, comme pour s'encourager à fouiller dans leurs souvenirs. Sans succès. Frank tenta une autre approche.

« Est-ce que l'un de vous connaît cet enregistrement ? S'il s'agit d'un concert, savez-vous où il a été fait ? Ou comment s'appelle le disque ? Jean-Loup ? »

L'animateur était assis à côté de Laurent, l'air absorbé, comme si ce qui se disait ne le concernait pas vraiment. Il semblait encore sous le choc de sa conversation avec la voix de l'inconnu. Il leva les yeux et fit non de la tête.

« Peut-il s'agir d'un enregistrement pirate ? » demanda Morelli.

Ce fut Barbara qui répondit.

« Ça m'étonnerait beaucoup. Le son est nettement daté, aussi bien techniquement qu'artistiquement. C'est un vieux disque, réalisé en analogique, non en numérique. Et c'est un 33 tours sur vinyle. On l'entend au bruit de fond. N'empêche que l'enregistrement est d'excellente qualité. Sûrement pas un travail d'amateur, compte tenu des limites techniques des équipements de l'époque. À mon avis, c'est un disque noir commercial, à moins qu'il ne s'agisse d'une vieille laque dont on n'a jamais fait un disque.

— Une laque ? » répéta Frank, sans comprendre.

Il ne pouvait que partager l'admiration de Morelli : Barbara avait un corps superbe, et un cerveau à l'avenant. Si l'inspecteur voulait tenter sa chance, il ferait bien de se préparer.

« Une laque, expliqua Bikjalo, est une épreuve réalisée avant la production du disque, pour contrôler la qualité sonore. Ou plutôt, c'était, avant l'invention du Compact Disc. On n'en fabriquait qu'un petit nombre d'exemplaires, sur des matériaux assez fragiles. Certaines laques sont devenues de vrais objets de culte, très recherchés par les collectionneurs. Mais elles se détérioraient très vite. Dans le cas présent, je penche plutôt pour un disque du commerce. »

De nouveau, le silence tomba, comme pour confirmer que tout ce qui pouvait être dit l'avait été. Hulot se leva, indiquant ainsi que la réunion était terminée.

« Chers amis, dit-il, je n'ai pas besoin de vous rappeler combien la moindre suggestion peut être importante. Nous avons affaire à un assassin très dangereux, qui se moque de nous à sa façon, en nous envoyant des indices sur ses crimes à venir. Si quelque chose vous vient à l'esprit, n'importe quoi, le détail le plus banal en apparence, appelez-nous à toute heure du jour et de la nuit. L'inspecteur Morelli va vous donner nos numéros. »

Tous se disposèrent à quitter la pièce, après s'être arrêtés devant Morelli. Quand vint le tour de Barbara, l'inspecteur prit tout son temps pour noter la série de numéros, ce que la jeune femme parut trouver à son gré. En temps normal, Frank eût jugé déplacée cette ébauche de flirt pendant le service, mais à ce moment, elle lui parut une revanche de la vie sur la noirceur de cette nuit.

Il s'approcha du docteur Cluny, qui parlait à voix basse avec Hulot.

« Je voulais vous faire observer que le coup de téléphone contenait une indication importante, dit le psychiatre. Cela peut vous éviter des confusions ou des pertes de temps.

— Laquelle ?

— L'homme nous a clairement signifié qu'il ne s'agissait pas d'une plaisanterie, que c'est bien lui qui a assassiné ces deux malheureux sur leur voilier. »

Frank hocha la tête.

« *Ce n'est pas ma main qui l'a écrit...*

— Exactement. Seul l'assassin véritable pouvait savoir que l'inscription avait été tracée au pochoir et non à la main. Je n'en ai pas parlé tout à l'heure, parce qu'il m'a semblé que c'était un des rares détails de l'affaire encore ignorés du public.

— Vous avez raison. Merci, docteur Cluny.

— Je vous en prie. Il me reste des analyses à faire : vocabulaire, syntaxe, stress vocal, etc. Espérons qu'il en sortira quelque chose. Envoyez-moi au plus vite une copie de la bande.

— Dès demain matin. Bonne nuit. »

Le psychiatre quitta la pièce.

« Et maintenant ? demanda Bikjalo.

— Ce que vous pouviez faire, vous l'avez fait, répondit Frank. À nous d'agir, ou du moins d'essayer. »

Jean-Loup semblait presque égaré. À coup sûr, il se fût volontiers dispensé de vivre une telle expérience. Beaucoup plus angoissante et – peut-être – moins exaltante qu'il ne s'y attendait.

La mort n'est jamais exaltante, pensa Frank. *La mort, c'est du sang et des mouches.*

« Tu as été parfait, Jean-Loup, dit-il. À ta place, je n'aurais pas fait mieux : l'habitude compte pour rien. Quand on a affaire à un assassin, c'est toujours la première fois. Maintenant, rentre chez toi et tâche de penser à autre chose... »

Je tue...

Tous savaient que cette nuit, le sommeil ne serait pas au rendez-vous. Comment dormir quand un inconnu s'apprête à sortir en quête d'un prétexte à sa folle rage et d'une autre proie pour sa férocité, quand les murmures qui assaillent son esprit se transforment en cris prêts à se mêler à ceux d'une nouvelle victime ?

Jean-Loup baissa la tête, l'air vaguement contrit.

« Oui, je crois que je vais aller me coucher. »

Il les salua et partit, les épaules chargées d'un fardeau qui en eût écrasé de plus robustes. Succès ou non, ce n'était qu'un homme, un simple animateur de radio encore tout jeune et désarmé.

Les autres, faute d'avoir autre chose à se dire, se disposèrent à le suivre et marchèrent ensemble vers la sortie, mais ce fut alors que Laurent apparut devant eux à l'angle du couloir, visiblement très excité.

« Heureusement que vous êtes encore là ! s'écria-t-il. J'ai eu une idée. Je sais qui peut nous aider.

— À quoi ? demanda Hulot.
— À en savoir plus sur ce disque.
— Alors, qui peut nous renseigner ?
— Pierrot ! »

Le visage de Bikjalo s'éclaira.

« Bien sûr, Rain Boy ! »

Frank et Nicolas se regardèrent.

« "Rain Boy" ?

— C'est un garçon qui nous donne un coup de main aux archives, expliqua le directeur. Il a vingt-deux ans, mais le cerveau d'un petit garçon. Jean-Loup l'a pris sous son aile, et il l'adore littéralement. On l'appelle "Rain Boy" parce qu'il fait penser à Dustin Hoffman dans *Rain Man*. Malgré son handicap, c'est un véritable ordinateur dès qu'il s'agit de musique. Une mémoire phénoménale ! »

Frank regarda l'heure.

« Où habite-t-il, ce Pierrot ?

— Je ne sais pas exactement. Son nom est Pierre Corbette et il vit avec sa mère sur la route de Menton, je crois. Le père était un sale type qui les a plantés là quand il a compris que Pierrot était ce qu'il est. »

Ils étaient arrivés dans le hall, et Laurent se dirigea vers l'ordinateur de la réceptionniste.

« Raquel a tous les numéros et toutes les adresses », dit-il.

Nicolas regarda sa montre.

« C'est ennuyeux pour Mme Corbette et son fils, mais je crois qu'il va falloir les déranger dans leur sommeil... »

15

La petite dame grise vêtue de gris, assise sur une chaise de la salle de réunion, regardait avec ébahissement les cinq messieurs tout affairés autour de son fils.

On l'avait réveillée à une heure avancée de la nuit, et, quand une voix à l'interphone lui avait annoncé qu'elle avait la visite de la police, elle s'était sentie tremblante de frayeur. Ensuite, on l'avait priée de réveiller Pierrot en toute hâte, avant de les emmener tous deux dans une voiture qui avait pris la direction de Monaco à une vitesse alarmante. Encore heureux que les voisins du petit immeuble modeste où elle habitait avec son fils ne les avaient pas vus partir dans ce véhicule surmonté d'un gyrophare, comme deux délinquants : sa vie quotidienne était déjà bien assez empoisonnée par les commentaires désobligeants sur le passage de Pierrot pour qu'elle ne souhaite pas faire l'objet d'autres rumeurs.

Le commissaire – le plus âgé du groupe, un homme à l'air bienveillant – l'avait bientôt rassurée : elle n'avait rien à craindre, on avait simplement besoin de l'aide de son fils pour une question de la plus haute importance. Ouf ! Tant mieux ! Elle avait redouté que Pierrot, dans son ingénuité, n'ait commis une énorme bêtise, et jamais Mme Corbette n'aurait pu supporter qu'on la sépare de son fils, sous quelque prétexte que ce fût.

Mais en quoi pouvait-il les aider, son garçon qu'elle adorait et vénérait comme un génie, mais que le reste du monde considérait comme une espèce d'idiot de village ?

Un instant, ses craintes l'avaient reprise en découvrant le visage tendu de M. Bikjalo, cet homme qui permettait à Pierrot de se consacrer à la musique, sa grande passion. Mais lui aussi l'avait rassurée d'un sourire.

À présent, elle observait l'homme plus jeune, un inconnu au visage dur et mal rasé, qui parlait le français avec un léger accent d'anglophone et se tenait accroupi pour regarder Pierrot dans les yeux. Celui-ci l'écoutait avec un mélange d'étonnement et de curiosité.

« Excuse-nous de t'avoir réveillé à une heure pareille, Pierrot. Mais nous avons besoin de toi pour une affaire très importante. Tu es la seule personne qui puisse nous aider. »

Mme Corbette se sentit mieux. Cet homme avait un visage inquiétant, mais sa voix était très douce, et Pierrot, nullement effrayé, semblait même assez amusé et fier de l'aventure, de ce trajet nocturne en voiture de police. Comme elle l'aimait, cet étrange garçon qui vivait dans un monde à lui, abstrait et candide, fait de musique et de pensées tendres...

L'homme à l'accent étranger continua de sa voix paisible :

« Nous allons te faire entendre un morceau. Écoute-le très attentivement, Pierrot. Dis-nous si tu le reconnais, et si tu sais sur quel disque on peut le trouver. D'accord ? »

Pierrot resta silencieux, puis hocha imperceptiblement la tête.

L'homme se leva, alla presser une touche de la chaîne hi-fi, et la pièce se remplit du son d'une guitare. Mme Corbette observa le visage de son fils, très concentré. Au bout de quelques instants, la musique cessa et l'homme s'accroupit de nouveau devant Pierrot.

« Tu veux que je te le repasse ? »

Toujours sans mot dire, le garçon fit non de la tête.

« Tu le reconnais ? »

Pierrot leva les yeux vers Bikjalo, son seul vrai « patron ».

« Il y est », dit-il dans un souffle.

Le directeur s'approcha.

« Tu veux dire que nous avons le disque ?

— Oui. Dans la *grande pièce.*

— Quelle grande pièce ? intervint Hulot.

— C'est comme ça que Pierrot appelle les archives, à l'étage en dessous. C'est là qu'il travaille. Il y a là plusieurs milliers de disques, mais il les connaît tous, un par un !

— Pierrot, si tu es vraiment sûr qu'il est dans la grande pièce, tu veux bien aller nous le chercher ? » demanda Frank avec gentillesse.

Ce garçon leur rendait un service inestimable, et il ne fallait surtout pas l'apeurer.

De nouveau, Pierrot regarda le directeur, comme pour lui demander la permission.

« Vas-y, Pierrot, rapporte-le-nous, s'il te plaît », l'encouragea celui-ci.

Le garçon se leva aussitôt et traversa la salle de sa

drôle de démarche un peu tressautante. Puis il sortit en hâte, suivi par les yeux anxieux de sa mère.

Le commissaire Hulot s'approcha d'elle.

« Madame, je tiens à vous présenter encore nos excuses pour ce désagrément. J'espère que nous ne vous avons pas trop alarmée. Vous n'imaginez pas quel service votre fils peut nous rendre cette nuit ! Merci mille fois de nous avoir permis de l'amener. »

La petite dame, soudain, se sentit toute fière de son garçon et serra avec un peu de gêne le col de sa veste autour de son cou. Peu après, Pierrot revint, silencieux comme tout à l'heure. Il tenait sous son bras un 33 tours à la pochette fatiguée, qu'il posa sur la table. Puis il fit glisser le disque dans ses mains, avec un soin religieux, en évitant de poser ses doigts sur le sillon.

« C'est celui-ci, dit-il.

— Tu veux bien nous le passer ? »

Pierrot s'approcha de la chaîne et posa le disque sur la platine avec des gestes d'expert. Ce qui résonna l'instant d'après fut les notes de guitare qu'un inconnu leur avait fait entendre plus tôt dans la soirée, pour les défier d'arrêter cette nuit ses pas meurtriers.

Suivit un moment d'exultation générale. Chacun à sa façon félicita chaleureusement Pierrot pour son petit triomphe personnel, et le garçon regardait autour de lui avec un grand sourire de bonheur sur son visage innocent. Sa mère ne put retenir ses larmes : enfin, le monde semblait s'intéresser au garçon que, si souvent, il regardait de travers...

Le commissaire lui posa la main sur l'épaule, en souriant.

« Merci encore, madame. Votre fils a été formidable.

Je vais vous faire raccompagner chez vous, maintenant. Vous travaillez, demain ? »

Mme Corbette, gênée de s'être laissée aller, leva les yeux vers lui.

« Oui. Je suis employée de maison chez des Italiens résidant à Monaco.

— Eh bien, laissez leur nom et leur numéro de téléphone à mon collègue Morelli. Je vais faire le nécessaire pour qu'on vous offre deux ou trois jours de congés payés, pour compenser le dérangement que nous vous avons causé cette nuit. Ainsi, vous pourrez passer un peu de temps avec votre fils. Quant à toi, mon garçon... »

Le commissaire s'était tourné vers Pierrot.

« Est-ce que ça te plairait de passer une journée en voiture de police, de parler avec le central par radio et de devenir policier honoraire ? »

Pierrot ne savait peut-être pas ce qu'était un policier honoraire, mais à l'idée d'une journée en voiture de police, son visage s'illumina.

« Vous me donnerez même des menottes ? Et je pourrai faire marcher la sirène ?

— Bien sûr. Tu auras une belle paire de menottes toutes brillantes. À condition que tu nous promettes de nous demander la permission avant d'arrêter quelqu'un ! »

Hulot fit signe à un agent pour qu'il se charge de ramener Pierrot et sa mère chez eux. Au moment où ils sortaient, il entendit le garçon annoncer à celle-ci :

« Maintenant que je suis policier *en horaire*, je vais pouvoir passer les menottes à la fille de Mme Narbonne, tu sais ? La brune avec des nattes qui se moque toujours de moi ! Et puis, je la mettrai en prison, et... »

Le reste se perdit lorsqu'ils arrivèrent au bout du couloir, et il ne sut jamais quel triste sort attendait la fille de Mme Narbonne.

Frank, pensif, était appuyé à la table et observait la pochette du disque.

« Carlos Santana. "Lotus". Concert live, au Japon, en 1975. »

Morelli, à son tour, scruta l'enveloppe cartonnée.

« Pourquoi cet homme nous fait-il entendre un extrait d'un concert de Santana au Japon remontant à plus de vingt-cinq ans ? Qu'est-ce qu'il veut nous dire ? »

Par la fenêtre, Nicolas Hulot regardait l'auto qui démarrait, emmenant Pierrot et sa mère. Il se retourna et consulta sa montre. Quatre heures et demie.

« Aucune idée. Mais nous serions bien inspirés de le deviner le plus vite possible. »

Il fit une pause, puis exprima à mi-voix la pensée de tous.

« S'il n'est pas déjà trop tard... »

16

Allen Yoshida signa le chèque et le tendit au maître d'hôtel qui avait veillé au bon déroulement de la soirée.

Pour sa réception, il avait fait venir de Paris une partie du personnel de son restaurant préféré, le *Pré-Catelan*. Certes, cela lui avait coûté une somme astronomique, mais il estimait n'avoir rien à regretter. Son palais conservait encore l'exquise saveur du potage aux cuisses de grenouille et aux pistaches qui avait ouvert les festivités gustatives offertes à ses invités. Tout le menu, vraiment, méritait d'être défini comme une œuvre d'art.

« Merci, Pierre. C'était parfait, comme d'habitude. Vous verrez, j'ai ajouté au chèque quelque chose pour vous.

— Merci, monsieur Yoshida. Vous êtes très généreux, comme toujours. Ne me raccompagnez pas, je connais le chemin. Bonne nuit. »

Pierre s'inclina légèrement. Yoshida répondit par une petite courbette à l'orientale et le regarda partir. Il attendit d'entendre le bruit de sa voiture et prit sur la table une télécommande, qu'il dirigea vers un panneau de bois intégré au mur. Le panneau s'ouvrit sans bruit, révélant une série d'écrans reliés aux caméras vidéo en circuit fermé qu'il avait fait placer à divers endroits de la propriété. Il vit la voiture de Pierre franchir la grille d'entrée et ses vigiles refermer les battants.

Il était seul.

Il traversa le grand salon encore encombré des vestiges de la soirée. Comme d'habitude, les employés du *Pré-Catelan* avaient emporté leur matériel avant de s'en aller discrètement, et le lendemain, ses domestiques viendraient terminer le travail. Allen Yoshida n'aimait pas que son personnel dorme sous son toit – ni personne, du reste –, et ses gens de service arrivaient le matin et repartaient en début de soirée. Il préférait de beaucoup rester seul maître de ses nuits, sans crainte que des oreilles ou des yeux indiscrets ne découvrent certain aspect de sa vie qu'il tenait à garder strictement pour lui-même.

Il sortit dans le jardin par l'immense porte-fenêtre ouverte sur la pénombre. Dehors, un savant jeu de lumières créait de subtils effets de couleurs parmi les plantes hautes et feuillues, les buissons et les massifs de fleurs, œuvre d'un paysagiste qu'il avait fait venir de Finlande. Il dénoua son nœud papillon, déboutonna la veste de son smoking Armani et le col de sa chemise immaculée. Puis il ôta ses chaussures vernies et ses chaussettes de soie, pour jouir de la sensation de l'herbe humide sous ses pieds nus. Il se dirigea vers la piscine illuminée, qui, le jour, semblait communiquer avec la mer et semblait à cette heure une énorme aigue-marine sertie dans le noir de la nuit.

Il s'allongea dans une chaise-longue, étendit les jambes et regarda autour de lui. Peu de lumières sur la mer et sous l'ultime croissant de lune. Non loin, sur la droite, au-delà d'un promontoire rocheux, on devinait les scintillements de Monte-Carlo, d'où étaient venus la plupart de ses hôtes. À gauche, sa villa.

Il tourna la tête pour la regarder un moment. Il

aimait cette villa et s'estimait privilégié d'avoir pu l'acquérir. Il admira ses lignes élégantes, ses courbes Art nouveau, qui s'alliaient à une impeccable rigueur fonctionnelle. Tout cela était le fruit du génie de l'architecte qui, jadis, l'avait dessinée pour Greta Garbo. Quand il l'avait achetée, après qu'elle était restée fermée de longues années, un autre architecte tout aussi génial l'avait restaurée pour lui : Frank Gehry, le créateur du musée Guggenheim de Bilbao. Il lui avait laissé carte blanche, et le résultat avait dépassé toutes ses espérances : la classe absolue intégrant la technologie la plus avancée. Ses visiteurs en restaient bouche bée, comme lui la première fois qu'il y était entré. Aussi était-ce sans ciller qu'il avait signé un chèque où le nombre de zéros semblait s'étendre à l'infini.

Il s'étira, fit quelques mouvements de la tête pour détendre les muscles de sa nuque, puis glissa la main dans la poche intérieure de sa veste pour y prendre une petite boîte en or. Il actionna le fermoir et fit tomber sur le dos de sa main un peu de poudre blanche, qu'il inhala avant de frotter méticuleusement son nez avec ses doigts pour faire tomber le reste de poudre.

Autour de lui, tout proclamait la réussite et la puissance du maître des lieux. Mais Allen Yoshida ne se faisait pas d'illusions. Il n'avait pas oublié son père, émigré d'un faubourg misérable du Kyoto de l'après-guerre, qui s'était échiné pendant plusieurs décennies à décharger de wagons réfrigérés des caisses de poisson frais arrivées de la côte, pour les empiler ensuite dans sa vieille camionnette et ravitailler les restaurants japonais de la ville. Il se le rappelait quand il rentrait le soir, précédé d'une odeur de poisson dont toutes les rivières du monde n'auraient pu le débarrasser, tant il en semblait imprégné. Il se rappelait aussi leur maison délabrée, dans un quartier non moins délabré de New York : une petite bâtisse miteuse dont, aussi loin que remontait son souvenir, le toit et toute la tuyauterie auraient eu grand besoin qu'on les remplaçât. Il avait encore dans les oreilles le gargouillement des vieux tuyaux quand on ouvrait un robinet, voyait encore la couleur brunâtre de l'eau qui en coulait. Il fallait attendre deux bonnes minutes pour qu'elle devienne claire et qu'on puisse se laver.

C'était là qu'il avait grandi, fils d'un Japonais et d'une Américaine, à cheval sur deux cultures, *gaijin* pour les mentalités étroites de la communauté japonaise et « chinetoque » aux yeux des Blancs. Pour tous les autres, Noirs, Porto-Ricains, Italiens, latinos de toute origine, il n'était qu'un gamin au sang mêlé parmi tous ceux qu'on croisait dans les faubourgs.

Il sentit la secousse étincelante de la cocaïne qui entrait en action, et passa une main dans ses cheveux drus et soyeux.

À la vérité, Allen Yoshida ne s'était jamais fait d'illusions. Tous ces gens qui, ce soir à sa fête, l'avaient étourdi d'amabilités et de compliments, ne lui auraient pas accordé la moindre attention s'il n'était pas devenu ce qu'il était, s'il n'avait incarné aux yeux de tous le succès le plus éclatant et une fortune de plusieurs milliards de dollars. Ils ne se souciaient guère, probablement, de savoir s'il était vraiment le génie qu'on disait. La seule chose qui comptait réellement, c'était que son génie supposé l'avait fait entrer de plein droit sur la liste des dix hommes les plus riches du monde.

Le reste, au fond, n'intéressait personne : une fois le résultat atteint, peu importait *comment* on l'avait atteint. Pour tout le monde, il était le brillantissime créateur de Sacrifiles, le système d'exploitation qui, depuis plusieurs années maintenant, disputait à Microsoft la mainmise sur le marché mondial de l'informatique. Allen Yoshida n'avait que dix-neuf ans quand il avait fondé, à la fin des années quatre-vingt, la société Zen Electronics, grâce au soutien d'une banque qui avait cru en son projet après qu'il avait démontré à un groupe de spécialistes et d'investisseurs aussi ahuris qu'alléchés l'étonnante simplicité opérationnelle de son invention.

Quelqu'un, aujourd'hui, aurait dû partager avec lui les fruits de sa réussite. Ce quelqu'un, c'était Billy La Ruelle, son grand ami, son condisciple à l'école d'informatique, qui, un jour, avait débarqué chez lui tout excité pour lui révéler l'idée géniale qu'il avait eue : celle d'un système d'exploitation révolutionnaire qu'il suffirait d'adapter à un environnement DOS. Tous deux y avaient travaillé des mois, dans le secret le plus absolu, passant parfois la nuit sur leurs ordinateurs en réseau. Et puis, malheureusement, Billy s'était tué en tombant du toit de son immeuble, le jour où ils étaient montés réparer l'antenne de télévision. Il avait glissé comme un traîneau sur la neige le long des tuiles mouillées par une brève averse, et était resté accroché à la gouttière. Lui l'avait regardé sans bouger, tandis que Billy le suppliait de venir à son secours. Le corps de son ami était suspendu au-dessus du vide, il entendait les grincements sinistres du métal prêt à céder, mais il était demeuré immobile, les yeux fixés sur les doigts crispés de Billy, sur son visage épuisé par l'effort de s'agripper à une vieille gouttière en zinc, et à la vie.

Et puis, la gouttière avait cédé. Billy était tombé dans

le vide avec un long hurlement, en le regardant avec des yeux écarquillés par l'effroi. Cinq étages plus bas, il s'était écrasé avec un bruit sourd sur l'asphalte de la cour et n'avait plus bougé, le cou plié dans un angle bizarre. Le morceau de gouttière qui s'était détaché avait volé narquoisement, avant de finir dans le panier de basket fixé au mur de l'immeuble, où Billy et lui s'entraînaient quand ils s'accordaient une pause. En voyant la mère de Billy se précipiter dans la cour en criant, il s'était empressé de regagner l'appartement par l'échelle d'incendie. Entré dans la chambre de son ami, il avait chargé sur quelques disquettes toute la somme de leurs travaux, avant de détruire le disque dur pour qu'il n'en restât aucune trace. Ensuite, il avait glissé les disquettes dans la poche arrière de son jean et descendu sans hâte l'escalier, pour contempler un moment le corps sans vie de Billy.

Sa mère était assise sur le sol, la tête du garçon posée sur ses genoux, et lui parlait d'une voix douce et chantonnante en lui caressant les cheveux. S'agenouillant près d'elle, Allen Yoshida avait versé toutes les larmes de crocodile requises, sentant contre sa fesse gauche la consistance dure des disquettes qui tendaient la toile de son pantalon. Un voisin avait appelé une ambulance, qui était arrivée à toute vitesse, précédée d'un ululement de sirène étrangement semblable au cri de la mère de Billy quand elle avait couru vers le corps de son fils. Quatre hommes en étaient descendus qui, sans se presser outre mesure, avaient emporté le corps de son ami recouvert d'un drap blanc.

Une vieille histoire. Une histoire à oublier. À présent, ses parents habitaient un appartement de luxe sur la côte de Floride, et son père avait enfin chassé de sa peau la puanteur du poisson. N'y serait-il pas parvenu que les dollars du fils auraient suffi pour que tout le monde crût y sentir un parfum. Il avait payé la cure de désintoxication de la mère de Billy et l'avait logée avec son mari dans une jolie maison d'un quartier résidentiel, où ils vivaient dans le confort grâce à la pension qu'il leur versait chaque mois. Un jour qu'il les avait croisés, la mère de son ami lui avait baisé les mains ; il avait eu beau se les laver, encore et encore, le souvenir de ce baiser avait longtemps brûlé sa peau.

Il se leva de sa chaise-longue et retourna vers la maison. En marchant, il ôta sa veste, la tint par un doigt au-dessus de son épaule et sentit l'humidité de la nuit qui imprégnait l'étoffe légère de sa chemise, la collant à sa peau. Il cueillit au passage un gardénia blanc et le porta à ses narines. Malgré l'anesthésie causée par la cocaïne, il parvint à en goûter la senteur délicate.

Rentré dans le grand salon, il tira sa télécommande de la poche de sa veste, pressa une touche, et les portes-fenêtres au blindage invisible se fermèrent en silence, glissant sur leurs gonds parfaitement huilés. D'une pression sur une autre touche, il éteignit les lumières, ne laissant subsister que les lueurs douces et rosées de quelques veilleuses dans des niches.

Puisque enfin il était seul, le moment était venu de consacrer un peu de temps à lui-même et à son plaisir. Son plaisir secret.

Les mannequins, les banquiers, les stars du rock et du cinéma qui se pressaient à ses réceptions n'étaient que des éclaboussures de couleur sur un mur blanc, des visages et des paroles à oublier avec autant de désinvolture qu'eux en mettaient à se faire remarquer. Allen Yoshida était un très bel homme. Il avait hérité de sa mère, américaine d'ascendance norvégienne, la stature athlétique des Scandinaves ; et de son père, les cheveux de jais, la minceur énergique et les traits finement dessinés des Asiatiques. Son visage était une synthèse de ces deux origines, et dégageait l'arrogante séduction des métissages harmonieux. Sa richesse et sa beauté aimantaient ceux qui l'approchaient. Sa solitude les intriguait.

Les femmes, surtout. Elles étaient si nombreuses à danser devant lui un ballet effronté, éhonté de décolletés, de regards et de corps pleins de promesses – et de promesses tellement faciles à vérifier, dans cette recherche obsessionnelle de contrats qu'était la vie ! Elles lui montraient, lui exhibaient des visages si dénués de toute énigme, si faciles à lire qu'avant même d'avoir commencé, il lui semblait déjà voir apparaître le mot « fin »...

Mais pour Allen Yoshida, le sexe était un plaisir d'imbéciles.

Du salon, il passa dans la salle à manger et s'arrêta devant un haut panneau d'acajou ; puis il pressa un bouton sur le mur, et le panneau coulissa. Devant lui, un escalier conduisait au sous-sol.

Il le descendit avec un peu d'impatience. Il avait en sa possession une nouvelle cassette, une vidéo inédite qu'on lui avait remise la veille, et il n'avait pas encore trouvé le temps de la visionner comme il aimait à le faire, confortablement assis devant l'écran plasma de sa petite salle de projection et goûtant chaque instant du film en sirotant du champagne frappé.

Le jour où il avait laissé Billy La Ruelle tomber du toit, Allen Yoshida n'était pas seulement devenu un des hommes les plus riches du monde. Il avait aussi découvert autre chose, qui devait changer sa vie. Regarder les yeux écarquillés de terreur de son ami qui pendait dans le vide, entendre le désespoir dans sa voix quand il le suppliait de l'aider, lui avait plu. Étrangement, intensément plu.

Il n'en avait réellement pris conscience qu'un peu plus tard, rentré chez lui, quand il s'était dévêtu pour prendre une douche et avait vu son caleçon taché de sperme. Au moment tragique où son ami avait trouvé la mort, il avait joui.

Depuis lors, depuis l'instant de cette découverte, il avait suivi sans frein ni remords la voie de son plaisir, exactement comme il avait suivi celle de la fortune.

Il sourit, et ce sourire fut comme la lueur d'une toile d'araignée éclairée par une torche dans la nuit de son visage indéchiffrable. C'était vrai que l'argent achetait tout. La complicité, le silence, le crime. La vie et la mort. Pour de l'argent, des êtres humains étaient prêts à tuer, à infliger des sévices, à en recevoir. Il le constatait bien, chaque fois que lui parvenait une nouvelle cassette à ranger dans sa collection et qu'il en payait le prix exorbitant. Et Sacrifiles lui offrait le spectacle des sacrifices.

Car ce qu'il aimait tant regarder était des films d'authentiques tortures, de meurtres véritables : d'hommes, de femmes, d'enfants parfois, enlevés dans la rue, emmenés dans des lieux secrets et filmés froidement pendant qu'on les soumettait à toutes sortes d'atrocités avant de les massacrer sous l'œil indifférent de la caméra.

Allen Yoshida avait dans sa vidéothèque des pièces de collection inestimables. Une adolescente entortillée lentement dans du fil barbelé avant d'être brûlée vive.

Un Noir littéralement écorché vif, qui n'était plus à la fin qu'un magma sanglant. Leurs hurlements de douleur résonnaient à ses oreilles comme la plus suave musique, et c'était à ces sons qu'il savourait son vin glacé en attendant la conclusion de son plaisir.

Et tout cela était *vrai*.

En bas de l'escalier, il déboucha dans une grande salle éclairée et lambrissée. À gauche, deux billards Hermelin : un classique et un américain, construits spécialement pour lui en Italie. Les queues et tous les accessoires nécessaires au jeu étaient accrochés au mur. Des fauteuils et des divans étaient disposés près d'un bar, un des nombreux bars disséminés dans la villa.

Il traversa la pièce et s'arrêta devant la paroi du fond. À sa droite, sur un piédestal en bois haut d'un mètre cinquante environ, se trouvait un marbre hellénistique, une Vénus jouant avec un petit Éros, éclairé par un halogène suspendu au plafond. Il ne s'attarda pas sur la délicatesse raffinée de la sculpture, la tension subtile entre les deux personnages que l'artiste avait su faire sentir dans l'apparente souplesse du marbre. Il posa la main sur le sommet du piédestal et lui fit faire un quart de tour. Sous le couvercle de bois apparut le cadran d'une serrure à combinaison.

De ses doigts effilés, il composa le code alphanumérique que lui seul connaissait, et les lambris du mur s'écartèrent sans le moindre bruit.

Au-delà de cette porte, il y avait son royaume. Il y avait le plaisir qui l'attendait, secret, comme doit être le plaisir pour devenir absolu.

Il allait franchir le seuil quand il sentit un coup violent derrière sa tête, une douleur aiguë et, tout aussitôt, la froideur de l'obscurité.

QUATRIÈME CARNAVAL

Quand Allen Yoshida revient à lui, sa vue est trouble et il a mal à la tête.

Il essaie de bouger un bras, mais n'y parvient pas. En clignant plusieurs fois des yeux pour éclaircir sa vision, il finit par comprendre qu'il est au centre de la petite salle de projection, sur son fauteuil, et qu'il a les poignets et les chevilles attachés par du fil de fer. Et qu'on l'a bâillonné en lui collant sur la bouche un grand rectangle de ruban adhésif.

Face à lui, assis sur une chaise, un homme l'observe en silence.

Un homme dont il ne voit absolument rien, car il porte une espèce de blouse de travail en toile noire, trop grande pour lui d'au moins quatre ou cinq tailles, et son visage est couvert d'une cagoule, noire aussi. Même ses yeux sont cachés par des lunettes à verre miroir. Il est coiffé d'un chapeau noir aux bords rabattus, et ses mains sont gantées. De noir, encore.

Le regard terrifié de Yoshida examine cette étrange figure. Sous la blouse, son pantalon est aussi beaucoup trop grand, surdimensionné par rapport à ce qu'on devine de sa stature. Il tombe en tire-bouchon sur ses chaussures en toile, comme ceux des adolescents qui suivent la mode hip-hop. Et Yoshida remarque une chose étrange : à hauteur des coudes et des genoux, des rembourrages tendent l'étoffe des vêtements, comme si cet homme en face de lui avait des membres plus volumineux que nature.

L'homme reste coi et lui ne peut parler. Ce silence se prolonge quelque temps, un temps qui, pour Yoshida, semble interminable.

Comment diable a-t-il fait pour entrer ? Allen Yoshida est seul chez lui, mais la propriété est protégée par un système de sécurité de premier ordre, un dispositif ultramoderne de caméras vidéo sur lequel veillent en permanence des vigiles armés, toujours accompagnés de chiens. Comment a-t-il franchi un tel barrage ?

Et surtout, que veut-il de lui ? De l'argent ? Si c'est de cela qu'il s'agit, aucun problème. Il a de quoi le satisfaire au-delà de toute espérance, lui donner tout ce qu'il réclamera. Il n'est rien que l'argent ne puisse acheter. Rien. Si seulement il pouvait parler...

Mais l'homme continue à l'observer en silence, sans bouger de sa chaise.

Yoshida pousse un grognement indistinct. Le ruban adhésif sur sa bouche l'étouffe.

C'est alors qu'enfin la voix de l'homme se fait entendre, sortant de cette grande masse noire et presque informe qu'est son corps.

« Bonsoir, monsieur Yoshida. »

Sa voix est calme et harmonieuse, mais, étrangement, elle semble au prisonnier plus dure et coupante que le fil de fer qui lui enserre chevilles et poignets. Il écarquille les yeux et, de nouveau, émet un long grognement inintelligible.

« Inutile de vous évertuer à communiquer. De toute

façon, je ne vous entends pas. Et ce que vous auriez à me dire ne revêt pas pour moi le moindre intérêt. »

Allen Yoshida voit l'homme se lever de sa chaise avec un mouvement qui semble embarrassé, ou du moins peu naturel, à cause de ses vêtements tellement larges et des bizarres prothèses fixées à ses coudes et à ses genoux. Il vient se placer derrière son dos. Yoshida tente de tourner la tête pour contrôler ce qu'il fait, mais le dossier du fauteuil est trop haut. De nouveau, il entend la voix dans ses oreilles.

« Vous vous êtes aménagé une petite salle bien agréable, je vois. Un endroit confortable et discret, pour vous adonner à loisir à vos plaisirs secrets. Il est vrai que certains plaisirs ne peuvent guère se partager avec d'autres, n'est-ce pas ? La vie est ainsi faite. Je vous comprends, monsieur Yoshida, je vous comprends très bien. J'oserai dire que personne mieux que moi ne peut vous comprendre. »

En parlant, l'homme est revenu face à lui. Il embrasse d'un geste la pièce où ils se trouvent, une petite salle rectangulaire et sans fenêtres, ventilée par des bouches d'aération sous le plafond. Contre le mur, un lit à une place est garni de draps de soie, seule concession de la simplicité quasi ascétique de l'ensemble. Les deux murs latéraux sont couverts de miroirs, pour agrandir la pièce et chasser toute sensation de confinement. Autour du fauteuil, une série d'écrans plasma, disposés pour la multivision et reliés à des lecteurs de cassettes ou de DVD. De cette manière, le spectateur peut être entouré par les images du film et se sentir au centre de l'action. Il y a aussi des caméras placées de manière à capter tout ce qui se passe dans la pièce et à le projeter sur les écrans, en temps réel et sans que le moindre recoin ne leur échappe.

« C'est ici que vous passez vos moments de détente, n'est-ce pas, monsieur Yoshida ? Que vous oubliez le monde quand vous voulez que le monde vous oublie ? »

Peu à peu, la voix chaude de l'homme dégage une sensation de froid glacial que Yoshida sent monter dans ses jambes et dans ses bras immobilisés. Il sent le fil de fer mordre sa peau, comme cette voix de clous qui s'enfonce dans sa tête.

Avec des mouvements toujours aussi artificiels, l'homme se penche vers une grosse sacoche en toile posée sur le sol. Il en sort un disque, un vieux vinyle dont la pochette est protégée par une enveloppe en plastique transparent.

« Vous aimez la musique, monsieur Yoshida ? Celle-ci est sublime, je vous assure. Seuls les vrais connaisseurs peuvent l'apprécier à sa valeur, mais vous êtes un vrai connaisseur, je le sais. »

Il s'approche de la chaîne hi-fi placée contre le mur de gauche, l'examine et se tourne vers lui. La lumière de la pièce fait jaillir un bref éclair de ses lunettes miroir.

« Mes compliments. Vous n'avez rien négligé. J'avais prévu un substitut au cas où vous n'auriez pas de platine, mais vous êtes admirablement équipé. »

Il pose soigneusement le disque sur la platine, et les notes d'une trompette s'élèvent des enceintes et remplissent la pièce. C'est une musique ténue et douloureuse, gorgée de souvenirs vagues et d'une mélancolie qui coupe le souffle, de souffrances aiguës qui ne veulent qu'être oubliées, mais ne le peuvent. Une de ces musiques sans mémoire dont la mémoire a besoin pour se taire.

L'homme reste immobile un moment, la tête penchée, apparemment absorbé par l'écoute. Allen Yoshida imagine ses yeux mi-clos derrière le masque de ses lunettes. Mais ce n'est qu'un instant.

« C'est beau, n'est-ce pas ? Robert Fulton, un grand parmi les grands. Et, comme tous les grands, un incompris... »

À présent, il s'approche des commandes du système de projection. Un simple cadran.

« J'espère que j'y comprendrai quelque chose. Voyez-vous, mes compétences sont assez modestes. Mais non, tout cela me semble assez clair. »

Il presse quelques touches et les écrans s'allument, montrant la neige habituelle en l'absence de film. Quelques manœuvres encore, et les caméras vidéo entrent en action. Sur les écrans, c'est lui-même que voit Allen Yoshida, attaché sur son fauteuil en face d'une chaise vide.

L'homme semble content de lui.

« Excellent. Votre équipement est extraordinaire, vraiment. Mais cela ne m'étonne pas de vous. »

Maintenant, il est devant son prisonnier. Il retourne sa chaise et s'y assied à califourchon. Les rembourrages qui cachent ses coudes tendent la toile de sa blouse.

« Vous devez vous demander ce que j'attends de vous, n'est-ce pas ? »

Yoshida, une fois de plus, pousse un gémissement prolongé.

« Je sais, je sais. Vous pensez que je convoite votre argent. Mais tranquillisez-vous. L'argent ne m'intéresse pas. Je suis ici pour un échange. »

Yoshida expire par le nez tout l'air que contiennent ses poumons. Ah, tout de même ! Peu importe qui est vraiment son visiteur, peu importe quel prix il exigera : ils pourront sûrement transiger. Si ce n'est pas de l'argent qu'il veut, c'est forcément quelque chose que l'argent peut acheter. Et il n'est rien que l'argent ne puisse acheter. Rien, rien, rien.

Il se détend sur son fauteuil et la morsure du fil de fer lui semble un peu moins pénible, maintenant qu'une négociation paraît possible.

« Pendant que vous dormiez, j'ai jeté un coup d'œil à quelques-unes de vos cassettes, monsieur Yoshida. Très intéressant. Je crois que vous et moi avons un intérêt en commun. Un intérêt pour la mort de personnes dont nous ne savons rien. Vous, pour votre plaisir intime. Moi, par devoir. »

L'homme incline la tête et semble examiner le bois verni de sa chaise. On dirait qu'il poursuit une pensée qui n'appartient qu'à lui et qui, en cet instant, l'entraîne très loin d'ici. Quand il parle à nouveau, sa voix contient ce sentiment de l'inéluctable qui est l'essence même de la mort.

« Hélas ! Je crains que ce ne soit notre seul point commun, monsieur Yoshida. Car vous goûtez le meurtre par personne interposée, alors que moi, je suis contraint de le pratiquer par mes propres moyens. Vous regardez les autres tuer, et moi, voyez-vous... »

L'homme avance vers lui son visage invisible.

« Je tue... »

Tout à coup, Yoshida comprend qu'il n'a aucune échappatoire. Il revoit en esprit des manchettes de journaux, des articles relatant et commentant jusqu'à plus soif l'assassinat de Jochen Welder et d'Arijane Parker, il entend des présentateurs de journaux télévisés qui, depuis plusieurs jours, débitent les détails glaçants du double meurtre. Les indices musicaux. Les visages écorchés. La signature sanglante, surtout. Car ce sont ces mots en lettres de sang que l'homme vient de prononcer.

Et personne ne viendra à son secours, car personne ne connaît l'existence de la salle secrète. Quand bien même son équipe de vigiles le chercherait, elle serait tenue en échec et irait enquêter hors de la propriété. Pris de panique, il crie sous son bâillon plastifié et s'agite violemment sur son fauteuil.

« Au demeurant, vous avez à votre disposition quelque chose qui m'intéresse, monsieur Yoshida. Voilà pourquoi je vous ai parlé d'échange. »

Il se lève, va prendre sur une étagère une cassette vierge, défait son emballage et la glisse dans le magnétoscope. Puis il appuie sur la touche d'enregistrement.

« Voilà ce que sera notre échange : mon plaisir contre votre plaisir. »

D'un mouvement fluide malgré les rembourrages, il tire de la poche de sa blouse un poignard affûté, dont la lame projette un éclat sinistre. Puis il s'approche de Yoshida, qui, oublieux du fil de fer qui lui laboure la peau, se démène sauvagement sur son fauteuil. D'un autre mouvement aussi fluide que le précédent, il lui plante son poignard dans une cuisse. Les gémissements du prisonnier se transforment en hurlements de douleur, étouffés par le bâillon adhésif.

« Voilà ce qu'on éprouve, monsieur Yoshida. »

Cet énième « monsieur Yoshida », prononcé d'une voix sourde, résonne dans la pièce comme un éloge funèbre. Le poignard rougi tombe de nouveau, dans l'autre cuisse.

Cette fois, le geste a été si rapide que Yoshida ne sent presque rien : seulement une sensation de froid dans sa jambe. Et, aussitôt après, le contraste du sang chaud qui coule sur son mollet.

« C'est une impression curieuse, n'est-ce pas ? Mais peut-être ressent-on les choses différemment, dès lors qu'on les considère d'un autre point de vue. Cela dit, vous verrez qu'à la fin vous éprouverez une satisfaction comparable. Vous prendrez votre plaisir. »

Et l'homme, désinvolte et déterminé, continue de larder sa victime de coups de poignard, cependant que chacun de ses gestes est capté par les caméras et surgit aussitôt sur les écrans. Yoshida voit la lame plonger dans sa chair, y plonger encore, et encore, le sang éclore en larges taches rouges sur sa chemise blanche, le bras de l'homme se lever et retomber dans la pièce et sur les écrans géants, la lame de son poignard se rougir et dégoutter de son sang. Il voit, encore, et encore, et encore, ses yeux affolés de terreur remplir l'espace indifférent des moniteurs.

Entre-temps, la musique a changé. La trompette n'a plus rien de nostalgique, elle lacère l'air de notes aiguës, prolongées, hystériques, soutenues par un rythme obsédant, le son de percussions ethniques qui évoquent des rites tribaux et des sacrifices humains.

L'homme et son poignard poursuivent leur danse agile autour du corps de Yoshida, ouvrant partout des blessures d'où le sang s'écoule, sur l'étoffe des vêtements, sur le bois du fauteuil et les dalles de marbre.

Et puis, la musique et le bourreau s'arrêtent au même instant, comme au terme d'un ballet assez répété.

Yoshida est encore vivant, encore conscient. Son corps percé de toutes parts n'est plus que douleur, et il sent couler de ses blessures son sang et sa vie. Une rigole de sueur ruisselle de son front et vient lui brûler l'œil. Voyant cela, l'homme lui essuie la face avec sa manche tachée, et une traînée de rouge, régulière comme une virgule, macule le visage que les écrans lui montrent avec une effroyable netteté.

Du sang et de la sueur. Du sang et de la sueur, comme tant d'autres fois ! Et, saisissant tout cela, le regard impassible des caméras.

L'homme halète un peu sous sa cagoule en laine. Il s'approche du magnétoscope, arrête l'enregistrement et rembobine la cassette. Puis il appuie sur la touche PLAY.

Sur les écrans, devant les yeux mi-clos d'Allen Yoshida et son corps qui se vide peu à peu de son sang, la scène se répète depuis son commencement. C'est de nouveau le premier coup de poignard, celui qui a transpercé sa cuisse comme un fer brûlant. Et le deuxième, tel un souffle froid. Et puis les autres, tous les autres. Et cette danse, cette danse de mort autour de lui...

La voix de l'homme, maintenant, est celle du destin, douce et indifférente.

« Voilà ce que je vous offre. Mon plaisir en échange de votre plaisir. Passez un bon moment, monsieur Yoshida. Détendez-vous et regardez-vous mourir... »

La voix, maintenant, arrive à Yoshida comme à travers un espace ouaté. Ses yeux sont fixés sur l'écran le plus proche, et, tandis que le sang s'échappe lentement de son corps, que le froid s'en empare et en occupe peu à peu chaque parcelle et chaque cellule, il ne peut s'empêcher d'éprouver devant le spectacle qui s'offre à lui ce plaisir irrépressible, ce plaisir malade qu'il connaît si bien.

Quand la lumière abandonne enfin ses yeux, Allen Yoshida ne sait plus s'il contemple l'enfer ou le paradis.

17

Margherita Vezzini engagea sa voiture dans la rampe d'entrée du parking des Boulingrins, sur la place du Casino. En ce début de matinée, il n'y avait pas grand monde alentour, hormis les gens qui se rendaient comme elle à leur travail : les errants de la nuit monégasque, richissimes ou miséreux, dormaient encore à cette heure, et les touristes de passage n'arriveraient que plus tard. De la lumière du soleil sur les massifs impeccablement colorés de la place et les quelques attablés du *Café de Paris*, elle passa à la pénombre tiède et vaguement moite du parking.

Margherita venait tous les matins de Vintimille travailler au bureau des titres de la Banque internationale de Monaco. Décrocher ce poste, sans aucune relation ni recommandation, avait été une véritable aubaine. Après son diplôme d'économie, obtenu avec les félicitations du jury, plusieurs offres d'emploi lui étaient parvenues, comme il arrive aux étudiants particulièrement brillants, mais celle de la banque monégasque l'avait surprise. Elle s'était prêtée au rituel de l'entretien préalable sans nourrir beaucoup d'espoirs, mais, à sa stupeur, on l'avait aussitôt engagée. Cette situation présentait nombre d'avantages : un salaire initial nettement plus élevé que ce qu'on lui aurait offert en Italie, mais aussi l'évidence qu'officiellement ou non, quiconque travaillait pour une institution financière de Monaco s'entendait parler de taxes et d'impôts en de tout autres termes qu'habituellement.

Forcée de s'arrêter pour laisser sortir une voiture, Margherita en profita pour se regarder dans le rétroviseur et sourit. C'était une jolie fille au visage sympathique, brune et très menue, avec quelque chose d'un elfe, et l'image que lui renvoya le petit miroir lui fit pousser un léger soupir de satisfaction. Aujourd'hui, à la banque, elle attendait la visite de Michel Lecomte, et elle tenait à lui présenter son visage le plus charmant. À la pensée de Michel et de ses regards tendres et timides, elle sentit un mélange de gaieté et d'émotion. Il y avait déjà quelque temps qu'un jeu de séduction avait commencé entre eux – un jeu très exigeant, car subtil et délicat. Mais à présent, sans doute était-il temps de passer à la vitesse supérieure...

La voie était libre et elle gagna sa place réservée, à l'avant-dernier niveau. Mais en arrivant, elle eut la surprise de la trouver occupée par une grosse limousine, une Bentley noire aux vitres fumées dont la carrosserie astiquée luisait dans la pénombre.

Curieux. On voyait rarement des voitures aussi luxueuses au fond d'un parking souterrain. Le plus souvent, elles étaient confiées à des voituriers ou attendaient devant l'*Hôtel de Paris*, flanquées d'un chauffeur en uniforme sombre qui tenait solennellement la portière ouverte, pour que Monsieur ou Madame pose sur le siège arrière son prestigieux séant.

Il devait s'agir d'un client de la banque. Attendu qu'une Bentley haut de gamme excluait d'office toute protestation, Margherita décida de se garer à côté et se déplaça pour faire marche arrière. Mais, distraite par ces pensées, sans doute, elle commit une petite erreur de manœuvre et heurta l'aile de la limousine. Elle entendit le bruit de son phare qui se brisait, cependant que la lourde berline ne réagissait au choc que par une légère secousse.

Margherita recula avec une extrême délicatesse, comme si cette précaution pouvait annuler le petit désastre qu'elle avait provoqué. Puis elle regarda anxieusement l'aile de la Bentley, et constata que la carrosserie impeccablement chamoisée présentait une éraflure, pas très longue, mais bien nette.

Agacée, elle frappa son volant de la paume de ses mains. Il lui faudrait perdre son temps aux ennuyeuses formalités du constat, sans parler de l'embarras d'avouer à un probable client de sa banque qu'elle avait endommagé sa somptueuse automobile.

Elle descendit de voiture et s'approcha de la Bentley, pour découvrir avec surprise qu'il y avait apparemment quelqu'un à l'intérieur, une silhouette confusément visible à travers les vitres fumées. Elle s'approcha de la fenêtre en protégeant ses yeux avec sa main, comme pour s'abriter d'un reflet.

Oui, il y avait bien quelqu'un, immobile sur le siège arrière. Ce passager était-il endormi, pour n'avoir pas réagi après la collision ? Elle toqua à la vitre, mais la forme indistincte ne bougea pas davantage. Étrange, vraiment...

Elle plissa les yeux. Ce fut alors que la silhouette assise glissa de côté et tomba mollement vers elle, le front appuyé contre la fenêtre.

Margherita vit avec effroi un visage tout rouge de

sang, dont les yeux fixes et sans vie semblaient la scruter, les dents totalement découvertes en un horrible rictus de tête de mort.

Elle fit un bond en arrière et, sans même en avoir conscience, se mit à hurler.

18

Ce même matin, ni Frank Ottobre ni le commissaire Hulot n'avaient dormi.

Leur nuit s'était passée devant la pochette muette d'un vieux disque, à écouter et réécouter une bande qui ne leur avait pas appris grand-chose de nouveau. Ils avaient échafaudé toutes sortes d'hypothèses, pour les écarter ensuite. Ils avaient réveillé Julien Toureu, un inspecteur passionné de hi-fi et possesseur d'une discothèque de premier ordre, et celui-ci s'était concentré avec eux sur les doigts virtuoses de Carlos Santana tourmentant les cordes d'une guitare. En vain. Ils avaient parcouru Internet en long et en large, cherchant sur tous les sites possibles une indication qui pût les aider à décrypter le message de l'assassin. En vain aussi.

Au bout du compte, ils se trouvaient devant une porte fermée à double tour, sans aucune idée de l'endroit où était cachée la clef. Ils avaient bu café sur café, mais ce n'était pas cela qui leur faisait la bouche amère. Le temps passait et, avec lui, leurs espoirs d'empêcher un nouveau crime.

Dehors, au-delà des toits, le ciel s'imbibait d'azur. Nicolas se leva de son bureau pour regarder par la fenêtre. Dans la rue, la circulation s'intensifiait peu à peu. Pour les gens ordinaires commençait une nouvelle journée de travail après une bonne nuit de sommeil.

Pour eux, un nouveau jour d'attente après une nuit d'angoisse.

Frank, une jambe par-dessus l'accoudoir de son siège, semblait contempler le plafond. Nicolas se passa une main sur le front, poussa un soupir de fatigue et d'impuissance et s'adressa à Morelli :

« Claude, j'ai une faveur à te demander.

— Volontiers.

— Je sais que tu n'es pas un commissionnaire, mais tu es le plus jeune et tu vas devoir le payer. Va voir s'il est possible d'obtenir un café un peu moins dégueulasse que celui du distributeur ! »

Morelli sourit.

« J'attendais que vous me le demandiez. Moi aussi, j'ai envie d'un café civilisé ! »

L'inspecteur sortit, et Hulot passa sa main dans ses cheveux dépeignés, qui se raréfiaient un peu au sommet du crâne. C'est alors que le téléphone sonna, et ils surent qu'ils avaient échoué.

« Ici Hulot », dit-il, laconique.

Il écouta quelques secondes et pâlit.

« Où ? D'accord, nous arrivons tout de suite. »

Il raccrocha et plongea son visage dans ses mains. Frank s'était levé. Toute trace de fatigue semblait l'avoir quitté d'un coup, remplacée par la tension d'un chien de chasse à l'arrêt. La mâchoire contractée, il fixait Nicolas de ses yeux un peu rougis.

« Nous avons un nouveau cadavre, Frank. Dans le parking souterrain devant le casino. Sans visage, comme les précédents. »

En se ruant vers la porte, ils faillirent renverser Morelli, qui arrivait avec un plateau et trois tasses fumantes.

« Commissaire, votre caf...

— Claude, pose ce plateau et demande tout de suite une voiture. Il y a eu un autre meurtre. Vite, vite ! »

Quelques instants plus tard, ils prirent un ascenseur qui leur sembla descendre du sommet de l'Himalaya.

« Place du Casino, dit Nicolas au chauffeur. La sirène, Lacroix ! Et n'épargne pas les pneus. »

Sans se faire prier, le jeune policier à l'air vif partit dans un crissement de caoutchouc malmené. Bientôt, ils débouchèrent sur la place du Casino dans un grand bruit de sirène, parmi des têtes qui se tournaient à leur passage. La petite foule attroupée à l'entrée du parking semblait la réplique exacte de celle qui béait quelques jours plus tôt devant le voilier de Jochen Welder. Au milieu de la place, penché dans un grand massif multicolore, un brave jardinier composait la date du jour avec des fleurs fraîches, et Frank songea qu'aujourd'hui, pour une nouvelle victime, cette date avait été tracée dans le sang.

Quand les agents déjà sur place eurent écarté les badauds, la voiture put gagner à toute allure l'avant-dernier niveau, où deux autres véhicules attendaient, leurs gyrophares lançant des faisceaux mouvants sur les murs et le plafond. Frank et Nicolas bondirent à terre comme si leurs sièges brûlaient et s'approchèrent de la grosse Bentley noire garée tout au fond. Appuyé à la vitre souillée de sang, il y avait le cadavre d'un homme.

En le voyant, le commissaire serra les poings si fort que ses articulations blanchirent.

« Merde ! Merde ! Merde ! Merde ! Merde ! » cria-t-il, comme si ses jurons pouvaient conjurer l'horreur qu'il découvrait.

Frank sentit la fatigue de sa nuit blanche se muer en

écœurement. Pendant qu'ils s'évertuaient à décrypter le message du fou dans le silence d'aquarium du bureau de Nicolas, le fou avait frappé de nouveau sans qu'ils y pussent rien.

« Qui l'a trouvé ? » demanda Nicolas en se tournant vers les agents.

Un policier en uniforme s'avança.

« C'est moi, commissaire. Plus exactement, je suis arrivé le premier. J'étais ici pour l'enlèvement d'une vieille bagnole abandonnée et j'ai entendu la fille crier.

— Quelle fille ?

— Celle qui a découvert le cadavre. Pour le moment, elle est assise dans sa Fiat, là-bas. Elle pleure comme une Madeleine ! Le choc, évidemment. C'est une jeune Italienne qui travaille à la Banque internationale, juste au-dessus. Elle a heurté la Bentley en se garant, elle est descendue constater les dégâts, et c'est alors qu'elle a vu...

— Personne n'a rien touché ? interrompit Frank.

— Non, je n'ai laissé personne approcher. Nous vous attendions. »

Frank retourna prendre une paire de gants en latex dans le véhicule qui les avait amenés et les enfila en revenant vers la limousine. Il essaya une des portières arrière, dont la serrure ne résista pas. La voiture n'était pas fermée à clef.

Il se glissa à l'intérieur et examina le cadavre. L'homme portait une chemise blanche si maculée de sang qu'on distinguait à peine sa couleur d'origine. Son pantalon noir semblait celui d'un habit de soirée. L'étoffe des vêtements était déchirée en de multiples endroits, visiblement par des coups de couteau. À côté de lui, sur la banquette en cuir, l'inscription en lettres sanglantes :

Je tue...

Il saisit le corps pour l'appuyer au dossier et empêcher qu'il ne glisse de nouveau. Ce faisant, il entendit quelque chose tomber avec un bruit assourdi sur le sol moquetté de l'auto.

Il sortit et alla ouvrir l'autre portière, du côté du cadavre, et s'accroupit. Hulot, debout derrière lui, se pencha pour mieux voir, les bras derrière le dos : il n'avait pas de gants et tenait à ne rien toucher.

Frank aperçut bientôt l'objet qui était tombé. Presque cachée par le siège du conducteur, c'était une cassette vidéo. Sans doute était-elle posée sur les genoux du mort et l'avait-il fait glisser au sol en le déplaçant. Il la souleva en glissant un stylo dans un des deux trous et l'observa un instant, puis prit dans sa poche un sachet en plastique et l'y laissa tomber avant de le fermer avec soin.

Pendant cette opération, il remarqua que le cadavre était pieds nus et avait des marques profondes aux poignets. Il souleva le bas du pantalon et constata que ses chevilles étaient également marquées. Puis il lui plia les doigts pour vérifier leur flexibilité.

« Ce malheureux a été immobilisé avec quelque chose de très dur, probablement du fil de fer, dit-il à Nicolas. Les doigts sont encore souples et le sang n'est pas encore complètement coagulé, ce qui veut dire qu'il n'est pas mort depuis longtemps.

— À la couleur des mains, je dirais qu'il est mort d'avoir perdu son sang.

— Sûrement. Et il n'est pas mort ici, parce qu'il y aurait beaucoup plus de sang sur la banquette et sur le sol. Et puis, ce n'est pas un endroit très pratique pour le joli travail de découpage que l'assassin avait en tête, et qu'il a réussi de nouveau. Non, il a été tué ailleurs et porté dans l'auto après coup.

— Mais pourquoi tant de complications ? »

Hulot recula pour laisser Frank se relever.

« Je veux dire, pourquoi prendre le risque de transporter un cadavre dans une voiture jusque dans le centre-ville ? »

Frank regarda autour de lui, perplexe.

« Je ne sais pas. Mais c'est une des choses que nous devons découvrir. »

Pendant quelques instants, ils contemplèrent en silence le cadavre appuyé au dossier, dans son cercueil de luxe, avec ses yeux sans paupières et son effroyable sourire.

« À en juger par sa voiture et ce qui reste de ses vêtements, il n'était pas dans la misère, ce monsieur.

— Voyons un peu à qui appartient ce carrosse », dit Nicolas.

Ils contournèrent la Bentley jusqu'à la portière du passager, et Frank, se penchant sur le tableau de bord, appuya sur un bouton commandant l'ouverture de la boîte à gants. Un petit panneau d'acajou glissa sans bruit sur le côté. À l'intérieur, Frank prit une pochette en cuir noir, qui contenait divers documents, parmi lesquels la carte grise.

« Nous y voilà. La voiture est au nom d'une société, la Zen Electronics...

— Bon sang ! Allen Yoshida... »

La voix de Nicolas était presque étouffée par la stupeur.

« Le propriétaire de Sacrifiles. Si c'est vraiment lui.

— Alors, Nicolas, nous savons enfin ce que signifiait cette musique. Mais trop tard.

— Quoi ?

— Un morceau de Santana enregistré en public au Japon. Par son père, Yoshida est d'origine japonaise. Et puis, tu te rappelles les chansons de Santana ? Une des plus célèbres s'intitule *Soul Sacrifice* ! Tu comprends ? C'est un jeu de mots avec "Sacrifiles". Et il y en a une autre qui s'appelle *Kyoto*. Ça ne m'étonnerait pas que Yoshida ait un lien quelconque avec la ville de Kyoto. »

Hulot fit un geste vers le mort.

« Tu crois que c'est vraiment lui ?

— Oh, sûrement. Je parierais tout l'or de Fort Knox que nous avons devant nous le cadavre du célèbre Allen Yoshida. »

Il réfléchit quelques secondes, sous le regard perplexe de Nicolas. Une idée insensée se faisait jour dans son esprit.

« Et puis, je pense à quelque chose d'autre, ajouta-t-il sombrement. Si Yoshida a été tué je ne sais où et que l'assassin l'a transporté jusqu'ici, en plein centre de Monte-Carlo, pour qu'il soit découvert juste sous la place du Casino, c'est pour une raison précise.

— Laquelle ?

— Il veut que ce soit nous qui soyons chargés de l'enquête, Nicolas. Nous et personne d'autre ! »

Si Frank voyait juste, songea Nicolas, il n'y avait pas de limite à la folie de leur adversaire. Non plus qu'à son sang-froid. Il fut assailli d'un pressentiment très noir. Trois morts, déjà. Et ce nouveau défi annonçait un futur pour le moins effrayant, pour eux et, peut-être, pour d'autres victimes.

Un bruit de pneus leur signala l'arrivée de l'ambulance et de la voiture du médecin légiste. Un instant plus tard, le fourgon de la Scientifique apparut à son tour.

Hulot s'éloigna pour accueillir ses collègues, et Frank resta seul près de la portière ouverte. Tandis qu'il réfléchissait, son regard tomba sur l'autoradio. Quelque chose dépassait du lecteur. Il se pencha et en tira une cassette audio, sans étiquette et complètement rembobinée. Il la regarda un instant, puis la glissa de nouveau dans l'autoradio, qui se mit automatiquement en marche. Alors, tous les présents entendirent s'élever dans l'air confiné du sous-sol les notes railleuses de *Samba Pa Ti*.

19

Quand ils regagnèrent le commissariat central, ils virent que le trottoir grouillait de journalistes.

« Que le diable les emporte, ces pisse-copie de mes deux ! grogna Nicolas.

— C'était à prévoir. Dans le parking, nous leur avons échappé, mais on ne les évite pas éternellement. Parmi tous nos problèmes, dis-toi qu'ils sont loin d'être le pire ! »

Le commissaire s'adressa au chauffeur :

« Va te garer derrière. Je n'ai aucune envie de leur parler maintenant. »

La voiture contourna le bâtiment, mais, en voyant le commissaire Hulot à l'intérieur, la meute des journalistes se déplaça d'un même mouvement, comme dans un ballet parfaitement répété. La barrière n'était pas encore levée que Nicolas se trouva assailli d'un flot de questions surexcitées, qui le contraignit à baisser sa vitre. Un roux à la peau lentigineuse glissa quasiment sa tête dans l'auto.

« Commissaire, savez-vous qui est le mort du parking des Boulingrins ? »

Une journaliste de *Nice-Matin* qu'Hulot connaissait bien surgit derrière lui et l'écarta de force en tendant son micro.

« Selon vous, est-ce un autre crime de l'assassin qui a tué Jochen Welder et Arijane Parker ?

— Et le coup de fil d'hier soir à Radio Monte-Carlo, que pouvez-vous nous en dire ? » vociféra un autre reporter.

Nicolas leva les mains pour faire taire ce tumulte.

« Mesdames et messieurs, s'il vous plaît ! Vous êtes des professionnels et vous savez très bien que pour le moment, je ne peux rien vous dire. La direction de la Sûreté publique fera un communiqué plus tard. Je n'ai rien à ajouter. Avance, Lacroix ! »

Lentement, pour ne renverser personne, la voiture avança et la barrière se baissa derrière elle. Quand il descendit, Hulot se passa la main sur le visage ; il avait les yeux cernés de violâtre, à cause de sa nuit blanche et de la nouvelle atrocité qu'il venait de contempler.

Il tendit à Morelli la cassette vidéo trouvée dans la Bentley.

« Claude, fais-en faire une copie de sauvegarde et fais-moi porter un lecteur et un téléviseur dans mon bureau. Ensuite, appelle Nice et demande Michel Clavert, le spécialiste des enregistrements. Dis-lui que nous avons besoin de lui pour une autre expertise. On verra bien ce que ça donnera ! »

Dans l'ascenseur, où ils se trouvèrent seuls pour la première fois depuis plusieurs heures, Nicolas demanda à Frank :

« À quoi penses-tu ? »

Frank haussa les épaules.

« Je pense que je ne sais plus quoi penser, et c'est bien là le problème. Cet homme est incroyable. Dans toutes les affaires de crimes en série sur lesquelles j'ai enquêté, il y avait toujours quelques détails laissés plus ou moins au hasard, des indices, même vagues, qui nous révélaient que le tueur était d'abord quelqu'un qui *subissait* sa condition de tueur. Celui-ci la maîtrise avec une lucidité impressionnante.

— Oui. Et nous en sommes déjà à trois morts.

— Il y a une chose que j'essaie de comprendre, Nicolas, mais je n'y arrive pas.

— Quoi ?

— Outre que nos ignorons pourquoi ce type emporte le visage de ses victimes, il s'agissait dans le premier cas d'un homme et d'une femme, Jochen Welder et Arijane Parker. Cette fois, nous n'avons qu'un seul cadavre, celui d'un homme. Quel est le lien entre les victimes ?

— À supposer qu'il en existe un !

— Il existe sûrement, Nicolas : cet homme ne tue pas à l'aveuglette ! Alors, si nous écartons pour le moment le cas d'Arijane, quel est le point commun entre Jochen Welder, deux fois champion du monde de Formule 1, et Allen Yoshida, magnat de l'informatique ? »

Hulot s'appuya à la paroi de métal de l'ascenseur.

« Les points communs les plus évidents, ce sont la notoriété et le succès. L'âge, aussi : environ trente-cinq ans. Et peut-être le fait que c'étaient des hommes physiquement attirants.

— Exact. Mais alors, pourquoi Arijane Parker ? Pourquoi une femme ? »

L'ascenseur s'arrêta et les portes s'ouvrirent.

« Peut-être que c'était seulement Jochen qui intéressait l'assassin. Arijane s'est trouvée sur son chemin et il a été obligé de la tuer.

— Possible. Mais pourquoi lui a-t-il aussi dépecé le visage ? »

Ils prirent le couloir et s'arrêtèrent devant le bureau de Nicolas. Les gens qu'ils croisaient les regardaient comme deux soldats de retour du front.

« Je ne sais pas, Frank. Je ne sais que te dire. Mais nous avons trois cadavres sur les bras, et pas l'ombre d'une piste. Et celle que l'assassin en personne nous avait fournie, nous n'avons même pas été fichus de la déchiffrer. Résultat : un mort de plus sur notre conscience ! Pourtant, quand on y réfléchit, ce n'était pas si ardu.

— J'ai lu quelque part que toutes les énigmes sont simples, une fois qu'on connaît la solution. »

Ils entrèrent dans le bureau du commissaire, où le soleil dessinait des carreaux sur le dallage. Dehors, c'était presque l'été, mais dans la pièce, l'hiver semblait s'être attardé.

Hulot prit le téléphone et composa le numéro direct de Froberger, son collègue de Nice. Frank reprit sa place sur le fauteuil, une jambe passée au-dessus de l'accoudoir comme quelques heures plus tôt.

« Allô, Charles ? Bonjour, ici Nicolas. Oh, pas très fort ! Nous avons trouvé un nouveau cadavre. Dans une voiture, cette fois, garée sous la place du Casino. La tête complètement écorchée, comme les deux autres. Les papiers de la voiture disent qu'elle appartient à la société Zen Electronics, la boîte d'Allen Yoshida, tu sais, le... »

Soudain, il se raidit, écoutant attentivement.

« *Quoi ? ? ?* Attends, je suis avec Frank, je branche le haut-parleur. Répète-lui ce que tu viens de dire. »

Il appuya sur un bouton de l'appareil et la voix de Froberger se fit entendre, légèrement déformée par l'amplificateur.

« Je disais que je me trouve en ce moment au domicile de Yoshida, à Beaulieu. Une villa de milliardaire, cela va sans dire. De multimilliardaire ! Protégée par une équipe de vigiles et un système de télésurveillance de premier ordre. Eh bien, malgré tout ça, nous avons reçu un coup de fil vers huit heures moins le quart ce matin. Les employés de maison habitent à l'extérieur, la plupart arrivent aux alentours de sept heures. Aujourd'hui ils ont commencé à mettre de l'ordre après une réception donnée par leur patron hier soir, et ils sont tombés sur une pièce dont ils ignoraient l'existence.

— Qu'est-ce que tu veux dire, "dont ils ignoraient l'existence" ?

— Simplement ce que je dis, Nicolas ! Une pièce dissimulée derrière les lambris de la salle de billard, au sous-sol, une espèce de chambre secrète dont la porte est commandée par une serrure à combinaison cachée dans le pied d'une statue.

— Excuse-moi. Continue.

— Ils sont entrés et ils ont découvert un fauteuil tout couvert de sang. Il y en avait aussi sur le dallage et sur les murs. Un lac de sang, comme a dit le vigile qui nous a téléphoné, et il n'exagérait pas ! Nous sommes ici depuis un petit moment, les collègues de la Scientifique n'ont pas terminé leurs relevés. J'ai essayé d'interroger quelques personnes, bien sûr, mais je n'ai rien pu en tirer d'intéressant.

— C'est là qu'il l'a tué, Charles ! Il s'est introduit dans la maison, il a tué Yoshida, il a fait son sale travail de maître du scalpel, puis il a mis le corps dans sa voiture pour aller l'abandonner au fond du parking des Boulingrins.

— Le chef des vigiles, un ancien flic qui s'appelle Valmeere, m'a dit que cette nuit, vers quatre heures, il a vu la voiture de Yoshida quitter la propriété.

— Il n'a pas vu qui conduisait ?

— Non. La voiture a des vitres fumées et on ne voit rien à l'intérieur, surtout de nuit, avec les reflets de l'éclairage.

— Ça ne lui a pas semblé bizarre que Yoshida sorte tout seul à quatre heures du matin ?

— C'est la question que je lui ai posée. Selon lui, Yoshida était un type bizarre de toute façon. Ça lui arrivait de temps en temps de sortir en pleine nuit. Valmeere lui avait fait remarquer que c'était dangereux, mais il n'avait pas pu le convaincre. Maintenant, veux-tu savoir jusqu'où allait la bizarrerie de M. Yoshida ?

— Je t'écoute.

— Dans la pièce en question, nous avons trouvé une collection de *snuff movies* à faire dresser les cheveux sur la tête. Des trucs inimaginables ! Un de mes gars en a visionné quelques-unes, et il a été obligé de sortir pour vomir. Écoute, tu me permets d'émettre une opinion ? »

Froberger continua sans attendre la réponse.

« Si Yoshida prenait plaisir à regarder ce genre de films, eh bien ! il a eu la fin qu'il méritait. »

La voix de Froberger trahissait le plus profond dégoût. Tel était le sort de beaucoup de policiers. On croyait toujours avoir touché le fond, mais on découvrait chaque fois quelque chose qui venait démontrer qu'on s'était trompé.

« S'il te plaît, Charles, envoie-moi au plus vite les résultats des relevés. Et les photos du lieu du crime. Si ça ne t'ennuie pas que nous empiétions sur ton territoire, nous visiterons la maison de M. Yoshida un peu plus tard. Merci.

— De rien. Nicolas...

— Oui ?

— L'autre jour, j'ai pensé quelque chose, mais aujourd'hui, je vais te l'avouer franchement. Est-ce que tu me croiras si je te dis que je ne voudrais pas être à ta place ?

— Oh, oui, mon ami ! Je te crois volontiers. »

Hulot replaça le combiné comme s'il était d'une extrême fragilité.

Frank, appuyé au dossier du fauteuil, scrutait par la fenêtre une portion de ciel bleu, sans la voir. Aux oreilles de Nicolas, sa voix sembla venir du bout du monde.

« Tu sais, Nicolas, quand je réfléchis à ce qui se passe un peu partout dans le monde, des choses comme cette affaire ou les plaisirs secrets de M. Yoshida, comme le World Trade Center, les guerres, les massacres et tout le reste, il m'arrive de penser aux dinosaures. »

Le commissaire le regarda sans mot dire. Il se demandait où son ami voulait en venir.

« Depuis très longtemps, on essaie de trouver pour quelle raison ils ont disparu de la surface de la Terre. On voudrait comprendre pourquoi ces énormes animaux qui dominaient le monde se sont tout à coup éteints. Peut-être que parmi toutes les explications, la plus véridique est aussi la plus simple. Peut-être qu'ils sont morts parce qu'ils sont tous devenus fous. Comme nous. Voilà ce que nous sommes : de petits dinosaures, rien de plus. Et tôt ou tard, notre folie sera la cause de notre fin. »

20

Morelli glissa la vidéocassette dans le lecteur, et presque aussitôt, les habituelles lignes colorées apparurent sur l'écran. Le commissaire Hulot alla baisser le store pour éviter les reflets du jour. Frank était de nouveau installé dans son fauteuil, tourné en direction du téléviseur.

À côté de lui, dans un autre fauteuil, avait pris place Luc Roncaille, le directeur de la Sûreté publique de Monaco, arrivé par surprise dans le bureau d'Hulot au moment où Morelli plaçait le poste et le lecteur sur une table à roulettes. C'était un homme de haute taille, bronzé, aux tempes argentées, telle une réplique contemporaine de Stewart Granger. D'instinct, Frank l'avait regardé avec suspicion. Cet homme avait beaucoup moins l'air d'un haut fonctionnaire de police que d'un politicien. Une belle tête de communicant séducteur, révélatrice d'une carrière qui ressortissait plus des relations publiques que de la pratique du terrain. Quand Nicolas les avait présentés, ils s'étaient mutuellement évalués du regard ; cela n'avait duré qu'un instant, mais Frank, en sondant celui de Roncaille, avait compris que cet homme était tout sauf un imbécile. Un opportuniste, c'était probable ; mais un imbécile, sûrement pas. Il avait eu la nette impression que s'il fallait jeter quelqu'un à la mer pour éviter de s'y noyer, Roncaille l'aurait fait sans hésiter, et que si d'aventure il y tombait, il n'y tomberait pas seul. Dès la nouvelle du meurtre de Yoshida, il était arrivé ventre à terre, non pour admonester ses subordonnés – du moins pour le moment – mais, d'évidence, pour recueillir assez d'informations pour se prémunir contre tout risque de représailles de la part de sa hiérarchie. Par sa superficie, la principauté de Monaco était sans doute un mouchoir de poche, mais nullement un pays d'opérette. Les règles à respecter y étaient de fer, et, de même qu'elle possédait une des meilleures polices du monde, son administration intérieure était d'une efficacité à faire pâlir d'envie de nombreux États.

Bientôt, des images apparurent sur l'écran. La première chose qu'ils virent fut l'homme attaché à son fauteuil, avec son bâillon en ruban adhésif, les yeux écarquillés par la peur et regardant quelque chose sur sa gauche. Dans ce visage terrifié, tous reconnurent aussitôt Allen Yoshida, qui avait fait assez souvent la couverture des magazines du monde entier pour leur être familier. Puis, la figure en noir entra dans le champ. Hulot resta pétrifié. En observant l'homme et son étrange costume, Frank crut un instant que la cassette était défectueuse, ou peut-être la caméra : il ne s'expliquait pas pourquoi ses coudes et ses genoux avaient cette apparence gonflée. Puis il prit conscience que ces rembourrages faisaient partie du déguisement du tueur, et, soudain, il perçut quel genre d'homme il avait sous les yeux.

« Salaud, mais salaud de génie ! » siffla-t-il entre ses dents.

Les autres le regardèrent, mais il fit un signe d'excuse. Les yeux se fixèrent de nouveau sur l'écran, et ils virent avec des frissons d'effroi le personnage en noir frapper une fois, dix fois, vingt fois sa victime avec son poignard. Il ne leur échappa point qu'il faisait preuve d'une précision scientifique pour qu'aucune des blessures ne fût mortelle, et ils observèrent sa danse macabre, presque grotesque dans son costume qui le déformait, ouvrir des blessures qui ne se refermeraient plus, tandis que le sang tachait le tissu blanc de la chemise de Yoshida telles des fleurs qui devaient, pour fleurir, se nourrir de sa vie.

Ce qu'ils croyaient voir, c'était la mort en personne, son ballet noir autour d'un homme dont elle goûtait avec volupté la souffrance et la terreur avant de l'emporter pour l'éternité.

Au bout d'en temps qui parut durer des siècles, la silhouette en noir s'immobilisa. Le visage de Yoshida était trempé de sueur, et l'homme tendit un bras pour l'essuyer avec la manche de sa blouse. Sur le front du prisonnier apparut une traînée rougeâtre, une dérisoire ponctuation de vie dans ce rituel de mort.

Du sang, il y en avait partout. Sur les vêtements du bourreau, sur le marbre du dallage, sur les murs.

L'homme marcha jusqu'aux appareils hi-fi et vidéo installés contre le mur et tendit la main vers les touches de commande. Mais il s'arrêta dans son geste et pencha la tête de côté, comme si une pensée subite lui était venue. Puis il se tourna du côté de la caméra centrale et fit une petite courbette, en indiquant de la main l'homme agonisant sur le fauteuil. Cela fait, il se pencha de nouveau sur les touches, en pressa une et, sur l'écran, les spectateurs tétanisés virent tomber la neige de l'hiver et de l'enfer.

Dans la pièce, le silence parla d'une voix différente à

chacun. Frank, d'un coup, fut ramené dans le passé, vers une maison au bord de l'océan, vers des images qui n'avaient jamais cessé de se dérouler devant les yeux de sa mémoire comme une vidéo sans fin. Le souvenir se mua en douleur aiguë, et la douleur en une haine également répartie entre lui-même et le tueur.

Hulot releva le store, et la lumière du soleil tomba sur eux comme une bénédiction.

« Seigneur ! Mais qu'est-ce qui nous arrive ? »

La voix de Roncaille sonnait comme une prière conjuratoire.

Frank se leva, et, en voyant la lueur dans ses yeux, si dure et déterminée, Nicolas se dit qu'elle n'était peut-être pas très différente de celle qu'il eût découverte dans ceux de l'assassin si celui-ci avait ôté ses lunettes à verres miroir. Il frémit légèrement.

« Messieurs, dit Frank, ce que nous venons de voir sur cette cassette, c'est Satan en action. Cet homme est peut-être fou à lier, mais il est aussi d'une astuce et d'une lucidité surhumaines. »

Il indiqua d'un geste l'écran encore allumé, où la neige n'en finissait pas de tomber.

« Vous avez vu son accoutrement ? Ses coudes, ses genoux ? Je ne sais pas s'il avait l'intention d'enregistrer cette vidéo quand il s'est introduit chez Yoshida, ni s'il connaissait la pièce secrète et la perversion particulière de sa victime. Peut-être l'a-t-il surpris au moment où il pénétrait dans son antre, et l'idée que nous pourrions le voir en train d'assassiner a dû lui plaire. Le voir, non. L'admirer, plutôt ! Voilà qui nous en dit long sur son degré de folie. Passons à son astuce. Morelli, tu peux rembobiner la cassette ? »

L'inspecteur s'exécuta et, pendant quelques

secondes, ils virent à rebours en accéléré l'horrible scène. Puis Frank fit signe à Morelli d'arrêter l'image, et elle se figea sur un plan où le meurtrier relevait son poignard d'où coulait un fil de sang. Roncaille plissa les yeux avec dégoût : sans doute ce genre de spectacle ne faisait-il pas partie de ses loisirs quotidiens.

« Nous y sommes, dit Frank en s'approchant du téléviseur. De toute évidence, l'homme savait que la maison était sous télésurveillance. De toute façon, il y a des caméras un peu partout dans Monte-Carlo. En conduisant la Bentley jusqu'au parking des Boulingrins, il savait qu'il courait le risque d'être filmé. Il savait aussi que parmi les paramètres d'identification couramment utilisés, il y a les mesures anthropométriques qu'on peut effectuer à partir d'une vidéo. La taille des oreilles, la distance entre les coudes et les poignets, entre les chevilles et les genoux. Si elles sont réalisées avec précision, comme les équipements d'aujourd'hui le permettent, ces mensurations peuvent très bien suffire à identifier quelqu'un. Voilà pourquoi il s'est affublé de ces espèces de prothèses aux bras et aux jambes. Nous ne savons rien de son visage et rien de son corps ! Sinon qu'il est plutôt grand, mais ce n'est pas ça qui nous avance à grand-chose. Alors, oui, je le répète : cet homme est non seulement fou furieux, mais d'une astuce diabolique.

— Bon sang ! Mais pourquoi fallait-il que ce maniaque déboule justement ici, en principauté de Monaco ? »

Roncaille entendait peut-être des grincements sinistres sous son siège de patron de la Sûreté. Il regarda Frank, en tâchant de recouvrer une apparence de calme.

« Qu'avez-vous l'intention de faire, maintenant ? »

Frank se tourna vers Hulot, lui laissant la parole. Celui-ci, fort mal à l'aise, s'éclaircit la gorge.

« Nous enquêtons dans différentes directions, dit-il, mais il est vrai que les pistes ne sont pas nombreuses. Nous attendons de Lyon les analyses approfondies de la voix du tueur au téléphone. Et le docteur Cluny doit m'envoyer un rapport psychiatrique, basé sur ces mêmes conversations téléphoniques. J'attends d'autres analyses d'un jour à l'autre, à partir des relevés sur le voilier, dans la voiture de Yoshida et à son domicile. Pour être franc, je doute que tout cela nous apprenne grand-chose, mais on ne sait jamais. Les autopsies n'ont rien révélé de plus que les premières constatations. En somme, les seuls liens véritables que nous ayons avec l'assassin sont ses appels à Radio Monte-Carlo. Bien sûr, l'émetteur est sous surveillance vingt-quatre heures sur vingt-quatre. Malheureusement, cet homme est d'une intelligence et d'une organisation qui n'ont d'égales que sa férocité. Nous avons mis en place un central où tous les témoignages sont recueillis et étudiés. C'est Morelli qui s'en occupe. »

L'inspecteur se sentit tenu d'intervenir.

« Des appels, nous en avons reçu des centaines, sinon davantage. Et après ce nouveau meurtre, je suppose qu'ils seront encore plus nombreux. Comme vous vous en doutez, certains sont complètement délirants : des histoires d'extraterrestres, d'anges de la vengeance et je ne sais quoi encore. Mais pour les autres, nous ne négligeons rien. Même si, évidemment, nous manquons d'effectifs pour une opération de cette ampleur.

— Pour les effectifs, répondit Roncaille, je vais voir ce que je peux faire. Il m'est toujours possible de demander des renforts à la police française. Pour le reste, inutile de vous rappeler que la Principauté se serait volontiers passée d'une affaire pareille. Nous avons depuis toujours une image de tranquillité et de protection, celle d'une petite île préservée des horreurs du monde. Maintenant que ce sadique nous a mis au défi, nous devons faire preuve d'une efficacité en accord avec cette image. En un mot, nous devons l'arrêter, et le plus tôt possible. Avant qu'il tue de nouveau. »

Il se leva, en ajustant les plis de son pantalon en lin parfaitement coupé.

« Il est temps que je vous laisse travailler. Je ne vous cache pas que je devrai rendre compte des informations que vous venez de me donner au procureur général, et que cette perspective ne me réjouit guère. Hulot, tenez-moi informé à tout moment. Là-dessus, messieurs, il ne me reste qu'à vous souhaiter bonne chance ! »

Il se dirigea vers la porte et sortit en la refermant délicatement derrière lui. Le sens de ses paroles, et surtout le ton de sa voix, était sans équivoque. En déclarant « Nous devons l'arrêter le plus tôt possible », c'était « *Vous* devez l'arrêter » qu'il entendait, et la menace de rétorsions en cas d'échec n'était voilée que pour la forme.

21

Frank, Hulot et Morelli restèrent seuls dans la pièce, la bouche pleine du goût amer de la déconfiture. L'assassin leur avait fourni une piste, ils auraient pu l'arrêter, mais ils n'avaient rien compris et un autre cadavre à la tête écorchée était étendu sur la table d'une morgue. Roncaille, pour cette fois, s'était borné à une opération de reconnaissance avant la vraie bataille, mais non sans leur faire comprendre que d'ici peu des têtes pourraient tomber, et que la sienne ne tomberait pas seule. À bon entendeur, salut.

On frappa à la porte, et Froberger apparut.

« Commissaire Froberger, au rapport.

— Ah, c'est toi, Charles. Entre donc ! »

Le visiteur perçut aussitôt l'atmosphère de défaite qui régnait dans la pièce.

« Bonjour tout le monde. Je viens de croiser Roncaille, dit-il d'un ton compatissant. Un sale moment, pas vrai ?

— Plutôt, oui.

— Tiens, Nicolas, je t'ai apporté quelques photos de famille. Développées en un temps record, rien que pour tes beaux yeux ! Les analyses de la Scientifique arriveront plus tard. »

Il posa sur le bureau une grande enveloppe brune, que Frank se hâta d'ouvrir. Elle contenait une série de clichés en noir et blanc, une version statique de ce qu'ils venaient de voir en vidéo. La pièce était vide, mais c'était l'image métaphysique du crime. C'était là qu'une figure en noir avait massacré un homme à l'âme encore plus noire.

Il tendit la liasse de photos à Hulot, qui ne les regarda même pas.

« Tu as du nouveau ? demanda-t-il à Froberger, sans beaucoup d'espoir.

— Mes gars ont passé toute la maison au crible, comme tu t'en doutes. Il y a des empreintes partout, mais avoir beaucoup d'empreintes, c'est souvent comme n'en avoir aucune. Si tu m'envoies celles du mort, nous pourrons les comparer, pour une identification définitive. Il y avait des cheveux sur le fauteuil, qui sont probablement ceux de Yoshida, mais...

— Aucun doute. La victime, c'est lui, l'interrompit Hulot.

— Comment peux-tu en être aussi sûr ?

— Assieds-toi et tiens-toi bien. Claude, tu peux nous repasser la vidéo ? »

Morelli manœuvra le magnétoscope, et de nouveau l'écran se remplit de la danse macabre d'un homme au poignard levé, telle une aiguille cousant la mort sur le corps sanglant de sa proie immobile. Froberger regardait avec de grands yeux ce carnaval d'enfer en costumes rouge et noir, et, quand la scène s'acheva sur le salut complaisant du tueur, il lui fallut quelques instants pour retrouver l'usage sa voix.

« Sainte Mère de Dieu ! Mais est-ce que nous sommes encore sur Terre ? J'ai presque envie de faire un signe de croix. Qu'est-ce qu'il peut bien y avoir dans la tête de cet homme ?

— Tous les talents que la folie peut donner à la cruauté, répondit Frank sombrement. L'intelligence, l'astuce, le sang-froid le plus impitoyable. »

Ses mots le condamnaient comme ils condamnaient l'assassin : il savait que désormais, ni l'un ni l'autre ne s'arrêteraient sur leur route, que cet homme continuerait à tuer, et lui à le poursuivre jusqu'à ce qu'il l'ait capturé. Et qu'il lui faudrait oublier ses réactions d'homme raisonnable pour endosser à son tour un costume noir.

« Charles, peux-tu nous en dire plus sur les cassettes trouvées chez Yoshida ? »

Froberger fut soulagé que Nicolas reprît la parole. Dans les yeux du policier new-yorkais, il y avait une lueur qui l'angoissait, et il arrivait que sa voix sonne comme l'invocation murmurée d'obscures puissances vengeresses.

« Ça ressemble assez à ce que nous venons de voir, dit-il avec une grimace. En pire. Des scènes à glacer le sang dans les veines. À vous faire perdre toute estime pour le genre humain ! J'ai diligenté une enquête sur la provenance de ces saloperies, mais les réseaux des *snuff movies* sont très bien organisés. On verra. En tout cas, je ne peux que répéter ce que je t'ai dit au téléphone : à mon avis, le défunt M. Yoshida ne valait pas mieux que l'homme qui l'a assassiné. Si les sadiques s'entretuent, je ne suis pas sûr que ce soit une mauvaise chose. »

Le silence s'installa. Nicolas, assis à son bureau, semblait pensif.

« Selon vous, demanda-t-il enfin, pourquoi le tueur a-t-il éprouvé le besoin d'enregistrer cette vidéo ? »

Frank s'approcha de la fenêtre et s'appuya au rebord de pierre, observant une route encore invisible.

« Il ne l'a pas fait pour nous, dit-il.

— Comment ?

— La cassette ne nous était pas destinée, du moins au départ. Vers la fin, on le voit s'arrêter et réfléchir. Et puis, il se retourne pour saluer. C'est seulement à cet instant qu'il a pensé à nous.

— Mais alors, pourquoi ? Et pour qui ?

Froberger tourna la tête, mais ne vit que le dos et la nuque du New-Yorkais.

« Il a fait cette cassette pour Yoshida.

— Pour Yoshida ? »

Frank se retourna lentement et regagna son fauteuil.

« Oui. Vous l'avez vu, il l'a poignardé de telle manière qu'aucune des blessures ne soit mortelle. Yoshida est mort lentement, en se vidant de son sang. Quelquefois, le mal opère bizarrement, sur le principe de l'homéopathie. L'homme qui a tué Yoshida s'est servi de cette cassette pour le faire assister à sa propre mort. »

CINQUIÈME CARNAVAL

L'homme est rentré.

De son repaire aux murs de métal, il a soigneusement refermé la porte hermétique. Il est seul et silencieux, comme toujours. Et de nouveau séparé du monde, comme le monde est séparé de lui. Impénétrable est la muraille.

Il sourit en posant avec délicatesse une sacoche en toile sur la longue table de bois. Cette fois, il en est sûr, il n'a commis aucune erreur. Il s'assied et allume la lampe, d'un geste lent et cérémoniel. Avec la même lenteur solennelle, il ouvre la sacoche et en tire une grosse boîte noire en carton ciré, qu'il pose devant lui et contemple un moment, comme un cadeau qu'on n'ouvre pas tout de suite pour le plaisir de prolonger l'attente.

La nuit n'a pas été vaine, et le temps s'est docilement plié à sa volonté. Un autre être inutile a fait de même et lui a fourni ce dont il a besoin. La pièce est silencieuse, mais dans sa tête résonne la marche triomphale de la victoire.

Il ouvre la boîte et y glisse précautionneusement la main. La clarté de la lampe éclaire le visage d'Allen Yoshida, qu'il extrait avec le plus grand soin de son emballage de carton. Un peu de sang dégoutte au fond de la boîte, déjà rougi. Le sourire de l'homme s'élargit.

Cette fois, il a fait très attention. Il s'est servi de la tête coupée d'un mannequin de couture comme support pour son trophée.

Il observe attentivement le masque funèbre, et trouve une nouvelle raison de sourire. Rien n'est changé, au fond. Il n'y a aucune différence entre le vide d'un stupide mannequin humain et celui d'une forme en Celluloïd.

Il passe une main légère sur l'épiderme tendu, caresse les cheveux auxquels la mort a ôté leur brillant, vérifie que la peau et le cuir chevelu sont exempts de tout dommage. Aucune coupure, aucune excoriation. Le tour des yeux est parfaitement net. Les lèvres, la partie la plus difficile, sont pleines et charnues. Seules quelques taches de sang assombrissent la beauté de ce visage.

Excellent travail. Il s'appuie un moment au dossier de sa chaise et, pour se détendre, croise les mains derrière sa nuque, arque le dos pour décontracter son cou.

L'homme est fatigué. La nuit a été fructueuse, mais très éprouvante, et la tension accumulée finit par se payer.

Il bâille, mais le temps n'est pas encore venu de se reposer. Son œuvre n'est pas terminée. Dans un meuble, il va prendre une boîte de mouchoirs en papier et un flacon de liquide désinfectant, puis revient s'asseoir et commence à nettoyer minutieusement le masque taché de sang.

À présent, la musique dans sa tête rend le son paisible d'une symphonie champêtre, de certains chœurs simples et mélodieux. Un instrument bucolique, une flûte de Pan, peut-être, lui caresse l'esprit du même mouvement délicat que sa main caressant ce qui fut le visage d'un homme.

Il a fini, maintenant. Sur la table, à côté du masque, traînent quelques mouchoirs tachés d'un rouge noirâtre. Les yeux mi-clos, l'homme admire son chef-d'œuvre.

Depuis qu'il est rentré, il n'a presque pas fait de bruit, mais la voix lui arrive tout de même, pleine d'anxiété :

C'est toi, Zapp ?

L'homme lève la tête et tourne les yeux vers la porte qui s'ouvre dans le mur de gauche.

« Oui, c'est moi, Paso. »

Pourquoi as-tu tant tardé ? Je me sentais seul, dans le noir !

Les nerfs de l'homme se crispent soudain, mais sa voix n'en trahit rien.

« Ce n'était pas pour m'amuser, Paso. C'est pour toi que j'ai passé la nuit dehors ! »

Dans le ton, il y a une légère nuance de reproche, qui attire une réponse pleine d'humilité.

Je le sais bien, Zapp, je le sais bien. Excuse-moi. Je suis désolé. Seulement, les heures paraissent longues quand tu n'es pas là.

L'homme sent en lui une bouffée de tendresse. Sa brève colère est déjà apaisée. Soudain, le lion furieux se rappelle les jeux des lionceaux dans la brousse, et le loup son devoir de protéger le plus faible des louveteaux.

« Ne t'inquiète pas, je ne suis pas fâché, Paso. Je vais rester dormir avec toi. Et puis, je t'ai rapporté un cadeau. »

La voix est surprise, impatiente :

Un cadeau ? Qu'est-ce que c'est, Zapp ?

Sur le visage de l'homme, le sourire est revenu. Il replace le masque dans la boîte en carton et ferme le couvercle. Puis il éteint la lampe. Cette fois, tout devrait être parfait. Souriant toujours, il emporte la boîte vers la porte ouverte sur l'obscurité et la voix.

Avec son coude, il presse un interrupteur sur sa gauche et la lumière s'allume.

« Quelque chose qui te plaira, tu vas voir... »

L'homme entre dans la pièce. Celle-là aussi a des murs en métal, peints en gris, couleur de plomb. Mais elle est beaucoup plus petite que celle où il travaille : elle ne contient qu'un lit étroit poussé contre le mur, très spartiate, avec une table de nuit en bois blanc et des draps blancs bien tirés, sans le moindre pli. Et, à un mètre du lit, parallèle à lui, un long coffre en verre, posé sur des tréteaux. Le coffre est hermétiquement fermé, éclairé de l'intérieur et maintenu sous vide et à température constante par un appareil posé sur le sol et relié à la prise de courant la plus proche.

Étendu dans ce coffre, il y a un corps momifié. C'est celui d'un homme d'un peu plus d'un mètre quatre-vingts, complètement nu. Malgré son dessèchement, on devine un physique jadis puissant, très semblable à celui de l'homme. Mais à présent, la peau parcheminée laisse apparaître les côtes, et les articulations sont saillantes comme chez certains animaux.

L'homme s'approche et pose la main sur le couvercle de verre. La surface est d'une propreté absolue, et la chaleur de sa paume y dessine un léger halo.

Son sourire est tout joyeux, maintenant. Il soulève la boîte au-dessus de la tête racornie.

Allez, Zapp, dis-moi ce que c'est, ton cadeau !

L'homme regarde la momie avec affection. Un moment, ses yeux s'arrêtent sur la face décharnée, dont quelqu'un, avec l'habileté d'un chirurgien, a enlevé la peau et le cuir chevelu. Au sourire du cadavre, il répond par un sourire mystérieux, cherche ses yeux éteints, observe attentivement son expression fixe comme s'il percevait un mouvement dans les muscles desséchés, qui ont la couleur d'une cire grise.

« Tu vas voir, tu vas voir. Si je mettais un peu de musique ? Tu veux ? »

Oui. Non. Non, après ! D'abord, montre-moi ce que tu as dans cette boîte. Montre-moi ce que tu m'as rapporté !

L'homme fait un pas en arrière, comme pour taquiner l'impatience d'un enfant.

« Non, le moment est important, Paso. Il nous faut un peu de musique ! Attends, je reviens tout de suite. »

Non, Zapp, tout à l'heure. D'abord, montre-moi...

« J'en ai pour une seconde. »

L'homme pose la boîte sur une chaise pliante à côté du cercueil, puis disparaît dans la pièce voisine. Le cadavre reste seul, immobile dans sa petite éternité, fixant le plafond. Au bout de quelques secondes, on entend flotter dans l'air les notes dolentes d'un solo instrumental, l'introduction de *Star Spangled Banner* : c'est Jimi Hendrix, enregistré en public, à Woodstock. L'hymne des États-Unis, distordu par la guitare, a perdu ses échos de triomphe. Plus de héros, plus de drapeaux fièrement brandis : seulement le regret et les pleurs pour ceux qui sont partis livrer quelque guerre absurde et ne sont plus jamais revenus.

La lumière de la grande salle s'éteint, et l'homme reparaît dans l'encadrement sombre de la porte.

« Tu l'aimes, cette chanson, hein, Paso ? »

Tu sais bien que oui. Je l'ai toujours adorée. Allez, maintenant, montre-moi ce que tu m'as rapporté.

L'homme, que son grand sourire n'a pas quitté un seul instant, s'approche de la boîte, soulève le couvercle d'un mouvement solennel et le pose par terre. Il pose la boîte sur le cercueil en verre, à hauteur du torse du corps momifié.

« Tu vas voir, ça va te plaire. Je suis sûr qu'il t'ira très bien. »

Avec des gestes précieux de joaillier montrant une parure, il tire de la boîte le masque de peau, le visage d'Allen Yoshida soutenu par la tête en Celluloïd. Les cheveux se meuvent légèrement comme s'ils étaient encore vivants et qu'une brise les effleurait. Une brise qui, pourtant, ne soufflera jamais dans cet antre souterrain.

« Voilà, Paso. Regarde ! »

Oh, Zapp, qu'il est beau ! Il est pour moi ?

« Bien sûr qu'il est pour toi. Je vais te le mettre tout de suite. »

Tenant le masque de la main gauche, l'homme presse un bouton en haut du cercueil, et on entend le léger sifflement de l'air qui remplit le grand coffre transparent. À présent, il peut ouvrir le couvercle, qui glisse sur ses charnières latérales.

Prenant le masque à deux mains, il le place avec soin sur le visage du cadavre, le déplaçant délicatement pour que les trous des yeux correspondent aux yeux de verre de la momie, le nez à son nez, la bouche à sa bouche. Il passe la main sous la tête, et, avec des précautions infinies, la soulève pour que le cuir chevelu adhère aussi au crâne, sans faire un pli.

La voix, maintenant, est impatiente et craintive à la fois :

Est-ce qu'il me va, Zapp ? Je voudrais voir...

L'homme recule pour apprécier le résultat.

« Une seconde. Ce n'est pas tout à fait fini. »

Dans le tiroir de la table de nuit, il prend un peigne, une brosse et un petit miroir, puis retourne au chevet de la momie avec la hâte d'un peintre vers son tableau inachevé. Avec le peigne et la brosse, il ordonne les cheveux désormais opaques et les fait bouffer légèrement, comme pour leur redonner la vie qu'ils n'ont plus. L'homme est père et mère, en ce moment, plein d'un dévouement sans limites. Ses gestes révèlent une tendresse infinie, il semble avoir en lui assez de vie et de chaleur pour deux, assez de sang dans les veines et d'air dans les poumons pour les partager avec le corps sans mémoire étendu dans son sarcophage de verre. Enfin, triomphalement, il place le miroir devant le visage du mort.

« Voilà ! »

Un instant de mutisme ébahi. La voix et la guitare effilochées de Jimi chantent les champs de bataille où règne le *dread silence*, le silence de la terreur ; et les blessures de toutes les guerres, les foules d'hommes et de femmes absurdement tombés, sacrifiés à des valeurs sans valeur.

Une larme d'émotion coule sur le visage de l'homme et tombe sur le masque de peau du corps momifié. À croire que c'est lui qui pleure de bonheur.

Oh, Zapp ! Moi aussi, je suis beau, maintenant. J'ai un visage comme n'importe qui !

« Oui, Paso, tu es magnifique. Beaucoup plus beau que n'importe qui ! »

Je ne sais pas comment te remercier, Zapp. Je ne sais pas ce que j'aurais fait sans toi. D'abord...

La voix est chargée de gratitude, de regret aussi. D'un amour pareil à celui qui brille dans les yeux de l'homme.

D'abord, tu m'as délivré de mon mal, et maintenant, tu m'offres... Tu m'offres ce cadeau, un nouveau visage, un visage splendide ! Comment pourrai-je te payer de retour ?

« Je ne veux pas entendre ce genre de phrase, compris ? Plus jamais. Ce que j'ai fait, c'est pour toi, pour nous, parce que ce sont les autres qui ont une dette envers nous, qui doivent nous rendre ce qu'ils nous ont volé. Je ferai tout pour réparer le mal qu'ils t'ont fait. Tout ! Je te le promets. »

Comme pour souligner la menace contenue dans cette promesse, la musique, soudain, s'empreint de l'énergie déchaînée et douloureuse de *Purple Haze*, et la main de Jimi Hendrix tourmente les cordes de métal dans sa course fulgurante vers la liberté et l'annihilation.

L'homme referme le couvercle et se penche vers le sol, sur l'appareil muni des plusieurs manettes. Il en abaisse une, et le système de compression aspire en ronronnant l'air entré dans le cercueil. Sous l'effet du vide, le masque, maintenant, adhère d'encore plus près à la tête de la momie, en faisant un petit pli sur le côté qui lui donne comme un sourire de contentement.

L'homme se dirige vers le lit en ôtant son polo noir, qu'il jette sur le cadre de fer. Puis le reste de ses vêtements. Nu, il glisse entre les draps son corps musclé et reste étendu, fixant le plafond, dans la même position que la momie dans son coffre de verre. Il éteint la lumière, et seules luisent dans l'obscurité les faibles lumières de l'équipement hi-fi, à côté, furtives comme des yeux de chat dans un cimetière.

La musique s'est tue. Dans le silence de caveau qui est maintenant tombé, l'homme qui vit s'enfonce dans un sommeil sans rêve comme celui des morts.

22

Dépassant la boutique des parfums Fragonard, Frank et Hulot arrivèrent sur la place du vieux village d'Èze. Avec un serrement de cœur, Frank se souvint que Harriet y avait fait l'emplette de quelques flacons lors de leur voyage en Europe. Il revit son corps svelte et charnu sous l'étoffe seyante de sa robe d'été, au moment où elle tendait son poignet pour recevoir une légère giclée de parfum à essayer, il la revit frotter la zone mouillée et attendre un moment que le liquide se soit évaporé avant de découvrir, presque avec surprise, l'arôme mêlé du parfum et de sa peau.

C'était un de ces parfums qu'elle portait, le jour où...

« Hé ! Tu es encore avec moi ? »

La voix de Nicolas balaya d'un coup les images qui flottaient devant ses yeux. Il prit conscience de s'être complètement abstrait.

« Oui, oui. Je suis un peu fatigué, c'est tout. »

Au vrai, le plus fatigué des deux était Nicolas. De sa nuit sans sommeil, il gardait les yeux rougis et cernés de violet, et semblait avoir un besoin désespéré, dans l'ordre, d'une longue douche tiède et d'un lit bien frais. Frank était retourné à son appartement de Parc Saint-Roman pour dérober à l'après-midi quelques heures de repos, mais lui avait dû rester à son bureau pour les comptes-rendus administratifs inhérents à toute enquête de police. En le quittant, Frank avait pensé que le jour où les policiers seraient dispensés de cette paperasserie, on sauverait tout à la fois les forêts d'Amazonie et une bonne moitié des victimes potentielles de criminels.

À présent, la voiture garée, ils montaient à pied vers la maison des Hulot, en haut du village, où les attendait le dîner préparé par Céline. C'était une petite villa aux murs clairs, bâtie en équilibre sur le versant escarpé de la vallée, et Frank s'était parfois demandé quels tours de passe-passe avait réussis l'architecte pour l'empêcher de suivre normalement la force de gravité et de dévaler vers le fond.

« Céline ! Nous sommes arrivés », lança Nicolas en entrant.

Au bout du couloir, la tête brune de Mme Hulot parut à la porte de la cuisine.

« Bonsoir, chéri. Bonsoir, Frank. Toujours aussi bel homme, à ce que je vois ! Comment vas-tu ?

— Je suis en miettes. La seule chose qui puisse recoller tous mes morceaux, c'est ta cuisine ! À l'odeur, j'ai l'impression que j'ai de bonnes chances de repartir à peu près réparé. »

Le sourire de Céline éclaira son visage bronzé. Elle sortit de la cuisine en s'essuyant les mains à un torchon.

« C'est bientôt prêt. Nic, offre à boire à Frank, en attendant. J'ai perdu un peu de temps à mettre de l'ordre dans la chambre de Stéphane. J'ai beau lui dire de ranger ses affaires, ça ne sert à rien. Quand il part, c'est comme si un cyclone était passé ! »

Elle rentra dans la cuisine, sa jupe volant gracieusement autour de ses genoux. Frank et Nicolas se regardèrent, et le New-Yorkais vit dans les yeux du commissaire l'ombre d'un chagrin qui ne finirait jamais.

Quelques années plus tôt, Stéphane, le fils unique des Hulot, était mort à vingt ans des suites d'un accident de voiture, après un long coma. De ce jour, quelque chose s'était cassé dans l'esprit de Céline, qui avait refusé d'admettre le décès de son fils. Elle était restée la même, douce, intelligente, vive, et son caractère ne s'était aucunement altéré ; simplement, elle parlait et se comportait comme si Stéphane était toujours de ce monde, passant chaque jour dans la maison. Les médecins consultés avaient fini par hausser les épaules, impuissants, et conseillé à Nicolas de ne pas contrarier l'inoffensif délire de sa femme, probablement sa sauvegarde providentielle et définitive contre des dommages psychologiques beaucoup plus douloureux.

Frank était au courant de cette situation depuis son premier séjour sur la Côte d'Azur et s'y était adapté, comme Harriet. Depuis la mort de celle-ci, l'amitié qui l'unissait à Nicolas s'était approfondie, car chacun connaissait et comprenait la peine de l'autre, et c'était en vertu de cette communauté dans le chagrin que Frank avait accepté de revenir dans la région.

Hulot précéda Frank dans le salon, puis sur la terrasse qui dominait la côte. Céline y avait dressé une table ronde, ornée d'un gros bouquet d'anémones multicolores. Tout cela – la maison, les meubles, les fleurs – avait un air de bien-être discret, de quotidienneté douce et délicate, où l'on sentait le lien indissoluble unissant Nicolas et sa femme : un lien fait d'amour profond et du profond regret de ce qui n'était plus, du deuil pudique d'un avenir qui plus jamais n'adviendrait. Frank ne connaissait que trop bien ce sentiment de perte irréparable ; mais, inexplicablement, il trouvait une sorte de paix à croiser les yeux vifs de Céline Hulot, courageusement exilée sur les rivages de son innocente folie. Il l'enviait, et avait la certitude qu'au fond, son mari l'enviait aussi : pour elle, les jours n'étaient pas des chiffres biffés chaque soir sur un calendrier, le temps l'attente interminable d'un être qui ne reviendrait plus. Céline avait le sourire d'une femme heureuse qui, dans une maison vide, se prépare au retour prochain de ceux qu'elle aime.

« Qu'est-ce que tu veux boire, Frank ?

— Hmm... Je sens des parfums de cuisine méridionale. Alors, un pastis.

— Bon. Moi aussi. »

Tandis que Nicolas rentrait s'affairer avec les verres et les bouteilles, Frank, debout, contempla le panorama. D'ici, on dominait plusieurs kilomètres de côte, anses, larges baies et caps s'avançant dans la mer comme des mains tendues pour désigner l'horizon. Bleu profond de la mer sous l'or rouge du crépuscule, vert intense des pins parasols : c'étaient les couleurs d'un paradis de conte, et leur douceur serrait le cœur. Mais ce couchant, promesse pour tous d'un lendemain d'azur et de clarté, ne leur annonçait que de nouvelles ombres... Frank se surprit à chantonner tout bas une mélodie de Neil Young : *Rust Never Sleeps*. Et c'était bien vrai que la rouille ne dormait jamais. Car ceux qui foulaient l'immensité lumineuse de la terre n'étaient que des hommes, en guerre pour mille et mille raisons et d'accord sur un seul objectif : détruire. Rageusement, follement, désespérément, détruire.

Nicolas apparut à son côté, tenant deux verres où les glaçons tintaient légèrement.

« Tiens, sens-toi français le temps de quelques gorgées... »

Ils burent côte à côte, seuls et distincts devant ce qui n'avait apparemment pas de terme. Une journée avait passé depuis la découverte du corps de Yoshida, et rien de nouveau n'était survenu. Une journée inutile en quête d'un indice, d'une trace ; une frénésie, une course à perdre haleine sur des routes inconnaissables qui se perdaient à l'horizon. Ils avaient besoin d'une trêve, si courte fût-elle ; mais en ce moment, dans le calme du soir tombant, une présence rôdait encore, que ni l'un ni l'autre ne parvenait à exorciser.

« Qu'est-ce qu'on fait maintenant, Frank ? »

Frank but lentement une autre gorgée, goûtant l'arôme intense de l'anis.

« Je ne sais pas, Nicolas. Aucune idée. Nous n'avons rien en main, rien. Tu as des nouvelles de Lyon ?

— Oui, mais l'analyse de la première bande n'a rien donné de plus que le travail de Clavert à Nice. Pour la seconde, ce sera probablement la même chose. Le docteur Cluny doit m'envoyer son rapport demain. J'ai expédié à Lyon une copie de la vidéo, au cas où un détail physique serait repérable, mais tu l'as dit toi-même : il a tout fait pour éviter toute identification.

— Froberger ?

— On n'a rien trouvé d'intéressant chez Yoshida. Dans sa pièce secrète, toutes les empreintes sont les siennes. Les traces de pieds sont similaires à celles qu'on a trouvées sur le voilier de Jochen Welder, ce qui nous confirme que l'assassin chausse du 43. Maigre consolation ! Les cheveux sur le fauteuil sont ceux de la victime, le sang est de son groupe, O négatif.

— La Bentley ?

— Même chose. Des empreintes de Yoshida en quantité. Quelques autres, sur le volant surtout, que nous comparons à celles des vigiles qui conduisaient parfois la voiture. J'ai demandé une expertise graphologique de l'inscription sur la banquette arrière, mais elle était à peu près identique à la première, sur le voilier...

— Pochoir, donc.

— Oui. En somme, tout ce que nous pouvons espérer, c'est un nouveau coup de téléphone à Jean-Loup Verdier. Assorti enfin d'une erreur !

— Tu penses mettre Jean-Loup sous protection ?

— C'est fait depuis tout à l'heure. Il m'a appelé pour me dire que sa maison était perpétuellement assiégée par les journalistes. J'ai insisté pour qu'il ne leur dise pas un mot et j'en ai profité pour envoyer une voiture avec deux plantons devant chez lui. Officiellement, pour qu'il ait la paix avec ces gens. Mais en réalité, parce que ça me semble plus prudent, même si je ne lui en ai rien dit pour ne pas l'effrayer. Il nous reste à maintenir notre surveillance sur Radio Monte-Carlo.

— Et les victimes ?

— L'enquête se poursuit, avec l'aide de la police allemande et de tes collègues du FBI. On passe leur vie au crible, mais, jusqu'ici, sans résultat. Deux Américains et un Européen, célèbres, à la vie très remplie, mais sans réel point commun, à part les quelques détails dont nous avons déjà parlé. Le couple Arijane-Jochen et Allen Yoshida n'ont rien qui les unisse, sauf qu'ils ont tous été sauvagement assassinés par le même fou. »

Frank finit son pastis et appuya son verre au garde-fou en fer forgé. Il semblait perplexe.

« À quoi penses-tu ? interrogea Nicolas.

— Ça ne t'arrive jamais d'avoir quelque chose qui te trotte dans la tête, mais sans pouvoir dire de quoi il s'agit ? Par exemple, on parle de cinéma, tu penses à un acteur très connu, mais tu as beau te creuser la tête, pas moyen de retrouver son nom.

— Bien sûr. Mais à mon âge, c'est dans l'ordre des choses !

— Eh bien, je suis sûr qu'il y a un truc que j'ai vu, ou peut-être entendu, qui m'a vaguement frappé sur le moment, et puis... Je ne sais plus ce que c'est. Je *devrais* me le rappeler, mais non, impossible. Et c'est rageant, parce que je suis sûr que c'est un détail important.

— Alors, espérons que ça te reviendra le plus vite possible ! » soupira Nicolas.

Frank tourna le dos à la vue splendide qui s'étendait à ses pieds, comme si elle le distrayait, et croisa les bras. Sur son visage se lisaient la fatigue d'une nuit blanche et la fébrilité de la tension nerveuse qui le maintenait debout.

« Récapitulons, Nicolas. Un assassin qui aime la musique, un connaisseur qui téléphone à un animateur à succès de Radio Monte-Carlo pour annoncer son crime à venir et fournir un indice musical. Un homme qui tue et nous défie, nous nargue. Plus encore la deuxième fois que la première, où il nous fait carrément assister à son crime qui a des airs de juste châtiment. Et nous gratifie d'une courbette finale, avant d'abandonner le corps de sa victime en plein centre-ville, à deux pas du commissariat. Cluny parle d'une intelligence supérieure à la moyenne. *Très* supérieure, à mon avis. Associée à une assurance stupéfiante, et à une cruauté sans limites. Les personnes assassinées n'ont subi aucune violence sexuelle, donc ce n'est pas un maniaque du genre nécrophile. Mais chaque fois, il emporte la peau des visages. Pourquoi en sent-il la nécessité ?

— Peut-être que le rapport de Cluny nous éclairera sur ce point. Moi, je m'arrache les cheveux pour essayer de comprendre, mais en vain. Je ne trouve aucune hypothèse sensée.

— Et pourtant, c'est ce que nous devons découvrir. Quand nous le saurons, je suis presque sûr que nous saurons aussi qui est cet homme et où il se trouve. »

La voix de Céline apporta un rayon de clarté dans cette conversation plus sombre que la nuit, entre-temps tombée sur eux.

« Hé, vous deux, assez parlé boutique ! C'est prêt. »

Elle posa au milieu de la table une grande soupière fumante.

« Qu'est-ce que c'est ? demanda Frank, intrigué.

— Une bouillabaisse. Plat unique, mais je crois que j'en ai fait assez pour un régiment. Frank, si tu ne te ressers pas au moins deux fois, je te maudis jusqu'à la treizième génération. Nicolas, tu veux bien t'occuper du vin ? »

Frank s'aperçut qu'il était affamé. La senteur alléchante de la soupe de Céline Hulot chassait les sandwichs mâchonnés dans le bureau de Nicolas dans les limbes des souvenirs moroses. Il s'assit à table et déplia sa serviette sur ses genoux.

« On dit que la cuisine du Sud est la vraie cuisine des peuples, dit-il en souriant enfin. Si c'est vrai, je crois que ta bouillabaisse va nous déclamer des poèmes immortels ! »

Céline se mit à rire, avec une gaieté qui illumina son beau visage au teint mat de Méditerranéenne. Les minces rides autour de ses yeux avivaient son charme au lieu de le faner.

« Tu n'es qu'un vil adulateur, Frank Ottobre. Mais redis-moi quand même ce genre de choses, c'est agréable à entendre ! »

Hulot observait l'expression de Frank par-dessus le bouquet d'anémones. Il savait ce qu'elle cachait, et pourtant, par affection pour Céline et pour lui, il parvenait, sans trahir aucun effort, à se montrer presque détendu, et plus gentil et délicat que la plupart des gens qu'il connaissait. Il ne savait de quoi Frank était vraiment en quête, mais lui souhaitait le découvrir bien vite et recouvrer un peu de paix.

« Tu es un garçon en or, dit Céline en levant son verre en direction de leur hôte, et je trouve que ta femme a bien de la chance. Dommage qu'elle ne soit pas venue cette fois. Mais c'est partie remise. Je l'emmènerai faire le tour des boutiques, et gare à ton compte en banque ! »

Frank ne cilla pas et continua de sourire. Seule une ombre fugace passa dans ses yeux, aussitôt dissoute par la chaleur environnante. À son tour, il leva son verre.

« Comme tu voudras. Mais tu es femme de policier. Tu dois savoir qu'après la troisième paire de chaussures, il existe des mesures de mise sous curatelle pour irresponsabilité ! »

Céline rit de nouveau, et le moment passa. Une à une s'étaient allumées les lumières de la côte, qui signalaient dans la nuit la frontière entre la terre et la mer. La soirée se poursuivit calmement, autour de l'excellente bouillabaisse et d'un excellent vin, sur cette terrasse suspendue où une lumière ambrée signalait la frontière entre eux et les ténèbres.

Frank et Nicolas étaient deux sentinelles montant le guet au-dessus d'un monde en guerre, de tueries et d'agonies perpétuelles, emmenés par une femme en paix vers un monde de douceur où personne ne pouvait mourir.

23

Frank, sur la petite place du village, s'arrêta près d'une pancarte qui promettait l'arrivée d'un taxi. Mais aucun n'était en vue. En revanche, bien qu'il fût près de minuit, l'endroit était tout sauf désert : les touristes avaient commencé d'envahir la Côte, affamés de coins pittoresques à photographier.

Il vit une grosse berline sombre traverser lentement la place et se diriger vers lui. Arrivée à sa hauteur, elle fit halte. La portière du chauffeur s'ouvrit, et un homme descendit. Frank était grand, mais l'homme le dépassait d'une demi-tête et semblait extrêmement athlétique, quoique souple dans ses mouvements. Il avait le visage carré et des cheveux châtain clair coupés en une brosse de style très militaire. Il s'approcha, et Frank, sans raison, eut la sensation que sous sa veste bien coupée, il portait sûrement une arme. Sans rien savoir de lui, il perçut aussitôt que ce type pouvait être dangereux.

L'homme le regarda de ses yeux bruns vides d'expression. Il devait avoir à peu près son âge, pensa Frank, ou quelques années de plus.

« *Good evening, Mr Ottobre* », dit-il.

Frank ne manifesta aucune surprise, et une lueur d'estime parut dans les yeux de l'homme ; mais aussitôt, ils revinrent à leur neutralité.

« Bonsoir, dit Frank, en anglais aussi. Je vois que vous connaissez mon nom.

— Le mien est Ryan Mosse. Je suis américain, comme vous. »

Un accent texan, nota Frank.

« Enchanté. »

Le mot, qu'il prononça très sèchement, contenait une question implicite. Mosse, de la main, montra la grosse voiture.

« Si vous voulez bien accepter qu'on vous ramène à Monaco, il y a dans l'auto quelqu'un qui aimerait beaucoup vous parler. »

Sans attendre la réponse, il alla ouvrir la portière arrière, et Frank vit qu'une seconde personne était assise à l'intérieur. Des jambes d'homme, couvertes d'un pantalon sombre. D'où il était, le visage n'était pas visible.

Frank regarda Mosse dans les yeux. Lui aussi, le cas échéant, pouvait se révéler dangereux, et il était bon que l'autre le sût.

« Y a-t-il une raison particulière pour que j'accepte votre invitation ?

— Plusieurs. La première, c'est que cela vous épargnerait une longue marche : les taxis sont très rares à cette heure. La deuxième, que l'homme qui souhaite vous parler est un général de l'armée américaine. Enfin, cette conversation pourrait vous aider à résoudre une question qui semble vous tenir très à cœur depuis quelques jours. »

Sans trahir la moindre émotion, Frank fit un pas vers la portière ouverte et prit place dans la voiture. L'homme assis à l'arrière était nettement plus âgé, mais portait le même genre d'estampille martiale. Quoique un peu alourdi par les ans, il dégageait la même impression de puissance physique, et ses cheveux très blancs mais encore drus avaient la même coupe militaire. Dans la lumière incertaine de l'auto, Frank vit deux yeux d'un bleu pâle et métallique l'observer avec acuité, étrangement juvéniles dans le visage ridé. Il portait une chemise à col ouvert et aux manches retroussées, sa cravate était dénouée, mais sur le siège avant, une veste était posée, de la même couleur anthracite que le pantalon.

Mosse referma la portière et s'assit au volant.

« Bonsoir, Mr Ottobre. Me permettez-vous de vous appeler Frank ?

— Pour le moment, Mr Ottobre fera très bien l'affaire, *monsieur*... ? » Délibérément, il dit « monsieur » en français.

Un léger sourire se dessina sur le visage de l'homme.

« Je vois qu'on m'a bien renseigné sur votre compte. Tu peux démarrer, Ryan. »

Ryan Mosse obtempéra et le vieil homme se tourna de nouveau vers Frank.

« Excusez-nous de vous avoir abordé de manière si cavalière. Mon nom est Nathan Parker, et je suis général de l'armée des États-Unis. »

Frank serra la main tendue, qui était très ferme et décidée. Pour avoir ce physique et cette vigueur, l'homme devait s'astreindre à des exercices quotidiens, pensa Frank. Il garda le silence, attendant la suite.

« Je suis, de surcroît, le père d'Arijane Parker. »

Les yeux du général cherchèrent dans ceux de Frank une expression de surprise, mais ne la trouvèrent pas. Il en parut satisfait.

« Vous devinez certainement la raison de ma présence ici », poursuivit-il.

Un instant, il détourna le regard comme pour observer par la fenêtre quelque chose que, peut-être, lui seul pouvait voir.

« Je suis venu enfermer le corps de ma fille dans un cercueil avant de le ramener aux États-Unis. Le corps d'une jeune femme abattue comme un animal de boucherie. »

De nouveau, Nathan Parker se tourna vers lui et, dans la lumière fugace des phares qu'ils croisaient, Frank devina le scintillement de ses yeux. Était-ce plutôt la rage ou plutôt la douleur qui les faisait briller ainsi ?

« Je ne sais si vous avez jamais perdu un être cher, Mr Ottobre... »

Tout d'un coup, Frank se mit à haïr cet homme. S'il s'était renseigné sur lui, il connaissait forcément les circonstances de la mort de Harriet. Or, de toute évidence, il ne voyait pas dans son deuil une douleur comparable à la sienne, mais une simple monnaie d'échange.

Parker continua comme si de rien n'était.

« Je ne suis pas ici pour pleurer ma fille. Je suis un soldat, Mr Ottobre. Un soldat ne pleure pas. Mais il n'oublie pas. Un soldat se venge. »

La voix du général était calme, mais il en émanait une fureur mortifère.

« Aucun rebut de l'humanité ne peut faire ce que cet homme a fait et espérer s'en tirer.

— C'est pourquoi des hommes et des femmes travaillent et enquêtent sans répit », dit Frank tranquillement.

Nathan Parker approcha brusquement son visage.

« Frank, à part vous, tous ces prétendus enquêteurs

ne sauraient pas enfiler un suppositoire même si on leur faisait un dessin. Et puis, vous savez très bien comment les choses se passent, en Europe. Je ne veux pas que l'assassin de ma fille soit placé dans une institution sous prétexte de maladie mentale. Probablement pour qu'on le relâche quelques années plus tard. »

Il fit une pause de quelques secondes et regarda de nouveau par la fenêtre. L'auto, au sortir d'Èze, avait emprunté la Basse Corniche et longeait la côte vers Monaco.

« Voici ce que je vous propose. Nous allons monter un escadron d'hommes compétents et continuer l'enquête pour notre compte. Je peux avoir tous les appuis que je désire : FBI, Interpol, même la CIA si besoin est. Et faire venir des USA un groupe de spécialistes bien entraînés qui vaudront mieux que n'importe quel policier. Des garçons qui connaissent leur affaire, qui ne posent pas de questions et se contentent d'obéir. Vous pourrez prendre la tête de cet escadron... »

Du menton, il indiqua leur chauffeur.

« Le capitaine Mosse sera votre adjoint. Vous poursuivrez l'enquête le temps qu'il faudra : je veux que cet homme soit pris. Quand ce sera chose faite, vous me le livrerez. »

La voiture entrait dans Monte-Carlo. Elle s'engagea dans le boulevard Charles-III, laissant sur sa gauche le Jardin exotique, puis parcourut la rue Princesse-Caroline jusqu'au port.

Dans la nuit percée de réverbères, le vieux militaire observa longuement l'endroit où l'on avait découvert le corps mutilé de sa fille. Ses paupières se plissèrent comme s'il n'y voyait pas bien ; mais Frank devina que sa vue n'avait rien à voir avec ce réflexe, que c'était plutôt une crispation instinctive, causée par la rage violente qui, sentait-il, habitait cet homme. Parker reprit la parole sans détacher les yeux du quai, où les yachts éclairés attendaient tranquillement de reprendre la mer.

« Arijane était belle comme le jour et elle avait un cerveau de premier ordre. Une fille remarquable. Une rebelle, très différente de sa sœur, mais remarquable. Nous n'étions pas souvent d'accord, mais nous nous respections, parce que nous étions pareils, au fond. Et on l'a tuée comme on tue un rat. »

Sa voix trembla légèrement. Frank resta silencieux, le laissant suivre le cours de ses pensées. Bientôt, la voiture s'approcha de l'entrée du tunnel et Nathan Parker s'appuya au dossier. Les lumières jaunes peignirent sur son visage des couleurs inhumaines.

Quand ils ressortirent dans le quartier de Larvotto et que la voiture emprunta la rue du Portier, le général rompit enfin le silence.

« Alors, Frank, que répondez-vous ? Je suis l'ami personnel de Johnson Fitzpatrick, le directeur du FBI. Et si nécessaire, je dispose de soutiens encore plus haut placés. Je vous garantis que si vous acceptez ma proposition, vous ne le regretterez pas. Votre carrière fera un énorme bond en avant. Si c'est l'argent qui vous intéresse, aucun problème : je peux vous en offrir assez pour que vous n'ayez plus à vous en soucier jusqu'à la fin de vos jours. Et puis, pensez que c'est un devoir, un acte de justice, non pas seulement une vengeance. »

Frank continua de se taire. Alors que la voiture s'engageait dans le boulevard des Moulins, lui aussi regarda un moment par la fenêtre. Dans un instant, on tournerait à droite et une brève montée aboutirait au pied de Parc Saint-Roman. Parker, qui savait apparemment tant de choses sur lui, ne pouvait ignorer où il habitait.

« Voyez-vous, général, les choses ne sont pas toujours aussi faciles qu'elles paraissent. Vous vous comportez comme si tout homme avait un prix, et sans doute n'avez-vous pas tort. Tout s'achète, c'est vrai. Seulement, vous n'avez pas compris quel genre de récompense peut m'intéresser. »

La fureur froide du général brilla plus fort que les lumières du vaste hall, en haut de la montée.

« Inutile de jouer les héros sans peur et sans reproche, Mr Ottobre... »

Ce « Mr Ottobre », articulé d'une voix sourde et sifflante, était chargé de menace.

« Je sais parfaitement quel homme vous êtes. Nous sommes de la même pâte, vous et moi. »

Sans une secousse, la voiture s'arrêta devant l'entrée. Frank descendit, mais resta appuyé à la portière, penchant la tête pour que le vieux général vît bien son visage.

« Peut-être, général Parker. Mais pas complètement. Puisque vous savez tant de choses de moi, vous êtes sûrement informé de la mort de ma femme. Oui, je sais très bien ce que c'est de perdre un être cher. De vivre avec son fantôme. Mais que nous soyons ou non faits de la même pâte, il y a entre nous une différence fondamentale : quand j'ai perdu ma femme, j'ai pleuré. Sans doute ne suis-je pas un soldat. »

Il referma la portière délicatement et s'éloigna d'un pas. Le vieil homme baissa les yeux, cherchant une réplique, mais quand il les releva, Frank Ottobre n'était plus là.

24

À peine éveillé et sans même sortir du lit, Frank composa le numéro direct de Cooper, à Washington. Malgré le décalage horaire, il espérait le trouver dans son bureau et ne fut pas déçu.

« Salut, Cooper. Ici Frank. »

Si son ami était surpris, il n'en montra rien.

« Salut, tête de mule. Quelles nouvelles du front ?

— Il commence à céder, le front. »

Cooper ne fit aucun commentaire, et pourtant le ton de Frank n'était plus le même. Malgré son propos désabusé, on y sentait une vitalité nouvelle. Il attendit la suite.

« On m'a intégré à une enquête sur un tueur en série. Ici, à Monaco. Une histoire de fous.

— Oui, il y avait un article dans le *Washington Post* d'hier. Même CNN en a parlé. Mais je ne savais pas que tu étais sur cette affaire, Homer ne m'a rien dit. C'est si horrible que ça ?

— Encore plus. Nous pourchassons des ombres, des succubes, des incubes, tout ce que tu voudras. Ce type est insaisissable comme l'air, et en plus, il se fout de nous. Nous sommes complètement ridicules. Et nous avons déjà trois morts sur les bras.

— Alors, ce genre de choses arrive aussi dans la vieille Europe ?

— Oui, apparemment nous n'en avons pas l'exclusivité. Et là-bas, comment ça se passe ?

— Toujours les Larkin. Jeff est mort et personne ne le regrettera beaucoup, je crois. Osmond est à l'ombre, mais il se tait. Tout de même, nous avons des pistes assez prometteuses. Dont une vers le Sud-Est asiatique, une nouvelle route de la drogue, dirait-on. On verra la suite.

— Cooper, j'ai besoin que tu me rendes un service.

— Je t'écoute.

— Il me faudrait quelques renseignements sur un certain général Parker et sur un capitaine Ryan Mosse, de l'armée américaine tous les deux.

— Parker ? Tu veux dire Nathan Parker ?

— Oui.

— Ah ! Un gros poisson. Un énorme poisson, même. Ce type est une légende vivante. Héros du Vietnam, une des principales éminences grises de la première guerre du Golfe et des opérations au Kosovo. Aujourd'hui, membre de l'État-major, très proche de la Maison-Blanche. Et quand il parle, on l'écoute, jusqu'au président. Tu vois le tableau ? Mais qu'est-ce qu'il vient faire dans ton histoire, Nathan Parker ?

— Une des victimes était sa fille. Et il a débarqué ici toutes griffes dehors, parce qu'il ne fait aucune confiance aux polices européennes. Je crois qu'il veut monter une espèce de commando pour mener sa guerre personnelle.

— Et l'autre, il s'appelle comment ?

— Mosse. Le capitaine Ryan Mosse.

— Jamais entendu parler. Écoute, je me renseigne au plus vite et je t'envoie un topo par e-mail.

— Merci, Cooper.

— De rien. Et... Frank ?

— Oui ?

— Je suis content pour toi. »

Frank savait très bien ce que recouvrait cette phrase, et ne voulut pas dissiper l'illusion de son ami.

« Je sais. À bientôt, Cooper. »

Il jeta le sans-fil sur le lit, se leva et passa dans la salle de bains, en évitant de voir son reflet dans le miroir. L'eau froide, ruisselant sur sa tête et ses épaules, acheva de lui éclaircir les idées et, tout en se savonnant, il s'efforça d'ouvrir son esprit, de se mettre à la place de l'autre, cet homme sans forme et sans visage qu'il savait aux aguets quelque part.

Une idée commença de se faire jour.

Si ses soupçons se vérifiaient, Arijane Parker était une des femmes les plus malchanceuses que la Terre eût portées. L'amertume l'envahit. C'était une mort pour rien, sauf dans le schéma pervers de l'assassin.

Ayant coupé le jet de la douche, il resta un moment à dégouliner dans la cabine, observant distraitement l'eau qui se vidait par la bonde.

Je tue...

Trois points de suspension, trois morts. Et ce n'était sûrement pas fini. Pourtant, quelque chose – il le savait – restait lové dans un coin de sa mémoire, qui ne parvenait pas à remonter au jour. Un détail enfermé dans un placard obscur, frappant à la porte de sa conscience, mais, pour le moment, en vain.

En s'essuyant, il récapitula ses idées sur l'affaire. Il n'avait aucune certitude, il caressait seulement une hypothèse, au moins plausible, et qui, si elle s'avérait, restreindrait le nombre des victimes possibles. Ils ignoraient encore le pourquoi, le quand et le comment ;

mais ils pouvaient supposer – seulement supposer – quel genre de personnes était visé. Et plus il y pensait, plus son intuition lui disait que son hypothèse était juste.

Traversant la chambre aux rideaux encore tirés, il entra dans le bureau du propriétaire de l'appartement, s'assit devant l'ordinateur, hésita un peu devant le clavier français et envoya à Cooper une adresse e-mail française où il pourrait lui expédier discrètement ses informations sur les honorables MM. Parker et Mosse. Au moment où, toujours plongé dans ses réflexions, il revenait dans la chambre pour s'habiller, le téléphone sonna.

« Salut, Frank. Ici Nicolas.

— J'allais justement t'appeler. J'ai une idée en tête. Pas grand-chose, mais sait-on jamais !

— Laquelle ?

— Je crois que j'ai deviné ce que cherche notre homme. Ce sont les hommes qui l'intéressent. Jochen Welder et Allen Yoshida. Ses vraies cibles, c'étaient eux.

— Et Arijane, dans tout ça ?

— La pauvre lui a seulement servi à se faire la main. C'était la première fois qu'il dépeçait une tête, et il avait besoin de s'exercer avant de s'attaquer à celle de Jochen. »

Le silence au bout de la ligne signifiait que Hulot réfléchissait à cette possibilité.

« Cela diminuerait le nombre des victimes potentielles, finit-il par dire.

— Oui. Des hommes âgés de trente à trente-cinq ans, célèbres et physiquement séduisants. On ne peut pas en être sûr à cent pour cent, mais si c'est bien ce qu'il cherche, les gens qui remplissent ces conditions ne sont pas si nombreux.

— En tout cas, ça mérite d'être pris en considération.

— D'autant plus que nous n'avons aucune autre hypothèse qui tienne debout ! À part ça, pourquoi m'appelais-tu ?

— Parce que les choses tournent de plus en plus mal, Frank. Tu as lu les journaux ?

— Non.

— Il n'y a quasiment pas un quotidien dans toute l'Europe qui ne fasse sa première page de notre affaire. Les équipes de télévision sont arrivées en hordes ! Résultat : Roncaille et Durand sont officiellement sur le pied de guerre. Tout le monde a dû leur remonter les bretelles, depuis le conseiller pour l'Intérieur jusqu'au prince lui-même, peut-être.

— Je suppose. Allen Yoshida n'était pas le premier venu.

— C'est le moins qu'on puisse dire. D'après Roncaille, les autorités américaines sont hors d'elles et ont dépêché le consul des États-Unis à Marseille pour qu'il se fasse le porte-parole de leur indignation. Si nous n'arrivons pas à quelque chose très vite, ma tête est en danger, c'est sûr. Sans compter que nous avons un autre problème.

— Quoi encore ?

— Jean-Loup Verdier. Il craque. Une armée de journalistes est en bivouac devant chez lui. Même chose à la porte de RMC. Bikjalo jubile, l'émission a une audience de Coupe du monde. Mais Jean-Loup est à bout et il veut tout arrêter.

— Mon Dieu, surtout pas ! L'émission est notre seul lien avec l'assassin.

— Je sais, mais va-t'en le lui expliquer ! Et puis, mets-toi à sa place : on peut le comprendre, je trouve.

— Oui. Mais s'il arrête, nous sommes fichus. Notre homme ne téléphonera probablement plus. Ce n'est pas pour ça qu'il cessera de tuer, mais nous n'aurons plus le moindre indice. Et s'il se cherche un autre interlocuteur, sur une autre station, il nous faudra du temps pour réorganiser la surveillance. Beaucoup trop de temps ! Parce qu'il y aura d'autres morts.

— Il faut que tu lui parles, Frank.

— Pourquoi moi ?

— Parce que je crois que tu as plus d'ascendant sur lui que n'importe qui. Peut-être parce que "FBI" fait plus d'effet que "Sûreté publique" !

— Bon. Je m'habille et j'arrive.

— Je t'envoie une voiture. Rendez-vous devant chez Jean-Loup. »

Comment redonner courage au jeune animateur ? se demandait Frank en enfilant ses vêtements à la hâte. Si ses nerfs cédaient à la perspective de nouvelles conversations avec un fou sanguinaire, c'était compréhensible, en effet. Mais il fallait à tout prix trouver le moyen de convaincre ce garçon. Il prit conscience que celui qu'il appelait « ce garçon » n'avait, au moins pour l'état civil, qu'une poignée d'années de moins que lui. Pourtant, Frank se sentait beaucoup plus âgé. Était-ce l'allure juvénile, l'expression presque gamine de Jean-Loup ? Non, sans doute. Au vrai, le métier de policier vous vieillissait beaucoup plus vite qu'un autre. À moins que certaines personnes ne naquissent avec l'âge mûr déjà présent en elles, mais ne le découvrissent qu'au contact de gens qui avaient suivi le fil normal du temps. Un fil qui, pour Jean-Loup, venait peut-être de se rompre.

Il sortit dans le couloir et appela l'ascenseur. Les portes s'ouvrirent sans bruit, jetant dans la clarté douce du couloir une lumière plus acérée.

Ils l'attraperaient, songea-t-il en descendant. Forcément, ils l'attraperaient, tôt ou tard. Car tôt ou tard, il commettrait une erreur. Mais d'ici là, combien de victimes atrocement mutilées sur un voilier, dans un parking ou ailleurs ?

L'ascenseur s'arrêta avec une légère secousse et Frank sortit dans l'élégant hall dallé de marbre du luxueux immeuble. Par la grande porte en verre, il eut la surprise de voir que la voiture de police l'attendait déjà. Sans doute patrouillait-elle dans le quartier. Du seuil de sa loge, le portier l'aperçut et lui fit signe d'approcher.

« Bonjour, *monsieur Octobre*, dit-il en français.

— Bonjour. »

L'homme lui tendit une longue enveloppe blanche, anonyme, sans timbre, qui ne portait que son nom écrit à la main.

« Quelqu'un a laissé ça pour vous, tôt ce matin.

— Merci, Pascal. »

Frank s'éloigna et ouvrit l'enveloppe. Elle contenait un feuillet plié en trois, sur lequel quelques lignes étaient tracées d'une écriture nerveuse, mais très nette.

« Seuls les hommes petits ne changent jamais d'avis. Mais ne me faites pas changer d'avis sur votre envergure réelle. J'ai besoin de votre appui et vous avez besoin du mien. Voici mon adresse à Monaco et les numéros de téléphone où vous pouvez me joindre.

Nathan Parker. »

Suivaient une adresse et deux numéros. En montant à l'arrière de la voiture, Frank ne put s'empêcher de penser que dans la principauté de Monaco ne rôdait pas un seul fou sanguinaire, mais deux.

25

La voiture laissa Monte-Carlo derrière elle et prit la route qui montait vers Beausoleil. Assis sur le siège arrière, Frank ouvrit la fenêtre pour que l'air entrât librement dans l'habitacle. Il relut le message du général, puis glissa le feuillet dans sa poche et regarda distraitement le monde extérieur défiler devant ses yeux, comme une série indistincte de taches de couleur.

Parker était une complication dont il se serait volontiers passé. Même si ses projets étaient de nature strictement privée, cet homme représentait le Pouvoir, avec un P majuscule, et ses proclamations vengeresses ne pouvaient être balayées comme de simples rodomontades. Bien au contraire. Il pouvait réellement disposer des hommes et des moyens dont il se vantait.

Ce qui signifiait qu'outre les forces de police, d'autres hommes enquêteraient, beaucoup plus brutaux dans leurs méthodes. Contraints à l'anonymat, certes, mais non aux finasseries de la légalité ; donc, peut-être plus efficaces, à leur façon douteuse. Qu'il ait à les lancer sur le sentier de la guerre dans un champ de manœuvres aussi réduit et délicat que la Principauté de Monaco ne suffirait certes pas à dissuader le vieux général d'assouvir sa soif de vengeance : il était trop âgé et trop déterminé pour se soucier des conséquences possibles sur sa carrière. Et, si Cooper disait vrai, trop puissant pour avoir la moindre difficulté à couvrir les hommes qu'il aurait choisis pour sbires. De surcroît, s'il capturait l'assassin, la presse aurait tôt fait d'inventer un roman édifiant qui ferait de lui un père ravagé par la douleur et justement épris de justice, un noble justicier qui aurait réussi là où les autres avaient échoué. Pour la *vox populi,* il deviendrait un héros, donc un personnage inattaquable. Les États-Unis avaient désespérément besoin de héros, ces temps-ci. En sorte que le gouvernement et l'opinion resserreraient les rangs autour de lui. Les autorités monégasques remâcheraient quelque temps leur rancœur, mais à la fin, force leur serait de plier l'échine. *Game over.*

Et puis, il y avait Jean-Loup. Autre casse-tête.

Il fallait que Frank trouve les mots et les arguments pour le faire revenir sur une décision à laquelle il ne trouvait pourtant rien à redire. Le talent et la popularité qui s'ensuivait étaient une chose, la notoriété médiatique échue parce qu'on était l'interlocuteur privilégié d'un tueur en était une autre. Il y avait là de quoi faire perdre à n'importe qui le contrôle de ses nerfs. Jean-Loup était un homme de radio, de spectacle. À la différence d'autres personnalités du *show business* que Frank avait rencontrées, il n'était pas, ou ne semblait pas être, un simple pantin prétentieux et superficiel, il avait un cerveau et savait s'en servir. Mais il était parfaitement légitime qu'il eût peur, très peur.

Sale affaire, décidément. Et le temps dont ils disposaient s'écoulait à toute allure, scandé minute par minute par un chronomètre que fixaient d'un œil sans indulgence les plus hautes autorités de la Principauté.

La voiture, après avoir emprunté un tronçon de l'autoroute Nice-Vintimille, s'engagea dans une petite route menant vers une ample bâtisse à flanc de colline, dont on apercevait le toit parmi les cyprès. Des fenêtres et du jardin, on devait avoir une vue splendide sur la ville et la côte. C'était de toute évidence celle de Jean-Loup : le long de la route étaient parquées plusieurs voitures et même trois minicars portant les logos de diverses chaînes de télévision, et une petite foule de journalistes semblaient avoir mis la propriété en état de siège. Un peu plus loin, Frank aperçut aussi une voiture de police. À leur arrivée, une certaine agitation s'empara de la troupe des reporters. Le policier assis à la droite du chauffeur prit le micro de la radio.

« Ici Rochelle. Nous arrivons. »

Le haut portail métallique s'ouvrit lentement et, au moment où la voiture ralentissait avant d'entrer, les journalistes s'avancèrent précipitamment pour voir qui était à l'intérieur. Deux gardiens surgirent du véhicule arrêté, les empêchant de profiter de l'occasion pour entrer dans la propriété.

En bas d'une rampe pavée, ils retrouvèrent Nicolas Hulot devant la porte d'acier du garage, qui les attendait debout dans la cour.

« Salut, Frank. Tu as vu ce bordel, dehors ?

— J'ai vu, j'ai vu. Tout ça est assez normal. C'est plutôt le contraire qui m'aurait étonné. »

Il leva les yeux vers la maison.

« Jean-Loup Verdier ne doit pas être dans la misère, pour s'offrir une villa pareille ! »

Nicolas eut un demi-sourire.

« Oh, c'est une curieuse histoire. Tu ne l'as pas lue dans les journaux ?

— Non. Les journaux sont un plaisir que je t'abandonne volontiers.

— Presque tous en ont parlé. Jean-Loup a reçu cette maison en héritage.

— Alors, ses parents se sont bien débrouillés.

— Il ne l'a pas héritée d'un parent. Ça ressemble à un conte, mais c'est vrai : il l'a eue d'une petite vieille cousue d'or parce qu'il avait sauvé la vie à son chien.

— Son chien ?

— Oui. Voilà plusieurs années, sur la place du Casino. Le toutou de la dame en question lui avait échappé et Jean-Loup a couru pour l'attraper alors qu'il était presque sous les roues d'une voiture. Il a bien failli être écrasé lui-même ! La mamie lui est tombée dans les bras en pleurant de gratitude, et puis plus rien. Mais un an plus tard, il a été convoqué par un notaire et s'est retrouvé propriétaire de cette villa.

— Ça alors ! Je croyais que ce genre d'histoire n'arrivait que chez Walt Disney. Au jugé, je dirais qu'elle lui a fait un cadeau de deux millions de dollars – ou d'euros, comme tu préfères.

— Vu le prix des maisons dans la région, plutôt trois.

— Eh bien, tant mieux pour lui. Bon, nous allons faire notre devoir ? »

Nicolas fit un signe du menton.

« Il est par là, au bord de la piscine. Suis-moi. »

Ils traversèrent la cour et une grosse touffe de bougainvillées qui grimpait le long de la façade. Au-delà d'une série de massifs et de buissons fleuris, une piscine d'une quinzaine de mètres apparut, éblouissante sous le soleil. À une table, sous une pergola couverte de vigne, étaient assis Jean-Loup et Robert Bikjalo, autour d'une cafetière thermique transparente et des vestiges d'un petit déjeuner. La présence du directeur était un signe de crise, et sans doute sa sollicitude trahissait-elle sa crainte de perdre sa poule aux œufs d'or.

« Salut, Jean-Loup. Bonjour, monsieur Bikjalo. »

Voyant arriver les renforts, Bikjalo se leva avec une expression de soulagement. Mais Jean-Loup parut gêné de cette visite imprévue et fit un effort visible pour les regarder en face.

« Bonjour, messieurs. Je disais justement à Jean-Loup... »

Frank l'interrompit, non sans brusquerie. Si la discussion s'engageait d'emblée, l'animateur risquait de se sentir agressé. Mieux valait commencer par le mettre à l'aise.

« C'est du café, le liquide noir que je vois sur la table ?

— Euh... oui...

— Il est réservé aux gens de la maison, ou les visiteurs ont le droit d'y goûter ? »

Tandis qu'ils s'asseyaient, Jean-Loup alla prendre deux tasses sur une desserte. Frank le regarda verser le café, et vit qu'il avait les gestes mal assurés et les traits tirés d'un homme qui a passé la nuit à se tourner et se retourner dans son lit. La pression, de toute évidence, se révélait trop forte pour lui. Frank le comprenait, bien sûr ; mais il ne devait pas, ne pouvait pas y céder, et cela, il fallait que lui le comprenne.

Hulot porta sa tasse à ses lèvres.

« Mmmm... Excellent café. Si seulement nous avions le même, au commissariat ! »

Jean-Loup eut un faible sourire, mais son regard errait sans se poser nulle part, et surtout pas sur Frank. Bikjalo s'assit un peu à l'écart, comme pour prendre ses distances et leur passer le mistigri. La tension dans l'air était presque palpable.

Frank se résolut à prendre le taureau par les cornes.

« Alors, Jean-Loup, qu'est-ce qui ne va pas ? »

Enfin, l'animateur trouva la force de le regarder dans les yeux. Frank fut surpris de n'y lire aucune frayeur, comme il s'y attendait, mais plutôt une extrême lassitude, une préoccupation. Peut-être une crainte de ne pas savoir assumer son rôle. Mais la peur, non. Jean-Loup détourna les yeux et déclara :

« C'est très simple. Ce qui ne va pas, c'est que je n'en peux plus. »

Frank garda le silence pour qu'il poursuive. Il ne voulait pas lui donner l'impression de subir un interrogatoire.

« Rien ne m'avait préparé à tout cela. Chaque fois que j'entends cette voix au téléphone, je perds dix années de vie. Et quand je pense qu'après m'avoir parlé, cet homme va... va... »

Prononcer chaque phrase semblait lui coûter un énorme effort. Peut-être parce qu'aucun homme n'aime dévoiler ses faiblesses : en cela, Jean-Loup était un homme comme les autres.

« ... Cet homme va faire ce qu'il fait, eh bien ! c'est une pensée qui me détruit. Et je me demande : pourquoi moi ? Pourquoi est-ce justement à moi qu'il téléphone ? Depuis que cette histoire a commencé, je n'ai plus de vie. Je reste caché chez moi comme un voleur, je ne peux plus me mettre à la fenêtre sans entendre une nuée de journalistes qui crient mon nom, je ne peux plus passer le portail sans être encerclé de gens qui me posent des questions insensées. Je n'en peux plus, voilà. »

Bikjalo crut bon d'intervenir.

« Mais, Jean-Loup, c'est une aubaine qui se présente une fois dans une vie ! Tu as gagné une popularité incroyable, tu es une des personnes dont on parle le plus dans toute l'Europe. Toutes les télévisions te réclament, tous les journaux parlent de toi. J'ai même reçu des propositions de producteurs qui veulent réaliser un film sur toute cette... »

Un regard glacial de Hulot lui coupa le sifflet. Frank se dit que cet homme était un con de la plus belle eau, un con de la pire catégorie : celle des cons avides. Il lui aurait volontiers envoyé son poing dans la figure.

Jean-Loup se leva d'un mouvement impérieux.

« J'ai envie d'être apprécié en tant qu'animateur. Pour mon contact avec le public, non pour mon contact avec un assassin ! Quant aux journalistes, je les connais. Dès qu'ils n'auront plus rien à dire sur mon compte, ils se poseront les mêmes questions que moi. Pourquoi lui ? S'ils ne trouvent pas de réponse, ils en trouveront une. Bien scabreuse. Et ils me réduiront à néant. »

Frank connaissait assez les médias pour partager ce point de vue. Et il estimait trop Jean-Loup pour ne pas lui infliger de mensonges.

« Tu as parfaitement raison, dit-il. Je te crois trop intelligent pour vouloir te persuader du contraire. Je comprends très bien que tu ne sois pas prêt à affronter une épreuve pareille, et d'ailleurs, qui le serait ? J'ai passé la moitié de ma vie à pourchasser des criminels, et pourtant, je crois qu'à ta place je réagirais comme toi, j'aurais les mêmes inquiétudes. Il n'empêche que tu ne peux pas caler, pas maintenant. »

Pour prévenir toute objection, il enchaîna :

« Je sais bien que c'est aussi notre faute. Si nous étions un peu plus malins, toute cette affaire serait déjà finie. Malheureusement, ce n'est pas le cas. Cet assassin court toujours et tant qu'il sera libre, il n'aura qu'un seul but : tuer encore. Il faut l'arrêter.

— Je ne crois pas que je serai capable de m'asseoir de nouveau devant mon micro à faire semblant de rien en attendant qu'il m'appelle. »

Frank pencha la tête. Quand il la releva, Nicolas vit une lueur nouvelle dans ses yeux.

« La vie est ainsi faite, Jean-Loup : il y a des choses qui nous arrivent parce qu'on les recherche, d'autres qui nous tombent dessus. On ne les a pas choisies, on aurait aimé les éviter, mais elles arrivent et ensuite, on n'est plus le même. Dans ce cas, deux solutions : ou l'on fuit et on essaie d'oublier, ou on les affronte. Quelque choix qu'on fasse, on sera changé de toute façon. On peut seulement décider si on sera changé en bien ou en mal. Trois personnes sont déjà mortes assassinées, horriblement mutilées. Si tu renonces à nous aider, la liste s'allongera. Si tu consens à nous aider, ce sera peut-être une épreuve très dure, mais ensuite, tu auras tout le temps de te remettre. Sinon, tu seras tout aussi éprouvé, mais le remords t'empoisonnera la vie jusqu'à la fin de tes jours. Ce sera un poison de plus en plus pernicieux... »

Jean-Loup se rassit lentement. Les autres se turent, et le ciel et la mer parurent faire silence à leur tour.

« D'accord. Je ferai ce que vous me demandez.

— Tu continueras l'émission ?

— Oui. »

Nicolas Hulot se détendit sur sa chaise. Bikjalo ne put réprimer un geste à peine perceptible de satisfaction. Ce monosyllabe, presque murmuré, fut aux oreilles de Frank comme le *tic* d'une horloge qui se remettait en marche.

26

Frank raccompagna Nicolas à sa voiture. Ils laissaient derrière eux Jean-Loup et Bikjalo, toujours assis sous la pergola au bord de la piscine. Le directeur de Radio Monte-Carlo, encore secoué par le danger couru, avait passé un bras autour des épaules de l'animateur et lui murmurait des conseils, tel le manager d'un boxeur sonné. Il devait le convaincre de résister encore deux ou trois rounds s'il voulait toucher son cachet.

Au lieu de monter dans sa Peugeot, Hulot resta debout un moment, promenant son regard sur le paysage de la côte en contrebas. Il semblait n'avoir aucune envie de retrouver son bureau et son enquête. Il se tourna vers Frank, qui lut dans ses yeux l'intense besoin d'un repos paisible et sans rêves. Sans silhouettes en noir, ni voix qui murmuraient à l'oreille : « *Je tue...* », suscitant des fantômes pires que tous ceux des rêves.

« Tu as été magnifique avec ce garçon. Et avec moi.

— Avec toi ? »

Nicolas soupira.

« Tu sais, je m'appuie beaucoup sur toi, dans cette affaire. Et j'en suis conscient. Je t'ai demandé ton aide en me faisant croire que c'était pour ton bien, alors qu'en réalité, c'est bien davantage pour le mien ! Sans toi, je crois que je perdrais la boule. »

En quelques jours, les rôles semblaient s'être inversés, par un de ces coups de théâtre – grands ou petits – que la vie réserve sans cesse, presque narquoisement.

« Tu te trompes, Nicolas, protesta Frank. Tu ne perdrais pas la boule. Même si la folie de cet homme peut sembler contagieuse, au point que nous ne savons plus très bien où nous en sommes. Mais il faut l'accepter, parce qu'il n'y a pas d'alternative. »

Hulot s'assit au volant et mit le moteur en marche.

« Il y a tout de même un risque, dans ce que tu dis.

— Lequel ?

— Le risque qu'en acceptant la folie, on n'arrive plus jamais à s'en débarrasser. C'est toi-même qui l'as dit, l'autre jour. Nous sommes de petits dinosaures, rien d'autre... »

Il partit, sous le regard songeur de Frank.

Ce fut un des plantons postés devant la maison de Jean-Loup qui offrit de le ramener à Parc Saint-Roman, après avoir traversé le troupeau des journalistes, pareils à des chiens ennuyés au passage d'un autre chien. Parmi eux, il repéra l'homme aux cheveux carotte qui avait passé la tête dans la voiture du commissaire, et qui le scruta pensivement. Il sentait un grand besoin d'être seul, pour réfléchir posément aux inquiétants projets du général Parker. La pensée du vieux militaire ne l'avait pas vraiment quitté, il l'avait seulement mise de côté en attendant de rentrer chez lui. Avant d'opter pour une ligne de conduite, songea-t-il, il fallait qu'il en sût un peu plus sur lui et sur son Ryan Mosse. Avec un peu de chance, Cooper aurait déjà réuni certaines des informations promises.

Repensant à Jean-Loup et aux journalistes, Frank se

dit que bientôt, lui aussi deviendrait leur proie. Dès qu'ils apprendraient ce qu'il faisait dans les parages, ce qui ne pouvait tarder. Pour le moment, ils s'étaient concentrés sur des os plus succulents à ronger, mais la plupart d'entre eux avaient sûrement un indicateur dans la police – ce que dans la presse on appelait « une source sûre ». Ils étaient l'avant-garde d'un monde qui voulait connaître la vérité, ou du moins *une* vérité propre à le contenter, et le meilleur d'entre eux serait celui qui saurait vendre la sienne en persuadant le public qu'elle était la meilleure.

Ils étaient à quelques dizaines de mètres de la maison de Jean-Loup quand, pour la première fois, Frank aperçut la jeune femme et l'enfant.

Ils surgirent presque au pas de course d'un chemin en terre battue, sur la gauche. Si Frank la remarqua, ce fut parce que la femme tenait l'enfant par la main, le tirant presque, l'air très effrayé. Elle s'arrêta et regarda autour d'elle, comme si elle cherchait son chemin dans un lieu inconnu. Frank eut la nette impression qu'elle fuyait. C'était une femme d'une trentaine d'années, vêtue d'élégants vêtements d'été jouant sur diverses nuances de bleu, sur lesquels ressortait sa magnifique chevelure blonde. Étoffes et cheveux semblaient concourir harmonieusement pour attirer tous les reflets du jour. Elle était grande, souple, gracieuse malgré sa fébrilité. L'enfant, un garçonnet d'une dizaine d'années, portait un jean et un T-shirt coloré et levait vers elle deux grands yeux clairs, lumineux et un peu inquiets.

Intrigué, Frank tourna la tête et continua de les observer à travers le pare-brise. Ce fut alors qu'à sa stupeur, il vit le capitaine Ryan Mosse, de l'armée des

États-Unis, arriver en courant et se placer devant la jeune femme et l'enfant, de toute évidence pour les empêcher d'aller plus loin. Il les prit chacun par un bras et les obligea à reprendre le chemin de terre. Frank posa la main sur l'épaule de son chauffeur.

« Arrêtez-vous, s'il vous plaît. »

Le policier s'exécuta et rangea la voiture sur le bas-côté de la route, en haussant les épaules d'un air vaguement agacé. Frank descendit, retourna en arrière à grandes enjambées et s'engagea dans le chemin. Il conduisait à une grande maison légèrement à l'écart, derrière une grille peinte en vert. Trois personnes marchaient rapidement, qu'il voyait de dos.

« Est-ce que ceci fait partie de votre enquête, capitaine Mosse ? »

À sa voix, l'homme se raidit brusquement, contraignant la jeune femme et l'enfant à un brusque arrêt. Mais quand il tourna la tête et découvrit Frank, il ne manifesta aucune surprise.

« Tiens, qui voilà ! Monsieur l'agent spécial du FBI lui-même. Alors, boy-scout, on veut faire sa BA quotidienne ? En allant sur la place du Casino, avec un peu de patience, tu trouveras bien une petite vieille à qui faire traverser la rue... »

Frank s'avança vers le trio. La femme le regardait avec un mélange d'espoir et de curiosité dans ses yeux bleus comme ceux du petit garçon. Il fut frappé par la beauté de ces yeux, et surpris que cette beauté le frappe.

L'enfant tenta de se dégager.

« Tu me fais mal, Ryan, dit-il en anglais.

— Rentre à la maison, Stuart. Et n'en bouge pas. »

Mosse lâcha prise. Stuart se tourna vers la jeune femme, qui lui adressa un signe d'assentiment.

« Va, Stuart. »

Le garçonnet recula de deux pas en continuant à les regarder, puis fit volte-face et courut vers la grille.

« Toi aussi, Helena. Rentre à la maison et restes-y. »

Mosse serra sans ménagement le bras de la jolie blonde, dont Frank vit les muscles se crisper sous les manches légères de son chemisier. Ses yeux le fixaient toujours, mais le capitaine la força à se tourner vers lui.

« Helena, regarde-moi ! Tu as compris ce que je t'ai dit ? »

La femme étouffa un gémissement de douleur. Puis elle acquiesça d'un petit signe de tête. Quand Mosse la lâcha, elle lança un dernier regard désespéré dans la direction de Frank, avant de s'éloigner rapidement pour rattraper l'enfant. La grille verte s'ouvrit et se referma sur eux.

Comme la grille d'une prison, pensa Frank instinctivement.

À présent, les deux hommes se faisaient face. Frank, à la manière dont Mosse le regardait, n'eut aucun mal à comprendre quelles étaient ses opinions sur ses adversaires – calquées, sans doute, sur la doctrine de Parker. Quiconque n'était pas avec eux était contre eux. Quiconque ne suivait pas leurs injonctions leur était hostile et devait en assumer les conséquences.

Une brève rafale de vent ébouriffa les buissons de part et d'autre du chemin. Quand le vent cessa, tout redevint immobile, comme pour souligner la tension qui vibrait dans l'air.

« Vous vous débrouillez bien pour régenter les femmes et les enfants. Mais ce n'est guère probant, pour un homme qui a débarqué ici avec des objectifs beaucoup plus ambitieux... Vous ne trouvez pas, capitaine Mosse ? »

Frank sourit, et l'homme lui rendit son sourire. Un sourire de mépris.

« Vous aussi, vous savez y faire avec les femmes, pas vrai, Frank ? Oh, pardon, j'oubliais que Frank vous semble trop familier. *Monsieur* Ottobre, c'est ça ? »

Il sembla réfléchir à ce qu'il venait de dire et se déplaça légèrement sur le côté. En réalité, ce mouvement n'avait d'autre but que de se planter fermement sur ses jambes, comme s'il s'attendait à être attaqué d'une seconde à l'autre.

« *Monsieur* Ottobre, donc. En fait, je crois que pour toi, les femmes ne sont qu'une bonne excuse pour te planquer. Rien à attendre de *monsieur* Ottobre. Fermé pour cause de deuil. Ou de trouille. C'est peut-être à cause de ça que ta f... »

Frank avança si vite que l'autre, pourtant sur le qui-vive, ne le vit pas venir. Le poing fermé lui arriva en plein visage et il se retrouva étendu par terre, du sang coulant d'un coin de sa bouche. Au demeurant, il ne semblait pas se ressentir du coup et sourit de nouveau, avec dans les yeux une lueur de triomphe.

« Tu n'auras pas beaucoup de temps pour repenser à ta connerie. Dommage ! »

Un coup de reins, et il fut debout. Une fraction de seconde plus tard, une attaque du pied extrêmement véloce, un *maegeri* de la jambe gauche, obligea Frank à une parade avec l'avant-bras, qui le déséquilibra sur le côté. Il comprit aussitôt son erreur. Mosse était un combattant redoutable et son coup de pied n'avait eu d'autre but que de provoquer cette parade. Le capitaine se laissa glisser à terre et, de sa jambe droite, cisailla les jambes de Frank, qui tomba lourdement au sol. À peine eut-il le temps de se tourner de côté, pour amortir sa chute avec l'épaule. Il pensa qu'autrefois il ne se serait pas laissé piéger ainsi. Qu'autrefois il n'aurait pas...

En un éclair, Mosse fut sur lui. Il lui immobilisa les jambes avec les siennes et sa main droite lui bloqua le torse d'une prise au cou. Dans sa main gauche avait surgi comme par magie un couteau militaire, pointé contre la gorge de Frank. Les deux restèrent au sol, immobiles, tendus, comme une sculpture taillée dans le marbre. Le capitaine avait les yeux brillants, excités par le combat. Frank comprit qu'il prenait à cette situation un intense plaisir, que se battre était sa raison de vivre, sa vraie jouissance. Un de ces hommes pour qui un ennemi valait mieux qu'un trésor, ou que la plus voluptueuse des femmes.

« Alors, *monsieur* Ottobre, qu'est-ce que tu penses de ça, hein ? Un excellent flic, pourtant. Du moins, c'est ce qu'on dit. Chez les scouts, on ne t'a pas appris qu'il ne fallait pas se mesurer à plus fort que soi ? Et ton instinct, ton flair, *monsieur* Ottobre ? »

La main qui tenait le couteau se déplaça légèrement, et Frank sentit la pointe entrer dans une de ses narines. Il craignit que Mosse ne voulût la lui couper et se rappela Jack Nicholson dans *Chinatown*. Il se demanda si Mosse avait vu le film, et l'incongruité de cette pensée le fit sourire malgré lui. Son adversaire en fut d'autant plus exaspéré, et il sentit la lame s'enfoncer dans le cartilage de son nez.

« Ça suffit, Ryan. »

L'ordre, sec comme un coup de fouet, retentit derrière eux et la pression de la lame cessa aussitôt. Frank avait reconnu la voix du général. Après une discrète, dernière pression sur son cou, Mosse lâcha prise et se releva. Mais cette dernière pression voulait dire qu'il n'en avait pas fini avec Frank. Ce n'était que partie remise.

Un soldat ne pleure pas. Un soldat n'oublie pas. Un soldat se venge.

Le capitaine se releva et épousseta la poussière de son pantalon. Frank resta un instant accoudé au sol, regardant les deux hommes au-dessus de lui, côte à côte, très semblables, parce qu'ils n'étaient en vérité qu'une seule créature dédoublée. Ce n'était pas un hasard s'ils étaient inséparables, avaient les mêmes buts et probablement les mêmes méthodes pour les atteindre. L'interruption du combat ne signifiait rien, il n'y avait ni vainqueur ni vaincu, ni même un armistice. Et le combat lui-même n'avait été qu'une bousculade, quelques giclées de coups telles des giclées d'urine que Mosse avait lancées pour marquer son territoire. Frank ne doutait pas que la suite serait beaucoup plus redoutable.

« Vous devriez employer d'autres mots pour commander à votre pitbull, général. Il paraît que "*platz*" est le plus efficace. »

Mosse se raidit, mais Parker l'arrêta d'un geste. Puis il tendit la main à Frank. Sans la prendre ni même la regarder, celui-ci se releva, s'époussetant à son tour. Un peu haletant, il fit face aux deux hommes, aux yeux bleus et froids du général et à ceux de Mosse, redevenus opaques et ne reflétant que les limbes où vivait son esprit quand il ne se battait pas.

Dans le ciel, juste au-dessus d'eux, une mouette passa, lançant son cri rauque comme pour les persifler.

Parker se tourna vers Mosse.

« Ryan, veux-tu rentrer, pour voir si Helena ne fait pas d'autres sottises ? Merci. »

Mosse lança un dernier regard à Frank, un bref flamboiement haineux qui s'éteignit aussitôt. Puis il se dirigea vers la maison.

Un soldat n'oublie pas.

Frank, en le voyant s'éloigner, se dit qu'il aurait certainement marché du même pas si le chemin avait été jonché de cadavres humains, et que s'il avait trouvé l'inscription « *Je tue...* » en lettres de sang, il aurait simplement trempé son doigt dans ce sang pour ajouter : « *Moi aussi.* »

« Il faut excuser le capitaine Mosse, Mr Ottobre. »

Aucune trace d'ironie dans la voix de Parker. Mais Frank ne se faisait pas d'illusions : à un autre moment, en d'autres circonstances, il aurait pu décider que l'échauffourée ne devait pas s'interrompre, et Mosse aurait achevé sa besogne.

« Il est... Comment dire ? Parfois trop soucieux du bien de notre famille. Je reconnais que parfois, il s'abandonne à quelques excès dans ses réactions. Mais c'est un homme loyal, qui nous est profondément attaché. »

Frank n'en doutait pas. En ce qui concernait le dévouement du capitaine, la seule chose dont il ne fût pas sûr était dans quelles limites ses « excès » étaient tolérés par son seigneur et maître. Sans doute ces limites étaient-elles très élastiques.

« La jeune femme que vous avez vue est ma fille,

Helena. La sœur aînée d'Arijane. L'enfant, c'est Stuart, mon petit-fils. Son fils. Mais voyez-vous, Helena... »

Sa voix s'adoucit et se teinta même d'une légère tristesse.

« Comment dire ? Helena est atteinte d'une forme grave de dépression chronique. Très grave. La mort de sa sœur n'a fait qu'aggraver dramatiquement son état. On a tout fait pour la lui cacher, mais elle a fini par l'apprendre, inévitablement. »

La tête du général s'inclina vers le sol. Pourtant, Frank n'était pas convaincu par sa douleur de vieux père éprouvé. Il ne lui avait pas échappé qu'un instant plus tôt, Parker avait présenté le petit Stuart *d'abord* comme son petit-fils, *ensuite* comme le fils de Helena. À l'évidence, le sens des hiérarchies et de la discipline faisait aussi partie de sa vie de famille. Non sans un peu de cynisme, Frank se demanda si la présence à Monaco de la jeune femme et de l'enfant ne lui servait pas de couverture, pour cacher ses intentions véritables.

« Arijane était différente, beaucoup plus forte. Un caractère d'acier. C'était ma fille, elle me ressemblait. Helena tient de sa mère, elle est très fragile. Elle ne se rend pas toujours compte de ce qu'elle fait. Comme aujourd'hui. L'hiver dernier, elle s'est enfuie et elle a erré pendant deux jours avant qu'on la retrouve, dans un état pitoyable. Sans Ryan, c'est ce qui serait arrivé de nouveau. Voilà pourquoi il faut la surveiller sans cesse. Pour éviter qu'elle ne soit un danger pour les autres et pour elle-même.

— Je suis navré pour votre fille, général. Pour Helena et plus encore pour Arijane, même si cela ne change pas d'un iota ce que je pense de vous et de vos intentions. Peut-être qu'à votre place, je me comporterais comme vous, je n'en sais rien. Mais je fais partie d'une équipe d'enquêteurs, et je ferai tout pour capturer l'assassin, de même que je ferai tout pour vous empêcher de poursuivre sur votre voie. »

Parker n'eut pas la réaction coléreuse de la veille. Peut-être le refus de collaborer opposé par Frank était-il déjà archivé avec la mention « tactiquement sans intérêt ».

« J'en prends acte. Vous êtes un homme de caractère, mais je ne vous apprendrai rien en vous disant que moi aussi. Aussi, faites bien attention avant de la traverser, cette voie, tant que j'avance dessus, cher *monsieur* Ottobre. »

Cette fois, l'ironie était de retour. Frank sourit.

« Je n'oublierai pas votre conseil, dit-il. Mais vous trouverez bon que, néanmoins, je continue mon enquête à ma façon. Au revoir et merci encore, *monsieur* Parker. »

Frank tourna les talons et parcourut lentement la dizaine de mètres qui le séparait de la route. Il sentait dans sa nuque le regard vipérin du général. À sa droite, on entrevoyait parmi les arbres et les jardins le toit de la villa de Jean-Loup Verdier, et, en traversant pour regagner la voiture qui l'attendait, il se demanda si le fait que Parker eût loué une maison à quelques dizaines de mètres de celle de l'animateur était seulement le fruit du hasard.

27

De sa terrasse de Parc Saint-Roman, Frank vit la voiture qui l'avait ramené s'éloigner par la rue des Giroflées, puis le boulevard d'Italie. Avant de partir, le chauffeur avait dû prendre le temps de demander des consignes au commissariat central. Il rentra dans l'appartement, imaginant ce qu'il pouvait penser de toute cette affaire et, en particulier, de lui. Depuis plusieurs jours, il s'était rendu compte qu'hormis Nicolas et Morelli, les policiers monégasques le regardaient avec un rien de méfiance chauvine – bien compréhensible, du reste. L'amitié du commissaire Hulot était un laissez-passer qui lui garantissait la collaboration de tous, mais la sympathie, pas nécessairement. On entrebâillait la porte pour le collègue des États-Unis, mais on n'allait pas la lui ouvrir toute grande.

Tant pis. Il n'était pas là pour se rendre populaire, mais pour capturer un tueur, et, pour y parvenir, la corvée des claques sur l'épaule à répétition était tout à fait superflue.

Sa montre indiquait deux heures et demie, et il prit conscience qu'il avait grand faim. Il avait prié Amélie, la femme de ménage d'André Ferrand, de faire quelques courses deux ou trois fois par semaine, et trouva dans le réfrigérateur de quoi se faire un copieux sandwich, qu'il mangea au soleil, avec une bière, torse nu sur une chaise longue de la terrasse. Pour une fois, il n'examina pas ses cicatrices. Beaucoup de choses avaient changé en quelques jours, et il avait d'autres soucis.

Il leva les yeux vers le ciel sans nuages, où les mouettes voltigeaient et criaient parfois, observant les hommes de haut et chassant les poissons. C'étaient les seuls points blancs dans ce bleu presque arrogant. La journée était splendide. Depuis que les meurtres avaient commencé, il semblait que le temps eût décidé d'ignorer dédaigneusement les misères humaines pour continuer en toute sérénité sa marche vers l'été. Aux hommes de s'occuper de leurs ombres et de leurs lumières, de se débrouiller avec la noirceur de leurs éclipses.

Frank promena son regard le long de la côte. Monte-Carlo, sous le grand soleil, était une petite ruche où les reines des abeilles étaient beaucoup trop nombreuses. Du moins, beaucoup de ceux qui paradaient dans la ville se comportaient-ils en maîtres et maîtresses, mais c'était pure imposture. Des façades, rien d'autre que des façades. Ces gens-là s'appuyaient sur des pilotis pour soutenir leur élégante labilité, comme certains décors de film. Mais pour peu qu'on pousse une porte, on n'aurait trouvé derrière que le vide – ce vide qu'un homme en noir leur désignait de sa main gantée, avec une courbette sarcastique.

Il finit sa bière et regarda de nouveau sa montre. Trois heures. Il avait de bonnes chances de trouver Cooper dans son bureau. Saisissant le téléphone, il composa le numéro. Cooper décrocha à la troisième sonnerie.

« Salut, vieux. Encore à te faire bronzer au soleil de la Côte d'Azur ?

— Je l'oublie, le soleil de la Côte d'Azur ! Notre ami nous oblige à vivre la nuit, Cooper. Je suis blanc comme un navet. As-tu quelque chose à me dire sur ce cher général Parker et sur son porte-flingue ?

— Oui. Des choses assez édifiantes. J'allais t'envoyer un topo par e-mail, mais tu m'as précédé de quelques minutes.

— Envoie le topo quand même, mais fais-moi un petit résumé de vive voix.

— D'accord. Nathan James Parker, né il y a soixante-huit ans à Montpellier, dans le Vermont. La famille n'est pas milliardaire, mais très, très aisée. À dix-sept ans, il s'en va de chez lui et truque ses papiers pour pouvoir s'engager dans l'armée. Premier de sa promotion à l'Académie militaire. Brillant officier, à l'ascension exceptionnellement rapide. Joue un rôle non négligeable dans le débarquement de la baie des Cochons, en 1961. Décoré au Vietnam. Dirige de main de maître plusieurs opérations au Nicaragua et à Panama. Présent au Chili avant le coup d'État de Pinochet. Partout où il faut montrer de la poigne et mettre les mains dans le cambouis, il est là. Un partisan de la manière forte, très forte, même, mais aussi un tacticien de premier ordre, un cerveau. Il fait partie de l'État-major dès le milieu des années quatre-vingt. Un des stratèges occultes de *Tempête du désert* et de la guerre au Kosovo. Il a usé plusieurs présidents, mais lui semble indéboulonnable. Ce qui veut dire qu'il connaît sacrément bien son métier. Récemment encore, il a été très influent dans l'affaire afghane, et on lui prête des vues particulièrement belliqueuses sur l'Irak et le Moyen-

Orient dans son ensemble. Il a des appuis, des réseaux et de la crédibilité. Et beaucoup d'argent, apparemment. En un mot, le genre de type qui peut faire à peu près ce qu'il veut sans craindre aucunes représailles. C'est un dur à cuire, Frank. Très, très dur à cuire ! »

Cooper fit une pause pour reprendre haleine et laisser à Frank le temps d'assimiler.

« Et sur l'autre, qu'est-ce que tu peux me dire ?

— Qui ? Le capitaine Ryan Mosse ? »

Frank, soudain, crut sentir de nouveau la pointe du couteau de Mosse dans son nez, et le frotta pour chasser cette sensation.

« Oui. Tu as trouvé des choses ?

— Et comment ! Né en 1963 à Austin, Texas. À son sujet, les faits sont moins nombreux, et en même temps beaucoup plus clairs.

— Ce qui veut dire ?

— Depuis pas mal d'années, Mosse est devenu l'ombre de Parker. Partout où on trouve l'un, on trouve l'autre. Mosse se jetterait au feu pour le général.

— Par pure fascination, ou pour une raison précise ?

— La fidélité de Mosse est liée à ce qui a valu à Parker sa décoration au Vietnam. Entre autres exploits, ton général a traversé les lignes des Charlies avec un soldat blessé sur les épaules.

— Je suppose que tu vas me dire son nom.

— Bien sûr. Ce soldat était le sergent Willy Mosse, le père de Ryan.

— Je vois.

— Ensuite, le sergent et Parker sont devenus amis. Ou plutôt, Willy Mosse est devenu pour Parker une espèce de vassal. Probablement de nervi. De son côté, le général a pris sous son aile Mosse junior. Ton copain

Ryan. Il l'a aidé à intégrer l'Académie militaire, il l'a recommandé, il l'a surtout couvert en diverses circonstances.

— Quelles circonstances ?

— Eh bien, pour faire court, ce Ryan Mosse est une espèce de psychopathe, avec une tendance marquée à la violence gratuite. Il s'est mis dans de gros pétrins à plusieurs reprises. À l'Académie militaire, il a presque battu à mort un de ses condisciples. Plus tard, en Arizona, au cours d'un bal en l'honneur de son corps d'armée, il a grièvement blessé un soldat à coups de couteau, pour une histoire de femme. Pendant la guerre du Golfe, un sergent est passé en conseil de discipline pour l'avoir menacé avec un M 16. En réalité, Mosse avait eu un autre de ses raptus et le sergent n'avait trouvé que ce moyen pour l'empêcher de massacrer un groupe de prisonniers désarmés...

— Un bel oiseau, on dirait.

— Un très bel oiseau. Aux plumes couleur de merde et de sang. Chaque fois, ces petits débordements ont été étouffés. Grâce à l'intervention de qui ?

— Du général Nathan Parker, je suppose.

— Exact. Voilà pourquoi je te dis de faire attention, Frank. Ces deux-là ensemble, c'est Satan avec sa fourche ! Mosse est le bras armé de Parker. Et je doute qu'il aurait beaucoup de scrupules à s'en servir pour frapper.

— J'en doute aussi. Merci pour tout, Cooper. J'attends ton e-mail. À bientôt. »

Frank posa le téléphone et resta debout dans la pièce, pensif. Les investigations de Cooper n'avaient fait qu'ajouter des noms et des faits précis à son impression initiale : Parker et Mosse étaient des gens qu'il valait mieux ne pas croiser au coin d'un bois. Et s'ils vous y suivaient à votre insu, c'est qu'ils seraient prêts à tout. Absolument tout.

La sonnerie de l'interphone retentit. Il décrocha le combiné.

« Oui ?

— Monsieur Octobre... »

La voix du portier était un peu gênée.

« Quelqu'un monte pour vous voir. Je n'ai pas réussi à le faire attendre pour que je vous prévienne, mais... Vous allez comprendre, je...

— Ça ne fait rien, Pascal. Ne vous inquiétez pas. »

Il se demanda qui pouvait être ce visiteur, pour déstabiliser ainsi le pauvre Pascal. À ce moment, on frappa. Prudemment, il entrouvrit la porte et découvrit un homme d'âge moyen, assez grand et indiscutablement américain. Il ressemblait vaguement à Robert Redford, en moins blond. Bronzé, mais pas trop, il portait des vêtements élégants sans ostentation. Sous la manche de son costume clair bien coupé, sa montre était une Rolex, mais à bracelet de cuir, bien différent des blocs d'or massif qu'on voyait si souvent à Monaco. L'homme lui adressa un sourire de dimensions humaines, celui d'une personne, non d'un personnage. Sans rien savoir de lui, Frank le trouva instinctivement sympathique et ouvrit la porte en grand.

« Bonjour. Vous êtes Frank Ottobre ?

— Oui. »

L'homme lui tendit la main.

« Ravi de vous rencontrer, Mr Ottobre. Mon nom est Dwight Durham et je suis le consul des États-Unis à Marseille. »

Frank, un peu ahuri, hésita un instant, puis serra la

main tendue. Pour une visite inattendue... Son visage devait refléter sa pensée, car une lueur amusée parut dans les yeux du diplomate et son sourire s'élargit d'un côté, creusant une ride d'expression sur sa joue.

« Si vous trouvez cela déshonorant, je peux m'en aller. Mais si vous estimez que ma faute est pardonnable, j'aurais plaisir à bavarder un moment avec vous. »

Frank se reprit. Oui, décidément, cet homme était très sympathique. Il baissa les yeux sur son torse nu, curieusement indifférent à laisser voir ses cicatrices à un inconnu. Durham, de toute façon, ne semblait pas les avoir remarquées.

« Excusez-moi. Vous m'avez surpris, mais c'est fini. Comme vous voyez, mon patriotisme m'incite à recevoir les diplomates de mon pays dans la tenue de Rambo. Entrez, je vous en prie. »

Le consul fit un pas en avant, puis se retourna vers une autre personne debout dans le couloir, que Frank n'avait pas encore vu : un homme de haute taille, d'apparence athlétique, qui portait de toute évidence une arme sous sa veste et sembla même à Frank avoir un sigle subliminal inscrit sur le visage. Ce pouvait être FBI, CIA ou DEA ou tout autre du même genre, mais certainement pas Armée du Salut.

« Malcolm, pouvez-vous m'attendre ici, je vous prie ?

— Bien sûr, monsieur le Consul.

— Merci. »

Durham referma la porte et avança jusqu'au centre de la pièce, puis regarda autour de lui.

« Vous êtes bien installé. La vue est splendide.

— C'est vrai. Comme vous le savez sûrement, c'est

un appartement d'emprunt. Vous savez sûrement aussi les motifs de ma présence ici. »

Ces mots avaient pour but d'éviter des explications ennuyeuses. Il ne faisait pas de doute qu'avant de venir, Durham avait pris tous les renseignements nécessaires. Frank imagina la main d'une secrétaire déposant sur le bureau du consul un dossier portant son nom, et qui avait dû passer par bon nombre de mains – en sorte que mieux valait faire comprendre à son visiteur qu'entre eux les circonlocutions et autres acrobaties lexicales étaient inutiles.

Durham le comprit et parut apprécier cette simplification. Frank, à ce moment de son existence, ne pouvait guère inspirer une sympathie du genre convivial, et son visiteur eut la pudeur de ne pas la simuler : il leur était clair à tous deux que la considération et le respect pouvaient être une alternative suffisante.

« Asseyez-vous, Mr Durham.

— Dwight. C'est bien assez.

— Très bien, si vous m'appelez Frank. Vous boirez quelque chose ? Mon bar n'est pas très fourni, mais...

— Un Perrier ?

— Ça doit pouvoir se trouver. »

Frank sortit sur la terrasse pour récupérer sa chemise, et Durham prit place sur le divan. En passant devant lui, Frank remarqua que ses chaussettes étaient de la même nuance que son pantalon. Un homme discrètement ton sur ton. Raffiné, mais sans fanatisme.

Après être revenu avec une bouteille et des verres il laissa Durham se servir sans cérémonie, il alla s'asseoir sur l'autre divan, disposé perpendiculairement au premier.

« Je suppose que vous vous demandez le motif de ma visite, commença le consul.

— Vous allez me le dire, je suppose. Mais c'est peut-être vous qui n'en êtes plus très sûr. »

Dwight Durham regarda les bulles dans son verre comme si c'était du champagne.

« Nous avons un problème, Frank.

— « Nous » ?

— Oui, « nous ». Vous et moi. Vous êtes l'avers et moi le revers, ou le contraire, mais en ce moment, les deux faces d'une même médaille. Accrochée à une seule et même chaîne. »

Il but une gorgée de Perrier et posa son verre sur la table basse.

« Avant tout, je tiens à vous dire que ma visite n'a d'officiel que ce que vous voudrez lui en attribuer. De mon point de vue, elle est purement officieuse : une simple conversation entre deux hommes civilisés. Je vous avoue qu'en venant, j'avais en tête un autre personnage, non pas Rambo, mais peut-être Elliot Ness. Je suis content de m'être trompé. »

Il reprit son verre, comme s'il se sentait plus à l'aise en le tenant.

« Voulez-vous que je vous illustre la situation ?

— Bonne idée. Je crois que j'ai besoin d'un *brief* général.

— Bon. Dans les hautes sphères de Washington, l'assassinat d'Allen Yoshida n'a fait qu'accroître des difficultés qui ont commencé avec la mort d'Arijane Parker. Vous devez être informé de la présence sur la Côte de son père, le général ? »

Frank fit oui de la tête. Dwight poursuivit, soulagé

et préoccupé en même temps de voir qu'il était déjà au courant.

« C'est une bonne chose que les événements vous aient placé où vous êtes en ce moment, parmi les policiers de la Principauté. Cela m'a épargné la complication de réclamer aux autorités monégasques la présence d'un émissaire des États-Unis dans l'enquête, attendu qu'il y en avait déjà un. Mais ces temps-ci, le pays a un gros problème d'image aux yeux de l'étranger. Pour un pays qui prétend conduire le monde occidental et se veut la seule superpuissance véritable et crédible, nous avons subi un sacré camouflet le 11 septembre dernier. Frappés là où nous nous croyions invulnérables : chez nous, en plein cœur de notre capitale financière. »

Il parlait en regardant vers la terrasse, le visage reflété par les vitres de la porte-fenêtre, que les premières ombres du soir transformaient en miroir.

« Or, voilà qu'en cette circonstance délicate surgit cette énorme et sanglante affaire. Deux ressortissants américains sauvagement assassinés, ici, à Monaco : non seulement un pays allié, mais un des États les plus sûrs de la planète... C'est presque bouffon, vous ne trouvez pas ? À croire que les humiliations se répètent. Mais pour compliquer encore les choses, voilà qu'un père endeuillé, qui se trouve être un puissant général de l'armée des États-Unis, a décidé d'agir pour son propre compte et d'employer à des fins personnelles les méthodes terroristes que nous voulons justement combattre. Comme vous le comprendrez, il y a là de quoi provoquer un redoutable casse-tête au plan des relations internationales. »

Frank observait Durham, impassible.

« Ce qui signifie ?

— Ce qui signifie que vous devez absolument capturer cet assassin, Frank. *Vous*. Le capturer avant Parker, avant les polices européennes, si possible. Malgré elles, s'il le faut. À Washington, on tient à ce que cette arrestation redore spectaculairement le blason de la lutte des États-Unis contre le crime. Donc, il faudra que vous fassiez plus et mieux qu'Elliot Ness. Que vous ôtiez votre chemise pour redevenir Rambo ! » conclut-il avec un sourire mi-figue mi-raisin.

En un autre lieu et un autre temps, pensa Frank, Durham et lui auraient pu devenir les meilleurs amis du monde. Dans le peu de temps écoulé depuis son arrivée, sa sympathie pour lui n'avait fait qu'augmenter.

« Vous savez bien que je ferai tout pour arrêter cet homme, rétorqua-t-il au bout d'un instant. Mais pour aucune des raisons que vous venez d'énumérer. Nous sommes peut-être les deux côtés d'une même médaille, Dwight, mais si elle est suspendue à une seule et même chaîne, c'est entièrement le fait du hasard. Quoi qu'il en soit, je prendrai ce tueur et libre aux autorités de donner à cette capture le sens qu'elles voudront. Tout ce que je vous demande... »

Il hésita.

« Oui ?

— C'est que personne ne m'oblige à lui donner un sens identique. »

Dwight Durham, consul des États-Unis, s'abstint de répliquer – soit qu'il n'eût pas compris, soit qu'il eût au contraire trop bien compris. Mais il parut satisfait, et se leva.

« Très bien, Frank. Je crois que nous nous sommes tout dit. »

Frank se leva à son tour et ils se serrèrent la main, dans la lumière tombante de la fin d'après-midi. Dehors, le bleu du ciel s'assombrissait calmement et, d'ici peu, la nuit descendrait sur la ville et le rivage. Nuit d'ombres et d'assassins dans l'ombre, nuit de rumeurs insaisissables où chacun chercherait à tâtons sa cachette.

« Inutile de me raccompagner. Au revoir, Frank. Je sais que vous allez prendre le taureau par les cornes.

— Bien sûr. Mais ce taureau-là a beaucoup de cornes. La mise à mort ne sera pas simple... »

Durham se dirigea vers la porte, l'ouvrit, et Frank entrevit la silhouette de Malcolm. Puis il la referma derrière lui.

Seul de nouveau, Frank prit une autre bière dans le réfrigérateur et retourna sur le divan. Une même médaille... Pile ou face, Dwight ?

Il s'efforça d'oublier le consul, la diplomatie, les guerres et les manœuvres politiques qu'elles dissimulaient, et tenta un exercice auquel il ne s'était pas livré depuis pas mal de temps et qu'il appelait sa « technique proustienne ». Quand une enquête était au point mort, il s'asseyait dans une pièce silencieuse et s'efforçait de lâcher la bride à sa mémoire involontaire, au chaos de ses pensées, de laisser à chacune tout loisir de se réunir à n'importe quelle autre, comme les pièces d'un puzzle mental qui se seraient imbriquées presque automatiquement. C'était une sorte d'abandon sensitif et intellectuel, qui bannissait toute volonté précise et ne prenait pour guide que les apparents hasards de l'inconscient. Une sorte de réflexion parallèle, par associations d'images et de souvenirs, qui s'était parfois révélée très fructueuse. Il ferma les yeux.

Arijane Parker et Jochen Welder.

Le voilier encastré entre deux yachts, sur le port, ses mâts légèrement inclinés d'un côté.

Arijane et Jochen, étendus sur le lit, la tête écorchée, les dents découvertes dans un rictus sans haine.

La voix. La voix à la radio.

L'inscription en lettres de sang.

Je tue...

Jean-Loup Verdier. Ses yeux égarés.

Le visage de Harriet...

Non, pas ça, pas maintenant !

De nouveau, la voix à la radio.

La musique. La pochette du disque de Santana.

Allen Yoshida.

Sa tête appuyée à la fenêtre de sa voiture.

La banquette en cuir clair, de nouveau l'inscription sanglante.

Le sang. La main, le couteau, le sang.

Les images de la vidéo.

L'homme en noir et Allen Yoshida.

La pièce secrète. Les photos de la pièce, vide.

La vidéo. Les photos. La vidéo. Les photos. La v...

Soudain, d'un bond presque involontaire, Frank fut debout au pied du divan. C'était un détail si petit que son esprit ne l'avait enregistré que pour l'archiver, comme un fichier sans importance. Il devait retourner tout de suite au commissariat pour vérifier si sa mémoire ne le trompait pas. Peut-être n'était-ce qu'une illusion, mais il ne pouvait que s'agripper à cet infime espoir. En cet instant, il aurait voulu avoir mille doigts, pour les croiser tous ensemble.

28

Quand Frank arriva devant le commissariat, rue Notari, le soir commençait à tomber. Il était venu à pied, zigzaguant dans la foule des passants du crépuscule presque sans les voir. Il se sentait agité. Chaque fois qu'il donnait la chasse à un criminel, il éprouvait cette sensation d'urgence, de quasi-frénésie, comme si une voix intérieure le poussait à courir plus vite. Et soudain, alors que toutes leurs conjectures n'avaient mené à rien, il y avait cette petite lumière qui semblait briller sous le fil de l'eau... Frank était impatient de plonger, pour vérifier s'il s'agissait bien d'une lumière ou seulement d'un mirage surgi des reflets.

Il salua brièvement le planton, monta jusqu'au bureau du commissaire, frappa, mais le trouva vide. Après un instant d'hésitation, il se décida à entrer. Il fallait qu'il contrôlât tout de suite si son idée correspondait à la vérité, et Nicolas ne lui en voudrait pas de l'avoir fait en son absence.

Il trouva sur une pile de dossiers la chemise contenant les photos de la maison d'Allen Yoshida que Froberger, le commissaire de Nice, avait apportées le lendemain du meurtre. Il les examina soigneusement, puis décrocha le téléphone.

« Commissaire Froberger ?

— Oui. Qui est à l'appareil ?

— Salut, Charles. Ici Frank.
— Salut, le Yankee ! Quelles nouvelles ?
— Je peux utiliser mon joker ?
— Mmm... Effectivement, j'ai lu les journaux. Ça va mal, on dirait.
— Tellement mal qu'on ne peut que soupirer de soulagement en se disant que ça pourrait être encore pire.
— Bravo. Quel stoïcisme ! Dans ce désastre, puis-je quand même faire quelque chose pour toi ?
— Oui. Répondre à une ou deux questions, si tu veux bien.
— Je t'écoute.
— Dans la pièce secrète de Yoshida, sais-tu si on a touché à quelque chose avant les photos et les relevés ? Déplacé certains objets, je ne sais pas...
— Ça m'étonnerait beaucoup. La domestique qui a découvert la pièce n'est même pas entrée, elle a failli s'évanouir en voyant tout ce sang. Et elle a tout de suite averti l'équipe de vigiles. Comme tu t'en souviens, leur chef, le nommé Valmeere, est un ancien flic et il connaît les procédures. Ensuite, nous n'avons rien déplacé, comme tu t'en doutes. Les photos sont celles de la pièce exactement comme nous l'avons trouvée.
— Merci. Excuse-moi, mais j'avais besoin d'en être tout à fait sûr.
— Une soudaine illumination ?
— Je ne sais pas. J'espère. Je dois vérifier un détail, mais je ne veux pas me faire d'illusions avant d'avoir une certitude. Autre chose... »

Le silence au bout de la ligne indiquait que Froberger était tout ouïe.

« Est-ce que tu te souviens si, dans la discothèque de Yoshida, il y avait des 33 tours en vinyle ?

— Je suis sûr que non. Un de mes gars, qui est un passionné, me l'a fait remarquer : il y avait une platine intégrée à la chaîne hi-fi, mais aucun vinyle, uniquement des CD.

— Ah ! Merci, Charles, tu es un frère. Je te laisse, à très bientôt. »

Il raccrocha presque au nez de son collègue interloqué. Le moment était venu de vérifier si l'homme en noir avait commis une petite erreur, la première depuis le début de l'affaire. Ou si c'était lui qui prenait des vessies pour des lanternes.

Il ouvrit le tiroir où Hulot avait rangé la vidéocassette trouvée dans la Bentley d'Allen Yoshida et alla la glisser dans le magnétoscope. Puis il alluma le téléviseur et appuya sur la touche PLAY.

Sur l'écran apparurent les lignes colorées, puis la scène d'horreur qu'il connaissait déjà très bien. S'il avait vécu encore cent ans et vu ces images tous les jours, pensa-t-il, jamais il n'aurait pu les regarder sans avoir le frisson. Il revit la silhouette noire s'agiter avec son poignard à la main, et se sentit la gorge nouée. Mais aussi un dégoût rageur qui – il le savait – ne passerait que le jour où cet homme serait capturé.

Voilà, on y est presque...

Il était tenté de presser la touche d'accélération, mais craignait que le détail ne lui échappât. Enfin, le film arriva au moment qu'il attendait. Et il poussa intérieurement un cri d'exultation.

Oui, oui, oui !

Il appuya sur la touche PAUSE et l'image se figea. C'était quelque chose de si petit qu'il n'aurait pas osé en parler jusqu'alors, de peur de se trouver face à une énième déception. Mais cette fois, l'objet était devant ses yeux, et il fallait savoir ce qu'il signifiait – à supposer qu'il eût vraiment une signification. Un détail minuscule, certes, et peut-être absolument fortuit. Mais ils n'avaient rien d'autre.

Il scruta attentivement l'écran, où le tueur était maintenant immobile, levant son poignard sur Yoshida ensanglanté qui levait sur lui un visage grimaçant de douleur et d'effroi. Frank pensa que cet homme mourrait de nouveau chaque fois que défilerait cette vidéo. Et chaque fois, vu ce qu'on savait désormais de lui, ce serait peut-être une mort méritée...

À ce moment, la porte du bureau s'ouvrit et Morelli entra. Il s'arrêta net, muet de le trouver ici, et Frank remarqua qu'il était moins surpris que visiblement gêné. Il se sentit un peu coupable.

« Bonjour, Claude. Excuse-moi d'être entré sans prévenir, mais il fallait absolument que je vérifie quelque chose.

— Naturellement, tu as bien fait. Si tu cherchais le commissaire, il est en réunion, à l'étage au-dessus. Avec Roncaille et le procureur général. »

Frank crut sentir une légère odeur de brûlé. Si une réunion avait été décidée pour faire le point de l'enquête, il était curieux qu'on ne l'eût pas prévenu. Depuis le début, il s'était tenu à la discrétion, pour ne pas embarrasser Nicolas, ne prenant d'initiatives que lorsqu'on l'en priait. Il ne voulait pas que le commissaire parût s'en remettre à lui, aux yeux de ses supérieurs et – plus important encore – de ses subordonnés. Avec Nicolas lui-même, les choses étaient beaucoup plus simples : ils étaient vraiment les deux faces d'une même médaille, et peu importait qui était pile et qui était face. Mais peut-être cette réunion presque furtive avait-elle un rapport avec la visite de Dwight Durham. Il se pouvait que les autorités monégasques vissent la situation comme la chancellerie américaine, mais d'un point de vue opposé : sa présence n'était plus un simple *gentlemen's agreement*, mais, après l'intervention du consul, une nécessité officielle dont on s'accommodait de plus ou moins bon gré.

Frank haussa les épaules. Il n'avait aucune envie de se trouver mêlé à un imbroglio diplomatique, ni même de s'y intéresser. Tout ce qu'il voulait, c'était capturer un tueur, l'enfermer en lieu sûr et jeter la clef. À qui devait revenir la gloire de cette victoire, les puissants des États concernés en décideraient à leur guise – plus tard.

« Je monte les rejoindre. Tu me suis ? proposa Morelli, qui s'était repris.

— Tu penses que c'est une bonne idée ?

— Je sais qu'ils t'ont appelé deux ou trois fois, mais ton téléphone était occupé. »

C'était plausible. Il avait longuement parlé avec Cooper, puis éteint son portable à l'arrivée de Durham. Frank se décida et alla prendre la vidéo dans le lecteur.

« On peut visionner ça, dans la salle de réunion ?

— Oui, il y a tout ce qu'il faut. »

Ils montèrent à l'étage supérieur, sans dire un mot, et Morelli frappa à l'avant-dernière porte au fond d'un long couloir.

« Entrez ! » dit une voix de l'intérieur.

Dans la grande pièce peinte en gris clair, plusieurs personnes étaient assises autour d'une longue table rectangulaire : Nicolas Hulot, le docteur Cluny, Roncaille, le directeur de la Sûreté, et deux hommes que Frank n'avait jamais vus. À son entrée, le silence tomba, comme s'il avait surpris tous ces gens les doigts dans le pot de confiture – autrement dit, complotant derrière son dos. Certes, ils étaient chez eux et avaient le droit de tenir toutes les réunions qu'ils voulaient, avec ou sans lui. Cependant, l'attitude générale confirmait ses soupçons, et même Nicolas semblait mal à l'aise, au point de détourner les yeux. Mais peut-être venait-il d'essuyer un savon à cause de la stagnation de l'enquête.

Roncaille se ressaisit le premier. Il se leva et lui fit signe de prendre place.

« Bonsoir, Frank. Content que vous soyez là. Nous faisions le point de la situation, en vous attendant. Je ne crois pas que vous connaissiez Jérome Durand, le procureur général... »

Il lui désigna un petit homme fluet, aux cheveux rares et couleur de paille et aux yeux enfoncés dans leurs orbites derrière ses lunettes sans monture. Il portait un élégant complet gris qui ne lui donnait pas tout à fait la prestance distinguée à laquelle, sans doute, il aspirait. Du bout de la table, il le salua froidement d'un signe de tête.

« Et voici l'inspecteur Gottet, notre spécialiste de la délinquance informatique. »

L'homme assis à la droite de Durand le salua un peu plus chaleureusement. C'était un type d'environ trente-cinq ans, brun et très bronzé, qui ressemblait plus à un jeune financier aux dents longues qu'à un policier.

Roncaille présenta Frank, puis celui-ci alla s'asseoir à côté du docteur Cluny, presque en face de Nicolas. Il chercha son regard, mais son ami continuait à fixer pensivement un point sur le mur.

Le directeur de la Sûreté reprit les commandes de la réunion.

« Maintenant que nous sommes tous là, nous pouvons continuer. Frank, nous allions écouter le compte-rendu du docteur Cluny, qui a étudié les enregistrements de la voix du tueur. »

Cette fois, ce fut Frank qui hocha la tête en silence. Cluny approcha son siège de la table et ouvrit une chemise cartonnée placée devant lui. Il s'éclaircit la voix, comme s'il entamait un cours devant un amphithéâtre d'étudiants.

« Après un examen approfondi, je suis arrivé à des conclusions qui, dans l'ensemble, confirment mes observations au moment des coups de téléphone. Nous avons affaire à une personnalité extrêmement complexe, comme je suis sûr de n'en avoir jamais rencontré. Plusieurs caractéristiques dans son *modus operandi* le rangent nettement dans la catégorie des tueurs en série. Par exemple, la définition du territoire : il n'agit qu'à l'intérieur de la principauté de Monaco ou dans ses abords immédiats. Mais aussi le fait qu'il privilégie l'arme blanche, qui lui donne un contact direct avec ses victimes. Sa manie de dépecer la tête des gens qu'il a tués relève des rituels fétichistes typiques de ce genre de criminels, et c'est aussi un *overkilling* au sens strict. En mutilant les cadavres de cette façon spectaculaire, il montre sa complète domination sur ceux qu'il a décidé de frapper. Même la période de silence entre chaque meurtre entre dans ce cadre général. Jusque-là, donc, tout peut sembler assez classique...

— Mais ? » intervint Durand, d'une voix de baryton-basse qui jurait presque cocassement avec son physique insignifiant.

Cluny fit une pause d'une durée savamment calculée. Il ôta ses lunettes et se frotta le haut du nez, comme Frank le lui avait déjà vu faire. Il semblait très habile à capter et entretenir l'attention de ses auditoires.

« Très juste, dit-il enfin, après avoir remis ses lunettes. C'est ici que commencent les "mais"... Notre homme a de toute évidence une grande maîtrise lexicale, et une capacité d'abstraction tout à fait remarquable. Il parle par images, et certaines de ces images, si effrayantes qu'elles nous paraissent, sont presque poétiques. J'y inclurai cette étrange définition qu'il donne de lui-même, "un homme et personne". Outre son intelligence aiguë, c'est un homme à l'esprit cultivé, qui a dû faire des études supérieures, artistiques ou littéraires plutôt que scientifiques, selon moi. Ce qui nous éloigne beaucoup du profil habituel des tueurs en série : dans leur immense majorité, ceux-ci sont quasi incultes, sans acquis scolaire ou universitaire et plus ou moins proches de la débilité mentale. Une chose en particulier me laisse très perplexe... »

De nouveau, une pause. Frank observa l'expert psychiatre qui recommençait sa pantomime des lunettes, et Durand qui en profitait pour nettoyer les siennes.

Mais oui, Cluny, tu as droit à une ovation. Nous sommes tous suspendus à tes lèvres. Mais à présent que tu le sais, finis ton grand solo, s'il te plaît. Et puis, un de ces jours, décide-toi à t'acheter des verres de contact.

« C'est le fait qu'au cours de la conversation, il manifeste le sentiment d'être contraint à tuer. Comme par une coercition extérieure. Si le substrat de sa pathologie est constitué d'événements communs à ceux qui souffrent de tels troubles de la personnalité, famille oppressive, père ou parents dominateurs et violents, sévices et humiliations endurés, et ainsi de suite, l'envie de tuer est, si j'ose dire, dans la norme. Mais ce que je constate relève plutôt des cas de dédoublement de la personnalité, comme si chez cet homme coexistaient deux personnes. Ce qui nous renvoie au "un homme et personne" dont je parlais tout à l'heure... »

Foutaises que tout cela, pensa Frank, exaspéré. Ou plutôt : un bel exercice de style, et rien de plus. En l'occurrence, établir le profil psychologique de l'assassin était d'une utilité très accessoire. Cet homme-là ne se contentait pas de tuer, il *pensait* avant d'agir. Et il pensait trop lucidement pour ne pas déjouer tous les profils. C'était donc cette extraordinaire lucidité qu'il fallait surpasser.

Mais Frank préféra se taire, de peur que cette simple constatation ne passât pour de l'admiration.

Durand intervint et, à ses mots, Frank fut contraint de reconnaître qu'il était tout sauf un benêt. Ce petit homme savait aller à l'essentiel.

« Messieurs, dit-il, nous sommes entre nous et personne ne nous écoute. Nous ne sommes pas en compétition, ni en représentation. Je vous prie donc de mettre sur la table toutes vos interrogations et tous vos doutes, sans crainte de paraître naïfs. Pour ma part, je voudrais savoir ce qu'il faut penser du rapport de l'assassin avec la musique. »

Il se tourna vers Cluny, qui haussa les épaules.

« Cela aussi, c'est très ambigu. D'une part, il est évident que c'est un passionné, qui aime et connaît la musique. Pour lui, elle doit être un refuge mental, très primaire et archaïque. Un refuge où il s'abrite de la mort qu'il porte en lui. D'autre part, il s'en sert pour nous suggérer qui il s'apprête à tuer, ce qui confère à la musique un rôle de destruction, et nous appelle à la démystifier, à la réduire à sa fonction triviale d'outil. Ses rébus musicaux manifestent son sentiment de supériorité, mais, en même temps, son complexe de frustration le pousse à nous offrir cette même musique en pâture. Vous voyez ? "Un homme et personne", encore une fois... »

Hulot leva la main.

« Parlez, commissaire.

— Ce qui me turlupine le plus, c'est le fait qu'il découpe et emporte le visage de ses victimes. En dehors des obscures motivations psychologiques de ce rituel, quel but pratique cela peut-il avoir ? En termes clairs, *qu'en fait-il, de ces visages ? À quoi diable peuvent-ils lui servir ?* »

Dans la pièce, le silence se fit. Tous s'étaient déjà posé cette question à maintes reprises, mais c'était la première fois qu'une voix la formulait explicitement. Et, bien sûr, personne n'avait le moindre élément de réponse.

« Sur ce point, comme chacun de vous, je ne peux faire que des hypothèses, répondit Cluny. Également valides et également douteuses...

— Et si c'était un homme au physique hideux, qui se venge sur ses victimes ? suggéra Morelli.

— Ce n'est pas impossible. Mais une apparence rebutante ou monstrueuse se remarque, elle frappe l'imagination des gens, selon l'équation "laid égale méchant". Si une espèce de monstre de Frankenstein circulait dans la région, on nous l'aurait sûrement signalé.

— C'est tout de même une éventualité qu'il ne faut

pas écarter a priori, intervint Durand de sa voix de Boris Godounov.

— Bien sûr. Comme toutes les autres, malheureusement.

— Merci, docteur Cluny. »

Roncaille mit provisoirement un terme aux considérations psychologiques et se tourna vers l'inspecteur Gottet, qui avait écouté sans rien dire.

« À vous, inspecteur. »

Gottet prit la parole, les yeux brillant du feu sacré de l'efficacité technologique.

« Nous avons étudié toutes les raisons possibles pour lesquelles les appels n'ont pas pu être interceptés, commença-t-il. Nous disposons depuis peu d'un nouveau système de détection des appels par portable, le DCS 1000, qu'on surnomme le "Carnivore". Si l'appel est effectué d'un mobile, aucun problème... »

Frank en avait entendu parler à Washington, alors que le système était encore au stade expérimental. Il ignorait qu'il fût opérationnel. Mais il y avait beaucoup d'innovations qu'il ignorait, depuis quelque temps...

« Pour les communications par téléphone fixe, nous pouvons explorer directement le programme informatique de RMC, celui qui régit le standard, et contrôler tous les signaux d'appels extérieurs, qu'ils proviennent de la compagnie des téléphones ou d'une autre source, notamment d'Internet. »

Lui aussi fit une pause théâtrale, mais sans parvenir à l'effet magnétique de Cluny.

« Comme vous le savez probablement, Internet permet de téléphoner sans interception possible, du moment qu'on possède les logiciels appropriés et une certaine habileté. Sauf s'il se trouve à l'autre bout une personne encore plus habile. C'est pourquoi nous avons demandé l'aide d'un ancien pirate de la Toile, qui est maintenant notre consultant occasionnel en échange de notre indulgence pour ses petits méfaits passés. Nous appliquons à cette recherche la meilleure technologie disponible. La prochaine fois, cet homme ne devrait plus nous échapper. »

L'intervention de Gottet avait été beaucoup plus brève que celle de Cluny, mais son ton résolu indiquait que tout le service informatique ressentait comme un camouflet son échec incompréhensible à intercepter l'appel précédent.

Durand promena son regard sur les présents.

« Autre chose ? »

Depuis un moment, Hulot semblait avoir recouvré son sang-froid.

« Nous poursuivons nos investigations sur la vie privée des victimes. Rien n'indique qu'elles nous apprendront quoi que ce soit, mais nous essayons quand même. En attendant, nous allons continuer à surveiller Radio Monte-Carlo. Si le tueur rappelle et nous fournit un autre indice, nous sommes prêts à intervenir. Une équipe de policiers en civil est sur pied en permanence, dont plusieurs femmes. De même qu'une unité de tireurs d'élite équipés pour la vision nocturne. Et aussi plusieurs experts musicaux, pour nous aider à déchiffrer le message éventuel. Si nous y parvenons, nous mettrons la victime probable sous surveillance. Mais autant l'avouer : notre principal espoir reste que l'assassin commette une erreur. Même si jusqu'ici, il s'est montré infaillible, hélas. »

Du bout de la table, Durand regarda de nouveau tout le monde. Frank réussit enfin à discerner que derrière ses lunettes, ses yeux étaient marron. Sa voix grave s'adressa à tout le monde et à personne en particulier.

« Inutile que je vous le rappelle : il est essentiel que *nous-mêmes* ne commettions plus d'erreur. Cette affaire n'est plus seulement une enquête sur un criminel, elle se transforme en quelque chose de beaucoup plus important. Il faut absolument que nous arrêtions cet homme le plus vite possible. Avant que les médias fondent sur nous comme des hyènes. »

Les médias, et ces messieurs du Conseil d'État, sinon le prince en personne, pensa Frank.

« Quoi qu'il advienne, tenez-moi au courant à toute heure du jour et de la nuit. Messieurs, je compte sur vous », conclut-il en se levant.

Les autres l'imitèrent et il se dirigea vers la porte, suivi par Roncaille et Gottet. Bientôt, Morelli en fit autant, non sans avoir lancé à Nicolas un regard de solidarité. Le docteur Cluny rassembla ses notes.

« Si vous avez besoin de ma présence à la radio, n'hésitez pas à m'appeler, dit-il.

— Vous nous rendriez grand service, docteur, répondit Hulot.

— Alors, à tout à l'heure. »

Il quitta la pièce à son tour. Frank et Nicolas restèrent seuls. D'un geste vague, le commissaire indiqua la longue table.

« Ce n'est pas moi qui ai décidé de tout ça, tu sais ?

— Bien sûr. Chacun ses casse-tête. »

Il pensait à Parker, et se sentit coupable de n'avoir pas encore parlé à Nicolas du général et de Ryan Mosse.

« Viens dans mon bureau. J'ai quelque chose pour toi.

— Quoi ?

— Un pistolet. Un Glock 20. Une arme qui t'est familière, non ? »

Frank avait cru que plus jamais il n'aurait besoin d'une arme.

« Je n'en ai pas besoin, dit-il.

— Je l'espère, mais mieux vaut être prêt à toute éventualité. »

Frank, silencieux, se passa une main sur le menton, sentant sa barbe qui commençait déjà à piquer. Il était songeur, et Hulot s'en aperçut.

« Qu'est-ce qu'il y a, Frank ?

— Eh bien, j'ai peut-être trouvé quelque chose.

— Quoi ? »

Frank prit sur la table l'enveloppe de photos et la cassette qu'il avait apportées.

« Au dernier moment, j'ai préféré ne pas en parler devant les autres. C'est un détail tellement insignifiant qu'il vaudrait mieux s'assurer de sa réalité. Je t'avais dit que quelque chose me trottait par la tête, tu te rappelles ? Quelque chose dont je n'arrivais pas à me souvenir précisément. J'ai enfin réussi à mettre le doigt dessus. Une divergence entre la scène filmée par l'assassin et les photos prises par l'équipe de Froberger.

— Quelle divergence ? »

Frank prit une des photos et la mit sous les yeux de Nicolas.

« Regarde sur ce meuble, derrière le fauteuil. Celui où est posée la chaîne hi-fi. Qu'est-ce que tu vois ?

— Justement, la chaîne hi-fi. Sinon, rien.

— Exactement. Maintenant, observe attentivement... »

Près du mur se trouvait un gros téléviseur avec

magnétoscope intégré. Frank y glissa la cassette, arrêtée à l'endroit qui l'intéressait, fit quelques manœuvres en avant et en arrière et figea de nouveau l'image.

« Regarde. Sur ce même meuble, on voit une pochette de disque. Assez grande : celle d'un 33 tours en vinyle. Or, il n'y en avait aucun chez Yoshida. Froberger lui-même me l'a confirmé. Et sur les photos, cette pochette a disparu. Ce qui veut dire que l'obsession musicale du tueur lui a fait apporter une espèce de bande-son pour son meurtre. La vidéo est une copie réalisée très vite et l'image est un peu floue, mais je suis sûr qu'à partir de l'original, en employant l'équipement adapté, on pourrait distinguer de quel disque il s'agit. L'assassin ne l'a pas abandonné sur le lieu du crime, ce qui veut dire qu'il a une signification particulière. Dans l'absolu, ou seulement pour lui. N'oublions pas qu'il a un sens de l'humour macabre particulièrement développé. C'est peut-être un détail sans portée réelle, je le répète, mais c'est la première chose que nous savons de lui *sans qu'il le veuille*. Même mineure, c'est sa première erreur... »

Le silence dura plusieurs secondes. Frank le rompit le premier.

« Peut-on faire analyser cette bande discrètement ? demanda-t-il.

— Ici, à Monaco, sûrement pas. Laisse-moi réfléchir... Je pourrais m'adresser à Guillaume, le fils de mes amis Mercier. Il a créé une petite société de production, qui réalise des vidéo-clips. Sa boîte en est encore à ses débuts, mais je sais qu'il est très fort. On pourrait essayer.

— Il n'en parlera pas ?

— C'est un garçon intelligent. Autrefois, c'était le

meilleur ami de Stéphane. Si c'est moi qui le lui demande, il ne dira rien à personne.

— Bon. Pour le moment, je crois qu'il vaut mieux vérifier tout ça de manière confidentielle.

— Oui, tu as raison. Faisons-le au plus vite. Comme tu dis, c'est tout ce que nous avons entre les mains. »

Ils se regardèrent, et ce regard était lourd de sens. Ils étaient *vraiment* l'avers et le revers d'une même médaille. La vie n'avait pas été tendre avec eux, mais tous deux avaient eu le courage de se remettre dans le jeu, chacun à sa façon. Jusqu'alors, ils s'étaient sentis totalement à la merci des événements qui, une fois de plus, bouleversaient leurs existences. À présent, grâce à un détail découvert presque fortuitement, ils apercevaient, voltigeant dans la vaste pièce grise tel un oiseau dans le vent, une petite espérance colorée.

29

Laurent Bedon éteignit son rasoir électrique et se regarda dans le miroir.

Il avait dormi jusqu'à six heures du soir, mais les heures de sommeil n'avaient pas effacé ses excès de la nuit précédente, qui l'avait vu rentrer au petit matin, complètement saoul, et s'effondrer tout habillé sur son lit, s'endormant à mi-chemin entre la position debout et l'oreiller. À présent, malgré la douche prolongée et le rasage, il avait des cernes bleuâtres sous les yeux, les pommettes légèrement bouffies et le teint blafard de ceux qui depuis longtemps ne vivent plus sous la clarté du soleil. L'impitoyable néon de la salle de bains ne faisait qu'accentuer son aspect malsain.

Mon Dieu, j'ai l'air d'un déterré.

Il prit son flacon d'après-rasage et s'en vaporisa abondamment – et maladroitement, car le jet lui brûla les lèvres. Il peigna ses cheveux hérissés et frotta ses aisselles de déodorant. Cela fait, il s'estima prêt à affronter une nouvelle soirée.

Dans sa chambre, ses vêtements étaient éparpillés dans un désordre qu'il qualifiait d'endémique. Autrefois, une femme de ménage venait deux fois par semaine et laissait l'appartement dans une cohésion précaire, qu'il s'empressait de réduire à néant. À présent, ses finances ne lui permettaient plus ce luxe.

C'était déjà beau qu'il ne fût pas encore à la rue, malgré ses quatre mois de loyer en retard.

Ces derniers temps, les choses avaient vraiment pris mauvaise tournure. La veille au soir, encore, au casino de Menton, il avait abandonné sur le tapis vert une somme assez replète. Qui ne lui appartenait pas, de surcroît. Il avait demandé une nouvelle avance à Bikjalo, qui avait commencé par protester hautement, puis, de guerre lasse, s'était résigné à desserrer les cordons de la bourse et à lui signer un chèque, non sans lui faire comprendre que c'était le dernier.

Avec cet argent, il aurait pu régler quelques dettes particulièrement voyantes dans le tableau désolé de sa situation pécuniaire. Le loyer, pour commencer banalement : le prix mensuel de son meublé, un deux pièces sordide du quartier de l'Ariane, à Nice, où même les cafards répugnaient à venir par souci de leur dignité. Une horreur.

Quelques mois plus tôt, le Crédit agricole avait saisi sa voiture parce qu'après trois mensualités, il n'avait plus honoré aucune des échéances. Connards ! Quand il s'était rendu à son agence pour protester, M. Plombier, le directeur et connard numéro un, l'avait traité de minable. Et lui avait annoncé qu'il le privait de chéquier et de carte bleue.

Mais ce n'était pas son principal souci, loin s'en fallait. Il devait une masse d'euros à cette crapule de Maurice, une dette contractée au temps où l'on comptait encore en francs. Il avait temporisé par quelques versements irréguliers, mais la patience de l'usurier ne durerait pas éternellement. Tout le monde savait comment finissaient ceux qui ne payaient pas leurs dettes à cette ordure, des bruits couraient à ce propos qui n'avaient rien de rassurant. C'était seulement la *vox populi,* mais en l'occurrence Laurent avait tout lieu de penser que c'était également la *vox Dei.*

Il s'assit sur le lit, se passa la main dans les cheveux, puis regarda autour de lui. Comme de coutume, ce qu'il vit le dégoûta. Il n'arrivait toujours pas à comprendre comment il avait fini dans ce trou à rats.

En échange de son prêt, Maurice s'était approprié son bel appartement derrière l'Acropolis ; mais les intérêts qu'il réclamait augmentaient à une telle vitesse que d'ici peu, faute de mieux, il lui couperait les couilles pour le seul plaisir de l'entendre chanter le répertoire de castrat.

Il se vêtit du mieux qu'il put, trouvant une chemise et un caleçon non dans son linge propre, mais dans son linge le moins sale. Sous le lit, il repêcha ses chaussettes de la veille. Comment elles étaient arrivées là, c'était ce qu'il n'aurait su dire. Il ne se rappelait même pas s'être déshabillé, à son retour. La vieille armoire à glace lui renvoya une image vêtue qui ne valait guère mieux que celle de la salle de bains.

Quarante ans. Et voilà à quoi il était réduit. S'il ne se reprenait pas en main, il ne tarderait pas à finir clochard. Il n'aurait même plus de quoi s'acheter de quoi se raser. À moins que Maurice n'intervînt assez vite pour résoudre ce problème, et tous les autres...

Pourtant, la veille au soir, il l'avait sentie, la chance ! Pierrot lui avait soufflé quelques chiffres, et souvent les chiffres de Pierrot étaient des porte-bonheur. Grâce à « Rain Boy », deux ou trois fois déjà, il était ressorti du casino avec un sourire jusqu'aux oreilles. Mais ses gains s'étaient envolés sans même qu'il s'en rendît compte, comme fait toujours l'argent gagné sans peine.

Contre des espèces, il avait remis le chèque de Bikjalo à un type qu'il connaissait de vue et qui rôdait habituellement aux alentours du casino, dans l'attente de gens comme lui, dont les yeux accoutumés à suivre les sautillements d'une bille de roulette brillaient d'une lueur fébrile. L'homme s'était accordé une généreuse « commission », comme il disait, mais ensuite, Laurent était entré dans la salle de jeu avec les meilleures intentions, sans savoir qu'il s'apprêtait à paver un autre mètre carré de sa route vers l'enfer.

Un désastre ! Pas un seul coup gagnant. Rien. Le croupier ramassait mécaniquement ses mises, une à une, avec le visage indifférent de tous les croupiers. Un tour de roulette, le lancer de la bille, et les mains prestes de cette brute envoyaient les jetons de couleur rejoindre ceux du coup précédent – dans son cas, en fumée. Les croupiers, il est vrai, détestaient les perdants, et son destin de perdant semblait inscrit sur son visage. Fumée pour fumée, brûler son argent dans la cheminée lui aurait au moins permis des économies de chauffage. Mais de cheminée, il n'en avait plus : celle de son appartement réchauffait maintenant Maurice et sa bande.

Il se leva et alluma son ordinateur, en équilibre assez précaire sur une espèce de coiffeuse. C'était un PC très rapide et puissant, la seule chose de valeur qui lui fût restée – et sans laquelle il se serait senti perdu. Il avait en mémoire toutes ses notes et ses idées pour *Voices*, les conducteurs de l'émission, et ce qu'il écrivait quand la mélancolie était la plus forte. Autant dire tout le temps, depuis quelques mois. Et naviguer sur la Toile le divertissait de sa vie de galère.

Il vit que sa boîte contenait un e-mail, qu'il ouvrit.

C'était un courrier des plus laconiques, d'un expéditeur inconnu, en beaux caractères Book :

Besoin d'argent ? L'oncle d'Amérique est arrivé.

Il se demanda qui pouvait être l'imbécile qui lui faisait cette mauvaise farce. Forcément un copain à lui, qui connaissait sa situation. Mais qui ? Un de ses collègues de RMC ? Bikjalo ? Jean-Loup ?

Et puis, qui pouvait être cet « oncle d'Amérique » ? Il pensa un instant à l'homme du FBI qui enquêtait sur les meurtres, avec ses yeux qui le glaçaient plus encore que la voix du criminel. Était-ce une façon de le mettre sous pression ? Mais Frank Ottobre n'était pas homme à user de ces ruses mesquines. Plutôt à vous écraser contre un mur jusqu'à vous faire vomir tripes et boyaux.

Il repensa à toute l'affaire. Pour Jean-Loup, quelle aubaine ! Il devenait plus populaire que les Beatles. Il vivait cela plutôt mal, pour le moment, mais quand c'en serait fini et que le tueur serait hors d'état de nuire, public et producteurs lui feraient un triomphe. Jean-Loup prendrait définitivement son vol, et Laurent resterait à terre, le nez levé pour le regarder planer. Comme un con. Dire que c'était lui-même, Laurent, qui lui avait mis le pied à l'étrier, jadis, après leur première rencontre sur la place du Casino ! Quelques années plus tôt, par le plus grand des hasards, Laurent avait assisté au sauvetage du petit chien qui avait valu à ce veinard (même s'ils ne l'avaient su que dix-huit mois plus tard) d'hériter de sa superbe villa de Beausoleil. Mais, pensa Laurent, tel était son destin, irrécusablement : contempler en spectateur la fortune d'autrui, et rester dans l'ombre...

Après l'épisode du toutou, il avait engagé la conversation avec ce grand et beau garçon aux yeux verts qui regardait autour de lui, un peu gêné d'être soudain au centre de l'attention. Il avait été frappé par ce qui se dégageait de Jean-Loup : quelque chose d'indéfinissable, mais dont l'effet sur son interlocuteur était à la fois très doux et très puissant. Bikjalo, le vieux singe matois, ne s'y était pas trompé. Ensuite, de fil en aiguille... Laurent avait suggéré Jean-Loup pour le projet d'émission auquel il travaillait depuis pas mal de temps, *Voices*, et Bikjalo avait vu l'occasion de faire d'une pierre deux coups : un nouveau programme à succès, une nouvelle voix sur les ondes, pour un coût presque nul – car Jean-Loup, complet débutant, ne pouvait guère prétendre qu'à un salaire de stagiaire. Deux semaines d'essais enregistrés, au fil desquels Jean-Loup avait confirmé tout le talent qu'on lui supposait, et l'émission était lancée sur les ondes. D'emblée, l'audience avait été très encourageante, et par la suite elle n'avait plus cessé de croître. Ce garçon plaisait au public. On aimait sa voix chaude et sa manière de communiquer, pleine de fantaisie, d'images poétiques ou cocasses, de métaphores hardies, mais accessibles et qui séduisaient tout le monde...

Même les assassins, songea Laurent avec amertume.

Bientôt, un autre sauvetage fortuit – celui de deux garçons perdus en mer – avait ajouté à *Voices* le contenu social et « solidaire » qui caractérisait maintenant l'émission, devenue un pimpant œillet de salubrité publique à la boutonnière de RMC et de la Principauté. Et un flot de miel pour ces mouches bourdonnantes qu'on appelait les sponsors.

Ainsi, l'animateur néophyte était-il devenu la star

d'une émission que lui, Laurent, avait imaginée et dans laquelle il avait de moins en moins voix au chapitre.

« Tous des enfoirés. Ça va changer, il faut que ça change », marmonna-t-il.

Il pressa une touche, et ses notes pour l'émission du soir sortirent de l'imprimante, feuillet après feuillet.

Oui, tout le monde reverrait son jugement sur lui. Tout le monde. À commencer par Barbara.

Il revit ses longs cheveux roux épars sur l'oreiller, sentit le parfum de sa peau. Ils avaient vécu une brève, mais intense histoire d'amour, dans laquelle Laurent avait plongé corps et âme – avant de tout gâcher, bien entendu. Elle avait sincèrement voulu rester à ses côtés, mais c'était comme vouloir partager la vie d'un toxicomane. Après plusieurs crises, elle lui avait définitivement tourné le dos en comprenant que jamais elle ne l'emporterait sur les quatre autres femmes de sa vie, qui se nommaient Pique, Trèfle, Carreau et Cœur.

Il se leva de sa chaise branlante, rassembla ses notes à l'encre encore humide et les plaça dans une chemise. Puis il prit son blouson abandonné sur un fauteuil et sortit.

Le palier, comme l'appartement, était un festival de laideur malpropre. Avec un soupir, il referma la porte. L'ascenseur était en panne, comme d'habitude, et il descendit les cinq étages à pied, par l'escalier dont le papier peint montrait sous la clarté jaunâtre qu'il avait, comme lui, connu des jours meilleurs. Au rez-de-chaussée, il poussa la porte vitrée aux gonds rigoureusement rouillés et geignards. Au-dehors, le quartier était plongé dans la pénombre du soir et cette luminosité d'un bleu intense que seuls laissent derrière eux les crépuscules d'été méditerranéen, comme un souvenir du soleil. Les rues désolées et désertes en devenaient presque humaines, bien que l'Ariane fût l'antithèse de la Promenade des Anglais et que les parfums de la mer n'y parvinssent que mêlés aux pénétrants relents des conteneurs à ordures.

Il devait longer deux vastes cités HLM avant d'atteindre l'arrêt du bus qui le conduirait à Monte-Carlo. Tant mieux. Une petite marche achèverait de lui éclaircir les idées. Et au diable Plombier et sa foutue banque !

Au coin de l'immeuble, Vadim surgit de l'ombre, si rapide qu'il ne le vit pas arriver. Avant de comprendre, il se sentit presque soulevé de terre et se retrouva plaqué au mur, un bras lui écrasant la gorge et la bouche de l'homme, qui puait l'ail et la vinasse, lui soufflant en pleine figure.

« Alors, Laurent, tu as des ennuis ou tu oublies les copains ?

— Mais qu'est-ce que tu dis, tu sais très bien que... »

Une pression du bras sur son cou lui coupa la parole.

« Arrête tes conneries ! Tu étais à Menton hier soir, pas vrai ? Et tu as flambé pas mal de thune, à ce qu'on me dit. De la thune qui revenait à Maurice. »

Vadim Rohmer, petite frappe féroce, était l'âme damnée de Maurice, son exécuteur des basses œuvres. Le chef, flasque et ventru, aurait été bien incapable de presser quelqu'un contre un mur en lui écorchant le cuir chevelu sur le crépi. Voire de le passer à tabac – ce dont Vadim se chargeait volontiers, l'ordure. Ordure aussi, l'homme qui lui avait donné de l'argent en échange de son chèque, la veille, dans ce bar en face du casino. C'était forcément lui qui avait mouchardé. Laurent espéra que Vadim lui avait réservé un traitement aussi peu civil que celui qu'il lui infligeait en ce moment.

« Mais je...

— Pas de "mais je", pauvre con ! Écoute, minable, tu n'as pas encore tout compris, sur Maurice et sur moi. Sa patience ne dure pas longtemps, et donc, la mienne non plus. Il est temps qu'on te rafraîchisse la mémoire. »

Le coup de poing dans le ventre lui coupa le souffle, et il crut qu'il allait vomir. Un goût acide lui envahit la bouche, et ses jambes ployèrent sous lui ; mais Vadim eut tôt fait de le redresser, le tenant fermement par le col de son blouson.

Cette fois, Laurent vit le poing du voyou se lever. Il comprit qu'il allait le frapper au visage, et que le coup serait si violent que le mur lui en assènerait un autre derrière la tête. Il ferma les yeux et se raidit, attendant.

Le coup ne vint pas.

Il rouvrit les yeux, sentant la prise sur son col se relâcher.

Un homme grand et athlétique, aux cheveux châtains coupés en brosse, avait surgi derrière Vadim, lui saisissant entre le pouce et l'index une mèche de cheveux à hauteur de l'oreille, et il tirait violemment vers le haut.

Sous l'effet de la surprise et de la douleur, Vadim avait cessé de le presser contre le mur.

« Putain, mais qu'est-ce q... »

La main de l'homme lâcha la mèche de cheveux, et Vadim recula pour lui faire face. Il l'observa, vit sa chemise gonflée de muscles et son visage sans une ombre de crainte. L'aspect du nouveau venu était beaucoup moins rassurant que celui, chétif et harassé, du malheureux Laurent. Ses yeux, surtout, qui le fixaient sans aucune expression, comme s'il n'avait d'autre intention que de lui demander son chemin.

« Tiens, tiens ! Les renforts sont arrivés, je vois », dit Vadim, d'une voix moins ferme qu'il n'aurait voulu.

Le poing destiné à Laurent partit brusquement vers le visage de l'homme. La réaction fut un éclair. Au lieu de reculer, l'inconnu évita le poing d'un simple mouvement de la tête, fit un petit pas en avant et, saisissant Vadim par le poignet, glissa son épaule sous la sienne et tira de toute sa force.

Laurent entendit distinctement l'os se briser, avec un craquement si sec qu'il en eut la chair de poule. Vadim poussa un hurlement et se plia en avant, tendant son bras blessé. Alors, l'homme recula, fit une sorte de pirouette pour se donner de l'élan et son pied, chargé de tout le poids de son corps, frappa le visage de l'autre. Un ruisselet de sang coula de la bouche de Vadim, qui tomba au sol sans une plainte et ne bougea plus.

Laurent se demanda s'il était mort. Non, son sauveteur inconnu semblait trop habile pour tuer par hasard. S'il tuait, c'était parce qu'il l'avait voulu.

Il fut pris d'une quinte de toux et tomba à genoux en se tenant le ventre, un filet de salive bilieuse coulant de ses lèvres.

L'homme l'aida à se redresser.

« On dirait que je suis arrivé juste à temps, n'est-ce pas, monsieur Bedon ? » dit-il dans un français approximatif et teinté d'un fort accent étranger.

Laurent, ébahi, le fixait sans comprendre. Il était sûr de ne l'avoir jamais vu. Pourtant, ce type venait de le sauver des griffes et des poings de Vadim et connaissait son nom. Qui pouvait-il être ?

« Vous parlez anglais ? »

Laurent fit oui de la tête, et l'homme parut soulagé. Il continua dans un anglais qui sentait plus l'Amérique profonde qu'Oxford ou Cambridge.

« Tant mieux. Vous l'aurez deviné, je maîtrise très mal votre langue. Vous devez vous demander ce que je fais ici et pourquoi je vous ai tiré de... »

Il désigna d'un geste Vadim, toujours immobile par terre.

« Disons, de cette situation embarrassante ? »

De nouveau, Laurent hocha la tête, sans mot dire.

« Monsieur Bedon, vous ne lisez pas vos e-mails. Ou vous n'avez pas confiance en votre oncle d'Amérique. »

La stupeur de Laurent lui fit écarquiller les yeux. Maintenant, cet e-mail incompréhensible avait un début d'explication. Et cet homme allait lui en fournir d'autres. Il n'avait pas assommé Vadim pour disparaître ensuite, après avoir tracé sur le mur un grand Z comme Zorro.

« Je m'appelle Ryan Mosse et j'ai une proposition à vous faire, dit-il. Très, très avantageuse pour vous, du point de vue financier. »

Laurent le regarda, toujours muet. Les derniers mots de l'homme sonnaient plaisamment à son oreille, et soudain son ventre cessa de lui faire mal. Il se redressa, en respirant profondément par le nez. Il sentit que peu à peu son visage retrouvait ses couleurs.

L'homme, cependant, regardait autour de lui. Si le quartier lui inspirait du dégoût, il n'en montra rien. Il observa attentivement l'immeuble.

« La maison est ce qu'elle est, mais je doute que vous soyez venu pour l'acheter, dit Laurent.

— En effet. Mais si nous tombons d'accord, c'est

vous qui pourrez bientôt l'acheter, à supposer que vous en ayez envie. »

Laurent rajusta ses vêtements, son cerveau fonctionnant à toute allure. Il ignorait complètement qui pouvait être, et ce que pouvait attendre de lui ce... Comment s'appelait-il ? Ah, oui, Ryan Mosse. Il n'en avait pas la moindre idée, mais l'autre allait le lui dire. En concluant par un chiffre.

Un chiffre avec plusieurs zéros, semblait-il.

Encore une fois, Laurent regarda Vadim étendu au sol, inconscient. La brute avait la lèvre et le nez fendus, et une petite flaque noirâtre se formait devant sa bouche sur l'asphalte du trottoir. À ce moment de sa vie, toute personne qui le sauvait d'un tabassage de Vadim et lui parlait d'argent, de beaucoup d'argent, méritait toute son attention.

SIXIÈME CARNAVAL

Dans son refuge à l'écart du monde, l'homme écoute la musique.

Dans l'air résonnent les notes du « Menuet » de la *Cinquième Symphonie* de Schubert. Enfermé entre ses parois de métal, l'homme est plongé dans les volutes des cordes et se figure l'ondoiement des bras des musiciens, la concentration des musiciens de l'orchestre. À présent, son imagination plane au-dessus de leurs mouvements comme une skycam de cinéma qui se meut dans l'espace et dans le temps. Soudain, il a quitté son abri secret et se trouve dans une vaste salle aux murs et aux voûtes ornés de fresques, éclairée par des centaines de bougies dans d'immenses lustres qui pendent du plafond. Son regard se tourne vers la droite, dans un plan subjectif si net et si prégnant qu'il paraît réel. Sa main serre celle d'une femme à son côté, qui évolue avec lui au rythme sinueux de la danse, à pas élégants, avec des pauses et des révérences tant de fois répétées qu'elles ont la fluidité du vin qui épouse la forme d'un verre. La femme ne peut résister à la fixité de son regard, qui promet la création du monde et sa destruction. De temps à autre, elle tourne vers les spectateurs ses yeux voilés par ses longs cils, pour se voir confirmer cette vérité qui la laisse encore incrédule : c'est elle qu'il a choisie. Les yeux des présents révèlent un mélange d'admiration et d'envie, et, debout de part et d'autre du grand salon, ils les regardent danser.

Lui sait que, cette nuit, elle lui appartiendra.

Dans la clarté incertaine de la chambre, à la lumière dansante d'une bougie, il la verra, confuse parmi les dentelles du grand lit à baldaquin, émerger des soies qui la couvrent telles les feuilles d'une rose en bouton.

Ce sont les privilèges du roi.

Mais tout cela, pour le moment, ne compte pas. Ils dansent et ils sont beaux. Ils seront plus beaux encore, lorsque...

Tu es là, Zapp ?

La voix est douce, comme toujours, anxieuse comme elle seule peut l'être. Alors le rêve de l'homme, les images surgies sous ses paupières closes, s'effritent et se perdent, comme si la pellicule d'un film prenait feu.

C'est le retour, la présence de l'autre, et donc l'obligation, la responsabilité. Ce n'était qu'un moment de pause, ce rêve évanoui comme un velours de neige au printemps. Il n'y a pas de place pour les rêves, il n'y en a jamais eu, il n'y en aura jamais. Autrefois, ils ont pu rêver, quand ils vivaient dans la grande maison parmi les collines, quand ils échappaient à la surveillance obsédante de cet homme qui les voulait hommes aussi, et tout de suite, alors qu'ils voulaient simplement rester ce qu'ils étaient, des enfants. Et courir, non marcher au pas. Mais dans ce temps-là déjà, une voix pouvait rompre tous les enchantements créés par l'imagination...

« Oui, Paso, je suis là. »

Qu'est-ce que tu fais ? Je ne t'entendais plus.

« Je réfléchissais, c'est tout... »

Il laisse s'achever la symphonie, appendice de ses

pauvres chimères. Danser avec une belle femme, cela n'adviendra jamais, pour lui, pour eux. Il se lève et passe dans la pièce contiguë, où un corps sans vie gît dans son cercueil de verre.

Quand il allume la lumière, un reflet jaillit du sarcophage transparent, puis s'éteint à son approche. Un autre surgit, mais ce ne sont que de pauvres, insignifiants mirages, encore et toujours recommencés. Ce qu'ils annoncent, ce ne seront jamais que d'autres illusions brisées, d'autres miroirs magiques brisés à ses pieds.

Son regard se promène sur le corps nu à la peau parcheminée, lentement, et s'arrête sur ce qui naguère fut le visage d'un autre homme.

Son cœur se serre.

Rien ne dure, et déjà le masque présente ses premiers signes de détérioration. Les cheveux sont secs et opaques, la peau tachée, parcourue de rides. Bientôt, malgré ses soins, elle ressemblera au visage qu'elle cache. Il contemple avec tendresse ce corps étendu, et ses yeux sont pleins de la délicatesse d'une affection inextinguible.

Puis il se rembrunit et serre les mâchoires, rageur et révolté.

Ce n'est pas vrai que le destin soit inéluctable. Ce n'est pas vrai qu'on doive assister aux événements sans pouvoir les infléchir. Il peut, il *doit* lutter contre cette injustice éternelle, réparer les cruautés et les iniquités que le sort répand à pleines mains sur cette fosse grouillante de serpents qu'est le monde des hommes. Qu'il répand au hasard, sans regarder, insoucieux de briser les existences ou de les jeter dans une obscurité définitive.

Cette obscurité qui l'oblige à la nuit, à sa chasse dans la nuit...

L'homme sourit. Pauvres chiens stupides ! C'est pour cacher leur peur qu'ils aboient et montrent les dents. Leurs yeux scrutent le noir, cherchant en vain d'où surgira leur proie, alors que leur proie est le vrai chasseur.

Il est un homme et personne. Il est le roi. Et le roi n'a pas de questions, seulement des réponses. Pas de curiosité, seulement des certitudes. La curiosité est pour les autres, tous ceux dont le regard affolé s'interroge, dont l'angoisse de vivre est si dense qu'on peut la respirer. Car l'odeur de la vie est complexe, et pourtant si facile à reconnaître ! Elle flotte, l'été, dans les tramways où les gens ont trop de mains et d'aisselles. Elle habite les relents de nourriture avariée et de pisse de chat, qui dans les ruelles vous prennent à la gorge. Elle aiguise la rouille et la saumure qui dévorent le métal, l'âpre nuage de la poudre après le coup de feu. C'est là, dans tous ces présages de la dissolution, que planent les deux éternelles questions : « quand ? » et « où ? ».

Quand surviendra-t-il, l'instant du dernier souffle enveloppé dans un râle de bête, ce souffle que les dents serrées voudraient retenir – car il n'y en aura plus d'autre, jamais ? Quand, à quelle heure du jour ou de la nuit fixée sur une horloge désormais vaine, surviendra cette ultime seconde, celle-là et non une autre, qui laissera le monde poursuivre ses révolutions et ses courses ? Et dans quel lit, sur quel siège de voiture, quelle plage, dans quel ascenseur, quelle rue, quel fauteuil ou chambre d'hôtel, le cœur sentira-t-il cette douleur pointue, et cette attente intriguée, interminable, inutile du prochain battement, après cette pause qui s'allonge et s'allonge encore, jusqu'à l'infini ? Parfois, tout est si rapide – dit-on – que ce dernier sursaut est déjà le calme final. Mais non la réponse, car dans cet éclair aveuglant nulle réponse n'est compréhensible, le temps est trop bref, la perception même est absente.

L'homme sait ce qu'il a à faire. Il l'a déjà fait, et le refera aussi longtemps qu'il le faudra. Au dehors, ils sont si nombreux, les masques promenés par des individus qui ne méritent ni cette apparence, ni aucune autre...

Qu'est-ce qu'il y a, Zapp ? Pourquoi me fixes-tu ainsi ? Quelque chose ne va pas ?

L'homme le rassure. Sa bouche sourit, ses yeux scintillent, sa voix protège.

« Rien, Paso, absolument rien. Je te regarde parce que je te trouve beau, voilà tout. Très beau. Et bientôt, tu le seras encore plus. »

Vraiment ? Ne me dis pas que...

L'homme enveloppe ses intentions de tendre cachotterie.

« Ne demande rien, c'est interdit d'en parler. Secret entre les secrets ! Tu te souviens ? »

Oh, oui ! Si c'est un secret entre les secrets, on ne peut en parler qu'à la pleine lune...

Au souvenir de leurs jeux d'enfants, l'homme sourit davantage. Leurs jeux, dans les rares moments où cet homme ne venait pas casser l'imaginaire avec ses jeux à lui, les seuls qui leur fussent concédés.

« Oui, Paso. Et la pleine lune viendra très vite. »

L'homme se retourne et se dirige vers la porte. Dans l'autre pièce, la musique s'est tue, mais le silence semble la continuer.

Où vas-tu, Zapp ?

« Je reviens tout de suite, Paso. »

Il fait volte-face un instant et sourit au corps étendu dans son sarcophage de verre.

« J'ai seulement un coup de fil à passer... »

30

Au siège de Radio Monte-Carlo, comme chaque soir, une petite foule attendait. Si forte était l'effervescence suscitée par la série de meurtres que le personnel habituellement présent à cette heure avait été multiplié par trois ou quatre.

L'inspecteur Gottet avait rejoint l'équipe d'enquêteurs accompagné par deux de ses adjoints, qui avaient installé un réseau d'ordinateurs beaucoup plus puissants et plus sophistiqués que ceux de la radio. Avec lui était venu un jeune homme de vingt-quatre ou vingt-cinq ans, à l'air vif, avec des mèches blondes dans ses cheveux châtains et un piercing à la narine. Aussitôt, il avait sorti de son sac disquettes et CD-Rom et commencé à s'affairer en faisant courir ses doigts sur le clavier, si vite que Frank, debout derrière lui, arrivait à peine à suivre ses mouvements. Il s'appelait Alain Toulouse, mais était connu dans le milieu des *hackers* sous le pseudonyme de « Pic ». Quand on lui avait présenté Frank, ses yeux avaient brillé et il avait eu un petit sourire malicieux.

« Le FBI ? J'y suis entré une fois. Non, plus d'une fois. Au début, c'était facile, mais maintenant ils sont devenus beaucoup plus coriaces. Tu sais s'ils se font conseiller par quelques *hackers*, eux aussi ? »

Frank n'avait pu répondre, mais déjà le garçon ne

s'intéressait plus à cette question mineure. Maintenant, il tapait sur les touches à la vitesse de la foudre, en expliquant à haute voix ce qu'il faisait.

« Avant tout, j'installe un "pare-feu" pour protéger le système. Comme ça, si quelqu'un cherche à entrer, je m'en apercevrai. D'habitude, on s'arrange seulement pour empêcher les intrusions extérieures, mais dans ce cas, c'est différent. Il s'agit de repérer l'intrusion sans que l'intrus s'en rende compte. J'ai inséré un programme de mon invention, qui nous permettra de repérer le signal de l'appel, puis de refaire en sens inverse l'itinéraire qu'il a parcouru. Sans oublier qu'il pourrait entrer dans un "troyen".

— C'est-à-dire ? interrogea Frank.

— C'est comme ça qu'on appelle une communication masquée, qui voyage couverte par une autre, comme certains virus. À propos, j'insère aussi une défense antivirus. Il ne faudrait pas que le signal, quand nous l'aurons intercepté... »

Il s'interrompit pour déballer un caramel mou de son papier et le fourrer goulûment dans sa bouche. Pic, remarqua Frank, n'avait aucun doute sur le succès de ses manœuvres. Il devait avoir grande confiance en lui, ce garçon. Mais cet optimisme, il le savait, caractérisait la philosophie des pirates informatiques, que leur hardiesse et leur ironie poussaient à des entreprises non pas criminelles à proprement parler, mais destinées à montrer à leurs victimes leur capacité à contourner toute surveillance et toute protection. Ils se voyaient comme des Robin des bois modernes, armés d'une souris et d'un clavier en lieu et place d'arc et de flèches.

Pic reprit son exposé en mâchant vigoureusement son caramel.

« Il ne faudrait pas que ce type ait envoyé un virus prêt à se libérer au moment de l'interception. Nous perdrions et le signal, et le moyen de retracer son parcours. En même temps que l'ordinateur, bien sûr. Un virus efficace peut littéralement dissoudre le disque dur. Et si votre bonhomme est aussi habile que vous le dites, son virus ne sera pas un petit microbe de rien du tout. »

Bikjalo, qui était resté sans rien dire, intervint pour poser une question.

« Crois-tu que quelques-uns de tes compères pourraient nous jouer un tour pendant l'opération ? »

Frank lui lança un regard réprobateur, et Pic fit tourner sa chaise pour le regarder en face, effaré de tant d'ignorance du monde télématique.

« Personne ne ferait une chose pareille, évidemment ! Nous sommes des *hackers*, pas des voyous. Si je suis ici, c'est parce que votre affreux ne se contente pas d'entrer dans les endroits interdits en signant "Merde" pour indiquer son passage. C'est un tueur. Aucun *hacker* ne se ferait complice d'un tueur. »

Frank lui mit une main sur l'épaule, dans un geste de confiance et d'excuse.

« Bien sûr. Continue donc. Dans ce domaine, personne n'a rien à t'apprendre, visiblement. »

Il se tourna vers Bikjalo.

« Laissons-le travailler. Si nous allions accueillir Jean-Loup ? »

Il l'aurait volontiers prié de les dispenser de sa pesante présence, mais le sens de la diplomatie l'en empêcha. L'ambiance générale était à la collaboration, et il ne voulait surtout pas gâcher cet atout. Les tensions et les complications étaient déjà bien assez nombreuses.

« Bonne idée. »

Le directeur lança un dernier regard perplexe à Pic devant son ordinateur, mais il les avait déjà oubliés et ses doigts couraient frénétiquement sur le clavier. De toute évidence, ce nouveau défi l'excitait au plus haut point. Ils arrivèrent dans le hall au moment où Jean-Loup et Laurent entraient.

L'animateur semblait un peu ragaillardi, mais Frank vit dans ses yeux une ombre aussi obscure qu'une tache d'encre indélébile. Il connaissait bien ce genre d'ombre, et savait qu'il faudrait beaucoup de lumière et de soleil, quand cette affaire serait finie, pour la chasser vraiment.

« Salut, les garçons, vous êtes prêts ? »

Ce fut Laurent qui répondit.

« Oui, le conducteur est au point. Le plus difficile, c'est de se dire qu'à part *ces* coups de téléphone, l'émission doit se dérouler comme d'habitude, avec les appels normaux. Et de votre côté ? »

Avant que Frank eût le temps de répondre, la porte s'ouvrit de nouveau et Nicolas apparut. Il resta un instant debout dans l'encadrement, les traits défaits comme dans une photo brouillée. En quelques jours, il semblait avoir vieilli de dix ans.

« Ah, vous êtes là. Bonsoir, tout le monde. Frank, je peux te parler une minute ? »

Les autres s'éloignèrent, et Frank entraîna le commissaire à part, devant les panneaux de verre qui couvraient le tableau des connexions téléphoniques et satellitaires.

« Il y a du nouveau ?

— Oh, je voulais seulement te confirmer que tout le monde est sur le pied de guerre. L'unité d'intervention est prête : douze hommes attendent au commissariat, qui peuvent partir de tous les côtés en un éclair. Les rues sont pleines d'agents en civil. Des gens à l'air innocent, des couples avec un landau, des types qui promènent leur chien, et ainsi de suite. Toute la ville est couverte. On peut agir partout en quelques instants. À supposer que la victime habite à Monaco. Mais si M. Personne a décidé d'aller la chercher Dieu sait où, toutes les polices de la Côte sont alertées. Il nous reste à nous montrer un peu plus malins que le tueur. Ce qui ne sera pas le plus facile ! Nous sommes dans les mains du Seigneur... », soupira-t-il.

Frank indiqua deux personnes qui entraient à ce moment, accompagnées de Morelli.

« Et dans celles de Pierrot, que le Seigneur n'a pas très bien traité... »

Pierrot et sa mère arrivèrent à leur hauteur. Mme Corbette tenait son fils par la main, comme si elle cherchait moins à le rassurer qu'à être rassurée, parce que le jeune innocent semblait vivre cette histoire comme une aventure excitante et inespérée. Car lui et lui seul, Pierrot, le garçon futé, savait quelle musique il y avait dans la *grande pièce.* Il avait pris beaucoup de plaisir à ce qui s'était passé l'autre fois, quand toutes ces grandes personnes l'avaient observé d'un air anxieux, attendant qu'il révélât si le disque qui les intéressait tant s'y trouvait ou non et descendît le chercher. Et il aimait rester là chaque soir, à regarder Jean-Loup conduire son émission derrière la paroi de verre et guettant avec les autres un appel de l'homme qui parlait avec les démons. C'était beaucoup plus amusant d'écouter tout cela à la radio plutôt que chez lui. Ce jeu lui plaisait, même s'il avait compris qu'il ne s'agissait pas seulement d'un jeu. Parfois, il en rêvait la nuit et se réjouissait, pour une fois, d'habiter dans un appartement si petit qu'il devait partager la chambre de sa mère. Quand ils s'éveillaient, ils avaient peur tous les deux et, faute de pouvoir se rendormir, ils se réconfortaient en attendant que la clarté rose de l'aube filtrât par les persiennes.

Lâchant la main de sa mère, il courut vers Jean-Loup, son idole, son grand ami. Celui-ci lui ébouriffa les cheveux.

« Salut, garnement ! Comment ça va ?

— Bien ! Tu sais que demain on m'emmène en voiture de police ?

— Formidable ! Alors, tu es un vrai policier maintenant.

— Oui. Un policier *honoré*... »

À ce nouveau calembour involontaire, Jean-Loup sourit et l'attira vers lui, pressant son visage contre sa poitrine et le décoiffant davantage.

« Voyez-le, notre policier *honoré*, pris dans un corps à corps avec son plus redoutable ennemi, le terrible docteur Chatouilles... »

Il se mit à chatouiller Pierrot, qui rit à gorge déployée, et l'entraîna vers la régie avec Laurent et Bikjalo.

Frank, Hulot et Mme Corbette observaient cette scène en silence. La mère avait un sourire ravi en voyant l'amitié qui liait Jean-Loup à son fils.

« Madame, nous ne vous remercierons jamais assez pour votre patience, dit le commissaire.

— Voyons, mais c'est moi qui dois vous remercier de tout ce que vous faites pour mon fils ! protesta-t-elle.

Je ne le reconnais plus. Sans cette horrible histoire, je serais tellement contente... »

Nicolas la tranquillisa.

« Soyez tranquille. Bientôt, tout cela sera fini et ce sera aussi grâce à Pierrot. Nous ferons en sorte que tout le monde en soit conscient. »

La femme s'éloigna dans le couloir de son petit pas lent et timide. Frank et le commissaire restèrent seuls.

Soudain, l'indicatif de *Voices* se fit entendre et l'émission commença. Mais elle n'était guère animée ce soir, et chacun eut tôt fait de s'en rendre compte – Jean-Loup le premier. La tension qui régnait ne se transmettait pas sur les ondes. Quelques appels arrivèrent, banals, filtrés au préalable par Raquel, que des policiers entouraient. Elle priait les auditeurs au bout du fil de ne pas parler des meurtres, et, si quelqu'un y faisait allusion quand même, Jean-Loup déviait adroitement la conversation. Tout le monde savait que des millions d'auditeurs étaient branchés sur Radio Monte-Carlo, non seulement en France et en Italie, mais dans plusieurs pays d'Europe, ou l'émission était traduite et commentée, et que ces millions de gens attendaient la même chose. *Mors tua, vita mea* : la mort des uns faisait vivre les autres. Mais de tels événements, songea Frank, étaient mortifères pour tout le monde, et personne n'en sortait vainqueur. Au demeurant, la capture – sinon la mort – de l'assassin hors norme qu'ils affrontaient permettrait à plusieurs individus de continuer à vivre. Frank, instinctivement, toucha son pistolet sous sa veste.

À ce moment, le signal rouge s'alluma, et Laurent passa l'appel à Jean-Loup.

« Allô ? »

Un silence, puis une voix déformée sortit des enceintes.

« *Bonsoir, Jean-Loup. Mon nom est "Un homme et personne"...* »

Tous les présents restèrent comme pétrifiés. Dans la cabine, Jean-Loup blêmit brusquement, et Barbara s'éloigna de sa table de mixage comme si elle était devenue mortellement dangereuse.

« Qui es-tu ?

— *Peu importe qui je suis. Tout ce qui compte, c'est que cette nuit, je frapperai de nouveau. Arrivera ce qui arrivera.* »

Frank se leva, comme électrisé. Cluny, assis à sa gauche, se leva aussi et le prit par le bras.

« Ce n'est pas lui, Frank.

— Comment, pas lui ?

— Ça ne correspond pas. Il a dit : Mon nom est "Un homme et personne". L'autre dit : Je *suis* un homme et personne.

— Ça fait une différence ?

— Dans ce cas, une très grande différence. Et puis, l'assassin ne dirait jamais "Arrivera ce qui arrivera", comme s'il s'en fichait. Non, ce type est un mauvais plaisant. »

Comme pour confirmer le jugement du psychiatre, un éclat de rire ostensiblement satanique retentit et la communication s'arrêta net. Morelli entra en trombe.

« On le tient ! »

Frank et Cluny le suivirent dans le couloir, où ils furent rejoints par Hulot et Bikjalo.

« Vous l'avez ?

— Oui, commissaire, dit un des adjoints de Gottet. L'appel vient d'un poste fixe à l'extérieur de Menton. »

Frank refroidit l'enthousiasme des autres, qui, un instant, avait été le sien.

« Selon le docteur Cluny, il se pourrait que ce ne soit pas lui. Plus probablement un simulateur. »

En entendant ce conditionnel, le psychiatre s'expliqua.

« La voix est déformée d'une façon plus ou moins similaire, mais le langage n'est pas celui du tueur. Je suis sûr que ce n'est pas lui.

— Si vous dites vrai, il ne perd rien pour attendre ! Les collègues de Menton sont prévenus ? demanda le commissaire à Morelli.

— On les a appelés immédiatement, et ils sont partis ventre à terre.

— Forcément. Ils ne vont pas laisser échapper l'occasion de l'arrêter à notre place », ironisa Hulot, en jetant à Cluny un regard mi-dubitatif, mi-rancunier par avance.

Un quart d'heure passa, qui leur parut interminable. Les haut-parleurs au fond du couloir résonnaient de musiques diverses et de la voix de Jean-Loup, qui, bien que le standard fût certainement assailli de coups de fil, continuait l'émission vaille que vaille. La radio accrochée à la ceinture de Morelli ronronna, et l'inspecteur se tendit comme une corde de violon.

« Ici Morelli. »

Il écouta, et la déception se peignit sur son visage comme un nuage qui cache le soleil. Avant même qu'il lui tendît l'appareil, Nicolas sut qu'ils avaient fait chou blanc.

« Commissaire Hulot...

— Salut, Nicolas. Ici André Roberts, de Menton.

— Salut. Je t'écoute.

— Nous sommes sur place. C'était une fausse alerte. Nous sommes tombés sur un connard qui doit en être à son dixième joint de la soirée et qui voulait impressionner sa nana. Imagine-toi qu'il a carrément appelé de chez lui ! Quand nous sommes arrivés, j'ai cru qu'ils allaient se faire dessus tellement ils étaient terrorisés, tous les deux...

— Je leur souhaite de *crever* de peur, à ces deux crétins ! Tu les as arrêtés ?

— Bien sûr. Non seulement pour entrave à l'action de la police, mais parce qu'il y avait sur la table une barrette de hasch grosse comme mon bras.

— Bien. Si tu veux me faire plaisir, fous-leur la trouille de leur vie ! Et arrange-toi pour que la presse soit au courant. Pour l'exemple. Ça nous évitera de crouler sous des appels du même genre. Merci, André.

— De rien. Je suis désolé, Nicolas.

— Moi aussi, figure-toi. »

La communication terminée, le commissaire regarda les autres avec des yeux désabusés.

« Vous aviez raison, docteur. Fausse alerte. »

Cluny semblait embarrassé que ses doutes se fussent avérés.

« Vous savez, je...

— Excellent travail, docteur, intervint Frank. Vraiment excellent. Ce qui est arrivé n'est la faute de personne. »

Ils retournèrent vers la cabine de régie, où Gottet les attendait.

« Alors ? demanda-t-il à voix basse.

— Rien. Une fausse piste.

— Hmm... Ça me semblait un peu trop facile, aussi. Mais dans un cas pareil, tout peut arriver... »

Les autres avaient vu la déception sur leur visage, et ne firent pas de commentaire. Barbara sembla se détendre un peu et s'appuya à sa table de mixage. Laurent se passa une main dans les cheveux, sans rien dire.

À ce moment, le signal rouge s'alluma de nouveau. Jean-Loup, l'air tendu et fatigué, se servit un verre d'eau et but une gorgée avant de se pencher sur le micro.

« Allô ? »

D'abord, seul le silence lui répondit. Un silence que tous avaient appris à reconnaître. Puis le son étouffé, l'écho étrange et métallique.

« *Bonsoir, Jean-Loup. Cela ne m'étonnerait pas que tout le monde fût déjà sur des charbons ardents...* »

Cluny se pencha vers Frank.

« Vous entendez ? "Fût" sur des charbons ardents. Subjonctif imparfait, syntaxe parfaite. Là, c'est vraiment lui. »

Jean-Loup, cette fois, n'eut pas d'hésitation. Ses mains serraient si fort le bord de la table que leurs articulations étaient blanches, mais rien n'en transparut dans sa voix.

« Oui, nous t'attendions. Tu t'en doutais.

— *Eh bien, me voici. Les chiens doivent être tout efflanqués, maintenant, à force de pourchasser des ombres. Mais la chasse doit continuer. La mienne et la leur.*

— "Doit" continuer ? Mais pourquoi est-ce nécessaire, quel sens a tout cela ?

— *La lune est à tout le monde, et tout le monde a le droit de hurler.*

— Si on hurle à la lune, c'est parce qu'on souffre. Mais on peut chanter au lieu de hurler. Même dans la nuit la plus noire, on peut être heureux, parfois, quand on découvre une lumière. On peut être heureux en ce monde, crois-moi.

— *Pauvre Jean-Loup ! Toi aussi, tu crois que la clarté de la lune est vraie, alors qu'elle n'est qu'une illusion. Sais-tu ce qu'il y a dans le noir du ciel, mon ami ?*

— Non. Mais je suppose que tu vas me le dire. »

L'homme ne releva pas son ironie amère, ou s'en estima plus dominateur encore.

« *Il n'y a ni Dieu ni lune, Jean-Loup. Le seul mot qui convienne est "rien". Il n'y a absolument rien. Mais je suis tellement habitué à vivre dans ce rien que je n'y fais plus attention. Partout alentour, où que je tourne le regard, c'est le rien que je vois.*

— Tu es fou, laissa échapper Jean-Loup.

— *Est-ce que je le suis ? Je me suis souvent posé la question. La réponse est probablement oui, même si j'ai lu que les fous ne se demandent pas s'ils le sont. Mais surtout, je* désire *l'être, sans savoir exactement en quoi consiste ce désir.*

— Même les folies peuvent se terminer. On peut en guérir. Que pouvons-nous faire pour t'aider ? »

L'homme ignora sa question, comme s'il n'existait pas de solution.

« *Demande-moi plutôt ce que, moi, je peux faire pour vous aider. Tiens, voici un nouvel os ! Pour les chiens, qui poursuivent leur queue en essayant désespérément de la mordre. Ils font un* loop*, les chiens. Un beau* loop *qui tourne, tourne, tourne... Comme dans la musique. Là aussi, il y a comme un* loop *qui tourne, tourne, tourne...* »

La voix disparut dans un effet de *shunting*. Des enceintes, comme la fois précédente, une musique résonna soudain. Pas de guitares, cette fois, ni de rock à l'ancienne, mais un morceau « dance » extrêmement contemporain. Triomphe de l'électronique et du remixage. La musique prit fin tout aussi subitement, et le silence qui suivit donna plus de gravité encore à la question de Jean-Loup.

« Qu'est-ce que c'est ? Que veut dire cette musique ?

— *J'ai posé une question, à vous d'y répondre. La vie, cher ami, est faite de questions et de réponses. Rien d'autre. Et tout homme traîne après lui ses questions, qui ne font que développer celles qu'il a inscrites en lui depuis sa naissance.*

— Quelles questions ?

— *Je ne suis pas le destin, Jean-Loup. Je suis un homme et personne, mais je suis facile à comprendre. Quand on découvre qui je suis, en une fraction de seconde les yeux font sourdre cette double question : "où ?" et "quand ?". Je suis la réponse. Pour cette personne, je signifie "ici" et "maintenant".* »

Un silence. Puis la voix siffla une nouvelle condamnation.

« *C'est pour cela que je tue...* »

Un déclic métallique mit fin à la communication, laissant dans l'air un écho qui semblait celui du couperet d'une guillotine. Dans sa tête, Frank vit une tête tomber dans le panier.

Non, plus jamais ça !

L'inspecteur Gottet, de dos, parlait déjà à ses adjoints.

« Vous l'avez repéré ? »

La réponse, qu'il leur répéta un instant plus tard, fut comme la formule d'un sortilège qui aspira le peu d'air qu'ils avaient encore dans les poumons.

« Rien. Pas moyen. Aucun signal auquel s'accrocher. Pic dit que ce type doit être un véritable phénomène. Il n'a rien pu voir. Si l'appel arrive par l'internet, le signal est si bien masqué que tout notre équipement est incapable de le visualiser. Nous sommes baisés une fois de plus.

— Misère. Quelqu'un a reconnu le morceau ? »

Qui ne dit mot consent. En l'occurrence, le silence général était un consentement forcé à l'ignorance.

« Zut. Barbara, une cassette avec cette musique, s'il vous plaît. Vite ! Où est Pierrot ? »

Barbara s'activait déjà.

« Dans la salle de réunion », répondit Morelli.

Une anxiété fébrile était dans l'air. Tous savaient ce qu'ils avaient à faire, vite, vite, plus vite encore. En ce moment même, peut-être l'auteur de l'appel sortait-il de chez lui pour commencer sa chasse. Et quelqu'un d'autre, quelque part, vivait sans le savoir les derniers moments de son existence. Ils se mirent en quête de « Rain Boy », le seul d'entre eux qui pût reconnaître cette damnée musique.

Dans la salle de réunion, Pierrot était assis à côté de sa mère, tête basse. Quand ils entrèrent, il les regarda avec des yeux pleins de larmes, puis baissa la tête de nouveau.

« Eh bien, Pierrot ? Quelque chose ne va pas ? » demanda Frank.

Le garçon confirma d'un signe du menton.

« Tu as eu peur ? Il ne faut pas avoir peur, voyons. Nous sommes tous là, avec toi. »

Pierrot fit une grimace désolée.

« Je n'ai pas eu peur. Moi aussi, je suis policier, maintenant !

— Alors, qu'est-ce qui se passe ?

— C'est la musique. Je... Je sais pas », dit-il d'une petite voix consternée.

Dans sa voix, il y avait un chagrin véritable. Il promena son regard autour de lui, comme s'il venait de manquer la grande chance de sa vie. Des larmes coulèrent de ses yeux.

Frank se sentit perdu. Malgré tout, il se força à sourire au garçon.

« Ne t'en fais pas, il n'y a aucune raison de t'inquiéter. Si tu veux bien, nous allons te faire réécouter ce morceau. Peut-être que tu le reconnaîtras. D'accord ? C'est difficile, je sais, mais je suis sûr que tu peux y arriver. »

Barbara entra presque au pas de course, une cassette audio à la main. Elle la glissa dans le lecteur.

« Écoute attentivement, Pierrot. »

Les percussions électroniques se déversèrent des enceintes. Le martèlement répétitif de la musique « dance », pareil au battement d'un cœur humain. À cent trente-sept pulsations par minute, avait lu Frank : un cœur accéléré par l'effroi, et qui, non loin d'ici, pouvait s'arrêter d'un instant à l'autre.

Pierrot, toujours tête basse, écouta en silence. Quand la musique s'arrêta, il leva le visage et un sourire timide apparut sur ses lèvres.

« Il y est, dit-il à voix basse.

— Ce morceau ? Tu l'as reconnu ? Il est dans la *grande pièce* ? Alors, va le chercher, s'il te plaît. »

Pierrot acquiesça et se leva de sa chaise, puis sortit de sa démarche saccadée. Hulot fit signe à Morelli de l'accompagner. Après plusieurs minutes interminables, ils revinrent, le garçon tenant un CD entre ses mains.

« Voilà. C'est une compil' », dit-il.

Ils glissèrent le disque dans le lecteur et passèrent d'une piste à l'autre, jusqu'au moment où ils reconnurent l'extrait. C'était exactement la musique qu'ils avaient entendue un moment auparavant, et Pierrot fut fêté comme un héros. Sa mère l'embrassa comme s'il venait de recevoir le prix Nobel, et ses yeux brillèrent d'une lueur de fierté qui serra douloureusement le cœur de Nicolas Hulot.

Frank prit le boîtier et lut le titre de la compilation.

« *Nuclear Sun,* de Roland Brant. Qui est-ce, ce Roland Brant ? »

Personne n'en avait entendu parler, et ils se précipitèrent vers l'ordinateur le plus proche. Une rapide recherche sur Internet fit apparaître le nom d'un site italien. Roland Brant était le pseudonyme d'un Dj milanais, un nommé Rolando Bragante. Et *Nuclear Sun,* découvrirent-ils, un morceau qui avait connu un certain succès dans les discothèques, quelques années auparavant.

Entre-temps, Jean-Loup et Laurent avaient conclu l'émission et se trouvaient maintenant parmi les autres, l'air très secoué et presque abasourdi comme s'ils venaient de traverser un gros orage, et qu'un peu de cet orage fût resté en eux. Le metteur en ondes les éclaira sur le marché de la musique « dance ».

« C'est fréquent que les Djs prennent un pseudonyme. Parfois, c'est un surnom de fantaisie, mais le plus souvent un nom à consonance anglaise. La plupart du temps, ces gens sont spécialisés dans la musique pour boîtes de nuit.

— Et un *loop,* qu'est-ce que ça veut dire, en musique ? demanda Hulot.

— C'est un terme qu'on emploie en musique électronique. Un *loop,* c'est la base du morceau, une cellule rythmique qu'on fait tourner sur elle-même de manière qu'elle reste toujours exactement identique.

— Je vois. Exactement comme ce fou a dit : un chien qui court après sa queue indéfiniment. »

Frank coupa court à ces réflexions pour revenir à ce qu'ils devaient comprendre de toute urgence.

« Bon, nous avons du pain sur la planche. Alors, qu'est-ce que tout ça vous évoque ? Pensez à quelqu'un de célèbre, dans les trente, trente-cinq ans, qui puisse avoir un rapport avec les éléments que le tueur nous a donnés. Un homme qui vivrait ici, à Monaco. »

Frank faisait les cent pas au milieu d'eux, obsessionnellement, leur répétant ces suggestions d'une voix qui semblait poursuivre une idée comme une meute poursuit un renard.

« Un homme jeune, célèbre, séduisant. Qui se trouve dans les environs. Résidant à Monte-Carlo ou qui y séjourne en ce moment. CD, compilation, *Nuclear Sun*, boîtes de nuit, musique "dance", un Dj italien avec un nom anglais, un pseudonyme. Pensez aux journaux, à la presse *people*, à la jet set... »

Sa voix était comme la cravache d'un jockey qui excite sa monture à une course effrénée, et les esprits galopaient à toute allure.

« Allez, allez ! Jean-Loup ? »

L'animateur secoua négativement la tête. Il semblait épuisé et, de toute évidence, il n'y avait rien à attendre de lui.

« Laurent ?

— Désolé. Je ne vois pas. »

Soudain, Barbara se redressa presque en sursaut et leva la tête, agitant comme une onde ses longs cheveux roux. Frank vit son visage s'éclairer et s'approcha d'elle.

« Barbara ! On vous écoute.

— Je ne sais pas. Peut-être... »

Aussitôt, Frank se pencha sur son visage perplexe tel un faucon qui fond sur sa proie.

« Barbara, il n'y a pas de "peut-être" ! Dites un nom, si vous en avez un en tête. Peu importe si vous vous trompez. »

La jeune femme promena un instant son regard sur les présents, comme pour s'excuser si elle disait une bêtise.

« Eh bien, j'ai pensé à Robbie Stricker. »

31

René Coletti avait une furieuse envie de faire pipi.

Il respira profondément par le nez, pour atténuer les douloureux spasmes dans l'abdomen que lui causait sa vessie dilatée. Il se sentait transporté dans un de ces films de science-fiction où les tuyaux de l'astronef laissent échapper des volutes de vapeur tandis que clignote un signal d'alarme et qu'une voix métallique et monocorde répète froidement : « Attention, dans trois minutes ce vaisseau sera détruit, attention... » Mais c'était normal que ce besoin physiologique le tourmente au moment le plus inopportun, car telle était la logique du hasard, toujours prompt à vous empoisonner la vie quand l'occasion s'en présentait.

Il fut tenté de descendre de voiture et d'aller uriner dans un coin sombre, sans souci des passants qui se promenaient sur le port malgré l'heure tardive, et fixa d'un œil languissant le mur sur sa droite.

En guise de diversion, il alluma une cigarette et souffla par la fenêtre ouverte la fumée âcre de la Gitane sans filtre. Les mégots dans le cendrier attestaient que son attente durait depuis un long moment. Il tendit la main pour éteindre l'autoradio branché sur RMC : le programme qui l'intéressait était fini depuis plusieurs minutes.

Il avait parqué sa Mazda sur le port, devant les piscines et juste en face du siège de Radio Monte-Carlo, qui en ce moment devait grouiller de policiers aussi agités que des haricots sauteurs dans une poêle. Assis au volant, il avait écouté de toutes ses oreilles l'appel de l'assassin, comme beaucoup de ses collègues de la rédaction de *France-Soir*, son journal, qui en ce moment devaient s'activer sur les sites d'Internet pour trouver des informations. En ce moment, une kyrielle de cerveaux fonctionnaient à plein régime dans l'espoir de déchiffrer le nouveau message lancé à travers l'éther par « M. Personne », comme les journalistes commençaient à le surnommer. Ce sobriquet entrait aussi progressivement dans l'usage des policiers. Pouvoir des médias ! Aux enquêteurs la déduction, à la presse l'imagination. Mais qui possédait l'une n'était pas forcément dépourvu de l'autre, comme lui-même en était la preuve vivante. Ou du moins l'espérait-il.

Son portable, posé sur le siège du passager, se mit à sonner. La sonnerie était une chanson de Ricky Martin que sa nièce avait téléchargé sur le Net et l'avait pratiquement obligé à adopter, bien qu'elle l'agaçât au plus haut point. Mais il connaissait trop mal l'usage des téléphones mobiles pour s'en débarrasser. Pouvoir des médias, mais abominations de la technique...

Il prit la communication, intimant l'ordre à sa tuyauterie interne de résister encore un peu.

« Allô ?

— René, ici Barthélémy.

— Je t'écoute.

— Nous avons une indication. Un coup de bol extraordinaire ! Figure-toi que Giorgio Cassani, notre correspondant à Milan, connaît le type qui a composé ce morceau. Celui que M. Personne a fait entendre à la radio. Il vient de nous appeler d'Italie pour nous dire qu'il nous accordait quelques minutes d'avantage avant d'avertir la police. »

Splendide. Espérons que personne n'y laisse sa peau. Espérons aussi que je ne me pisse pas dessus.

« Alors ?

— Ce truc s'appelle *Nuclear Sun.* L'auteur est un Dj italien nommé Rolando Bragante, alias Roland Brant. Tu as compris ?

— Évidemment. Je ne suis ni sourd ni idiot. Mais envoie-moi tout ça par texto, au cas où.

— Où es-tu ?

— En face de RMC. Pour le moment, je n'ai rien vu de spécial.

— Fais attention. Si les flics te repèrent, ils ne vont pas aimer ça.

— T'inquiète ! Je les connais. Tiens-moi au courant s'il y a du nouveau.

— OK. À plus », salua Barthélémy, laconique.

René éteignit son téléphone. Un Dj italien avec un pseudonyme anglais. Un morceau pour boîte de nuit intitulé *Nuclear Sun.* Qu'est-ce tout ça pouvait vouloir dire ?

De nouveau, son bas-ventre se contracta irrépressiblement. Il se décida et descendit de voiture, jetant son mégot sur le trottoir, puis descendit quelques marches et alla se cacher dans un coin sombre, à l'abri d'un porche, déboutonna sa braguette et se soulagea, avec un soupir de volupté. Il lui semblait voler. Se laisser aller, après une si longue attente, était un plaisir presque sexuel, poétique, artistique, une satisfaction de toute la dimension physique et jouisseuse de l'être humain. Comme autrefois, quand il était enfant et que son frère et lui faisaient pipi dans la neige, en dessinant des formes avec le jet, et...

Un moment. Il sentit un flash dans ses souvenirs, une association. La neige. Pourquoi la neige ? Il se rappela une photo sur une rotogravure, une figure masculine au pied d'un remonte-pente, en tenue de ski, avec une jolie fille à son côté. Et il y avait de la neige, beaucoup de neige. Une intuition lui vint, si précise qu'elle lui coupa le souffle.

Robbie Stricker. Bon sang, c'était lui. Et puisque c'était lui, le scoop serait de premier ordre.

Ses exigences physiologiques n'étaient pas satisfaites et ne donnaient aucun signe qu'elles le seraient bientôt, mais sa découverte le fit sursauter nerveusement et il manqua se mouiller les mains. Au vrai, il s'était plongé dans des affaires beaucoup plus salissantes. Mais comment trouver Robbie Stricker, à cette heure ?

Enfin, il put donner une énergique secousse à son instrument et le glissa dans son slip. Il retourna au pas de course vers sa voiture, sans se soucier que sa braguette fût déboutonnée. Avec un assassin qui rôdait dans la ville, quelle importance pouvait avoir sa braguette ? Il s'assit et prit son portable.

« Allô, Barthélémy ? Ici René. J'ai besoin d'une adresse.

— Je t'écoute.

— Le nommé Robbie Stricker. S, t, r, i, c, k, e, r. Robbie doit être le diminutif de Roberto. Il a un appartement à Monte-Carlo. Avec un peu de chance, il sera dans l'annuaire, mais ce n'est pas sûr. Sinon, trouve-moi cette adresse autrement. Mais vite ! »

France-Soir n'était pas les renseignements généraux,

mais disposait tout de même de certains canaux d'information.

« Reste en ligne un moment », dit Barthélémy.

Deux ou trois minutes passèrent, qui semblèrent à René beaucoup plus longues que celles où sa vessie l'avait mis au supplice. Enfin, la voix de Barthélémy se fit entendre de nouveau.

« Bingo ! Ton type habite une résidence qui s'appelle Les Caravelles, boulevard Albert-Ier. »

Coletti retint son souffle, incrédule devant tant de chance. La résidence se trouvait à une centaine de mètres de l'endroit où il était garé.

« Parfait, je vois où c'est. À plus tard.

— René, je te le répète, fais attention. Pas seulement aux flics. M. Personne est dangereux, il a déjà liquidé trois personnes.

— Eh bien, croise les doigts ! Mais sois tranquille, je tiens à ma peau. N'empêche que si tout se passe comme je l'entends, nous ferons un coup sensationnel ! »

Il coupa la communication. Un instant, il lui sembla réentendre la voix à la radio.

Je tue...

Il frissonna malgré lui. Mais l'excitation était trop forte, l'adrénaline trop puissante pour ne pas lui faire oublier les règles de la prudence. Dans la vie, René Coletti ne manquait pas de défauts, mais c'était un journaliste qui connaissait parfaitement son métier et ne reculait pas devant les risques. Chacun ses drogues, et le journalisme était la sienne. Quand un riche filon se présentait, il ne ménageait pas ses efforts, partait à la pêche aux nouvelles et les ouvrait comme des huîtres, pour voir et montrer au monde si elles contenaient une perle ou non. Et cette fois, la perle était bien là, de la taille d'un œuf d'autruche.

Il regarda les verrières éclairées de Radio Monte-Carlo. Plusieurs véhicules de police étaient garés devant l'entrée, et l'un d'entre eux se mit en mouvement, faisant clignoter son gyrophare. René se détendit. Ce devait être celui qui ramenait chaque soir Jean-Loup Verdier chez lui. Il l'avait déjà suivi et savait ce qui adviendrait : les policiers monteraient jusqu'à la villa de Beausoleil, passeraient la grille, puis ressortiraient monter la garde à l'extérieur, et bonne nuit tout le monde. Aucun contact possible. Il aurait payé la moitié de la fortune de Bill Gates pour interviewer cet homme, mais avait fait le planton devant chez lui suffisamment longtemps pour savoir que pour le moment, c'était totalement impossible.

Trop de choses, d'ailleurs, s'étaient avérées impossibles, ces temps derniers. Ainsi, il avait fait des pieds et des mains pour que le journal l'envoyât en Afghanistan, parce qu'il « sentait » cette guerre et savait qu'il la raconterait mieux que personne, comme celle de Bosnie quelques années plus tôt. Mais on lui avait préféré Rodin, plus jeune et – prétendument ! – plus énergique et prêt à s'exposer. Peut-être à cause d'une magouille politique, d'une recommandation dont il n'avait rien su. En tout cas, il était resté à Paris, rongeant son frein.

Il ouvrit la boîte à gants et en tira sa photocaméra digitale, qu'il posa à côté de lui pour une vérification attentive, comme un soldat vérifie son arme avant le combat. Les batteries étaient chargées et elle contenait quatre cartes de 128 mégaoctets chacune, assez pour filmer la Troisième Guerre mondiale si besoin était. Il descendit de sa Mazda, sans même la fermer à clef, et, l'appareil caché sous sa veste, se dirigea vers l'escalier qui conduisait à la Promenade, quelques dizaines de mètres plus loin. Là, une voiture banalisée mais munie d'un gyrophare surgit du virage et passa rapidement devant lui. Il eut le temps de voir que deux personnes étaient à l'intérieur, probablement le commissaire Hulot et l'inspecteur Morelli. Ou ce grand type brun au visage fermé qu'il avait vu sortir de chez Jean-Loup Verdier, l'autre matin, et qui lui avait fait une impression bizarre quand leurs regards s'étaient croisés. Un homme qui semblait avoir un démon dans le ventre. René Coletti connaissait bien les démons, et savait aussi reconnaître ceux qu'ils hantaient. Peut-être serait-il judicieux d'en apprendre un peu plus sur ce personnage...

En tout cas, inutile de suivre cette voiture. Les flics n'étaient pas idiots : ils le repéreraient tout de suite, et adieu son scoop. Sans compter qu'après la fausse alerte du premier appel, ils devaient être de mauvais poil, ce soir. Il n'aurait pas voulu être à la place de l'auteur de cette sale blague, à supposer qu'on l'eût identifié. Autant se tenir à carreau.

Si la prochaine victime était vraiment Robbie Stricker, ils se serviraient de lui comme appât. Et ce ne pourrait être que chez lui. Tout ce qu'il avait à faire était donc de trouver le bon endroit pour voir sans être repéré. S'il avait vu juste, si l'on arrêtait le tueur ce soir, il serait ainsi le seul témoin oculaire et l'unique journaliste à posséder des photos de la capture. Un reportage qui vaudrait son pesant de platine...

Les alentours étaient quasi déserts. Toute la Principauté avait dû écouter l'émission à la radio et entendre le nouvel appel de M. Personne. Sachant qu'un assassin rôdait dans les rues, peu de gens, sans doute, se sentaient enclins à sortir le cœur léger pour une promenade nocturne.

Coletti marcha vers l'entrée éclairée des Caravelles. En arrivant au pied de la résidence, il poussa un soupir de soulagement : la serrure était plutôt banale et sans code alphanumérique. Il fouilla nonchalamment dans sa poche, comme un locataire qui cherche ses clefs, et en tira un passe que lui avait fourni un de ses indicateurs, un type malin qu'il avait aidé à éviter certains ennuis. Cet homme aimait l'argent, sans distinction, qu'il provienne d'un journaliste avide de renseignements ou d'appartements mal gardés qui recevaient sa discrète visite. Au bout de quelques instants, René sentit le pêne jouer et pénétra dans un hall pareil à un luxueux salon. Miroirs, fauteuils de cuir, tapis orientaux sur le dallage de marbre. Il n'y avait pas de gardien à cette heure, mais, dans la journée, l'endroit devait être surveillé par un portier du genre inflexible.

Il sentit son cœur battre plus fort. Ce n'était pas la peur, mais une forte décharge d'adrénaline. Le paradis sur terre. Son métier.

À sa droite, il remarqua deux portes en bois, dont l'une portait une inscription : CONCIERGE. L'autre, un peu plus loin, devait conduire au sous-sol. Il ignorait à quel étage habitait Robbie Stricker, et réveiller le concierge à cette heure ne serait sûrement pas la meilleure tactique. Mais il pouvait prendre l'ascenseur de service, monter au dernier étage et, de là, redescendre pour chercher le palier qui l'intéressait. Ensuite, il trouverait le meilleur poste d'observation, quitte à se suspendre au rebord d'une fenêtre comme il l'avait déjà fait dans le passé.

Ses chaussures de sport lui permirent de marcher sans le moindre bruit jusqu'à la seconde porte. Il appuya sur le battant, faisant des vœux pour qu'il ne fût pas fermé à clef. Certes, il était équipé de son passe, mais chaque seconde comptait, à présent. Quand la porte s'ouvrit, il poussa un soupir de soulagement. De l'autre côté, il faisait noir comme dans un four. La lumière provenant du hall lui permit de distinguer un escalier qui descendait dans l'obscurité. À intervalles réguliers brillaient les éclats orangés des interrupteurs électriques, comme des yeux de chats aux aguets.

Pas question d'allumer. René descendit les deux premières marches, en accompagnant la porte qui se refermait. Il remercia mentalement celui qui l'avait si bien huilée. Ensuite, il continua à tâtons, sa main glissant le long du mur, très lentement pour ne pas trébucher. Son cœur battait si fort qu'il devait résonner dans tout l'immeuble. En tendant le pied, il se rendit compte qu'il était arrivé en bas. Il avança la main droite devant lui, la gauche ne quittant pas le mur à l'enduit rugueux, et continua d'avancer. Fouillant dans la poche de son blouson, il s'aperçut que dans son excitation, il avait laissé sur le siège de sa voiture non seulement ses cigarettes, mais son briquet, un petit truc à deux sous, mais qui lui aurait été fort utile en cet instant. Une fois de plus, il eut la confirmation que la hâte était mauvaise conseillère. Il continua sa lente progression, mais à peine avait-il fait quelques pas dans le noir total qu'il sentit une main de fer le saisir à la nuque, et sa tête fut propulsée à toute force contre le mur.

SEPTIÈME CARNAVAL

Au fond du vaste salon silencieux, un homme est assis dans le noir.

Il a demandé à rester seul, lui qui a toujours eu horreur de la solitude, des pièces vides, de la pénombre. Les autres sont partis après lui avoir demandé une dernière fois, non sans un peu d'appréhension, s'il était vraiment sûr de vouloir rester là, sans personne pour s'occuper de lui ; et il a répondu oui, d'une voix rassurante. Il connaît si bien ce grand appartement qu'il peut s'y déplacer sans crainte.

Leurs voix se sont dissoutes dans le bruit des pas qui s'éloignaient, d'une porte qui se refermait, d'un ascenseur qui descendait. Et bientôt, ces bruits aussi se sont mués en silence.

À présent, il est seul, et il pense.

Dans le calme de la nuit de juin, il pense à sa force passée, à son bref été à lui, qui déjà bascule et se précipite vers le long automne des années à venir. Ce n'est plus sur les pointes qu'il parcourra ce temps, mais les pieds bien posés au sol, en profitant de tous les appuis fiables pour éviter de tomber.

Par la fenêtre ouverte lui arrive le parfum de la mer. Allongeant la main, il allume une lampe sur la petite table à côté de lui. Mais pour ses yeux, la différence est quasi nulle, car ils ne sont plus guère qu'un théâtre d'ombres désormais. Il presse de nouveau l'interrupteur, et la lumière disparaît comme la flamme d'une chandelle soufflée par son soupir sans espérance. L'homme, dans son fauteuil, songe à ce qui l'attend. Il lui faudra s'habituer à l'odeur des choses, à leur poids, à leur son, quand elles seront toutes noyées dans une couleur identique. Car il est presque aveugle, à présent.

Il ne l'a pas toujours été, oh ! non. Loin s'en faut. Dans un temps point encore très lointain, il vivait de la lumière, de son absence, de son essence. C'était le temps où ses yeux fixaient un point invisible, là-bas, sur la scène, où il projetait son corps d'un seul bond puissamment harmonieux, alors que la musique semblait faite de la lumière même. Une lumière que même les acclamations ne pouvaient troubler.

Comme elle a été brève, sa danse...

De la naissance de sa passion à la découverte fracassante de son talent et à la stupeur du monde devant sa fulgurance, tout semble n'avoir duré que quelques jours. Bien sûr, il se rappelle avoir connu des moments de plénitude et de joie si intenses que, peut-être, ils devraient suffire pour une vie entière, des moments dont peu d'autres ont pu avoir ne fût-ce que l'idée, même s'ils ont vécu centenaires.

Mais le temps, cet escroc qui traite les années comme des minutes et les hommes en jouets, a battu des ailes autour de lui et lui a pris d'un coup ce que la vie lui avait si profusément donné.

Il revoit en esprit des foules extasiées devant sa grâce, l'élégance exquise du moindre de ses pas, les poèmes silencieux du moindre de ses gestes, quand toute sa personne semblait surgie de la musique même, tant elle se mouvait à l'unisson de son harmonie. De tout cela, ses yeux presque éteints gardent encore les images fidèles : visions d'une lumière si forte qu'elle remplace par instants celle dont il lui reste si peu, qu'il est sur le point de perdre complètement. C'étaient le Bolchoï de Moscou et le Mariinski de Saint-Pétersbourg, l'Opéra de Paris, la Scala de Milan et le Metropolitan de New York, le Covent Garden de Londres et le Princesse-Grace de Monaco... Un nombre infini de rideaux qui s'ouvraient en silence et se refermaient sur des ovations. De rideaux qui ne s'ouvriront jamais plus.

Adieu, idole de la danse.

L'homme passe une main dans ses beaux cheveux longs et brillants. Ses mains sont ses yeux, désormais. Elles glissent sur le tissu un peu rêche du fauteuil, celui, doux et soyeux, qui couvre ses jambes et son torse musclés, sur la peau de ses joues rasées par un autre, et sentent le ruisseau incolore de ses larmes. Il pleure, et c'est pour cela qu'il a voulu rester seul – lui qui a toujours eu horreur de la solitude, des pièces vides, de la pénombre...

Mais il perçoit tout à coup que, seul, il ne l'est plus. Quelqu'un est entré dans l'appartement.

Ce n'est pas un bruit qui a capté son attention, le son d'un pas ou d'une respiration. Non, rien qu'une présence, qu'un sens ignoré lui fait deviner, comme si la cécité l'avait rendu aussi perceptif qu'une chauve-souris.

Il sent beaucoup, beaucoup de choses, depuis quelque temps.

Et voilà que la présence devient un pas très léger, agile, presque silencieux. Un souffle calme et régulier.

Quelqu'un marche dans l'appartement, entre dans le salon et s'approche. Maintenant, le pas presque imperceptible s'est arrêté juste derrière lui. Un antique instinct lui dit de se retourner pour voir, mais il le réprime. Ce serait inutile.

Il sent un parfum, celui d'une peau saine humectée d'une eau de toilette de première qualité. Il ne sait qui est son visiteur, mais reconnaît ce parfum : l'Eau d'Hadrien, d'Annick Goutal, où se mêlent des senteurs d'agrumes, de soleil et de vent. Il en a offert à Boris, autrefois, alors qu'ils étaient entrés dans une boutique proche de la place Vendôme, le lendemain d'un de ses triomphes à Paris. Au temps où, encore...

Le visiteur marche de nouveau et contourne le fauteuil, qui tourne le dos à la porte du salon. Il entrevoit l'ombre d'une silhouette qui vient se placer face à lui.

L'homme assis n'est pas surpris, ni effrayé. Intrigué, seulement.

« Qui êtes-vous ? »

Un instant de silence, et puis le visiteur lui répond, d'une voix profonde et musicale :

« Est-ce que ça compte ?

— Oui. Pour moi, ça compte beaucoup.

— Mon nom ne vous dirait peut-être rien. Et c'est sans importance que vous sachiez qui je suis. Ce qui importe, c'est que vous sachiez *ce que* je suis et pourquoi je suis venu.

— Oh, je le devine. J'ai entendu parler de vous. Je crois même que je vous attendais. Peut-être bien qu'au fond de moi, j'espérais que vous viendriez... »

De nouveau, l'homme assis passe une main dans ses cheveux. Il aimerait toucher les cheveux de l'autre, aussi, et son visage, et son corps. Ses mains sont ses yeux.

La voix, si profonde et riche d'harmoniques, lui répond dans l'ombre :

« Eh bien, je suis là, maintenant.

— Je suppose qu'il n'y a rien que je puisse dire ou faire.

— Non. Rien.

— Alors, c'est fini. Tout compte fait, je crois que c'est mieux ainsi. Seul, je n'aurais jamais eu le courage.

— Voulez-vous de la musique ?

— Oui, je crois. Ou plutôt, j'en suis sûr. Mettez de la musique. »

Il entend quelques bruits étouffés, le chuintement discret du lecteur de disques qui s'ouvre et se referme, accentué par le silence et l'obscurité. Le visiteur n'a pas allumé la lumière. Il doit avoir des yeux de chat, pour se guider à la clarté qui vient de la rue.

Au bout d'un instant, le son d'une trompette s'élève en longues notes mélancoliques. L'homme assis ne connaît pas ce morceau, mais dès le premier instant, il lui rappelle la poignante mélodie composée par Nino Rota pour *La Strada* de Fellini. Au début de sa carrière, il a dansé sur cette musique, en Italie : c'était un ballet inspiré du film, avec une *prima ballerina* dont il a oublié le nom, mais non la grâce surnaturelle, encore empreinte dans sa mémoire.

« Qui est ce trompettiste ?

— Il s'appelle Robert Fulton. Un immense musicien.

— Je l'entends. Qu'est-ce qu'il représente pour vous ?

— Un vieux souvenir. Dans un moment, vous le partagerez. »

Un long silence immobile. Le visiteur est-il parti ? Mais quand l'homme assis lui parle, sa voix – une voix qu'il lui semble avoir déjà entendue, il ne sait où – s'élève de nouveau, toute proche.

« J'ai une faveur à vous demander.

— Bien sûr, si je peux.

— Je voudrais vous toucher. »

Un léger bruissement d'étoffe, et l'homme debout s'incline vers l'infirme, qui sent la tiédeur de son haleine. Une haleine fraîche et mâle. Celle d'un homme que peut-être, en d'autres temps, en d'autres circonstances, il aurait tâché de connaître mieux... Il tend les mains et les pose sur ce visage, le palpe du bout des doigts, suivant le dessin des joues, la ligne du nez, le front, jusqu'aux cheveux. Ses mains sont ses yeux.

Il n'a pas peur. Il était intrigué, mais à présent il éprouve un peu d'étonnement.

« Alors, c'est toi ?

— Oui. C'est moi, répond l'autre simplement, en se redressant.

— Pourquoi fais-tu cela ?

— Parce que je le dois. »

L'homme assis se contente de cette réponse. Lui aussi, dans le passé, a toujours fait ce qu'il sentait devoir faire. Mais il n'est qu'un homme, apeuré non par la mort, mais par la douleur ; et c'est pourquoi il a une ultime question à poser.

« Est-ce que je vais souffrir ? »

Il ne peut voir que l'autre a sorti d'une sacoche en toile un pistolet muni d'un silencieux, et le dirige maintenant vers lui. Il ne voit pas non plus la faible clarté de la fenêtre blanchir le métal de l'arme d'un reflet menaçant.

« Non. Tu ne souffriras pas. »

Il ne voit pas pâlir l'articulation du doigt qui se crispe sur la détente. Et les derniers mots du visiteur se mêlent au sifflement étouffé de la balle qui, dans le noir, fait éclater son cœur.

32

« Je n'ai aucune intention de vivre comme un prisonnier en attendant que cette histoire soit finie. Et encore moins de vous servir d'appât ! »

Robbie Stricker posa sur la table basse son verre de Glenmorangie, se leva du long divan et alla regarder par la fenêtre de l'appartement. Malva Reinhart, la jeune actrice américaine assise sur l'autre divan, laissait divaguer ses fantastiques yeux violets, justification et force de mille et mille gros plans, qui se posaient alternativement sur Frank et son ami. Muette et comme égarée, elle semblait dépouillée tout d'un coup de son personnage public, fusion artistement calculée de regards juste un peu trop longs et de décolletés juste un peu trop profonds, et avait perdu l'air d'agressive suffisance qu'elle promenait comme un trophée quand Frank et Hulot les avaient abordés tous deux à la sortie du *Jimmy'z*, la boîte la plus select de Monte-Carlo.

Dans la lumière bleue de l'enseigne, les deux enquêteurs les avaient aperçus en grande conversation avec un homme qui, à leur approche, s'était prestement éloigné, les laissant seuls dans le faisceau des phares.

« Monsieur Robbie Stricker ? » avait demandé Nicolas.

Il les avait regardés sans comprendre.

« Oui, avait-il répondu d'une voix rien moins qu'assurée.

— Je suis le commissaire Nicolas Hulot, de la Sûreté publique, et voici Frank Ottobre, agent spécial du FBI. Nous souhaiterions vous parler. Pouvez-vous nous suivre, s'il vous plaît ? »

Il n'avait pas semblé à son aise en entendant décliner ces identités ; mais Frank, un peu plus tard, en avait compris la raison quand le jeune homme s'était débarrassé – plutôt maladroitement – d'un sachet de cocaïne. Mais il avait fait semblant de rien.

« Nous parler à tous les deux, ou à moi seulement ? Je suis avec Malva Reinhart, et...

— Vous n'êtes pas en état d'arrestation, si c'est ce qui vous préoccupe, avait déclaré Frank en italien. Mais il vaut mieux que vous nous suiviez, dans votre intérêt. Nous avons des raisons de penser que vous êtres en danger de mort. Votre amie aussi, peut-être. »

Dans la voiture, il s'était expliqué sans plus de détours et Robbie était devenu blanc comme un linge, au point – avait pensé Frank – que s'il n'avait été assis, il se serait probablement écroulé. Ensuite, il avait traduit ses paroles à l'intention de Malva qui, à son tour, était devenue aussi blême que silencieuse. De ses comédies sensuelles et bavardes sous le soleil californien, elle était passée au monde ancien du muet en noir et blanc.

En atteignant l'immeuble de Stricker, à La Condamine, tout près du commissariat central, ils n'avaient pu que se sentir de nouveau ahuris devant l'audace du tueur : si sa cible était vraiment le jeune play-boy, il comptait, dans un nouveau défi, l'abattre à une centaine de mètres à vol d'oiseau de leur quartier général.

Nicolas, après l'inspection de l'appartement, était parti rejoindre Morelli et son équipe, qui formait déjà un infranchissable cordon de sécurité autour du bâtiment. Frank, cependant, restait avec Robbie et la jeune femme, non sans que son ami eût vérifié qu'il avait bien sur lui son pistolet. Frank, en effleurant le métal froid de l'arme sous sa veste, avait légèrement frissonné.

Frank fit un pas vers le centre du salon et répondit aux récriminations de Stricker :

« Avant toute chose, notre but est de garantir votre sécurité. Même si ça ne se voit pas, presque toutes les forces de police de la Principauté sont postées dans les environs. En outre, nous ne cherchons pas à vous utiliser comme appât, mais votre concours peut nous aider à capturer l'homme que nous recherchons. Je vous certifie que vous ne courez aucun risque. Vous habitez Monte-Carlo et vous savez ce qui s'y passe depuis quelque temps, je suppose. »

Robbie, toujours devant la fenêtre, tourna le visage vers lui.

« Est-ce que par hasard vous croyez que j'ai peur ? Dans ce cas, vous vous trompez. Mais cette situation est ridicule. Tout ça me semble tellement... Tellement exagéré !

— Je suis ravi que vous n'ayez pas peur, mais ce n'est pas une raison pour sous-estimer notre adversaire. Commencez donc par vous éloigner de cette fenêtre. »

Stricker s'efforça de rester impassible et regagna le divan avec ce qu'il se représentait sans doute comme la froideur d'un aventurier consommé. En réalité, on le sentait à deux doigts de faire sous lui.

Frank le connaissait depuis moins d'une heure, mais l'envie ne lui manquait pas de le planter là et de l'abandonner à son sort. Robbie Stricker était une caricature de fils à papa si ridicule et exaspérante qu'en d'autres circonstances, il se serait demandé s'il n'était pas victime d'une caméra cachée.

Roberto Stricker, « Robbie » pour la presse *people*, était un Italien du Tyrol, d'où son nom germanique qui pouvait si l'on voulait passer pour anglais. À trente ans, c'était ce qu'on a coutume d'appeler un beau garçon : grand, athlétique, beaux cheveux, belle gueule. Belle gueule de con, surtout. Son père, un milliardaire de Bolzano, possédait entre beaucoup d'autres choses une chaîne de discothèques en Italie, en France et en Espagne, appelées *No Nukes* et ornées d'un logo en forme de soleil souriant. D'où l'association de Barbara avec le titre *Nuclear Sun* que l'assassin leur avait fait entendre, et avec Roland Brant, pseudonyme anglo-saxon d'un DJ tout ce qu'il y avait de plus italien. Robbie Stricker habitait Monte-Carlo pour y faire ce que les ressources de son caractère et les milliards paternels lui autorisaient : absolument rien. En revanche, la presse spécialisée remplissait des pages entières de sa geste amoureuse et de ses vacances perpétuelles, qu'il skiât à Saint-Moritz avec le top model du moment ou jouât au tennis avec Björn Borg sur les courts de Marbella. M. Stricker père, selon toute probabilité, le tenait à l'écart de ses affaires en le pourvoyant généreusement et classait les sommes que lui coûtait son fils sous la rubrique « Faux frais ».

Robbie reprit son verre, puis le reposa en constatant que le glaçon avait complètement fondu.

« Qu'allez-vous me demander de faire ?

— Comme toujours en pareil cas, pas grand-chose.

Il s'agit surtout de prendre les mesures qui s'imposent et d'attendre.

— Mais pourquoi m'en veut-il à moi, votre cinglé ? Vous pensez qu'il sait qui je suis ? »

S'il a l'intention de t'assassiner, ça ne m'étonnerait pas qu'il le sache, pauvre crétin ! pensa Frank – en italien, comme par courtoisie pour Stricker.

« Probablement. Mais pour être franc, nous n'en savons guère plus que ce que je vous ai dit tout à l'heure, sur ce tueur. Excepté les critères du choix de ses victimes, auxquels vous correspondez, et ce qu'il leur fait après les avoir assassinées... »

Frank avait légèrement insisté sur les mots les plus crus, « tueur », « assassinées », pour le plaisir d'effrayer un peu plus son agaçant vis-à-vis. Il ne traduisit pas ses mots en anglais, ne souhaitant pas angoisser davantage la jeune actrice qui, déjà, se rongeait un ongle jusqu'au sang. Même si...

Qui se ressemble s'assemble, et ces deux-là n'étaient pas réunis par hasard. Comme Nicolas et Céline Hulot, Nathan Parker et Ryan Mosse, Bikjalo et Jean-Loup Verdier.

On s'associait par amour. Par haine. Par intérêt. Dans le cas de Robbie et de sa Malva, c'était peut-être l'attirance banale et viscérale entre deux coques vides.

Le talkie-walkie que Frank portait à la ceinture bourdonna soudain. Curieux : par prudence, ils avaient décidé d'observer un total silence radio, car un individu capable de manipuler avec tant d'expertise les lignes téléphoniques pouvait fort bien épier les communications entre policiers. Ne voulant pas être entendu, il passa dans l'entrée pour répondre.

« Frank Ottobre.

— Frank, c'est Nicolas. Peut-être que nous le tenons, cette fois ! »

Frank eut la sensation qu'on avait tiré un boulet de canon près de ses oreilles.

« Où ?

— Au sous-sol, dans la chaufferie. Un de mes hommes a repéré un type suspect qui descendait l'escalier en douce, et il l'a neutralisé. Ils y sont encore. J'y vais tout de suite.

— Je te rejoins. »

Il retourna dans le salon comme la foudre.

« Restez ici et ne bougez pas. N'ouvrez à personne, sauf à moi. »

Les laissant seuls avec leur stupeur et leur effroi, il sortit prestement sur le palier et, voyant que l'ascenseur n'était pas là, dévala l'escalier à toute allure. Quand il atteignit le hall, Hulot et Morelli poussaient la porte vitrée de la rue. Un agent en uniforme gardait la porte du sous-sol.

Ils descendirent, à la lueur de quelques loupiotes encastrées dans le mur et protégées par des grillages. Il faisait très chaud, et l'escalier sentait les ordures. Tous les immeubles monégasques se ressemblaient, songea Frank : façades impeccables et luxueuses, mais zones cachées minables et sinistres. Une véritable allégorie.

L'agent les guida jusqu'à une pièce où un de ses collègues montait la garde près d'un homme assis sur le sol, les mains menottées derrière le dos. Le policier était muni de lunettes à infrarouges pour la vision nocturne.

« Tout va bien, Fabrice ?

— Voilà, commissaire, je...

— Oh, mon Dieu, non ! ! »

Le cri de Frank l'interrompit.

L'homme assis par terre était le journaliste roux qu'il avait remarqué devant le commissariat, puis revu ce matin, aux abords de la maison de Jean-Loup.

« C'est un journaliste, putain de putain de... ! »

L'homme profita de la stupéfaction générale pour se faire entendre.

« Évidemment, je suis journaliste. René Coletti, de *France-Soir*. C'est ce que je répète depuis un quart d'heure à votre tête de mule ! S'il m'avait laissé lui montrer ma carte de presse, on aurait évité toutes ces conneries. »

Hulot, furibond, s'accroupit devant Coletti, et Frank eut l'impression qu'il allait le frapper. Auquel cas il l'aurait non seulement compris, mais défendu devant les tribunaux des hommes et du Tout-Puissant.

« Si tu étais resté à ta place, pauvre idiot, ça ne serait pas arrivé ! Crois-moi, tu vas entendre parler de nous.

— Ah oui ? Et peut-on savoir pour quel délit ?

— Entrave à l'action de la police, pour commencer. Mais à tête reposée, nous trouverons bien quelques saletés en plus à te déverser dessus. Comme si ça ne suffisait pas qu'on se casse la tête pour arrêter un tueur fou, il faut encore qu'on vous ait tout le temps dans les pattes, connards de journalistes ! Emmenez-le », conclut-il en se relevant et en faisant signe aux deux agents.

Avec leur aide, Coletti se releva péniblement, tout en marmonnant des menaces de représailles journalistiques. Il avait une vilaine contusion au front, là où il avait heurté le mur. L'objectif de son appareil photo en bandoulière tomba sur le sol.

Frank prit Hulot par le bras.

« Nicolas, je remonte.

— Vas-y. Quant à cet imbécile, je m'en occupe. »

Frank rebroussa chemin, sentant la déception lui broyer l'estomac comme la meule d'un moulin. Rien d'étonnant si Nicolas était dans cet état : tout leur travail, leurs heures d'attente à Radio Monte-Carlo, leurs efforts pour déchiffrer le message, le déploiement des hommes, avaient été réduits à rien par ce crétin de reporter avec son appareil photo. À cause de lui, ils avaient révélé leur présence, et si l'assassin comptait vraiment s'attaquer à Robbie Stricker, il avait sûrement changé d'avis. Au moins avaient-ils évité une autre mort. Mais pour le moment, toute chance de l'arrêter s'était évanouie.

Frank sortit de l'ascenseur et frappa à la porte de Stricker.

« Qui est là ?

— C'est moi, Frank Ottobre. »

La porte s'ouvrit et, en entrant, il se dit que Robbie Stricker devrait passer bon nombre d'heures sur la plage et dans les cabines d'U.V. pour faire disparaître la pâleur mortuaire de son visage. Marta Reinhart n'était pas en meilleur état : assise sur le divan, ses yeux violets semblaient encore plus grands que de coutume dans sa mince figure cireuse.

« Qu'est-ce qui s'est passé ?

— Rien. Du mois, rien d'intéressant.

— Vous avez arrêté quelqu'un ?

— Oui, mais pas l'homme que nous cherchons. »

À ce moment, le talkie-walkie bourdonna de nouveau, et il passa dans l'entrée.

« Oui ? »

C'était Nicolas, dont la voix sourde ne présageait rien de bon.

« Frank, j'ai une mauvaise nouvelle.

— Très mauvaise ?

— Encore plus que ça. M. Personne nous a bernés, Frank. Bernés sur toute la ligne. Sa cible, ce n'était pas Robbie Stricker. »

Frank sentit qu'un désastre était dans l'air.

« On vient de découvrir le cadavre de Gregor Yatzimin, le danseur. Dans le même état que les trois autres.

— Merde !

— Je t'attends devant l'immeuble.

— J'arrive tout de suite. »

Frank serra le talkie-walkie dans sa main et, un instant, dut réfréner l'envie de l'écraser contre le mur. La rage était comme un bloc de glace dans son ventre.

Stricker le rejoignit, si nerveux lui-même qu'il ne perçut pas combien Frank était hors de lui.

« Du nouveau ?

— Oui. Il faut que je file. »

Le jeune homme le regarda, désarçonné.

« Encore ? Et nous ?

— Vous ne courez plus aucun danger. Ce n'était pas vous que visait le tueur.

— Quoi ? Pas moi ? »

Le soulagement coupa les fils de Robbie-le-Pantin, qui dut s'adosser au mur.

« Non. On vient de découvrir une autre victime. »

La certitude d'avoir échappé au péril fit passer Stricker de l'émotion à l'indignation.

« Vous voulez dire que vous m'avez fait frôler l'infarctus uniquement pour venir me dire ensuite que vous vous êtes gourés ? Qu'au moment où vous étiez dans la maison à faire les énergumènes, votre bonhomme prenait tranquillement son temps pour tuer quelqu'un d'autre ? Eh bien, on peut dire que vous êtes de sacrés cons ! Quand mon père saura tout ça, vous pouvez être sûrs que... »

Frank écouta sans mot dire le début de cette explosion. Indéniablement, il y avait un fond de vérité – hélas ! – dans ce que Robbie Stricker lui criait au visage. Oui, une fois de plus, le tueur s'était payé leur tête. Ils s'étaient fait avoir, comme des cons – Stricker avait raison. Mais par un homme qui prenait des risques, qui sortait dans la ville pour livrer sa bataille, si atroce fût-elle. Ce que Frank, soudain, ne put supporter, ce fut d'être ridiculisé par ce bon à rien, après s'être donné tant de mal pour préserver sa discutable existence. La glace dans son ventre se transforma d'un coup en vapeur sous pression, et le couvercle sauta. Il saisit le play-boy par les testicules et serra violemment.

« Écoute-moi, pauvre lavette... »

Stricker pâlit mortellement et s'adossa au mur en inclinant la tête d'un côté, comme pour éviter le regard flamboyant de Frank.

« Si tu ne fermes pas ta grande gueule, et tout de suite, je te ferai voir tes dents sans que tu aies besoin de miroir ! »

Il tordit fortement les couilles de Stricker, qui fit une grimace de douleur, puis continua du même ton sifflant :

« Si j'avais pu, je t'aurais volontiers laissé aux mains de ce boucher. Mais puisque le destin a bien voulu t'épargner, tu serais prudent de ne pas tenter le diable ! »

Il lâcha prise, et un peu de couleur revint lentement au visage de Stricker. Frank vit qu'il avait les yeux brillants.

« Maintenant, je m'en vais m'occuper de choses plus

importantes. Débarrasse-toi de ta pouffiasse et attends-moi, parce que nous avons encore à parler en tête à tête, toi et moi. Il me faudra quelques éclaircissements sur certaines des personnes que tu fréquentes à Monaco... »

Frank s'éloigna, et le jeune homme se laissa lentement glisser le long du mur, jusqu'à se trouver assis sur le sol. Puis il se mit à pleurer.

« En attendant, si tu veux téléphoner à ton petit papa, ne te gêne pas ! »

Il se retourna et ouvrit la porte, le laissant larmoyer. Sur le palier, en attendant l'ascenseur, il pensa qu'il reviendrait au plus vite pour, enfin, en savoir plus long sur un détail qu'il tenait à clarifier calmement. Il s'agissait de l'homme qu'il avait vu s'éloigner quand Nicolas et lui avaient abordé Robbie et Malva Reinhardt devant le *Jimmy'z*. Frank était très curieux d'apprendre de quoi diable le jeune play-boy pouvait parler avec le capitaine Ryan Mosse, de l'armée des États-Unis.

33

Le trajet jusqu'à l'appartement de Gregor Yatzimin fut à la fois bref et interminable. Frank, sur le siège du passager et le regard fixé devant lui, écouta les précisions que lui fournit Nicolas.

« Je suppose que tu sais qui est Gregor Yatzimin... »

Le silence de Frank était un acquiescement.

« Il habite... Il habitait ici, à Monte-Carlo. Il dirigeait la troupe de ballet de l'Opéra. Depuis quelque temps, il avait de très graves problèmes de vue. »

Comme s'il n'avait rien entendu, Frank l'interrompit brusquement.

« Au moment où j'ai entendu son nom, j'ai compris à quel point nous avions été stupides. Nous aurions dû y penser, que ce salaud compliquerait ses messages ! Le premier, *Un homme et une femme,* était relativement simple. Justement parce que c'était le premier. *Samba Pa Ti* était sensiblement plus sibyllin. De toute évidence, le troisième devait être encore plus abscons. Du reste, il nous l'avait annoncé lui-même ! »

Le commissaire avait du mal à suivre.

« Annoncé lui-même ? Dans quel sens ?

— Le *loop,* Nicolas ! Le *loop* qui tourne encore et toujours sur lui-même. Les chiens qui se mordent la queue. Il l'a fait exprès.

— Qu'est-ce que tu veux dire ?

— Il nous a donné un indice à double sens, pour nous amener à courir après nous-mêmes ! Il savait que nous penserions à Robbie Stricker, parce que des deux interprétations possibles, c'était la plus évidente : le Dj au nom anglais, les boîtes de nuit *No Nukes*... Et pendant que nous bloquions toutes les forces de police pour protéger cette espèce d'anthropoïde, nous l'avons laissé complètement libre de tuer sa véritable victime... »

Hulot termina pour lui :

« Gregor Yatzimin, le danseur russe en passe de devenir aveugle à la suite des radiations de Tchernobyl. "Dance" ne renvoyait pas à la musique techno, mais au ballet, tout simplement. Le *loop*, c'était le chien qui se mord la queue, mais aussi les pirouettes des danseurs classiques. Et *Nuclear Sun*, le noyau radioactif de la centrale de Tchernobyl.

— Exactement. Quels idiots nous avons été ! Nous aurions dû deviner que ça ne pouvait pas être aussi facile. Et maintenant, nous avons un autre mort sur la conscience. »

Il frappa du poing sur le tableau de bord, en marmonnant une bordée de jurons.

Hulot le comprenait et partageait son dépit. Lui aussi aurait voulu donner des coups de poing contre quelque chose – le visage du meurtrier, par exemple, jusqu'à le rendre sanglant comme celui de ses victimes. Frank et lui étaient deux policiers d'expérience et franchement pas bêtes, et pourtant ils avaient la sensation que leur adversaire les déplaçait à sa guise comme des pions sur un échiquier. Mais les policiers consciencieux, comme les médecins, ne pensent pas à toutes les vies qu'ils ont préservées. Matin et soir, en dépit de tout éloge comme de tout reproche, ils se regardent dans le miroir et ne songent qu'à celles qu'ils n'ont pas pu sauver.

La voiture s'arrêta devant un élégant immeuble de l'avenue Princesse-Grace, où l'on voyait ce qu'ils avaient espéré ne pas voir ce soir : fourgon de la Scientifique, plantons devant l'entrée, et – déjà – quelques journalistes. La foule de leurs collègues ne tarderait guère.

Morelli parut, tesselle manquante au tableau général de colère et de frustration.

« Alors, Claude ?

— C'est comme les fois précédentes : la tête écorchée, l'inscription en lettres de sang... Tout a dû se passer de la même façon, à peu de chose près, soupira l'inspecteur en les précédant dans l'ascenseur.

— Pourquoi à peu de chose près ?

— La victime n'a pas été poignardée. Le tueur l'a abattue d'un coup de feu avant de...

— Un coup de feu ? interrompit Frank, incrédule. Ça fait beaucoup de bruit, en pleine nuit ! Les gens ont sûrement été surpris.

— Non. Personne n'a rien entendu. »

L'ascenseur arriva, silencieux comme savent l'être les ascenseurs de luxe.

« Sixième et dernier étage, dit Morelli à Hulot, qui attendait d'appuyer sur le bouton.

— Qui a découvert le corps ?

— Un certain Boris Devchenko, le secrétaire et confident de Yatzimin. Son amant aussi, j'ai l'impression. Il était sorti avec des amis de la victime, un groupe de danseurs de Londres. Yatzimin n'avait pas voulu les accompagner. Il voulait rester seul. »

La porte de l'appartement était grande ouverte et

toutes les lumières allumées. À l'intérieur, l'effervescence habituelle des scènes de crime : la Scientifique affairée à ses relevés, les hommes de Hulot à l'inspection méticuleuse des lieux.

« Par ici. »

Morelli leur montra le chemin à travers les pièces décorées avec un grand raffinement et un je ne sais quoi de *glamour*. Sur le seuil de la chambre à coucher, le commissaire constata avec soulagement que le médecin légiste qui en sortait à cet instant n'était pas le docteur Lassalle, mais son éminent confrère Coudin – ce qui signifiait qu'en haut lieu, on se faisait assez de mouron pour avoir convoqué une sommité. Dans les coulisses, les coups de téléphone devaient aller grand train.

« Bonjour, commissaire. »

Hulot se rappela l'heure.

« Vous avez raison. Bonjour, docteur. Mais je doute que le jour qui commence soit très bon, au moins pour moi. Que pouvez-vous me dire ?

— Rien de bien éclairant. Après un premier examen, s'entend. Jetez donc un coup d'œil. »

Nicolas, suivi de Morelli et du docteur, alla retrouver Frank, déjà dans la chambre. Une fois de plus, le spectacle le glaça. Il l'avait déjà vu, à quelques détails près, mais il était difficile de s'y habituer. Gregor Yatzimin était étendu sur le lit, les mains croisées sur la poitrine de manière si traditionnelle que, n'eût été son visage horriblement mutilé, on aurait pu croire qu'un entrepreneur de pompes funèbres l'avait installé ainsi dans l'attente de sa mise en bière. Sur le mur, railleuse comme toujours, une inscription de fureur et de sang :

Je tue...

Tous gardèrent le silence devant la mort. Devant

cette mort. De nouveau, un meurtre sans motif, sans explication, sauf dans le cerveau ravagé de celui qui l'avait commis. Et de nouveau, la colère désespérée se retournait en eux comme une lame dans une plaie, non moins affûtée que celle de l'assassin.

La voix de l'inspecteur Morelli les tira de l'espèce de torpeur où ils étaient tombés, comme hypnotisés par la fascination du mal à l'état pur.

« Il y a quand même une petite différence, cette fois.

— Laquelle ?

— Eh bien... Ce n'est qu'une impression, mais on ne sent pas la rage délirante des fois précédentes. Il n'y a pas de dégâts, ni de sang partout. Jusqu'à la position du cadavre. On dirait qu'il a eu... Comment dire ? Une espèce de respect pour sa victime.

— Tu veux dire que cette bête furieuse est capable d'éprouver de la pitié ?

— Je ne sais pas. Je dis peut-être une bêtise, mais c'est ce que j'ai ressenti en entrant. »

Frank lui posa une main sur l'épaule.

« C'est juste, la scène n'a pas l'aspect habituel. Je ne pense pas du tout que tu aies dit une bêtise, Claude. Et quand ce serait le cas, elle ne serait qu'un petit ajout à toutes celles que nous avons déjà dites ou faites cette nuit. »

Ils lancèrent un dernier coup d'œil au corps de Gregor Yatzimin, le danseur éthéré, le *cygnus olor*, comme l'avait surnommé la presse du monde entier. Jusque dans cette posture funèbre et défiguré comme il était, il émanait de lui une impression de grâce, comme si son talent avait été trop grand pour que la mort le pût altérer. Puis ils suivirent Coudin hors de la pièce.

« Alors ? demanda Hulot, sans beaucoup d'espoir.

— Je vous l'ai dit, il n'y a rien de très révélateur. À part le visage dépecé, probablement avec un bistouri ou un autre instrument très tranchant, je n'ai rien relevé de très particulier. Quant aux mutilations du visage, il faudra les examiner dans un lieu plus approprié. Mais je peux vous dire d'emblée que ce travail a été effectué avec beaucoup de compétence.

— Oui, notre cher ami a de l'entraînement, à présent.

— La mort a été causée par un coup de feu à bout portant, je pense. À première vue, l'arme était un gros calibre, probablement un 9 mm. La balle est allée droit au cœur et la mort a été instantanée, ou presque. D'après la température du corps, elle remonte à deux heures environ.

— Juste au moment où nous perdions notre temps avec cette nullité de Stricker », grommela Frank à mi-voix.

Nicolas le regarda, pour lui confirmer qu'il avait exprimé la pensée de tous.

« En ce qui me concerne, j'ai terminé, dit le légiste. Vous pouvez faire emmener le corps. Je vous enverrai mon rapport d'autopsie au plus tôt. »

Hulot n'en doutait pas. Selon toute vraisemblance, Coudin n'avait pas échappé aux pressions des autorités. Mais ce n'était rien comparé à ce qui l'attendait.

« Merci, docteur. Bonne journée. »

Le médecin chercha sur le visage du commissaire une trace d'ironie, mais ne trouva que le regard opaque d'un homme complètement défait.

« À vous aussi, Hulot. Et bonne chance, surtout. »

Chacun savait combien il en avait besoin.

Au moment où Coudin s'en allait, les ambulanciers

avec sac et brancard entrèrent dans l'appartement pour emmener le cadavre, et Hulot leur désigna la chambre.

« Allons dire deux mots à ce secrétaire, Claude.

— En vous attendant, je vais faire le tour de l'appartement », dit Frank, absorbé.

L'appartement était très habilement divisé en une partie nocturne et une partie diurne, et le commissaire suivit Morelli au bout d'un long couloir décoré d'affiches et de photos du maître de maison au temps de sa gloire. Son secrétaire était assis dans la cuisine, en compagnie d'un agent.

Ses yeux rougis révélaient qu'il avait pleuré. Il devait avoir vingt-trois ou vingt-quatre ans tout au plus. Sa morphologie était fragile, sa peau diaphane, ses cheveux fins couleur de sable. Sur la table devant lui étaient posés une grande boîte de mouchoirs en papier et un verre à demi rempli d'un liquide ambré – du cognac, probablement. En les voyant entrer, il se leva.

« Je suis le commissaire Nicolas Hulot. Restez donc assis, monsieur... Monsieur ?

— Boris Devchenko. Je suis le secrétaire de Gregor. Je... »

Il parlait français avec un fort accent slave. Quand il se rassit, ses yeux s'emplirent de larmes à nouveau et il pencha la tête, cherchant un mouchoir à l'aveuglette.

« Excusez-moi. Ce qui est arrivé est tellement affreux... »

Hulot prit une chaise et s'assit en face de lui.

« Vous n'avez pas à vous excuser, monsieur Devchenko. Essayez de vous calmer, autant que possible. Je suis obligé de vous poser quelques questions. »

Le jeune homme leva brusquement un visage sillonné de larmes.

« Ce n'est pas moi, commissaire ! J'étais sorti avec des amis, au moins vingt personnes m'ont vu. J'aimais beaucoup Gregor, jamais je n'aurais fait une chose... une chose aussi effroyable... »

Nicolas se sentit envahi d'une tendresse infinie pour ce garçon. Morelli avait raison : Yatzimin et lui étaient certainement amants. Ce qui, à ses yeux, ne changeait rien. L'amour était l'amour, de quelque façon qu'il se manifestât, et il avait eu maintes occasions de connaître des couples gays vivant des amours empreintes d'une délicatesse de sentiments qu'on rencontrait rarement chez d'autres, plus traditionnels.

Il lui sourit.

« Soyez tranquille, Boris, personne ne vous accuse de rien. J'aurais seulement besoin de quelques éclaircissements, pour comprendre ce qui s'est passé ici cette nuit. »

Boris Devchenko parut se tranquilliser un peu.

« Hier après-midi, des amis de Londres sont arrivés. Nous attendions Roger Darling, le chorégraphe, mais il a été retenu en Angleterre. Au départ, c'était Gregor qui devait danser le rôle de Billy Elliot adulte, mais ses problèmes de vue se sont dramatiquement aggravés, et... »

Nicolas se souvint d'avoir vu le film avec Céline, l'année précédente, dans un cinéma en plein air.

« Je suis allé les chercher à l'aéroport de Nice. Nous avons dîné ici, c'est moi qui ai fait la cuisine. Ensuite, nous avons proposé à Gregor de nous accompagner pour prendre un verre, mais il n'a pas voulu, il préférait rester. Il avait beaucoup changé depuis qu'il n'y voyait presque plus... »

Il regarda le commissaire, qui fit un signe de tête

pour confirmer qu'il connaissait l'histoire de Gregor Yatzimin. L'exposition aux radiations de Tchernobyl avait provoqué une dégénérescence irréversible de son chiasma optique, d'abord lente, puis de plus en plus rapide, jusqu'à la cécité. En sorte qu'il avait dû mettre un terme à sa carrière, faute de pouvoir se mouvoir sur scène sans aide.

« Donc, il est resté seul. Si j'étais resté aussi, il serait peut-être encore vivant à l'heure qu'il est.

— Oh, vous auriez tort de vous culpabiliser. Il n'y a rien que vous auriez pu faire, dans un cas comme celui-là. »

Hulot jugea inopportun de souligner que, selon toute vraisemblance, le tueur aurait laissé derrière lui non pas un cadavre, mais deux.

« Vous n'avez rien remarqué d'inhabituel ces jours derniers ? Une personne rencontrée par hasard une fois de trop, un coup de téléphone bizarre, un détail insolite... »

Boris était trop bouleversé pour sentir la note de désespoir dans la voix du commissaire.

« Non, rien du tout. Vous savez, je m'occupais de Gregor à temps plein. C'était une tâche qui m'absorbait complètement.

— Avez-vous des domestiques ?

— Pas à domicile. Une femme de ménage vient tous les matins, mais elle repart en fin d'après-midi. »

Hulot se tourna vers Morelli.

« Tu prendras le nom de cette personne, même si je doute qu'elle puisse nous apprendre quoi que ce soit. Monsieur Devchenko... »

En s'adressant de nouveau au jeune homme, le ton de Nicolas s'adoucit.

« Je vous serais reconnaissant de passer au commissariat, pour signer votre déposition. Et puis, essayez de ne pas quitter Monaco, au cas où nous aurions d'autres questions à vous poser.

— Volontiers, commissaire. Tout ce que vous voudrez, pourvu qu'on punisse le monstre qui a fait ça ! »

Au son de sa voix, Nicolas ne douta plus que s'il était resté ce soir, Boris aurait risqué sa vie sans hésiter pour tenter de sauver Gregor Yatzimin. Il l'aurait risquée, et perdue.

Il le salua, le laissa avec Morelli et regagna le salon, où la Scientifique terminait ses relevés. Deux agents s'approchèrent de lui.

« Commissaire...

— Oui ?

— Nous avons interrogé les voisins. Personne n'a rien vu ni rien entendu.

— Et pourtant, on a bien tiré un coup de feu !

— Avec un silencieux, probablement. De toute façon, l'appartement du dessous est habité par un couple d'au moins quatre-vingts ans. Tous les deux prennent des somnifères avant de se coucher, ils m'ont dit qu'ils n'entendaient même pas les feux d'artifice au moment du Grand Prix ! En face d'eux, c'est une dame assez âgée aussi. En ce moment, elle est en voyage et c'est son petit-fils qui est là, un garçon de vingt-deux ans qui a passé toute la nuit en boîte. Au moment où nous sonnions, il rentrait.

— Et l'autre appartement à cet étage ?

— Vide. Nous avons réveillé le concierge pour qu'il nous donne les clefs. C'est probablement par là que l'assassin est passé, en enjambant les balcons. Mais aucun signe d'effraction. Nous ne sommes pas entrés, pour laisser intactes les traces éventuelles. Les collègues de la Scientifique y passeront tout à l'heure.

— Bien », dit Hulot.

Frank revenait de son tour d'inspection, mais Nicolas devina qu'il avait surtout voulu rester seul pour retrouver son calme. Pour réfléchir, aussi. Il devait se douter qu'il ne trouverait aucune trace du meurtrier, mais sans doute s'était-il abandonné à son intuition, à son inconscient, afin de sentir ce qu'un lieu de crime transmet quelquefois, au-delà de la seule et banale perception sensorielle.

Au même moment, Morelli sortait de la cuisine.

« Ton impression était juste, Claude. »

Ils le regardèrent en silence, attendant la suite.

« Il n'y a aucune tache de sang dans toute la maison, excepté quelques-unes sur le couvre-lit. Rien ! Pourtant, nous avons eu l'occasion de constater, bien malgré nous, qu'un travail comme celui-là est plutôt salissant. »

Frank était redevenu lui-même, comme si la déconfiture de cette nuit avait cessé de l'affecter – même si Nicolas savait fort bien qu'il n'en était rien. Personne (et surtout pas Frank Ottobre) ne pouvait oublier si vite qu'il avait manqué l'occasion de sauver une vie...

« Notre homme a nettoyé l'appartement de fond en comble. Je suis certain qu'une analyse au Luminol révélera les traces invisibles.

— Mais pourquoi ?

— Aucune idée. Mais je me dis que Claude a peut-être raison.

— Tu veux dire... Tu crois que cette brute a pu éprouver une espèce de pitié pour Gregor Yatzimin ?

— Comment le savoir, Nicolas ? De toute façon, ça

ne change rien. C'est possible. Après tout, on dit que Hitler aimait tendrement son chien, et pourtant... »

Ils regagnèrent l'entrée en silence. Par la porte ouverte, ils virent que les ambulanciers avaient enfermé le corps de Gregor Yatzimin dans leur sac en toile cirée et le glissaient dans l'ascenseur, pour ne pas le transporter d'étage en étage.

Dehors, l'aube se levait. C'était un nouveau jour, frère de sang des précédents. Au bas de l'immeuble de feu Yatzimin, ils trouveraient une marée de journalistes, sortiraient en traversant une canonnade de questions, contre-attaqueraient par des « Rien à déclarer » tirés comme des missiles sol-sol. D'ici à quelques heures, les médias se déchaîneraient, et les supérieurs de Nicolas seraient au bord de l'explosion. Roncaille aurait perdu un peu de son bronzage, le visage pâlichon de Durand se parerait d'une ravissante couleur verdâtre. Frank préféra descendre à pied et, ce faisant, songea que tous ceux qui s'en prendraient à eux auraient, hélas ! bien raison...

34

Frank gara la Peugeot du commissaire en face de l'immeuble de Robbie Stricker, en stationnement interdit, non sans extraire de la boîte à gants le panonceau « Véhicule de police en service » et le placer sous le pare-brise. Un des plantons s'avança, mais, en voyant ces mots, leva la main pour signifier que tout allait bien.

Frank le salua d'un signe de tête, en silence. Puis il traversa la rue et se dirigea vers Les Caravelles.

Soucieux de questionner au plus vite Robbie Stricker, il s'était éclipsé par l'entrée de service, laissant le commissaire et Morelli affronter seuls l'assaut des journalistes, arrivés comme des mouches attirées par le miel à la nouvelle du nouveau crime. Massés derrière les fragiles barrières, ils avaient commencé à pousser en les apercevant dans le hall et il avait fallu que deux agents les contraignissent à reculer. Comme sur le port, après le meurtre de Jochen et d'Arijane, quand toute l'histoire avait commencé. Pareils aux nuées de sauterelles, avait pensé Frank, qui dévoraient tout sur leur passage. Et pourtant, ils ne faisaient que leur travail – comme tout le monde. Y compris, à sa sinistre façon, l'assassin qui les menait où il voulait comme des brebis sans cervelle...

Poussant la grande porte vitrée, il entra dans l'immeuble et regarda sa montre. Sept heures. Il réprima à grand-peine un bâillement : la fatigue de cette nouvelle nuit blanche commençait à se faire sentir : l'attente à Radio Monte-Carlo, les interrogations, la recherche de Stricker, la garde, l'illusion, la déception, et pour finir un nouveau meurtre et le cadavre mutilé de Gregor Yatzimin... C'était beaucoup.

Dehors, la mer et le ciel teignaient de bleu le début d'un nouveau jour. Il aurait été doux de tout oublier, de s'étendre sur le lit du confortable appartement de Parc Saint-Roman, de fermer les yeux et les persiennes pour ne plus voir ni morts, ni sang, ni inscriptions sur les murs.

Je tue...

Il se rappela le graffiti dans la chambre de Yatzimin. Si on ne l'arrêtait pas, le tueur ne s'arrêterait jamais de lui-même. Viendrait le moment où il n'y aurait plus assez de murs pour ses signatures sanglantes, ni de place au cimetière pour ses victimes. L'heure de dormir viendrait plus tard : il fallait d'abord éclaircir quels liens incongrus pouvaient lier Robbie Stricker à Ryan Mosse – même si Frank le soupçonnait déjà : il se pouvait que l'enquête du général fût plus avancée que celle de la police. Mais sur ce point, il lui fallait en savoir davantage.

À ce moment, le concierge sortit de sa loge, en boutonnant sa veste, et avala en hâte quelque chose qu'il mastiquait. Surpris en flagrant délit de petit déjeuner. Il le regarda.

« Vous désirez ? »

C'était un brun à moustache, d'une cinquantaine d'années, l'air assez niais mais montrant le soupçon de suffisance si courant chez les gens qui travaillent dans un milieu riche.

« Robbie Stricker, répondit Frank.

— Je ne suis pas autorisé à le déranger si tôt le matin. »

Frank tira sa carte de police de sa poche intérieure et la lui montra, s'arrangeant pour que le concierge vît également son gros pistolet Glock.

« Réveillez-le quand même, je vous prie. »

Aussitôt, le portier changea d'attitude. Il déglutit, rentra dans sa loge, décrocha le téléphone et composa un numéro d'un seul mouvement nerveux. Il laissa la sonnerie retentir plusieurs fois avant d'énoncer son verdict.

« M. Stricker ne répond pas. »

Curieux. Après une bonne dizaine de sonneries, Robbie Stricker, même s'il dormait, aurait dû se réveiller. Trop velléitaire pour avoir pris le large, pensa Frank. Il l'avait effrayé suffisamment pour qu'il ne succombât pas à un coup de tête. Sa fuite, du reste, ne serait qu'une complication, non un désastre : on aurait tôt fait de le retrouver, ce crétin, même s'il se cachait sous les robes de quelques ténors du barreau payés par son père.

« Essayez encore. »

Le concierge haussa les épaules.

« Ça sonne toujours, mais personne ne répond. »

Tout à coup, Frank fut saisi d'un affreux pressentiment.

« Donnez-moi votre passe, s'il vous plaît.

— Mais je n'ai pas le droit...

— Je vous l'ai demandé poliment. Si besoin est, je peux devenir nettement moins aimable. »

Le ton de sa voix et la noire intensité de son regard n'admettaient pas de réplique, et le concierge s'exécuta.

« Maintenant, veuillez sortir et dire à l'agent qui attend à l'extérieur de monter tout de suite à l'appartement de M. Stricker. Allez ! »

Le pauvret se leva de sa chaise et sortit, tandis que Frank appelait l'ascenseur.

Pourquoi les ascenseurs ne sont-ils jamais là quand on a besoin d'eux ? Pourquoi sont-ils toujours au dernier étage quand on est pressé ? Maudits soient Murphy et sa loi...

Enfin, la porte coulissa et il put appuyer sur le bouton du cinquième étage.

Pendant l'éternité que dura la montée, il fit des vœux pour s'être trompé. Pour que le soupçon qui avait surgi dans sa tête ne se transforme pas en atroce et persifleuse réalité.

L'ascenseur s'arrêta avec un soupir discret, et Frank vit aussitôt que la porte du domicile du play-boy était entrebâillée. Il traversa le palier d'un seul pas, lui sembla-t-il, et, saisissant son pistolet, poussa le battant avec le canon, sans toucher la poignée.

Le vestibule était le seul endroit en ordre. En entrant dans le salon où il avait parlé avec Robbie et sa compagne, il trouva le chaos le plus total : le rideau blanc de la porte-fenêtre était à moitié arraché de sa tringle et pendait comme un drapeau de reddition, un verre gisait sur la moquette gris perle parmi les débris de la bouteille de Glenmorangie mouillée d'une large tache brune, un tableau était tombé, révélant un petit coffre-fort encastré dans le mur. Curieusement, le verre s'était détaché sans se briser. Plusieurs coussins du long canapé avaient volé à travers la pièce. Mais celle-ci était vide.

Frank sortit et s'engagea dans le couloir qui conduisait à la chambre à coucher. Sur sa gauche, la salle de bains était ouverte et déserte ; elle semblait en ordre. Mais en arrivant sur le seuil de la chambre, il sentit le souffle lui manquer.

« Merde, merde, merde, merde, merde... », siffla-t-il entre ses dents, réprimant une impulsion rageuse, celle de parachever la démolition des lieux.

Il avança de deux ou trois pas, faisant bien attention où il mettait les pieds. Au milieu de la pièce, face tournée contre le dallage de marbre, le corps de Robbie Stricker gisait dans une mare de sang. Il semblait d'ailleurs avoir giclé partout, ce sang. Stricker portait la même chemise que lorsqu'il l'avait quitté, mais elle était trempée de rouge et collait à sa peau. Dans son dos, plusieurs coups de couteau étaient visibles. Son visage était marqué d'ecchymoses et d'une profonde entaille à la joue gauche. Du sang coagulé obstruait sa bouche et son bras droit, évidemment cassé, formait un angle anormal.

Frank s'accroupit et toucha sa gorge. Aucun battement. Robbie Stricker était mort. Il se releva, des larmes de rage lui brouillant la vue.

Un autre. La même nuit.

Il maudit silencieusement le monde, la nuit, le jour, Nicolas qui l'avait entraîné dans cette épouvantable histoire, lui-même qui s'était laissé faire.

Puis il prit son talkie-walkie, toujours accroché à sa ceinture.

« Frank Ottobre, pour Nicolas Hulot. »

Un sifflement, un crachotement, puis la voix du commissaire lui parvint.

« Ici Nicolas. Je t'écoute, Frank.

— C'est mon tour de t'apprendre une mauvaise nouvelle. Très, très mauvaise.

— Bon sang, qu'est-ce qu'il y a encore ?

— Robbie Stricker est mort. Chez lui. Assassiné. »

Hulot laissa échapper une bordée d'imprécations à faire se cacher le soleil et rougir Messaline en personne. Quand il se fut défoulé, il demanda à Frank, qui comprenait parfaitement ce qu'il éprouvait, la précision qui lui brûlait mes lèvres :

« C'est M. Personne ?

— Non, il a été assassiné, mais c'est tout – si j'ose dire... Son visage est encore là et il n'y a pas d'inscription sur le mur.

— Qu'est-ce qui s'est passé ?

— À première vue, il a été tué de plusieurs coups de couteau et la mort n'a pas été instantanée. Il y a des traces de lutte dans tout l'appartement et un lac de sang sur le dallage. À mon avis, son assassin l'a laissé pour mort, mais il s'est trompé. Si bizarre que ça puisse paraître, ce pauvre idiot de Robbie Stricker s'est rendu plus utile au moment de mourir qu'en trente ans de vie...

— Ce qui veut dire ?

— Qu'avant d'expirer, il a écrit sur le sol le nom de son assassin.

— Et nous le connaissons ? »

Frank baissa légèrement la voix, comme pour atténuer le choc des mots qu'il allait prononcer.

« Moi, je le connais. Je te conseille d'appeler Durand pour le prier de lancer un mandat d'amener au nom du capitaine Ryan Mosse, de l'armée des États-Unis. »

35

La porte s'ouvrit et Morelli entra dans la petite pièce nue et sans fenêtre. Il s'approcha de la table en formica gris où se tenaient Frank et Nicolas Hulot et posa devant eux un paquet de photographies en noir et blanc, encore humides. Frank en choisit une et la tourna vers l'homme assis en face de lui.

« Tenez. Voyons si cela vous dit quelque chose, capitaine Mosse. »

Ryan Mosse, menotté sur sa chaise, baissa à peine les yeux sur le cliché, comme si tout cela ne le concernait pas. Puis il posa sur Frank son regard vide d'expression.

« Eh bien ? »

Le ton de sa voix donna le frisson à Morelli, appuyé au mur près du large miroir mural. De l'autre côté, les excellents MM. Roncaille et Durand, arrivés toutes voiles dehors à la nouvelle de l'arrestation, assistaient à l'interrogatoire. Bien que celui-ci se déroulât en anglais, Morelli le suivait assez bien pour se rendre compte que l'individu menotté avait en place de nerfs des câbles d'acier : confronté à l'évidence, il réagissait avec une froideur qui eût rendu jaloux un iceberg.

En pareille situation, il était fréquent que les criminels, même les plus aguerris, perdissent toute contenance, jusqu'à pleurnicher pour certains. Mais celui-ci, menotté ou non, vous faisait peur rien qu'à le regarder. Morelli pensa au malheureux Robbie Stricker qui l'avait trouvé devant lui, un couteau à la main. Sinistre affaire, vraiment. Enfoncée comme un coin dans une affaire encore plus sinistre. L'inspecteur ne pouvait oublier le corps au visage défiguré de Gregor Yatzimin, étendu sur son lit par la tardive pitié de son assassin.

Frank s'appuya au dossier de sa chaise.

« Ce type allongé sur le sol est apparemment un cadavre. Non ?

— Eh bien ? répéta Mosse.

— Eh bien, ne trouvez-vous pas curieux qu'à côté de ce cadavre, on lise votre nom ?

— Il faut beaucoup d'imagination pour lire mon nom dans ce barbouillage. »

Frank se pencha et posa ses coudes sur la table.

« Il faut surtout ta sale tête de con pour ne pas le lire, je trouve. »

Mosse sourit, d'un sourire de bourreau qui actionne l'ouverture de la trappe sous les pieds d'un presque-pendu.

« Qu'est-ce qui t'arrive, *monsieur* Ottobre ? Tes nerfs te trahissent ? »

Le sourire de Frank fut celui du presque-pendu constatant que la corde s'est cassée.

« Non, *capitaine* Mosse. Celui que ses nerfs ont trahi, c'est toi. Cette nuit. Je t'ai vu parler avec Stricker devant le *Jimmy'z*, quand nous sommes venus le chercher. Je ne sais pas comment tu es arrivé jusqu'à lui, mais c'est un des points que j'ai bien l'intention d'éclaircir. En nous voyant, tu as déguerpi, mais pas assez vite ! Ensuite, voici comment les choses se sont passées. Tu as surveillé l'immeuble de Stricker, jusqu'à ce que nous en partions, puis que sa copine s'en aille aussi. Puis, tu es monté à l'appartement. Vous avez discuté. Il a dû finir par s'énerver, le pauvre Robbie. Et toi aussi. Vous vous êtes battus, et tu l'as tué à coups de couteau. Après quoi, tu es parti en le laissant pour mort, mais il a eu le temps d'écrire ton nom avec son sang.

— Foutaises. Pures hallucinations. Et tu le sais très bien, *monsieur* Ottobre. Je ne sais pas ce qu'on t'a donné pour te soigner, mais on a forcé la dose. Si tu me connaissais mieux... »

Le regard de Mosse se fit lame d'acier.

« ... tu saurais que si je décide d'user du couteau, mon adversaire est vraiment mort quand je m'en vais !

— Alors, il faut croire que tu commences à perdre la main, capitaine.

— Comme tu voudras. Bon, assez causé, je ne parlerai plus qu'en présence d'un avocat. Ça existe aussi en Europe, non ?

— Ça existe. Si tu veux un avocat, c'est ton droit.

— Alors, foutez-moi la paix tous les deux. Je ne dirai plus un mot. »

Mosse baissa le rideau. Son regard se fixa sur le grand miroir, plus absent et opaque que jamais. Frank et Hulot surent qu'ils n'en tireraient plus rien. Ils se dirigèrent vers la porte, emportant la série de photos.

Dans la pièce voisine, Roncaille et Durand étaient sur des charbons ardents. À travers le miroir sans tain, on voyait distinctement Mosse, immobile sur sa chaise au milieu de l'autre pièce, pareil à un soldat tombé aux mains de l'ennemi.

Capitaine Ryan Mosse, de l'armée des États-Unis, numéro de matricule...

Durand le désigna d'un mouvement du menton.

« Un dur de dur, maugréa-t-il.

— Oh ! Pas seulement ! Un dur de dur qui sait qu'il jouit de tous les appuis de la Terre. Mais même s'il avait aussi celui de la Sainte Trinité, ces photos seraient là pour le confondre. »

Le procureur général prit un des clichés et l'examina pour l'ixième fois. On y voyait le corps de Robbie Stricker couché sur le dallage de marbre de sa chambre, surpris par la mort alors qu'il avait encore l'index tendu pour achever de tracer les lettres qui accusaient Ryan Mosse :

« C'est un peu confus...

— Stricker était mourant et il avait le bras gauche cassé. »

Frank désigna sur la photo le bras inerte et bizarrement plié. Il avait expérimenté l'adresse de Mosse dans le corps à corps et savait qu'il possédait indéniablement la technique pour infliger ce genre de blessure.

« On a trouvé dans son appartement des photos où il joue au tennis. On voit parfaitement qu'il était gaucher. Comme il a dû écrire de la main droite, rien d'étonnant si le résultat n'est pas parfait. »

Durand continuait d'observer la photo, perplexe.

Frank attendait. Il regarda Nicolas, visiblement épuisé, appuyé au mur sans rien dire. Lui aussi s'attendait à ce qui ne pouvait manquer d'advenir.

Durand se décida et cessa de tourner autour du pot, comme si la scrutation du cliché lui avait donné une bonne raison pour se lancer.

« Cette histoire risque de créer un grand tapage international. D'ici peu, la machine diplomatique se mettra en marche et on se croira au départ du Grand Prix. Si la garde à vue du capitaine Mosse se transforme en inculpation, il nous faut des preuves absolument irréfutables ! Faute de quoi, nous serons tournés en ridicule. Comme si M. Personne ne suffisait pas. »

Bien sûr, le procureur entendait souligner que l'arrestation du meurtrier probable de Robbie Stricker ne changeait en rien ses vues sur la mort de Gregor Yatzimin : un nouveau camouflet pour la police et les autorités monégasques, objet de persiflage quotidien pour tous les médias.

Frank haussa les épaules.

« En ce qui concerne Mosse, c'est à vous de décider. Pour ma part, il me semble que nous avons bien assez de preuves. Il connaissait Stricker, puisque je l'ai vu moi-même parler avec lui à la sortie du *Jimmy'z*. Et son nom est bien visible sur la photo, écrit de la main même de la victime. Je ne vois pas ce qu'il vous faut du plus.

— Et le général Parker ? »

Plus tôt dans la matinée, Frank avait accompagné les policiers partis arrêter le capitaine dans la grande villa de Beausoleil. En arrivant, il avait remarqué qu'à quelques détails près, elle était quasi semblable à celle de Jean-Loup Verdier ; puis il avait très vite pensé à autre chose – notamment à la grande scène d'honneur outragé dont les gratifierait sûrement le général. Mais au vrai, il avait mésestimé la rouerie du vieux soldat : Parker les avait accueillis habillé de pied en cap, comme s'il les attendait, et s'était abstenu de toute protestation quand ils l'avaient prié d'appeler son homme de main. Devant les policiers qui lui commandaient de les suivre, Mosse s'était tendu comme une corde de violon et avait regardé son grand homme d'un air interrogateur.

J'attends les ordres, chef.

Frank était sûr que si Parker le lui avait demandé, il n'aurait pas hésité à se jeter comme une furie sur ce groupe d'hommes venus l'arrêter. Mais le général avait imperceptiblement secoué la tête, et la tension du corps de Mosse s'était relâchée, et, poignets en avant, il n'avait pas regimbé devant l'humiliation des menottes.

Un moment plus tard, Parker s'était arrangé pour se trouver seul avec Frank, pendant qu'on emmenait le capitaine vers la voiture.

« Vous faites une connerie, et vous le savez, Frank.

— La connerie, je crains que ce ne soit votre nervi qui l'ait faite, cette nuit. Et pas n'importe laquelle, général Parker.

— Je pourrais témoigner que le capitaine Mosse n'a pas quitté la maison depuis hier soir.

— Mais vous ne le ferez pas. Si l'on découvrait que vous avez menti, même le président des États-Unis serait dans l'incapacité de vous protéger. Voulez-vous un conseil ?

— Je vous écoute.

— À votre place, je ne bougerais pas. Le capitaine Mosse s'est mis dans le pétrin et personne ne peut l'en tirer. Que je sache, tous les manuels de tactique militaire disent qu'il faut parfois abandonner un homme à son destin pour éviter des pertes plus graves...

— Personne n'a de leçons de tactique militaire à me

donner. Surtout pas vous, Frank. J'ai réduit à néant des gens beaucoup plus coriaces que vous ne le serez jamais, je les ai détruits comme de vieux papiers dans une déchiqueteuse. Vous aurez le même sort, croyez-moi.

— Chacun doit faire des choix et en assumer les risques, général. Je crois que c'est la règle dans toute guerre. »

Et il l'avait planté là.

En sortant, il avait croisé le regard de Helena, debout à la porte du salon, et n'avait pu s'empêcher de la trouver très belle. Son réveil imprévu ne semblait avoir eu aucun effet sur elle, comme si rien ne pouvait amoindrir la luminosité de son visage et de ses yeux. En passant devant elle, il avait vu qu'ils n'étaient pas bleus comme il l'avait pensé, mais gris. Et il y avait en eux toute la tristesse du monde.

En redescendant vers le centre, Frank s'était appuyé au dossier de la voiture et avait longuement fixé le plafond, tâchant de chasser de son esprit deux visages qui, en ce moment, se superposaient.

Harriet et Helena. Helena et Harriet. Les mêmes yeux. La même tristesse.

Pour penser à autre chose, il s'était répété, en entrant dans le commissariat, la rodomontade du général – sinistrement burlesque, à y bien réfléchir. « Personne n'a de leçons de tactique militaire à me donner. » Dans la ville, pourtant, rôdait un criminel qui en matière de tactique pouvait en remontrer à n'importe qui.

« Que fera le général Parker, selon vous ? » insista le ministère public.

Frank prit conscience qu'il avait attendu quelques instants de trop pour répondre.

« Excusez-moi... Je pense que le général va faire de son mieux pour secourir son sbire, mais pas au point de se compromettre. Le consulat s'en mêlera sûrement, mais il reste que Mosse a été arrêté par un agent du FBI, un citoyen américain. Après tout, les États-Unis sont la nation qui a inventé l'*impeachment* ! Pourvu qu'on lave son linge sale en famille, que l'orgueil national ne soit pas entaché, ces messieurs de Washington ne font pas tant d'histoires. »

Durand et Roncaille se regardèrent, apparemment convaincus par l'argument. Mais le procureur n'en avait pas fini.

« Certes, votre présence ici nous assure que tout le monde se montrera bien intentionné. Seulement, Frank, les bonnes intentions ne suffisent pas toujours ! En ce moment, les autorités de la Principauté réclament des résultats. Le meurtre de Robbie Stricker apparaît sans lien avec l'assassin qui nous occupe... »

Frank sentait la présence de Nicolas dans son dos. Tous deux savaient bien où Durand voulait en venir, et voyaient la silhouette d'une hache se lever dans les nuages.

« ... mais cette nuit, il a fait une quatrième victime. Plus question de rester immobiles alors que la presse et l'opinion nous traitent de bons à rien. La justice monégasque ne peut assister à une telle série de crimes impunis sans prendre les mesures qui s'imposent, si désagréables soient-elles. »

Frank regarda Nicolas. Appuyé contre le mur, soudain seul sur ce curieux champ de bataille, il avait l'expression d'un condamné qui refuse le bandeau que lui tend le chef du peloton. Durand, en achevant son laïus, eut la décence de le regarder en face.

« Je suis désolé, commissaire Hulot. Je sais parfaitement que vous êtes un policier de premier ordre, mais je suis obligé de vous suspendre. »

Nicolas ne réagit pas. Trop las, sans doute. Il se borna à hocher la tête.

« Je comprends, monsieur le procureur.

— Prenez donc quelques vacances. Toute cette affaire a dû vous épuiser. Évidemment, pour la presse...

— Ne vous inquiétez pas. Je connais les règles du jeu. Réglez la question comme bon vous semblera. »

Si ces mots le troublèrent, Durand n'en montra rien. Il se tourna vers Roncaille, qui écoutait sans rien dire.

« Bien. À partir d'aujourd'hui, c'est vous, Roncaille, qui êtes directement en charge de l'enquête. Tenez-moi au courant du moindre développement. Bonne journée, messieurs. »

Là-dessus, le procureur général emporta son inutile élégance hors de la pièce.

Roncaille tapota son imperturbable brushing.

« Je suis désolé, mon cher Hulot. Inutile de vous dire que cette décision ne me réjouit pas du tout », dit-il.

Sans doute ces derniers mots étaient-ils sincères, pensa Frank. Non qu'il crût beaucoup à sa compassion, mais parce que Roncaille était maintenant dans la cage, fouet en main, et sommé de prouver qu'il savait dompter les fauves.

« Allez faire un bon somme, vous devez en avoir besoin, tous les deux. Ensuite, Frank, je voudrais que vous passiez dans mon bureau le plus tôt possible, pour discuter de quelques détails. »

Avec le même calme feint que Durand, Roncaille se hâta de partir. Frank et Hulot restèrent seuls.

« Tu vois ? J'ai envie de jouer les vieux birbes et de clamer : "Je te l'avais bien dit !" Et le pire, c'est qu'on ne peut pas leur donner tort.

— Nicolas, je ne crois pas qu'à notre place Roncaille ou Durand auraient obtenu de meilleurs résultats. Si on te met à l'écart, c'est pour des raisons politiques. Mais moi, je suis encore sur le bateau.

— Toi, oui. Mais pour moi...

— Durand a parlé de vacances. Tu restes commissaire de police, Nicolas ! On t'a seulement déchargé de l'enquête en cours. Ce qui t'offre un atout que les autres n'ont pas...

— Lequel ?

— Vingt-quatre heures par jour pour continuer tes investigations, sans avoir de comptes à rendre à personne.

— Je sors par la porte et je rentre par la fenêtre, c'est ça ?

— Exactement. Nous avons encore quelque chose à vérifier et, pour le moment, personne n'est mieux placé que toi. D'ailleurs, je ne me rappelle pas m'être aperçu de ce détail, la pochette de disque sur la vidéo...

— Frank, tu es un con. Un grand con. Un formidable con.

— Mais je suis ton grand con d'ami. Et je te dois bien ça. »

Hulot changea de ton et agita la tête de droite et de gauche, pour détendre la crispation de sa nuque.

« En attendant, je vais dormir sans vergogne. Puisqu'on m'y encourage...

— Et moi, je me fiche que Roncaille m'attende le plus tôt possible dans son bureau. En esprit, je suis déjà dans mon lit et je ne pense plus à rien ! »

Mais quand ils quittèrent la pièce, tous deux furent assaillis par la même image, qu'avaient évoquée ces derniers mots : celle de Gregor Yatzimin étendu sur ses draps blancs, et ses yeux, déjà aveugles avant de mourir, qui fixaient le plafond de sa chambre.

36

Frank Ottobre s'éveilla et regarda le rectangle d'azur encadré par la fenêtre. Quand il était rentré à Parc Saint-Roman, il s'était effondré sur son lit sans même avoir le courage de prendre une douche ou de fermer les persiennes.

Je ne suis pas ici, à Monte-Carlo, pensa-t-il. *Je suis encore dans la maison au bord de l'océan, en train de me remettre. Harriet est dehors, sur la plage, pas très loin, les cheveux dans le vent et un sourire aux lèvres. Je vais me lever et la rejoindre, et il n'y aura plus de silhouette vêtue de noir. Il n'y aura plus personne entre elle et moi.*

« Personne... », articula-t-il à voix haute.

Les événements de la nuit précédente lui revinrent aussitôt en mémoire et il regarda le réveil. Midi passé. Il se leva d'aussi mauvais gré que Lazare ressuscité et ouvrit la fenêtre, pour que les rafales de vent tiède qui soufflaient sur la mer et la ville dissipassent les cauchemars nocturnes. Il aurait voulu dormir encore cent ans.

Mais un moment plus tard, lavé et rasé de près, il réfléchissait devant son café aux nouvelles complications que présenterait l'enquête, maintenant que Nicolas était hors jeu. Il ne jugeait pas Roncaille en mesure de la mener : c'était sûrement un magicien des relations publiques et des rapports avec la presse, mais, figure politique avant tout, les investigations sur le terrain avaient cessé depuis longtemps de l'intéresser. En revanche, Frank pouvait compter sur d'excellents collaborateurs au sein de la Sûreté, et il connaissait bien les méthodes de la police de Monaco, cet étrange petit État où nul de disait rien mais où l'on savait tant de choses...

Tant de choses... Sauf le nom d'un assassin.

Mais peu importaient les mœurs monégasques. Cette affaire n'était plus une enquête réunissant deux polices, mettant en cause deux machines politiques, celles des États-Unis et de la Principauté. C'était désormais un affrontement entre, d'une part, Nicolas et lui et, d'autre part, un homme en noir qui collectionnait les visages de ses victimes comme des masques à poser sur sa frénésie meurtrière. Et tous trois avaient mis leur vie en suspens, dans l'attente de l'issue de ce combat entre trois demi-morts en un lieu faussement solaire où l'on se prétendait vivant.

Dans sa boîte aux lettres électronique l'attendait un e-mail de Cooper, avec un document en pièce jointe. Sûrement les informations réunies sur Nathan Parker et son nervi, moins utiles maintenant que Mosse était en prison et le général temporairement réduit à l'innocuité. Très temporairement... Car Nathan Parker, de toute évidence, était de ces hommes à ne considérer ses ennemis comme morts qu'une fois leur squelette tombé en poussière.

« Quand tu auras un moment entre deux courses sur les mers à la barre de ton yacht, téléphone-moi. J'ai besoin de te parler au plus vite », écrivait Cooper.

Il se demanda ce qu'il pouvait y avoir de si urgent. Comme on était un samedi à l'heure de la sieste, il l'appela chez lui, dans son loft biscornu sur la rive du Potomac.

« Cooper, ici Frank.

— Salut, fainéant ! Comment ça va ?

— Un supertanker chargé de purin s'est échoué dans le port et la marée noire s'étend à perte de vue.

— Qu'est-ce qui est arrivé ?

— Deux morts de plus la nuit dernière.

— Merde !

— Et comment. Notre tueur en série a fait une victime de plus, selon son rituel accoutumé. C'est sa quatrième. Mon ami Nicolas s'est fait limoger avec une courtoisie et un tact dignes de Néron. L'autre, c'est notre charmant camarade Ryan Mosse qui l'a liquidé. À présent, il est en prison et j'attends que le général Parker fasse surgir les feux de l'enfer pour l'en tirer. »

Cooper était complètement réveillé, maintenant.

« La prochaine fois, tu m'annonceras qu'une guerre nucléaire est déclenchée !

— Ce n'est pas exclu. Mais toi, qu'avais-tu de si urgent à me dire ?

— Eh bien, il y a du nouveau dans l'affaire Larkin. L'enquête nous donne à penser que Jeff et Osmond jouissaient d'une couverture de premier ordre, fournie par une ou plusieurs personnes très haut placées, mais que nous n'arrivons pas encore à identifier. Là-dessus, voilà qu'arrive de New York un certain Hudson McCormack.

— Qui est-ce ? Et quel rapport avec les Larkin ?

— C'est ce que nous aimerions bien savoir. Officiellement, c'est l'avocat d'Osmond Larkin. Mais ce qui est bizarre, c'est qu'il pourrait s'offrir beaucoup, beaucoup mieux. Des stars du barreau qui se font payer par millions de dollars. Or, ce McCormack est un jeune avocat assez obscur, plus connu pour avoir fait partie de l'équipage du *Stars and Stripes* lors de la dernière coupe Louis Vuitton que pour ses succès dans les prétoires.

— Vous vous êtes renseignés sur lui ?

— Évidemment. Mais il est aussi lisse que le crâne de Hitchcock. Bons revenus, sans plus, et aucune dette. Pas de vices particuliers, pas de femmes douteuses. À part son boulot, tout ce qui l'intéresse, c'est la voile. Et voilà qu'il nous saute à la figure comme un diable de sa boîte pour nous démontrer que le monde est vraiment tout petit.

— Ce qui veut dire ?

— Que maître McCormack est actuellement en route pour Monaco.

— Tant mieux pour lui s'il prend des vacances, mais il pourrait arriver dans une ambiance plus détendue.

— Il vient pour une régate importante, semble-t-il. Seulement...

— Seulement ?

— Frank, ça ne te paraît pas curieux qu'un modeste avocat inconnu jusqu'ici se voie pour la première fois de sa vie en charge d'un dossier de première importance et choisisse justement ce moment pour partir en villégiature sur la Côte d'Azur ? N'importe qui à sa place se lèverait tous les matins une heure plus tôt dans l'espoir de travailler vingt-cinq heures sur vingt-quatre !

— En effet, c'est curieux. Mais moi, en quoi puis-je t'être utile ?

— Tu es sur place et tu connais par cœur toute l'affaire Larkin. En ce moment, le dénommé Hudson McCormack est le seul lien entre cette crapule d'Osmond et le monde extérieur. Ce type est son avocat, mais peut-être autre chose aussi. L'enjeu, ce sont des montagnes de drogue et des himalayas de dollars. Et Monaco, en matière de blanchiment... Je sais bien que tout ça est top secret, mais dans les cas de terrorisme ou de trafic de stupéfiants, on peut quand même avoir accès à certaines données. Puisque tu collabores avec la police locale, tu pourrais faire placer McCormack sous surveillance. Discrète mais efficace.

— Bon. Je vais voir ce que je peux faire, dit Frank, s'abstenant de signaler à Cooper qu'en ce moment presque tous les résidents, lui compris, étaient sous surveillance discrète mais efficace.

— Je t'ai envoyé sa photo avec mon e-mail, pour que tu saches quelle tête il a. Avec toutes les informations que nous avons pu réunir sur son séjour.

— Très bien. Retourne à ta sieste, maintenant. Les flics vieillissants dans ton genre ont besoin de beaucoup de sommeil pour conserver un peu d'allant.

— Salut, espèce d'idiot ! *Break a leg.* »

La brève conversation avec son collègue et ami avait brièvement ramené Frank chez lui, même si « chez lui » était une notion assez vague à ce moment de sa vie. Il se sentait comme si son corps astral, impassible, se mouvait parmi les décombres épars de son existence, avec la transparence des fantômes qui voient sans être vus.

À quoi sert tout cela ? Y a-t-il quelqu'un, dans la misérable histoire de l'humanité, qui l'ait compris ? Et s'il l'a compris, pourquoi ne l'a-t-il pas expliqué à tout le monde ?

La réponse la plus plausible était que, peut-être, certains l'avaient expliqué mais que personne ne les avait crus...

Il ferma les yeux et se remémora une conversation avec le père Kenneth, un prêtre-psychanalyste actif dans la maison de santé où il avait passé plusieurs mois après que la mort de Harriet l'eut précipité dans les plus noires ténèbres de la dépression. Assis sur un banc du grand jardin entourant cette espèce d'asile de luxe, il regardait le vide et le père Kenneth était venu sans bruit s'asseoir à côté de lui.

« Comment allez-vous, Frank ? »

Frank avait longuement regardé avant de répondre son long visage d'exorciste bienveillant, ses yeux clairs et intelligents, conscient de la curiosité qu'il éveillait en étant à la fois un homme de science et un homme de foi. Vêtu en civil, il aurait pu être un parent ordinaire d'un patient ordinaire.

« Je ne suis pas fou, si c'est ce que vous voulez m'entendre dire.

— Je le sais bien, comme vous savez très bien que ce n'est pas du tout ce que je veux vous entendre dire. Je voudrais vraiment savoir comment vous allez, figurez-vous. »

Frank avait écarté les bras, dans un geste qui embrassait n'importe quoi et le monde entier.

« Quand croyez-vous que je pourrai partir d'ici ?

— Vous vous y sentez prêt ? » avait répliqué le père Kenneth, répondant à sa demande par une autre demande.

« Si je me pose la question, je me réponds que je ne le serai jamais. C'est pour cela que je vous demande votre opinion.

— Vous êtes croyant, Frank ? »

Frank l'avait regardé avec un sourire amer.

« S'il vous plaît, mon père, ne m'infligez pas les baratins du genre "Regarde vers Dieu et Dieu regardera vers toi." Ces derniers temps, quand j'ai regardé vers Dieu, il a détourné les yeux.

— Frank, ne faites pas outrage à mon intelligence, ni surtout à la vôtre. Vous vous entêtez à m'imposer un rôle à jouer, peut-être parce que vous avez résolu d'en jouer un vous-même. En vous demandant si vous croyez en Dieu, j'avais une vraie raison... »

Frank s'était mis à observer un jardinier occupé à la taille d'un jeune érable.

« Elle ne m'intéresse pas. Je ne crois plus en Dieu, père Kenneth. Et ça ne me rend pas la vie plus facile, quoi que certains puissent en penser. »

De nouveau, il s'était tourné vers lui.

« La conséquence est que je n'ai personne pour me pardonner le mal que je fais. Moi qui avais toujours cru ne pas en faire... »

La sonnerie du téléphone le ramena au présent. C'était Nicolas.

« Frank, tu es levé ?

— Levé et prêt à l'action.

— Bien. Je viens de téléphoner à Guillaume Mercier, le garçon dont je t'ai parlé. Il m'attend. Tu m'accompagnes ?

— Et comment ! Il me donnera peut-être du courage pour affronter une autre soirée à Radio Monte-Carlo. Tu as lu les journaux ?

— Oui, et c'est ce qu'on pouvait imaginer. Et sur quel ton !

— *Sic transit gloria mundi.* N'y fais pas attention, nous avons mieux à faire.

— Je passe te prendre dans quelques instants. »

Pendant qu'il ôtait son peignoir et enfilait une chemise propre, l'interphone sonna.

« Monsieur Octobre ? Il y a quelqu'un qui vous demande. »

Nicolas avait dû rouler à tombeau ouvert, pensa Frank.

« Je sais, Pascal. Dites-lui de monter. »

Peu après, il entendit l'ascenseur s'arrêter à l'étage, alla ouvrir la porte et la trouva devant lui.

Helena Parker était là, sur le seuil, avec ses yeux gris créés pour refléter les étoiles et non cette douleur tapie en leur tréfonds. Debout dans la pénombre du couloir, elle le regardait.

Frank n'avait pas encore boutonné sa chemise et il lui sembla revivre la visite de Dwight Durham, le consul, à ceci près que les yeux de la jeune femme s'arrêtèrent assez longuement sur les cicatrices de son torse avant de remonter vers son visage. Il se hâta de fermer sa chemise.

« Bonjour, Mr Ottobre.

— Bonjour. Excusez-moi de vous accueillir dans cette tenue, mais j'attendais un ami.

— Je l'avais compris à la réponse du concierge, dit-elle avec un bref sourire. Je peux entrer ?

— Bien sûr. »

Il s'écarta et Helena entra en le frôlant de son bras et de son parfum délicat, subtil comme le souvenir. Un instant, il sembla que la pièce ne fût emplie que d'elle.

Son regard tomba sur le Glock que Frank avait posé sur le buffet du salon. Il se hâta de le cacher dans un tiroir.

« Je suis désolé que ce soit le premier objet que vous ayez vu en entrant ici.

— Ne vous inquiétez pas. J'ai grandi au milieu des armes à feu. »

Frank eut une vision fugace de Helena enfant dans la maison de Nathan Parker, le militaire inflexible que le destin avait osé offenser en lui infligeant la naissance de deux filles.

« Oui, j'imagine... », dit-il en finissant de boutonner sa chemise, content d'avoir quelque chose à faire pour se donner une contenance. La présence de la jeune femme chez lui apportait un flux de questions imprévues. C'étaient Parker et Mosse qui, jusqu'à présent, l'occupaient : deux individus avec une voix, un poids, un pas qui laissait des empreintes, une lame cachée ou brandie, un bras pour frapper. Mais Helena n'avait été qu'une présence muette, le souvenir touchant d'une douloureuse beauté.

Il rompit le silence, et sa voix fut plus dure qu'il ne l'aurait voulu.

« Je suppose qu'il y a un motif à votre visite ? »

Helena Parker avait des yeux et des cheveux, et un visage, et un parfum. Frank tourna le dos pour rentrer sa chemise dans son pantalon, comme si par ce geste il tournait le dos à tout ce qu'elle représentait. Sa voix lui parvint alors qu'il enfilait sa veste.

« Oui. J'ai besoin de vous parler. Plus encore, je crains d'avoir besoin de votre aide, à supposer qu'on puisse m'aider. »

Lorsqu'il se retourna, Frank avait demandé – et obtenu – la complicité de ses lunettes de soleil.

« Mon aide ? Vous vivez dans la maison d'un des hommes les plus puissants de tout le continent américain et vous dites que vous avez besoin de mon aide ? »

Un sourire amer flotta sur les lèvres de Helena Parker.

« Je ne vis pas dans la maison de mon père, Mr Ottobre. J'y suis prisonnière.

— C'est pour cette raison que vous avez si peur de lui ?

— Il y a mille raisons pour avoir peur de Nathan Parker. Mais ce n'est pas pour moi que j'ai peur. C'est pour Stuart.

— Stuart est votre fils ? »

Helena eut un instant d'hésitation.

« Oui. Mon fils. Et c'est lui mon vrai souci.

— Mais qu'ai-je à voir là-dedans ? »

Sans que rien le laissât prévoir, elle leva les mains et lui ôta ses lunettes. Puis elle le regarda dans les yeux avec une intensité dont Frank se sentit pénétré comme d'une lame plus affûtée que celle de Ryan Mosse.

« Vous êtes la première personne que j'aie vue oser tenir tête à mon père. Si quelqu'un est capable de m'aider, c'est vous. »

Avant que Frank pût ébaucher une réponse, le téléphone sonna de nouveau. Il saisit le combiné avec le soulagement d'un homme attaqué qui trouve soudain une arme.

« Oui ?

— C'est Nicolas. Je suis en bas.

— Bon, je descends tout de suite. »

Helena lui tendit ses lunettes.

« Je ne suis peut-être pas arrivée au moment le plus opportun...

— C'est vrai, je dois sortir. Je risque de ne pas rentrer de bonne heure.

— Vous savez où j'habite. Vous pouvez me joindre à n'importe quelle heure.

— Et vous pensez que Nathan Parker apprécierait ma visite, en ces circonstances ?

— Mon père est à Paris. Il est allé rencontrer l'ambassadeur et chercher un avocat pour le capitaine Mosse. »

Une pause.

« Il a emmené Stuart avec lui, comme... Pour lui tenir compagnie. Voilà pourquoi je suis venue seule. »

Un instant, Frank s'était attendu à l'entendre prononcer le mot « otage ».

« C'est entendu. Maintenant, excusez-moi, mais je dois partir. Pour diverses raisons, je ne voudrais pas que l'ami qui m'attend au pied de l'immeuble me voie avec vous. Si vous voulez bien patienter quelques instants avant de descendre... »

Helena acquiesça, et la dernière image qu'il eut d'elle avant de partir fut son regard brillant et le léger sourire que seule peut donner une petite espérance.

Dans le miroir de l'ascenseur, cependant, ce qu'il vit dans ses yeux était l'ombre du visage de sa femme. Il n'y avait pas de place pour d'autres yeux, d'autres visages, d'autres douleurs. Surtout, il ne pouvait apporter une aide à personne, car personne ne pouvait l'aider.

La voiture de Hulot l'attendait devant l'immeuble, et, en montant, il vit sur le siège arrière une pile de quotidiens. *Mon nom est Personne,* disait ironiquement la manchette la plus visible. Les autres devaient être du même acabit.

« Excuse-moi de t'avoir fait attendre.

— Ça n'a pas d'importance, dit Nicolas, qui ne semblait pas avoir très bien dormi. Ces messieurs t'ont appelé ?

— Non, silence total. Je ne suis pas sûr que Roncaille soit si pressé de me voir. En attendant, consacrons-nous à nos petites recherches privées. »

Nicolas démarra.

« Je suis passé à mon bureau, et j'en ai profité pour prendre l'original de la vidéo. Je l'ai remplacé par une copie.

— Tu crois qu'ils s'en apercevront ?

— Je pourrai toujours dire que je me suis trompé, dit Hulot en haussant les épaules. De toute façon, ils seraient beaucoup plus scandalisés s'ils savaient que nous avons un indice et que nous n'en avons parlé à personne. »

En jetant un coup d'œil par la lunette arrière, Frank distingua fugacement la silhouette mince de Helena Parker qui sortait du hall de Parc Saint-Roman.

37

Quand ils arrivèrent chez les Mercier, à Èze-sur-Mer, Guillaume les attendait déjà dans le jardin. À peine vit-il la Peugeot s'arrêter devant la grille qu'il pointa une télécommande, et les battants s'ouvrirent lentement. Derrière lui, on apercevait une longue maison blanche de plain-pied, au toit de tuiles sombres et aux volets en bois bleu.

Le jardin, mélange harmonieux de pelouses, de buissons fleuris et de sentiers en pierres plates et irrégulières, était très vaste : presque un petit parc, dominé par un grand pin parasol qui abritait une citronneraie aux fruits en maturation permanente. Au-delà, une grande piscine. Tout autour de la propriété courait une haie de lauriers-roses assez haute pour l'isoler des regards. L'ensemble donnait une impression de bien-être insoucieux d'ostentation, chose extrêmement rare sur la Côte d'Azur.

Hulot gara sa voiture sous un abri en bois, à côté d'une petite Fiat et d'une grosse moto BMW.

Guillaume, un garçon brun et athlétique au visage non pas vraiment beau, mais ouvert et sympathique, s'approcha d'eux à grandes enjambées décontractées. Sa peau avait le bronzage intense caractéristique des gens qui font beaucoup de sport en plein air, ce qu'attestaient aussi ses mollets et ses bras puissamment musclés dépassant de son T-shirt jaune citron et de son grand short militaire.

« Salut, Nicolas !

— Salut, Guillaume. »

Ils se serrèrent la main. Puis :

« Ce grand escogriffe silencieux est mon ami Frank Ottobre, agent spécial du FBI. »

Guillaume tendit de nouveau la main en émettant un long sifflement étouffé.

« Alors, c'est une espèce qui existe vraiment ? Pas seulement grâce aux effets spéciaux ? Ravi de te connaître, agent spécial. »

En lui serrant la main, Frank se sentit instinctivement soulagé. Il devinait, en voyant le regard ferme et profond de ses yeux sombres, que Guillaume était certainement la personne qu'il leur fallait. Il ne savait rien encore de ses talents de vidéaste, mais aucun doute : si on le lui demandait, il saurait se taire.

« Oui, nous sommes intégrés au décor de quatre-vingt-dix pour cent des films, aux États-Unis. Et maintenant, on nous exporte vers la bonne vieille Europe, comme tu vois. »

Le sourire de Guillaume masquait difficilement sa curiosité. Sans doute avait-il compris que la présence des deux hommes chez lui avait un motif grave, et l'on percevait une légère note de tension derrière sa bonne humeur.

« Tu m'as dit que tes parents faisaient un voyage en Méditerranée ?

— Oui, monsieur et madame naviguent, mais j'ai l'impression qu'ils ont perdu la boussole ! Depuis que papa s'est décidé à prendre sa retraite, ces deux vieux polissons se sont rendu compte qu'il restait encore quelques braises de passion dans leur mariage et ils doivent en être à leur dixième nouvelle lune de miel ! La dernière fois qu'ils m'ont appelé, ils étaient sur la côte amalfitaine. Je crois qu'ils rentrent au bercail demain ou après-demain.

— En tout cas, merci de nous donner un coup de main.

— Je t'en prie. J'ai pas mal de temps libre, ces jours-ci. »

Ils traversèrent la grande pelouse par un des sentiers et se dirigèrent vers un petit bâtiment sur le côté du jardin, près duquel on apercevait, sous le store bleu d'une terrasse de fortune, une table en plein air encore jonchée des vestiges d'un dîner.

« Quand les chats ne sont pas là, les souris dansent, pas vrai ? »

Les yeux de Guillaume suivirent le regard moqueur de Hulot.

« Quelques copains sont passés hier soir, et la femme de ménage ne vient pas le dimanche.

— Des copains ? Ben voyons ! N'oublie pas que je suis flic, jeune dévergondé. Je vois bien que la table est dressée pour deux !

Guillaume écarta les bras d'un geste fataliste.

« Écoute, vieille barbe, je ne bois pas, je ne fume pas, je ne joue pas au casino, je ne cherche pas les paradis artificiels. Et tu voudrais m'interdire le peu d'amusements que je m'accorde ? »

Il ouvrit la porte en bois coulissante devant laquelle il s'était arrêté et les invita à entrer. Le petit bâtiment ne comportait qu'une seule grande pièce. À peine à l'intérieur, Nicolas frissonna dans son veston d'été.

« Il fait plutôt frisquet, ici. »

Guillaume indiqua d'une main une masse de gros appareils placés contre le mur, parmi lesquels deux conditionneurs ronflants.

« Mon équipement est assez sensible à la chaleur. Si tu es inquiet pour tes rhumatismes, je peux aller te chercher un vieux loden de mon père... »

D'un geste vif, Hulot le saisit par la nuque et l'obligea à se plier en deux.

« Un peu de respect pour les anciens, blanc-bec ! Sinon, le bruit que tu vas entendre ne sera pas celui de mes articulations, mais de tes cervicales qui se transforment en jeu de construction pour enfants en bas âge. »

Guillaume leva le bras en signe de reddition.

« Ça va, ça va ! Je cède devant l'impérieuse autorité des patriarches... »

Quand Nicolas lâcha prise, Guillaume se laissa tomber comme un pantin désarticulé dans un antique fauteuil râpé. Puis il se releva, rajusta ses cheveux ébouriffés et indiqua à ses visiteurs un canapé non moins râpé entre les deux fenêtres de la grande pièce. Tandis qu'ils s'asseyaient, il pointa sur Nicolas un doigt accusateur.

« Sache que je ne me suis rendu que par compassion pour ta tête chenue. Sinon... »

Mais aussitôt, il s'assit sur la haute chaise pivotante placée devant le plus gros des ordinateurs et les regarda avec une expression soudain très attentive.

Parfait, songea Frank. Voilà un garçon qui a le sens de la mesure. Rieur, mais capable de sérieux et de concentration. Restait à espérer qu'il se révélât aussi capable que Nicolas le supposait. Et à espérer bien d'autres choses encore. Maintenant qu'ils étaient au pied du mur, Frank s'aperçut que son cœur battait plus vite. Par la fenêtre, son regard contempla un instant les reflets du soleil sur l'eau claire de la piscine. Dans ce grand jardin paisible, toute violence semblait irréelle. Et pourtant ! C'étaient plusieurs sombres histoires qui l'avaient amené ici : la sienne, celle de Harriet, celle d'un général qui ne supportait pas de perdre une bataille, quel que fût le prix sanglant de la victoire, et de sa fille désemparée. L'histoire d'un commissaire de police qui n'avait plus d'autre ambition que de se trouver une raison valable de survivre à son fils. Et celle d'une fureur meurtrière incarnée dans un tueur insatiable. Alors que tout aurait pu être si simple, et même si doux...

Il se reprit.

« Guillaume, tu as suivi l'affaire des meurtres de M. Personne ?

— Comme tout le monde, évidemment. Tous les soirs, j'écoute RMC ou Europe 2. Ils doivent se faire des couilles en or, ces temps-ci ! »

Frank, de nouveau, regarda le jardin. Une forte brise s'était levée et agitait la haie de lauriers-roses. Puis il planta fermement ses yeux dans ceux de Guillaume.

« À l'heure qu'il est, cinq personnes sont mortes. Dont quatre atrocement défigurées. Et le moins qu'on puisse dire, c'est que nous n'avons pas été très brillants. Nous n'avons pas la moindre idée de l'identité de l'assassin, ni de ce que nous pourrions faire pour l'arrêter. À part les indices qu'il nous a volontairement fournis, nous n'avons trouvé aucune trace de lui. Excepté, peut-être, un minuscule détail. »

Frank se tut, laissant la parole à Hulot. Le commissaire se redressa et tendit à Guillaume la vidéocassette qu'il avait tirée de sa poche.

« Là-dessus se trouve le seul petit indice dont nous disposions, dit-il. Mais c'est quelque chose de très flou, et nous aimerions que tu nous aides à l'affiner. C'est terriblement important, Guillaume. Comme tu le devines, des vies humaines peuvent en dépendre. C'est pourquoi nous avons besoin de ta discrétion la plus absolue. Suis-je assez clair ? »

Guillaume acquiesça et saisit la cassette d'un geste précautionneux, comme si elle risquait de lui exploser entre les mains.

« Qu'est-ce qu'il y a là-dessus ? »

Hulot le regarda attentivement.

« Tu vas voir. Ce n'est pas un beau spectacle, autant te le dire tout de suite. Pour que tu sois préparé. »

Sans faire de commentaire, le jeune homme se leva pour tirer les rideaux, puis alluma l'ordinateur et le moniteur à écran plasma. Enfin, il glissa la cassette dans un lecteur sur sa gauche et pressa une touche. Sur l'écran apparurent les lignes colorées habituelles, puis les premières images.

Tandis que le meurtre d'Allen Yoshida défilait devant les yeux de Guillaume, Frank décida de lui laisser regarder le film en entier. Non seulement parce qu'ils arriveraient ainsi au moment qui les intéressait sans qu'un supplément d'explications fût nécessaire, mais parce qu'il voulait que le jeune homme comprît à quel adversaire ils avaient affaire. Il se demanda ce qui pouvait traverser l'esprit de Guillaume en découvrant ces images, s'il éprouvait la même horreur que Nicolas et lui quand ils avaient vu le film pour la première fois. Au vrai, c'était comme une œuvre d'art démoniaque, fondée non sur la création mais sur la destruction, qui dégageait à chaque vision un effroi intact.

Au bout de quelques minutes, Guillaume appuya sur la touche PAUSE et se tourna vers eux, avec de grands yeux.

« Mais... ce film, c'est une fiction ou une réalité ? demanda-t-il d'un filet de voix.

— Malheureusement, tout ce que tu vois est réel à deux cents pour cent. Je t'avais prévenu que ce n'était pas un beau spectacle.

— Je sais, mais un tel carnage dépasse l'imagination ! Est-ce que c'est possible ?

— Oui, c'est possible. Et si nous sommes ici, c'est justement dans l'espoir que ce carnage ne se reproduira pas. »

Frank remarqua deux taches de sueur sous les aisselles du garçon.

La mort est glacée et brûlante à la fois, pensa-t-il. *La mort, c'est la froideur du sang répandu et la chaleur de la sueur. Elle est aussi tout ce que nous avons pour nous rappeler que la vie existe. Continue, mon garçon, continue. Ne nous déçois pas...*

Comme s'il avait entendu ses pensées, Guillaume se retourna vers l'écran et remit le film en marche. Puis il s'appuya au dossier de sa chaise, comme si cette posture constituait une défense contre les images qui défilaient de nouveau. Il resta complètement immobile jusqu'à la dernière, celle où le tueur gratifiait son public de sa petite courbette narquoise.

Un instant plus tard, des flocons de neige envahirent l'écran.

« Qu'attendez-vous de moi ? » demanda Guillaume sans se retourner.

Au son de sa voix, on devinait aisément qu'il aurait préféré être ailleurs, n'avoir jamais assisté à cette danse de mort conclue par un salut pour un auditoire de damnés.

Frank se leva et lui posa une main sur l'épaule.

« Maintenant, rembobine la cassette jusqu'à ce que je te dise de t'arrêter. »

Les images réapparurent, mais en sens inverse et à une vitesse qui les rendait épouvantablement bouffonnes.

« Voilà... Ralentis... Nous y sommes, arrête ! »

L'image se figea, un peu trop loin.

« Reviens un peu en avant, s'il te plaît. »

Guillaume manœuvra délicatement l'appareil, et le film avança photogramme par photogramme, comme une série de photos.

« Stop ! »

Frank se plaça à côté du jeune vidéaste et lui désigna un point sur l'écran.

« Tu vois, là, sur le meuble ? Il y a un truc posé qui est probablement une pochette de disque 33 tours. Seulement, on ne distingue pas bien l'image, et encore moins ce qui est écrit. Est-ce qu'il t'est possible de l'isoler et de l'agrandir ? »

Guillaume hocha la tête et ses doigts s'affairèrent sur le clavier de l'ordinateur, cependant que ses yeux ne quittaient pas le point indiqué par Frank.

« On va essayer... Cette vidéo, c'est une copie ou c'est l'original ?

— L'original.

— Tant mieux. Ça devrait me faciliter les choses. D'abord, je dois numériser l'image. Elle perdra un peu en qualité, mais c'est la seule façon de la travailler. »

Sa voix était calme et ferme. Maintenant qu'il entrait dans son domaine de compétence, Guillaume semblait avoir surmonté le choc de ce qu'il avait vu. Pendant quelques instants, ses doigts coururent sur le clavier. L'image disparut puis reparut, plus nette.

« Voilà, c'est fait. Maintenant, on va isoler la partie qui nous intéresse. »

L'écran montra un carré bien délimité qui contenait l'objet indiqué par Frank. Puis une sorte de mosaïque électronique où l'on ne discernait plus rien.

« On ne voit plus le disque ! » laissa échapper Frank.

Guillaume se tourna vers lui.

« Du calme, homme de peu de foi ! J'ai à peine commencé à travailler. »

Après une bonne demi-minute de manœuvres, l'écran révéla, assez distinctement, une pochette de 33 tours, au fond noir. Au centre, sur ce fond, un homme photographié à contre-jour jouait de la trompette dans la position tendue du musicien qui cherche une note impossible pour son suprême bonheur et celui de son public. L'instant d'apothéose où le temps et le lieu n'ont plus aucune importance, où seule compte la quête du son et de la vibration uniques, qui exaltent et tourmentent dans le même frémissement.

Au-dessous, en lettres blanches, on pouvait clairement lire un nom : *Robert Fulton.* Et plus bas, en caractères italiques un peu plus petits : *« Stolen Music. »*

« *Stolen Music.* Musique volée, articula Frank. Qu'est-ce que ça peut vouloir dire ?

— Aucune idée, marmonna Nicolas, qui s'était levé du canapé et approché d'eux. Et toi, Guillaume ?

Le jeune homme continuait à fixer l'écran.

« Robert Fulton... Jamais entendu parler. Mais on voit bien que c'est un disque de jazz, plutôt ancien. Désolé, mais je ne m'y connais pas beaucoup, en jazz. »

Nicolas se rassit sur le canapé, et Frank se passa une main sur le menton. Quand il parla, les autres comprirent qu'il pensait à haute voix.

« *Stolen Music*. Robert Fulton. Pourquoi diable M. Personne a-t-il éprouvé le besoin de passer justement ce disque en assassinant Yoshida ? Et pourquoi l'a-t-il remporté ? Qu'est-ce que cette musique a de spécial ? »

Dans la pièce tomba le silence des questions sans réponse accessible, le silence où l'esprit parcourt de longues distances en quête de ce qu'il ne connaît pas et qui s'éloigne sans fin. Déjà, ils s'étaient trouvés devant la pochette d'un disque au message indéchiffrable, attendant la sonnerie menaçante d'un téléphone...

Le bruit des doigts de Guillaume sur le clavier les tira tous deux de leurs vaines cogitations.

« Il y a peut-être autre chose...

— Quoi ? demanda Frank, comme s'il sortait d'hypnose.

— Attendez, laissez-moi vérifier. »

Il rembobina la vidéocassette, puis la fit défiler de nouveau, image par image, s'interrompant de temps à autre pour braquer son zoom sur un détail. Malgré le froid, Frank et Nicolas sentaient le sang battre à leurs tempes. Au bout d'un moment, le jeune homme arrêta le film sur l'image du tueur penché sur Yoshida, comme s'il lui chuchotait une confidence à l'oreille. C'était dommage que le film fût muet, pensa Frank. Mais M. Personne était beaucoup trop malin pour leur fournir un échantillon de sa voix.

Guillaume s'affaira de nouveau devant son clavier et transféra l'image sur son moniteur à cristaux liquides. En activant la souris, il fit apparaître une tache qui semblait composée de tesselles colorées, telle l'œuvre d'un émule de Mondrian sérieusement pris de boisson.

« Ce que vous voyez, ce sont les pixels agrandis, dit-il. C'est comme un puzzle. Tels quels, ils sont trop grands et on ne voit rien. Mais j'ai un programme qui examine les pixels déformés par l'agrandissement et les reconstruit. Toute cette installation m'a coûté une fortune, mais ce n'est pas pour rien ! Allez, m'sieur l'ordinateur, donne-toi un peu de mal... »

De nouveau, il pressa une touche du clavier. Si l'image s'éclaircit un peu, elle resta trop confuse pour être intelligible.

« Mais non ! s'écria Guillaume. Attends, on va voir qui est le plus malin. »

Il s'approcha de sa machine d'un élan presque menaçant, ébouriffa ses cheveux d'une main, puis essaya une autre manœuvre. Ses doigts galopèrent sur le clavier pendant une bonne dizaine de secondes, puis il se leva et alla tripoter un autre appareil posé sur une étagère, appuyant sur des touches et baissant des manettes. Des lumières vertes et rouges s'allumaient dans une ambiance de science-fiction.

« Voilà. On va savoir si j'ai vu juste... », marmonna-t-il enfin.

Il se rassit et scruta de nouveau l'écran de l'ordinateur. Quelques derniers gestes, et deux images apparurent côte à côte : celle du disque, et celle qu'il venait d'isoler. De l'index, il désigna la première.

« Ici, vous voyez ? C'est le seul photogramme où l'on voie la pochette presque entièrement. Je dis bien "presque", parce que l'angle en haut à gauche est caché par la manche de l'homme qui tient le poignard. Nous ne l'avions pas vu, parce que la couleur est quasiment la même, noir sur noir. Mais les deux murs sont couverts de miroirs, et il m'a semblé qu'un des reflets nous montrait autre chose. Une tache toute petite... »

De nouveau, les doigts de Guillaume tapotèrent le clavier.

« J'ai l'impression que dans le miroir, qui reflète l'angle caché, on distingue quelque chose de brillant. Peut-être une étiquette collée sur la pochette... »

Il leva la main et pressa une touche comme si ce geste lançait un missile capable de détruire un continent. Lentement, devant leurs yeux, la tache vaguement brillante et à peine distincte sur le moniteur s'agrandit et prit forme. Sur fond doré, légèrement floue mais lisible, ils purent déchiffrer une inscription en écriture cursive.

« Ça pourrait être le nom de la boutique qui a vendu le disque, par exemple, articula Guillaume. Voilà, nous y sommes. *Disque à Risque.* Cours Mirabeau, 13100 Aix-en-Provence. Le numéro est trop petit pour qu'on puisse le distinguer. Idem pour le téléphone. Désolé, mais il faudra que vous les trouviez tout seuls ! »

Il y avait un discret accent de triomphe dans la voix de Guillaume. Il se tourna vers Nicolas avec un geste qui aurait pu être celui d'un acrobate saluant son public après un triple saut périlleux.

Les deux hommes étaient sans voix.

« Guillaume, tu es phénoménal ! »

Le garçon haussa les épaules et sourit.

« N'exagérons rien. Je suis simplement ce qu'on trouve de mieux sur le marché. »

Frank se pencha vers le moniteur et examina l'inscription, encore incrédule. Après tant de coups d'épée dans l'eau, tant d'errance sur des mers anonymes, ils avaient enfin quelque chose de concret, une petite terre qui se dessinait à l'horizon. Et il la contemplait avec la crainte qu'elle ne se révélât un nouveau mirage.

« Peux-tu nous imprimer cette image ? demanda Nicolas.

— Bien sûr. Combien de copies ?

— Trois ou quatre, ça suffira.

Un instant plus tard, l'imprimante se mettait en marche. Guillaume se leva de sa chaise, et Frank le regarda dans les yeux, conscient qu'avec certaines personnes les longs discours sont inutiles.

« Tu n'imagines pas ce que tu as peut-être fait pour nous, dit-il. Et pour beaucoup d'autres. Et nous, est-ce que nous pouvons faire quelque chose pour toi, maintenant ? »

Sans mot dire, Guillaume lui tourna le dos pour extraire la cassette du lecteur. Puis il la tendit à Frank.

« Une seule chose pourrait me faire plaisir. Attrapez ce fou furieux et enfermez-le en lieu sûr.

— Promis. Et ce sera en grande partie grâce à toi. »

Nicolas ramassa les feuillets imprimés dans le panier. Pour la première fois depuis bien longtemps, sa voix eut une résonance d'allégresse.

« Eh bien, maintenant, je crois que nous avons à faire. Beaucoup à faire. Inutile de nous raccompagner, nous connaissons le chemin. Tu dois avoir du travail aussi.

— Du travail ? Merci bien. Pour aujourd'hui, ça suffira ! Je crois plutôt que je vais faire un tour à moto. Après ce que j'ai vu, je n'ai aucune envie de rester ici tout seul, figure-toi.

— Au revoir, Guillaume, et merci encore... »

Dehors, la langueur du crépuscule les accueillit dans le jardin, qui semblait enchanté après la cruauté des images qu'ils venaient de revoir. Une tiède brise de début d'été soufflait de la mer et caressait le vert éclatant des pelouses, le vert plus sombre des haies de lauriers, l'éclat multicolore des massifs. Frank remarqua que par une bizarrerie chromatique, aucune fleur n'était rouge. Cela lui parut de bon augure.

« Qu'est-ce qui te fait sourire ? interrogea Nicolas.

— Rien. Une bouffée d'optimisme, grâce à Guillaume...

— Un garçon formidable, vraiment. »

Frank se tut, devinant que son ami ne s'en tiendrait pas là.

« C'était le meilleur ami de mon fils. Ils se ressemblaient beaucoup. Chaque fois que je vois Guillaume, je ne peux pas m'empêcher de me dire que si Stéphane avait vécu, il serait probablement devenu un type du même genre. Voilà, c'est une façon un peu alambiquée de continuer à être fier de mon fils... »

Frank évita de le regarder, pour ne pas voir dans ses yeux les larmes qu'il entendait dans sa voix.

Ils regagnèrent la voiture en silence. Quand ils furent à l'intérieur, Frank prit les feuillets imprimés et les examina longuement, pour que son ami eût le temps de chasser ses souvenirs. Puis, quand Nicolas démarra, il les posa sur le tableau de bord.

« Nicolas, dit-il tandis que la voiture reprenait la route de Monaco, est-ce que tu connais bien Aix-en-Provence ?

— Aix ? Il y a bien vingt ans que je n'y ai pas mis les pieds.

— Alors, tu ferais bien d'acheter un plan de la ville. Je crois que tu vas devoir y faire très rapidement un petit tour. »

38

La voiture de Hulot s'arrêta à l'angle des rues Princesse-Florestine et Suffren-Raymond, à quelques dizaines de mètres du commissariat central, sous un panneau publicitaire vantant presque ironiquement les mérites de la « Peugeot 206, Enfant terrible ». Le commissaire désigna l'affiche avec un sourire malicieux.

« Décidément, j'ai acheté la voiture qu'il me fallait !

— Arrête de faire l'idiot, enfant terrible ! N'oublie pas qu'à partir de maintenant, tout est entre tes mains. Alors, au boulot !

— Oh, tu peux compter sur moi. Si je découvre quelque chose, je t'appelle tout de suite. »

Frank descendit de voiture et agita vers lui un index comminatoire.

« Pas si tu découvres quelque chose. Quand tu auras découvert quelque chose ! Tu croyais vraiment prendre des vacances, peut-être ? »

Nicolas le salua d'un geste, et Frank regarda l'auto s'éloigner. Pendant le trajet d'Èze-sur-Mer à Monte-Carlo, Roncaille lui avait téléphoné pour le convoquer d'urgence à une réunion où l'on prendrait certaines « décisions importantes » ; et à son ton, Frank devinait la teneur de ce qui se dirait. Le sacrifice de Nicolas Hulot n'empêchait pas que le fatal insuccès de la nuit précédente eût fait sentir à MM. Roncaille et Durand le souffle du boulet.

Quand il entra dans le bureau du directeur de la Sûreté, il ne s'étonna guère d'y trouver le procureur général. En revanche, il fut assez surpris de la présence de Dwight Durham, le consul. Non qu'elle fût injustifiée, mais il avait supposé que les manœuvres diplomatiques se dérouleraient dans les salons feutrés des chancelleries. Qu'on eût envoyé le consul à d'humbles enquêteurs signifiait qu'à Washington on était résolu à secouer fortement les puces aux autorités policières et judiciaires de la Principauté – soit que Nathan Parker eût fait jouer ses relations, soit que la mort violente de ressortissants américains commençât d'indisposer sérieusement. Sans compter la peu flatteuse arrestation pour meurtre d'un capitaine de l'armée des États-Unis.

« Entrez, Frank, je suis content de vous voir, dit Roncaille en se levant avec son habituelle courtoisie ostentatoire. J'imagine qu'après cette terrible nuit vous avez eu du mal à dormir, comme nous tous. »

Frank serra les diverses mains tendues et saisit en s'asseyant un regard fugace de Durham, lourd de sous-entendus qu'il ne parvint pas à décrypter. Le bureau n'était pas beaucoup plus grand que celui de Nicolas, mais le prestige de la fonction directoriale était souligné par la présence aux murs de plusieurs élégants tableaux, certainement authentiques. Roncaille reprit sa place.

« J'imagine également que vous avez lu les journaux et que vous savez quels tombereaux d'ordures ils déversent sur nous depuis les derniers événements. »

Frank haussa les épaules.

« Non, dit-il. Je n'en ai pas perçu la nécessité. Les

médias ont une logique à eux, qui consiste à fournir à Monsieur Tout-le-Monde ce qu'il a envie de lire. Mais ils sont rarement utiles aux enquêteurs. Je ne suis pas chargé de lire les journaux, et encore moins de leur procurer à tout prix de quoi appâter leurs lecteurs. »

Il vit Dwight Durham rire sous cape. Durand, pour sa part, crut déchiffrer dans les propos de Frank une allusion au sort de Nicolas.

« Frank, je sais l'amitié qui vous lie au commissaire Hulot. Ça n'a pas été de gaieté de cœur que j'ai pris une mesure forcément impopulaire. Je sais combien il est estimé par tout le personnel de la Sûreté. Mais vous devez comprendre... »

Frank l'interrompit avec un léger sourire.

« Je comprends parfaitement vos motivations, monsieur le procureur. Je n'ai pas l'intention d'en faire une difficulté. »

Roncaille, conscient que la conversation prenait un tour dangereux, s'empressa de dérouler un tapis rouge et de servir aux ego quelques coupes de nectar.

« Toute difficulté entre nous serait pour le moins fâcheuse, Frank, mais il n'y a aucune raison pour qu'il en surgisse une quelconque. C'est d'ailleurs pour cela que nous vous offrons de grand cœur de prendre la direction de l'enquête. De grand cœur, et en toute confiance. M. Durham est parmi nous pour s'en porter garant. »

Le consul s'appuya au dossier de son fauteuil dans une attitude décontractée. Son rôle d'émissaire du gouvernement américain le plaçait dans une position privilégiée, mais il faisait de son mieux pour que Frank sentît le moins possible quelle responsabilité solitaire il faisait peser sur lui, et celui-ci en éprouva pour Durham une sympathie encore plus vive.

« Inutile de nous cacher la réalité, mon cher Frank, dit-il. La situation est extrêmement embarrassante. Du reste, elle l'était déjà avant que ne survienne ce... Disons, cet accident plutôt désastreux mettant en cause le capitaine Mosse, et qui a embrouillé les choses encore davantage. À cet égard, la page semble tournée et les chancelleries régleront la question à leur guise. En revanche, pour ce qui est de M. Personne, comme la presse l'a surnommé... »

Il se tourna vers Durand, comme pour lui laisser le soin d'achever. Celui-ci regarda Frank, qui eut la sensation que le procureur eût plus volontiers montré son derrière à la télévision que prononcé les mots qui suivirent.

« D'un commun accord, nous avons décidé de placer l'enquête entièrement entre vos mains. Vous êtes un policier brillant, vous suivez les investigations depuis le début. Au point où nous en sommes, personne n'est mieux qualifié que vous pour les poursuivre. Nous vous adjoignons l'inspecteur Morelli pour représenter la Sûreté publique de Monaco, mais pour le reste, vous avez carte blanche. M. Roncaille et moi attendons vos rapports. »

Il avait parlé du ton d'un homme qui accepte une concession impensable, permet à un gamin désobéissant de prendre une autre part de dessert.

Frank leur montra peu ou prou le visage qu'ils attendaient de lui, bien qu'il les eût sans nuls remords livrés aux centurions romains chargés de les jeter en pâture aux fauves.

« Eh bien, je suis très honoré, dit-il. Reste à

comprendre par quelle incroyable astuce ce tueur a réussi à se mouvoir si souvent dans un territoire aussi restreint sans commettre la plus petite erreur, malgré l'excellence du contrôle policier. »

Roncaille accueillit cet hommage avec un sourire satisfait. Il se pencha vers Frank.

« Vous pouvez vous installer dans le bureau du commissaire Hulot, dit-il. Vous y trouverez toute la documentation sur l'affaire, dont les rapports de la Scientifique sur les deux derniers meurtres. En principe, les comptes-rendus d'autopsie arriveront demain matin. Si nécessaire, nous mettrons à votre disposition une voiture de police.

— Ça me serait très utile, en effet.

— Alors, vous en trouverez une en sortant. Une dernière chose... Vous êtes armé ?

— Oui, j'ai un pistolet.

— Bon. Nous vous ferons préparer une carte de police temporaire qui vous donnera le droit d'intervenir en territoire monégasque. Bonne chance, Frank. »

La réunion était terminée, du moins en ce qui le concernait, et ce que les trois autres avaient encore à se dire ne l'intéressait en rien. Il prit congé et, en s'éloignant, récapitula les nouveautés de l'après-midi.

La principale était la découverte permise par le travail de Guillaume. Peu de chose, en réalité. Mais au royaume des aveugles, les borgnes étaient rois, et dans l'ignorance totale, un nom et une adresse pouvaient faire la différence entre la vie et la mort de plusieurs personnes. Au contraire de Nicolas, cependant, cet indice l'emplissait d'anxiété plus que d'optimisme. Avait-il seulement un sens ? S'il en avait un, c'était désormais à son ami, commissaire « en vacances », d'en trouver la confirmation.

Sa seconde pensée fut pour Helena Parker. Que voulait-elle de lui ? Pourquoi avait-elle si peur de son père ? Et quel rapport existait-il entre elle et le capitaine Mosse ? La manière dont il l'avait traitée le jour de leur rixe prouvait qu'il ne s'agissait pas de la relation normale entre la fille d'un général et un subordonné de celui-ci, même si Mosse faisait apparemment presque partie de la famille. En outre, quel crédit fallait-il ajouter aux affirmations du vieux militaire sur la fragilité psychologique de la jeune femme ?

C'était en vain qu'il essayait d'oublier ces interrogations, qui risquaient de le distraire de l'enquête dont il était désormais personnellement responsable.

Il entra dans le bureau de Nicolas sans frapper, puisqu'il était maintenant le sien, et y trouva Morelli, qui se leva en le voyant. Entre eux, il y eut un moment de gêne, et Frank sentit qu'une explication était nécessaire, pour que chacun sût à quoi s'en tenir sur les intentions de l'autre.

« Bonjour, Claude. Tu sais les nouvelles ?

— Oui. Roncaille m'a prévenu. Je suis content qu'on t'ait chargé de l'enquête, même si...

— Si ? »

Morelli répondit, ferme comme le rocher de Gibraltar.

« Même si je considère ce qu'on a fait à Hulot comme une authentique saloperie ! »

Frank sourit.

« Franchement, c'est ce que je pense aussi. »

Le malaise se dissipa : à l'évidence, l'inspecteur lui faisait confiance. Mais pouvait-il se fier à lui au point de lui confier que Nicolas poursuivait seul une nouvelle piste ? Frank préféra s'en abstenir, du moins pour le moment : Morelli était un policier compétent et sympathique, mais il appartenait à la Sûreté et risquerait injustement des ennuis si de nouveaux problèmes surgissaient.

Il lui montra un dossier sur le bureau.

« Le rapport de la Scientifique est arrivé.

— Qu'est-ce qu'il nous apprend ?

— Pas grand-chose, hélas. Notre homme a tué Gregor Yatzimin sans laisser la moindre trace, comme d'habitude. Nous sommes toujours réduits aux suppositions. »

Pas tout à fait, Claude, pas tout à fait. Il y a de la musique volée dans l'air...

« Eh bien, nous n'avons rien d'autre à faire que de rester sur le pied de guerre au siège de Radio Monte-Carlo. Mais j'ai une faveur à te demander.

— Je t'écoute, Frank.

— Si tu veux bien, j'aimerais que ce soir tu y ailles sans moi. Je pense qu'il ne se passera rien. Le meurtre de la nuit dernière a dû temporairement satisfaire notre client, et il ne se manifestera plus tant que l'effet n'en sera pas dissipé. C'est comme ça que fonctionnent tous les tueurs en série : ils font une pause, quand ils ont eu leur dose de sang. J'écouterai l'émission à la radio et tu pourras me joindre à tout moment. D'accord ?

— Bien sûr. »

Frank se demanda comment avançaient les affaires entre Morelli et Barbara. Celle-ci ne lui avait pas semblé indifférente aux attentions de l'inspecteur, mais leur ébauche d'idylle avait dû passer au second plan : Morelli n'était pas du genre à négliger ses devoirs pour des divagations sentimentales, même suscitées par la très séduisante Barbara.

« On m'a promis une voiture personnelle. Peux-tu vérifier si la promesse a été tenue ? »

Morelli acquiesça et, dès qu'il fut sorti, Frank prit dans sa poche son portable et un feuillet plié en deux : la lettre que le général Parker avait laissée au concierge après leur première rencontre sur la place d'Èze. Il regarda un moment les numéros de téléphone notés en bas, puis se décida et composa le premier, celui de la villa. Au bout de quelques secondes, la voix de Helena lui répondit.

« Allô ?

— Bonsoir, ici Frank Ottobre. »

Quelques instants de silence. Puis :

« Je suis contente de vous entendre. »

Frank ne fit aucun commentaire.

« Vous avez déjà dîné ?

— Non.

— C'est une pratique que vous avez décidé d'abandonner, ou considérez-vous qu'elle puisse faire partie de votre programme de ce soir ?

— Je pense que c'est envisageable.

— Alors, je pourrais passer vous prendre dans une heure. Ça vous convient ?

— Parfaitement. Je vous attends. »

Ensuite, Frank garda les yeux fixés sur le petit écran de l'appareil, comme s'il pouvait y suivre les allées et venues de la jeune femme dans la grande maison. En se rasseyant, il ne put s'empêcher de se demander dans quel nouveau guêpier il était en train de se fourrer.

39

Frank se gara au bout du chemin de terre menant à la villa des Parker et coupa le moteur de la Mégane banalisée qu'il avait trouvée devant le commissariat.

En chemin, il avait téléphoné à Helena pour la prévenir de son arrivée. Auparavant, il avait accompagné Morelli au siège de RMC et tous deux avaient vérifié que tout était en ordre. Au moment de partir, Frank avait pris Pierrot à part et l'avait emmené dans un petit bureau près de l'entrée.

« Pierrot, tu es capable de garder un secret ? »

Plissant les yeux, le garçon l'avait regardé craintivement, comme s'il se demandait si la réponse était à sa portée.

« Un secret, c'est quelque chose que je ne dois répéter à personne ?

— Exactement. Et puisque tu es devenu policier et que tu participes à notre enquête, tu dois savoir qu'un policier ne doit jamais parler de ses secrets. Dans ma langue, on dit *top secret*. Tu as compris ? »

Pierrot avait fait non de la tête, énergiquement, en agitant ses drôles de cheveux raides qui auraient eu grand besoin d'un passage chez le coiffeur.

« *Top secret*, ça veut dire que personne, absolument personne ne doit être au courant, à part toi et moi. D'accord, agent Pierrot ?

— Oui, chef ! »

Et il avait mimé un salut militaire, comme il avait dû le voir dans un film. Satisfait, Frank avait tiré de sa veste un des feuillets imprimés par Guillaume.

« Bon. Je vais te montrer la pochette d'un disque. Peux-tu me dire s'il se trouve dans la *grande pièce* ? »

De nouveau, le garçon avait plissé les yeux, cherchant la concentration. Après avoir observé l'image pendant plusieurs secondes, il avait regardé Frank sans l'air de contentement que lui donnait de coutume une conclusion affirmative, et, de nouveau, secoué vigoureusement la tête.

« Il n'y est pas. »

Frank avait caché sa déception et feint de considérer cette dénégation comme un succès.

« Très bien, agent Pierrot. Tu peux disposer, maintenant. Et je te répète : secret absolu ! »

Pierrot avait croisé ses doigts sur sa bouche en signe de promesse, puis il était retourné vers la cabine de régie. Frank était parti de son côté, laissant Morelli en charge de la situation. En sortant, il avait aperçu Barbara, dans une robe noire aussi discrète que troublante, qui s'approchait pour parler à l'inspecteur.

Alors qu'il songeait aux inclinations bien compréhensibles de Claude, Frank vit la grille de la maison s'ouvrir et la silhouette de Helena émerger de l'ombre, figure gracieuse aux cheveux blonds dont les profonds yeux gris semblaient retenir leur tristesse pour ne pas en inonder le monde entier. Qu'y avait-il derrière la réserve de ces yeux ? Quelles souffrances, quelles interminables heures de solitude glacée ou de compagnie insupportable, de misérable survie remplaçant la vie ?

Il ne tarderait probablement pas à l'apprendre, mais

se demanda jusqu'à quel point il le souhaitait, s'il était prêt à le découvrir. Tout à coup, il prit conscience de ce que représentait pour lui Helena Parker, et comprit qu'il avait peur, même si c'était à grand-peine qu'il se l'avouait. Il avait peur que la mort de Harriet l'eût rendu définitivement pusillanime et lâche. S'il en était ainsi, il pourrait courir le monde armé jusqu'aux dents et arrêter des centaines de criminels sans faire autre chose que courir en vain après lui-même. S'il ne réagissait pas, si quelque chose ne changeait pas en lui, sa peur l'habiterait à jamais.

Il descendit de la voiture et la contourna pour ouvrir la portière. Helena, discrètement élégante dans un ensemble sombre à col oriental, s'approcha de l'auto, précédée d'un parfum légèrement épicé qui semblait surgir de la nuit même, et prit place sur le siège du passager.

« Bonsoir, Frank. C'est gentil de m'avoir ouvert la portière, mais ne vous croyez pas obligé de le faire à chaque fois... »

— Ce n'est pas seulement par galanterie. Vous devez savoir qu'avec les voitures françaises, il faut parfois se livrer à de drôles de manœuvres pour être sûr qu'elles voudront bien rouler », plaisanta-t-il.

Le sourire gai qu'elle lui offrit parut à Frank plus précieux que le plus beau des joyaux ; et devant ce sourire, soudain, il se sentit seul et désarmé. C'était à l'étrangeté oubliée de cette impression qu'il pensait en se rasseyant au volant, et, en démarrant, il se demanda combien de temps dureraient les amabilités de part et d'autre avant qu'on abordât sans plus de détour le vrai motif de leur rencontre. Il se demanda aussi qui, de lui ou d'elle, aurait le courage de l'affronter le premier.

Tournant un peu la tête, il regarda son profil, ombre et lumière dans l'éclat intermittent des phares, reflet des ombres et des lumières qu'il sentait dans ses propres pensées. Elle aussi le regarda, et dans la pénombre, il vit que toute trace de gaieté avait disparu de ses yeux.

Il comprit qu'elle parlerait la première.

« Je connais votre histoire, Frank. Mon père m'a obligée à l'écouter. Tout ce qu'il sait, je suis forcée à le savoir. Tout ce qu'il est, je suis forcée à le devenir. Je suis navrée : j'ai l'impression d'avoir pénétré par effraction dans votre vie, et ce n'est pas un sentiment très agréable. »

Les hommes – songea Frank – avaient la réputation de se comporter en chasseurs à l'égard des femmes, mais avec Helena, les rôles étaient inversés. Cette femme était une authentique chasseresse, sans même le savoir. Peut-être parce qu'on l'avait toujours traitée comme une proie.

« Tout ce que je peux vous offrir en échange, c'est mon histoire à moi, poursuivit-elle. C'est ma seule excuse pour me trouver avec vous et provoquer vos interrogations. »

Frank écoutait la voix de Helena et conduisait lentement, sur la route de Roquebrune à Menton. Autour d'eux, il y avait de la vie, des lumières et des existences ordinaires, des promeneurs du soir goûtant l'air tiède de la Côte, des gens en quête d'une satisfaction futile, sans autre motif réel que le plaisir même de la chercher. Il n'y a pas de trésors, pensa Frank, pas d'îles inconnues ni de cartes sur parchemin ; il n'y a que l'illusion, tant qu'elle dure. Et parfois, la fin de l'illusion est annoncée par une voix qui murmure deux mots tout simples : *Je tue...*

Presque inconsciemment, Frank éteignit la radio qui diffusait une légère musique de fond. C'était comme s'il craignait que d'un moment à l'autre n'en surgît une voix déformée pour le rappeler à la réalité.

« Ça ne me gêne pas que vous connaissiez mon histoire, dit-il. Le vrai problème, c'est que cette histoire existe. J'espère que la vôtre ne lui ressemble pas.

— Si elle était très différente, croyez-vous que je serais ici ? »

Tout à coup, la voix de la jeune femme se fit très douce.

« Comment était votre femme ? »

Frank s'étonna qu'elle eût formulé cette question avec autant de naturel. Et aussi de la facilité avec laquelle il répondit.

« Je ne saurais pas vous dire comment elle était. Comme nous tous, elle était deux personnes à la fois. Je pourrais vous dire comment je la voyais, mais ça ne servirait plus à rien, maintenant. »

Frank se tut, et pendant quelques centaines de mètres son silence s'unit à celui de Helena.

« Comment s'appelait-elle ?

— Harriet. »

Helena sembla entendre ce nom comme celui d'une vieille amie.

« Harriet. J'ai beau ne l'avoir jamais connue, j'ai le sentiment de savoir beaucoup de choses sur elle. Vous devez vous demander d'où me vient une telle présomption... »

Un silence. Puis :

« Personne autant qu'une femme découragée ne peut en deviner une autre », murmura-t-elle.

Elle regarda un instant par la fenêtre, puis poursuivit :

« Ma sœur, Arijane, avait réussi à se montrer plus forte. Elle avait tout compris et elle est partie, elle a fui la folie de notre père. Et puis, elle ne devait pas l'intéresser suffisamment pour qu'il l'enferme dans la même prison que moi. Mais moi, je ne pouvais pas m'échapper...

— À cause de votre fils ? »

Helena cacha son visage dans ses mains. Sa voix parvint à Frank un peu ouatée en traversant cette petite cage de douleur.

« Ce n'est pas vraiment mon fils.

— Pas votre fils ?

— Non, c'est mon frère.

— Votre frère ? Mais vous m'avez dit... »

Helena leva les yeux et le regarda. Personne ne pouvait porter en soi tant de souffrance sans mourir, sans être déjà mort depuis longtemps, pensa Frank fugitivement.

« Je vous ai dit que Stuart était mon fils, et c'est la vérité. Mais c'est aussi mon frère... »

Tandis que Frank, le souffle coupé, assimilait le sens de ces paroles, Helena laissa soudain libre cours à ses pleurs. Le son de sa voix n'était qu'un murmure, mais dans l'habitacle de l'auto, il résonnait comme un cri de libération réprimé depuis longtemps, très longtemps. Beaucoup trop longtemps.

« Salaud ! Immonde, effroyable salaud ! Puisses-tu être maudit et brûler en enfer, Nathan Parker ! » s'étrangla-t-il.

Il aperçut un peu plus loin une aire de stationnement à côté d'un chantier et gara la voiture. Puis il éteignit le moteur, laissant les phares allumés. Ensuite, il se tourna vers Helena, et, comme si c'était la chose la plus naturelle du monde, elle se laissa glisser vers lui pour trouver la protection de ses bras, du tissu de sa chemise pour y sécher ses larmes et de sa main dans ses cheveux qui, si souvent, avaient caché de leur ombre blonde un visage honteux d'une nuit d'infamie.

Ainsi demeurèrent-ils pendant quelques secondes, ou minutes, qui semblèrent arrêter le temps. Dans l'esprit de Frank s'entrechoquaient cent images, sorties des histoires de cent vies où la réalité se fondait avec l'imagination, le passé avec le présent, le vrai avec le seulement plausible, les couleurs avec l'obscurité, le parfum des fleurs avec l'odeur de mort et de putréfaction.

Il se revit enfant dans la maison de ses parents, vit la main de Nathan Parker se tendre vers sa fille, et les larmes de Harriet, et un poignard levé sur un homme attaché, et l'éclair d'un couteau enfoncé dans sa narine, et le regard bleu d'un enfant de dix ans qui vivait sans le savoir parmi des bêtes féroces. Des bêtes que Frank se mit à haïr de tout son cœur, avec une rage pareille à un hurlement silencieux, et pourtant assez fort pour briser tous les miroirs où se reflétait la vilenie des humains, tous les murs qui enfermaient le désespoir d'autres humains dont ils avaient fait leurs victimes.

Helena ne demandait qu'à oublier, et c'était d'oubli aussi que Frank avait le plus besoin. Ici, en cet instant, dans cette voiture garée au bord d'une route, au bord d'un amas de décombres. Ici, dans cette étreinte semblable à celle du lierre avec la pierre et qu'un seul mot suffisait à décrire : enfin.

Frank ne devait jamais savoir qui était sorti le premier de leur double immobilité. Mais il sut tout à coup qu'ils s'embrassaient, étrangement incrédules, et envahis moins par l'amour que par la crainte. C'était la crainte que rien ne fût vrai, que leur désarroi n'eût pris l'apparence trompeuse de la tendresse, que seule la solitude ne libérât leur élan. Et leurs lèvres durent se réunir encore et encore, avant que le doute se dissipât, que le soupçon cédât la place à une petite espérance – une espérance seulement, car ni l'un ni l'autre, à ce moment, ne pouvait s'offrir le luxe extravagant d'une certitude.

Ensuite, ils se regardèrent, et ce fut Helena qui se reprit la première. Elle lui caressa le visage.

« Dis quelque chose, je t'en prie. N'importe quoi, une bêtise, mais une bêtise vivante.

— Eh bien, je crois qu'il est trop tard, pour le restaurant. »

De nouveau, Helena le serra dans ses bras, et Frank sentit sur son cou les petits souffles de son rire apaisé.

« J'ai honte de moi, Mr Ottobre ! Seulement, grâce à toi, je n'ai plus très envie d'avoir honte. Fais demi-tour, il y a tout ce qu'il faut pour dîner à la maison. Ce soir, je n'ai pas l'intention de te partager avec le reste du monde. »

Frank alluma le moteur et rebroussa chemin. Quand était-ce arrivé ? Peut-être une heure, peut-être une vie plus tôt. À ce moment, le temps n'avait plus de signification. Il n'y avait guère qu'une chose qui lui fût évidente : s'il s'était brusquement trouvé en face du général Nathan Parker, il l'aurait certainement tué.

HUITIÈME CARNAVAL

L'homme, dans son refuge, est étendu sur son lit.

Il a glissé dans un sommeil content, avec la sensation liquide et pacifiante que doit éprouver un bateau depuis trop longtemps à sec quand il retrouve le flot. Sa respiration est si calme que c'est à peine si elle soulève le drap et révèle qu'il est vivant, que le tissu blanc n'est pas un linceul.

Près de lui, pareillement immobile, le cadavre parcheminé gît dans son cercueil de verre, et porte comme un trophée ce qui fut le beau visage diaphane de Gregor Yatzimin. Cette fois, le travail a été parfait : on pourrait aisément croire que ce n'est pas un masque de peau, mais un vrai visage qui couvre la tête momifiée.

Sur son lit, l'homme rêve.

Ce sont des images indéchiffrables qui, soudain, viennent agiter son sommeil – sans pourtant que son corps étendu sous le drap blanc frémisse si peu que ce soit.

Au commencement du rêve, tout était obscur. Et puis, voilà qu'apparaît un chemin de terre, au bout duquel on entrevoit la silhouette confuse d'un long bâtiment sous la clarté molle de la pleine lune. Pas à pas, l'homme s'avance vers l'édifice, une grande maison entourée de champs à l'abandon, d'où s'élève comme un rappel le parfum familier de la lavande. Il sent sous ses pieds nus les petites piqûres des gravillons d'une allée. Quelque chose le pousse à aller de l'avant – mais il a peur, en même temps...

L'homme perçoit le souffle pénible d'un sommeil étouffé, il sent la morsure brusque de l'angoisse. Mais tout se calme dès qu'il comprend que ce souffle est le sien. Tranquille à nouveau, le voici dans la cour de la maison, coupée en deux par le conduit d'une grande cheminée en pierre qui s'élève jusqu'au toit, très haut, comme un doigt montrant la lune.

La vaste bâtisse est environnée de silence, un silence qui résonne à ses oreilles comme une invite.

Et puis, tout à coup, le rêve a dissous les contours de la maison, et il est à l'intérieur, il monte un escalier. Puis s'arrête et lève la tête vers une faible clarté qui pleut du dernier étage et répand de longues ombres sur les murs. Une, surtout : l'ombre d'une forme humaine, qui se dessine à contre-jour.

L'homme sent l'angoisse qui l'étreint de nouveau et lui coupe le souffle, comme un nœud de cravate trop serré. Pourtant, il continue de gravir lentement les marches. En rêve, il monte, monte, voudrait s'arrêter et ne le peut ; et il se demande qui peut être cette personne qu'il va trouver tout en haut. Mais soudain, la crainte de le savoir le saisit.

Une marche. Une autre. Le grincement monotone du bois sous ses pieds nus se glisse dans les pauses de sa respiration, de nouveau difficile et entrecoupée. Sa main sur la rampe s'éclaire petit à petit de la lumière qui tombe d'une porte ouverte sur le dernier palier.

Il s'apprête à gravir la dernière volée, quand la silhouette se lève et pousse le battant, le laissant seul dans l'escalier obscur.

Les dernières marches. Le palier. Devant lui, la porte est restée entrebâillée, et une clarté vive et tremblante s'en échappe et l'enveloppe tandis qu'il s'approche du seuil. Ce n'est pas seulement une clarté : c'est un son, aussi, qui coule de la pièce dont il vient d'ouvrir la porte.

Et au milieu de cette pièce, un homme se tient debout. Son corps est demi-nu, un corps juvénile, et souple, et athlétique ; mais son visage... Oh, son visage ! Est-ce bien un visage que cette forme sans traits autour de laquelle semblent ramper les tiges fibreuses d'un polype ? Pourtant, de cette masse d'excroissances hideuses, deux yeux clairs le regardent, suppliants, comme pour lui demander pitié. Et pleurent.

« *Qui es-tu ?* »

C'est une voix diffuse dans l'air qui a posé cette question. Il ne la reconnaît pas, ne sait pas que c'est la sienne. Et pourtant, ce ne peut être celle de la créature au visage difforme, car elle n'a pas de bouche.

« *Qui es-tu ?* » répète la voix – et elle semble venir de partout alentour, surgir non d'un corps, mais de la lumière vive, toujours plus vive, qui les enveloppe tous deux.

À présent, l'homme sait et voudrait ne pas savoir, il voit et voudrait ne pas voir.

La créature tend les bras vers lui et n'exprime qu'une terreur pure, même si ses yeux continuent d'implorer sa pitié comme, peut-être, ils ont imploré en vain celle du monde. Et voilà que tout à coup la lumière s'est faite feu, longues et hautes flammes rugissantes qui dévorent tout ce qu'elles trouvent sur leur passage. Un feu qui semble s'élever des profondeurs de l'enfer, pour purifier la terre...

L'homme s'éveille sans le moindre sursaut, et devant ses yeux les ténèbres remplacent l'éclat des flammes.

Dans le noir, sa main se tend vers la lampe de chevet. Il l'allume. Une clarté malingre se diffuse dans la pièce nue.

Et tout de suite, la voix lui parvient. Les morts dorment pour toujours et n'ont donc jamais besoin de dormir.

Qu'est-ce que tu as, Zapp ? Tu ne trouves pas le sommeil ?

« Non, Paso, ce n'est pas ça. Pour aujourd'hui, je crois que j'ai assez dormi. Tu sais, j'ai beaucoup à faire, ces temps-ci. J'aurai tout le temps de me reposer ensuite... »

Il ne prononce pas la fin de sa phrase : *quand tout sera fini.*

L'homme, à cet égard, ne nourrit aucune illusion. Il sait très bien que la fin viendra tôt ou tard. Il n'est de chose humaine qui ne finisse, de même qu'elle a commencé un jour. Mais pour le moment, rien n'est encore clos et il ne peut priver le corps étendu dans son cercueil du bonheur trompeur d'un nouveau visage, ni se priver lui-même de la satisfaction d'avoir tenu sa promesse.

Il y avait dans le brouillard de son sommeil une clepsydre brisée, il y avait un temps enseveli dans les sables qui recouvrent sa mémoire. Ici, dans le monde réel, la clepsydre continue de tourner sur son axe, et rien ni personne ne l'arrêtera. Les illusions tomberont en miettes et en poussière, comme il advient toujours ; mais l'infrangible clepsydre poursuivra jusqu'à l'infini ses révolutions, jusqu'à ce qu'il n'y ait plus personne sur terre pour se soucier du temps qu'elle marque.

L'homme sent maintenant qu'il est l'heure. Il se lève de son lit et enfile ses vêtements.

Qu'est-ce que tu fais, Zapp ?

« Je dois sortir. »

Pour longtemps ?

« Je ne sais pas. Mais je ne pense pas rentrer avant ce soir. Ou peut-être demain. »

Ne me fais pas trop attendre, Zapp. Tu sais que je suis anxieux quand tu n'es pas là.

L'homme s'approche du cercueil de verre et sourit affectueusement au corps étendu.

« Je laisse la lumière allumée. Je t'ai fait une surprise pendant que tu dormais. »

Il tend la main pour saisir le petit miroir et le place au-dessus du visage momifié, pour que le corps dans le cercueil voie son reflet.

« Regarde ! »

Oh, mais c'est merveilleux ! Est-ce que c'est vraiment moi ? Que je suis beau, Zapp ! Encore plus beau qu'avant...

« Bien sûr que tu es beau, Paso. Et tu le seras de plus en plus. »

Le silence tombe quelques instants, un silence d'émotion muette, que la momie ne peut exprimer par des larmes.

« Excuse-moi, Paso, mais il faut que je file, maintenant. C'est très important. »

L'homme tourne le dos au corps dans son cercueil et se dirige vers la porte. Au moment de franchir le seuil, il répète, peut-être pour lui seul :

« Oui, très important. »

Et la chasse reprend.

40

Peu après midi, Nicolas Hulot ralentit et quitta l'autoroute par la sortie marquée AIX-EN-PROVENCE, CENTRE-VILLE à la suite d'un lourd camion immatriculé en Espagne, dont la bâche poussiéreuse portait en grosses lettres l'inscription « TRANSPORTES FERNÁNDEZ ». Le camion descendit lentement la bretelle et le précéda sur un boulevard extérieur conduisant à une vaste place circulaire dont il n'avait pas complètement oublié l'aspect, ni l'imposante fontaine édifiée en son centre. À quelques mètres de la place, il se gara et sortit de sa poche le plan de la ville, qu'il posa sur le volant pour l'étudier à loisir.

La vieille ville d'Aix, avait-il déjà constaté la veille au soir, obéissait à un schéma urbain somme toute fort simple : deux parties, l'une de ruelles moyenâgeuses, l'autre d'époque classique, séparées justement par le cours Mirabeau, qu'il avait aussitôt repéré. Levant les yeux, il l'aperçut : une large avenue qui partait de la place ensoleillée où bruissait la fontaine – la place de la Rotonde – et s'élevait en pente douce entre deux rangées de grands platanes feuillus. Descendant de sa Peugeot, Hulot fit quelques pas dans cette direction et perçut aussitôt que la ville était remarquablement propre, élégante et surtout très animée. En croisant plusieurs groupes de jeunes gens, il se rappela que l'ancienne capitale des rois de Provence était non seulement une station thermale déjà prisée des Romains, mais aussi le siège d'une université assez prestigieuse fondée au XVe siècle et, l'été, d'un festival d'opéra qui n'allait sans doute pas tarder à commencer. Rien d'étonnant, donc, s'il y avait foule autour de la fontaine et aux terrasses des jolis cafés et restaurants qui l'entouraient. Il s'arrêta un moment pour contempler les jeux de l'eau dans le soleil, et, comme toujours depuis son enfance, leur clapotis lui donna une brusque envie de faire pipi.

Parcourant les derniers mètres qui le séparaient du cours Mirabeau, il chercha des yeux l'enseigne du bar le plus proche, l'esprit occupé par une question hautement philosophique : comment se faisait-il que les caprices de sa vessie pussent donner à un homme raisonnable la subite et irrépressible envie d'un café ?

Le large trottoir du bas de l'avenue était en travaux de repavage, et un ouvrier en bleu, visiblement agacé, discutait avec son contremaître à propos de matériaux dont on attendait la livraison. Tout près, sous un platane, deux chats de gouttière s'observaient, immobiles et la queue dressée, hésitant à engager une bagarre ou à se retirer avec dignité. Hulot décida que le chat noir était lui et l'autre, tigré et un peu plus gros, son patron Luc Roncaille. Il entra dans un café en laissant les deux animaux à leur querelle de préséance et commanda un café crème, puis se hâta vers les toilettes.

Quand il revint, sa tasse fumante l'attendait sur le comptoir. En tournant sa cuiller, il appela le serveur, un garçon d'une vingtaine d'années qui bavardait avec deux jolies brunes de son âge, assises à une table devant deux verres de vin blanc.

« J'aurais besoin d'un renseignement, s'il vous plaît. »

Si le garçon fut fâché d'abandonner sa conversation avec les deux demoiselles, il eut la courtoisie de n'en rien laisser voir.

« Bien sûr, si je peux, dit-il en s'approchant.

— Savez-vous s'il existe, ou s'il a existé sur le cours Mirabeau, un magasin de musique appelé *Disque à Risque* ? »

Le serveur passa la main dans ses cheveux clairs coupés en brosse. Son visage maigre et couvert d'éphélides indiquait la perplexité.

« Non, ça ne me dit rien, répondit-il au bout d'un instant. Mais il n'y a pas longtemps que j'habite Aix. Je suis étudiant », s'empressa-t-il d'ajouter, tenant de toute évidence à faire savoir aux clients de passage que l'humble profession de garçon de café n'était pour lui qu'une parenthèse dans un destin autrement plus prestigieux.

« Mais si vous remontez le cours, vous trouverez un kiosque à journaux. Le vendeur s'appelle Tatou. Un vieux bonhomme un peu bizarre, mais il est là depuis quarante ans et il est à lui tout seul les archives de la ville. Lui pourra sûrement vous renseigner. »

Le commissaire remercia et se retourna vers sa tasse, tandis que le garçon retournait vers la table des deux brunes. Quand il eut payé sa consommation, il vit en sortant du bar que le chat-Hulot n'était plus là, alors que le chat-Roncaille se prélassait au pied du platane, regardant les passants d'un air satisfait.

Il marcha le long du trottoir ombragé, promenant

son regard sur l'enfilade presque ininterrompue de boutiques à l'élégance discrète, de cafés confortables et de librairies. Deux cents mètres plus haut, il trouva le kiosque du dénommé Tatou, en face d'une étroite vitrine pleine de livres anciens. Sur le pas de la porte ouverte, deux hommes âgés assis sur des pliants jouaient aux échecs sur une petite table de bistrot.

Sous la bâche verte du kiosque, derrière les piles de journaux et de magazines, se tenait un vieil homme aux cheveux blancs ébouriffés, dont la trogne crevassée de rides, aux yeux rusés et enfoncés dans leurs orbites, semblait sortie tout droit d'un western de John Ford.

« Bonjour. Est-ce que vous êtes Tatou ?

— Ben ouais. Tatou, c'est moi. Qu'est-ce que je peux faire pour vous ? »

À sa bouche édentée et à sa voix rocailleuse, Nicolas se dit qu'il avait décidément moins sa place au cœur d'Aix-en-Provence que sur une diligence de la Wells Fargo.

« J'ai besoin d'un renseignement. Connaissez-vous une boutique qui s'appelle *Disque à Risque* ?

— Ouh là ! Vous êtes en retard de pas mal d'années, dit Tatou, goguenard. Ça existait dans le temps, oui... »

Sans se presser, le vieux kiosquier alluma une Gauloise sans filtre, partit d'une toux retentissante, et Nicolas retint avec peine une grimace d'impatience.

« C'était de l'autre côté, daigna enfin préciser l'homme. Trois cents mètres plus haut, à peu près.

— Et maintenant ?

— Maintenant, il y a un écailler à la place.

— Vous vous rappelez le nom du propriétaire ? »

Tatou aspira une bouffée et toussa de nouveau, longuement. La bataille de sa gorge avec la cigarette devait durer depuis longtemps. On devinait aisément qui finirait par l'emporter, mais pour le moment, le vieux tenait bon.

« Non, mais le gars qui a transformé la boutique en restaurant est son fils. Alors, m'est avis qu'il doit le savoir ! Un peu plus haut, sur l'autre trottoir, je vous dis. Ça s'appelle le *Café des Arts et des Artistes*.

— Merci, Tatou. Et ne fumez pas trop... »

En s'éloignant, Nicolas se dit qu'il ne saurait jamais si la quinte catarrheuse qui saluait son départ était un remerciement pour son conseil ou une invitation à aller se faire foutre.

Bien sûr, c'était fâcheux que *Disque à Risque* n'existât plus ; mais il fallait s'y attendre, et au moins le fil d'Ariane qu'il suivait n'était-il pas complètement coupé. Un fil si mince qu'il paraissait aussi volatil que la fumée des Gauloises de Tatou, mais il fallait tenter de s'y fier et ne pas perdre de temps. Morelli, certes, aurait pu consulter pour lui la chambre de commerce et trouver l'identité de l'ancien propriétaire de la boutique, mais cela aurait peut-être exigé un certain délai, que M. Personne, selon toute vraisemblance, n'eût pas manqué d'utiliser pour frapper encore... Nicolas pensa à Frank, réduit à monter la garde au siège de Radio Monte-Carlo en attendant que dans le téléphone résonnât une voix surgie des limbes, qui annoncerait un nouveau meurtre et conclurait une fois de plus par deux mots :

Je tue...

Inconsciemment, il pressa le pas et atteignit bientôt une terrasse protégée par un store bleu marine, sur lequel l'enseigne se détachait en lettres blanches : *Café des Arts et des Artistes*. Devant la vitrine, d'appétissants étals exposaient des coquillages sur des lits de glace pilée. Les affaires marchaient bien, à en juger par le nombre de clients qui se massaient aux tables.

Il entra dans la petite salle étroite, et ses yeux eurent besoin de quelques secondes pour s'accoutumer à la pénombre. Il n'y avait là que quatre tables pour deux, mais, derrière le long comptoir, l'activité était frénétique. Un barman et deux jeunes femmes, une brune et une rousse, préparaient des plateaux d'apéritifs.

Il commanda un kir royal à la femme rousse, qui ouvrit une bouteille de crémant et remplit une flûte devant lui.

« Pourrais-je parler au propriétaire ? demanda-t-il en la portant à ses lèvres.

— Bien sûr. Le voici, justement. »

Hulot tourna la tête et vit apparaître dans l'encadrement d'une porte marquée PRIVÉ un homme d'environ trente-cinq ans, au visage avenant sous son front précocement dégarni. Il se demanda comment justifier sa présence et les questions qu'il allait poser, et quand l'homme s'approcha, il choisit la manière la plus officielle.

« Excusez-moi...

— Oui ? Que puis-je pour vous ? »

Nicolas lui montra sa carte.

« Je suis le commissaire Hulot, de la Sûreté publique de Monaco. Auriez-vous l'amabilité, monsieur...

— Francis. Robert Francis.

— Eh bien, monsieur Francis, nous avons appris qu'à la place de ce restaurant existait autrefois un magasin de musique, *Disque à Risque*. Et que son propriétaire était votre père. »

L'homme, soudain, regarda autour de lui d'un air inquiet.

« C'est exact, mais... la boutique de mon père a fermé voilà plusieurs années. »

Hulot sourit, rassurant.

« Soyez tranquille. Je n'apporte pas de mauvaises nouvelles, ni pour vous ni pour votre père. Cela vous semblera peut-être curieux, mais un fait banal concernant sa boutique pourrait nous aider beaucoup dans une enquête importante. J'ai seulement besoin de rencontrer votre père et de lui poser quelques questions, si c'est possible. »

Robert Francis se détendit. Il se tourna vers la jeune femme rousse et désigna la flûte de Nicolas.

« Sers-m'en un aussi, Luce. »

Puis il regarda le commissaire.

« Mon père a pris sa retraite il y a huit ans. Le moins qu'on puisse dire est que sa boutique ne rapportait plus grand-chose. De toute façon, elle n'avait jamais été très rentable, mais sur la fin, c'était un vrai désastre. Voyez-vous, mon père est un vieil entêté, qui prétendait vendre des disques rares mais gardait les meilleurs pour lui ! Ce qui fait de lui un grand collectionneur, mais un très mauvais commerçant... »

Hulot réprima un soupir de soulagement. « Si possible », avait-il précisé, craignant que Francis père ne fût plus de ce monde. Mais son fils avait parlé de lui au présent.

« Finalement, nous avons fait les comptes. Il s'est décidé à fermer boutique, et moi, j'ai repris le local pour en faire ce que vous voyez... »

D'un geste large, il montra ses employés affairés et la terrasse bondée.

« Une bonne opération, à ce qu'on dirait...

— Et comment ! Sans compter que nos huîtres sont les meilleures de la ville. Autrement plus fraîches que les vieux disques de mon père. À votre enquête ! » acheva-t-il en levant la flûte que Luce, la rousse, avait posée devant lui.

Ils burent une gorgée. Puis :

« À cette heure-ci, mon père doit être chez lui. Vous êtes venu de Monaco par l'autoroute ?

— Oui.

— Alors, il suffit de la reprendre jusqu'au Novotel. Ensuite, prenez la première à droite, une départementale un peu cabossée. Au bout d'un kilomètre à travers les vignes, vous verrez une petite villa blanche, isolée, avec un jardin et de gros massifs de roses. C'est là qu'il habite, vous ne pouvez pas vous tromper. Je peux vous offrir quelque chose avant de partir ? »

Hulot leva son verre avec un sourire.

« Merci, cet excellent kir suffira. »

Il lui tendit la main, et l'heureux patron du *Café des Arts et des Artistes* la serra fermement.

« Je vous suis très reconnaissant, monsieur Francis. Vous n'imaginez pas à quel point ! »

Il sortit, non sans un coup d'œil plein d'envie au serveur qui ouvrait des huîtres. Dommage que le temps manquât pour vérifier leur réputation, soupira-t-il intérieurement.

Il redescendit le cours Mirabeau, non sans entendre au passage la toux caverneuse de Tatou. Les joueurs d'échecs avaient disparu, la librairie était fermée, et la ville semblait plus calme. Partout, on faisait une pause pour déjeuner.

Près du bar où il avait pris son café crème, le chat-

Hulot avait remplacé le chat-Roncaille au pied du platane et agitait mollement sa queue touffue en promenant sur le monde et ses habitants des yeux somnolents. Aucune raison, pensa Nicolas, pour ne pas voir dans cette revanche féline un bon augure.

41

Jean-Paul Francis empoigna son pulvérisateur en plastique et actionna plusieurs fois le piston de la pompe qui projetait les giclées d'insecticide. Puis il s'approcha d'un massif de roses rouges et examina les tiges et les feuilles, que des parasites voraces recouvraient çà et là d'une sorte de ouate blanchâtre.

« Puisqu'il faut la guerre, eh bien ! que la guerre soit ! » proclama-t-il d'une voix solennelle.

Il manœuvra un petit levier, et le bec de l'appareil cracha un jet de gouttelettes vaporeuses, mélange d'eau et de poison contre les méchantes bestioles, qu'il répartit avec la plus grande minutie sur chaque rosier du massif, de la racine jusqu'à la corolle.

Comme il l'avait prévu, la mixture dégageait une puanteur horrible, et il se félicita d'avoir couvert sa bouche et ses narines d'un masque en gaze rigide pour ne pas inhaler ce produit qui, disait l'étiquette, pouvait s'avérer « gravement toxique en cas d'ingestion » et devait « être tenu soigneusement hors de portée des enfants ». Même si, compte tenu de son âge – avait-il pensé en lisant l'avertissement –, il aurait probablement pu s'en faire un shoot sans grand dommage pour son organisme.

Tout en livrant sa bataille contre les insectes ennemis, il distingua du coin de l'œil la Peugeot blanche qui s'arrêtait à quelque distance du portail. Ce n'était guère fréquent qu'une voiture s'arrêtât ici, sur cette petite route au milieu des vignobles. Un homme plus tout jeune en descendit, l'air un peu égaré, et regarda un bref moment autour de lui. Puis il se décida à marcher vers sa maison.

Jean-Paul posa son pulvérisateur, baissa son masque et alla ouvrir le portail, sans lui laisser le temps de sonner.

« Bonjour, dit le visiteur. Vous êtes monsieur Francis ?

— Soi-même. »

L'homme sortit d'un porte-documents en cuir fatigué une carte tout aussi fatiguée sous sa protection de plastique transparent.

« Je suis le commissaire Nicolas Hulot, de la Sûreté publique de Monaco.

— Cher monsieur, si vous êtes venu dans l'intention de m'arrêter, sachez que ce fichu jardin est déjà ma prison. La paille modérément humide des cachots monégasques serait une alternative beaucoup plus reposante. »

Le commissaire se surprit à rire malgré lui.

« Au moins, la police ne vous fait pas peur ! Tant d'assurance est-elle le signe d'une conscience tranquille ou d'une longue habitude de la délinquance ? s'enquit-il sur le même ton.

— Le signe du fatalisme d'un pauvre homme à qui la cruauté des femmes a brisé le cœur plusieurs dizaines de fois. Mais voulez-vous entrer, pour que je vous fasse le pathétique récit de mes malheurs ? Sinon, les chats de passage vont croire que vous voulez me vendre un aspirateur. »

Nicolas entra dans le jardin fleuri et observa plus attentivement son hôte. Francis père portait une paire de jeans décolorée, une vieille chemise du même tissu et un chapeau de paille sur ses cheveux blancs et fournis. Ses yeux très bleus, rendus plus éclatants par sa peau bronzée, semblaient ceux d'un petit garçon, au visage fin et rieur. Il lui tendit la main, et le vieil homme la serra chaleureusement.

« Soyez tranquille, je ne suis pas venu vous arrêter, dit le commissaire. Et je ne vous volerai que quelques minutes. »

Jean-Paul Francis haussa les épaules et se débarrassa de son chapeau et de son masque. En le voyant mieux, Hulot lui trouva une ressemblance frappante avec Anthony Hopkins.

« Je faisais du jardinage, non par envie, mais par ennui. Alors, tous les prétextes sont bons pour m'interrompre ! Venez donc à l'intérieur, il y fait plus frais. »

Ils traversèrent le jardin par une étroite allée de gravier, en direction de la maison. Elle n'avait rien de luxueux, se trouvait à des années-lumière de maintes villas opulentes de la Côte d'Azur, mais respirait l'ordre et le bien-être. Nicolas, habitué à évaluer les ambiances d'un seul coup d'œil, sentit dès qu'il fut entré que si l'occupant de cette modeste maison était un homme sans fortune, il était sans nul doute riche en culture, en goût et en idées originales. Dans le vestibule et le salon lumineux où il l'invita, les livres, les vieux meubles rustiques en bois sombre et vermoulu contrastant avec les quelques tableaux et les nombreuses affiches sous verre aux dessins abstraits vigoureusement colorés, les murs aux teintes discrètement insolites en témoignaient amplement.

Mais ce qui l'impressionna, ce fut les disques. Ils semblaient occuper chaque surface libre, sur de hauts rayonnages, des séries d'étagères, le dessous des tables basses. Par une porte entrebâillée, Hulot aperçut une autre pièce, plus petite, où trônait une imposante chaîne hi-fi, seule concession à la société de consommation. Mais là aussi, le moindre espace était envahi par de longs alignements de vieux vinyles et de disques compacts.

« Ou je me trompe fort, ou vous avez un certain penchant pour la musique !

— Je n'ai jamais été capable de choisir mes passions. Alors, il a bien fallu que je les laisse me choisir », répondit Francis père.

Il ouvrit une porte au fond du salon et le fit entrer dans la cuisine, où une grande fenêtre donnait sur les vignobles de la campagne aixoise.

« Ici, comme vous voyez, pas de musique. Inutile de mélanger des nourritures différentes ! Je vous offre quelque chose à boire ?

— Non, merci. Votre fils s'en est déjà chargé.

— Ah, vous avez vu Robert ?

— Oui. C'est lui qui m'a indiqué où je vous trouverais. »

Francis regarda les taches de sueur sous ses bras, puis leva la tête avec le sourire espiègle d'un gamin qui vient d'avoir l'idée d'une farce inédite.

« Si vous avez faim, j'ai une proposition à vous faire. Mme Carducci, ma gouvernante... »

Il s'interrompit et fronça un sourcil perplexe.

« En réalité, c'est ma femme de ménage. Mais si je l'appelle gouvernante, ça la rend toute fière, et moi, je me sens un monsieur très important. Mme Carducci, disais-je, qui est une excellente cuisinière et d'origine rigoureusement italienne, m'a laissé des lasagnes qu'il suffit de réchauffer au four. Sur le plan esthétique, il ne fait aucun doute que Mme Carducci laisse beaucoup à désirer, mais je peux vous garantir que ses lasagnes sont au-dessus de tout soupçon. »

Nicolas ne put s'empêcher de rire de nouveau. Cet homme était une force de la nature et débordait de bienveillance fantasque. Avec un tel caractère, sa vie devait être un amusement de chaque minute – ou du moins, il le lui souhaitait.

« Je n'avais pas l'intention de me faire inviter à déjeuner. Mais s'il en va de la fierté de Mme Carducci...

— Parfait ! Pendant que les lasagnes sont au four, je monte prendre une douche. Sinon, j'ai peur qu'il me suffise d'enlever ma chemise pour que tous mes rosiers meurent ! Et vous aussi. Ensuite, comment expliquerai-je la présence d'un commissaire mort dans ma cuisine ? »

Jean-Paul Francis prit dans le réfrigérateur un grand plat en verre épais et le glissa dans le four, puis régla le thermostat.

« On mange dans dix minutes. Un quart d'heure tout au plus », dit-il avant de quitter la cuisine en sifflotant.

Un instant plus tard, Nicolas entendit le ruissellement de la douche au-dessus de lui et la voix barytonale de son hôte qui entonnait *The Lady is a Tramp.* Quand Jean-Paul Francis revint, il portait des vêtements identiques, mais propres, et ses cheveux humides étaient peignés en arrière.

« Voilà. Vous me reconnaissez ?

— Euh... Je crois, oui. »

Jean-Paul dressait prestement la table.

— C'est curieux, commenta-t-il d'un ton faussement

perplexe, parce qu'après la douche, je me sens un autre homme. On voit que vous êtes un grand policier ! »

Nicolas rit de nouveau, sans aucune retenue cette fois, en ouvrant la bouteille de valpolicella que son hôte lui tendait. Cet homme avait décidément le pouvoir de catalyser la bonne humeur.

« Maintenant, à table ! » dit-il.

Il lui servit une copieuse portion de lasagnes fumantes. Hulot porta sa fourchette à sa bouche.

« Absolument délicieuses, dit-il sans mentir.

— Vous voyez ? Quoi que vous me demandiez, je dis toujours la vérité. »

C'était l'occasion d'en venir au vif du sujet, et Nicolas ne la laissa pas passer.

« Justement, monsieur Francis...

— Jean-Paul.

— Alors, appelez-moi Nicolas. Jean-Paul, vous aviez il y a quelques années une boutique de disques rares... »

À l'expression de son hôte, il comprit qu'il avait touché un point sensible.

« Exact. Des disques de jazz, principalement. Mais j'ai dû fermer voilà huit ans. Le bon jazz n'a jamais fait beaucoup recette, par ici. »

Hulot se garda bien de rapporter l'opinion de Francis fils sur les causes réelles de la fermeture de *Disque à Risque*. Inutile de retourner le couteau dans une plaie encore mal refermée. Il décida de se montrer franc avec son hôte : cet homme lui était très sympathique, et il était sûr de pouvoir lui faire confiance.

« Comme vous le savez peut-être, Jean-Paul, la police de Monaco est à la recherche d'un assassin très dangereux.

— Un assassin ? Vous voulez dire... Ce type qui téléphone à Radio Monte-Carlo ? Celui qu'on appelle M. Personne ?

— Oui.

— Bien sûr que je suis au courant. Comme des millions d'autres personnes, j'ai suivi toute cette histoire et je suis pendu à RMC presque tous les soirs. Cette voix, c'est à vous donner la chair de poule, et de la tête aux pieds ! Il en est à combien de meurtres ?

— Quatre. Avec les mutilations que vous savez. Et le plus affreux, c'est que nous ne savons pas comment l'empêcher de poursuivre sur sa lancée.

— Mmm... Il doit être malin comme toute une troupe de vieux singes ! Ses goûts musicaux sont désastreux, mais il a sûrement un sacré cerveau...

— Sur son cerveau, je suis d'accord. Quant à ses goûts musicaux, c'est justement de cela que je suis venu vous parler. »

Jean-Paul le fixa d'un air intrigué, tandis que Nicolas fouillait dans la poche de son veston pour en extraire un des feuillets imprimés par Guillaume. L'ayant trouvé, il le lui tendit.

« Est-ce que vous connaissez ce disque ? »

Francis prit le feuillet, le regarda un bref instant, et Nicolas eut la certitude qu'il pâlissait légèrement sous son hâle. Il leva vers lui ses yeux bleus d'enfant, pleins de stupeur.

« Où a-t-on pris cette photo ?

— Oh, ce serait trop long à vous expliquer. Ce que je peux vous dire, c'est que le disque appartient très certainement à notre tueur, et qu'il a été vendu... »

Il lui tendit un autre feuillet, où l'on voyait l'agrandissement du coin de la pochette portant l'étiquette dorée. Cette fois, la pâleur du visage de Jean-Paul Francis fut évidente.

« Mais... ? »

Ahuri, il ne put en dire davantage.

« Vous vous souvenez de ce disque, Jean-Paul ? Qu'est-ce qu'il a de particulier ? Et qui est ce Robert Fulton ?

— Qui est Robert Fulton ? N'importe quel passionné de jazz qui ne s'arrête pas à Armstrong connaît Robert Fulton, au moins de réputation. Et beaucoup donneraient un doigt de leur main pour trouver un de ses disques.

— Pourquoi ?

— Parce qu'à ma connaissance, il n'en existe que dix au monde ! »

Cette fois, ce fut Nicolas qui pâlit. Francis se versa un verre de vin et s'appuya au dossier de sa chaise. Pour l'un comme pour l'autre, les lasagnes de Mme Carducci parurent soudain avoir perdu tout intérêt.

« Robert Fulton a été un des plus grands trompettistes de l'histoire du jazz. Malheureusement, il s'est passé ce qui arrive parfois : c'était un génie musical, mais à moitié fou. Ou fanatique, à sa façon. Il n'a jamais voulu enregistrer le moindre disque, il était convaincu que cela revenait à emprisonner la musique, et que c'était une pratique aussi honteuse qu'absurde. Pour lui, la seule musique digne d'être écoutée, c'était le concert, le *live*, comme on dit aujourd'hui. Une expérience chaque fois différente, chaque fois renouvelée, qu'on n'avait pas le droit de fixer dans une immobilité, comme on embaume un cadavre.

— Mais ce disque, alors ? D'où vient-il ?

— J'y arrive. Pendant l'été 1960, Fulton a fait une

brève tournée à travers les États-Unis, en jouant dans des clubs avec quelques-uns des meilleurs musiciens de l'époque. Une série de concerts historiques. Au *Be-Bop Café* de New York, des amis à lui, qui s'étaient mis d'accord avec un petit éditeur indépendant, ont enregistré sa prestation à son insu. À partir de la bande, ils ont gravé environ cinq cents disques, dans l'espoir qu'en s'entendant jouer Fulton changerait d'avis.

— Voilà pourquoi le disque s'appelle *Stolen Music...*

— Oui, "musique volée". Seulement, les amis s'étaient complètement trompés sur sa réaction. Fulton est entré dans une rage folle et il a détruit tous les exemplaires. Il s'est fait remettre les laques et les masters, et il les a détruits aussi. Par la suite, cette histoire est devenue une espèce de légende du jazz, et on l'a enjolivée d'une foule de détails invérifiables. Le seul fait sûr et certain, c'est que de ce disque "volé", on n'a réussi à sauver que dix exemplaires, achetés plus tard à prix d'or par dix collectionneurs d'enregistrements rarissimes. Et justement... Justement, j'étais un de ces collectionneurs.

— Vous voulez dire que vous êtes en possession de ce disque ?

— J'ai dit "j'étais" ! Parce qu'ensuite, j'ai traversé une passe difficile... »

Jean-Paul Francis regarda ses mains bronzées et tachées par l'âge. À l'évidence, les souvenirs qui lui revenaient en mémoire n'étaient pas des plus heureux.

« Ma femme est tombée malade. Un cancer, qui l'a emportée en deux ans. Les affaires allaient mal, à ce moment-là. Particulièrement mal, je veux dire. J'avais besoin d'argent pour la faire soigner par les meilleurs spécialistes, et ce disque valait une très grosse somme. Alors... »

Francis laissa échapper un soupir, comme après toute une vie en apnée.

« Quand je l'ai vendu, avec un regret infini, j'ai collé sur la pochette l'étiquette de la boutique. Une façon symbolique de ne pas m'en séparer complètement. Au cours de mon existence, ce disque est une des rares choses auxquelles j'ai vraiment été attaché, à part ma femme et mon fils. Deux personnes et un objet, c'est déjà beaucoup, dans une vie. »

Le cœur de Nicolas battait dans sa poitrine comme le piston d'une grosse cylindrée. Il articula soigneusement ses mots, mais sa voix fut celle d'un homme qui pose une question en redoutant la réponse.

« Vous vous rappelez à qui vous l'avez vendu, Jean-Paul ?

— Oh ! Ça remonte à dix-sept, dix-huit ans... Je me souviens que l'acheteur était un de mes clients. Un type plutôt bizarre. De mon âge, à peu près. Il passait de temps en temps à la boutique, toujours pour me demander des trucs vraiment rares, de vrai collectionneur. Des disques très chers. Comme il n'avait visiblement aucun problème d'argent, je ne vous cache pas que je me suis parfois accordé des marges un peu excessives, sur ce que je lui vendais. Quand il a su que j'avais un exemplaire de *Stolen Music*, il m'a harcelé pendant des mois pour que je le lui cède. J'ai refusé, refusé je ne sais combien de fois, mais par la suite, vu les circonstances... Comme vous savez, Nicolas, c'est la nécessité qui fait le voleur. Ou le vendeur. Quelquefois les deux.

— Et son nom, vous l'avez encore en tête ?

— Je suis un homme, Nicolas, pas un ordinateur ! Le

disque de Fulton, je ne l'oublierais pas en mille ans. Mais pour le reste... »

Il passa une main dans ses cheveux blancs et regarda pensivement le plafond. Hulot se pencha vers lui.

« Inutile de vous dire à quel point c'est important, Jean-Paul. Des vies humaines peuvent en dépendre ! »

Il se demanda combien de fois encore il lui faudrait répéter cette phrase avant que toute cette horrible histoire fût finie.

« Peut-être...

— Quoi, peut-être ?

— Venez avec moi. On va voir si c'est votre jour de chance. »

Hulot suivit Jean-Paul hors de la cuisine, puis dans un petit escalier qui descendait au sous-sol. Au bout d'une douzaine de marches, ils se trouvèrent dans une pièce de dimensions moyennes, éclairée par des vasistas au niveau du jardin. D'un côté, il y avait une machine à laver, un établi muni d'un petit étau, des outils pour travailler le fer et le bois et une bicyclette de femme, d'un vieux modèle, suspendue au mur. De l'autre, plusieurs rayonnages avec des bouteilles de vin, des pots de confitures et des bocaux de conserves, et, sur l'un, des classeurs alignés et quelques boîtes en carton, de tailles et de couleurs variées.

« Je suis un collectionneur, donc un homme de souvenirs et d'archives. Les collectionneurs sont tous des nostalgiques idiots, sauf ceux qui collectionnent le pognon. À moins qu'ils ne soient encore plus idiots que les autres, ceux-là ! »

Jean-Paul Francis s'arrêta devant les étagères chargées de boîtes.

« Voyons voir... Là-dedans, il y a tout ce qui reste de

mon activité de commerçant. Tout un pan de ma vie. Ça tient dans pas grand-chose, hein ? »

Parfois, c'est encore trop, songea Nicolas. *Pour certains hommes, même les poches sont encore trop grandes quand ils arrivent au bout du voyage.*

Son hôte avait choisi une des boîtes, assez volumineuse, en carton bleu. Il la posa sur l'établi et l'ouvrit.

« C'est la boîte des vieux papiers inclassables », expliqua-t-il en commençant à fourgonner dans un méli-mélo de vieilles licences commerciales, de programmes de concerts, de catalogues d'expositions-ventes de disques rares et de cartes professionnelles diverses.

Ses recherches durèrent cinq bonnes minutes, qui parurent cinq siècles à Nicolas. Enfin, il tira de la boîte un petit feuillet bleu plié en deux, l'examina un instant et le lui tendit.

« Tenez. C'est bien votre jour de chance ! L'homme qui m'a acheté *Stolen Music* a écrit ceci de sa main. Il m'avait laissé son numéro en apprenant que j'avais ce disque. Maintenant que j'y pense, il est revenu deux ou trois fois à la boutique après cette transaction. Mais ensuite, je ne l'ai plus jamais revu... »

Nicolas Hulot lut ce qui était inscrit sur le feuillet. Une main au graphisme précis et décidé avait noté un nom et un numéro de téléphone :

Legrand 04-422 15 45

Hulot trouva ce moment très étrange. Après tant de courses vaines, tant de corps mutilés et de silhouettes sans forme, tant d'échos de voix déformées et de pas sans écho, d'ombres sans visage et de visages sans peau, enfin, enfin il avait en main quelque chose de tangible et d'humain. Et c'était la chose la plus banale du monde : un nom et un numéro de téléphone.

Il regarda Jean-Paul Francis et se sentit comme vidé. Son hôte, l'homme qui serait peut-être son sauveur et celui d'autres victimes innocentes, lui adressa un grand sourire réjoui.

« À voir votre figure, j'ai l'impression que vous êtes bouleversé, mais dans le bon sens ! Si nous étions dans un film, il faudrait lancer une musique puissamment émotionnelle, avec violoncelles et percussions.

— C'est beaucoup plus que de l'émotion, Jean-Paul. Beaucoup plus... »

Il prit son portable dans sa poche, mais son nouvel ami l'arrêta.

« Du sous-sol, ça ne passe pas. Venez, remontons. »

Tandis qu'ils gravissaient les marches, le cerveau de Nicolas fonctionnait à toute allure pour intégrer les fragments d'information que Francis, fouillant dans les recoins de sa mémoire, trouvait à lui offrir.

« Si je me souviens bien, il n'habitait pas très loin d'ici. Je crois qu'il m'avait parlé d'une maison aux environs de Cassis. C'était un type solide, baraqué. Grand. Oh, pas d'une taille exceptionnelle, mais on le sentait d'une force physique peu commune. Une allure plutôt raide, militaire. Mais c'étaient surtout ses yeux qui me faisaient un drôle d'effet. Ils donnaient l'impression de vous regarder sans qu'on puisse les regarder, si vous voyez ce que je veux dire. Je me rappelle avoir trouvé curieux qu'un bonhomme de ce genre, si froid et austère, puisse être un passionné de jazz...

— Vous dites que vous n'êtes pas un ordinateur,

mais vous avez quand même une sacrée mémoire ! observa Hulot.

— Ah, vous trouvez ? » Le vieil homme sourit. « Je ne sais pas pourquoi, mais je commence à me sentir assez fier de moi, aujourd'hui.

— À mon avis, vous avez toutes sortes de bonnes raisons d'être fier de vous. Ce que vous venez de faire n'en est qu'une de plus. »

Ils avaient retrouvé la lumière du jour. Sur la table de la cuisine, les lasagnes étaient froides et le vin tiède. Un rayon de soleil grimpait comme un lierre autour d'une chaise.

Hulot regarda l'écran du portable et vit qu'il pouvait appeler. Mais n'était-ce pas risqué ? Non, probablement. Ses craintes au sujet d'écoutes téléphoniques n'étaient que de la paranoïa. Il appuya sur la touche d'un numéro en mémoire.

« Allô, Claude ? Bonjour, ici Hulot. J'ai deux choses à te demander : un renseignement, et le silence absolu. C'est possible ?

— Bien sûr. »

Une des qualités les plus appréciables de l'inspecteur Morelli était son don pour ne pas poser de questions inutiles.

« Je vais te donner un nom et un numéro de téléphone. Mais il est possible que le numéro ne soit plus attribué. Il doit correspondre à une adresse en Provence, dans les Bouches-du-Rhône, pour être précis. Peux-tu me rappeler dès que tu l'auras trouvée ?

— Je m'en occupe tout de suite. »

Hulot lui dicta les données qu'il possédait et mit fin à la communication. Puis il se tourna vers Francis et lui demanda une confirmation.

« Vous m'avez dit que cet homme habitait dans les environs de Cassis ?

— Il me semble. Cassis, Auriol, Roquevaire... Je ne me rappelle pas bien, mais c'était ce coin-là.

— Alors, je crois que je devrais y faire un petit tour. Et le plus vite possible. »

Hulot promena son regard autour de lui, comme pour imprimer sur sa rétine chaque détail de la maison. Puis il fixa Jean-Paul Francis dans les yeux.

« J'espère que vous ne m'en voudrez pas si je file comme un voleur. Comme vous pouvez vous en douter, je suis sur des charbons ardents !

— Je sais ce que vous éprouvez. Ou plutôt, je ne le sais pas, mais j'essaie de l'imaginer. J'espère que vous trouverez ce que vous cherchez, surtout si ça peut vous aider à capturer votre fou furieux. Venez, je vous raccompagne au portail.

— Excusez-moi quand même d'avoir gâché votre déjeuner...

— Vous n'avez rien gâché du tout, Nicolas. Au contraire ! répondit-il de son ton allègre, en le précédant vers la porte et le jardin. Ces derniers temps, on ne peut pas dire que les visiteurs se soient bousculés pour me voir. Quand on arrive à mon âge, on reste souvent perplexe devant certaines contradictions dialectiques très troublantes. On se demande comment le temps peut passer si vite, et en même temps comment certaines heures peuvent sembler aussi longues... »

Arrivé au portail, Hulot regarda sa voiture parquée un peu plus loin, en plein soleil. À l'intérieur, il ferait chaud comme dans une étuve. Il tira de sa poche une carte de visite.

« Tenez. Si vous passez du côté de Monte-Carlo, arrêtez-vous chez moi. Il y aura toujours une paillasse au grenier et une gamelle de soupe qui vous attendront ! »

Jean-Paul prit la carte et la regarda sans rien dire, et Nicolas eut la certitude qu'il ne la jetterait pas. Peut-être ne se reverraient-ils jamais, mais il ne la jetterait pas. Il lui tendit la main.

« J'y pense... Il y a une dernière chose que je voulais vous demander. Ça n'a rien à voir avec l'enquête, c'est purement par curiosité.

— Demandez toujours...

— Pourquoi *Disque à Risque* ? »

Cette fois, ce fut Francis qui se mit à rire.

« Eh bien, quand j'ai décidé d'ouvrir ma boutique, je n'avais pas la moindre idée de ce qui sortirait de cette idée farfelue. Le risque n'était pas pour les clients, il était pour moi ! »

Hulot s'en alla tout sourire, en secouant la tête, tandis que le vieil homme, appuyé au portail entrouvert, le regardait s'éloigner.

Arrivé à sa voiture, il glissa la main dans sa poche pour y trouver les clefs et sentit sous ses doigts la consistance du papier bleu que Jean-Paul lui avait remis. Il prit le petit feuillet, le déplia et, pensif, contempla quelques instants le nom et le numéro de téléphone notés presque deux décennies plus tôt.

En s'asseyant au volant, il songea que *Disque à Risque*, boutique de disques rares, avait probablement connu sa plus brillante réussite plusieurs années après sa fermeture.

42

Morelli le rappela au moment où il traversait la petite ville de Carnoux-en-Provence, sur la route de Cassis.

« Commissaire, j'ai trouvé l'adresse que vous cherchez. Il m'a fallu un petit moment, parce que vous aviez vu juste, le numéro n'est plus attribué. Même le système de numérotation est ancien. Avec le gars de France Télécom, nous avons dû faire un petit voyage dans la machine à remonter le temps... »

Hulot eut un geste désappointé.

« Alors ?

— Alors, le numéro correspond à une exploitation agricole. Domaine de la Patience, chemin de l'Hiver, à Cassis. Encore un détail...

— Oui ?

— Le téléphone a été coupé d'office, personne n'a résilié l'abonnement. À un moment donné, les factures n'ont plus été payées et, après quelques lettres de relance restées sans réponse, l'agence a coupé la ligne. Le type avec qui j'ai parlé n'a pas pu m'en dire davantage : il faudrait entreprendre des recherches plus poussées, et j'ai pensé que le plus urgent était de vous rappeler.

— Tu as bien fait, Claude. Je sais le plus important. Merci.

— De rien, commissaire. »

Nicolas sentit que son interlocuteur hésitait à poursuivre.

« Je t'écoute.

— Dites... Est-ce que tout va bien ?

— Oui, très bien. Et demain, tout ira peut-être encore mieux. Je te rappelle dans la matinée.

— À demain, alors. Soyez prudent... »

Nicolas reposa l'appareil sur le siège du passager. Il n'avait pas besoin de noter les informations transmises par Morelli, déjà gravées dans son cerveau, et qui le resteraient pour longtemps. En laissant derrière lui Carnoux, bourgade provençale moderne et proprette, il s'abandonna à d'autres souvenirs.

Cette route vers Cassis, il l'avait déjà parcourue, bien des années plus tôt, pour quelques jours de vacances avec Céline et Stéphane. Des jours où ils avaient beaucoup ri, beaucoup fait les fous, et qu'il se rappelait comme l'expérience du plus parfait bien-être, pour ne pas employer de trop grands mots. Comparée à sa vie présente, celle de cette époque était un miracle d'allégresse, et plus jamais il n'avait rien connu de pareil, tant il avait usé d'énergie à regretter le passé.

Son fils, cette année-là, devait avoir sept ans, ou un peu moins. Dès l'arrivée sur les hauteurs de Cassis, il avait montré cette excitation joyeuse qui saisit tous les enfants quand ils découvrent un nouveau bord de mer. Aussitôt, il les avait précédés par une ruelle escarpée où s'engouffrait le vent, qui les avait conduits au rivage dans un grand tourbillon de vêtements et de cheveux.

Sur le port, une multitude de mâts et de voiles les avaient accueillis. Au fond se détachait le phare, avec sa coupole verte, et, par-delà le môle qui protégeait l'embarcadère, on entrevoyait le bleu profond du large.

Ils s'étaient arrêtés pour manger une glace, puis avaient pris un bateau pour visiter les calanques, ces petits fjords qui parlent français et où la transparence de l'eau contraste avec le rouge sombre des falaises. Pendant l'excursion, Nicolas avait fait semblant d'avoir le mal de mer, et Céline et Stéphane riaient aux larmes en voyant ses grimaces, ses yeux exorbités et ses mains étreignant son ventre. Sur ce petit bateau pareil à un caïque, il avait complètement oublié qu'il était officier de police, pour n'être plus que père, époux et clown déchaîné.

Arrête, papa, arrête ! Je ris tellement que j'ai mal aux côtes...

Si la vie était une comédie, son metteur en scène avait un sens de l'humour plutôt bizarre, pour ne pas dire macabre. Tandis qu'il se promenait par les rues du petit port avec sa femme et son fils, tant d'années plus tôt, si joyeux et insouciant, il se pouvait qu'au même moment, un homme, quelque part, tout près d'eux, eût reçu un coup de téléphone du propriétaire d'une boutique de disques qui acceptait de lui céder un enregistrement introuvable et légendaire. Et peut-être l'avaient-ils croisé, un jour, au coin d'une ruelle. Peut-être, en quittant Cassis, avaient-ils un moment suivi sa voiture alors qu'il roulait vers Aix pour prendre possession du disque promis...

Arrête, papa, arrête...

À l'entrée de la ville haute, Nicolas se hâta de parquer sa voiture et, avec elle, les souvenirs d'un passé heureux. Puis il regarda autour de lui.

Vue de haut, Cassis, en seize ou dix-sept ans, ne semblait pas avoir beaucoup changé. Le môle du port avait été renforcé, certaines maisons rénovées, d'autres s'étaient dégradées, mais on avait fait ce qu'il fallait pour qu'un visiteur revenant sur les lieux oubliât presque aussitôt le passage du temps. Au fond, ce n'était que cela, les vacances : oublier...

Au vrai, il ne savait guère comment entamer ses recherches. Le plus simple, bien sûr, aurait été de s'informer auprès de la police locale, mais son enquête lui semblait devenue une sorte d'affaire privée. Surtout, il tenait à ne pas attirer l'attention plus que nécessaire, d'autant qu'un homme qui déambule en posant des questions, fût-ce dans un lieu où affluent les touristes, ne passe pas longtemps inaperçu. Cassis, en vérité, n'était qu'un petit port où tous les habitants se connaissaient au moins de vue, et il ne pourrait remuer leurs plates-bandes sans que sa curiosité ne les mît bientôt sur le qui-vive.

Pour descendre vers le port, il emprunta une ruelle en pente raide – celle-là même, reconnut-il, où Stéphane avait couru devant Céline et lui, toutes ces années auparavant. Un homme âgé et voûté la remontait à pas lents, portant sous son bras un panier d'osier plein d'oursins. Hulot l'arrêta, s'attendant à le trouver hors d'haleine ; mais à sa surprise, il n'en était rien.

« Excusez-moi, monsieur...

— Qu'est-ce que vous voulez ? demanda le vieux d'un ton rogue.

— J'aurais besoin d'un renseignement, s'il vous plaît. »

L'homme posa son panier par terre et regarda un moment ses oursins, comme s'il craignait de les voir s'enfuir. Puis, de fort mauvais gré, il consentit à tourner la tête vers Nicolas.

« Eh bien ?

— Je cherche un domaine agricole qui s'appelle La Patience. Vous le connaissez ?

— Oui. Je connais. »

Un instant, Hulot se demanda si son respect pour le grand âge l'emportait vraiment sur l'irritation aiguë que suscitaient en lui certaines personnes stupides et fières de l'être, à quelque génération qu'elles appartinssent. Avec un soupir, il résolut de garder son calme.

« Auriez-vous l'amabilité de me dire où il se trouve ? »

Le vieux leva mollement la main, dans un geste qui désignait un point vague au-delà des maisons.

« En dehors de la ville, marmonna-t-il.

— Ça, je l'avais supposé... »

Nicolas dut prendre sur lui pour ne pas saisir ce vieil imbécile par le col et le secouer comme un prunier. Il attendit patiemment, mais l'expression de son visage devait conseiller à son interlocuteur de ne pas trop tirer sur la corde, car il daigna lui fournir quelques précisions.

« Vous êtes en voiture ?

— Oui.

— Alors, sortez de Cassis par le boulevard extérieur. Au feu, tournez à droite, vers Roquefort-la-Bédoule. Quand vous arriverez à un rond-point, à droite de nouveau, par la route du hameau des Janots. Il y a une pancarte. Sur cette route, tout de suite à gauche, vous verrez un chemin pavé qui passe sur un pont en pierre par-dessus la voie ferrée. Prenez-le. Quand vous arriverez à une bifurcation, suivez le chemin en terre, sur la droite. Il conduit tout droit à La Patience.

— Merci. »

Le vieux ramassa son panier d'oursins et reprit sa route sans un mot de plus.

Nicolas Hulot sentait de nouveau l'excitation de la découverte. Il regagna le parking d'un bon pas, et, en atteignant sa voiture, c'était lui qui haletait. Il suivit les indications du vieux, qui, bien que données de mauvaise grâce, se révélèrent irréprochables. Bientôt, il emprunta l'étroite route pavée qui s'élevait vers le massif rocheux dominant Cassis. Les pins, les oliviers et l'abondante végétation méditerranéenne dissimulaient presque entièrement l'espèce de gorge où courait la voie ferrée. Au moment où il passait sur le pont de pierre, un chien jaune, dont la silhouette rappelait vaguement celle d'un labrador, se mit à courir derrière sa voiture en aboyant. Puis, à la bifurcation, jugeant apparemment son devoir accompli, il renonça à sa poursuite et s'éloigna en trottinant vers une ferme perdue au milieu des champs.

La route mal pavée continuait à monter à flanc de montagne, toujours plus haut, bordée d'une épaisse futaie qui, le plus souvent, dérobait la mer aux regards. Nicolas conduisait très lentement. Les alentours de Cassis étaient assez fleuris, mais à mesure qu'il s'éloignait, les taches de couleurs vives avaient été supplantées par les verts clairs ou profonds des conifères et des buissons, et le parfum âcre du sous-bois se mêlait aux senteurs maritimes.

Il suivit sur plusieurs interminables kilomètres le chemin de terre de plus en plus défoncé, et le soupçon le prit que le vieux quinteux ne lui eût raconté des fariboles pour le seul plaisir de l'envoyer se perdre dans la montagne déserte. En ce moment, peut-être dégustait-il ses oursins avec quelques amis de son quartier, s'esclaffant avec eux d'imaginer cet imbécile de touriste qui faisait des tours et des détours par des chemins que même les mules n'empruntaient plus...

Entre deux nids-de-poule qui lui bleuissaient les fesses, il remâchait ces pensées déprimantes quand le chemin, soudain, décrivit une longue courbe. À peine l'eut-il dépassée qu'il découvrit La Patience.

En son for intérieur, il remercia Jean-Paul Francis et sa boîte magique et se promit que si d'aventure il mettait la main sur le fameux disque de Robert Fulton, il se ferait un devoir de le lui restituer. Le cœur battant à tout rompre, il parcourut les deux ou trois cents mètres qui le séparaient de la grande bâtisse dressée contre la montagne.

Il passa sous une arche de brique couverte de plantes grimpantes et s'engagea dans une allée conduisant à l'entrée principale. De loin, la longue demeure en pierre semblait très imposante avec ses colonnes et son portique. Mais à mesure qu'il s'approchait, son sentiment de triomphe céda la place à la déception. Les mauvaises herbes avaient complètement envahi l'allée de gravier, excepté deux creux pareils à des ornières. En roulant, il entendait leurs tiges dures gratter bruyamment la suspension de la Peugeot.

Maintenant que la perspective avait changé, il se rendait compte que l'arrière du bâtiment n'était plus que ruines. Du toit, presque entièrement effondré, seule la partie frontale avait subsisté, et de ce qui restait de la charpente, des poutres noircies s'élevaient vers le ciel comme les mains sombres d'un chœur de gospel. Les tuiles étaient tombées sur un tas indistinct de décombres, et les murs, effrités, crevassés et couverts de suie révélaient que cette maison avait été la proie d'un furieux incendie, qui l'avait presque totalement dévastée. Il n'avait laissé d'à peu près intact que la façade, tel un vieux décor de film inutilement dressé contre le vide.

Et de toute évidence, le désastre remontait à plusieurs années : herbes folles, lierres et plantes rampantes avaient eu tout le temps de reprendre possession du territoire qui n'avait jamais cessé d'être le leur, et il semblait que la nature, lente mais opiniâtre, eût entrepris de recouvrir d'un délicat tissu végétal la blessure que l'homme lui avait infligée.

Hulot arrêta sa voiture dans la cour et sortit pour regarder autour de lui. D'ici, la vue était admirable : on découvrait toute la vallée, où des maisons isolées et des vignobles alternaient avec des taches de bois et de garrigue, dans un dégradé de verts au bout duquel Cassis, blanche et belle, contemplait le rivage et le large comme une femme à son balcon regarde l'horizon. Près des ruines, presque devant lui, il remarqua les restes consumés d'un jardin : des espaliers et une tonnelle dont les structures métalliques, maintenant dévorées par la rouille, témoignaient d'une splendeur passée. Au printemps, pensa-t-il, les fleurs avaient dû offrir un merveilleux spectacle ; mais, partout alentour, c'étaient des buissons épineux et de hautes touffes de lavande sauvage qui avaient pris le pouvoir.

De nouveau, il observa la maison. Les volets fermés, les murs marqués par le feu et le chiendent qui enfonçait ses racines dans la moindre fissure comme un voleur ses doigts dans les poches de sa victime lui donnaient un air de désolation et d'abandon qui le fit légèrement frissonner.

Il aperçut une voiture qui s'engageait dans l'allée de

graviers et, quelques instants plus tard, le petit break s'arrêta près de sa Peugeot. Deux hommes en descendirent, en tenue de travail. L'un semblait avoir la soixantaine. L'autre, beaucoup plus jeune, était un type court et trapu, au gros visage hébété. Le plus jeune ne lui accorda pas un regard et alla décharger du coffre ce qui ressemblait à des outils de jardin.

« Commence tout seul, Bertou. Je te rejoins », lui enjoignit le plus âgé.

Puis, ayant établi la hiérarchie, il s'approcha de Nicolas. De près, son visage ne pétillait pas non plus d'intelligence. L'homme semblait une version vieillie et amaigrie de son cadet.

« Bonjour, dit-il.

— Bonjour. J'espère n'avoir commis aucune infraction, se hâta de répondre Nicolas. Je crois que je me suis trompé de route, beaucoup plus bas. Je cherchais un endroit pour faire demi-tour, et j'ai fini par aboutir ici. En voyant la maison en ruine, j'ai eu envie de jeter un coup d'œil.

— Oh, vous ne dérangez personne. De toute façon, il n'y a plus rien à voler dans les parages. Vous n'êtes pas de la région ?

— Non.

— C'est bien ce que je pensais », dit l'homme d'un air finaud.

Quelle intuition, mon bonhomme ! pensa Nicolas. *Tu viens de passer devant ma voiture, immatriculée à Monaco, et voilà que tes dons de voyance se sont réveillés.*

« Ça arrive de temps en temps qu'une voiture monte jusqu'ici, reprit l'homme. Par erreur, comme vous, ou le plus souvent par curiosité. Mais les gens de Cassis n'aiment pas trop venir. Moi-même, je m'en passerais volontiers. Après ce qui s'est passé dans cette baraque... Mais que voulez-vous, le boulot, c'est le boulot. Et par les temps qui courent... N'empêche qu'on vient toujours à deux, comme vous voyez. Même au bout de quatorze ans.

— Pourquoi ? Qu'est-ce qui est arrivé ?

— Vous ne connaissez pas l'histoire de La Patience ? »

Il le regarda comme s'il lui semblait inimaginable que sur la surface de la Terre, quelqu'un ignorât encore l'histoire de La Patience.

Nicolas s'empressa de l'encourager.

« Non. Figurez-vous que je n'en ai jamais entendu parler !

— Ça alors ! Eh bien, il y a eu un crime, ici. Une série de crimes, plutôt. Vraiment, vous ne savez pas ? »

Hulot sentit que son pouls s'accélérait un peu.

« Non. Je vous assure, je ne suis au courant de rien. »

L'homme tira de sa poche un paquet de tabac et des feuilles et se roula lentement une cigarette. Comme font souvent les gens simples qui se sentent dépositaires d'une histoire intéressante, il entama son récit avec une emphase étudiée.

« Je ne connais pas tous les détails, parce que je n'habitais pas la région à l'époque. Mais je sais que le type qui habitait cette maison a tué sa gouvernante et son fils, avant de se tirer une balle dans la tête.

— Non ! ?

— Si, je ne blague pas. En ville, les gens disent qu'il était à moitié fou. Qu'en plus de vingt ans, c'est à peine si on l'a vu une dizaine de fois, avec son fils. C'était la femme, la gouvernante qui descendait faire les courses. Mais pas de confidences, elle ne parlait presque jamais.

Bonjour, bonsoir, c'est tout. Même la terre, il ne la cultivait plus. Et pourtant, il en avait ! C'est une agence immobilière qui la louait en son nom à des viticulteurs de la région. Il vivait seul, comme un ermite, en haut de cette montagne. À la longue, il a dû perdre complètement la boule, et il a fait ce qu'il a fait...

— Trois morts, dites-vous ?

— Oui. L'homme et la femme, on les a retrouvés complètement carbonisés. Mais pas le fils. En venant éteindre le feu, on a découvert son corps à l'extérieur de la maison. Heureusement qu'on l'a repéré à temps, cet incendie. Sinon il se serait étendu à toute la montagne ! »

Il fit un geste en direction de son jeune collègue.

« Le père de Bertou, qui était pompier à l'époque, m'a raconté que le cadavre du garçon était dans un état effrayant. Tellement effrayant qu'ils auraient préféré le retrouver carbonisé, comme les deux autres. Quant au père, il était tellement cuit que la balle de son pistolet avait fondu à l'intérieur de son crâne...

— Un état effrayant ? Qu'est-ce qui lui était arrivé, au fils ?

— Eh bien, le père de Bertou m'a dit qu'il n'avait plus de visage. Je ne sais pas comment vous expliquer. C'était comme si on lui avait écorché la tête, vous voyez ? Si ce n'est pas de la folie furieuse, ça... »

Nicolas sentit ses entrailles se nouer comme les tiges des plantes grimpantes sur les murs noircis de La Patience. Telles des photographies de l'enfer, une série de têtes mortes défila devant ses yeux. Jochen Welder et Arijane Parker. Allen Yoshida. Gregor Yatzimin. Il revit leurs yeux sans paupières écarquillés sur le néant, comme pour condamner sans fin celui qui les avait tués, ceux qui n'avaient pas su l'en empêcher. Et il crut entendre l'écho d'une voix distordue qui murmurait à ses oreilles les deux petits mots qu'il connaissait trop :

Je tue...

Malgré la tiédeur de l'après-midi, il frissonna sous son léger veston d'été, et sentit une rigole de sueur froide couler dans son dos.

« Et ensuite ? » demanda-t-il.

Sa voix s'était subitement altérée, mais le bonhomme dut prendre son trouble pour la réaction normale d'un de ces mollassons de citadins qui tremblent comme des femmelettes pour peu qu'on leur parle de mort violente, car il ne fit aucune remarque et poursuivit sur le même ton.

« Ensuite ? Eh bien, le déroulement des faits était assez évident. Alors, après avoir éliminé toutes les autres possibilités, la police a classé l'affaire, en concluant à un double meurtre suivi d'un suicide. Et la propriété est restée comme vous la voyez.

— Il n'y avait pas d'héritiers ?

— Non. Personne. On a eu beau chercher, on n'a trouvé aucun parent. Maintenant, le domaine appartient à la commune, qui l'a mis en vente. Il l'est encore, mais qui voudrait l'acheter après ce qui s'est passé ? Moi, je n'en voudrais pas même si on m'en faisait cadeau. La même agence continue à louer les terres aux vignerons, et les fermages couvrent les frais d'entretien. Je monte de temps en temps avec Bertou ou un autre, pour que les mauvaises herbes ne mangent pas ce qui reste de la maison.

— Et les dépouilles des victimes, où les a-t-on enterrées ? »

Hulot s'efforçait de donner à ses questions le ton

d'une curiosité banale, mais son interlocuteur était de toute façon si enfiévré par son propre récit qu'il l'aurait terminé même s'il l'avait laissé pérorer tout seul.

« Si je me souviens bien, ils sont dans le petit cimetière au-dessus du port, sur la colline. Si vous avez fait un tour dans Cassis, vous l'avez sûrement vu en passant. »

Nicolas se rappelait vaguement avoir remarqué l'enceinte d'un cimetière, non loin de l'endroit où il avait garé sa voiture en arrivant dans la ville.

« Et comment s'appelaient-ils, les gens qui habitaient la maison ?

— Ah, ça, je ne sais plus. » Il secoua la tête, visiblement agacé. « C'était "Le" quelque chose, je crois. Legrand, Leblanc, un nom dans ce genre... »

Ostensiblement, Hulot regarda sa montre.

« Mon Dieu, il se fait tard ! C'est incroyable comme le temps passe vite quand on vous raconte une histoire intéressante. J'ai des amis qui m'attendent à Cassis, ils doivent se demander où je suis passé. En tout cas, merci. C'était passionnant !

— De rien. C'était un plaisir. Bon séjour. »

L'homme se retourna et partit unir sa science à celle de Bertou. Mais au moment où Nicolas remontait en voiture, il l'entendit le rappeler.

« Hé ! Si vous voulez manger du bon poisson, allez à la *Coquille d'or*, sur le port. Le patron est mon beau-frère. Dites que vous venez de la part de Gaston, et vous serez traité comme un pacha ! »

Du poisson préparé par la blanche main du beau-frère de Gaston. Décidément, c'est mon jour de chance, pensa Nicolas Hulot.

Plein d'espoir, il démarra et reprit le chemin de Cassis, bien décidé à visiter le cimetière local. Entre deux nids-de-poule, il songea pourtant que sa chance devrait durer quelque temps encore. Sans doute était-il sur la bonne voie, mais cette voie semblait aussi peu sûre que les vieilles routes de l'arrière-pays provençal.

43

En regagnant Cassis, Nicolas Hulot parqua sa voiture à l'endroit exact où il l'avait laissée plus tôt dans la journée.

De là, on apercevait, un peu plus haut à flanc de colline, un petit cimetière entouré d'un mur et de vieux cyprès.

Il prit une rue en pente, qui semblait la continuation de la venelle escarpée descendant vers le port. En marchant, il remarqua juste en contrebas du cimetière une longue terrasse cimentée où des lignes peintes en blanc correspondaient approximativement aux divisions d'un court de tennis et d'un terrain de basket-ball. Un groupe de garçons d'une quinzaine d'années s'agitait autour d'une balle, disputant une partie à un seul panier.

Il trouva curieuse la présence d'un terrain de jeu à quelques mètres en dessous d'un cimetière, mais curieuse dans le bon sens. Au vrai, il n'y fallait voir aucun manque de respect envers les défunts, mais le simple et continuel côtoiement de la vie et de la mort, sans effroi indu ni fausse pudeur. S'il avait cru aux fables, il aurait dit que ce voisinage était pour les vivants un moyen de partager un peu de leur force vitale avec ceux qui n'en avaient plus.

Il déboucha dans l'étroite allée menant à l'entrée du

cimetière, et, au bout d'une trentaine de mètres, se trouva devant une grille entrouverte sous une arche de pierre. Accrochée au pilier de gauche, une pancarte en bois usée par les intempéries indiquait que le gardien était disponible de huit heures trente à midi et de quinze heures à dix-huit heures. Il entra, sentant le gravier crisser sous ses pieds.

Immédiatement, il entendit le silence.

Peu importait qu'à un jet de pierre, un groupe d'adolescents poursuivît une balle en s'interpellant à grand bruit, que la petite ville fût pleine de touristes et des bourdonnements de l'été, qu'on perçût à quelque distance la rumeur des voitures roulant sur le boulevard extérieur. C'était comme si le mur d'enceinte était construit dans un matériau qui absorbait les sons, non pour les réduire à néant, mais pour en changer la nature et les intégrer au silence qu'on respirait ici.

Lentement, Nicolas s'avança dans l'allée centrale, entre les rangées de tombes. L'excitation suscitée par les petits progrès accomplis s'était calmée pendant son retour de La Patience. À présent, l'heure était venue de réfléchir posément, patiemment, en homme de raison. L'heure était venue, surtout, de se rappeler que des vies dépendaient de lui et du fruit de ses recherches à venir.

Le cimetière était tout petit : un modeste quadrillage d'allées entre quelques dizaines de sépultures. On avait dû l'agrandir autant que possible, car au fond, un escalier cimenté montait vers une série de terrasses à flanc de colline, au-dessus de l'enceinte d'origine, où l'on devinait d'autres tombes derrière des murets. Au centre, un énorme cyprès s'élevait vers le ciel serein. À droite et à gauche, Nicolas remarqua deux petites constructions au toit de tuiles rouges et aux murs blanchis à la chaux. Celle de droite, surmontée d'une croix, devait être une chapelle. L'autre, probablement une remise. Tandis qu'il l'observait, sa porte en bois s'ouvrit et un homme en sortit. Hulot marcha vers lui, en se demandant comment il se présenterait. Comme font souvent les acteurs et les policiers, il décida de se fier à l'intuition du moment.

« Bonjour.

— Bonsoir. »

Hulot regarda le soleil, descendant vers la mer dans le flamboiement d'un glorieux crépuscule. Les heures avaient passé sans qu'il s'en aperçût.

« Oui, vous avez raison. Bonsoir. »

Il résolut de jouer les touristes curieux, du moins pour le moment, et prit un visage innocent.

« Vous êtes le gardien ? » demanda-t-il.

L'homme fit oui de la tête.

— En ville, on m'a raconté une histoire assez terrifiante. Un drame survenu il y a une dizaine d'années, dans un...

— L'histoire de La Patience ? coupa l'homme aussitôt.

— Oui, c'est ça. Et voilà, j'ai eu la curiosité de jeter un coup d'œil aux tombes où sont enterrés ces gens, si c'est possible.

— Vous êtes policier ? »

Nicolas, interloqué, regarda le gardien comme s'il remarquait soudain qu'il avait un troisième œil au milieu du front. L'autre, à son expression, comprit qu'il avait vu juste.

« Ne vous inquiétez pas, ce n'est pas écrit sur votre figure. Seulement, j'ai été un sacré petit voyou, dans ma jeunesse, et j'ai eu plusieurs fois affaire à la police. Alors, je vous reconnais tout de suite. Pas vrai ? »

Nicolas ne dit ni oui ni non.

« Bon, si vous voulez voir les tombes des Legrand, vous n'avez qu'à me suivre. »

Il se détourna et commença à marcher, sans poser aucune question. Si cet homme avait un passé peu recommandable qui l'avait conduit dans une petite ville partagée, comme toutes les petites villes, entre des gens qui voulaient tout savoir et d'autres qui préféraient ne rien savoir du tout, on devinait sans peine à quel camp il appartenait. Nicolas le suivit jusqu'à l'escalier qui montait vers les terrasses et gravit les marches derrière lui. Arrivé au premier niveau, l'homme s'engagea dans une allée sur la gauche, au bout de laquelle il lui désigna sans rien dire quatre pierres tombales côte à côte, nues, étroites et légèrement inclinées vers eux. Chacune portait une simple inscription gravée dans le marbre gris.

Laura de Dominicis	1943-1970
Daniel Legrand	1970-1988
Marcel Legrand	1988
Françoise Mautisse	1988

Contrairement à l'usage du Sud, il n'y avait pas de photographies sur ces tombes. En la circonstance, ce n'était guère surprenant, mais Hulot aurait préféré avoir des visages à se rappeler.

Le gardien sembla lire dans ses pensées.

« On n'a pas mis de photos, parce qu'on n'en a retrouvé aucune après l'incendie.

— Mais pourquoi y en a-t-il deux sans date de naissance ?

— Celles de la mère et du fils, on a pu les savoir à temps pour l'enterrement, mais pas les autres. Et par la suite... »

L'homme fit un geste vague, qui signifiait sans doute que plus personne ne s'en était soucié.

« Qu'est-ce qui s'est passé, au juste ? demanda Hulot, sans lever les yeux des dalles de marbre.

— Oh, une sombre histoire. Et pas seulement à cause du drame que vous savez. Ce Legrand était un type bizarre, un solitaire. Il s'est installé dans le coin après avoir acheté ce domaine, La Patience, avec sa femme enceinte et une espèce de gouvernante, ou de bonne à tout faire. Tout de suite, on a compris qu'il ne voulait pas frayer avec les gens de Cassis ou des environs, ni même leur adresser la parole. Aucun contact, c'était sa règle. Sa femme a accouché chez eux, toute seule, avec l'aide de la gouvernante, probablement. »

Il désigna la plus ancienne des tombes.

« Elle est morte quelques mois plus tard. Si elle avait accouché à l'hôpital, elle aurait peut-être vécu. Du moins, c'était l'avis du médecin qui a constaté le décès. Mais cet homme était ainsi : il haïssait la terre entière, apparemment. Quant à son fils, on ne l'a presque jamais vu. Il n'a pas été baptisé, il n'est pas allé à l'école. Il devait avoir des précepteurs, ou bien c'est son père qui l'a fait étudier, parce qu'il a passé ses examens normalement, jusqu'au baccalauréat, je crois. Mais on n'en sait pas plus.

— Et vous ? Vous l'avez vu, ce fils ? »

Le gardien hocha la tête.

« Oui, mais très rarement. Il venait avec son père,

pour fleurir la tombe de sa mère. En général, c'était la gouvernante qui l'entretenait. Une fois, j'ai assisté à une scène...

— Oui ?

— Oh, ce n'était pas grand-chose, mais ça en disait long sur ce que devaient être les rapports du père et du fils. Cet après-midi-là, je sortais de la remise... »

Du geste, il montra la petite construction en contrebas.

« Et c'est alors que je l'ai aperçu au-dessus de moi. Le père. Il était debout à côté de la tombe, tournant le dos. Le garçon, qui devait avoir onze ou douze ans, était appuyé au muret, à l'autre bout de la terrasse. Il regardait un groupe de gamins de son âge qui jouaient au ballon, juste en dessous, sur le terrain de sport. J'ai monté les marches, et il a tourné la tête vers moi. C'était un enfant normal, avec un beau visage, mais ses yeux... Comment dire ? Il avait les yeux tellement tristes ! Jamais de ma vie je n'ai vu des yeux aussi tristes. En entendant les voix des autres enfants, je crois qu'il avait profité d'un moment de distraction du père pour s'éloigner et les regarder jouer. Je me suis approché pour lui dire bonjour, mais le père est arrivé vers nous comme une furie. Il a crié le nom du gamin, et... »

Le gardien s'interrompit, comme pour raviver son souvenir.

« Pour vous dire le fond de ma pensée, quand il a crié "Daniel !", il avait la voix d'un homme qui crie "Feu !" à un peloton d'exécution. Le garçon s'est tourné vers son père, et il s'est mis à trembler. Il tremblait comme une feuille. Legrand n'a plus dit un mot. Il s'est contenté de regarder son fils avec des yeux furieux, exorbités. Des yeux de fou ! Il tremblait de rage autant que son fils tremblait de peur. Je ne sais pas ce qui se passait ordinairement dans cette maison, mais je peux vous dire une chose : à ce moment-là, le gamin s'est pissé dessus ! »

Le gardien baissa les yeux.

« Alors, comme vous imaginez, ça ne m'a pas beaucoup surpris d'apprendre quelques années plus tard que Legrand avait fait ce carnage.

— À ce qu'on m'a rapporté, il s'est suicidé après avoir tué la gouvernante et son fils et mis le feu à la maison.

— Oui. Ou du moins, c'était la conclusion de l'enquête. Il n'y avait pas de raison d'imaginer autre chose. On connaissait le comportement du père, et c'était très plausible. Mais ces yeux... »

Il releva la tête et, tout pensif, fixa un instant le vide.

« Ces yeux de fou, je ne réussirai jamais à les oublier, murmura-t-il.

— Vous vous rappelez autre chose ? D'autres détails ?

— Oh, oui. Il s'est passé plusieurs choses bizarres, par la suite.

— Lesquelles ?

— Eh bien, le vol du corps, par exemple. Et puis cette histoire de fleurs... »

Un bref instant, le commissaire crut avoir mal entendu.

« Le vol du corps ? Quel corps ?

— Le sien. »

Le gardien fit un geste vers la tombe de Daniel Legrand.

« Une nuit, environ un an après le drame, la tombe a été profanée. En arrivant le matin, j'ai trouvé la grille forcée, la dalle déplacée et le cercueil ouvert. Le corps n'était plus là. La police a pensé à un maniaque nécrophile... »

Il s'interrompit, songeur.

« Je crois que vous avez parlé de fleurs...

— Ah, oui, ça aussi. Quelques semaines après l'enterrement, j'ai reçu une lettre tapée à la machine. Anonyme. On me l'a apportée ici, parce qu'elle était simplement adressée au gardien du cimetière de Cassis. À l'intérieur, il y avait de l'argent. Pas un chèque, des billets enveloppés dans la lettre.

— Et que disait-elle, cette lettre ?

— Que cet argent était mon dédommagement pour l'entretien des sépultures de Daniel Legrand et de sa mère. Pas un mot sur le père ni sur la gouvernante. L'auteur de la lettre me demandait de nettoyer et de fleurir régulièrement leurs tombes. Par la suite, d'autres enveloppes avec des billets me sont arrivées, tous les deux ou trois mois. Même après le vol du corps.

— Jusqu'à maintenant ?

— Oui. La dernière, je l'ai reçue en mai. La prochaine ne devrait pas tarder.

— Et cette lettre, vous l'avez gardée ? Ou les enveloppes ? »

Le gardien secoua la tête.

« Je ne crois pas. Pour quoi faire ? La lettre, je l'ai reçue il y a quatorze ans ! Si jamais je retrouve une des enveloppes, je peux vous l'envoyer.

— Ce serait gentil à vous. Et j'aimerais aussi que vous ne parliez à personne de cette conversation. »

L'homme eut un sourire complice.

« Évidemment. Soyez tranquille. »

Pendant qu'il disait ces mots, une femme en noir au visage invisible sous son foulard apparut en haut des marches, un bouquet de glaïeuls à la main. À tout petits pas de Chinoise, elle s'approcha d'une tombe blanche, à une quinzaine de mètres de celles des Legrand, se pencha et caressa d'un geste affectueux la dalle de marbre. Puis elle se redressa, regarda un instant la tombe et parla d'une petite voix humble.

« Excuse-moi si je suis en retard, mais aujourd'hui, j'ai eu tellement d'ennuis à la maison ! Attends-moi un moment, je vais chercher de l'eau et je t'expliquerai tout. »

Elle posa ses fleurs, prit un vase posé sur la pierre tombale, en retira un bouquet fané et emporta le tout vers le point d'eau qu'on apercevait au bout de l'allée. Le gardien suivit le regard de Nicolas et prévint sa question, visiblement peiné.

« Pauvre femme... Elle a perdu son fils il y a une quinzaine d'années, un peu avant le drame de La Patience. Une noyade, un accident banal, à supposer qu'une mort puisse être banale. C'était un gars d'une vingtaine d'années, qui avait l'habitude de pêcher des oursins pour les revendre sur le port. Un très bon plongeur. Mais un jour, il n'est pas rentré. On a retrouvé son bateau qui dérivait vers les calanques. Puis son corps, quelques jours plus tard. D'après l'autopsie, il aurait eu un malaise en plongeant. Mais la mère, ensuite... » Il prit le temps de se tapoter la tempe avec l'index. « Ensuite, on peut dire qu'elle a perdu la tête en même temps que lui. »

Hulot, de loin, regardait la femme en noir qui jetait les fleurs fanées et remplissait son vase d'eau fraîche. Il ne put s'empêcher de penser à Céline : après la mort de Stéphane, elle aussi avait perdu la tête, à sa façon. En même temps que son fils. Avec un serrement de cœur, il se demanda si quelqu'un avait jamais parlé de sa femme en se tapotant la tempe avec l'index.

La voix du gardien le tira de ses songeries.

« Si vous n'avez plus besoin de moi...

— Oh, pardon. Vous avez raison, j'ai abusé de votre temps. Et vous devez fermer, je suppose.

— Non, pas de tout de suite. En été, le cimetière reste ouvert plus tard. Je repasserai fermer tout à l'heure, quand il fera nuit.

— Alors, si vous n'y voyez pas d'inconvénient, je vais me promener encore un moment, dit Nicolas.

— Je vous en prie, prenez votre temps. Bonne soirée, monsieur... »

Nicolas comprit et décida que l'ancien voyou méritait une récompense.

« Hulot. Commissaire Nicolas Hulot. »

L'homme hocha la tête, discrètement satisfait que son intuition fût avérée.

« Alors, au revoir, commissaire.

— Au revoir, et merci infiniment. »

Le gardien fit volte-face et s'éloigna vers l'escalier. Hulot le regarda descendre les marches et disparaître, puis ses yeux s'arrêtèrent sur la femme en noir, qui arrangeait ses fleurs en marmonnant tout bas des mots tendres devant la tombe blanche. Puis elle descendit à son tour, et le silence tomba. Hulot, pensif, observa un pigeon qui venait de se percher sur le muret. Plus haut, vers la mer, une mouette volait mollement. Mendiants de la terre et mendiants de la mer se partageaient les déchets laissés par les hommes, ces piteuses créatures qui ne savaient pas voler.

De nouveau, il baissa les yeux sur les quatre sépultures de marbre gris et luisant, les fixant avec insistance comme si elles pouvaient lui dire quelque chose. Les questions l'assaillaient. Qu'avait-il pu se passer dans la grande maison solitaire ? Qui avait emporté de sa tombe le corps défiguré du jeune Daniel ? Et quel lien existait-il entre un drame familial vieux de quatorze ans et un tueur féroce qui mutilait ses victimes de la même façon ?

La lumière baissait. Nicolas songea qu'il n'apprendrait plus rien ici et qu'il était temps de partir. À pas lents, il se dirigea vers l'escalier et, en marchant, passa devant la tombe du jeune homme disparu dans un accident de plongée, quelque temps avant l'affreuse affaire de La Patience. Distraitement, il fit halte et jeta un coup d'œil à la dalle de marbre. Ici, il y avait une photographie : celle d'un garçon brun, à l'air vif, qui souriait sur son portrait en céramique noire et blanche, probablement retouché pour l'occasion. Il se pencha un peu pour déchiffrer son nom.

À l'instant où son regard se posa sur l'inscription, Nicolas Hulot eut le souffle coupé. Il crut entendre le tonnerre résonner dans sa tête, et les lettres parurent grandir jusqu'à occuper toute la surface de marbre blanc.

En un seul, bref, interminable instant, il comprit tout.

Et sut qui était M. Personne.

Derrière lui, un pas léger résonna dans l'allée, mais ce fut à peine s'il l'entendit. La femme en noir, sans doute, qui revenait sur la tombe de son fils... Plongé dans ses pensées, ahuri par ce qui venait de lui apparaître, le cœur battant à ses oreilles comme une timbale dans un orchestre, il ne prit pas garde au son bien plus ténu de ce pas qui s'approchait de lui.

Il n'y prit pas garde, jusqu'au moment où une voix s'éleva dans son dos.

« Mes compliments, commissaire. Je n'aurais jamais cru que vous arriveriez jusqu'ici. »

Le commissaire Nicolas Hulot se retourna lentement. En voyant le canon de l'arme braquée sur lui, il se dit que, peut-être, son jour de chance avait pris fin aux derniers feux du crépuscule.

44

Quand Frank ouvrit les yeux, il faisait encore nuit et il s'étonna de se trouver, une fois encore, dans un lit et une chambre qui n'étaient pas les siens. Mais cette fois, son sentiment fut différent. La venue d'un nouveau jour n'annonçait pas un retour solitaire aux moroses pensées de la veille, car en tournant la tête, il distingua aussitôt le corps endormi de Helena Parker à son côté. Le drap ne la recouvrait qu'en partie, et Frank admira le galbe de ses muscles sous sa peau, la grâce ferme de ses épaules, le dessin de ses bras fuselés. Il se tourna de côté pour mieux s'abreuver à cette vue et au parfum de sa peau, comme un animal sauvage à une source.

C'était la deuxième nuit qu'ils passaient ensemble.

En arrivant le premier soir, ils étaient descendus de voiture avec une crainte diffuse, comme si, en quittant l'étroit habitacle, ils risquaient de sentir se dissoudre dans l'air ce qui s'était créé à l'intérieur. Et ils étaient entrés dans la villa presque furtivement, avec l'étrange sensation que ce qu'ils vivaient et s'apprêtaient à vivre ne leur revenait pas de plein droit. Frank avait maudit cette anxiété morbide, et tout ce et tous ceux qui l'avaient enracinée.

Peu soucieux de dîner, ils s'étaient trouvés seuls l'un pour l'autre, vite dénudés, prompts à satisfaire d'autres faims et d'autres soifs avec le naturel des promesses tenues, un vide plus profond à combler dont ils percevaient soudain combien il était grand.

Fermant les yeux, Frank reposa sa tête sur l'oreiller et des images défilèrent derrière ses paupières closes.

La porte.

L'escalier.

Le lit.

La peau de Helena, incomparable peau contre la sienne, parlant enfin une langue connue.

Ses yeux si beaux voilés d'une ombre.

Son regard effrayé soudain, quand Frank l'avait serrée entre ses bras.

Sa voix, souffle de ses lèvres frôlant les siennes.

« Je t'en prie, ne me fais pas de mal... »

Frank, à cette parole, avait senti ses yeux se mouiller. Il avait demandé en vain le secours des mots, Helena l'avait demandé aussi, sans plus de succès. Le seul langage entre eux avait été leur fougue et leur douceur à se chercher, puis à se reconnaître dans le besoin qu'ils avaient l'un de l'autre. Il avait pris son corps avec toute la délicatesse dont il était capable, regrettant de ne pas être une divinité qui pût leur faire remonter le temps et changer le cours des choses. Mais en se perdant en elle, il avait découvert qu'il le pouvait, comme elle pouvait lui en donner la force et lui prodiguer une candeur retrouvée.

À défaut d'effacer leurs souvenirs, ils annihileraient la souffrance – et en lui, cette conviction que plus jamais, après la mort de Harriet, il ne pourrait approcher une femme, qu'il poursuivrait sa vie tel un automate de chair et d'os, incapable d'aimer. Parce que l'amour surgissait d'un hasard béni, de conjonctions mystérieuses que nulle volonté ne pouvait susciter ; et plusieurs millions d'années d'expérience, de bavardages et de poèmes sublimes n'avaient guère mieux fait qu'en constater l'existence.

Helena se révélait cadeau imprévu du destin, jaillissement de stupeur alors que sa planète aride tournait, inerte, autour d'un soleil qui semblait ne briller que pour les autres. Elle était l'émotion de découvrir, parmi les rocs et la terre desséchée, un unique brin d'herbe qui croissait. Non encore un rythme à sa vie, mais une petite promesse murmurée à fleur de lèvres, une hypothèse à cultiver sous le souffle gentil de l'espoir, qui, tout seul, n'apporte pas le bonheur, mais plutôt les tremblements.

« Tu dors ? »

Sa voix le surprit dans sa poursuite de souvenirs si récents qu'ils étaient suspendus en lui comme des photos encore mouillées. Il se tourna et la vit dans le contre-jour complice de la lampe de chevet, qui l'observait, appuyée sur un coude.

« Non, je ne dors pas », dit-il en se rapprochant.

Son corps souple glissa dans l'abri de ses bras comme l'eau d'un fleuve reflue dans son lit après avoir contourné un obstacle. Frank, à nouveau, sentit le miracle de sa peau contre la sienne. Elle posa la tête contre sa poitrine.

« Tu sens bon, Frank Ottobre. Et tu es beau.

— Bien sûr que je suis beau ! Je suis le fils unique d'Aphrodite et de George Clooney. Seulement, aucun esthète ne s'en est jamais aperçu... »

Les lèvres de Helena sur les siennes lui enseignèrent qu'elle entendait bien devenir cet esthète lucide entre tous, mais prétendait à l'exclusivité de sa vision. Ils firent de nouveau l'amour, avec la paresse sensuelle de leurs corps encore mal réveillés, tirés de leur repos vers un désir pour le moment plus mental que physique. Puis oublièrent tout, comme seul l'amour permet d'oublier.

Au retour du voyage, ils durent payer le prix de leur évasion et restèrent étendus en silence, fixant au plafond les ombres obscures de présences qui flottaient dans la lumière ambrée de la chambre, et que, hélas !, ils ne pouvaient chasser rien qu'en fermant les yeux.

Frank avait passé la journée au commissariat central, suivant l'évolution de l'enquête et constatant un peu plus à chaque heure combien ses progrès oscillaient entre le rien et le zéro, mais s'obstinant à rester actif, bien que son esprit divaguât vers d'autres rives. Auprès de Nicolas Hulot, qui poursuivait une trace si mince sur le papier d'une imprimante qu'on pouvait lire au travers l'anxiété de leurs visages. Auprès de Helena, prisonnière d'un chantage odieux et d'un geôlier qui ne l'était pas moins, dans le cachot d'une maison aux portes et aux fenêtres railleusement ouvertes. Vers le soir, il était retourné à Beausoleil et l'avait trouvée debout dans le jardin, avec le sentiment d'un voyageur du désert qui distingue, telle une récompense longtemps attendue, le but de ses pérégrinations.

Ce soir-là, Nathan Parker avait téléphoné de Paris à deux reprises. La première fois, il s'était éloigné, par discrétion ; mais la seconde, Helena l'avait retenu par un bras, d'un geste si impérieux qu'il l'avait surpris. Il l'avait écoutée répondre à son père, principalement par monosyllabes, et vu ses yeux pleins d'une peur qu'elle ne pouvait cacher et dont il avait craint qu'elle ne disparût plus jamais. Enfin, Stuart avait remplacé le général au bout du fil, et le visage de sa mère s'était illuminé tandis qu'elle parlait avec son petit garçon. Frank avait compris que cet enfant était pour elle une ancre, le refuge caché où écrire une longue, longue lettre qu'un jour, peut-être, quelqu'un recevrait, qu'au long des années il l'avait sauvée. Il avait aussi compris que la route du cœur de Helena passait forcément par le cœur de son fils, et s'était demandé, avec un souffle d'inquiétude, s'il serait capable de le conquérir.

« Est-ce que ça fait mal ? demanda-t-elle en passant légèrement ses doigts sur les cicatrices rougeâtres de son thorax.

— Non. Plus maintenant. »

Dans le silence qui suivit, Frank pensa qu'elle ne touchait pas ses cicatrices, mais les leurs.

Elle sourit, et un petit soleil se joignit à la clarté de la lune derrière la fenêtre. Puis elle lui mordit le bout du nez, en riant, et Frank prit son visage entre ses mains. Elle tenta de résister, sans beaucoup de conviction, et il la serra contre lui, la regardant avec toute la tendresse dont les yeux d'un homme étaient capables.

« Tu te rends compte ? Le fils d'Aphrodite et de George Clooney, sans nez !

— Avec ou sans nez, murmura-t-il, je crois que désormais, j'aurai beaucoup de mal à imaginer ma vie sans toi... »

Une ombre passa sur le visage de la jeune femme, et ses yeux gris prirent la couleur de la lame d'Excalibur. Frank imaginait sans peine quelles pensées s'agitaient derrière ces yeux, et s'efforça d'alléger l'atmosphère.

« Eh bien, qu'est-ce qu'il y a ? Ce n'est pas si terrifiant, ce que je t'ai dit ! Je ne t'ai même pas demandé de m'épouser... »

Helena enfouit son visage au creux de son cou, et

le ton de sa voix lui fit comprendre que l'intermède insouciant était terminé.

« Je suis déjà mariée, Frank. Ou du moins, je l'ai été.

— Tu l'as été ?

— Tu dois savoir ce qu'est l'armée. Comme à Hollywood, tout n'est qu'images, fiction, représentation. Officieusement, on peut faire ce qu'on veut du moment qu'on ne choque pas le public. Et pour un officier, une fille célibataire qui met au monde un enfant est un scandale qu'il n'est pas question d'affronter. »

En silence, Frank attendit la suite. Il sentait le souffle de Helena sur sa peau tandis qu'elle lui parlait, et sa voix sembla provenir du fond d'un puits sans écho.

« Surtout si cet officier est le général Nathan Parker. Voilà pourquoi je suis pour l'état civil la veuve du capitaine Randall Keegan, mort au combat pendant la guerre du Golfe. Tombé en héros alors que son épouse, aux États-Unis, attendait un enfant qui n'était pas le sien. »

Elle se redressa et, de nouveau, se souleva sur un coude, son visage tout près du sien. Elle le regarda dans les yeux, avec un léger sourire, comme s'il était n'était venu que pour lui accorder un pardon. Mais de ce sourire émanait aussi la plus grande amertume qu'il eût jamais perçue.

Alors, Helena se définit elle-même comme si elle parlait d'une autre, d'une femme qui lui inspirait un mélange de pitié et de mépris.

« Je suis Helena Parker, veuve d'un nommé Keegan que j'ai rencontré pour la première fois le jour de notre mariage et dont je n'ai plus jamais revu que le cercueil recouvert d'une bannière étoilée. Ne me demande pas comment mon père s'y est pris pour obtenir sa complicité dans cette mascarade. Par des promesses qu'on peut seulement imaginer. C'était presque un mariage par procuration, censé durer juste assez longtemps pour créer un rideau de fumée plausible, avant un divorce qui clarifierait les choses. Entre-temps, mon prétendu mari connaîtrait une carrière fulgurante, on lui déroulerait un tapis rouge pour des postes gratifiants... Et tu sais ce qui est drôle ? »

Frank attendit, sachant bien que ce qu'elle allait lui révéler ne serait pas drôle du tout.

« Le capitaine Randall Keegan est mort dans les premiers jours de l'opération "Tempête du désert", sans avoir tiré le moindre coup de feu. Sa mort héroïque a eu lieu pendant un déchargement de munitions. Un blindé aux freins défectueux, qu'on descendait de la passerelle d'un avion-cargo, lui a roulé dessus, alors qu'il tournait le dos pour regarder on ne sait quoi. Un des mariages les plus brefs qu'on ait jamais vu. Et avec un idiot, qui plus est ! »

Frank n'eut pas le temps de répondre. Il assimilait ces nouvelles preuves de la puissance et de la perfidie de Nathan Parker, quand son portable sonna sur la table de chevet. Il regarda l'heure. Qu'on l'appelât au milieu de la nuit n'était pas bon signe.

« Allô ?

— Frank, ici Morelli. »

Helena vit son visage se contracter.

« Salut, Claude. Je t'écoute. Mauvaises nouvelles ?

— Oui. Mais pas ce que tu penses. Le commissaire Hulot a eu un accident de voiture.

— Quand ?

— On ne sait pas exactement, la police des routes française vient à peine de nous avertir. Sa voiture a été retrouvée par un chasseur du côté d'Auriol, un patelin entre Aix-en-Provence et la côte. Au fond d'un ravin, en contrebas d'une route secondaire.

— Et comment va-t-il ? »

Le silence de Morelli fut bref, mais éloquent. Frank sentit son cœur se glacer.

Non, Nicolas, pas toi, pas maintenant ! Pas de cette façon tellement banale et désolante, à un moment où ta vie allait à vau-l'eau... Pas comme ça, enfant terrible !

« Il est mort, Frank. »

Frank serra si fort les mâchoires qu'il entendit ses dents grincer. Les articulations de ses doigts blanchirent tant elles se crispèrent sur l'appareil, et Helena crut qu'il allait se briser entre ses mains.

« Sa femme est prévenue ?

— Non, pas encore. J'ai pensé que tu préférerais t'en charger.

— Merci, Claude. Tu as bien fait. Merci aussi de la part de Céline.

— Ce sont des remerciements dont je me serais volontiers passé, Frank...

— Je sais. »

Helena le vit se diriger vers le fauteuil où gisaient pêle-mêle ses vêtements.

« Qu'est-ce qui se passe, Frank ? Où vas-tu ? » demanda-t-elle tandis qu'il enfilait son pantalon.

Frank tourna les yeux vers elle, et la jeune femme y lut la plus âpre douleur. Il se détourna pour mettre ses chaussettes.

« Au pire endroit du monde, Helena. Je vais réveiller une femme pour lui annoncer que son mari ne rentrera jamais. »

45

À l'enterrement de Nicolas Hulot, il pleuvait.

On eût dit que, pour la circonstance, le ciel avait décidé d'interrompre la montée en lumière de l'été et de verser autant de larmes qu'on en pleurait pour lui sur terre. C'était une pluie droite et sans compromis, comme avait été la vie d'un obscur commissaire de police, consacrée à sa mission d'homme ordinaire.

À présent, peut-être sans le savoir, il recevait la seule récompense qu'il eût désirée de son vivant : rejoindre en terre la dépouille de son fils, accompagné des mots que l'espoir murmurait pour la consolation de ceux qu'on laisse derrière soi.

Céline se tenait debout près de la fosse, au côté du prêtre, le visage ferme dans sa douleur, mais sans plus aucune volonté devant la tombe des deux hommes de sa vie. Près d'elle, sa sœur, arrivée de Bordeaux par le premier avion.

Les obsèques, selon les volontés de Nicolas, auraient dû se dérouler dans l'intimité, mais une petite foule était montée au cimetière d'Èze pour un dernier salut. Un peu en retrait, Frank observait tous ces gens faisant cercle autour du jeune prêtre, qui officiait tête nue en dépit du mauvais temps. C'étaient des amis, des connaissances, de simples habitants du bourg qui avaient compris et aimé la probité et la bonté de l'homme qu'on enterrait. Sans doute quelques curieux, aussi.

Morelli était là, dont le visage exprimait une souffrance si vive que Frank en fut stupéfait. Et Roncaille, et Durand, pour représenter la Principauté. Avec tous ceux de la Sûreté qui avaient pu se libérer. Frank vit aussi Charles Froberger, le commissaire de Nice, de l'autre côté du caveau, tête nue lui aussi. Près de lui, Bikjalo, Laurent, Jean-Loup, Barbara, et de nombreux employés de Radio Monte-Carlo. Et même, plus loin à l'écart, Pierrot et sa mère.

L'avidité sans foi ni loi des journalistes avait été contenue hors du cimetière par le service d'ordre – sans beaucoup de difficulté, du reste. Une mort banale dans un accident de la route n'était pas très intéressante, même si le défunt était le commissaire chargé jusqu'à une date récente de l'enquête sur M. Personne.

Frank regarda le cercueil de Nicolas. Il descendait lentement dans la fosse, ouverte comme une blessure dans le sol, et recevait l'eau du ciel et l'eau bénite, telle une bénédiction conjointe de l'univers et des humains. Deux fossoyeurs en ciré vert commencèrent de le recouvrir d'une terre meuble de même couleur que le bois. Frank resta debout sans faire un pas, jusqu'à ce que l'ultime pelletée fût tombée dans la fosse. Bientôt, cette terre s'aplanirait et l'on poserait par-dessus une quelconque dalle de marbre, pareille à sa voisine, sur laquelle on inscrirait que, d'une manière ou d'une autre, Stéphane Hulot et son père Nicolas s'étaient retrouvés.

Le prêtre donna sa dernière bénédiction, et les assistants se signèrent. Mais Frank ne put prononcer le mot « Amen ».

Sitôt après, la foule se dispersa. Les proches de la famille se conformèrent au rituel des condoléances à la veuve, avant de s'éloigner. Au moment où Guillaume Mercier et ses parents partaient après l'avoir embrassée, Céline aperçut Frank. Elle écouta les quelques mots empressés de Roncaille et de Durand, puis murmura quelque chose à sa sœur avant de s'approcher rapidement de lui. Frank observa sa silhouette élancée, sa démarche calme, ses yeux rougis. Sans un mot, Céline se réfugia dans ses bras. Il sentit sur son épaule les pleurs silencieux qu'elle s'était refusés pendant la cérémonie, et qui ne pourraient rebâtir son petit monde détruit à jamais. Puis elle s'écarta et le regarda dans les yeux.

« Merci, Frank. Merci d'être là. Et merci d'être venu me l'annoncer. Je sais combien ça t'a coûté. »

Frank ne répondit rien. Après le coup de fil de Morelli, il était parti en toute hâte pour la maison d'Èze, mais avait attendu cinq longues minutes devant la porte avant de trouver le courage de sonner. Quand Céline lui avait ouvert, serrant contre elle son léger peignoir, elle avait aussitôt compris en le voyant. Elle était femme de policier et devait avoir imaginé pareille scène bien souvent, l'avoir vécue en esprit comme une éventualité funeste, même si elle s'était détournée de telles pensées comme d'un mauvais présage. À présent, Frank était là, debout sur le seuil, dans un silence aussi douloureux que son visage ; et elle avait su que son mari, après son fils, était parti pour un ailleurs inconnu.

« Il est arrivé quelque chose à Nicolas ? C'est ça ? »

Frank, sans un mot, avait hoché la tête.

« Il est... ?

— Oui, Céline. Il est mort. »

Un instant, Céline avait fermé les yeux. Pâle comme la mort, elle avait vacillé sur ses pieds, et Frank avait craint qu'elle ne s'évanouît. Mais elle s'était aussitôt reprise, et il avait vu une veine frémir sur sa tempe tandis qu'elle s'enquérait de détails qu'il se fût volontiers passé de préciser.

« Comment est-ce arrivé ?

— Un accident de la route, dans les environs d'Aix. Je n'en sais pas beaucoup plus. Sa voiture a dû quitter la chaussée, et on l'a retrouvée au fond d'un ravin. Il est sûrement mort sur le coup, sans souffrir, si cela peut te réconforter. »

Un réconfort bien mince, avait-il pensé, mais il savait ce que Céline et Nicolas avaient enduré pendant l'interminable coma de Stéphane, réduit à une survie artificielle qu'à la fin, la pitié l'emportant sur l'espoir, ils avaient décidé d'interrompre en faisant débrancher le respirateur.

« Entre, Frank, je t'en prie. Il faut que je passe un ou deux coups de téléphone, mais j'ai une faveur à te demander. »

Ses yeux de femme amoureuse de son mari comme au premier jour étaient pleins de larmes.

« Tout ce que tu voudras, Céline...

— S'il te plaît, ne me laisse pas seule, cette nuit. »

Elle avait appelé le seul parent de Nicolas, un frère qui vivait en Argentine. Puis sa propre sœur. Il l'avait entendue murmurer : « Non, je ne suis pas seule », pour répondre à sa probable inquiétude. Ensuite, elle avait reposé le combiné comme s'il était plus fragile que de la porcelaine et s'était retournée vers lui.

« Veux-tu un café ?

— Non, merci. Je n'ai besoin de rien.

— Alors, asseyons-nous sur le divan. Je voudrais que tu me serres très fort contre toi pendant que je pleure... »

Ainsi étaient-ils restés jusqu'au matin, assis dans le beau salon dont les portes-fenêtres s'ouvraient sur la terrasse et sur la nuit. Longtemps, Frank l'avait écoutée pleurer, en regardant le ciel se teindre peu à peu des clartés rouges de l'aube. Puis il avait senti son corps épuisé glisser dans une sorte de demi-sommeil et l'avait tenue dans ses bras, sans bouger, avec toute l'affection qu'il éprouvait pour elle et pour Nicolas, son meilleur ami disparu, en attendant que sa sœur, arrivée vers neuf heures, pût prendre le relais.

Maintenant, ils étaient de nouveau face à face et il ne pouvait s'empêcher de la fixer des yeux, comme s'il voulait que son regard entrât jusqu'au fond du sien. Céline devina la question cachée dans ce regard et sourit tendrement à sa naïveté d'homme.

« Ce n'est plus la peine, Frank.

— Qu'est-ce qui n'est plus la peine ?

— Je croyais que tu avais compris...

— Qu'est-ce qu'il fallait comprendre, Céline ?

— Ma petite folie. Elle n'a jamais existé, j'ai toujours su que Stéphane était mort. Comme je sais que Nicolas nous a quittés aussi. »

En voyant son expression ébahie, Céline sourit et lui posa une main sur le bras.

« Mon pauvre Frank ! Pardonne-moi de t'avoir trompé aussi. De t'avoir fait souffrir chaque fois que je parlais de Harriet. »

Elle leva les yeux vers le ciel, où deux mouettes voltigeaient paresseusement dans le vent. Elles étaient deux, elles étaient ensemble. C'était peut-être ce qu'elle pensait en suivant leur trajectoire. Un brusque souffle de brise souleva les coins du foulard noué autour de son cou.

Puis elle regarda Frank de nouveau.

« Tout ça n'était qu'une comédie, mon ami. Une petite comédie toute bête, pour empêcher un homme de mourir de chagrin. Vois-tu, après la mort de Stéphane... C'était ici même, en sortant du cimetière après l'enterrement. Tout à coup, j'ai eu la certitude que, si je ne faisais pas quelque chose, Nicolas ne survivrait pas à la perte de son fils. Il était détruit, plus encore que moi. Au point de mettre fin à ses jours, peut-être. Alors, j'ai eu cette idée. Je me suis dit que si Nicolas s'inquiétait pour moi, il retrouverait une raison de vivre, un souci qui le distrairait de son désespoir. J'ai fait semblant de perdre un peu la tête, et je n'ai plus cessé. Je lui ai menti et je ne m'en repens pas. Je le referais s'il le fallait, tu sais ? Mais maintenant, bien sûr, ça ne sert plus à rien... »

De nouveau, les larmes coulaient sur ses joues. Frank scruta la merveilleuse profondeur de ses yeux, et songea à tous ces gens dont le seul but dans la vie était de se vendre en se faisant passer pour des marchandises précieuses, alors qu'ils ne valaient pas plus qu'un tas de chiffons. Mais au vrai, même parmi ceux qui avaient accompli des actes sublimes, des actes qui avaient changé le monde, aucun ne surpassait en grandeur la discrète Céline Hulot.

Elle lui sourit avec la même tendresse.

« Au revoir, Frank. J'espère que tu retrouveras très vite le bonheur que tu as perdu. Je l'espère de tout mon cœur, tu sais ? Parce que tu le mérites plus que n'importe qui. Au revoir, mon bon, mon bel ami... »

Elle se hissa sur la pointe des pieds, effleura légèrement ses lèvres avec les siennes et serra très fort son bras, presque à lui faire mal. Puis elle se détourna et marcha vers la grille.

Frank la regarda qui s'éloignait. Au bout de quelques pas, elle fit volte-face.

« Une dernière chose... Pour moi, ça ne change rien, parce que rien au monde ne pourra me rendre Nicolas. Mais pour toi et pour l'enquête, c'est peut-être important.

— Quoi, Céline ?

— Morelli m'a expliqué ce qu'on savait de l'accident. Tu as lu le procès-verbal ?

— Bien sûr. Très attentivement...

— Claude m'a dit que Nicolas n'avait pas attaché sa ceinture de sécurité. Et c'est très curieux, parce que cet oubli a causé la mort de Stéphane. Si notre fils avait attaché sa ceinture, il aurait certainement survécu. Alors, depuis ce temps, Nic l'attachait toujours, avant même de mettre le contact. J'ai du mal à imaginer qu'il ne l'ait pas fait cette fois-ci...

— Je ne savais pas, pour l'accident de Stéphane. Oui, maintenant que tu me le dis... Tu as raison, moi aussi je trouve que c'est bizarre.

— Je te le répète : pour moi, ça ne change rien. Seulement, s'il existe une possibilité que Nic ait été assassiné, c'est le signe qu'il était sur la bonne voie. Que vous étiez tous les deux sur la bonne voie. »

Frank hocha la tête en silence. Cette fois, Céline s'éloigna sous la pluie sans plus se retourner. Au moment où il la voyait rejoindre sa sœur sur l'allée de gravier, Roncaille et Durand surgirent près de lui, exhibant une parfaite figure de circonstance. Eux aussi suivirent des yeux sa mince silhouette qui disparaissait derrière la grille.

« Quelle perte, n'est-ce pas ? Je n'arrive toujours pas à y croire... »

Frank se tourna brusquement. L'expression de son visage fit passer une ombre sur celui du chef de la Sûreté.

« Ah, vous n'arrivez pas à y croire ? Vous, qui avez sacrifié Nicolas Hulot à la raison d'État et l'avez fait mourir en homme vaincu, discrédité, vous n'arrivez pas à y croire ? »

Frank fit une pause plus lourde que toutes les pierres tombales qui les environnaient.

« Puisse la honte vous submerger, maintenant, à supposer que vous en soyez capables ! »

Durand réagit le premier et se dressa sur ses ergots.

« Mr Ottobre, seul un chagrin bien compréhensible peut expliquer cette absurde colère. Mais chagrin ou non, je ne vous permets pas... »

Frank l'interrompit brusquement. Sa voix fut sèche et cassante comme une branche morte qui se rompt sous le pied.

« Monsieur Durand, je suis parfaitement conscient que ma présence au sein des forces de police de Monaco vous est très désagréable. Mais mon plus grand désir au monde est de capturer un tueur, pour cent raisons différentes, dont une des principales est désormais que je le dois à mon ami Nicolas Hulot. Alors, mettez-vous dans la tête que ce que vous me permettez ou non me laisse totalement indifférent. Et que si nous n'étions pas dans un cimetière, je vous ferais avaler toute votre autorité en même temps que vos dents ! »

Le visage de Durand s'enflamma. Roncaille intervint pour limiter les dégâts, et Frank s'étonna de le voir prendre parti, même si ses motivations étaient certainement discutables.

« Frank, voyons, je crois que nous sommes tous un peu à cran après ce qui s'est passé. Mais ne laissons pas notre émotivité prendre le dessus. Nous avons une mission à remplir, bien assez difficile sans complications supplémentaires. Pour le moment, il est absolument impératif que nos ressentiments personnels passent au second plan. »

Il prit Durand par le bras et l'entraîna vers la sortie. Le procureur ne résista que pour la forme, et Frank les regarda s'éloigner tous les deux, à l'abri de leurs parapluies.

Puis il parcourut la dizaine de mètres qui le séparait de la tombe de son ami. Devant la terre fraîchement remuée qui contenait les restes mortels de Nicolas Hulot, il s'immobilisa, regardant la pluie commencer son travail de nivellement et sentant la rage bouillir en lui comme la lave dans la bouche d'un volcan.

Une brève bourrasque de vent agita le feuillage d'un arbre tout proche, et le bruissement parut apporter à ses oreilles une voix trop souvent entendue.

Je tue...

Ici, à ses pieds, sous cette terre mouillée de pluie, gisait son ami le plus cher. L'homme qui l'avait vu à la dérive et avait eu la force de lui tendre la main. Qui avait eu le courage de lui avouer ses propres faiblesses, et n'en était que plus grand à ses yeux. Si lui, Frank Ottobre, était encore debout et bien vivant, c'était à Nicolas Hulot et à lui seul qu'il le devait.

Presque sans en avoir conscience, il s'adressa à celui qui ne pouvait plus lui répondre.

« C'était lui, Nicolas, n'est-ce pas ? Tu n'étais pas une victime désignée, il ne comptait pas te tuer, mais tu t'es trouvé sur sa route, par hasard, par malheur. Voilà pourquoi il fallait que tu meures. Mais s'il a décidé ta mort, c'était parce que tu l'avais découvert, n'est-ce pas ? Tu avais compris qui il est ! Et moi, comment puis-je faire pour le comprendre aussi, Nicolas ? Comment ? »

Frank Ottobre demeura un long moment devant la tombe muette, sous la pluie battante, se répétant comme un mantra la question qui l'obsédait. Mais ni la terre, ni la pluie, ni le vent ne lui soufflèrent la réponse.

NEUVIÈME CARNAVAL

Au cimetière, il n'y a que des parapluies noirs.

Par cette matinée sans soleil, on les prendrait pour des ombres inversées, projetées par la terre. Ou pour des pensées funèbres flottant au-dessus des gens qui, la cérémonie achevée, s'éloignent lentement de la tombe, en tâchant de mettre à chaque pas un peu plus de distance entre eux-mêmes et l'idée de la mort.

L'homme a vu le cercueil descendre dans la fosse sans qu'aucune émotion particulière transparût sur son visage. Pourtant, c'est la première fois qu'il assiste aux funérailles d'une personne qu'il a tuée, et il est triste pour cet homme, triste de voir la douleur retenue de sa veuve qui l'a regardé disparaître sous la terre détrempée. Cette sépulture, qui l'a accueilli auprès de la dépouille de son fils, lui a rappelé un autre cimetière, une autre enfilade de tombes, d'autres larmes, d'autres douleurs.

Du ciel tombe, monotone, une pluie sans colère et sans vent.

L'homme pense que les histoires se répètent à l'infini. Parfois, on les croit achevées, mais non : seuls les protagonistes changent. Les acteurs ne sont plus les mêmes, mais les rôles demeurent, immuables. L'homme qui tue, l'homme qui meurt, l'homme qui ne sait pas, l'homme qui finit par comprendre et qui, pour y parvenir, est prêt à sacrifier sa vie.

Alentour, une corolle anonyme de comparses, de gens sans importance, stupides porteurs et porteuses de parapluies noirs ou colorés, qui les aident moins à s'abriter qu'à garder un fragile équilibre sur un fil tendu si haut qu'ils ne voient pas qu'en dessous d'eux, sous leurs pieds, la terre n'est semée que de tombeaux.

L'homme referme son parapluie et laisse l'averse choir sur ses cheveux tandis qu'il se dirige vers la grille du cimetière, laissant sur le sol l'empreinte de ses pas qui bientôt s'effacera, comme tôt ou tard s'effacent toutes les traces et tous les souvenirs.

Il envie la paix et le silence qui étendront de nouveau leur empire sur ce lieu quand tous ces inutiles seront partis. Et pense à tous ces morts immobiles sous la terre, dans leurs cercueils, les yeux clos, les mains croisées sur la poitrine, les lèvres muettes, sans voix pour questionner le monde des vivants.

Il pense à la consolation du silence, de l'obscurité sans images, de l'éternité sans futur, du sommeil sans rêves et sans réveil.

Comme par un souffle de vent, il se sent touché d'une soudaine pitié pour lui-même et pour le monde, et quelques larmes, enfin, coulent de ses yeux et se mêlent aux gouttes de pluie. Ce qu'il pleure n'est pas la mort d'un autre homme, non. Les larmes qu'il verse, amères et salées, sont celles du regret pour le soleil d'autrefois, pour les quelques rayons d'un été passé comme une bourrasque, pour les seuls moments heureux qu'il se rappelle, enfouis si profond dans sa mémoire qu'ils lui semblent n'avoir jamais existé.

L'homme franchit la grille comme s'il redoutait d'entendre une voix, ou des voix, qui d'un instant à l'autre le rappelleront en arrière, comme si, par-delà ce mur d'enceinte, existait un univers de vivants où il n'a pas sa place.

À l'improviste, une vague pensée le pousse à tourner la tête pour regarder derrière lui. Là-bas, seul devant la tombe fraîchement creusée, encadré par les piliers de la grille comme le sujet d'une diapositive, se tient un homme de haute taille, vêtu de noir.

Il le reconnaît. C'est un de ceux qui le pourchassent, un des chiens à la gueule fumante, enfiévrés par leur course et par leurs propres aboiements. Sans doute sera-t-il plus déterminé que jamais, à présent. Plus féroce. Il voudrait revenir sur ses pas, aller auprès de cet homme-chien pour lui faire comprendre qu'il n'y a en lui aucune férocité, aucune vindicte, rien que l'évidence de la justice. Et ce sentiment d'absolue certitude que seule la mort peut donner.

En montant dans la voiture qui doit l'emmener, il passe sa main dans ses cheveux mouillés.

Il voudrait s'expliquer, mais jamais ne le pourra. Sa mission n'est pas encore accomplie.

Il est un homme et personne, et sa mission ne connaîtra pas de terme.

Pourtant, en regardant à travers le pare-brise sillonné de gouttes tous ces gens qui s'éloignent d'un lieu de deuil et de douleur, tous ces visages compassés, sottes figures de circonstance, il se pose une question, moins par curiosité que par lassitude. Parmi cette foule d'hommes et de femmes, quel sera le premier qui viendra lui annoncer qu'enfin, enfin, tout est consommé ?

46

Quand Frank sortit du cimetière, il n'y avait plus personne à l'extérieur.

Même la pluie avait cessé. Mais le ciel ne révélait la présence d'aucune divinité miséricordieuse : il n'y vit que le mouvement de nuages blancs et gris, entre lesquels le vent creusait un timide espace de bleu.

Il monta dans sa voiture et, comme en hommage à Nicolas Hulot, s'empressa d'attacher sa ceinture de sécurité. Sur le siège du passager gisait un exemplaire de *Nice-Matin*, dont la manchette annonçait : LE GOUVERNEMENT AMÉRICAIN RÉCLAME L'EXTRADITION DU CAPITAINE RYAN MOSSE.

La mort de Nicolas n'était signalée que brièvement, à la page 3 du quotidien. Un accident de la route ayant coûté la vie à un simple commissaire de police ne méritait pas l'honneur d'un gros titre...

Il saisit le journal et le jeta avec dégoût sur la banquette arrière, puis mit le moteur en marche. Ce fut alors que, jetant un coup d'œil dans le rétroviseur, son regard s'arrêta de nouveau sur la première page : au lieu de tomber sur le siège, son *Nice-Matin* était resté accroché au dossier, exhibant son exaspérante manchette.

Frank, le souffle coupé, oublia de démarrer. Il se sentait comme un de ces trompe-la-mort qui pratiquent le saut à l'élastique et voient la terre se rapprocher d'eux à une allure vertigineuse, sans être absolument sûrs que l'élastique soit de la bonne longueur. Du tréfonds de lui s'éleva une muette prière, adressée à quiconque voudrait la recevoir, pour que son intuition subite ne s'avérât pas une de ces illusions que les miroirs savent si bien dispenser...

Il réfléchit quelques instants. Puis, ce fut le déluge : une cascade d'hypothèses encore en suspens se déversa en lui, tel un flot dont la force réussit soudain à élargir une brèche dans une digue, jusqu'à la rompre et tout emporter. Car à la lumière de ce qui lui était apparu quelques secondes plus tôt, une foule de petites contradictions et de détails négligés acquéraient un sens, une cohérence jusqu'alors insoupçonnée – parce qu'insoupçonnable...

Il prit son portable, composa le numéro de Morelli, et à peine celui-ci eut-il répondu qu'il l'assaillit de paroles précipitées.

« Claude, c'est Frank. Tu es seul dans ta voiture ?

— Oui.

— Bon. Je file chez Robbie Stricker. Rejoins-moi tout de suite devant son immeuble, mais sans en parler à personne. J'ai des choses à vérifier, et je voudrais que tu sois là.

— Un problème ?

— Je ne crois pas. Plutôt une solution, j'espère. Mais c'est un soupçon si mince qu'il peut se révéler dénué de sens. N'empêche que la fin pourrait être proche.

— Tu veux dire...

— À tout de suite, chez Stricker », coupa Frank.

Il partit à toute vitesse, regrettant que sa voiture banalisée ne disposât pas d'un gyrophare et d'une sirène. Et, en filant vers Monte-Carlo, s'accabla des plus amers reproches. Comment avait-il pu faire preuve d'un tel aveuglement ? Permettre à une aversion personnelle d'étouffer sa lucidité ? Tout ce qu'il avait vu, c'était ce qu'il avait voulu voir : les seuls indices qui s'accordaient à son ressentiment.

Et tout le monde en avait payé le prix. À commencer par Nicolas, qui, s'il s'était posé les questions qu'il fallait, eût peut-être encore été de ce monde...

Quand il freina devant Les Caravelles, Morelli l'attendait déjà, debout devant l'entrée. Il se gara sans souci du stationnement interdit, dépassa l'inspecteur et s'engouffra dans le hall comme le vent dans les voiles.

Morelli le suivit sans un mot, et, en les voyant arriver de sa loge, le concierge leur lança un regard alarmé.

« Les clefs de chez Robbie Stricker. Police. »

La précision était inutile : l'homme se rappelait parfaitement la dernière visite de Frank, et lui tendit les clefs en toute hâte.

Dans l'ascenseur, Morelli parvint enfin à poser une question.

« Qu'est-ce qui se passe, Frank ?

— Il se passe que je suis un idiot. L'empereur des idiots, même ! Si je ne m'étais pas tant soucié de mon nombril, si je m'étais rappelé que j'étais policier, plusieurs morts auraient sûrement pu être évitées. »

L'inspecteur était toujours aussi dérouté, et le fut encore plus quand, ayant fait sauter les scellés, Frank courut vers la chambre du meurtre, apparemment insensible à la sensation de fatalité lugubre qui, tel un nuage ou une odeur, flottait dans l'appartement, comme en tous les lieux témoins d'une mort violente. Puis, Frank s'immobilisa sur le seuil pour examiner la pièce. Le sang sur le dallage de marbre avait été nettoyé, et seules quelques traces encore visibles sur les murs rappelaient qu'ici, quelques jours plus tôt, un homme avait été assassiné.

L'ébahissement de Morelli ne fit que croître quand, après quelques instants, il vit Frank faire deux ou trois pas et s'étendre à même le sol, dans la position exacte où l'on avait trouvé le cadavre de Stricker et que la Scientifique avait dessinée sur les dalles brillantes. Bougeant à peine la tête, il demeura ainsi plusieurs secondes. Puis leva les yeux pour fixer quelque chose droit devant lui, que, de toute évidence, il ne pouvait distinguer que couché par terre.

« C'est ça, bon sang. C'est ça !

— "Ça" quoi, Frank ?

— Des crétins, nous avons tous été des crétins, et moi le premier ! Entêtés à tout regarder de haut, alors que la réponse était inscrite en bas... »

Frank se releva d'un bond.

« Suis-moi. Encore une chose à vérifier.

— Mais où allons-nous ?

— À la radio. Si j'ai vu juste, c'est là que nous trouverons l'explication définitive. »

Ils ressortirent, Morelli regardant Frank tel qu'il ne l'avait jamais vu : son collègue d'outre-Atlantique semblait en proie à une frénésie que rien ne pourrait calmer. Il jeta presque les clefs au concierge visiblement soulagé de les voir partir, et se dirigea au pas de course vers la voiture, qu'un agent en uniforme et carnet à souches en main s'apprêtait déjà à parer d'une belle contravention toute neuve.

« Laisse, Brulard. On est en service. »

L'agent reconnut Morelli et les salua en portant la

main à son képi, puis regarda avec stupeur la voiture s'éloigner à tombeau ouvert et brûler le feu rouge au bout de la rue. Elle passa devant l'église Sainte-Dévote, longea le port où un voilier à la funèbre cargaison s'était échoué tel un vaisseau fantôme, et s'arrêta quelques instants plus tard, pneus crissant avec stridence sur l'asphalte encore mouillé de pluie sous le pâle soleil, devant le siège de Radio Monte-Carlo.

S'il ne se trompait pas, songeait Frank en appelant l'ascenseur, l'atroce histoire allait s'achever à l'endroit même où elle avait commencé. Ce serait la fin de la chasse aux ombres sans visage, et l'on chasserait désormais un homme.

Dans l'ascenseur, il marmonnait seul des phrases inintelligibles, mais Morelli ne s'étonnait plus. La fièvre qui agitait Frank semblait l'avoir contaminé, et il ne songeait plus qu'à le suivre en espérant que de cette débauche d'énergie aussi précipitée qu'incohérente sortirait une révélation concrète.

Alerté par la voix impérieuse de Frank dans l'interphone, Bikjalo les attendait sur le seuil.

« Eh bien, qu'est-ce qui se passe ? C'est l'heure du déjeuner, et... »

Frank l'écarta d'un geste brusque et Morelli ne put que regarder le directeur ahuri en haussant les épaules, comme pour s'excuser. Toujours aussi surexcité, son compagnon, sous les yeux interloqués de Raquel à son bureau et de Pierrot qui empilait des disques dans un coin, se dirigea à grandes enjambées vers l'autre extrémité du hall, où une porte verrouillées à deux battants de verre abritait les câbles téléphoniques et ceux des connexions avec les satellites et l'internet. Arrivé là, il se retourna vers Bikjalo.

« Ouvrez cette porte.

— Mais...

— Faites ce que je vous dis ! »

Le ton de Frank était sans réplique. Le directeur prit les clefs que lui tendait Raquel et ouvrit tout grands les deux battants. Un souffle d'air frais entra dans le hall. Frank resta un moment perplexe devant l'enchevêtrement de fils, puis fit courir le bout de ses doigts sous les plans métalliques qui soutenaient les différents boîtiers électroniques.

« Mais enfin, Frank, est-ce que tu vas nous dire ce que tu cherches ?

— Ce que je cherche, Claude ? Je cherche ce qui a failli nous rendre fous ! Parce que nous sommes devenus à moitié fous à force de nous demander en vain pourquoi nous n'arrivions pas à intercepter les appels de cette bête furieuse. Nous n'y serions jamais parvenus, même si nous avions poursuivi les investigations jusqu'à notre dernier jour ! Et tu sais pourquoi ? »

Les mains de Frank s'étaient immobilisées sous un des plans métalliques. Il semblait avoir trouvé quelque chose, et commença de tirer avec force, comme pour extraire un objet fixé en dessous. Finalement, il parut y réussir et fit un brusque pas en arrière. Quand il se retourna, il tenait dans sa main une espèce de boîte en fer-blanc, à peu près de la taille de deux paquets de cigarettes, d'où sortait un petit câble terminé par une prise téléphonique. La boîte était entièrement enveloppée de ruban isolant. Il la brandit devant les deux hommes, plus abasourdis que jamais.

« Voilà pourquoi on n'a jamais pu intercepter les appels ! Parce qu'ils n'arrivaient pas de l'extérieur, tout simplement. L'assassin les émettait d'ici ! »

Enfin décidé à s'expliquer, il parla comme s'il se trouvait devant une vérité exigeant plus de mots qu'il n'en pouvait dire, et cherchait à les proférer tous à la fois.

« Voilà ce qui s'est passé. Ce n'est pas Ryan Mosse qui a tué Robbie Stricker. Dans mon obstination, j'avais tellement envie que ce soit lui le coupable que je n'ai même pas envisagé d'autre possibilité. Alors que M. Personne, une fois de plus, a fait preuve d'une astuce diabolique ! Il nous a volontairement fourni un indice à double sens, qui pouvait indifféremment nous diriger vers Robbie Stricker ou vers Gregor Yatzimin. Ensuite, il a tranquillement attendu ce que nous ferions. Quand nous avons envoyé tous nos hommes protéger Stricker, il est parti tout aussi tranquillement assassiner Yatzimin. Puis, quand on a découvert son corps et que nous avons abandonné Stricker, il ne lui restait plus qu'à aller le tuer à son tour. »

Il reprit sa respiration, puis cria presque :

« C'était ça, son véritable objectif ! Il voulait les tuer tous les deux, la même nuit ! »

Bikjalo et Morelli semblaient pétrifiés. Frank poursuivit.

« Seulement, quand il s'est attaqué à Stricker, il s'est défendu. Au cours de la lutte, il a été blessé au visage, vous vous souvenez ? Une grande entaille. Voilà pourquoi il n'a pas emporté son visage. Parce qu'il était abîmé ! On ne sait toujours pas ce qu'il en fait, de ces visages, mais il n'en veut que s'ils sont parfaitement intacts ! Ensuite, il est reparti en laissant Stricker pour mort. Mais il était encore vivant, et il a eu le temps d'écrire un message avec son sang... »

À voir son visage, on avait l'impression que toutes

les tesselles de la mosaïque s'assemblaient devant ses yeux à mesure qu'il parlait.

« Robbie Stricker était un pilier de la vie nocturne, à Monte-Carlo et sur toute la Côte. Il connaissait au moins de vue tous les habitués des boîtes. L'homme qui l'a assassiné, il le connaissait sûrement aussi, même si en agonisant il ne s'est pas rappelé son nom – ce qui n'a rien d'étonnant, bien sûr. Mais il savait qui il était, dans quoi il travaillait... »

Cette fois, si Frank s'interrompit, ce fut pour donner à ses deux interlocuteurs le temps d'assimiler ce qu'il venait de dire. Quand il reprit la parole, ce fut avec moins de fougue, en scandant presque ses mots.

« Essayons de nous transporter sur les lieux, cette nuit-là. Stricker est étendu sur le sol, dans une mare de sang, frappé à mort de plusieurs coups de couteau, le bras gauche cassé. De cette position, je l'ai vérifié moi-même tout à l'heure, il se voit dans la paroi de miroirs de la salle de bains, dont la porte est ouverte. Et il écrit son message en voyant son image renversée. De la main droite, qui plus est, alors qu'il est gaucher. Dans son état, c'est compréhensible qu'il ait écrit de droite à gauche, et qu'il n'a pas réussi à terminer ! »

Il prit par le bras les deux hommes qui le fixaient des yeux, muets, et les entraîna devant le miroir qui faisait face à la salle de régie. Puis il leur désigna l'inscription en lettres rouges lumineuses au-dessus de leurs têtes, réfléchie en sens inverse dans la surface brillante.

« Ce n'est pas "RYAN" qu'il a écrit, c'est "ON AIR" ! Les mots qu'on trouve dans presque tous les studios de radio du monde, pour indiquer qu'une diffusion est en cours ! Au bout de l'inscription, il y avait une espèce de ligne épaisse, de gribouillage indistinct, vous vous souvenez ? Évidemment, nous avons cru que c'était une simple tache, parce que Stricker mourant n'avait plus la main très sûre. Alors qu'elle avait un sens, cette ligne ! C'était le O que le pauvre Robbie agonisant n'a pas eu la force de tracer jusqu'au bout...

— Tu veux dire que... »

La voix de Morelli surgissait d'une profondeur où il est difficile de croire ses yeux et ses oreilles. Bikjalo, livide comme un mort, enfouit son visage dans ses mains, ne laissant plus voir que deux yeux agrandis par l'incrédulité.

« Je veux dire que nous avons vécu à côté du diable sans même sentir l'odeur du soufre ! » répondit Frank.

Il montra la boîte qu'il tenait entre ses mains.

« Vous verrez que la Scientifique nous dira que ce truc n'est pas autre chose qu'un vieux poste de radio à transistor, très banal, complètement dépassé, que nous n'aurions jamais repéré parce qu'il émet sur une fréquence à laquelle nous n'aurions jamais pensé. Aucun d'entre nous n'aurait songé à un système aussi vieillot, pour ne pas dire archaïque ! Et vous verrez qu'à l'intérieur, on trouvera un minuteur, un *timer* ou quelque chose de ce genre, pour lancer les appels au moment voulu. Le signal téléphonique était impossible à relever, parce que cet appareil est placé entre le standard et la salle de régie. Or, c'était le standard qu'on surveillait ! Les techniciens nous donneront plus de détails, même s'ils ne nous serviront plus à rien, maintenant. M. Personne envoyait des coups de téléphone enregistrés à l'avance à une personne qui savait comment y réagir, tout simplement parce qu'elle les connaissait déjà... »

Frank fouilla dans la poche intérieure de sa veste et

en tira un des feuillets sur lesquels était imprimée la photo du disque de Robert Fulton.

« Maintenant, voici la preuve définitive de ma monumentale bêtise. À force de questions et d'hypothèses absurdes, on oublie quelquefois de prendre en compte certaines évidences. Entre autres, que l'esprit d'un enfant reste l'esprit d'un enfant, même dans un corps d'adulte. Pierrot ! »

Pareille à celle d'un diablotin sortant de sa boîte, la tête de "Rain Boy" surgit par-dessus la demi-cloison en bois qui séparait le hall de l'endroit où ils se trouvaient.

« Pierrot, viens un instant, s'il te plaît. »

Le garçon s'avança vers eux, avec sa drôle de démarche et son visage lunaire. Il avait entendu les explications précipitées de Frank sans y comprendre grand-chose, mais le ton de sa voix l'avait alarmé. Il s'arrêta devant les trois hommes, l'air craintif, comme s'il craignait d'être la cause de toute cette agitation et s'attendait à une réprimande.

Frank lui mit la photo sous les yeux.

« Est-ce que tu te rappelles ce disque ? »

Comme à son habitude, Pierrot hocha vigoureusement la tête.

« Tu te rappelles que je t'ai demandé s'il était dans la *grande pièce* ? Tu m'as répondu que non. Tu t'en souviens ? »

Nouveau hochement du chef.

« Bien. Alors, tu dois te rappeler aussi que, ce jour-là, je t'ai dit de n'en parler à personne, que c'était un secret entre nous. Maintenant, je vais te poser une question. Il faut absolument que tu me répondes sans mentir. D'accord ? »

Frank lui laissa le temps de bien comprendre sa requête. Puis :

« Dis-moi, Pierrot, est-ce que tu as parlé de ce disque à quelqu'un ? »

Soudain, "Rain Boy" baissa les yeux vers le bout de ses chaussures, sans mot dire. Au bout d'un instant, Frank répéta sa question :

« Est-ce que tu en as parlé, Pierrot ? »

La voix de Pierrot sembla venir de quelque part sous terre, ou de sous ses semelles.

« Oui... »

Frank lui posa une main sur les cheveux.

« Avec qui en as-tu parlé, mon garçon ? »

Pierrot releva brusquement la tête. Ses yeux étaient humides de larmes.

« Avec personne, je le jure ! Seulement... »

Il s'interrompit et promena son regard effrayé sur les visages des trois hommes, qui le regardaient en silence.

« Seulement avec Jean-Loup... »

Frank regarda Bikjalo et Morelli. Sur son visage, on lisait le plus profond accablement mêlé au sentiment du triomphe.

« Messieurs, que cela vous plaise ou non, le vrai nom de M. Personne est Jean-Loup Verdier ! »

Sur la pièce tomba l'espace d'un instant le silence de l'éternité.

Derrière la vitre de la salle de régie, on apercevait Luisella Berrino, l'animatrice de l'émission diffusée en ce moment, assise devant son micro ouvert comme une fenêtre sur le monde. Et par-delà les verrières, c'était la longue promenade bordant le port qu'on entrevoyait. Sur les passants, sur les mâts et les voiles encore trempées de pluie, sur toute la ville, le soleil revenait, éclairant un monde de paroles et de sourires échangés, de rumeurs et de musiques, d'hommes et de femmes vivants qui les écoutaient, ou conduisaient leur voiture, ou s'affairaient à leur travail ou aux soins de leur maison, de couples qui faisaient l'amour, d'écoliers penchés sur leurs cahiers.

Ici, dans cette pièce, l'air semblait avoir disparu, la lumière n'être plus qu'un souvenir sans espoir, les sourires un bien précieux perdu à jamais.

Morelli fut le premier à se reprendre. Il saisit son portable et composa en toute hâte le numéro du commissariat.

« Ici Morelli. Alerte générale. Nous lançons une intervention d'urgence. Lieu : Beausoleil, domicile de Jean-Loup Verdier. Avertissez Roncaille et prévenez-le que Verdier est M. Personne ! C'est compris ? Il saura quoi faire. Et puis, mets-moi tout de suite en contact avec la voiture en faction devant la villa... »

Bikjalo se laissa choir sur une chaise pivotante, devant un des ordinateurs. Il semblait vieilli de cent ans. Sans doute pensait-il à toutes les fois où il s'était trouvé seul avec Jean-Loup Verdier, sans soupçonner un instant qu'il était en présence d'un assassin à la férocité dépassant l'imagination. Tout en marchant de long en large comme un lion en cage, Frank espéra, pour le salut de son âme, qu'il ne se disait pas que le succès de *Voices* était terminé...

Finalement, la communication par radio fut établie.

« Ici Morelli. Qui es-tu et qui est avec toi ? »

Il écouta la réponse, et ses mâchoires se crispèrent.

« Sorel est dans la maison avec lui ? Tu es sûr ? »

Nouvelle attente. Nouvelles explications de l'homme à l'autre bout.

« Bon, ça ne fait rien. Écoute bien ce que je vais te dire, et ne fais aucun commentaire. Jean-Loup Verdier est M. Personne. Je répète : Jean-Loup Verdier est M. Personne ! Compris ? Inutile que je te dise combien ce peut être dangereux. Fais sortir Sorel sous un prétexte quelconque. Laissez Verdier seul, mais empêchez-le à tout prix de quitter la villa. À tout prix. Postez-vous de manière à contrôler toutes les issues, mais aussi discrètement que possible. Nous arrivons avec du renfort. En attendant, ne tentez rien, tu m'entends ? Absolument rien ! »

Morelli coupa la communication. Frank était sur des charbons ardents.

« Allons-y. »

Déjà, il se dirigeait vers la porte du hall et Raquel, en le voyant passer, déclenchait l'ouverture de la serrure. Au moment où Morelli le rejoignait, tous deux entendirent la voix précipitée de Pierrot, provenant d'un petit bureau contigu fermé par une porte vitrée. Une pensée subite frappa l'esprit de Frank, et il se sentit mourir.

Non, se dit-il, *non, pas maintenant, mon garçon, mon pauvre garçon à la tête de linotte. Pas maintenant. Ne me dis pas que ta stupide bonté nous a perdus...*

Il ouvrit toute grande la porte du bureau et s'arrêta sur le seuil, pétrifié. Devant une table de travail, Pierrot se tenait debout, le visage inondé de larmes, et criait presque dans un téléphone, la voix entrecoupée de sanglots.

« Ils disent que c'est toi, le méchant homme ! Dis-moi que ce n'est pas vrai, Jean-Loup, je t'en prie, dis-moi que ce n'est pas vrai... »

D'un bond, Frank fut près de lui et lui arracha le combiné.

« Allô, Jean-Loup, ici Frank, tu m'entends ? »

Il y eut quelques secondes de silence au bout du fil.

Puis un déclic.

Tandis que Pierrot se laissait tomber sur une chaise, pleurant toutes les larmes de son corps, Frank se tourna vers Morelli.

« Claude, combien y a-t-il d'hommes devant chez Jean-Loup ?

— Trois. Deux à l'extérieur et un dans la maison, avec lui.

— Expérimentés ?

— Oui. Très.

— Tant mieux. Rappelle-les tout de suite et explique-leur la situation. Dis-leur que la surprise est éventée et que notre homme est prévenu. L'agent qui est à l'intérieur risque sa vie ! Qu'ils entrent dans la villa, avec toutes les précautions possibles. Et fassent usage de leurs armes, si nécessaire. Maintenant, nous n'avons plus qu'à courir, en faisant des vœux pour qu'il ne soit pas déjà trop tard... »

Ils sortirent à toute vitesse, laissant derrière eux le silence médusé de Raquel et de Bikjalo.

Le pauvre Pierrot resta effondré sur sa chaise, comme un pantin oublié, les yeux fixés au sol et pleurant à chaudes larmes sur les débris épars de son idole.

DIXIÈME CARNAVAL

Indifférent à la voix rageuse et implorante qui sort de l'écouteur, l'homme repose lentement le téléphone. Il sourit. C'est un sourire très doux qui se dessine sur ses lèvres.

Ainsi, le moment qu'il attendait est arrivé. Et l'homme en éprouve un certain soulagement, un sentiment de délivrance. Il est fini, le temps des pas feutrés le long des murs, à l'abri des ombres et des nuits. Maintenant est venu le temps du plein jour, du soleil et de son réconfort, à visage découvert. L'homme n'est nullement inquiet : seulement sur le qui-vive, plus que jamais. Pourtant, ses ennemis désormais se compteront par centaines, par milliers, plus nombreux que tous ceux qui l'ont pourchassé jusqu'ici.

Son sourire s'élargit. Tous leurs efforts seront inutiles, jamais on ne le capturera. Car les longues heures d'entraînement passées, de dressage imposé comme un devoir sans échappatoire, sont empreintes en sa chair et en son esprit telle une marque au fer rouge sur le dos d'un esclave.

Oui, commandant ! Bien, commandant ! Je connais cent façons de tuer un homme, commandant. Un bon ennemi n'est pas celui qui se rend. C'est un ennemi mort, commandant !

Tout à coup remontent à sa mémoire la voix impérieuse de l'homme qui les forçait à l'appeler ainsi, « commandant », ses ordres, ses châtiments, ses brimades, la poigne de fer avec laquelle il dirigeait chaque instant de leur vie.

Comme dans un film, il revoit les images de leurs humiliations, de leurs épuisements, de la pluie sur leurs corps tremblants de froid. D'une porte fermée, d'une lame de lumière toujours plus mince sur leurs visages perdus dans le noir.

Le bruit d'une clef dans une serrure. La soif. La faim. La peur.

Oui, la peur, la seule compagne qui jamais ne les quittait, sans la consolation des larmes. Jamais ils n'ont été des enfants, ni des adolescents, ni des hommes. Seulement des soldats.

Il se rappelle le visage, les yeux de cet homme dur, brutal, inflexible, image pour eux de la pure terreur. Et puis, quand tout s'est achevé en cette nuit de félicité, l'étonnement qu'il fût si facile d'avoir eu raison de lui. Grâce aux exercices auxquels le despote l'avait contraint, son corps jeune était une impeccable machine de combat. Celui de son adversaire, alourdi par les ans et la stupeur, ne pouvait plus rien contre sa force et sa rage, que lui-même avait créées et endurcies jour après jour, mois après mois, siècle après siècle.

Il l'avait surpris alors qu'il écoutait de la musique, les yeux mi-clos. Son disque préféré : *Stolen Music*, de Robert Fulton. Cette musique qui plus tard deviendrait celle de son plaisir à lui, de sa jouissance, de sa rébellion. Il l'avait immobilisé d'une prise au cou plus forte qu'un étau, avait entendu ses vertèbres craquer sous l'étreinte, et découvert avec stupéfaction qu'après tout, ce n'était qu'un homme.

Il se rappelle comme si c'était hier ses mots interrogateurs, sa voix non pas effrayée, mais seulement ébahie, quand il a senti le canon froid de l'arme sur sa tempe.

Qu'est-ce que tu essaies de faire, soldat ?

Il se rappelle aussi sa réponse, forte et claire en dépit de tout et de son épouvante furieuse, au moment sublime où s'accomplissait sa révolte, où justice allait être faite et les torts réparés.

Ce que vous m'avez appris, commandant. Je tue !

Quand il avait appuyé sur la détente, un seul regret s'était fait jour : celui de ne pouvoir le tuer qu'une fois.

Le sourire s'éteint sur le visage de l'homme. Ce nom emprunté voilà si longtemps, il vient de le perdre à jamais, pour n'être plus que ce qu'il est : un homme et personne, définitivement. Mais les noms sont sans importance à présent. Ne restent que les hommes et les rôles qu'ils devront jouer : l'homme qui fuit et celui qui poursuit, l'homme qui est fort et celui qui est faible, l'homme qui sait et celui qui ignore.

L'homme qui tue et celui qui meurt...

Il se retourne pour observer la pièce. Non loin de lui, de dos, un homme en uniforme est assis sur un divan. Sa tête et sa nuque dépassent du dossier, mais il est un peu penché, pour examiner quelques disques posés devant lui. Dans les enceintes résonne la guitare acoustique de John Hammond, et l'air de la pièce vibre d'un blues aux mélismes poignants, qui porte avec lui le delta du Mississippi, et la paresse somnolente des après-midi d'été. Un monde d'humidité, de moustiques et de touffeur, si lointain qu'on pourrait le croire inventé, produit de molles rêveries.

L'homme en uniforme est entré ici sous un prétexte quelconque ; mais ce qui l'a amené, c'est l'ennui lancinant d'une mission qu'il juge peut-être inutile. Il a laissé dehors ses deux compères, en proie au même ennui et à la même indifférence. La multitude de disques qu'il a découverts sur les rayonnages l'a frappé d'admiration, il a commencé à parler musique, en présumant d'une compétence que ses propos n'ont en rien confirmée.

Maintenant, l'homme debout observe, comme hypnotisé, le cou sans défense du visiteur assis.

Reste assis, continue d'écouter. La musique ne trahit jamais. Elle est le but du voyage, le voyage même. Le commencement et la fin de toutes choses.

L'homme ouvre lentement un tiroir du meuble où est posé le téléphone. À l'intérieur, il y a un couteau, effilé comme un rasoir. La lumière de la fenêtre éveille sur la lame un reflet. Il l'empoigne et s'avance vers l'homme assis de dos, dont la tête dodeline un peu au rythme de la musique et dont la bouche fredonne, très bas.

Quand sa main se plaque sur cette bouche, sa voix devient plus forte et plus aiguë, et l'ébauche de blues se mue en cri étouffé de surprise et d'effroi.

La musique est la fin de toutes choses...

Au moment où il lui tranche la gorge, le jet rouge qui en gicle est si puissant que de lourdes gouttes retombent sur la chaîne hi-fi, à l'autre bout de la pièce. Puis le corps sans vie s'écroule mollement sur les coussins, la tête inclinée de côté.

On entend des pas dans l'entrée. Des pas d'hommes

qui s'avancent, précautionneux et muets, mais ses sens en éveil les ont perçus tout de même. Sentis, plus qu'entendus.

En essuyant la lame sur le dossier du divan, l'homme sourit de nouveau. Dans les enceintes résonne encore, mélancolique et indifférente, la voix du chanteur de blues, incrustée de rouille, de fatigue et de sang.

47

En filant à tombeau ouvert dans le boulevard Albert-Ier, Frank et Morelli se retrouvèrent presque nez à nez avec les véhicules de police arrivant de la rue Suffren-Raymond, toutes sirènes hurlantes et gyrophares allumés. Derrière la file de voitures, Frank remarqua le fourgon bleu aux vitres fumées transportant les membres de l'unité spéciale d'intervention, en tenue de combat.

Une fois encore, il ne put qu'admirer l'efficacité de la Sûreté publique de Monaco. Quelques minutes seulement s'étaient écoulées depuis que Morelli avait donné l'alarme.

Tournant à droite dans la montée Sainte-Dévote, les véhicules longèrent le port jusqu'au tunnel, suivant à rebours le parcours du Grand Prix – et avec une rage de vitesse que n'eussent pas désavouée les meilleurs pilotes. Puis débouchèrent du tunnel comme des boulets de canon, laissant derrière eux les plages de Larvotto, et montèrent vers Beausoleil.

Frank aurait voulu voler par-dessus les maisons, et, malgré l'allure folle à laquelle ils roulaient, avait l'impression d'avancer au pas. Sur leur passage, il voyait confusément des têtes se tourner, intriguées. Un tel déploiement de forces était assurément un spectacle inhabituel dans ce havre de sécurité qu'était la Principauté, si facile à fermer par des barrages que nul criminel doué de raison ne se fût réfugié dans un tel piège.

La radio de bord crachota.

« Ici Morelli », dit l'inspecteur.

La voix de Roncaille envahit l'habitacle.

« Roncaille. Où êtes-vous ?

— Nous vous suivons. Je suis avec Frank Ottobre. »

Frank sourit. Rien au monde, bien sûr, n'eût dissuadé Roncaille d'être présent à l'arrestation de M. Personne ! Avait-il amené Durand ? Non, sûrement pas. Pourquoi partager la gloire de capturer l'assassin dont parlait la moitié de l'Europe ?

« Vous m'entendez aussi, Frank ?

— Oui. Il conduit, mais il vous entend. C'est lui qui a identifié le tueur », précisa Morelli, empressé à souligner les mérites de son compagnon.

Puis il fit une chose dont Frank ne l'aurait jamais cru capable. Tenant la radio dans sa main gauche, il montra son majeur dressé au receveur à l'instant même où la voix de Roncaille se faisait entendre à nouveau.

« Bon. Les collègues de Menton sont en route aussi. J'ai dû les avertir, parce que la maison de Verdier se trouve en territoire français. Je n'ai aucune envie qu'un avocat quelconque nous mette plus tard des bâtons dans les roues sous prétexte d'une irrégularité de procédure... Frank ? »

Il y eut un crépitement d'électricité statique. Frank prit le receveur des mains de Morelli.

« Je vous écoute, Roncaille.

— J'espère vivement que vous savez ce que vous faites. Pour nous tous.

— Soyez tranquille, nous avons des preuves suffisantes. C'est lui.

— Vous devez vous douter qu'après tout ce qui s'est passé, un autre faux pas serait une catastrophe. »

Oh, que oui, mon bonhomme ! D'autant plus que le premier nom sur la liste des limogés en sursis, c'est le tien, maintenant...

Toutefois, ce n'était pas la seule préoccupation du directeur de la Sûreté.

« Frank, il y a une chose que je n'arrive pas à m'expliquer. »

Une seule ?

« Comment cet homme s'est-il débrouillé pour commettre ses meurtres alors qu'il était quasiment barricadé chez lui, avec des agents à sa porte jour et nuit ? »

Frank, bien sûr, s'était posé la même question et ne put fournir à Roncaille que la réponse qu'il s'était faite à lui-même.

« Moi non plus, je ne me l'explique pas. Mais c'est lui qui devra nous le dire, quand nous l'aurons arrêté. »

Entre-temps, ils étaient presque arrivés à la villa de Jean-Loup, mais aucune nouvelle n'était venue des trois policiers de garde qui avaient reçu l'ordre de passer à l'action. Frank y vit un assez mauvais présage : ils auraient dû communiquer l'issue de leur tentative. Mais il s'abstint d'en faire part à Morelli qui, étant tout sauf sot, devait penser la même chose.

Avec une précision d'horloge, ils freinèrent devant la maison au moment même où arrivaient les policiers de Menton. En revanche, aucun journaliste n'était dans les parages et, en d'autres circonstances, Frank aurait sûrement ri : jusqu'à la veille ou l'avant-veille, ils avaient fait les cent pas devant ce portail, en vain, et renoncé au moment où allait enfin se dérouler un événement aussi succulent pour leurs plumes qu'un filet saignant pour leurs dents.

Plusieurs véhicules avaient déjà pris position un peu plus bas, à hauteur de la villa des Parker, pour interdire toute fuite par la petite route escarpée qui descendait vers la côte. Du fourgon bleu à peine arrêté, douze hommes de l'unité d'intervention bondirent aussitôt, casqués, vêtus de blousons pare-balles et armés jusqu'aux dents, qui se préparèrent aussitôt à faire irruption dans la maison.

La voiture des agents en faction était garée un peu plus loin, vide. Roncaille en personne alla constater que les portières n'étaient pas verrouillées. Le pressentiment de Frank devint plus pénible.

« Essaie de les appeler », dit-il à Morelli.

L'inspecteur acquiesça de la tête, tandis que le directeur de la Sûreté se dirigeait vers eux, suivi du docteur Cluny. Roncaille, somme toute, était moins incompétent qu'il n'y paraissait : si les trois factionnaires étaient pris en otages, sa présence serait très utile pour négocier.

Morelli fit plusieurs tentatives, sans succès.

« Que faisons-nous ?

— Si les agents ne répondent pas, c'est mauvais signe. Le mieux serait que l'équipe entre en action tout de suite. »

Roncaille se retourna et fit un geste au chef de l'unité spéciale, qui attendait les instructions. Il dit quelque chose à ses hommes, et en un instant ceux-ci se dispersèrent et devinrent invisibles.

Un homme assez jeune, au front précocement dégarni, s'avança et tendit la main aux présents.

« Commissaire Roberts, de Menton. »

L'homme avec qui Nicolas avait parlé au téléphone, pour la fausse alerte, le soir où Gregor Yatzimin et Robbie Stricker avaient été assassinés, se rappela Frank.

« Alors, où en sommes-nous ? Tout se passe comme prévu ? » demanda-t-il en tournant la tête pour observer le toit de la villa qui s'élevait entre les grands cyprès.

Frank pensa soudain à Pierrot, à son visage ruisselant de larmes, à son pauvre cerveau d'enfant ingénu, qui les avait tant aidés avant de ruiner leurs efforts en quelques secondes. Il aurait voulu hurler et mentir, mais se contraignit à dire calmement la vérité.

« Je crains que non. Malheureusement, le suspect a été averti et la surprise est éventée. Trois agents sont dans la maison, mais ils ne répondent pas aux appels radio.

— Hmmm... En effet, c'est un peu inquiétant. Mais à trois contre un, je suppose que tout de même... »

Les paroles de Roberts furent interrompues par le crachotement de la radio portative de Morelli, qui se hâta de répondre.

« Oui ?

— Ici Gavin. Nous sommes entrés sans difficulté, la maison est sécurisée, mais il y a eu un vrai carnage à l'intérieur. Nous avons trouvé trois agents morts. Ensuite, nous avons fouillé partout, mais à part les cadavres, il n'y a plus personne. »

48

La salle où se tenait la conférence de presse était noire de monde. En prévision de l'affluence de journalistes venus du monde entier, on l'avait organisée dans un des confortables auditoriums du palais des Congrès, car les locaux du commissariat, rue Notari, auraient été bien en peine d'accueillir tant de gens.

Sur une estrade, derrière une longue table drapée d'une lourde étoffe d'un beau vert Véronèse, étaient assis Roncaille, le procureur Durand, le docteur Cluny et Frank Ottobre, des micros sur pied placés devant eux, faisant face aux envoyés de la presse écrite et des chaînes de radio et de télévision, installés sur quelque vingt rangées de chaises en plastique.

Frank trouvait cette comédie ridicule, mais le prestige de la principauté de Monaco et des États-Unis d'Amérique, qu'il représentait en tant qu'agent du FBI, l'avait rendue nécessaire.

Peu importait que M. Personne, alias Jean-Loup Verdier, fût encore dans la nature. Peu importait qu'en entrant chez lui à la suite de l'unité d'intervention, on eût trouvé la maison déserte, l'agent Sorel égorgé comme un agneau sacrificiel et ses deux collègues, Leuwen et Sanseverina, refroidis d'un coup de pistolet – celui-là même, avait révélé l'expertise, qui avait tué Gregor Yatzimin.

Ubi major, minor cessat.

Bien entendu, certains détails embarrassants ne pouvaient être dévoilés et resteraient cachés derrière le paravent commode du secret de l'instruction. En revanche, on chanterait sur tous les tons le succès que constituaient l'identification de l'assassin et la brillante opération conjointe de la police monégasque et du FBI, et l'on soulignerait avec emphase l'astuce diabolique de l'homme qui, pour autant, n'avait rien pu contre la détermination sans faille des enquêteurs qui l'avaient démasqué, *et caetera, et caetera, et caetera.*

Soigneusement camouflée derrière ces « *et caetera* » triomphaux, il y avait la fuite du tueur, conséquence fâcheuse de circonstances imprévisibles, et sa présente cavale. Au demeurant, la capture de l'auteur des horribles crimes qui avaient ensanglanté la Principauté n'était qu'une question d'heures. Toutes les polices d'Europe étaient alertées, et on attendait d'un moment à l'autre la nouvelle de son arrestation.

Frank admira l'habileté avec laquelle Roncaille et Durand surent faire face à l'assaut de questions, s'avançant sous les projecteurs dès qu'ils avaient matière à se pavaner et se hâtant suavement vers d'autres lumières sitôt qu'un mauvais plaisant voulait les pousser vers une zone d'ombre.

Jusqu'ici, aucun des deux n'avait eu une parole pour feu le commissaire Nicolas Hulot. En esprit, Frank revit les photos de l'accident prétendu : la Peugeot écrasée au fond du ravin, le corps de son ami renversé sur le volant, son pauvre visage d'« enfant terrible » couvert de sang. Il glissa une main dans sa poche et serra un petit feuillet plié à l'intérieur. En perquisitionnant la villa de Jean-Loup Verdier dans la quête vaine d'un indice sur les moyens de sa fuite, on avait fini par découvrir le reçu d'une amende pour excès de vitesse, infligée par une patrouille de la police routière française. La plaque d'immatriculation était celle d'une voiture de location, la date celle du jour de la mort de Nicolas, le lieu de l'infraction une bourgade entre Aix-en-Provence et Auriol.

Frank était parvenu à reconstituer les déplacements de Jean-Loup grâce à cette simple trace, ainsi qu'aux confidences soutirées à celui qui s'était révélé son complice involontaire, mais efficace : Pierrot. Évidemment, le secret qu'il lui avait demandé en tant que « policier honoraire » s'appliquait à tout le monde, excepté son grand ami Jean-Loup. Aussi lui avait-il dévoilé que Frank l'avait questionné à propos du disque d'un certain Robert Fulton. Jean-Loup avait aussitôt compris quelle erreur il avait commise, et M. Personne s'était lancé à la poursuite de l'infortuné commissaire dans son voyage pour percer l'énigme de cette musique.

Frank avait pu refaire pas à pas les divers trajets accomplis par Nicolas dans la région et appris sur ses investigations tout ce qu'il était possible d'en apprendre : notamment que son ami avait trouvé bien avant tout le monde quel était le nom de l'assassin. Et que cette découverte lui avait coûté la vie.

La voix de Roncaille le tira de ses réflexions.

« ... je passe donc la parole à l'homme qui a su donner un nom et un visage au tueur en série précédemment connu sous le sobriquet de M. Personne : Frank Ottobre, agent spécial du FBI. »

Cette annonce fut accueillie par une forêt de mains levées. Roncaille désigna au premier rang un journaliste aux cheveux roux, que Frank reconnut aussitôt.

« René Coletti, de *France-Soir*. Monsieur Ottobre, êtes-vous parvenu à comprendre pour quelle raison Jean-Loup Verdier pratiquait sur ses victimes les mutilations que l'on sait ? »

Frank s'appuya au dossier de sa chaise.

« Sur ce point, le docteur Cluny serait plus à même de vous répondre. Mais le fait est que, jusqu'ici, nous n'avons pas vraiment d'explication. Comme vous l'a dit M. Roncaille, de nombreux aspects de l'affaire exigeront de longs compléments d'enquête. Mais certains éléments semblent assez avérés pour que je puisse d'ores et déjà vous en faire part. »

Il fit une pause théâtrale digne des talents oratoires de Cluny, puis reprit :

« Nous devons la connaissance de ces faits aux brillantes investigations du commissaire Nicolas Hulot, sur lesquelles je me suis fondé pour aboutir à l'identification du tueur. À partir d'une petite erreur commise par celui-ci lors de l'assassinat d'Allen Yoshida, le commissaire était parvenu à remonter jusqu'à une affaire assez obscure, survenue il y a plusieurs années dans les environs de Cassis : en apparence, un drame familial qui avait détruit toute une famille. À l'époque, cette affaire a été classée un peu hâtivement, et il faudra naturellement rouvrir une enquête. Tout ce que je peux vous dire à ce sujet, c'est qu'une des victimes de ce drame avait le visage dépecé exactement comme celles de M. Personne. »

Un murmure parcourut la salle, et d'autres mains se levèrent. Une jeune journaliste à l'air vif s'était dressée avant tout le monde.

« Laura Schubert, *Le Figaro*. Monsieur Ottobre, je

croyais que le commissaire Hulot avait été déchargé de l'enquête... »

Non sans jubilation, Frank vit du coin de l'œil Durand et Roncaille se raidir.

Prenez ça dans les gencives, mes salauds ! pensa-t-il en souriant à la jeune femme.

« Sur ce point, mademoiselle, je crois que la presse a mal interprété certaines déclarations. Le commissaire Hulot avait simplement pris ses distances de l'enquête en territoire monégasque pour suivre en toute discrétion le fil d'Ariane qu'il avait découvert. Comme vous le comprendrez, cette décision n'a pas été rendue publique. Je dois malheureusement vous apprendre que son flair lui a coûté la vie. Notre regretté collègue n'est pas mort dans un accident, mais de la main du tueur, qui, se voyant démasqué, n'a eu d'autre choix que l'éliminer. Au demeurant, je vous répète que son identification est tout entière au crédit du commissaire Hulot. Et qu'il en est mort. »

La salle fut agitée d'un soudain brouhaha. Que cette version des faits prît l'eau de toutes parts, peu importait : c'était un formidable coup de théâtre, et tous les médias représentés dans cette salle s'empresseraient d'en faire leurs gros titres. Pour Frank, c'était ce qui comptait. Durand et Roncaille étaient abasourdis, et leur visage devint subitement le parfait emblème de la bonne-mine-à-mauvais-jeu. Morelli, debout près de l'estrade, le regarda d'un air réjoui en levant discrètement le pouce sous ses bras croisés.

À son tour, un journaliste au fort accent italien se leva.

« Marco Franti, *Corriere della sera*. Pouvez-vous nous

en dire davantage sur ce qu'avait découvert le commissaire Hulot à Cassis ?

— Encore une fois, l'enquête est loin d'être close et il nous reste beaucoup de choses à approfondir de ce côté. Tout ce que je peux vous dire pour le moment, c'est que nous recherchons le vrai nom de M. Personne, qui ne s'appelle sûrement pas Jean-Loup Verdier. Une visite au vieux cimetière de Cassis nous a révélé ce que le commissaire Hulot avait découvert : Jean-Loup Verdier est le nom d'un jeune homme décédé dans un accident de plongée, vers l'époque du drame dont je parlais tout à l'heure. Une homonymie pour le moins suspecte, attendu que la tombe de ce garçon se trouve à moins de vingt mètres de celles des victimes. »

Un autre journaliste cria sa question sans même se lever de sa chaise.

« Et sur l'histoire du capitaine Mosse, qu'avez-vous à nous dire ? »

Tout à coup, le silence se fit. C'était un des aspects les plus brûlants de l'affaire, et Frank prit le temps de promener son regard sur la salle avant de répondre.

« Pour ce qui est du capitaine Mosse, qui a déjà retrouvé sa liberté, son arrestation pour le meurtre de Robbie Stricker est le résultat d'une grossière erreur de ma part. Même si de nombreux indices semblaient le désigner avec évidence, je ne cherche aucune circonstance atténuante. Il arrive, dans une enquête aussi complexe que celle-ci, que des innocents soient injustement mis en cause, mais cela ne justifie évidemment rien. Je suis seul responsable de cette erreur, et je suis prêt à en assumer les conséquences. À présent, si vous voulez bien m'excuser... »

Frank se leva.

« Beaucoup de travail m'attend. Avec mes collègues de la Sûreté, il m'appartient malheureusement encore de retrouver un assassin extrêmement redoutable. MM. Roncaille et Durand et le docteur Cluny seront heureux de répondre à vos autres questions. »

Il descendit de l'estrade et disparut par une porte latérale. Dans le large couloir menant vers la sortie, Morelli le rejoignit.

« Frank, tu as été grandiose, dit-il. Je donnerais un doigt de ma main pour une photo des tronches de Durand et Roncaille au moment où tu as parlé du commissaire ! Je la montrerais à mes petits-enfants comme une preuve de l'existence de Dieu. Maintenant... »

Un bruit de pas l'interrompit, et il regarda les deux personnes surgies dans le dos de Frank.

« Comme on se retrouve, *monsieur* Ottobre... »

Frank reconnut cette voix. Il se retourna et se trouva en face du regard opaque de Ryan Mosse, apparu avec son âme damnée, le général Nathan Parker. Aussitôt, Morelli se plaça à son côté.

« Quelque chose ne va pas, Frank ?

— Merci, Claude, tout va bien. Le mieux serait que tu nous laisses. N'est-ce pas, général ? »

La voix de Parker était plus froide que les glaciers de l'Arctique.

« En effet, tout va pour le mieux. Inspecteur, si vous voulez bien nous excuser... »

Morelli s'éloigna, peu convaincu. Frank écouta le bruit de ses pas sur le marbre du couloir. Parker et Mosse gardèrent le silence tant qu'il n'eut pas disparu. Puis le général parla le premier.

« Alors, Frank, vous avez réussi à démasquer votre

assassin, paraît-il. Vous êtes un homme plein d'initiative.

— On peut en dire autant de vous, général, même si ce ne sont pas toujours des initiatives dont vous ayez lieu d'être fier. Si cela peut vous intéresser, Helena m'a tout dit sur votre compte. »

Le vieux soldat ne cilla pas.

« Elle m'a tout dit aussi. Ma fille m'a longuement raconté avec quelle ardeur virile vous avez profité d'une femme déséquilibrée. En vous plaçant sur mon chemin, vous avez commis de nombreuses bévues, mais celle-ci est la plus grave. Et vous vous en repentirez.

— Vous êtes un être méprisable, général Parker, et c'est moi qui vous abattrai. »

Ryan Mosse fit un pas en avant, mais Parker l'arrêta d'un geste. Il sourit avec la perfidie d'un serpent.

« Vous êtes un minable, et comme tous les minables, vous êtes également une dupe, Mr Ottobre. Vous vous croyez un homme, mais vous n'êtes qu'un vestige d'homme. Je peux vous écraser comme un cloporte sans même ralentir le pas. Maintenant, écoutez ce que je vous dis... »

Il s'avança, et Frank put sentir son souffle sur son visage.

« Vous vous tiendrez loin de ma fille. Frank, il me serait facile de vous faire réduire à un état si pitoyable que vous supplieriez qu'on vous achève. Et si votre sort vous importe peu, n'oubliez pas qu'il me suffit de lever le petit doigt pour que Helena soit enfermée dans une cellule capitonnée et qu'on en jette la clef. »

Soudain, tout en poursuivant, il se mit à tourner autour de lui.

« Bien sûr, vous pourriez tenter de fuir ensemble, de vous unir contre moi pour cracher tous les deux votre venin. Mais réfléchissez. D'un côté, il y a un général de l'armée des États-Unis, héros de plusieurs guerres et conseiller militaire du Président. De l'autre, vous deux : une jeune femme dont la fragilité mentale n'est un secret pour personne et un homme qui a passé des mois dans une clinique psychiatrique après avoir pratiquement poussé sa femme au suicide. Qui vous croira, Frank ? Sans oublier que tout ce que vous inventeriez à mon sujet retomberait inévitablement sur Stuart. Ce qui est la dernière chose que souhaite ma fille. Elle a d'ailleurs déjà compris et m'a promis de ne plus chercher à vous voir. La même chose est valable pour vous, Mr Ottobre. Vous m'entendez ? Jamais ! »

Le vieux soldat s'écarta d'un pas, une lueur de triomphe dans les yeux.

« Quoi qu'il arrive désormais, vous êtes un homme fini, Mr Ottobre. »

Il fit volte-face et s'éloigna sans se retourner. Mosse s'avança, portant sur le visage le plaisir sadique qu'il éprouvait à s'acharner sur un ennemi vaincu.

« Il a raison, pauvre type. Tu es fini.

— C'est déjà quelque chose. Toi, tu n'as jamais commencé. »

Frank recula d'un pas, attendant une réaction. Quand Mosse esquissa un geste, il trouva un pistolet Glock pointé sur lui.

« Vas-y, capitaine, donne-moi un prétexte, un seul, n'importe lequel. Le vieux est protégé, mais toi, tu n'es ni aussi utile ni aussi dangereux que tu te le racontes.

— Tôt ou tard, tu tomberas entre mes mains, Frank Ottobre. »

Frank écarta les bras dans un geste fataliste.

« Nous sommes tous entre les mains de la Providence, Mosse, mais je t'assure que tu n'as rien de commun avec elle. Maintenant, fous-moi le camp. File derrière ton maître. »

Il resta debout dans le couloir, attendant qu'ils aient disparu. Puis il remit son pistolet dans l'étui fixé à sa ceinture, et s'appuya contre le mur. Lentement, il se laissa glisser au sol, jusqu'à se trouver assis sur le froid dallage de marbre. Il s'aperçut qu'il tremblait.

Caché quelque part, un assassin féroce était encore libre de frapper. Il avait déjà tué huit personnes, parmi lesquelles Nicolas, son meilleur ami. Quelques jours plus tôt seulement, il aurait donné dix ans de sa vie ne fût-ce que pour apprendre son nom.

À présent, toutes ses pensées étaient pour Helena Parker. Et il ne savait que faire.

49

Laurent Bedon sortit du *Café de Paris* en caressant avec ses doigts la liasse de billets de 500 euros qui déformait la poche de son veston, et songea à la chance éhontée qui l'avait accompagné depuis son arrivée. Tout sur le 23 rouge, trois fois de suite, avec mise maximale, sous les applaudissements de l'assistance et le visage décomposé du croupier devant cet événement presque unique. Le rêve de tous les joueurs !

À la caisse, il avait tendu une kyrielle de jetons colorés, et le caissier, pantois mais impassible, avait dû se faire apporter un supplément d'argent liquide : ce qu'il avait dans son tiroir ne suffisait pas pour un gain pareil.

La chance, avait pensé Laurent en reprenant au vestiaire sa sacoche en bandoulière, peut être d'une obstination presque embarrassante, quand elle se décide à tourner et à écraser la misère passée à coups de talon furieux. Il était entré au *Café de Paris* pour passer un petit moment, et ce petit moment lui avait rapporté autant que ce qu'il avait perdu en quatre ans.

Il jeta un coup d'œil à sa montre. C'était l'heure, très exactement.

Debout sur le trottoir, il regarda un instant la place. À sa gauche, le Casino, étincelant. Devant l'entrée, une énorme BMW savamment éclairée : c'était le prix d'un tournoi de chemin de fer qui aurait lieu un peu plus tard. En face, l'*Hôtel de Paris* semblait une conséquence logique du Casino, comme si l'un ne pouvait exister sans l'autre. Laurent imagina l'intérieur, avec son armée de porteurs, de femmes de chambre et de chasseurs, ses clients exsudant la morgue et l'opulence.

Pour Laurent, le vent avait finalement tourné. Depuis qu'avait commencé sa « collaboration » avec ce type à l'accent texan, sa situation avait changé du tout au tout – à commencer, de manière totalement énigmatique, par sa chance au jeu. Il se rendait bien compte que l'homme en question, Ryan Mosse, était extrêmement dangereux : la facilité désarmante avec laquelle il l'avait débarrassé de Vadim en disait long sur ce point. Mais il était aussi extrêmement généreux, et, tant qu'il le serait, peu importait le reste. Au fond, que lui avait-il demandé ? Simplement de lui rendre compte de toutes les nouveautés dans l'enquête sur M. Personne. Du moins, de toutes celles dont il aurait vent à force de fréquenter les policiers postés au siège de Radio Monte-Carlo. Une sinécure, qui lui avait rapporté assez d'argent pour colmater toutes les brèches par où faisait eau le navire en détresse de ses finances. Et davantage encore.

Bien sûr, l'arrestation de Mosse pour le meurtre de Robbie Stricker l'avait rempli de dépit. Non qu'il se souciât beaucoup de l'un ou de l'autre : le Texan, d'évidence, était une brute psychopathe pour lequel une cellule bien fermée était sans doute le meilleur logement ; l'Italien, ce play-boy aussi clinquant et creux qu'une boule de Noël, n'avait eu d'autre mérite dans la vie que de sortir d'un ventre plutôt que d'un autre.

Mais la disparition de sa poule aux œufs d'or – son

« sponsor », comme il l'appelait intérieurement – avait fait passer au second plan la crainte d'une éventuelle accusation de complicité. Mosse n'était pas du genre à se mettre à table facilement, et les flics devraient suer sang et eau pour lui tirer le moindre aveu – d'autant plus qu'il avait son général Parker, le père de la jeune femme assassinée, pour le protéger. Un gros bonnet, semblait-il. Très gros. De toute évidence, c'était lui qui remplissait la bourse dont Mosse desserrait les cordons pour Laurent. Quoi qu'il en fût, la libération du capitaine l'avait soulagé au plus haut point, et c'était avec un sentiment de triomphe qu'il avait découvert le nouvel e-mail de « l'oncle d'Amérique », qui lui fixait un rendez-vous.

Il ne s'était pas demandé ce que Mosse pouvait encore attendre de lui, maintenant que l'identité du tueur était connue. Au fond, peu lui importait, pourvu que le flux d'argent vers ses poches ne s'interrompît pas.

Laurent n'oublierait pas de sitôt la mine ébahie de Maurice quand il était venu lui solder sa dette. Il avait regardé la liasse jetée sur son bureau à l'arrière du *Burlesque*, sordide night-club niçois où officiait sa troupe de putains de quatre sous, comme si c'était de la monnaie de singe. Mais si, la surprise passée, il s'était demandé d'où lui venait tant d'argent, il avait préféré n'en rien montrer, et Laurent était reparti avec une expression de dédain satisfait, non sans passer devant Vadim, qui portait encore sur son nez une grosse bande de sparadrap en souvenir de sa rencontre avec le capitaine Ryan Mosse. Le soupçon qu'il eût un protecteur plus redoutable qu'eux les avait fait renoncer à leurs airs méprisants.

Laurent traversa la place en direction des jardins du Casino. L'endroit était noir de monde. Non seulement l'été avait grossi le nombre de touristes, mais la saga du tueur en série avait attiré une foule de curieux. Partout en ville, on ne parlait que de cela. Dire que toute cette animation avait pour cause première la présence angoissante de la mort...

Dans l'esprit de Laurent surgit soudain le visage de Jean-Loup. Malgré tout son cynisme, un frisson le parcourut à la pensée qu'il avait si longtemps et jour après jour fréquenté un tel homme.

Combien de personnes avait-il tuées ? Huit, sauf erreur. Neuf, en comptant le pauvre commissaire Hulot. Un vrai massacre. Accompli par un beau garçon aux yeux verts, à la voix profonde et à l'expression un peu timide, qu'on aurait mieux imaginé poursuivi par une cohorte d'amoureuses transies que par toutes les polices d'Europe.

C'était Laurent qui avait lancé sa carrière, l'avait amené à la radio, pour se voir ensuite progressivement évincé. Mais dans ce domaine aussi, les choses changeaient. En voyant Bikjalo quasi anéanti par ce qu'il venait de vivre, le président de Radio Monte-Carlo lui avait retiré une grande partie de ses responsabilités. Il avait aussi demandé à Laurent s'il se sentait prêt à animer *Voices* : les événements n'avaient pas entamé l'audience, bien au contraire, et l'étrange, morbide alchimie liée aux crimes de sang ne faisait que renforcer la fidélité des auditeurs. Mais pour Laurent, quelle revanche !

Il avait aussi vendu à prix d'or une interview exclusive à un magazine appartenant au groupe, et ce matin même, l'éditeur lui avait versé un copieux à-valoir sur un livre auquel il travaillait déjà : *Ma vie avec M. Per-*

sonne. Sans parler de ses gains invraisemblables au *Café de Paris.* Et la soirée n'était pas finie...

Que Jean-Loup fût encore en liberté ne lui inspirait aucune inquiétude. Comme disait la police, sa capture n'était qu'une question d'heures : où pouvait se cacher un homme dont le portrait faisait la une de tous les journaux et était dans la poche de tous les agents, de Palerme jusqu'à Helsinki ?

L'étoile de Jean-Loup Verdier ne brillerait plus jamais. Le soleil de Laurent Bedon se levait.

Non sans stupeur, il avait découvert que même Barbara lui était devenue indifférente. S'il s'obstinait à la regretter, c'était au fond parce que le souvenir leur rupture symbolisait tous ses échecs. Mais ce temps-là était bien fini, et elle pouvait flirter toujours plus ouvertement avec son inspecteur : il s'en souciait comme d'une guigne. C'était lui, désormais, qui, du haut de sa nouvelle gloire, avait le pouvoir de dire oui ou non. De sa part, une chose l'eût ravi : qu'elle vînt le trouver et reconnût s'être trompée sur son compte, pour avoir le plaisir de lui déclarer en face qu'il n'avait plus besoin d'elle et l'envoyer au diable.

Laurent s'assit sur un banc, dans le coin le plus ombreux du parc, s'adossa confortablement, alluma une cigarette et contempla le monde alentour, en songeant avec volupté qu'il n'avait plus aucune raison de s'y sentir laissé pour compte.

« Bonsoir, monsieur Bedon », dit une voix en anglais.

Un homme venait de s'asseoir à côté de lui, et il se tourna pour le regarder. Ses yeux, aussi vides d'expression que ceux d'un animal empaillé, ne l'effrayaient pas. Pour lui, cet homme ne représentait qu'un mot de quatre lettres : F, R, I, C. Point à la ligne.

« Bonsoir. Heureux de vous revoir en circulation, capitaine Mosse », répondit-il dans la même langue.

L'autre ne fit aucun commentaire et aborda aussitôt le vif du sujet.

« Vous avez ce que je vous ai demandé ? »

Laurent posa entre eux sa sacoche.

« Voilà. Il n'y a pas tout, bien sûr. J'ai dû choisir un peu au hasard. Si vous m'aviez dit pourquoi vous en avez besoin, j'aurais pu... »

Ignorant la question implicite, Ryan Mosse l'interrompit d'un geste et posa près de lui une mallette bon marché. Laurent l'ouvrit et vit, dans la pénombre, des liasses de billets assez nombreuses pour en recouvrir le fond. Un spectacle plus éclatant, estima-t-il, que n'importe quelle illumination.

« Merci.

— Vous ne comptez pas ? demanda Mosse, d'un ton un peu ironique.

— Puisque vous ne pouvez pas vérifier si ce que je vous ai apporté vous convient, ce serait de mauvais goût. »

Le militaire se leva. L'échange effectué, l'intérêt que chacun avait pour la compagnie de l'autre n'était certes pas une raison suffisante pour prolonger la rencontre.

« Au revoir, monsieur Bedon. »

Laurent resta assis et fit un geste de la main.

« Au revoir, capitaine Mosse. C'est toujours un plaisir de parler affaires avec vous. »

Il regarda la silhouette massive s'éloigner de son pas décidé, auquel ses vêtements civils ne retiraient pas son allure martiale.

Quand Mosse eut disparu, il se leva à son tour, d'excellente humeur. Soirée fructueuse, décidément. Le dicton avait raison : l'argent allait à l'argent. Et il n'y avait aucune raison pour que cette logique cessât de se vérifier.

La mallette était beaucoup plus légère que la sacoche remise à Mosse, mais elle lui semblait beaucoup plus lourde. Le mieux, maintenant, était de marcher jusqu'au port pour boire un verre au *Stars 'n Bars* avant de reprendre sa voiture flambant neuve, garée au parking sous la radio, et de rentrer à Nice. Ce n'était pas la Porsche dont il rêvait, mais il ne fallait rien précipiter. En attendant, le principal était d'éviter les tristes transports en commun pour regagner son nouveau domicile de la place Pellegrini, près de l'Acropolis : un trois-pièces petit mais élégant, qu'il venait de louer – ironie du sort – à quelques dizaines de mètres de son ancien appartement, celui que l'immonde Maurice lui avait confisqué autrefois.

Il était encore tôt, et la soirée d'été serait longue et douce. Laurent se mit en route vers le port, du pas léger et sans hâte d'un homme rempli d'optimisme. Somme toute, le plus simple, avant de rentrer chez lui, serait de suivre l'inspiration du moment.

50

Rémy Brétécher enfonça son casque intégral sur sa tête et souleva du pied la béquille latérale de sa petite moto italienne. Il l'avait garée sur la place du Casino, devant l'*Hôtel Métropole*, et, tout excité, observa à travers la visière l'homme qui traversait les jardins et arrivait en ce moment au niveau de la fontaine. Ce n'était pas la première fois, loin de là, que Rémy se livrait à ce genre de manœuvre, mais ses terrains d'opération étaient plutôt les casinos de Menton ou de Nice, et toutes les petites maisons de jeu qui s'égrenaient le long de la côte. Une fois, il était allé jusqu'à Cannes. En revanche, Monte-Carlo lui semblait dangereux, les policiers y étaient trop présents et trop efficaces. À l'intérieur et autour du Casino, il n'ignorait pas qu'aux clients et aux promeneurs se mêlait un nombre élevé d'agents en civil.

Ce soir, il était venu en touriste, ou en curieux, pour sentir l'ambiance qui régnait dans la Principauté, avec ce tueur en série encore en cavale. Par hasard, il était entré au *Café de Paris*, et seul l'effet de l'habitude lui avait fait remarquer ce type au visage de syphilitique et à l'air suffisant qui, trois fois de suite, avait raflé la mise à la roulette. Une veine de cocu !

En toute discrétion, il l'avait suivi jusqu'à la caisse et vu glisser dans la poche intérieure de sa veste un impressionnant magot. C'était assez pour transformer dans l'instant sa soirée de promenade en soirée de travail. En réalité, Rémy était mécanicien dans une officine de la banlieue de Nice spécialisée dans la « customisation » des motos, et il montrait tant de talent que M. Carambon, son patron, préférait fermer les yeux sur son activité à temps partiel, qui lui avait valu quelques démêlés avec la justice au temps – récent – où il était encore mineur. Rien de plus, au demeurant, que des peines extrêmement légères : Rémy était assez malin pour ne pas porter d'arme lors de ses fructueux contacts avec certains passants. À condition de ne pas dépasser les limites, le jeu en valait la chandelle et lui rapportait plus qu'un second salaire sans faire grand mal à personne.

Aussi, de temps en temps, quand il « sentait » une bonne soirée en perspective, allait-il rôder dans les salles de jeu pour repérer les joueurs qui gagnaient des sommes importantes, puis les suivait de loin sur sa moto. S'ils repartaient en voiture, les choses étaient plus compliquées : il lui fallait les prendre en filature jusqu'à chez eux, et, s'ils disposaient d'un garage privé, il ne pouvait que regarder disparaître les feux arrière de l'auto en se résignant à rentrer bredouille. Mais s'ils se garaient dans la rue, l'affaire était faite. Il les rejoignait au moment où ils cherchaient leurs clefs devant la porte d'entrée et tout se passait très vite : son casque sur la tête, une main ostensiblement glissée dans son blouson, il leur intimait l'ordre de se délester de leur pognon, et les sommes en jeu n'étaient en général pas assez élevées pour que la victime désirât vérifier s'il avait vraiment une arme dans sa poche. Ensuite, une course à moto, et c'en était terminé. Aussi facile que de retirer de l'argent à un distributeur !

Mais quand le client s'éloignait à pied, c'était encore plus simple : il suffisait d'attendre le moment opportun – la traversée d'une zone moins fréquentée, sans flics à l'horizon, de préférence peu éclairée –, puis la marche à suivre était la même, quoique encore plus rapide.

Attendu que sa « clientèle » se composait exclusivement de gens qui fréquentaient les casinos, Rémy s'était parfois demandé s'il n'était pas, à sa façon, en proie au vice du jeu, à une passion des tables vertes aux modalités un peu particulières. Mais à la réflexion, il se voyait plutôt comme une sorte de thérapeute pour ceux qui souffraient de cette dépendance, car il contribuait à leur faire passer le goût de l'argent qu'ils ne gagnaient pas à la sueur de leur front.

Une manière d'auto-absolution, en somme.

En tout cas, l'idée qu'on pût le considérer comme un véritable délinquant ne lui avait jamais traversé l'esprit.

Il se mit en route, lentement, écoutant avec un plaisir toujours renouvelé le ronronnement discret de son moteur. Pourvu que son homme ne se dirigeât pas vers la station de taxis, à côté de l'*Hôtel de Paris*. Certes, l'exaspérant problème du garage privé ne se poserait pas, mais la soirée n'était guère avancée et, bien souvent, les joueurs à qui la chance avait souri ne pouvaient s'empêcher de l'éprouver encore dans d'autres salles de jeu. Avant de dépenser leurs gains, ou ce qui en restait, dans un des night-clubs de Nice : des bordels légalisés, pour la plupart, dont la ville offrait un foisonnant échantillonnage. Ils payaient à boire à droite et à gauche et, pour finir, offraient à une pute quelconque, en échange d'une pipe dans un coin sombre, une somme qui aurait suffi à une famille entière pour vivre une semaine. Rémy n'aurait guère apprécié que le fruit d'une veine tellement effrontée finît d'aussi triste façon.

Mais non. En faisant le tour de la place, il vit avec soulagement que l'homme dépassait le seul taxi en attente et continuait à marcher. S'il se dirigeait vers Sainte-Dévote, ce serait lui, le veinard : dans ce quartier, les piétons étaient rares, surtout à cette heure. Sans compter qu'après un petit travail vite fait, bien fait, il pourrait aussitôt filer vers Nice en disparaissant par une des trois corniches.

Rémy trouvait la situation particulièrement électrisante. En sortant du *Café de Paris*, il avait suivi l'homme à pied dans les jardins, et, en le voyant s'éloigner vers le coin le plus sombre, non loin de l'endroit où il avait garé sa moto, l'idée lui était venue de passer à l'action tout de suite, pour repartir à toute vitesse et sans plus de façons. Mais quand il s'était assis sur un banc, il l'avait observé à distance et vu un autre homme prendre place à côté de lui. Puis un curieux manège avait eu lieu : le type qu'il suivait, avec son air de déterré, avait remis à l'autre une sacoche qu'il portait en bandoulière et reçu en échange une mallette.

La chose était assez suspecte. Ou prometteuse, selon le point de vue qu'on adoptait. Il était fort possible que la mallette contînt quelque chose de précieux – encore de l'argent, par exemple. Si c'était le cas, sa soirée pourrait figurer en première place dans son *Guinness Book of Records* personnel.

L'échange effectué et l'autre homme reparti, l'occasion que guettait Rémy avait été gâchée par l'arrivée d'un groupe de gens descendant vers le casino. Certes, même si sa victime appelait au secours – ce dont il doutait –, il savait par expérience que les passants préféraient en général ne pas se mêler de certaines affaires. Ce n'était pas pour rien que dans les cours d'autodéfense, on enseignait, en cas de vol, à crier « au feu » plutôt qu'« au voleur », car ces deux derniers mots avaient pour vertu immédiate et magique de transformer les gens de face en gens de dos qui s'éloignaient en toute hâte. Toutefois, il y avait des exceptions pour confirmer cette règle, et surtout, quelqu'un pouvait donner l'alerte à un policier du voisinage.

Prestement, il s'engagea dans l'avenue des Beaux-Arts, puis tourna à gauche dans l'avenue Princesse-Alice afin de rétablir au coin de l'avenue d'Ostende le contact avec sa cible, qui marchait en flânant sur la promenade en contrebas, peut-être pour goûter ses belles échappées sur la mer. Les rues avoisinantes étaient presque désertes et, s'il n'avait été à moto, Rémy se serait frotté les mains. Quelles meilleures conditions pour un animal tel que lui, en chasse pour assurer son pain quotidien ? Mais il gardait son calme et roulait lentement, sa visière relevée, son blouson de cuir à demi ouvert, comme un promeneur ordinaire.

Voilà, il l'avait repéré. Son homme avançait sans hâte, le nez au vent, fumant une cigarette et tenant la mallette dans sa main gauche. Parfait. Rémy alla se placer de l'autre côté de la rue.

Il respira profondément et décida que le moment était venu. Il démarra, traversa la chaussée et se trouva bientôt à une quinzaine de mètres derrière sa victime, qui à cet instant jetait son mégot. Autant se dépêcher, avant que la mallette ne passât de sa main gauche à sa main droite. Il accéléra d'un coup et, au bruit, l'homme tourna instinctivement la tête. Le poing de Rémy l'atteignit entre le nez et le coin de la bouche.

Peut-être de surprise plus que sous l'effet du coup, l'infortuné tomba à la renverse, tenant bien serrée la poignée de sa mallette. Rémy pila net, appuya sa moto à la béquille et descendit avec la rapidité d'un chat. Puis il s'approcha de l'homme étendu sur le trottoir, une main glissée dans son blouson dessinant sous le cuir un relief significatif.

« Ne bouge pas ou tu es mort. »

Il s'agenouilla, glissa avec adresse son autre main dans la veste de sa victime et en tira la liasse de gros billets enfoncée dans sa poche intérieure, qu'il fourra dans la sienne sans même la regarder. Puis il se releva et tendit la main.

« La mallette ! »

Le type, avec son allure chétive et souffreteuse, semblait encore plus proche de sa dernière heure maintenant que son nez dégoulinait de sang. Qui aurait pu prévoir qu'il tenterait de se défendre ? Jusqu'ici, tout s'était passé si vite qu'il n'avait pas eu le temps de comprendre ce qui lui arrivait. Pourtant, quand il prit conscience que le garçon en blouson de cuir était là pour le dévaliser, il se releva d'un sursaut et asséna un coup violent de sa mallette sur la tête casquée de Rémy.

Simple réaction instinctive, pensa celui-ci sans s'alarmer. Ce pauvre gars aux yeux battus n'avait rien d'un combattant, son geste était l'effet de la simple panique. Il ne saurait pas lutter. Si, au lieu d'abattre sa mallette sur son casque sans autre résultat que de le faire dévier un peu de côté, il l'avait frappé entre les jambes avec la même force, il aurait eu les roupettes en triste état.

Rémy, lui, était vigoureux. Son poing lancé heurta le visage de l'homme au même endroit qu'un peu plus tôt, et il entendit une dent craquer. Sans la protection de ses gants, il se serait fait mal à la main.

Par chance pour lui, il n'y avait aucun piéton dans les parages, pour le moment. Mais une voiture était passée de l'autre côté de la rue, montant vers la place, et il lui avait semblé qu'un des passagers jetait un coup d'œil dans leur direction. S'il avait compris ce qui se passait et décidé d'alerter les policiers en faction autour du casino, l'affaire pouvait mal tourner. Il fallait en finir, et vite.

Malgré le second coup de poing, l'homme tenait toujours fermement la mallette. Mais le choc l'avait étourdi, et son nez ruisselait de sang si abondamment que sa veste et sa chemise se couvraient de traînées rouges. Il avait les larmes aux yeux, de douleur, de colère, ou des deux.

Rémy saisit la poignée de la mallette, tira de toutes ses forces et réussit à la lui arracher des mains. Il se retourna pour courir vers sa moto, mais sa victime trouva un reste d'énergie – celle du désespoir, sans doute – pour bondir en avant, lui jeter les bras autour du cou et s'agripper à lui.

Se démenant, Rémy tenta de lui faire lâcher prise, en vain. Alors, il lui décocha un puissant coup de coude dans l'estomac. Il sentit son articulation s'enfoncer dans la chair molle, et de la bouche de l'homme accroché à son dos sortit un puissant souffle d'air, tel celui d'un ballon qui se dégonfle.

Rémy sentit son dos libéré du poids qui pesait sur lui. En se retournant, il vit l'homme plié en deux, qui se tenait le ventre. Pour éviter toute nouvelle surprise, Rémy leva une jambe et lui donna une poussée, non un coup de pied, une simple poussée à l'épaule du bout de sa chaussure, pour l'écarter une fois pour toutes.

L'homme glissa en arrière, perdit l'équilibre et tomba lourdement sur l'asphalte, juste au moment où une grosse berline de couleur sombre arrivait à vive allure de l'avenue d'Ostende.

Laurent Bedon fut heurté de plein fouet et projeté de l'autre côté de la chaussée. Sa tête alla se briser contre la bordure de pierre, et il mourut sur le coup.

Il n'eut pas le temps d'entendre le bruit d'une moto qui s'éloignait à toute vitesse, le cri horrifié d'une femme, le grincement des pneus d'une autre voiture qui freinait brutalement pour ne pas écraser son corps inerte sur l'asphalte, dans une flaque de sang qui s'élargissait sous sa tête.

Ce fut alors que le hasard, ironique avec les morts comme avec les vivants, fit se lever un bref souffle de vent. Sur cette brise flotta une page de journal, qui vint se poser sur le visage de Laurent, comme pour le recouvrir pieusement et cacher sa vue aux présents. Or, ce soir, où il commençait de se sentir vraiment quelqu'un, le visage qui se superposa au sien fut celui de Jean-Loup Verdier, reproduit grandeur nature en première page de *Nice-Matin*.

En dessous du portrait, il y avait un gros titre en lettres noires soulignées de rouge : *Le vrai visage de M. Personne*.

51

Ce matin-là, Frank Ottobre, assis dans le bureau qui avait été celui de Nicolas, compulsait la masse de rapports, dépêches et autres documents répandus devant lui. Il éprouvait un certain malaise, car il ne pouvait s'attarder dans cette pièce sans y sentir de quelque façon la présence de son défunt ami, sans éprouver la sensation qu'en tournant la tête il le trouverait là, debout, près de la fenêtre.

Résigné, il rassembla les mornes paperasses. Après les avoir examinées, il devait se rendre à l'évidence : elles ne contenaient rien de révélateur.

La vérité, c'est qu'ils étaient toujours dans le pétrin.

L'exaltation d'avoir identifié M. Personne passée, tout était presque comme avant. Trois jours après avoir découvert qui était cet homme, et malgré tous leurs efforts, ils ignoraient encore où diable il se trouvait.

Pourtant, chaque pouce de sa villa de Beausoleil avait été examiné par plusieurs équipes de police. Tous les services spécialisés dans la chasse aux criminels dangereux étaient lancés sur ses traces. Il n'y avait pas, dans toute l'Europe et au-delà, un seul policier à qui on n'eût remis une série de photos de Jean-Loup, au naturel et modifiées à l'ordinateur selon les transformations qu'il pouvait apporter à son aspect. Pour un assassin qui avait traumatisé l'opinion publique, des mesures d'exception s'imposaient. Aussi les postes frontières, les routes, les ports, les aéroports publics et privés faisaient-ils l'objet d'une surveillance maximale, et les avions et bateaux en partance d'une inspection minutieuse. La Sûreté publique de Monaco, efficace comme à son ordinaire, avait su mobiliser les forces de police des pays limitrophes pour que leur territoire, à cinq cents kilomètres à la ronde, fût passé au peigne fin, et d'immenses battues avaient fouillé tout le comté de Nice, la Provence, la Ligurie et le Piémont.

En vain.

Jean-Loup Verdier, ou quel que fût son vrai nom, semblait s'être volatilisé. Paradoxalement, c'était un bon point pour les enquêteurs monégasques : si sa cavale continuait en dépit d'un tel déploiement de moyens, cela prouvait bien qu'ils avaient affaire à un criminel d'une intelligence hors norme, ce qui les absolvait dans une certaine mesure de leurs insuccès passés. Mais c'était une mince consolation, et Frank se demandait si en désespoir de cause, on n'allait pas bientôt faire appel à des voyantes ou à des rhabdomanciens.

En suivant les traces de Nicolas Hulot dans la région d'Aix-en-Provence, ils avaient appris certains faits sur le passé de Jean-Loup. Le numéro de téléphone dont le commissaire avait parlé à Morelli les avait conduits à Cassis, où le gardien du cimetière leur avait confirmé avoir raconté à leur ami l'histoire tragique de La Patience. C'était sûrement là, dans ce paisible cimetière, que Nicolas avait été rejoint et enlevé par son assassin.

En s'adressant à la police française, ils avaient aussi enquêté sur Marcel Legrand, mais s'étaient vite trouvés devant un mur. Autrefois, ce Legrand avait appartenu à ce qu'on appelait alors le Deuxième Bureau, et le dossier portant son nom était marqué « Secret défense ». Frank, à son grand déplaisir, avait pu constater que pour les services de renseignement français, la notion de silence était beaucoup plus stricte que pour Pierrot.

Au bout du compte, ils n'avaient pas appris grand-chose, sinon qu'à une date déjà ancienne Marcel Legrand avait quitté le service actif pour se retirer dans un coin perdu de la montagne provençale et vivre dans l'isolement le plus complet. En ce moment, diplomates et gens des ministères s'activaient pour contourner les obstacles, mais si quelques personnes bien placées voyaient en cet homme une sorte de cadavre dans le placard, Frank ne se faisait aucune illusion : le placard en question ne s'ouvrirait que fort difficilement.

En attendant, M. Personne était encore libre. Libre de frapper encore. Or, si ses crimes précédents obéissaient aux schémas d'une folie terrible, mais cohérente, il luttait maintenant pour sa survie, en sorte que toute personne qu'il croisait devenait son ennemi potentiel. La facilité avec laquelle il s'était défait de trois policiers parfaitement entraînés en disait assez long sur ses capacités réelles, qu'il ne se priverait pas d'utiliser en cas de besoin. De nouveau, le beau garçon aux yeux verts, l'inoffensif animateur de radio, se transformerait en combattant sanguinaire.

Dans le désarroi général, Frank s'était efforcé de repousser dans un coin de son esprit la pensée de Helena Parker, sans y parvenir pour autant. Elle lui manquait tant qu'il en souffrait presque physiquement, et la savoir prisonnière de l'être sans scrupules qu'était son père n'était pas fait pour le rasséréner. Si grand était son sentiment d'impuissance que ses interdits d'homme civilisé faiblissaient d'heure en heure, et la seule chose qui le retenait de courir chez les Parker pour serrer ses mains autour du cou du général était la certitude qu'un tel acte ne ferait qu'empirer la situation. Bon gré mal gré, il restait donc derrière un bureau, sans savoir que faire pour chasser ses fantômes.

Il ouvrit un tiroir pour y fourrer la masse de documents inutiles, se retenant de jeter le tout au panier. Ses yeux tombèrent sur une disquette qu'il avait rangée là le jour où il avait pris possession du bureau. L'étiquette portait le nom de « Cooper », écrit de sa main. Dans l'agitation des derniers jours, il avait complètement oublié le coup de fil de son ami, et ce qu'il lui avait demandé au sujet de l'avocat Hudson McCormack.

Le moment n'était guère opportun pour s'occuper de cela, mais il le devait à Cooper, avec qui il s'était tant démené pour mettre les Larkin hors d'état de nuire. Il appela Morelli par l'interphone.

« J'allais justement passer te voir », dit celui-ci.

Quelques instants plus tard, l'inspecteur entra dans le bureau.

« Avant toute chose, j'ai une nouvelle à t'apprendre. Laurent Bedon est mort. »

Frank fit un bond sur sa chaise.

« Quand ?

— Hier soir. »

Morelli leva la main pour prévenir ses questions.

« Rien à voir avec notre affaire. Le pauvre est mort au cours d'une tentative de vol à l'arraché. Il avait gagné une belle somme au *Café de Paris*, et un loubard quelconque a voulu l'en délester près de la place du Casino. Il s'est défendu, il est tombé sur la chaussée et une voiture l'a tué sur le coup. Son agresseur s'est enfui à moto, mais un témoin a vu le numéro de la plaque. S'il l'a bien noté, on devrait lui mettre rapidement la main dessus.

— Je vois... N'empêche que c'est un mort de plus parmi tous ceux qui ont été mêlés à cette histoire. À croire que c'est une malédiction ! »

En le voyant si sombre, Morelli préféra changer de sujet.

« Que voulais-tu me dire ? »

Frank se rappela Cooper et l'avocat.

« J'aurais besoin d'un service. À propos de quelque chose qui n'a rien à voir non plus avec notre affaire. »

Il poussa la disquette vers l'inspecteur.

« Là-dessus, il y a un nom, une photo et divers renseignements sur un type qui pourrait être mêlé à un énorme trafic de drogue, aux États-Unis. Le type en question est avocat. Officiellement, il est venu à Monte-Carlo pour une régate.

— Le Grand Mistral, je suppose. Une course de prestige. Le port de Fontvieille déborde de bateaux de compétition.

— Je ne sais pas, je n'y connais rien. Toujours officiellement, il est le défenseur d'un des deux chefs du réseau, qui est en prison depuis quelque temps. Mais on a des raisons de penser qu'il est un peu plus qu'un avocat. Tu comprends ? »

Morelli s'avança et prit la disquette.

« Bon, je verrai ce que je peux faire. Mais le moment est assez mal choisi, Frank, tu t'en doutes. Tous les agents sont sur le pied de guerre. On en est presque à mobiliser les dresseurs de chiens !

— Je sais bien que le moment est mal choisi. Merci d'avance, Claude. Silence absolu ?

— Silence absolu. De toute façon, tout est silence, depuis deux ou trois jours. Les polices de la moitié du continent s'épuisent à courir après leur queue. Et, comme disait le commissaire... »

Frank compléta.

« En dessous d'une queue, on n'a jamais trouvé qu'un trou du cul.

— Exactement. »

Frank s'adossa à son siège, pensif. Puis :

« Pourtant, Claude, si je peux te confier mon sentiment... Attention, ce n'est qu'une intuition !

— Je t'écoute. »

Frank réfléchit encore un instant, et Morelli, intrigué, s'assit en face de lui.

« Eh bien, je suis presque sûr qu'il est encore ici. On perd son temps à le chercher au bout du monde, alors que M. Personne n'a jamais quitté la Principauté ! »

Interloqué, Morelli allait répliquer, mais à cet instant le téléphone sonna. Frank le scruta comme s'il était en forme de point d'interrogation, puis se décida à décrocher. La voix surexcitée de la standardiste lui vrilla l'oreille.

« Mr Ottobre, il vous demande ! C'est lui ! »

Frank eut la sensation de recevoir une décharge électrique. « Lui », ce ne pouvait être qu'une seule personne.

« Passez-le-moi. Et enregistrez la communication. »

Frank pressa le bouton du haut-parleur pour que Morelli pût entendre. Au bout d'un instant, une voix qu'ils connaissaient bien remplit l'espace.

« Ici Jean-Loup Verdier. »

Morelli se leva d'un bond comme si son siège était

devenu brûlant. Puis Frank lui fit un geste et il sortit en trombe.

« Frank Ottobre. Où es-tu ? »

Un bref silence. Puis, de nouveau, la voix profonde de l'animateur :

« *Pas de bavardages inutiles. Je n'ai pas besoin qu'on me parle, j'ai besoin qu'on m'écoute. Si tu m'interromps, je coupe immédiatement.*

Frank resta coi. L'essentiel était que l'appel durât assez longtemps pour que les techniciens du commissariat eussent le temps de repérer d'où il provenait.

« *Rien n'a changé. Je suis un homme et personne, et rien ne pourra m'arrêter. Voilà pourquoi il est inutile de me dire quoi que ce soit. Tout est comme avant. La lune et les chiens. Les chiens et la lune. La seule différence, c'est qu'il n'y aura plus de musique. Mais je suis toujours là et tu sais très bien ce que je fais.* »

Un autre silence.

« *Je tue...* »

La communication s'interrompit à l'instant où Morelli revenait au pas de course.

« Nous le tenons, Frank ! Il appelle d'un portable. Une voiture nous attend à la porte, avec un équipement pour les interceptions par satellite. »

Un instant plus tard, ils dévalaient l'escalier, manquant de renverser au passage deux agents qui montaient les marches. Ils sortirent dans la cour comme deux boulets, et les portières de la voiture n'étaient pas encore refermées qu'elle filait déjà dans un vrombissement de moteur.

Frank reconnut le jeune chauffeur : c'était lui qui les avait conduits le jour où l'on avait découvert le cadavre d'Allen Yoshida. Un as du volant. Sur le siège du passager, un policier en civil gardait les yeux fixés sur un moniteur où apparaissait le plan d'une ville. Un point rouge se déplaçait lentement le long d'une rue toute proche de la mer.

« C'est l'appareil qui a émis l'appel, expliqua le policier à Frank et Morelli penchés en avant. Nous l'avons repéré par satellite. À Nice, près du Vieux Port. Une rue qui part de la place Île-de-Beauté. Nous avons de la chance. Le quartier est du côté où nous arrivons. Tout à l'heure, il était immobile, mais maintenant il avance, lentement. Il est sûrement à pied. »

Frank se tourna vers Morelli.

« Appelle Froberger, explique-lui la situation. Qu'il nous rejoigne avec ses hommes. Et reste en ligne, pour lui dire ce qui se passe. »

Le chauffeur faisait quasiment décoller la voiture de la chaussée.

« Comment vous appelez-vous ? lui demanda Frank, impressionné.

— Xavier Lacroix, répondit le jeune homme, aussi calmement que s'il conduisait sa grand-mère aux soldes d'automne des Galeries Lafayette.

— Eh bien, Xavier, si cette affaire se termine comme nous l'espérons, je vous promets de remuer ciel et terre pour vous assurer un bel avenir dans la compétition automobile ! »

Sans doute flatté par cet éloge, le chauffeur appuya encore plus fort sur l'accélérateur. Tandis que Morelli parlait précipitamment avec Froberger, Frank fixa de nouveau le point rouge sur l'écran. Il s'était mis à clignoter.

« Qu'est-ce que ça veut dire ?

— Il téléphone de nouveau, répondit le policier sans se retourner.

— On peut entendre ce qu'il dit ?

— Avec cet appareil, non. Il ne fait qu'enregistrer les signaux.

— Tant pis. L'important, c'est de savoir où le choper. »

Par la Basse Corniche, ils atteignirent l'entrée de Nice à une vitesse de 24 heures du Mans. Le pilote – Frank l'estimait on ne peut plus digne de ce nom – conduisait son bolide à travers la circulation, pourtant dense en cette fin de matinée, avec une froideur détachée qui révélait un authentique talent.

« Froberger demande où il est.

— Il remonte la rue Cassini... Il s'est arrêté. Il téléphone de nouveau. »

Aux abords de la place Île-de-Beauté, un embouteillage les avait ralentis quelques instants. Mais Lacroix l'avait contourné en empruntant sans ciller une rue à contresens, et la voiture filait maintenant dans la rue Cassini. Les yeux rivés à son écran, son collègue le guidait, et Morelli répétait ses indications aux policiers niçois.

« La première à gauche. La rue Emmanuel-Philibert.

— Rue Emmanuel-Philibert, dit Morelli.

— À droite, maintenant. Rue Antoine-Gautier.

— Rue Antoine-Gautier », fit en écho Morelli.

La voiture prit le dernier virage pratiquement sur deux roues. Au bout de la petite rue Antoine-Gautier, aux trottoirs encombrés de voitures mal garées, plusieurs véhicules de police en travers de la chaussée bloquaient le croisement avec la rue Ségurane. Des agents en uniforme en étaient descendus, l'arme au poing, pour se déployer autour de quelqu'un. L'un d'eux se retourna vers les autres en rangeant son pistolet dans sa gaine. Xavier freina brusquement, s'offrant le luxe d'un léger dérapage contrôlé. En moins d'une seconde Frank et Morelli bondirent vers leurs collègues niçois.

Du groupe qui se dispersait, ils virent surgir Froberger, qui vint à leur rencontre en écartant les bras. Son expression était celle d'un homme qui vient de mettre le pied dans une grosse crotte de chien.

Debout au milieu de ce déploiement de forces se tenait un garçonnet d'une dizaine d'années, en culotte courte et chemisette rose. Il serrait dans sa main un téléphone portable. Nullement effrayé, il regarda l'un après l'autre les policiers et sa bouche s'élargit en un grand sourire, qui révéla une incisive ébréchée.

Quand Frank et Morelli ralentirent, le gamin laissa échapper un commentaire enthousiaste :

« Ça alors ! Génial, les mecs ! »

52

Il était presque une heure du matin quand le jeune avocat Hudson McCormack déboucha sur le quai du port de Fontvieille et s'arrêta devant un grand yacht de course aux défenses recouvertes de tissu bleu, amarré entre deux voiliers qui le flanquaient comme deux sentinelles. Il descendit de son scooter, le mit sur sa béquille, puis retira son casque. Au moment de louer un véhicule, il avait préféré ce modeste deux-roues à une voiture : au début de l'été, la circulation dans les villes touristiques était toujours un chaos, aggravé à l'occasion du Grand Mistral par le continuel va-et-vient de toutes sortes de gens – équipages, techniciens, journalistes, représentants de sponsors et, bien entendu, la foule des passionnés et des simples badauds – qui affluaient sur les quais de Fontvieille avec leurs moyens de transport et faisaient du moindre déplacement un véritable gymkhana. De surcroît, casque et lunettes noires s'avéraient bien commodes pour n'être pas reconnu et arrêté à tout bout de champ par des curieux désirant des nouvelles de son bateau.

En regardant l'imposante embarcation, Hudson McCormack repensa à l'éternel conflit entre tenants des bateaux à moteur et sectateurs des bateaux à voile. Distinction oiseuse, selon lui. Si un voilier n'avait pas de propulseur mécanique, de cylindres et de pistons cachés sous son carénage, son moteur était le vent, voilà tout. Et comme tout moteur, il fallait en comprendre le fonctionnement, les pulsations plus ou moins régulières, afin d'en tirer le meilleur parti.

Combien de fois, en assistant aux courses automobiles qui étaient son autre passion, n'avait-il pas vu le moteur d'un monoplace exploser dans un grand panache de fumée blanche, le bolide malade gagner tristement le bord de la piste et son pilote se pencher sur sa mécanique en se demandant quel détail l'avait trahi ! Pour lui et ses coéquipiers, c'était exactement la même chose. Un voilier de compétition était sujet aux caprices de son moteur, le vent, qui tournait, changeait de direction, augmentait ou diminuait à sa guise ; en sorte qu'on pouvait se retrouver immobilisé tout à coup, les voiles pendant mollement aux mâts, tandis qu'à quelques dizaines de mètres, le bateau rival avançait à toute vitesse, son spinnaker coloré s'enflant d'un souffle généreux et semblant prêt à se déchirer.

Du reste, cela arrivait parfois qu'une voile se déchirât. Avec un terrible bruit d'éclair. Chacun alors, sous les ordres du capitaine et du skipper, se précipitait pour changer la voile endommagée, et les membres de l'équipage couraient sur le pont tels des danseurs sur une scène flottante.

Pourquoi le sort d'un voilier était-il si aléatoire ? Hudson McCormack, bien sûr, n'aurait su l'expliquer. Mais il savait qu'il aimait tout cela. Sans raison évidente, il savait qu'en mer il se sentait bien, merveilleusement bien.

Le bonheur ne s'analyse pas : il se vit. Et à bord d'un beau bateau, Hudson était heureux.

Soudain, il sentit l'exaltation l'envahir à la pensée de

la course qui s'annonçait. Le Grand Mistral était une sorte de répétition générale de la coupe Louis-Vuitton, à la fin de l'année. Et à cette occasion, on redistribuait les cartes. À cette occasion, les équipages comparaient leurs embarcations, testaient leurs performances sur la durée, découvraient les nouveautés techniques mises au point par les concepteurs pour les rendre toujours plus compétitifs. Ensuite, on aurait tout le temps d'apporter les modifications nécessaires pour la reine absolue des régates.

Et cette année, tout le monde serait là pour le Grand Mistral : des nouveaux venus, comme le *Mascalzone latino*, un nouveau bateau italien, jusqu'aux équipages les plus confirmés.

Hudson et ses coéquipiers avaient ancré leur voilier, le *Try for the Sun*, dans un atelier-hangar loué pour l'occasion du côté du cap Fleuri, à quelques milles de Fontvieille. Les techniciens et autres subordonnés dormaient à bord, dans des conditions un peu spartiates, mais pratiques pour surveiller qu'aucun œil indiscret ne profitât de la nuit pour observer certains détails secrets. En voile comme en automobile, une idée neuve représentait de grandes chances de victoire – ou de défaite si elle était repérée, voire copiée. Or, bon nombre d'espions rôdaient autour des Formules 1 de la mer. Sous l'eau, surtout, là où se cachaient les énigmes de leurs prouesses aérodynamiques.

Au vrai, on ne pouvait être trop prudent quand de tels intérêts économiques étaient en jeu. Les drapeaux noirs à tête de mort et tibias croisés n'existaient plus, mais la flibuste n'était pas défunte pour autant. Et les arrière-petits-enfants des hommes à jambe de bois et bandeau sur l'œil couraient encore les sept mers du globe, usant de méthodes infiniment plus sophistiquées que celles de leurs aïeux. Quant aux commanditaires, ce n'étaient plus des rois et des reines, mais de puissants monarques d'aujourd'hui, les sponsors, qui distribuaient des millions de dollars et entendaient bien que leurs investissements fussent rentables.

L'équipage du *Try for the Sun*, pour sa part, portait les couleurs d'une multinationale du tabac et logeait sur le grand yacht paré des mêmes couleurs que Hudson McCormack observait en ce moment. Pour des motifs de visibilité, bien sûr. Le financier de l'aventure comptait en tirer un maximum de rentrées publicitaires, et, compte tenu de ce qu'il déboursait, Hudson n'y voyait rien que de très légitime.

Déjà, les photographies de ses coéquipiers et de lui-même étaient apparues dans tous les magazines de voile importants, avec des interviews et des reportages enthousiastes. Puis, leur arrivée à Monaco avait été le prétexte d'une grande campagne par voie de presse, qui, certainement, avait coûté une fortune. Non sans satisfaction, Hudson avait remarqué que ses propres portraits étaient particulièrement flatteurs.

Du reste, il n'ignorait pas que sa blondeur et son visage aux traits fins et réguliers, au grand sourire bon enfant et aux yeux bleu vif, étaient des plus photogéniques. Et qu'ils exerçaient un vif attrait sur le sexe féminin, comme la soirée mondaine d'où il arrivait lui en avait apporté une nouvelle preuve.

Au *Sporting Club d'Été* avait eu lieu la présentation officielle du bateau et de l'équipe, et tous les membres de l'expédition étaient apparus dans leur uniforme coloré – beaucoup plus élégant, au goût de Hudson, que le conventionnel smoking arboré par la plupart des messieurs présents. À un moment donné, le maître de cérémonie avait demandé l'attention du public. Alors, à grand renfort de jeux de lumières et de roulements de timbales, ils s'étaient avancés l'un après l'autre sur l'estrade pour saluer à l'annonce de leur nom, tandis que dans leur dos, sur un écran géant, défilaient des images du *Try for the Sun* filmées au cours des entraînements. Et ce moment de gloire s'était déroulé sur fond de *We are the Champions*, la chanson de Queen arrangée pour un orchestre à cordes dont les longs *glissandi* évoquaient la houle et le vent dans les voiles.

Chacun avait reçu sa part d'applaudissements, cependant qu'une voix dans le haut-parleur énumérait leurs qualités d'hommes et de sportifs. Non sans un peu d'exagération, bien sûr ; mais pour un soir, il était doux d'y croire...

Après le dîner, la fête s'était poursuivie au *Jimmy'z*. À l'approche d'une compétition, fréquenter les boîtes de nuit, fussent-elles de luxe, n'entrait dans les habitudes d'aucun régatier digne de ce nom. Mais le lendemain serait jour de repos, et les patrons de l'équipe avaient jugé bon de renforcer le moral de la troupe.

Hudson plaça un antivol sur son scooter, une grosse chaîne entourée d'épais plastique rouge. On lui avait dit et répété qu'à Monte-Carlo, les vols n'étaient guère à redouter tant la police se montrait vigilante ; mais il vivait depuis toujours à New York, où certains petits futés étaient capables de vous voler votre caleçon sans toucher à votre pantalon, et certains gestes, chez lui, ne méritaient même plus d'être appelés réflexes : ils faisaient partie de son patrimoine génétique.

Il alluma une cigarette, se demandant ce que penserait le sponsor du *Try for the Sun* s'il le voyait fumer une autre marque que la sienne. Puis s'éloigna du grand yacht éclairé, pour flâner un peu le long du quai. S'il connaissait les femmes, celle qu'il attendait n'arriverait pas avant une demi-heure.

Il avait passé une grande partie de la soirée en conversation avec Serena, une jeune Néo-Zélandaise rencontrée à la fête. Des motifs de sa présence à Monte-Carlo, il n'avait pas compris grand-chose, hormis qu'ils étaient plus ou moins en rapport avec la régate. En tout cas, elle s'était dite passionnée de voile. Mais sans doute fallait-il voir en elle une de ces richissimes jeunes personnes qui se plaisent à courir le monde grâce à la fortune familiale, sous un prétexte ou sous un autre. En l'occurrence : le Grand Mistral.

Hudson, d'ordinaire, n'était pas un grand séducteur. Non qu'il n'aimât pas les femmes : une belle créature pourvue d'appas charnus était une excellente façon d'occuper une soirée de liberté, surtout si elle possédait cette petite étincelle qui différencie l'homme de la bête. À New York, il entretenait certaines relations agréables, mais intermittentes, légères, et surtout peu contraignantes. Rien qui pût le retenir de partir du jour au lendemain pour s'adonner à sa passion de la mer, sans explications poussées, ni larmes, ni mouchoirs agités sur le môle par une demoiselle qui semblait vous crier : « Comment peux-tu me faire ça ? ». Les femmes lui plaisaient, oui, cependant tout donjuanisme lui était étranger.

Mais c'était une soirée exceptionnelle : les lumières, la foule, les applaudissements, un peu de narcissisme, ô combien naturel... Et puis, il était ici pour une course de voile, ce qu'il aimait le plus au monde, et Monte-Carlo exerçait sur lui, américain jusqu'à la moelle, un charme proche de l'éblouissement. La côte, la vieille ville, le Rocher étaient des images d'une telle splendeur, d'une telle étrangeté aussi ! Et puis, il y avait toutes ces histoires de princes et de princesses...

Le visage de Serena était des plus avenants, ses yeux nullement dépourvus de l'étincelle évoquée plus haut, et sous sa robe du soir – légère, si légère... – on distinguait une paire de seins aussi copieux qu'appétissant.

En somme, il y avait de quoi sourire à la vie.

Ils avaient donc causé de choses et d'autres. De voile surtout, bien sûr. Mais aussi d'une affreuse histoire dont lui ne se souciait guère, quoiqu'il en eût entendu parler, mais qui semblait littéralement électriser la jeune femme : celle d'un maniaque qui rôdait dans la Principauté pour assassiner les gens et leur écorcher le visage. Évidemment, c'était à cause de lui que, partout dans la ville, on croisait sans cesse des patrouilles de police. Cet homme avait déjà tué neuf ou dix personnes, on ne savait plus. Et pourtant, il courait toujours. Dans un lieu, avait pensé Hudson, si réputé pour sa sécurité que mettre un antivol à un scooter pouvait paraître une précaution superflue !

Ensuite, la conversation s'était poursuivie sur ce thème, jusqu'à ce qu'entre deux coupes de champagne, Hudson perçût dans son regard une expression porteuse d'un message curieusement biblique : « Frappez et on vous ouvrira. » Il avait frappé, et l'ouverture annoncée était advenue très rapidement, sous la forme d'une offre de quitter le *Jimmy'z* pour une promenade le long de la côte à bord du cabriolet de Serena.

Voilà pourquoi Me McCormack se promenait sur le port de Fontvieille à une heure aussi avancée. En sortant du night-club, Serena et lui étaient convenus qu'elle ferait un saut à son hôtel pour se changer – robe du soir et talons aiguilles n'étant guère appropriés ni à la conduite, ni aux autres éventualités – tandis qu'il ramènerait son scooter près du yacht et attendrait qu'elle passât le prendre en voiture.

Il jeta sa cigarette et monta à bord du bateau, complètement silencieux. Ses équipiers dormaient, de toute évidence. Hudson portait encore sa tenue officielle de régatier et désirait la troquer contre des vêtements moins voyants. La soirée de gala était une chose, mais il n'avait pas envie de se promener jusqu'au lendemain dans des couleurs de poisson exotique. Il opta pour un pantalon de toile bleue et une chemise d'un blanc éclatant, qui mettait en valeur son bronzage. En revanche, ses chaussures de voile étaient discrètes et confortables, et il décida de les garder. Avant de regagner le quai, il se parfuma légèrement. L'heure du narcissisme était finie, se dit-il devant le miroir, mais une touche d'honnête et saine vanité masculine n'avait rien d'excessif en la circonstance.

Il descendit la passerelle en prenant soin de ne faire aucun bruit : il savait que les vrais marins du bord, ceux qui trimaient dur et tenaient les équipages comme le sien pour des bandes d'efféminés gâtés et paresseux, ne souffraient guère qu'on troublât leur repos.

Le quai était toujours aussi désert. L'honnête et saine vanité féminine de Serena impliquait sans doute des paramètres plus complexes qu'une giclée de parfum et demandait qu'un certain temps lui fût consacré. Il regarda sa montre, puis haussa les épaules. Pourquoi s'inquiéter de l'heure ? Hudson alluma une autre cigarette. Demain, il aurait toute la journée pour paresser à sa guise.

Paresser ? Jusqu'à un certain point...

Le séjour de Me McCormack dans la principauté de Monaco comportait quelques obligations sans lien direct avec la régate. Joindre l'utile à l'agréable était toujours avisé ; aussi devait-il rencontrer certains banquiers, ainsi qu'une ou deux personnes qui n'étaient pas venues en Europe pour rien. Des gens fort importants, qui pourraient avoir une grande influence sur son futur.

Il passa une main sur son menton, encore lisse, car avant de sortir il s'était rasé de près. Hudson McCormack était très conscient de ce qu'il faisait, très conscient aussi des risques qu'il prenait. Qui n'aurait vu en lui qu'un beau trentenaire américain, sain, athlétique et passionné de sport, eût commis une erreur grossière. Car sous son aspect charmant et débonnaire se cachait une intelligence aussi brillante que pragmatique.

Surtout pragmatique.

Il savait n'avoir pas l'étoffe d'un ténor du barreau. Non par manque de compétence, mais de patience. Il n'avait aucune envie de se rompre la tête jour après jour et année après année pour tirer de prison d'immondes crapules qui avaient toutes les raisons d'y rester. Depuis quelque temps déjà, il se disait que sa formation de juriste n'était sans doute pas la plus adaptée à son caractère, car passer plusieurs décennies à explorer la lie de la société dans ses couches plus ou moins nauséabondes, s'échiner jusqu'à la retraite pour ensuite jouer au golf avec de vieux gâteux grassement enrichis, mais surtout attentifs à ne pas perdre leur dentier au moment du putt, n'avait décidément rien pour le séduire.

Ce qu'il désirait, il entendait l'obtenir maintenant, à trente-trois ans, quand il était assez sain de corps et d'esprit pour en tirer tout le suc.

Hudson McCormack avait un atout dans son jeu : il n'était pas avide. Les villas somptueuses, les hélicoptères, les titres en Bourse, le pouvoir ne l'intéressaient pas. Selon sa philosophie, ces choses étaient moins un signe de réussite qu'une sorte de prison sans barreaux, et ceux qui passaient leurs journées à courir d'un téléphone à l'autre pour acheter et vendre des actions ou autre chose lui inspiraient une profonde pitié. La plupart se retrouvaient un jour en salle de réanimation après un infarctus, étonnés que leur fortune ne pût leur payer quelques mois de vie en plus.

Pour le jeune Me McCormack, jouir d'un pouvoir sur le destin d'autrui n'avait rien d'attrayant. Il lui suffisait d'être maître du sien.

Et son idéal de vie, c'était un voilier. Un beau voilier. Le son de la proue fendant les vagues, le claquement des voiles, la liberté de choisir sa route selon le caprice du moment...

Il jeta sa cigarette dans l'eau. Dans le silence, il entendit le léger grésillement des braises qui s'éteignaient.

Pour atteindre son but, il avait besoin d'argent. De beaucoup d'argent. Non d'une somme colossale, dont il n'aurait su que faire, mais tout de même très importante. Et pour y parvenir, il n'y avait qu'un moyen : contourner la loi. Non l'enfreindre, mais la contourner, s'aventurer dans ses marges, assez délicatement pour se ménager en cas de problème la possibilité de se retourner pour s'écrier « Qui ? Moi ? » en montrant le visage le plus innocent du monde. Ruser ainsi comportait des risques, il ne se le cachait pas ; mais il les avait longuement évalués, examinés en long, en large et en travers, et avait conclu qu'en définitive, ils n'étaient pas trop grands. Certes, se trouver mêler à un trafic de drogue, même superficiellement, n'avait rien d'anodin. Mais son cas était particulier, estimait-il, très particulier. Comme toujours, quand des montagnes de dollars sont en jeu.

Tout le monde savait d'où provenait la drogue, et quels chemins elle prenait ensuite : des pays fondaient toute leur économie sur la production à peu de frais de diverses poudres, vendues ensuite dans d'autres pays avec un bénéfice de cinq ou six mille pour cent. Entre les lieux de production et les lieux de destination, les convoyeurs de tout grade se livraient une guerre effroyable et souterraine, tout aussi organisée que les guerres officielles, avec ses soldats, ses officiers, ses généraux et ses stratèges. Il existait aussi des agents communs aux différentes armées : les nombreux experts en blanchiment, le plus souvent de respectables professionnels de la finance. Le monde des affaires n'était pas bégueule au point de tourner le dos à des gens désireux d'investir plusieurs milliards de dollars.

Ainsi des avions portant l'emblème d'armées officielles volaient-ils grâce à l'argent de la drogue, qui payait aussi le carburant de navires lance-torpilles et de blindés. Dans certaines régions du monde, chaque cartouche des kalachnikovs confiées à des soldats plus ou moins réguliers correspondait à un trou dans le bras d'un toxicomane dans une autre région du monde.

Du même monde...

Hudson McCormack n'était pas assez hypocrite pour se dissimuler qu'en agissant comme il agissait, il entrait de plein droit dans la catégorie des destructeurs de l'humanité. C'était une constatation simple, mais irréfutable, et il n'avait aucune intention de se soustraire à son propre blâme. Mais c'était une question d'équilibre de forces. Ce qu'il désirait était en ce moment sur un plateau de la balance, et pesait beaucoup plus lourd que toute considération morale qu'il aurait pu placer sur l'autre.

Chez lui, à New York, en avait-il passé, des soirées, à analyser les données ! Aussi clairement, aussi froidement que s'il s'agissait du bilan d'une entreprise. Et il lui semblait avoir tout quantifié, tout pesé, tout prévu, jusqu'à l'éventualité d'imprévus – dont, par définition, il ne savait rien, mais qu'il fallait néanmoins prendre en compte. En outre, il s'était ménagé bon nombre d'échappatoires, et montré assez prudent pour ne pas se surestimer. En sorte que dans le meilleur des cas, il disposerait bientôt d'assez d'argent pour lancer à la mer et le voilier de ses désirs, et sa mauvaise conscience, pour que l'un cinglât de rivage en rivage et que l'autre s'abîmât sous les ondes. Et que si les choses tournaient mal, les conséquences seraient désagréables, mais point assez graves pour que sa vie en fût détruite.

À présent, tout était arrangé pour que le solde de ses honoraires, dont il avait déjà touché un tiers, fût viré sur un compte numéroté des îles Caïman. Son client avait fait le nécessaire.

Il pensa à cet homme, Osmond Larkin, dans sa prison au fond d'un faubourg lépreux de la capitale fédérale. Il l'avait dégoûté d'emblée, avec ses yeux porcins, cruels, et son ton arrogant, sa certitude que le monde entier lui était redevable ; et d'entretien en entretien, son dégoût n'avait fait que croître, jusqu'à la nausée. Comme tous les gens fourbes et fiers de l'être, c'était en même temps un imbécile, que sa vanité poussait irrésistiblement à exhiber sa fourberie. C'était cette vanité gonflée jusqu'à la bouffissure qui avait fini par le jeter au trou. Plusieurs fois, Hudson avait dû se retenir de le lui dire en face et de quitter le parloir. S'il avait suivi son instinct, ç'aurait été avec plaisir qu'il eût violé le secret professionnel et révélé aux enquêteurs tout ce qu'il savait sur cet individu.

Seulement, il ne le pouvait pas.

Outre les périls qu'il aurait fait courir à lui-même et à ceux qui l'avaient aidé à entrer dans cette danse, c'eût été comme faire tomber un rideau noir devant l'écran où l'on voyait flotter un magnifique voilier, avec un beau garçon au timon.

Alors non, rien à faire, malgré son aversion pour Larkin, il restait résolu. On n'avait rien sans effort, après tout. Et lui ne voulait pas tout avoir, mais beaucoup. Et tout de suite.

Hudson observa les yachts au mouillage. Les plus grands étaient faiblement éclairés, les autres enveloppés de pénombre.

Il regarda autour de lui. Le môle était totalement désert, les bars fermés, les chaises et les tables des terrasses empilées. Un peu curieux, pensa-t-il. Malgré l'heure tardive, l'été avait commencé ; et qui disait nuit d'été disait aussi noctambules, surtout sur la Côte d'Azur. Il se remémora l'histoire du tueur en série que lui avait racontée Serena. Peut-être était-ce pour cette raison qu'il se trouvait seul sur ce port, peut-être les gens craignaient-ils des rencontres fâcheuses. Une personne apeurée avait toujours tendance à chercher la compagnie des autres, dans l'illusion d'une protection mutuelle...

En cette matière, Hudson se sentait un New-Yorkais pur sucre. Dans la ville qu'il habitait, si l'on se laissait prendre par certaines pensées, on ne sortait jamais de chez soi.

Il entendit le moteur d'une voiture qui approchait, et sourit. Serena, enfin. Il imagina les tétons de la jeune femme se dressant sous la caresse de ses doigts. Une chaleur l'envahit, et il sentit un agréable durcissement sous son pantalon. Il lui demanderait de le laisser conduire, car déjà, il se voyait au volant du cabriolet, le vent dans les cheveux, regardant du haut de la Grande Corniche les lumières de la Côte d'Azur, cependant qu'une pulpeuse Néo-Zélandaise se penchait sur son entrejambe...

Il fit volte-face et marcha du côté du centre-ville, pour accueillir la voiture. Sans entendre le pas de l'homme qui avançait rapidement derrière lui, parce qu'il semblait fils du silence.

Mais le bras qui lui enserra le cou était de fer, et la main qui se plaqua sur sa bouche du même métal. Le couteau, précis et létal comme maintes fois auparavant, se planta de bas en haut et lui transperça le cœur.

Le corps athlétique du jeune avocat s'affaissa entre les bras de son assassin, qui le soutint sans peine aucune.

Hudson McCormack mourut avec l'image du Rocher de Monaco imprimée au fond des yeux, sans ressentir une ultime petite satisfaction de vanité. Jamais il ne sut que sa belle chemise blanche mettait en valeur non seulement son bronzage, mais aussi le rouge de son sang.

53

Du balcon de la villa, Helena répondit d'un geste de la main au salut de son fils, qui franchissait le portail entre le général Parker et Ryan Mosse. Le battant se referma avec un bruit sec et le jardin et la maison furent déserts. Après plusieurs jours, c'était la première fois qu'on la laissait seule.

Quels étaient au juste les desseins de son père ? Elle n'en connaissait que les grandes lignes, pas du tout comment il comptait procéder. La veille, au salon, elle avait failli surprendre une conversation entre le vieux militaire et son sbire, mais ils s'étaient tus à son entrée. Depuis que ses relations avec Frank leur étaient connues, sa présence les mettait sur leurs gardes, et pas une seule fois le général n'avait quitté la maison sans emmener Stuart. Cette fois, avant de partir, il avait ordonné à Mosse de mettre tous les téléphones sous clef.

« Puisque ton fils semble t'importer si peu, avait déclaré Parker, sache que la vie de ce Frank Ottobre est entre tes mains. J'espère que cela te convaincra d'être raisonnable et d'éviter toute initiative inconsidérée. »

Sur le pas de la porte, il avait ajouté :

« Nous partirons très bientôt, dès que j'aurai fini ce que j'ai à faire ici. Rappelle-toi, nous sommes venus chercher le corps de ta sœur, ce qui ne semble guère t'importer non plus. Quand nous serons rentrés, tu verras les choses différemment. Tu oublieras ce béguin ridicule pour cet imbécile. »

Quand, à son retour de Paris, elle avait trouvé le courage de lui dire que Frank Ottobre était entré dans sa vie, Nathan Parker était devenu comme fou. Non sous l'effet de la jalousie traditionnelle d'un père envers l'amant de sa fille, ni même d'un homme pris d'un désir pervers pour sa fille. Il y avait longtemps qu'il ne l'obligeait plus à subir ses abjectes exigences. Cela, grâce au Ciel, semblait appartenir au passé.

Helena ne pouvait se ressouvenir de ses « attentions » sans frémir de dégoût et éprouver un besoin impérieux de se laver. Elles avaient pourtant cessé aussitôt après la naissance de l'enfant, et même dès qu'elle lui avait confié en sanglotant qu'elle était enceinte.

Elle n'avait pas oublié les yeux de son père, ce jour-là, quand elle lui avait dit son désir d'avorter.

« Qu'est-ce que tu dis ? avait demandé Parker d'un ton incrédule, comme si c'était cette idée et non sa grossesse qui lui semblait une ignominie.

« Je ne veux pas de ce bébé. Tu ne peux pas m'obliger à le garder.

— Ce n'est pas à toi de me dire ce que je peux faire ou non. »

Il avait approché son visage à quelques centimètres du sien, et prononcé sa condamnation.

« Et tu ne feras rien du tout, tu m'entends ? Rien, sauf mettre cet enfant au monde ! »

Helena avait eu envie de s'ouvrir le ventre pour en arracher de ses mains ce qu'il contenait. Et peut-être son père – le père haï de l'enfant qu'elle portait – avait-il deviné ses pensées, car de ce jour elle n'avait plus eu un seul moment de solitude.

Plus tard, pour sauver les apparences, il avait arrangé ce simulacre de mariage si facilement qu'elle avait compris à quel point Nathan Parker était un homme puissant, un homme qui pouvait tout se permettre.

Maintes fois, elle s'était demandé comment il se pouvait qu'aucune de ses relations n'eût percé à jour la vraie nature du général Parker, le degré de son aliénation. C'étaient pourtant des gens très prestigieux : sénateurs, officiers supérieurs, ministres, et même plusieurs présidents des États-Unis. Était-il concevable qu'aucun d'eux, en écoutant les paroles de Nathan Parker, héros du Vietnam et d'autres guerres, n'eût soupçonné que c'étaient celles d'un fou ?

Mais tout s'expliquait peut-être par de banals échanges de bons procédés. Même si le Pentagone et la Maison-Blanche avaient découvert certains aspects peu édifiants de la personnalité du général, on avait lieu de croire que l'essentiel, eu égard aux services qu'il rendait à la Nation, était que rien ne sortît de la sphère domestique et, avant toute chose, que les règles de la discrétion ne fussent pas enfreintes.

Quand Stuart était né – un garçon, enfin ! –, son père n'avait plus cessé de manifester envers Helena et son fils une possessivité virulente, obsessionnelle, bien au-delà de ses habituels penchants maniaques et de son amour perverti. Le petit garçon et sa mère n'étaient pas deux êtres humains, mais la propriété personnelle de Nathan Parker, deux « biens » dont il s'estimait le maître absolu. En sorte que, à ses yeux, quiconque osait contester l'omnipotence que son aliénation totale et lucide jugeait absolument légitime ne méritait que d'être détruit.

C'était la vraie raison de sa haine pour Frank. Cet homme s'était mis sur son chemin et lui avait opposé une personnalité tout aussi forte. Or, malgré le passé de Frank Ottobre, Parker comprenait que sa force n'était ni malveillante ni malsaine ; qu'elle ne lui venait pas de noires pulsions meurtrières, mais de la part ensoleillée du monde des humains. Que c'était en porte-parole de ce monde-là qu'il avait eu le front de lui refuser son obéissance, puis l'audace de le défier.

Et surtout – surtout ! –, il n'avait pas peur de lui.

La libération de Ryan Mosse, l'obligation où s'était trouvé l'agent du FBI Frank Ottobre d'admettre publiquement son erreur, Nathan Parker les avait vécues comme des victoires personnelles. Ne manquait plus que la capture de l'assassin d'Arijane pour qu'il se décrétât l'absolu triomphateur de toute l'affaire. Et Helena ne doutait pas qu'il y réussirait. En tout cas, il ferait pour cela tout ce qu'il fallait, et davantage encore.

Helena pensa à la pauvre Arijane. La vie de sa demi-sœur n'avait guère été plus heureuse que la sienne. Helena n'avait pour ainsi dire pas connu sa mère, morte d'une leucémie foudroyante quand elle n'avait que trois ans, ne laissant d'elle que de rares photos et quelques films en super-8 où l'on voyait une jeune femme blonde, au visage doux et soumis, qui souriait au côté de son seigneur et maître en uniforme, une toute petite fille dans ses bras. Aujourd'hui encore, le général parlait de sa mort comme d'un affront du destin à sa fortune et à sa puissance, d'une insulte qu'un seul mot, sans doute, aurait pu qualifier : « inadmissible ».

Les premières années, Helena avait eu pour seule compagnie des gouvernantes qui, à mesure qu'elle grandissait, se succédaient à un rythme toujours plus rapide. Elle était trop jeune pour comprendre que ces femmes, malgré un salaire plus qu'enviable, ne tardaient pas à trouver insupportable l'atmosphère de la maison Parker et, soupçonnant qui était vraiment le général, à s'en aller de leur propre gré en refermant la porte avec un soupir de soulagement.

Et puis, sans prévenir, son père, de retour d'Europe après une longue mission dans le cadre de l'OTAN, avait ramené dans ses bagages une nouvelle épouse, une Allemande très chic prénommée Hanneke, grande, brune et sculpturale, aux yeux bleu pâle plus froids que les glaciers du pôle Nord. Expéditif comme à son ordinaire, son père lui avait présenté cette parfaite étrangère comme sa nouvelle mère. Elle n'avait jamais cessé de l'être : non une nouvelle mère, mais une parfaite étrangère.

Un peu plus tard, Arijane était née.

Tout à sa carrière de plus en plus glorieuse, le général avait abandonné l'éducation de ses filles aux mains de cette Hanneke, qui s'en occupait avec l'absolue froideur du sang qui semblait courir dans ses veines. Leurs rapports n'étaient que formalisme et raideur, empreints de la part de l'Allemande d'une sorte de cruauté bien élevée. Arijane, pour sa part, n'était pas une fillette avec qui Helena aurait pu partager les jeux et les joies de l'enfance, mais une petite étrangère vivant sous le même toit, qu'elle ne voyait qu'aux repas ou devant les institutrices éphémères.

Puis, quand Helena était entrée dans sa resplendissante adolescence, il y avait eu ce garçon, Andrés, le fils du jardinier en chef qui veillait sur le parc entourant la grande demeure des Parker, un nommé Bryan Jeffereau. Aux vacances d'été, Andrés venait aider son père et travaillait avec les ouvriers pour « s'endurcir à la tâche », comme disait fièrement Bryan quand il en parlait avec son patron. Le général approuvait et tenait Andrés pour un brave garçon.

Lui était un adolescent de seize ou dix-sept ans, timide et réservé ; mais il n'avait pas échappé à Helena qu'il l'observait souvent à la dérobée. S'enhardissant, il lui avait adressé quelques regards, quelques sourires embarrassés, qu'elle n'avait pas osé lui rendre, mais qui l'avaient enflammée. Non qu'Andrés fût très séduisant, avec son physique banal et ses approches maladroites et rougissantes ; mais pour elle, il avait un charme sans pareil : celui d'être le seul garçon qu'il lui fût possible de rencontrer, fût-ce à distance et sans échanger un mot. Il ne s'était rien passé d'autre, jusqu'au jour où Andrés avait trouvé le courage de lui laisser un petit mot caché dans le feuillage d'un magnolia. Plus tard, dans son lit, Helena l'avait lu et relu, le cœur battant la chamade. Tant d'années avaient passé qu'elle ne se rappelait plus en quelques termes il lui déclarait sa flamme, mais elle n'avait pas oublié le flot de tendresse qui l'avait envahie en découvrant son écriture incertaine et les phrases tendres et candides où il l'appelait « ma princesse ».

Mais Hanneke, sa belle-mère, ne vivait guère selon les préceptes qu'elle enseignait et était entrée dans la chambre sans frapper. Helena avait caché le billet sous ses draps – un peu trop vite, probablement.

« Helena, donne-moi ça tout de suite.

— Mais je... »

Hanneke s'était bornée à ouvrir un peu plus grands ses yeux pâles.

« Helena, je crois t'avoir ordonné quelque chose. »

Helena s'était exécutée, et sa belle-mère avait lu le billet sans trahir la moindre émotion. Puis elle l'avait glissé dans sa poche.

« Bon, je crois que cette petite affaire devra rester un secret entre nous. Inutile de chagriner ton père. »

Ç'avait été son seul commentaire, et Helena n'avait pas soupçonné qu'elle lui mentait, uniquement parce que cela l'amusait.

Le lendemain, elle avait rencontré Andrés dans l'écurie où elle venait chaque jour prendre soin de Mr Marlin, son cheval. S'y trouvait-il par hasard ? L'avait-il guettée ? Quoi qu'il en fût, il s'était approché, rouge comme un coquelicot.

« Vous avez lu mon billet ? »

C'était la première fois qu'ils se parlaient.

« Oui.

— Et... Qu'est-ce que vous en avez pensé ? »

Elle ne savait que dire.

« C'est... C'est beau, ce que vous m'écrivez », avait-elle enfin murmuré.

Soudain, l'adolescent avait fait un pas vers elle et, prenant son courage à deux mains, il avait déposé un rapide baiser sur sa joue.

C'est à ce moment que Helena avait tourné la tête et découvert avec effroi la haute silhouette de son père dans l'encadrement de la porte. Le général avait vu la scène. Il avait vu un jeune homme embrasser sa fille sur la joue !

Comme un forcené, il s'était précipité sur le malheureux Andrés et l'avait soulevé de terre et plaqué contre le box de Mr Marlin, qui avait reculé avec un hennissement de frayeur. Puis il l'avait souffleté avec tant de violence que son nez et sa bouche saignaient. Quand il l'avait enfin lâché, la chemise d'Andrés était toute tachée de sang.

« Viens avec moi, petit salaud ! »

Parker l'avait entraîné devant la maison et jeté comme un sac vide aux pieds de Bryan, son père, qui était resté la bouche ouverte et les yeux écarquillés de stupeur.

« Emmène donc ton sale pourceau et filez tous les deux ! Ne remettez plus les pieds chez moi. Et estimez-vous heureux que je ne porte pas plainte pour tentative de viol ! »

Bryan avait aidé son fils à se relever, puis rassemblé ses outils et ses hommes, et l'avait emmené sans piper mot. Il connaissait trop bien le général et ses fureurs pour hasarder la moindre protestation. Et plus jamais Helena n'avait revu Andrés Jeffereau.

Peu après avaient commencé les « attentions » de Nathan Parker envers sa fille.

Helena traversa la chambre qui s'ouvrait sur le balcon pour descendre au rez-de-chaussée. Le lit était en partie éclairé d'un rayon de lumière, et elle vit comme un heureux auspice que le côté ensoleillé fût celui où avait dormi Frank. Mais la pensée des heures de bonheur passées avec lui ne suffisait pas à effacer ses souvenirs, encore blessants comme s'ils dataient de la veille.

Étaient-elles nombreuses, les femmes qui avaient perdu leur virginité dans les bras de leur propre père ? Elle aurait aimé croire que non, que, même, elle était la seule, mais elle savait bien que la vérité était tout autre.

Que le monde était plein de Nathan Parker, et de femmes comme elle, de pauvres filles terrorisées qui avaient pleuré des larmes de dégoût et de honte dans un lit aux draps souillés de sang et du sperme même qui les avait engendrées.

Elle haïssait son père, elle se haïssait elle-même de n'avoir pas su se rebeller quand il en était encore temps. Car à présent, son fils était l'otage de son bourreau – ce fils que jadis elle aurait tout donné pour ne pas voir naître et dont maintenant elle aurait tout donné pour ne pas se voir séparée. Mais en ce temps-là, Stuart n'avait pas encore vu le jour. Alors, comment justifier sa faiblesse passée ? Souvent, elle s'était demandé si son propre esprit n'était pas aussi vicié que celui de son père, si en elle ne prospérait pas, comme un cancer, la perversion héritée de son sang. Mais tout de même, elle savait que pas une fois, pas une seule, ce qu'il lui avait fait subir ne lui avait donné le moindre plaisir, et c'était cette certitude qui l'avait prémunie contre la folie.

Hanneke avait dû finir par suspecter quelque chose – même si Helena savait qu'elle n'en serait jamais tout à fait sûre –, car un jour, elle était partie. Sans doute un feu couvait-il sous la glace de sa raideur. Elle était partie le plus banalement du monde, avec un professeur d'équitation qui fréquentait la maison, en laissant une lettre dont Helena n'avait entendu parler que bien des années plus tard. Et non sans emporter, bien entendu, une somme d'argent très considérable.

Le général Parker n'avait eu d'autre souci que la discrétion de ce brusque départ. Si distinguée fût-elle, Hanneke était sans aucun doute une garce, mais elle n'était pas sotte et savait qu'en humiliant publiquement son mari, elle s'exposerait à sa vengeance, jusqu'à la fin de ses jours. En quelque endroit du monde qu'elle choisît de se cacher, cet homme la poursuivrait sans relâche. Aussi la teneur de sa lettre devait-elle être celle d'un marché : pourvu qu'il la laissât tranquille, Hanneke garderait le silence sur les « attentions » du général pour sa fille. Le pacte, bientôt sanctionné par un divorce opportun, avait été scrupuleusement respecté. Et « sans souffrance pour personne », comme on disait : ni pour Nathan Parker, dont la totale indifférence à l'égard de sa femme était patente depuis des années ; ni, bien sûr, pour Hanneke, qui désormais courait le monde et les grands hôtels entourée de luxe et d'amants à foison.

Restaient deux toutes jeunes filles, otages du sort, qui payaient des erreurs qu'elles n'avaient pas commises. Peu après sa majorité, Arijane, dont les querelles avec son père n'avaient au fil des ans cessé de croître en fréquence et en âpreté, avait quitté la maison et, après un peu d'errance, s'était fixée à Boston. D'un côté, Helena avait nourri une authentique terreur que sa cadette n'eût un jour à subir l'ignoble lubricité de leur géniteur, et souvent, quand il regardait Arijane, il lui arrivait de guetter dans ses yeux cette lueur qu'elle avait appris à connaître et à redouter. Et pourtant, d'un autre côté – et comme elle s'était détestée pour cela ! –, elle n'avait pu s'empêcher de l'espérer, pour ne plus entendre au cœur de la nuit le pas du général qui marchait vers sa chambre, ne plus entrevoir dans l'ombre sa main qui soulevait le drap, ne plus sentir le poids de son corps sur le sien, ne plus sentir...

Elle ferma les yeux et frissonna. Depuis qu'elle avait connu Frank et découvert quel merveilleux langage pouvaient se parler deux corps, elle était plus consciente que jamais de l'horreur qu'elle avait endurée.

Le rez-de-chaussée était inondé de soleil, de la lumière de la Méditerranée qui n'avait pas d'égale au monde. Quelque part, dans la ville et dans cette lumière, Frank devait éprouver la même sensation de vide, d'étouffement, de quasi-implosion. Alors qu'elle était envahie de l'envie exactement contraire : faire exploser tout ce qu'elle portait en elle.

Elle regarda le placard où Mosse avait enfermé les téléphones, puis sortit de sa poche le petit portable que Frank lui avait donné lors de sa dernière visite, quand il avait dû partir pour annoncer à Céline Hulot la mort de son mari. Un objet usuel dans le monde entier, songea-t-elle avec amertume, était pour elle comme un objet précieux, qu'elle se voyait forcée de cacher...

Elle consulta la mémoire et appela le numéro de Frank, mais une voix artificielle lui répondit que le destinataire de l'appel n'était pas disponible pour le moment.

Non, Frank, ne me fuis pas, pas maintenant...

Elle essaya un autre numéro, celui du commissariat. Une standardiste lui répondit.

« Bonjour. Vous parlez anglais ? demanda Helena.

— Oui. Que puis-je faire pour vous ? »

Elle poussa un soupir de soulagement. Les pénibles acrobaties dans une langue qu'elle ne maîtrisait pas lui seraient épargnées. À sa fille et à sa belle-fille, Hanneke avait imposé l'apprentissage de l'allemand, mais avait horreur du français : une langue d'homosexuels, selon elle.

« Je voudrais parler à M. Frank Ottobre, s'il vous plaît.

— Un instant, madame, je vous prie. Qui dois-je annoncer ?

— Helena Parker. Merci. »

Une musique d'attente se fit entendre, puis la voix de Frank retentit dans l'appareil.

« Helena ! D'où m'appelles-tu ? »

Helena sentit ses joues s'empourprer et se crut revenue quinze ans en arrière, quand elle avait senti sur sa joue le baiser timide d'Andrès Jeffereau. Frank Ottobre, comprit-elle, avait le pouvoir magique de lui faire retrouver son innocence.

« De la villa. Je suis seule, je téléphone du portable que tu m'as donné. Ryan a enfermé tous les téléphones dans un placard.

— Quelle brute ! »

Helena ignorait si les conversations de Frank étaient écoutées. Il en avait le soupçon et le lui avait dit, et c'était peut-être la raison de son ton presque brusque. Elle ne voulait à aucun prix le mettre dans l'embarras, mais ne put réprimer les mots qui lui venaient aux lèvres.

« Il faut que je te dise... »

Maintenant, pensa-t-elle, *tout de suite ! Sinon, tu n'oseras jamais plus.*

— Je t'aime, Frank. »

C'était la première fois de sa vie qu'elle prononçait ces mots.

À l'autre bout, il y eut un silence, de quelques secondes seulement, mais qui lui parut durer plusieurs heures. Puis :

« Moi aussi, je t'aime, Helena. »

Ainsi, simplement. C'était ce qui devait être, et ils se l'étaient dit. Avec ce sentiment de paix qui émane des plus sublimes chefs-d'œuvre.

« Que Dieu te bénisse, Frank Ottobre ! » soupira-t-elle, au bord des larmes.

Elle n'eut pas le temps d'en dire davantage. Dans la pièce où se trouvait Frank, une porte claqua soudain et elle perçut un brouhaha.

« Excuse-moi un instant », dit-il.

Une voix qui n'était pas la sienne prononça des mots qu'elle ne comprit pas. Puis elle entendit Frank pousser un cri, frapper du poing sur la table en jurant et gémir à voix haute :

« Non, bon sang, encore lui ! Il a réussi à nous avoir une fois de plus... »

Puis il reprit le téléphone.

« Désolé, Helena, je dois te laisser. Dieu sait que je n'en ai aucune envie, mais je n'ai pas le choix, il faut que je file immédiatement.

— Qu'est-ce qui s'est passé, Frank ? Tu peux me le dire ?

— Oh, oui, je peux ! D'autant plus que demain, ce sera en manchette de tous les journaux. M. Personne a fait une victime de plus ! »

Frank coupa la communication et Helena resta immobile, fixant le petit écran bleu et se demandant comment éteindre l'appareil. Elle était trop heureuse pour prendre conscience que son premier coup de fil d'amante et d'aimée avait été interrompu par la nouvelle d'un meurtre.

54

Frank et Morelli dévalèrent l'escalier comme si le sort du monde en dépendait, et, lorsqu'ils arrivèrent dans la cour, Frank ne put que se demander combien de fois encore se répéterait cette course avant que le cauchemar prît fin. L'îlot de paix auquel il avait abordé en parlant avec Helena s'était perdu dans la mer en tempête. Personne avait encore frappé, leur lançant un défi plus railleur encore que les précédents.

Quand finira ce massacre ? se demanda-t-il. *Et qui est cet homme ? Ou plutôt : pour faire ce qu'il fait, est-ce vraiment un homme ?*

À une dizaine de mètres du commissariat, un groupe de policiers entourait un véhicule. La rue Notari était déjà barrée des deux côtés.

Frank et Morelli s'approchèrent. À trois pas de l'entrée du bâtiment, à l'intérieur même du parking réservé aux policiers, était garé le coupé Mercedes de Jean-Loup Verdier, coffre grand ouvert. Dans le coffre, il y avait le corps d'un homme, dont le spectacle faisait songer à une mauvaise copie du cadavre d'Allen Yoshida, à un meurtre qui aurait servi de répétition en vue du suivant. Le corps recroquevillé portait un pantalon en toile bleue et une chemise blanche maculée de sang, avec au niveau du cœur la déchirure d'un coup de couteau. Mais, comme d'habitude, c'était la tête qui avait subi les pires blessures. De ses yeux sans paupières, le cadavre paraissait fixer un point de la moquette garnissant le coffre, à quelques centimètres de lui, et il exhibait le même rictus atroce que les victimes précédentes. Sur son crâne dépecé où le sang s'était coagulé, une mèche de cheveux semblait indiquer que, cette fois, le travail avait été accompli un peu hâtivement.

Frank regarda autour de lui. Voyant qu'aucun des agents n'avait apparemment envie de vomir, il se dit que, vraiment, on s'habituait à tout. Au pire comme au meilleur.

Il se rappela sa conversation avec le père Kenneth, à la clinique. S'il avait été là, il aurait pu lui dire qu'il avait toujours du mal à croire en Dieu, mais qu'il commençait à croire au diable.

« Comment l'a-t-on découvert ? » demanda-t-il à la cantonade.

Un agent s'avança, que Frank reconnut sans se rappeler son nom : il avait été de faction devant la maison de Jean-Loup, mais, heureusement pour lui, pas le jour où on avait identifié Personne...

« Tôt ce matin, j'ai remarqué la voiture en stationnement interdit. Mais ces jours-ci, nous sommes tellement débordés, comme vous savez... »

Frank ne savait que trop bien. Outre les multiples exigences de l'enquête, tous les mythomanes de la région et d'ailleurs s'étaient déchaînés ; si bien que Personne avait déjà été signalé dans plusieurs dizaines d'endroits, où des équipes de policiers avaient dû se précipiter.

« Plus tard, je suis ressorti et elle était toujours là. Je me suis approché pour voir à qui elle pouvait appartenir. J'allais appeler la fourrière, quand j'ai reconnu la plaque. Je l'avais vue souvent, là-haut, à Beausoleil... Et puis, j'ai remarqué une traînée rouge sous la serrure du coffre. J'ai appelé Morelli, nous l'avons forcée, et à l'intérieur, nous avons trouvé ça. »

Oui, « ça », pensa Frank en suivant des yeux le geste du policier. *Et c'est difficile d'appeler « ça » un être humain, n'est-ce pas ?*

L'agent souleva complètement le capot.

« Et ça, aussi... »

Frank devinait déjà ce qu'il allait lui montrer, et il ne se trompait pas. Sur la tôle, une inscription était tracée en lettres de sang, par laquelle l'assassin avait signé sa nouvelle prouesse :

Je tue...

Frank se mordit l'intérieur de la joue, si fort qu'il fit une grimace de douleur et sentit la saveur douceâtre de son propre sang. Cette scène, c'était celle que Jean-Loup Verdier lui avait annoncée la veille, dans son bref appel téléphonique. Dorénavant, il n'y aurait plus d'indices musicaux, mais encore et toujours des cadavres. Non seulement celui-ci confirmait que la guerre continuait, mais en déposant sa voiture devant l'entrée du commissariat, avec son macabre chargement, le tueur s'était moqué d'eux avec plus d'intrépidité que jamais.

Il se remémora la voix de Jean-Loup au téléphone, sans distorsions, cette fois. Il avait appelé d'un banal portable à carte, acheté pour l'occasion chez un quelconque soldeur. Puis il l'avait laissé sur un banc de Nice, où le jeune garçon qu'ils avaient trouvé devant eux après leur course à tombeau ouvert l'avait découvert en passant par là. Le gamin avait passé quelques coups de fil, dont un à son grand frère pour lui parler de sa trouvaille. Ainsi l'avait-on repéré. Mais il n'avait pas vu qui avait abandonné l'appareil, et dessus, on n'avait relevé aucune empreinte, excepté les siennes.

Frank regarda de nouveau le corps recroquevillé dans le coffre. Difficile d'imaginer dans quels termes les médias parleraient de ce énième assassinat...

« Sait-on qui est ce malheureux ?

— Non, Frank, dit Morelli. Il n'avait aucun papier sur lui. Rien de rien.

— Nous le saurons sûrement très vite. À sa peau, on voit qu'il est jeune. Était, plutôt ! Si ce fou furieux s'est conformé à ses habitudes, ce doit être un type connu, âgé de trente à trente-cinq ans. Un malchanceux dont la seule faute est de s'être trouvé au mauvais endroit au mauvais moment. »

Un agent s'avança.

« Inspecteur...

— Oui, Lamiel ?

— J'ai une idée. Peut-être bête, mais...

— Dites toujours.

— Ses chaussures. Ce sont des chaussures de voile. Je le sais, parce que j'ai les mêmes.

— Des chaussures de voile ? Il y a des centaines de gens qui en portent, dans la région.

— Oui, mais à côté de la marque, il y a le logo d'une marque de cigarettes. Ça pourrait être un sponsor, non ? Et comme ces jours-ci... »

Frank compléta sa phrase.

« Comme ces jours-ci Monte-Carlo accueille le Grand Mistral, il serait peut-être utile de chercher de ce côté-là. Bravo, mon garçon. »

L'agent Lamiel se tourna vers ses collègues comme s'il était le marin qui, de la caravelle de Christophe

Colomb, avait crié « Terre ! » en apercevant les côtes du Nouveau Monde. Frank prit Morelli à part.

« C'est assez plausible, ce qu'il dit. De toute façon, nous n'avons rien d'autre. Renseigne-toi, tâche de savoir si personne n'a disparu d'un des équipages. »

Le fourgon bleu de la Scientifique apparut au coin de la rue Suffren-Raymond, et un des agents alla écarter les barrières pour lui livrer passage. Du menton, Frank désigna le véhicule.

« Bien sûr, dis-leur que nous aurons besoin des empreintes du mort au plus vite. Dans l'état où il est, c'est le seul moyen de l'identifier. Sauf si tu connais l'adresse de son dentiste ! »

Il laissa là Morelli, au visage soudain marqué par la lassitude et l'amertume, et regagna son bureau, pensant de nouveau à la voix de Helena au téléphone. Si craintive et pourtant si sûre d'elle quand elle lui avait dit qu'elle l'aimait.

Là encore, c'était l'échec. À quelques kilomètres, une femme attendait, qui pouvait être son salut comme il pouvait être le sien. Mais deux hommes les séparaient : Personne, que sa furie meurtrière pousserait à tuer des innocents tant qu'on ne l'aurait pas arrêté ; et le général Parker, également féroce envers tous ceux qui se dressaient sur sa route.

Frank voulait être celui qui les vaincrait tous deux. Il en sentait le devoir, comme une dette à payer. En somme, la vraie motivation d'un policier n'était pas autre chose. Mais elle restait cachée dans un coffre-fort intérieur que chacun n'ouvrait que s'il voulait.

Il se moquait bien de ce que pouvaient penser Durand et Roncaille, et même le prince de Monaco ou le président des États-Unis. Loin des salons où l'on parlait fierté nationale et manœuvres diplomatiques, Frank se sentait un simple maçon au pied d'un mur à abattre et reconstruire, dans la poussière du ciment et l'odeur de la chaux. Car c'était lui qui se trouvait devant des corps mutilés, dans la senteur âcre du sang. Peu lui importaient la grandeur et la gloire : sa seule aspiration était d'écrire un banal rapport où il expliquerait comment il avait mis hors d'état de nuire l'auteur d'une longue liste d'assassinats.

Ensuite, il s'occuperait de Parker. Et se montrerait si implacable que le général lui-même en serait surpris.

À son bureau il tenta de rappeler Helena, mais, comme il s'y attendait, elle ne répondit pas. Sans doute n'était-elle plus seule et avait-elle éteint le portable, de crainte que sa sonnerie ne la trahît. Il l'imagina dans sa prison dorée de Beausoleil, avec Stuart pour seule consolation entre son père et Ryan Mosse, ses deux geôliers.

Il resta un quart d'heure à réfléchir, les mains croisées derrière la nuque et fixant le plafond. Où que son esprit se portât, il ne trouvait que des portes closes.

Et pourtant, son intuition lui murmurait que la solution était proche. Ni les compétences ni la détermination des hommes lancés à la recherche du tueur n'étaient en cause, il le savait. Ne leur manquait qu'un petit coup de pouce de la chance. Et en cette ville de casinos où la chance comptait tant, où les centaines de machines à sous portaient l'inscription *Winning is easy*, c'était presque comique qu'elle leur tournât le dos avec tant d'obstination.

La porte s'ouvrit et Morelli surgit devant lui, si excité qu'il avait oublié de frapper.

« Frank, enfin un petit coup de bol ! »

Tiens, tiens...

« Je t'écoute.

— Deux hommes sont venus signaler une disparition. Ou du moins faire part de leur inquiétude. Un équipier du *Try for the Sun*, un des voiliers qui participent au Grand Mistral, est introuvable depuis ce matin. »

Frank décroisa ses mains derrière sa nuque et se pencha en avant.

« Ils sont sûrs de ce qu'ils disent ? Comment a-t-il disparu ?

— Hier soir, il avait rendez-vous avec une fille sur le port de Fontvieille, devant le yacht où est logé l'équipage. Mais quand elle est arrivée pour le prendre en voiture, elle ne l'a pas trouvé. Elle l'a attendu un moment, puis elle est rentrée à son hôtel. Très vexée qu'il lui ait posé un lapin. Tellement vexée que ce matin à huit heures, elle est revenue pour lui dire en face qu'on ne traitait pas une femme avec cette grossièreté, qu'il n'était qu'un sale mufle, etc., etc. Un autre équipier est allé le chercher dans sa cabine, mais il n'y était pas. Sa couchette n'était pas défaite, il avait posé dessus l'uniforme officiel qu'il portait hier soir. De toute évidence, il n'a pas dormi à bord.

— Il a pu partir de bonne heure, non ?

— Très peu probable. Les hommes d'entretien du yacht se lèvent à l'aube. S'il était descendu, ils l'auraient remarqué.

— Je vois, murmura Frank. Ce n'est pas totalement probant, mais demande qu'on compare ses empreintes avec celles du cadavre.

— C'est déjà fait. Un collègue de la Scientifique est en route pour le port de Fontvieille. J'ai aussi demandé qu'on installe un cordon de sécurité aux abords du yacht.

— Et toi, qu'est-ce que tu en penses ?

— Eh bien, le type en question a beaucoup de points communs avec les victimes précédentes. Trente-trois ans, bel homme, assez connu dans le monde de la voile. C'est un avocat de New York, un certain Hudson McCormack. »

Frank tressaillit violemment.

« Tu dis qu'il s'appelle comment ?

— Hudson McCormack. Tu le connais ? »

Frank se leva d'un coup.

« Bien sûr que je le connais ! En fait, non, je ne le connais pas du tout, mais c'est l'homme dont je t'avais parlé, figure-toi. Celui qui intéresse tant mes collègues du FBI. »

Morelli glissa la main dans sa poche et en tira la disquette que Frank lui avait remise la veille.

« Hier, je n'ai pas trouvé une minute pour m'en occuper. Je comptais le faire aujourd'hui... »

Ni l'un ni l'autre n'ajouta rien, mais ils pensaient la même chose. Si McCormack avait été placé sous surveillance la veille, peut-être serait-il encore vivant. Et peut-être Jean-Loup Verdier se trouverait-il enfermé en lieu sûr. Mais depuis le début de cette affreuse histoire, les « si » et les « peut-être » n'avaient cessé de s'accumuler, et pourraient bien se transformer en une montagne de remords.

« Vérifie tout ça, Claude. Et tiens-moi au courant. »

Morelli posa sur le bureau la disquette désormais inutile et sortit de la pièce. Frank, resté seul, décrocha le téléphone et appela Cooper chez lui, sans se soucier du décalage horaire.

« Allô ?

— Salut, c'est Frank. Désolé de te réveiller en pleine nuit.

— Me réveiller ? Tu plaisantes ? Je viens à peine de rentrer. Qu'est-ce qui se passe ?

— Une chose folle, Cooper. Notre tueur en série a fait une nouvelle victime, cette nuit. Et l'homme qu'il a poignardé, à qui il a écorché la tête comme on dépèce un vison, c'est Hudson McCormack ! »

Au bout de la ligne, il y eut un silence. Sans doute Cooper avait-il du mal à croire ce qu'il venait d'entendre.

« Bon sang, Frank, c'est à croire que le monde est devenu fou, finit-il par répondre d'une voix un peu rauque. Ici aussi, la situation est complètement délirante. Dix fois par jour, nous recevons des alertes au sujet de possibles attentats terroristes. Voilà pourquoi je rentre à une heure pareille ! Et hier après-midi, nouvelle tuile : on m'a appris qu'Osmond Larkin était mort dans sa prison. Tué par un ou plusieurs autres détenus, dans une rixe, au moment de la promenade.

— Un coup dur, non ?

— Et comment ! Après deux ans de travail qui commençaient à porter leurs fruits, nous nous retrouvons le bec dans l'eau. Et ton fou furieux, il en est à combien de victimes ?

— Tiens-toi bien. Dix ! »

Cooper émit un petit sifflement.

« Eh bien ! Il veut battre un record, ou quoi ?

— On dirait, oui. Ce maniaque a maintenant dix morts sur la conscience. Mais le problème, c'est que j'ai l'impression de les avoir aussi...

— Si ça peut te consoler, nous ne sommes pas mieux lotis. Tâche de garder le moral, Frank.

— Tâcher de garder le moral, c'est tout ce que je peux faire... »

Il raccrocha. Pauvre Cooper, qui devrait peut-être reprendre son enquête de zéro. Dans l'attente de confirmations officielles sur la disparition de McCormack, et se demandant si d'un moment à l'autre il n'allait pas voir entrer Roncaille – qui, en ce moment, devait s'arracher les cheveux ou avoir le diable au corps, s'était selon –, il ne savait que faire. Distraitement, il alluma l'ordinateur, prit la disquette et la glissa dans la fente de l'unité centrale, histoire de voir à quoi ressemblait la probable nouvelle victime.

Il cliqua sur une des pièces jointes en format *jpg*, et sur l'écran apparut une photographie du jeune avocat, prise de toute évidence à son insu. Hudson McCormack se trouvait dans un de ces bars tout en longueur et aux murs garnis de miroirs pour les faire paraître plus grands, comme il y en a tant à New York. L'endroit était rempli de monde. À leur tenue, c'étaient probablement des employés qui se pressaient là pour déjeuner sur le pouce. M^e^ McCormack, blond, athlétique et souriant, était assis à une petite table et parlait avec animation à un homme de dos, vêtu d'un trench-coat au col relevé.

Frank ouvrit l'autre pièce jointe. C'était un détail agrandi du premier cliché, un peu flou par rapport à l'original. Frank observa un moment l'image d'un beau garçon aux cheveux coupés court, à la mode new-yorkaise, qui portait un complet bleu parfaitement adapté à un habitué des prétoires.

Selon toute vraisemblance, c'était donc le visage du

cadavre retrouvé un peu plus tôt. Celui d'un homme venu pour une régate au vent du large, et qui avait fini dans le coffre d'une voiture.

Frank se pencha en avant, pour mieux voir les détails de la scène. Et tout à coup, telle la mèche d'une vrille qui transperce un mur trop mince, une idée folle se fit jour dans son esprit.

Était-il possible que...

Il ouvrit l'agenda virtuel de Nicolas et chercha un nom. Au bout d'un instant, ce nom apparut, avec une adresse et deux numéros de téléphone. Avant d'appeler, il interrogea Morelli par l'interphone.

« Claude, on a bien enregistré l'appel de Jean-Loup, hier ?

— Évidemment !

— J'aurais besoin d'une copie de la bande, au plus vite.

— J'en ai déjà fait faire une. Je te la fais porter.

— Merci. »

Claude était laconique, mais d'une efficacité décidément irréprochable. En composant le numéro qu'il venait de trouver, il se demanda comment avançaient ses affaires avec Barbara, maintenant qu'il ne fréquentait plus Radio Monte-Carlo. Avec elle, il avait semblé beaucoup moins laconique, mais tout aussi efficace.

Ses pensées furent interrompues par la voix qui résonnait dans le combiné.

« Allô ? »

Il avait de la chance. La personne au bout du fil était bien celle dont il avait besoin.

« Bonjour, Guillaume, ici Frank Ottobre.

— Salut, monsieur l'agent du FBI ! répondit Guillaume Mercier, nullement surpris et comme s'ils s'étaient vus la veille. Qu'est-ce qui me vaut l'honneur ?

— Eh bien, j'ai apprécié ta compagnie, la dernière fois. Et j'aimerais recourir de nouveau à tes services.

— Quand tu voudras.

— Alors, je suis chez toi dans une demi-heure. »

Frank raccrocha et resta encore quelques instants à observer la photo sur l'écran de l'ordinateur. Puis il l'éteignit et éjecta la disquette. Si quelqu'un était entré dans la pièce, il aurait pu lui dire que son expression était celle d'un obsédé du jeu qui fixe fiévreusement la bille de la roulette.

55

Il n'était pas encore neuf heures du matin quand Frank arrêta la Mégane banalisée devant le portail vert de la villa des Parker, et, en descendant, il fut surpris de le trouver ouvert. La pensée que dans un instant il reverrait la femme qu'il aimait lui fit battre le cœur. Mais il lui faudrait voir aussi le général Nathan Parker, et cela lui fit serrer les poings de colère. Avant d'entrer, il s'obligea au calme : la colère était mauvaise conseillère, et il n'avait certes pas besoin de mauvais conseils.

Lui, en revanche, se sentait en mesure d'en donner d'excellents. La veille, sa rencontre avec Guillaume s'était avérée des plus éclairantes. En arrivant, il l'avait prié d'opérer quelques vérifications à l'aide de son équipement de vidéaste, et le garçon, qui était en plein travail, avait consacré sa soirée et une partie de la nuit à faire ce que Frank attendait de lui. Après ces heures sur le fil, il avait atterri sur ses pieds et réussi, ce faisant, à remettre définitivement debout la figure vacillante de Frank Ottobre, agent spécial du FBI.

Quand Guillaume lui avait mis sous les yeux le résultat de sa recherche, Frank en était resté comme une statue de sel. Ainsi, son hypothèse abstruse trouvait une confirmation. Il l'avait crue le fruit d'une hallucination, ou d'une espèce de paranoïa. En chemin, dans la voiture, il s'était traité de cinglé. Et pourtant...

Il n'avait pu résister au désir d'embrasser le garçon sur les deux joues. Et s'était aussitôt reproché de le définir par un terme aussi réducteur : quel que fût son âge pour l'état civil, Guillaume était un homme, dont la profondeur et la maturité auraient pu faire envie à beaucoup d'autres qui avaient deux ou trois fois son âge. Ses paroles, au moment du départ, en avaient été une illustration supplémentaire. Il l'avait raccompagné à la grille, sans rien dire, mais le visage empreint d'une expression troublée.

« Qu'est-ce que tu as, Guillaume ? lui avait-il demandé en ouvrant la portière.

— Je ne sais pas. Une impression étrange. C'est comme si un bandeau m'était tombé des yeux. »

Frank comprenait, mais l'avait questionné quand même.

« Qu'est-ce que tu veux dire ?

— C'est toute cette histoire atroce... Tout à coup, il m'a semblé découvrir qu'il existe un autre monde, au-delà du quotidien et pourtant au cœur même du quotidien. Un monde où la cruauté et l'horreur ne sont pas seulement des spectacles pour journaux télévisés. Où les gens tuent et se font tuer sur le trottoir où, toi et moi, nous sommes en train de marcher... »

Après un silence que Frank s'était gardé de briser, Guillaume l'avait fixé intensément.

« Réponds-moi sincèrement, Frank. Je n'ai pas besoin de détails, je voudrais seulement que tu dissipes mon doute. Est-ce que le travail que j'ai fait, ce soir et l'autre fois, pourra t'aider à arrêter l'assassin de Nicolas ? »

Frank avait vu ses yeux se mouiller un peu. Sous ses airs désinvoltes, c'était une personne aux sentiments vrais, qui avait nourri une affection sans réserve pour

Nicolas Hulot, comme, sans aucun doute, pour son fils Stéphane autrefois. Il lui avait répondu en souriant :

« Plus tard, quand toute cette affaire appartiendra au passé, nous préparerons un beau discours, tous les deux. Je ne sais pas quand, mais crois-moi : ce jour-là, tu comprendras à quel point tu as joué un rôle important. Pour moi, entre autres. Et pour la mémoire de Nicolas. »

Le jeune homme avait hoché la tête, sans rien ajouter, et Frank avait refermé la portière.

Tu es magnifique, Guillaume, avait-il pensé en démarrant.

En se remémorant cette scène, Frank franchit le portail et entra dans le jardin. Ce qu'il découvrit le frappa de stupeur : les portes et les fenêtres de la villa étaient grandes ouvertes, et à l'intérieur, au rez-de-chaussée, une femme en tablier bleu branchait un aspirateur. Elle disparut de son champ visuel, mais le ronronnement de l'appareil s'éleva. Il leva les yeux vers le premier étage, et, au balcon de la chambre où dormait Helena, il vit paraître une autre femme, elle aussi en tablier, qui suspendit un tapis à la rambarde et commença à le battre avec une palette en osier.

Frank s'approcha. Ce spectacle ne lui plaisait pas du tout. À ce moment, de la grande porte d'entrée en noyer sombre, un homme sortit, âgé, voûté, arborant un costume clair de villégiature des années trente et coiffé d'un panama. Quand Frank fut assez près pour observer ses mains, leur peau tachée et fripée lui révéla que malgré ses airs de gandin, l'homme devait avoir au moins quatre-vingts ans.

« Bonjour. Vous désirez ?

— Bonjour. Je m'appelle Frank Ottobre et je suis venu voir les Parker... »

Le vieux beau sourit largement, exhibant une rangée de dents blanches qui avaient dû coûter les yeux de la tête.

« Ah, vous êtes américain aussi. Enchanté. »

Il lui tendit sa main, non seulement tachée, mais un peu jaune, comme son visage. Frank pensa qu'outre son grand âge, il souffrait sûrement de problèmes de foie.

« André Tavernier, se présenta-t-il. Je suis l'heureux propriétaire de cette gentille maisonnette. »

D'un geste faussement modeste, il embrassa l'imposante villa et son jardin.

« Je suis désolé pour vous, jeune homme, mais vos amis sont partis.

— Partis ? »

Tavernier sembla sincèrement navré de lui confirmer une mauvaise nouvelle.

« Oui, partis. Il y a trois quarts d'heure, environ. Le général est passé me voir hier soir et m'a parlé d'un imprévu, qui l'obligeait à rentrer d'urgence. Quel dommage pour eux ! Ils avaient loué la maison jusqu'à la fin de juillet, et, bien évidemment, j'ai proposé à M. Parker de lui rembourser ce qu'il avait payé en trop, mais il n'a pas voulu en entendre parler. Voilà ce qu'on appelle un vrai gentleman ! »

Et comment ! J'aimerais bien te dire quel genre de gentleman est ton général Parker, espèce de godelureau à la naphtaline...

« Vous savez où ils sont allés ? »

Le vieil homme fut secoué d'une longue quinte de

toux, et Frank dut attendre qu'il eût tiré de sa poche un mouchoir immaculé pour s'essuyer la bouche.

« Je vous l'ai dit, ils sont rentrés chez eux, aux États-Unis. À l'heure qu'il est, ils doivent être arrivés à l'aéroport de Nice. Je crois qu'ils avaient un vol direct pour Washington.

— Merde ! »

Le juron s'échappa des lèvres de Frank avant qu'il pût le réprimer.

« Excusez-moi, monsieur Tavernier. Je suis un peu contrarié.

— Je vous en prie, je vous en prie. Parfois, ça fait du bien de se laisser aller. »

Il observa attentivement le visage de Frank, qui ne respirait guère la bonne humeur.

« "Cherchez la femme" ! C'est bien de cela qu'il s'agit, n'est-ce pas, mon jeune ami ? »

Frank, absorbé dans ses pensées, n'avait pas bien compris.

« Pardon ?

— Oh, il n'y a pas de honte ! Il est vrai qu'elle est ravissante, la blonde mademoiselle Parker. Moi-même, à votre place, si j'étais monté jusqu'ici pour me retrouver le bec dans l'eau, j'aurais été cruellement déçu. Et je sais de quoi je parle. Parce que dans le temps, quand j'habitais cette villa, croyez bien qu'elle en a vu passer, des femmes ! De quoi remplir un livre de mémoires. De mémoires quelque peu sulfureux, je ne vous le cache pas... »

Frank était sur des charbons ardents. Son seul désir était de planter là André Tavernier et ses souvenirs de galipettes pour filer ventre à terre jusqu'à l'aéroport de

Nice, mais le vieil homme le retint par le bras et continua son babil, la lippe humide et l'œil allumé.

« C'est que j'ai profité de la vie, mon cher ! J'avais une sacrée réputation, sur la place de Monte-Carlo. Tout le contraire d'Émile, mon frère et voisin, qui se morfondait dans la maison au-dessus. Celle-ci, vous voyez ? Le toit, là, qui dépasse des cyprès... »

Il prit un air de conspirateur, comme s'il lui confiait un grand secret.

« C'est la villa que ma folle de belle-sœur a léguée à un jeune inconnu, imaginez-vous, pour la seule et unique raison qu'il avait sauvé la vie à son affreux toutou ! Une sale bête qui ne valait pas le buisson contre lequel il levait la patte. Je ne sais pas si on vous a raconté cette histoire invraisemblable. Et savez-vous qui c'était, le petit jeune homme en question ? »

Frank ne le savait que trop bien et n'avait aucune envie de se l'entendre répéter. Mais la main de Tavernier se serra davantage sur son bras. Frank, qui détestait qu'on lui imposât un contact physique, le lui aurait volontiers cassé, mais le vieil homme était lancé.

« C'était un assassin ! Un *serial killer*, comme on dit chez vous ! C'est lui qui a tué tous ces gens dans Monte-Carlo, et qui leur a écorché le visage comme des têtes de veau avant la cuisson. Et dire que ma belle-sœur lui a laissé une maison de cette valeur ! »

Alors que toi, tu as loué la tienne à un bienfaiteur de l'humanité. Vieil imbécile !

André Tavernier, ignorant des pensées peu flatteuses de son interlocuteur, laissa échapper un soupir.

« Ah, cette femme ! Elle a fait tourner mon pauvre frère en bourrique. Mais que voulez-vous, il en était fou... Elle n'était pas particulièrement belle, pourtant.

Ou plutôt, si vous me permettez une comparaison audacieuse, elle était belle comme un banco réussi au casino, et tout aussi dangereuse : elle vous donnait envie de jouer encore et encore. Mon frère et moi, nous nous étions fait construire deux maisons jumelles, au début des années soixante. Mais ensuite, chacun sa vie. De ma villa à moi, j'ai fait mon petit refuge, pour des plaisirs délicats, raffinés, variés surtout, hi ! hi ! hi ! »

Le rire égrillard du vieux beau se transforma en un nouvel accès de toux. Puis il reprit :

« Alors que lui, il vivait comme un forçat, toujours à satisfaire les caprices de son insupportable femme. Et, bon Dieu de bon Dieu ! c'est qu'elle en avait, des caprices ! Figurez-vous... »

Frank se demanda par quelle aberration il restait dans ce jardin, à écouter les divagations d'une pauvre ruine lubrique au lieu de sauter dans sa voiture et de filer en brûlant tous les feux. Mais une impression indéfinissable le retenait, l'intuition étrange que cet homme allait lui confier une chose importante. Et en effet, il la lui confia. Dans son vide bavardage, l'agaçant M. Tavernier glissa tout à coup une révélation tellement importante qu'elle jeta Frank dans la plus grande exaltation – et en même temps dans le plus grand désarroi. Il vit en pensée un grand avion blanc qui décollait, et, derrière un hublot, le visage triste de Helena Parker qui regardait le rivage s'éloigner.

Il ferma les yeux et devint si pâle que l'ancien débauché s'inquiéta.

« Qu'est-ce qu'il y a, mon ami, vous n'êtes pas bien ? »

De nouveau, Frank le regarda.

« Au contraire. Je me sens très bien, monsieur Tavernier. Très bien, je vous assure. »

André Tavernier souligna son doute par une expression adéquate. Frank eut un sourire qu'il comprit à sa façon. Ce vieil idiot ne pouvait se douter qu'il venait de lui dévoiler où se cachait Jean-Loup Verdier.

« Merci, monsieur Tavernier. Et au revoir.

— Bonne chance, mon jeune ami ! J'espère que vous la rattraperez. Mais si jamais elle vous échappe, souvenez-vous : une de perdue, dix de retrouvées ! »

Frank approuva d'un geste distrait et courut vers la grille. Arrivé à sa voiture, il resta un instant immobile, le visage tourné vers le ciel. Il devait prendre une décision, et tout de suite. La mort dans l'âme, il résolut de faire ce que le devoir lui dictait – pour le moment, du moins. Mais il n'était pas dit que plus tard, si la chance était enfin avec lui, il ne pourrait tenter, oui, tenter de réussir un doublé...

Il prit son portable et appela Froberger, à Nice.

« Charles, ici Frank Ottobre. J'ai besoin que tu me rendes un énorme service.

— Bien sûr, si je peux.

— À l'aéroport de Nice, trois ou quatre personnes sont en ce moment dans la salle d'embarquement. Le général Parker, sa fille Helena, son petit-fils Stuart. Et avec eux, je suppose, le capitaine Ryan Mosse.

— Le Ryan Mosse dont on a tant parlé ?

— Oui. Il faut que tu les retiennes. Je ne sais pas comment, je ne sais pas sous quel prétexte, mais il le faut absolument. Empêche-les de partir jusqu'à mon arrivée, tu m'entends ? Ils ramènent aux États-Unis la dépouille d'une des premières victimes de Personne, Arijane Parker, l'autre fille du général. Tu pourrais trouver une excuse de ce côté-là, une complication administrative, je ne sais quoi. C'est une question de vie ou de mort, Charles. Pour moi, du moins. Tu pourras ?

— Promis. Je ferai tout mon possible.

— Merci, tu es un frère ! Je te rappelle tout à l'heure. »

Puis Frank appela un autre numéro, celui de la Sûreté publique de Monaco, et demanda à parler d'urgence à Roncaille. Au bout d'un instant, la standardiste le lui passa et le directeur, qui devait vivre les heures les plus pénibles de sa carrière, ne prit même pas le temps de lui dire bonjour.

« Frank, putain de merde, où étiez-vous passé ? »

Des gros mots dans la bouche du patron de la Sûreté n'annonçaient pas une simple tempête, mais l'ouragan du siècle.

« Tout le monde ici est au bord de l'apoplexie, et vous, vous disparaissez dans la nature ! On vous a mis à la tête d'une enquête, et qu'est-ce qui se passe ? Au lieu d'un résultat, nous avons autant de morts dans cette ville que de moineaux sur les arbres ! La moitié de mes subordonnés sont déjà limogés, et moi-même, d'ici peu, je serai heureux si je trouve une place de gardien de nuit...

— Calmez-vous, Roncaille. Vous n'avez pas encore perdu votre poste et vous ne le perdrez pas. Tout est fini.

— Comment ça, tout est fini ?

— Je sais où se cache Jean-Loup Verdier. »

Roncaille resta coi plusieurs secondes, en proie, sans nul doute, à des questionnements aussi vertigineux que ceux du prince Hamlet. Être ou ne pas être, croire ou ne pas croire...

« Vous êtes sûr ?

— À quatre-vingt-dix-neuf pour cent.

— Ça ne suffit pas. Il me faut une certitude à cent pour cent.

— Mon cher, la certitude absolue n'est pas de ce monde. Mais quatre-vingt-dix-neuf pour cent s'en approche assez pour mériter considération, vous ne trouvez pas ?

— Soit. Où est il ?

— D'abord, j'ai quelque chose à vous demander. En échange.

— Frank, ne tirez pas trop sur la corde !

— Monsieur Roncaille, je vais être franc avec vous. La suite de ma carrière m'est complètement indifférente. C'est vous qui vous souciez de la vôtre. Alors, si vous refusez, je vous raccroche au nez et je prends le premier vol pour Pétaouchnok. Ensuite, vous et votre copain Durand pourrez aller vous faire pendre ! C'est clair ? »

Nouveau silence. Frank retint son souffle. Puis la voix de Roncaille se fit entendre de nouveau, vibrante de fureur rentrée.

« Je vous écoute.

— Je veux votre parole d'honneur que le commissaire Nicolas Hulot sera officiellement considéré comme décédé dans l'accomplissement de son devoir et que sa femme Céline recevra la pension que la principauté de Monaco doit à la veuve d'un héros national. »

Troisième silence. Le plus long, celui où le marteau

se lève au-dessus du gong. Mais le marteau ne tomba pas.

« D'accord. Vous avez ma parole. Maintenant, je vous écoute.

— Réunissez tous vos hommes et dites à l'inspecteur Morelli de m'appeler sur mon portable. Ensuite, mettez votre plus belle cravate pour la conférence de presse.

— Direction ? »

Enfin, Frank dévoila ce que Roncaille avait payé si cher pour entendre.

« Beausoleil.

— Beausoleil ?

— Oui. Tout le temps où nous l'avons cherché, Jean-Loup Verdier n'est jamais sorti de chez lui. »

56

Pierrot prit le verre de Coca-Cola que lui tendait Barbara et le vida presque d'un trait, comme s'il avait honte qu'elle le regardât boire.

« Tu en veux encore ? »

Le garçon secoua la tête, lui rendit le verre vide et retourna, les joues toutes rouges, vers la table où il époussetait de vieux 33 tours.

Barbara lui plaisait beaucoup, mais elle l'intimidait encore plus. Pierrot avait le béguin pour elle, mais sa flamme naïve ne se manifestait guère que par des regards à la dérobée, de brusques silences et des fuites précipitées quand elle apparaissait. Il suffisait qu'elle lui adressât la parole pour qu'il devînt écarlate. La jeune femme, bien sûr, s'en était aperçue depuis longtemps. C'était un amour typiquement enfantin, tout à fait conforme à la manière d'être et de sentir du jeune Pierrot Corbette ; mais, comme tous les sentiments sincères, il méritait qu'on le respectât. Elle savait quelle capacité d'aimer recelait l'âme de ce garçon étrange, qui semblait en permanence effrayé par le monde environnant. Il débordait d'une tendresse candide et totalement dévouée comme on n'en rencontrait guère que chez les jeunes enfants et chez les chiens. Une telle comparaison pouvait sembler réductrice, mais pour Barbara, c'était la définition élogieuse d'une affection qui vit de se donner et n'attend aucune contrepartie.

Une fois, elle avait trouvé une marguerite sur sa table de mixage. Quand elle avait compris que le mystérieux donateur n'était autre que Pierrot, elle avait senti ses yeux se mouiller d'émotion.

« Tu veux un autre sandwich ? » demanda-t-elle au dos de Pierrot.

De nouveau, le garçon secoua la tête, sans se retourner. C'était l'heure du déjeuner et elle avait fait monter du *Stars 'n Bars* un grand plateau, où chacun s'était servi sans rien dire. Au vrai, depuis que Jean-Loup n'était plus là, les locaux de Radio Monte-Carlo semblaient devenus le royaume du silence. On n'y entendait plus que la musique diffusée, et le personnel allait et venait comme un ballet de fantômes. La station était assiégée par les journalistes comme Fort Alamo par les troupes mexicaines : ces jours derniers, chacun avait été suivi, traqué, filmé, chacun s'était retrouvé avec un micro sous le menton et une caméra devant le visage en sortant de chez lui. Au demeurant, cela n'avait rien pour surprendre : Jean-Loup Verdier, figure majeure de RMC, s'était révélé un assassin psychopathe, dont la cavale se poursuivait en dépit de tous les efforts. La présence de l'auteur de ces meurtres à la chaîne flottait comme un esprit maléfique sur la Principauté, et, le lendemain de son identification, la curiosité morbide du public avait presque doublé l'audience.

Robert Bikjalo, le Robert Bikjalo de naguère, aurait vendu père et mère pour obtenir un tel résultat. Mais à présent, il faisait son travail comme un automate, fumait comme un haut fourneau et répondait au téléphone avec la voix mécanique d'une messagerie électronique. Barbara réprimait difficilement de soudaines envies de pleurer. Le président lui-même n'appelait plus qu'en cas d'absolue nécessité.

Comme si cela ne suffisait pas, la nouvelle de la mort de Laurent avait encore assombri cette atmosphère lugubre, et les présences s'étaient faites plus spectrales que jamais.

Toutefois, le plus choqué était assurément Pierrot.

Il s'était réfugié dans un mutisme inquiétant, ne répondait plus aux questions qu'en faisant oui ou non de la tête et restait des heures d'affilée terré dans les archives, au point que Barbara était descendue plusieurs fois pour voir comment il allait. Sa mère était désespérée. Chez eux, il passait tout son temps à écouter des disques, son casque sur la tête, comme pour s'isoler du reste du monde. Mais il ne parlait plus, ne souriait plus. Et plus une seule fois il n'avait allumé la radio.

C'était une terrible régression. Son travail à Radio Monte-Carlo et la fierté de gagner un peu d'argent lui avaient entrebâillé une porte sur le monde. Une porte que son amitié adorante pour Jean-Loup avait ensuite ouverte en grand. Mais à présent, cette porte se refermait, et Mme Corbette craignait qu'une fois close, elle ne se rouvrît plus jamais. Pour personne.

À la vérité, il était impossible de savoir ce qui lui passait par la tête.

Et pourtant tous, sans exception, seraient restés bouche bée s'ils avaient pu lire dans ses pensées. Car tous étaient convaincus que la cause de sa tristesse muette était d'avoir découvert que son ami était en réalité le « méchant homme », comme il disait, celui qui téléphonait quelquefois à la radio et parlait d'une voix venue de l'enfer. Sans doute le candide Pierrot réagissait-il ainsi parce qu'il avait dû admettre qu'il avait donné sa confiance à quelqu'un qui ne la méritait pas.

Or, c'était tout le contraire : ni sa confiance en Jean-Loup ni son affection pour lui n'avaient été le moins du monde affaiblies par les derniers événements ou par ce qu'un tas de gens racontaient sur son idole.

Il le connaissait bien, il était souvent allé chez lui. Ensemble, ils avaient même mangé des crêpes au Nutella. Et Jean-Loup lui avait fait goûter un vin italien, délicieux, qui s'appelait du « *moscato* ». Un vin doux et frais, couleur de miel, qui lui avait fait tourner un peu la tête. Ensemble, ils avaient écouté de la musique, et Jean-Loup était allé jusqu'à lui prêter quelques-uns de ses disques, les noirs, en vinyle, si précieux, pour qu'il pût les écouter chez lui. Il lui avait fait des copies numériques de ceux qu'il préférait, comme celui de Jeff Beck, avec la guitare sur la plage arrière de la grosse voiture. Récemment encore, les deux derniers de Nirvana.

Toutes les fois qu'ils s'étaient trouvés seuls ensemble, Pierrot n'avait jamais entendu Jean-Loup parler avec une voix venue de l'enfer. Loin de là. C'était de sa belle voix profonde, toute pareille à celle de la radio, qu'il lui racontait ses histoires tellement rigolotes. Et quelquefois, il l'emmenait à Nice pour manger des glaces de toutes les couleurs et grosses comme des montagnes. Ou voir les magasins d'animaux, regarder les petits chiens dans les vitrines.

Jean-Loup lui avait toujours dit qu'ils étaient amis à la vie, à la mort. Et toujours prouvé qu'il disait la vérité.

Alors, l'explication était simple : si Jean-Loup disait la vérité, c'étaient les autres qui mentaient !

Tout le monde lui demandait ce qui n'allait pas, essayait de le faire parler. Mais lui ne voulait dire à personne, pas même à sa mère, que s'il était si triste, c'était de ne plus voir son grand ami et de ne savoir que faire pour l'aider. En ce moment, peut-être Jean-Loup se cachait-il quelque part, affamé, et sans personne pour lui apporter à manger. Pas même un pot de Nutella.

Il savait que les policiers le cherchaient, et que s'ils le trouvaient ils le mettraient en prison. Pierrot n'avait pas une idée bien précise de ce qu'était une prison, mais il savait quand même qu'on y enfermait les gens qui avaient fait de méchantes choses. Aussi serait-il séparé de Jean-Loup pour longtemps, très longtemps. Peut-être pour toujours.

Pierrot tourna la tête et, voyant Barbara marcher vers la salle de régie, regarda ses cheveux roux danser sur ses épaules. Il l'aimait bien, Barbara. Pas comme Jean-Loup, d'une façon différente. Quand son ami lui parlait ou lui mettait une main sur l'épaule, il ne sentait pas cette chaleur monter en lui, comme s'il venait de boire un grand bol de chocolat chaud. Avec Barbara, c'était autre chose, il n'aurait su dire quoi. Mais il savait qu'il l'aimait bien. Longtemps, il avait espéré que Jean-Loup et Barbara se marieraient : ainsi, en allant chez lui, les aurait-il vus tous les deux.

Pierrot empila les disques qu'il avait nettoyés et les emporta vers la sortie. Raquel, lui voyant les mains occupées, déclencha l'ouverture de la porte, et, devant l'ascenseur, il se pencha pour presser le bouton d'appel avec son nez. Sans doute aurait-on ri de lui si on l'avait vu faire, mais puisque son nez était là, au milieu de sa figure, pourquoi ne pas s'en servir ? Une fois dans la cabine, il fit de même pour le bouton « Entresol ».

Pierrot avait pris une décision. Puisque Jean-Loup ne pouvait revenir vers lui, c'était lui qui irait le trouver.

Dans sa maison, son ami lui avait dit qu'il y avait un endroit secret où il cachait une clef pour entrer. Un endroit qu'eux seuls connaissaient, désormais. La clef était fixée sous la boîte aux lettres avec du silicone. Pierrot ne savait pas bien ce qu'était le silicone, mais une boîte aux lettres, si. Même sa mère et lui en avaient une, chez eux, à Menton. Pourtant, ils n'habitaient pas une belle maison comme Jean-Loup.

Arrivé dans la « grande pièce », il posa la pile de disques sur une table et, chose qu'il n'avait jamais faite depuis qu'il travaillait à Radio Monte-Carlo, s'abstint de les ranger à leur place. Il prit son sac à dos, le beau sac en cuir bleu que Jean-Loup lui avait offert. Dedans, il avait mis des biscottes suédoises et un pot de Nutella, qu'il avait pris dans la cuisine ce matin. Chez lui, il n'y avait pas de « *moscato* », mais il l'avait remplacé par des boîtes de Coca-Cola. Cela ferait l'affaire. Si son ami était caché quelque part dans sa maison, aucun doute, il se montrerait en l'entendant arriver. De toute façon, ce ne pouvait être que lui, puisqu'ils étaient seuls à savoir où se trouvait la clef secrète. Ensemble, ils mangeraient des biscottes au Nutella, et cette fois, ce serait lui qui raconterait à Jean-Loup des histoires rigolotes. Tant pis s'il ne pouvait l'emmener à Nice pour manger des glaces et regarder les petits chiens.

Quand il descendit dans le hall de l'immeuble, Pierrot souriait. Là-bas, derrière la grande porte de verre, il y avait la ville, le monde. Et, terré quelque part, son ami qui avait besoin de lui.

Il poussa un des battants, sortit dans la rue, et, pour la première fois de sa vie, se disposa à affronter ce monde sans l'aide de personne.

57

Devant la villa de Jean-Loup, Frank Ottobre, assis dans sa voiture, attendait Morelli et les hommes de la Sûreté, avec une impatience si fiévreuse qu'il ne pouvait s'empêcher de regarder sa montre deux ou trois fois par minute.

Ce n'était pourtant pas son seul souci. Loin s'en fallait. Sans cesse revenait dans sa tête, presque obsédante, l'image de Nathan Parker et des siens, d'abord dans la salle d'embarquement, puis, à l'arrivée du massif et débonnaire commissaire Froberger, bloqués dans un quelconque salon de l'aéroport Nice-Côte-d'Azur. Le général devait être dans une fureur redoutable. Frank ne savait quel prétexte son sympathique collègue niçois avait pu invoquer pour l'empêcher de partir, mais il n'aurait pas aimé être à sa place.

Ou plutôt, si. En cet instant, c'était très exactement ce qui lui aurait plu. Il aurait éprouvé le plus grand plaisir à dire enfin au vieux militaire tout ce qui lui trottait par la tête. Plus qu'un plaisir, même. Il aurait satisfait un désir formidablement intense. Et sans rien inventer. Tout bonnement en clarifiant certains faits...

Au lieu de quoi, il rongeait son frein dans la Mégane au moteur allumé pour que la climatisation atténuât la touffeur de ce jour de juillet.

Rocaille, aussi, était un sujet d'inquiétude. Le très

distingué directeur de la Sûreté devait avoir mobilisé ses hommes sans pour autant se départir d'une certaine incrédulité – et sur ce point, il n'avait pas tort. Frank, au téléphone, s'était montré catégorique, mais il était bien loin de se sentir aussi sûr de lui qu'il l'avait prétendu. Bien qu'il eût quelque peine à se l'avouer, son entreprise relevait d'une espèce de bluff, ou plutôt d'un pari. Et d'un pari hasardeux. Il avait affirmé connaître la cachette de Personne, mais en réalité, ce n'était qu'une supposition, certes assez raisonnable, mais pas plus. Et si les faits l'infirmaient, si l'intervention des forces de police aboutissait à un énième fiasco, non seulement Personne poursuivrait sa cavale, mais ce qui restait de prestige à Frank Ottobre, agent spécial du FBI, se trouverait encore amoindri. Sans compter que sa « sortie » sur le commissaire Hulot et ses vrais mérites, le jour de la conférence de presse, pourrait avoir un effet de boomerang : déjà, il lui semblait entendre Durand faire observer de sa voix nonchalante à Dwight Durham, le consul des États-Unis, que non seulement Frank Ottobre s'était montré fort peu fiable, mais que, somme toute, même l'identification du tueur était le fait d'un autre.

En revanche, s'il avait vu juste, son heure de gloire était venue. Non que la gloire l'intéressât beaucoup, mais il pourrait filer à l'aéroport de Nice porté par le souffle de la légende ; et tout ce qui pouvait le conforter au moment de régler son conflit personnel avec le général Parker serait on ne peut plus bienvenu.

Enfin, il vit surgir du virage la première voiture de police. Aucune sirène, cette fois, comme il l'avait recommandé à Morelli. Mais l'unité d'intervention spéciale était nettement plus nombreuse que lors de la première incursion dans la villa. Outre le fourgon bleu qu'il avait déjà vu, plusieurs véhicules remplis de policiers en armes s'arrêtèrent les uns derrière les autres, et quatre s'éloignèrent pour former un barrage au bout de la brève montée qui menait à l'autoroute. Un second devait s'être formé en contrebas, du côté de Monte-Carlo et de la côte. Sans compter les agents qui avaient sûrement pris position pour prévenir toute fuite par le jardin.

Moins d'une minute plus tard apparurent deux voitures de la police française, d'où descendirent sept autres policiers, eux aussi armés jusqu'aux dents.

Frank sourit malgré lui. Roncaille, de toute évidence, ne voulait prendre aucun risque. La facilité avec laquelle Jean-Loup s'était débarrassé des agents Sorel, Leuwen et Sanseverina avait définitivement éclairé sa lanterne sur sa capacité de contre-offensive.

Frank mit pied à terre et s'avança vers Morelli. Aussitôt, celui-ci l'interrogea d'un ton pressant.

« Qu'est-ce qui se passe, Frank ? Roncaille nous a demandé de te rejoindre ici au triple galop et en tenue de combat, mais il n'a rien voulu nous expliquer. Il semblait terriblement nerveux, et... »

Frank l'interrompit d'un geste et indiqua la grille de la villa.

« Ce qui se passe, Claude ? Eh bien, je suis presque sûr que Jean-Loup Verdier est encore caché dans sa maison. Depuis le début. »

Morelli se gratta le menton avec l'index, comme souvent quand il avait un motif de perplexité. Et en l'occurrence, il en avait plusieurs.

« Dans sa maison ? Mais où, bon sang ? Où ? Nous l'avons fouillée de fond en comble, cette foutue maison ! Il n'y a pas un trou de souris où nous n'ayons pas regardé.

— Rassemble tout le monde », se contenta de répondre Frank.

Si l'inspecteur était désarçonné, il n'en montra rien. Un peu en retrait, le commissaire Roberts, flegmatique comme toujours, regardait ce qui se passait. Quand tous les agents furent disposés en demi-cercle devant lui, Frank prit la parole, se sentant soudain comme un entraîneur de basket-ball haranguant ses troupes.

« Écoutez-moi bien, les garçons. Si je vous ai fait venir, c'est parce que j'ai eu une conversation avec le propriétaire de la maison en dessous, qui est la jumelle de celle-ci. Les deux villas ont été bâties en même temps et à moins de cinquante mètres l'une de l'autre, par deux frères, au début des années soixante. Celui qui habitait celle-ci... »

D'un geste, il indiqua le toit qui dépassait des cyprès.

« Celui qui habitait cette maison-ci était affligé d'une épouse un peu hystérique, et surtout terriblement impressionnable. Autant dire une emmerdeuse de première ! C'est elle qui l'a léguée plus tard à Jean-Loup Verdier. Or, cette femme avait été terrorisée par la crise de Cuba, en 1962, quand tout le monde croyait à une guerre nucléaire imminente. Une trouille épouvantable, aux dires de son beau-frère ! Au point qu'elle a obligé son mari à faire construire un abri antiatomique au-dessous de la villa. Ici, sous nos pieds, peut-être. »

Frank frappa l'asphalte avec sa chaussure, et Morelli, instinctivement, baissa les yeux vers le sol. Quand il en prit conscience, il les releva et répliqua :

« Mais nous avons étudié toute la planimétrie du

quartier ! Rien n'indique qu'on ait installé un abri antiatomique...

— Là-dessus, je ne sais que te dire, Claude. On l'a peut-être construit sans permis. On bâtissait deux grandes villas en même temps, rappelle-toi. Avec les pelleteuses, les camions et tout le reste, il est bien possible que personne n'ait remarqué qu'on aménageait un bunker sous le sol. »

Le commissaire Roberts intervint pour confirmer son hypothèse.

« Oui, c'est tout à fait vraisemblable. Dans ces années-là, celles de la frénésie immobilière sur la Côte, les contrôles n'étaient pas très stricts. Si cet abri existe vraiment, ça n'aurait rien d'étonnant qu'il n'apparaisse pas sur le cadastre. »

Frank poursuivit.

« André Tavernier, l'homme qui possède l'autre maison, m'a dit que l'entrée se trouvait au sous-sol, dans un mur caché par un grand rayonnage en bois. »

Un membre de l'unité spéciale, qui avait participé à la perquisition de la villa, leva la main.

« Il y a une espèce de buanderie, à droite du garage. Une pièce éclairée par des vasistas au niveau de la cour. Et je crois me rappeler qu'un des murs est couvert par un rayonnage.

— Très bien, répondit Frank. Maintenant, le problème n'est plus tant de trouver le bunker que de l'ouvrir et d'y pénétrer. Question idiote, à présent : est-ce que l'un d'entre vous connaît quelque chose aux abris antiatomiques ? »

Après un bref moment de silence, le lieutenant Gavin, le chef de l'unité spéciale, prit la parole.

« Moi, je m'y suis intéressé. Mais je n'ai que des notions assez vagues...

— C'est déjà ça. Parce que moi, je n'y connais strictement rien ! Que peut-on faire pour obliger cet homme à sortir de sa tanière, à supposer qu'il y soit vraiment ? »

Roberts alluma une cigarette, et, peut-être inspiré par la fumée qu'il soufflait, hasarda une suggestion.

« S'il est planqué là-dessous, il faut bien qu'il respire, non ? Alors, il suffit peut-être de repérer les bouches d'aération pour le déloger avec du gaz lacrymogène. »

Gavin secoua la tête.

« On peut toujours essayer, mais ça m'étonnerait qu'on y arrive. Je ne sais pas si notre homme a adapté le sien aux évolutions de la technique, mais vu sa maîtrise dans d'autres domaines, comme l'électronique, ça paraît assez probable. Et dans ce cas, rien à faire ! Les abris d'aujourd'hui sont équipés d'un système d'épuration de l'air par filtres à base de carbones actifs, normaux ou imprégnés, qui fonctionnent comme absorbants. Les carbones actifs sont utilisés dans la fabrication des masques à gaz et des avions militaires, mais aussi pour la ventilation de bâtiments à haut risque, comme les usines d'armement et les centrales nucléaires. Ils sont remarquablement efficaces contre les émanations d'acide cyanhydrique et prussique, de chloropicrine, d'arsine et de phosphine. Alors, vous pensez, un simple gaz lacrymogène... »

Frank regarda le lieutenant Gavin avec de grands yeux admiratifs. Si c'était là ce qu'il appelait « des notions assez vagues », qu'en était-il des sujets qu'il dominait vraiment ?

Il écarta les bras, dans un geste conciliant.

« Bon, nous sommes ici pour résoudre ce problème.

Et parfois, on trouve une solution à force de dire des conneries. Voici la mienne : à votre avis, lieutenant, que donneraient les explosifs ? »

Gavin haussa les épaules, avec l'expression désolée d'un homme qui n'a que de mauvaises nouvelles à annoncer.

« Hmmm... Là encore, on peut essayer. Je ne suis pas expert en explosifs, mais souvenez-vous que ces refuges sont conçus pour résister à une attaque atomique. Alors, la porte ne sautera pas avec trois bâtons de dynamite ! Reste que cet abri est vieux de trente ans, et qu'il n'est sûrement pas aussi résistant que les bunkers modernes. Ça peut jouer en notre faveur. Oui, faute de mieux, c'est sans doute le meilleur moyen, conclut-il, sans beaucoup de conviction.

— Bon. Si nous optons pour les explosifs, combien de temps nous faudrait-il pour être opérationnels ? »

Cette fois, la grimace du lieutenant fut moins pessimiste.

« Pas beaucoup. Nous avons un artificier à la caserne, le brigadier Gachot. Si je lui demande de venir avec son équipe, il peut arriver très vite. En apportant du C4, ou quelque chose dans ce genre.

— Alors, allons-y », dit Frank.

Gavin se tourna vers un de ses hommes.

« Appelle le commandement et explique la situation. Je veux que Gachot soit ici dans un quart d'heure au maximum. »

Le policier partit au pas de course, sans se mettre d'abord au garde-à-vous comme le ton martial du lieutenant pouvait le faire attendre.

« Pas d'autres idées ? Alors, au sous-sol ! lança

Frank. Avant tout, il faut que nous repérions ce satané bunker. »

En passant des conjectures à l'action, les hommes de l'unité d'intervention se retrouvèrent en terrain beaucoup plus familier. Les scellés de la grille sautèrent, et à peine fut-elle ouverte qu'ils descendirent au petit trot vers la cour et le garage. En quelques instants, ils eurent sécurisé les alentours. Silencieux, rapides, redoutables. Une semaine plus tôt seulement, Frank aurait tenu leur présence pour un excès de précaution frisant le ridicule ; maintenant, au bout de dix meurtres, il n'était plus du tout de cet avis.

Croisenois, le policier qui avait parlé d'une buanderie, précéda Frank, Morelli, le lieutenant Gavin et le commissaire Roberts dans le garage vide, au fond duquel étaient suspendus un vélo de cross et, dans leurs housses, une paire de skis de stakning et une paire de raquettes de neige. Tous s'abstinrent de commentaires faciles sur le goût pour le sport du maître de maison : ils savaient qu'au rez-de-chaussée se trouvait aussi une petite salle de gymnastique parfaitement équipée, et que le temps passé par cet homme à s'entraîner ne lui avait pas été inutile.

Par un bref couloir où ils s'engagèrent, le garage communiquait avec une autre pièce, dont la porte était ouverte. Ils se disposèrent en file indienne, Croisenois en tête, son pistolet-mitrailleur tendu devant lui. Frank, Morelli et Gavin empoignèrent aussi leur arme. Roberts, qui fermait la marche de son pas de matou qui ne veut pas se salir les pattes, se contenta de déboutonner sa veste pour être prêt à en faire autant.

Mais la pièce était vide également. Elle semblait être le royaume de la femme de ménage : on y trouvait une machine à laver, un séchoir à linge et tout le nécessaire pour le repassage. À droite, une grande armoire laquée de blanc. À gauche, un escalier menant à l'étage au-dessus. Au moment où ils entrèrent, un autre membre de l'unité spéciale en descendait. En face de la porte, un haut rayonnage d'angle en bois épais, lui aussi peint en blanc, couvrait une partie du mur.

« Ce doit être celui-ci », dit Croisenois à mi-voix, en l'indiquant avec la crosse de son M16.

Gavin et ses deux adjoints s'avancèrent les premiers, l'arme toujours tendue, concentrés comme si de ce meuble pouvait jaillir un régiment de janissaires, sabre au poing. Même Roberts avait sorti un gros pistolet Beretta, qui, dans sa petite main potelée, semblait encore plus menaçant.

À son tour, Frank s'approcha et saisit une des étagères en essayant de déplacer le meuble vers lui, puis de côté. Rien ne se passa. Il glissa la main le long du montant latéral, sans plus de résultat. Il leva la tête vers le haut du rayonnage, qui le dépassait d'une trentaine de centimètres. Regardant autour de lui, il trouva une chaise de cuisine près de la table à repasser, la tira près du meuble et s'y jucha pour examiner l'étagère supérieure. Aussitôt, il remarqua que, de son côté, il n'y avait pas le moindre grain de poussière sur le dessus du rayonnage. L'instant d'après, il repéra près de l'angle un petit levier métallique, dans une niche du mur. Le rail de glissement semblait bien lubrifié, sans aucune trace de rouille.

« Trouvé ! dit-il. Claude, est-ce que tu vois des charnières quelque part ?

— Non, rien. S'il y en a, elles sont cachées par le meuble. »

Frank baissa les yeux vers le sol. Pas de marques de glissement sur le grès du dallage. L'ouverture devait se faire d'arrière en avant. Si le meuble coulissait latéralement, il risquait de choir de sa chaise, mais, compte tenu de ce qu'avaient subi Nicolas et les autres victimes de Personne, c'était un risque minimal.

« Attention, j'ouvre ! » lança-t-il à ses compagnons.

Les autres prirent position, l'arme plus tendue que jamais, les jambes légèrement écartées. Frank allongea le bras et actionna le levier. On entendit un déclic et, aussitôt, le meuble avança vers l'extérieur, comme une porte qui glisse sur des gonds bien huilés.

Sous leurs yeux apparut une porte, entièrement de métal, d'environ soixante centimètres de large, encastrée dans le ciment nu. Là encore, pas trace de charnière. La fermeture était si hermétique qu'on distinguait à peine les interstices entre le battant gris et la paroi cimentée. Sur la droite se trouvait un mécanisme de fermeture rotatif, comme sur la porte d'un sous-marin.

Tous restèrent comme fascinés, à fixer en silence ce battant de métal. Chacun pensait à celui qui se trouvait de l'autre côté, et à tout ce dont cet être semblait la terrifiante incarnation.

Frank sauta de sa chaise et tenta d'actionner le mécanisme. Comme il s'y attendait, la porte ne bougea pas d'un millimètre. Le volant de la robuste serrure tournait à vide.

« Ça ne marche pas. Elle doit être bloquée de l'intérieur », dit-il.

Tandis que les autres baissaient enfin leurs armes et s'approchaient, Frank réfléchit à la dramatique absurdité de la situation. Puis il darda ses yeux sur le métal, comme si son seul regard pouvait le fondre.

Tu es là, n'est-ce pas ? Je sais que tu es là. Tu as l'oreille collée à cette porte blindée, tu écoutes le bruit de nos voix, de nos pas. Tu te demandes peut-être comment nous arriverons à te déloger. Ce qui est absurde, c'est que nous aussi, nous nous posons cette question. Et ce qui est atroce, c'est que nous prendrons tous les risques et que peut-être l'un ou l'autre d'entre nous trouvera la mort en essayant de te tirer de cette boîte pour te mettre dans une boîte semblable...

Tout à coup, Frank revit en esprit le visage de Jean-Loup, et repensa à l'excellente impression que lui avait faite ce garçon dès leur première rencontre. Il revit ses traits crispés par l'angoisse, sa tête épuisée qui tombait entre ses bras sur la table de la régie, ses épaules secouées de sanglots après un des appels de Personne. Il entendit l'écho de ses pleurs, et ils lui parurent le rire sardonique d'un esprit malin. Il se rappela le ton fraternel qu'il avait employé pour le convaincre de ne pas arrêter son émission, sans savoir qu'ainsi il l'incitait à poursuivre maillon après maillon la chaîne de ses meurtres.

À travers l'épaisse porte close, il crut sentir dans ses narines l'eau de toilette de Jean-Loup, qu'il avait sentie tant de fois quand il se tenait près de lui, un parfum frais, léger, d'agrumes et de bergamote. Si lui aussi avait pressé son oreille contre le battant froid, peut-être eût-il entendu la voix chaude et profonde de Jean-Loup, qui aurait traversé le métal pour lui murmurer une fois de plus les mots gravés dans son esprit comme par un fer rougi :

Je tue...

Alors, son désarroi et sa pitié pour toutes les victimes

de cet homme, Jean-Loup Verdier, Personne, quel que fût son véritable nom, se muèrent en une rage folle. Une rage si violente que s'il avait pu empoigner cette maudite porte à mains nues, il était sûr qu'il l'aurait broyée comme du carton, qu'il aurait pris par le cou l'homme réfugié derrière et...

Des bruits légers le ramenèrent à la réalité. Tournant la tête, il vit que le lieutenant Gavin tapotait du poing le battant blindé, en divers endroits, écoutant la résonance que les heurts produisaient. Quand il eut fini, son visage était de nouveau celui des moments les plus sombres.

« Messieurs, je ne voudrais pas jouer les oiseaux de mauvais augure, et j'espère que mon artificier me démentira, mais je crois que le mieux serait de persuader cet homme de se rendre, s'il est vraiment là-derrière. Tâchons de le convaincre qu'il n'a plus aucune échappatoire. S'il ne sort pas spontanément, le déloger avec des explosifs risque d'être assez compliqué. Pour faire sauter une porte pareille, il faudra une déflagration digne d'une éruption du Vésuve ! »

ONZIÈME CARNAVAL

L'homme est en sûreté dans sa chambre secrète, ce vaste caisson de métal et de ciment qu'une autre personne, voilà bien longtemps, a fait construire dans sa folle terreur d'une catastrophe qui n'a jamais eu lieu.

Depuis qu'il l'a découvert, qu'il y est entré pour la première fois et a compris ce qu'il était, il a maintenu son refuge en parfait état de fonctionnement, et sa réserve est remplie d'aliments non périssables et de bouteilles d'eau. Un système de recyclage des fluides lui permet, en cas de besoin, de filtrer et de boire sa propre urine. Même chose pour l'air, épuré par un circuit de filtres et de réacteurs chimiques sans qu'il soit besoin d'une ouverture vers l'extérieur. Tout est prévu pour soutenir un siège d'une année au moins.

Il ne sort que de temps à autre, dans le noir, pour respirer l'air pur, sentir les parfums de l'été mêlés à l'odeur de la nuit, qui est depuis toujours son habitat naturel. Dans son jardin émane d'un gros buisson de romarin une senteur intense qui, sans raison, lui rappelle l'arôme de la lavande. Les deux parfums sont différents, mais il suffit de cette sensation olfactive pour que dans son esprit paraisse le souvenir, tel un disque dans un juke-box qu'un bras mécanique et silencieux fait tomber sur la platine. C'est le mariage de la nuit et d'une odeur qui fait affleurer les images. Alors, il marche dans l'obscurité de ce jardin et de cette maison qu'il connaît si bien, marche quelques moments, silencieux comme lui seul sait l'être. Parfois, il sort sur la terrasse et s'appuie à la rambarde, protégé par les ombres. Là, il lève les yeux et regarde les étoiles. Non qu'il cherche à y lire le futur. Au contraire : ce n'est que dans l'instant qui passe, dans un fragment du présent, qu'il se plaît à admirer leur vibration scintillante et complice. Sans se demander ce qu'il adviendra de lui, ou d'eux. Ce n'est ni de l'inconscience ni de l'indifférence : l'homme est lucide, voilà tout.

Il sait qu'il a commis une erreur, mais ne s'en fait pas reproche. Il savait bien que tôt ou tard, un détail échapperait à sa formidable vigilance. Telle est la loi du hasard, toute-puissante dans l'existence éphémère des humains. Quelqu'un, jadis, il y a bien des années, lui a appris que toutes les erreurs finissent par se payer. Ou plutôt non : il l'a contraint à en faire l'expérience, dans sa chair, sa peau, son sang.

Dieu sait s'ils les ont payées, leurs erreurs ! Chaque fois de manière un peu plus dure, plus cruelle. À mesure qu'ils grandissaient, que leur marge d'erreur devenait plus étroite, la violence des punitions ne cessait de croître, encore et toujours, jusqu'à l'intolérance la plus absolue. Car cet homme était inflexible, impitoyable. Et pourtant, dans sa présomption, il a fini par oublier que lui-même, somme toute, n'était qu'un homme. Et cette erreur-là lui a coûté la vie.

Lui a survécu. Cet homme, non.

Au terme de ces brèves promenades, il regagne son refuge, sous la terre. Nocturne aussi, à sa façon, avec ses parois de métal sombre, comme si les ombres se glissaient par la porte chaque fois qu'il s'aventure à l'ouvrir et s'étendaient sur la moindre surface, tel un vernis d'obscurité. Assurément, le spacieux abri n'est qu'une des innombrables cachettes dont la nuit dispose pour survivre au surgissement de la lumière. Mais lui y voit autre chose, un autre sens : les ténèbres viennent à lui parce que leur nature même en fait les complices de tous les fugitifs.

Ainsi protégé, il ne sent pas le poids de l'attente, ni celui de la solitude. La musique suffit à les lui faire oublier, et la compagnie de Paso. Il n'a besoin de rien d'autre.

Zapp et Paso...

Il ne se rappelle même plus à quel moment ils ont oublié leurs vrais noms, et quand leur fantaisie leur a soufflé ces deux sobriquets dépourvus de sens. Peut-être, à l'origine, voulaient-ils dire quelque chose. Ou peut-être sont-ils le fruit du hasard, de leur imagination d'enfants, qui se moquait bien des raisons et des significations précises. Car l'imaginaire des enfants est pareil à une foi : les choses sont ou ne sont pas, voilà tout.

En ce moment, il a fermé les yeux et réécoute pour la millième fois une chanson des Led Zeppelin, *Stairway to Heaven,* « Escalier vers le Paradis », dans une rare version *live*. Assis sur sa chaise pivotante, il dodeline de la tête au rythme de la mélodie, qui lui évoque à sa manière une lente et difficile ascension, marche par marche, vers le ciel.

L'escalier existe, mais le Paradis ? Peut-être que non.

Dans la pièce voisine, le corps momifié est toujours étendu dans son cercueil de verre, comme en suspens, dans l'attente d'un réveil au terme d'un voyage qui, pourtant, n'aura pas de fin. Lui aussi, sans doute, écoute la musique, à moins que son attention ne vacille par moments, tant il est absorbé dans l'admiration de son nouveau visage, le dernier qu'il lui a procuré pour satisfaire sa légitime vanité. Bientôt, ce masque s'abîmera, comme tous les autres. Alors, il lui faudra faire diligence, mais pour le moment, rien ne presse encore et il peut, en somnolant un peu, s'abandonner à la musique qui résonne dans les enceintes et dans sa tête.

La chanson s'achève.

Il tend le bras pour presser le bouton d'arrêt : il n'a pas envie d'en entendre d'autres. La radio, plutôt. Il se dispose à l'allumer, pour écouter un moment les voix du monde d'ailleurs.

Dans le silence un peu atone qui suit toujours un morceau de musique, il lui semble soudain entendre de légers bruits, assourdis et rapides, qui se répètent avec régularité, puis s'interrompent, puis reprennent... Comme si quelqu'un frappait sur l'autre côté de la porte, provoquant de brèves résonances.

Il se lève, s'approche du lourd battant et presse son oreille contre la froideur du métal, qui se communique à sa peau. Les bruits recommencent, secs et vifs. Puis, à travers l'épaisseur de la porte, une voix crie quelque chose. Il ne perçoit que des mots indistincts, qui lui arrivent de très loin, d'un autre monde, mais il sait bien que ces mots sont pour lui. Sans les comprendre, il en devine aisément le sens. Cette voix doit l'inviter à ouvrir la porte, à sortir de son refuge, à se rendre, avant que...

Il éloigne son oreille et sourit. Les menaces de la voix ne sont pas vaines, il est trop expert pour l'ignorer. Bien sûr, il sait que pour le déloger, nul ne peut grand-chose. Mais il sait aussi que ces gens s'y efforceront. Ce qu'eux, en revanche, ne peuvent encore savoir, c'est que jamais ils ne parviendront à le capturer. Jamais.

Vivant, du moins. Car rien, rien au monde, ne pourra le convaincre de leur accorder ce plaisir.

Traversant la vaste pièce, il entre dans celle où la momie, dans son coffre de verre, semble empreinte d'une tension vitale toute nouvelle malgré son immobilité. Une expression anxieuse s'est peinte sur la peau du masque qui lui couvre la tête. L'homme, soudain, songe que naguère, cette anxiété se peignait aussi sur le visage de l'homme à qui cette peau appartenait ; mais à présent, toute émotion est illusoire sur ce visage postiche, envolée en même temps que le dernier souffle échappé de ses lèvres.

Un long silence pensif tombe sur la petite chambre mortuaire. L'homme attend, silencieux. Plusieurs minutes passent ainsi. Les morts jouissent de l'éternité, et pour eux quelques minutes ne sont rien. Alors que pour les vivants, elles peuvent sembler aussi longues que toute une vie.

Mais voilà que la voix s'élève dans sa tête, une fois de plus, et lui pose la question qu'il redoutait d'entendre :

Qu'est-ce que je vais devenir, Zapp ?

L'homme revoit le cimetière de Cassis, le grand cyprès qui s'élève au milieu des tombes, et une brève rangée de sépultures, sur une terrasse. Celles de gens qui jamais n'ont été leur famille, mais seulement leur cauchemar. Il n'y a pas de photographies sur ces dalles de marbre, mais les visages des personnes ensevelies sont pareils à des portraits aux murs de sa mémoire.

« Tu rentreras à la maison, je pense. Et moi aussi, je rentrerai... »

Oh...

Une exclamation étouffée, un simple monosyllabe, qui renferme toutes les attentes du monde. Un appel vers la liberté, vers la lumière du soleil de midi, vers le mol ondoiement des vagues, où l'on pourra se jeter adulte pour en ressortir enfant. Maintenant, des larmes coulent sur les joues de l'homme. Elles tombent, lourdes, sur le couvercle de verre où il a appuyé ses mains. De pauvres larmes tièdes et brillantes, de même couleur que les vagues.

L'amour qui luit dans ses yeux est total et sans limites. Pour la dernière fois, il contemple le corps de son frère, qui porte le visage d'un autre. Il le voit tel qu'il est, tel qu'il aurait dû être : semblable à lui, miroir où réfléchir son propre visage.

Il s'éloigne du cercueil à reculons, de quelques pas, avant de trouver la force de lui tourner le dos. Enfin, il regagne la grande pièce contiguë et regarde un instant l'enfilade d'appareils d'où jaillit sa musique. Il sait ce qu'il doit faire, quelle est sa seule échappatoire pour égarer une fois encore la meute des chiens qui le traquent, qui, pour peu qu'il tende l'oreille, lui semblent griffer de leurs pattes rageuses la lourde porte métallique.

Il extrait du lecteur le disque des Led Zeppelin et le remplace par un autre. Du *heavy metal*. Il l'a choisi presque au hasard parmi les compact discs de rock violent. Il presse une touche, et le plateau rentre silencieusement dans l'appareil. Puis, d'un geste résolu, il pousse le volume au maximum. Et tout à coup, la pièce semble exploser, comme si des enceintes la fureur des rythmes et le métal des instruments voulaient faire vibrer l'acier des murs, les secouer, y éveiller d'immenses échos de tonnerre et de séisme.

Dans ce fracas, plus aucun son extérieur n'est perceptible, mais l'homme écoute en lui le battement de son cœur, si fort en cet instant que lui aussi semble près d'éclater sous ce déferlement sonore.

Il ne lui reste qu'une chose à faire, et à faire vite. Tout de suite.

L'homme se retourne, ouvre un tiroir, y glisse la main et en tire un pistolet.

58

« Voilà, c'est fait ! »

Gachot, le brigadier artificier, était un gaillard brun à la silhouette massive et à la stature aussi impressionnante que sa superbe moustache noire, mais il se redressa avec une souplesse que sa corpulence n'eût pas laissé supposer. Ce que cachait son uniforme était certainement un corps aussi musclé qu'extrêmement bien entraîné, pensa Frank, non la graisse superflue d'un *pater familias* enclin à mettre les pieds sous la table et à manier la fourchette en guise d'exercice physique.

Il s'éloigna de la porte métallique. À la serrure, il avait fixé par du ruban adhésif une boîte en plastique de la taille d'un téléphone sans fil, munie d'une antenne et de deux petits câbles, un jaune et un noir, qui en sortaient et finissaient dans un orifice percé sous le système rotatif.

Frank regarda le détonateur : un objet tout simple, insignifiant même. Il se surprit à penser aux idioties qu'on voyait dans les films hollywoodiens : un appareil tout prêt à faire exploser une bombe atomique qui détruirait une mégalopole et tuerait ses millions d'habitants. Au cinéma, ces trucs étaient toujours pourvus d'un écran où l'on voyait défiler seconde par seconde les chiffres rouges du compte à rebours. Et, bien entendu, le héros arrivait juste à temps pour désamorcer la bombe avant l'instant fatidique... La réalité ménageait moins de suspens dramatique. Les détonateurs n'avaient pas d'écran ni de chiffres rouges, tout simplement parce que personne n'était là pour les regarder bêtement en attendant une explosion dévastatrice.

« Je suis prêt, dit Gachot en s'approchant du lieutenant Gavin. Mieux vaut éloigner les autres.

— À quelle distance ?

— Oh, pas bien loin. Je n'ai utilisé qu'un peu de C4, un explosif très maniable. Pour ce que nous voulons, ça devrait suffire. La déflagration sera très modérée. Le seul danger, c'est la porte. Elle est renforcée avec une couche de plomb, et si j'ai eu la main un peu lourde, quelqu'un pourrait recevoir des éclats. Le plus sûr, c'est que tout le monde attende dans le garage. »

Frank apprécia la prudence de l'artificier, entraîné à désamorcer les bombes autant qu'à les fabriquer, et sa modestie naturelle d'homme simplement conscient de bien faire son travail.

« Et la pièce au-dessus ?

— Rien à craindre, à condition que tout le monde s'éloigne de l'escalier qui part de la buanderie. Mais l'appel d'air sera faible, il se fera principalement par les vasistas. »

Gavin se tourna vers ses hommes.

« Bon, les gars, le feu d'artifice va commencer. Attendons dehors. Mais aussitôt après l'explosion, nous revenons au pas de course, par le couloir et par le rez-de-chaussée. On ne peut pas savoir ce qui va se passer. Notre homme sera sûrement un peu étourdi par la déflagration, mais il aura le choix entre plusieurs options. »

Le lieutenant énuméra les éventualités.

« Un, il sort de son refuge, armé et décidé à vendre chèrement sa peau. Je ne veux ni victimes ni blessés parmi nous. Donc, s'il a une arme au poing, vous lui tirez dessus sans hésiter. »

Il regarda ses hommes l'un après l'autre, pour s'assurer qu'ils assimilaient ses ordres.

« Deux, il se rend. Mais connaissant l'animal, n'y comptons pas trop. Trois, il ne sort pas. Dans ce cas, nous le délogeons avec du gaz lacrymogène. S'il se décide à sortir en montrant des intentions agressives, même chose que précédemment. Vous tirez. C'est bien compris ? »

Les membres de l'unité spéciale acquiescèrent.

« Bon. Maintenant, divisons-nous en deux groupes. La moitié avec Toureu, au rez-de-chaussée. Les autres avec moi, dans le garage. »

Les policiers s'éloignèrent du pas silencieux qui semblait faire depuis toujours partie de leur mode de vie. Frank admira l'efficacité du lieutenant Gavin, qui, à présent dans son élément, agissait avec promptitude et lucidité. Frank les imagina dans le fourgon bleu, lui et ses hommes, transportés sur divers terrains d'opération avec leurs pistolets-mitrailleurs et parlant de choses et d'autres... Mais l'attente était terminée, et tous pourraient donner une raison d'être à leurs longues heures d'entraînement.

« Le plus sûr serait de disposer vos hommes à l'extérieur de la villa, dit Gavin à Morelli et Roberts. En cas de grabuge, nous pourrions nous gêner. Je n'ai pas envie qu'un de vos gars finisse avec une balle dans la tête tirée par un des miens, ou le contraire. Parce qu'alors, j'entends déjà ces messieurs des bureaux !

— D'accord. »

Frank sourit. Homme d'action, le lieutenant ne semblait guère apprécier les bureaucrates qui donnaient des ordres sans jamais courir de risque.

Dans la buanderie ne restèrent que le brigadier Gachot, Gavin et Frank Ottobre. L'artificier tenait dans sa main une télécommande à peine plus grande qu'une boîte d'allumettes suédoises, pourvue d'une antenne semblable à celle du détonateur.

« Quand vous voudrez », dit Gavin à Frank.

Celui-ci prit quelques instants pour réfléchir. Dans la grosse paluche du brigadier, la télécommande semblait vraiment minuscule. Il se rappela son arrivée, un peu plus tôt, avec son unique adjoint et ses deux mallettes. Il avait aussitôt compris que la plus petite, en aluminium, contenait du plastic. En quantité suffisante pour réduire la maison et toutes les personnes présentes en morceaux de la taille d'un timbre-poste. Arrivé dans la buanderie, il avait longuement palpé la porte blindée, puis tiré de l'autre mallette un objet que Frank avait trouvé des plus anachroniques : une espèce de stéthoscope, avec lequel il avait ausculté le battant.

Frank, sur des charbons ardents, l'avait regardé faire. Autour de lui, le petit groupe semblait composé des parents d'un malade attendant le pronostic du médecin.

« Vous croyez que ça marchera ? avait-il enfin demandé.

— Oui, certainement. C'est un abri contre les radiations, pas un coffre-fort. Le mécanisme de fermeture est assez simple. Le seul risque, c'est que la serrure se bloque au lieu de s'ouvrir.

— Et si c'est le cas ?

— Ah, ce serait ennuyeux. Il faudrait forcer la porte avec une bombe atomique et je n'en ai pas sur moi. »

Sur ces mots, qui avaient un peu refroidi l'excitation générale, il avait pris une sorte de perceuse et fixé au bout une mèche faite d'un métal au nom imprononçable (mais, selon son adjoint, capable de percer le blindage de Fort Knox), puis foré un petit trou dans la porte, sous la serrure, pour y introduire au moyen d'une baguette une modeste quantité de l'explosif contenu dans la menaçante valise. Ensuite, il l'avait relié aux minces câbles du détonateur. Tout cela avait paru si simple...

Frank ne se décidait pas. Sa crainte, pour un motif qu'il n'aurait pu expliquer, était que quelque chose tournât mal, que derrière le lourd battant blindé on ne découvrît que le cadavre du tueur. Or, il tenait à le capturer vivant – ne fût-ce que pour le voir emmener en lieu sûr. Non seulement il le voulait, mais il le fallait.

« Un instant », dit-il.

Décidé à faire une dernière tentative, il avança de cinq ou six pas et s'immobilisa à quelques centimètres de la porte. Puis frappa avec force contre le battant métallique, dans l'espoir que l'homme à l'intérieur du refuge – en admettant qu'il y fût vraiment – entendît le bruit de ses poings.

« Jean-Loup, nous allons faire sauter la porte ! Ne nous y oblige pas. Ça pourrait être dangereux pour toi. Rends-toi ! Si tu sors maintenant, on ne te fera aucun mal, je te le promets. Je te laisse une minute pour décider. Ensuite, ce sera trop tard ! »

Frank s'éloigna, approcha sa montre de ses yeux et régla le chronomètre sur zéro. La minuscule trotteuse se mit à tourner, marquant chaque seconde comme un souvenir d'atrocité.

... 8, 9, 10.

Arijane Parker et Jochen Welder, leur voilier encastré entre deux yachts sur le port, leurs cadavres défigurés...

... 19, 20.

Allen Yoshida, son visage sanguinolent, son terrible rictus, ses yeux écarquillés, contre la vitre de sa Bentley...

... 29, 30.

Gregor Yatzimin, si gracieux sur son lit de mort, la fleur de sang sur sa chemise blanche, et, en contraste, sa tête écorchée...

... 40.

Robbie Stricker, étendu sur le sol de sa chambre, le bras cassé, le doigt crispé dans son effort désespéré pour laisser un message avant de mourir, dans l'angoisse de celui qui sait tout et ne pourra plus rien dire...

... 50.

Nicolas Hulot, le visage contre le volant de sa voiture au fond du ravin, mort d'avoir été le premier à découvrir un nom...

... 60.

Les corps de trois agents sur le parquet du salon.

« Bon, ça suffit comme ça. Ouvrons cette porte de malheur ! »

La voix de Frank fut aussi dure que le métal au nom impossible qui avait eu raison du battant blindé.

Avec Gavin et le brigadier, il rejoignit les hommes de l'unité spéciale postés dans le garage. Tous se tenaient contre le mur du fond, le plus éloigné de l'endroit d'où viendrait l'explosion. Morelli et Roberts attendaient dans la cour. Le lieutenant appela le reste de ses hommes par radio.

« Tenez-vous prêts, les gars. »

Puis il fit un signe de tête à l'artificier, qui, reculant vers le mur avec les autres, pressa le bouton de la télécommande.

L'explosion, parfaitement dosée, surprit Frank par sa modération. Au vrai, ce qu'il perçut fut plus une vibration que le fracas auquel il s'attendait. S'il y eut un appel d'air, sans doute ne fut-il sensible qu'à l'intérieur de la buanderie.

L'instant d'après, les hommes se ruèrent dans le couloir. Frank et le lieutenant leur emboîtèrent le pas et, quand ils pénétrèrent dans la pièce, les trouvèrent en position devant la porte métallique avec leurs compagnons descendus par l'escalier du rez-de-chaussée.

Les dégâts n'avaient rien de spectaculaire. Seul le rayonnage qui masquait l'entrée de l'abri s'était partiellement dégondé et pendait de côté. Par les vasistas ouverts, un peu de fumée finissait de s'évacuer.

La porte du refuge était entrebâillée. L'explosion n'avait poussé le battant que d'une dizaine de centimètres, comme si quelqu'un était sorti sans le tirer à lui complètement. Mais tout ce qui s'en échappait était une musique forcenée, à un volume assourdissant.

Ils attendirent quelques secondes. Rien ne se passa. Dans l'air flottait encore l'odeur âcre de l'explosif.

Gavin donna un ordre à ses hommes :

« Lacrymogène ! »

Aussitôt, comme dans un ballet parfaitement synchronisé, les hommes prirent dans leur petit sac à dos des masques à gaz et les enfilèrent. Gavin en tendit un à Frank, qui les imita.

« C'est bien, approuva le lieutenant. Je vois qu'on vous apprend quelques petites choses, au FBI. »

Il mit un masque à son tour et fit signe à un de ses hommes. Celui-ci s'avança vers la porte entrebâillée et la poussa davantage, sans qu'elle grinçât comme Frank, instinctivement, s'y était attendu. Le mécanisme, à l'évidence, était lubrifié avec le plus grand soin. Un autre homme s'approcha et jeta une grenade à l'intérieur.

Au bout d'un instant, une fumée jaunâtre s'échappa du local. Frank connaissait ce gaz. Il savait qu'il prenait à la gorge et brûlait les yeux de manière insupportable. Si quelqu'un était derrière cette porte, il ne pourrait y résister.

Mais les secondes passèrent sans que personne apparût. Ne sortaient de l'abri que la musique furieuse et la fumée, dont les volutes semblaient les narguer.

Frank, voyant cela, n'était pas content du tout. À travers l'oculaire du masque à gaz, son regard croisa celui du lieutenant, et il comprit qu'il pensait la même chose que lui.

Il y avait trois possibilités. Ou le refuge était vide. Ou leur homme, se voyant perdu, avait préféré mettre fin à ses jours. Ou lui aussi s'était muni d'un masque à gaz.

La troisième hypothèse n'avait rien d'extravagant. Avec ce personnage, ils savaient qu'ils devaient s'attendre à tout. Mais alors, s'ils tentaient une irruption dans l'abri, attendu que la porte ne pouvait laisser passer qu'un homme à la fois, il lui suffirait de se placer derrière pour faire d'autres victimes avant qu'on parvînt à l'abattre.

Gavin prit une décision.

« Lancez une grenade offensive. Ensuite, il faudra prendre le risque d'entrer. »

Frank réagit aussitôt.

« Après la grenade, c'est moi qui entrerai.

— Pas question, répliqua l'autre sèchement.

— Il n'y aucune raison pour que vos hommes risquent leur vie inutilement. »

Gavin réfléchit un instant. Son silence en disait long sur ses craintes. Puis :

« Désolé. Je ne peux pas accepter. »

Le ton de Frank fut tout aussi catégorique.

« Lieutenant Gavin, je ne prétends pas jouer les héros. Mais cet homme a assassiné mon ami le plus cher, et vous feriez exactement comme moi. De toute façon, c'est moi qui dirige cette opération et c'est moi qui décide. »

Gavin ne répondit pas, mais inclina la tête en signe de reddition. Frank s'approcha de la porte, son pistolet Glock à la main.

« Grenade ! » ordonna le lieutenant.

L'homme qui avait lancé le gaz lacrymogène dégoupilla une grenade et la jeta dans l'entrebâillement de la porte. Le projectile était parfaitement idoine pour ce type d'intervention : il contenait un explosif sans danger véritable, mais prévu pour étourdir pendant un bon moment les occupants d'une pièce.

Le jet de la grenade fut suivi d'un éclair aveuglant accompagné d'un bruit terrible, beaucoup plus fort que celui de l'explosion au plastic. La musique infernale qui résonnait dans l'abri parut soudain transportée dans son ambiance naturelle : le fracas d'un concert *underground,* parmi des lumières éblouissantes et des fumées. Aussitôt, un autre homme à la droite de Frank poussa la porte, lui offrant juste assez d'espace pour entrer dans le refuge, mais non pour qu'on pût voir ce qui se passait à l'intérieur. Du local sortit une bouffée de gaz lacrymogène mêlé à la fumée de la seconde grenade. Frank, pistolet au poing, se précipita à la vitesse de la foudre.

Ils attendirent des minutes qui leur parurent des siècles, sans voir personne sortir de l'abri. Il n'y avait que cette musique tempêtant à leurs oreilles et dans leurs crânes, enragée, affolante. Puis, subitement, elle se tut, et le silence qui suivit fut encore plus assourdissant.

Enfin, ils virent la porte s'ouvrir toute grande. Dans l'encadrement, la silhouette de Frank, enveloppée d'un ultime nuage de fumée qui flottait autour de lui, inquiétant comme un fantôme qui l'aurait suivi des profondeurs de l'outre-tombe. Sous son masque à gaz, son visage demeurait invisible, mais ses bras pendaient le long de son corps comme s'il était vidé de toute énergie. Son pistolet oublié dans sa main, il traversa la buanderie sans un mot, du pas d'un homme qui a livré toutes les guerres et les a toutes perdues. Les autres s'écartèrent pour le laisser passer.

Frank, suivi par Gavin, sortit par le couloir et retrouva dans le garage Morelli et Roberts, qui attendaient. Près du seuil, il s'attarda devant la lumière du soleil. Le premier, Gavin ôta son masque, révélant ses cheveux ébouriffés et son visage trempé d'une sueur qu'il essuya avec sa manche.

Frank, debout, immobile entre la lumière et l'ombre, ne disait toujours rien. Puis il ôta son masque à son tour, laissant paraître un visage mortellement las.

Très inquiet, Morelli s'avança vers lui.

« Frank, qu'est-ce qui s'est passé là-dedans ? On dirait que tu viens de voir tous les démons de l'enfer ! »

Frank se retourna. Quand il lui répondit, sa voix était celle d'un vieillard et ses yeux, ceux d'un homme qui ne veut plus rien voir ni savoir de l'existence.

« C'est bien pis que cela, Claude. Bien pis. Avant d'entrer dans cet endroit, je crois que tous les démons de l'enfer feraient un signe de croix ! »

59

Frank et Morelli suivirent des yeux les employés de la morgue, qui parcouraient l'allée du garage à la grille et déposaient leur brancard à l'arrière de l'ambulance. Sous un drap, ils emportaient le cadavre parcheminé d'un homme sans visage qui portait comme un masque celui d'un autre, assassiné pour le lui donner.

Après que Frank en était sorti, muet et bouleversé, tous les hommes, un par un, avaient pénétré dans le bunker, pour reparaître quelques instants plus tard avec la même expression d'horreur et de désarroi. Le spectacle du corps momifié dans son cercophage de verre, paré du visage racorni de la dernière victime de Personne, avait de quoi ébranler l'esprit le plus solide, et cette image resterait imprimée au fond de leur mémoire, de jour comme de nuit et pour bien des années.

Frank avait encore peine à croire ce que ses yeux avaient vu et ne pouvait se défaire d'une sensation de profond malaise, d'un désir de se laver encore et encore, comme pour nettoyer son corps et son âme du mal à l'état pur qu'il avait senti flotter entre les murs du refuge. Le seul fait d'avoir respiré cet air l'emplissait d'une étrange angoisse, comme s'il était imprégné d'une folie si virulente et contagieuse qu'elle risquait de contaminer toute personne qui s'y exposait, de la rendre capable des mêmes actes atroces, en proie aux mêmes pulsions morbides.

Il ne pouvait cesser de se poser sans fin la même question, qui tenait en un mot :

Pourquoi ?

La réponse, peut-être, n'avait pas d'importance – pas encore, du moins. Mais ce simple mot résonnait dans sa tête, y faisait des tours et des détours inlassables, infinis comme le mouvement perpétuel.

Quand il était entré dans l'abri, avançant pistolet au poing dans l'épaisse fumée, le cœur battant avec tant de violence qu'il couvrait presque la furieuse musique, il l'avait fouillé de fond en comble, mais, hormis le cadavre étendu dans sa monstrueuse vanité, il n'y avait trouvé personne. Fasciné et épouvanté, il était resté une longue minute immobile devant le coffre de verre, parcourant du regard le corps pitoyablement nu de la momie, sans pouvoir détacher ses yeux de cette vision de mort et de démence, de ce visage couvert de son terrible masque mortuaire que le temps et la nature rendaient peu à peu semblable au reste du corps.

Ainsi, c'était cela, le motif de tous ces crimes ? Tant de personnes étaient mortes pour donner à un autre mort l'illusion de la vie ? Quelle idolâtrie sanguinaire, pire que les rites les plus barbares, avait pu inspirer une telle horreur ? Quelle pouvait être l'explication, à supposer qu'il en existât une, de cette liturgie macabre et perverse, qui avait exigé le sacrifice de tant d'innocents ?

Telle était la vraie folie, avait pensé Frank : celle qui se nourrissait d'elle-même pour croître encore et toujours.

Quand, enfin, il avait réussi à se reprendre, à s'éloigner de cette vision de cauchemar, il était ressorti du refuge pour que les autres pussent entrer à leur tour et savoir ce qu'il savait sans pour autant le comprendre.

La portière de l'ambulance se referma en claquant, et ce bruit le tira de l'espèce de torpeur où il était tombé. Roberts s'approcha de lui, la main tendue. Pâle, presque terreux.

« Bon, je vous laisse », annonça-t-il d'une voix atone, en montrant du menton la voiture qui l'attendait.

Il salua Frank et Morelli et s'éloigna sans un mot de plus. Comme tous les autres, déjà partis depuis un moment, il devait avoir furieusement envie de retourner à sa vie de toujours, à ses drames de la misère ordinaire, de l'avidité ordinaire, de la violence ordinaire. Aux hommes et aux femmes qui tuaient par jalousie, par convoitise ou par hasard, mus par des folies qui ne duraient qu'un moment et qu'il n'emporterait pas dans son souvenir tels des trophées morbides, pour le restant de ses jours. Et comme les autres, il ne devait avoir qu'une seule hâte : s'éloigner de cette maison et tenter d'oublier jusqu'à son existence.

La voiture démarra et eut bientôt disparu.

Frank et Morelli restèrent seuls dans la cour. Dans les pièces du sous-sol, deux derniers policiers procédaient à d'ultimes constats avant d'escorter l'ambulance jusqu'à la morgue. Les barrages et les embouteillages qu'ils avaient causés s'étaient chargés de détourner les curieux et les journalistes, et quand ceux-ci avaient montré leur nez, tout était déjà fini. Surtout, il n'y avait rien de neuf à apprendre et à raconter, et tout ce qu'ils avaient pu partager avec la police était le désappointement. Frank leur avait envoyé Morelli, qui s'en était débarrassé avec adresse et promptitude. Sans devoir beaucoup insister, d'ailleurs.

« Je rentre aussi, Frank. Et toi, qu'est-ce que tu fais ? »

Frank regarda sa montre et pensa au général Parker, bouillant de rage dans un salon de l'aéroport. Une heure et demie plus tôt, il croyait qu'il filerait le rejoindre en arborant comme un habit neuf le soulagement d'en avoir fini avec toute cette affaire. Il s'était trompé.

« Je te suis dans quelques minutes, Claude. »

L'inspecteur s'éloigna sans un mot de plus et monta dans sa voiture. L'instant d'après, elle disparut à son tour derrière les buissons de lentisques qui croissaient au bord de la route. Puis, ce fut l'ambulance qui partit, avec le véhicule d'escorte. Les types de la morgue étaient les seuls à montrer un visage indifférent. Jour après jour, ils transportaient des cadavres, et peu leur importait qu'ils fussent morts depuis une heure, un jour ou un siècle. Sur le tableau de bord, du côté du passager, était plié un journal sportif, et Frank eut la vision fugace d'une main qui se tendait pour le prendre.

Il resta seul, immobile au milieu de la cour, sous le soleil de juillet dont il n'arrivait à sentir la chaleur. Dans l'air de l'après-midi flottait une désolation languide de cirque démonté, quand ne reste plus sur la piste que la sciure semée de paillettes ternies et de crottes d'animaux. Et peut-être un clown debout sous le soleil.

Rien de plus triste qu'un clown qui ne fait pas rire...

Malgré Helena qui l'attendait, Frank ne se décidait pas à partir. Assourdie d'abord, puis plus vive, la sensation montait en lui qu'il avait négligé quelque chose. Un petit détail, sans doute. Depuis le début de l'enquête, tout avait été affaire de petits détails. La pochette du disque sur la vidéo, le double sens d'une musique « dance », le reflet renversé dans le miroir du message laissé par Robbie Stricker...

Frank s'obligea à réfléchir froidement.

Depuis qu'on l'avait placée sous protection policière, la villa de Jean-Loup avait été jour et nuit surveillée par des agents. Comment avait-il pu commettre ses crimes en trompant leur vigilance ? Les meurtres avaient toujours eu lieu de nuit, à des heures où les hommes en faction, sauf raison impérieuse, ne seraient pas entrés chez lui de peur de le réveiller. Aussi n'avaient-ils pu constater son absence. Mais comment était-il sorti de chez lui pour rejoindre la ville ?

Un côté de la propriété s'ouvrait sur la route par un terre-plein aboutissant à un escarpement rocheux, qui descendait vers la côte en pente si raide que cette voie était totalement impraticable, surtout dans l'obscurité.

Alors, peut-être était-il sorti du côté du jardin. Mais pour arriver jusqu'à la route, il lui aurait fallu longer la piscine, descendre jusqu'au mur de séparation, l'escalader et traverser le jardin de la maison voisine, celle des Parker. Tôt ou tard, on l'aurait remarqué. Malgré l'ennui de leur tâche monotone, les agents qui gardaient sa propriété étaient tout sauf incompétents. Et dans la villa jumelle, Nathan Parker et Ryan Mosse étaient sûrement de ces gens qui ne dormaient jamais que d'un œil. Une fois, peut-être, cela aurait pu marcher. Mais ses allées et venues, inévitablement, auraient fini par éveiller l'attention.

Non. Jean-Loup devait disposer d'un moyen plus sûr.

Aucun d'eux, pensa Frank tout à coup, n'avait songé que l'abri pouvait avoir une seconde issue. Pourtant, c'était probable. Personne ou presque n'était au courant de son existence et, en cas d'explosion, la maison aurait pu s'écrouler. Les occupants du refuge, invisible sous les décombres, n'auraient eu aucun moyen de s'échapper. Oui, il devait exister une autre sortie. Mais leur perquisition minutieuse n'en avait révélé aucune trace.

Et pourtant...

Une fois de plus, Frank regarda l'heure. Il songea, sans aucune envie de sourire, que s'il continuait à consulter sa montre toutes les deux minutes, il finirait par en user le verre avec ses yeux. Glissant les mains dans les poches de sa veste, il sentit dans l'une les clefs de sa voiture et dans l'autre la forme métallique de son téléphone portable. De nouveau, ses pensées allèrent vers Helena, qui, peut-être, scrutait en ce moment la foule des voyageurs en s'attendant à le voir accourir.

L'envie le prit de se désintéresser de Nathan Parker et de l'appeler sur son mobile, à supposer qu'il ne fût pas éteint. Il y songea quelques secondes, très tenté, puis chassa cette idée. Téléphoner à Helena aurait pour effet d'alerter son père – et donc, de la trahir. Frank voulait que le vieux général continuât d'attendre, enragé contre le monde entier mais sans rien soupçonner, bloqué à l'aéroport jusqu'au moment où il arriverait pour lui dire en face ce que...

Il sortit ses mains de ses poches et serra et desserra les poings, plusieurs fois, pour se détendre un peu. L'instant d'après, il traversait la cour et retournait vers l'abri.

Sur le seuil, il s'arrêta et contempla un instant le royaume souterrain de Personne. Dans la pénombre brillaient les écrans et les signaux colorés des appareils électroniques restés allumés. Soudain lui revinrent en esprit les contes de nourrice de son enfance : des histoires de fées, d'ogres et de gnomes qui, parfois, vivaient sous la terre et enlevaient les enfants dans leurs berceaux pour les garder prisonniers dans leurs sinistres repaires...

Mais Frank n'était plus un enfant et ce qu'il vivait n'avait rien d'une fable. Ou si c'en était une, elle attendait encore d'être achevée.

Il avança d'un pas et alluma la lumière. L'abri était spacieux et parfaitement équipé. Trente ans plus tôt, la paranoïa de feue Mme Émile Tavernier avait dû coûter une sacrée somme à son époux.

Frank, d'abord, traversa la salle principale et examina les deux petites pièces contiguës : la salle de bains, qui servait aussi de réserve, et la chambre où il avait trouvé le corps momifié. Dans la première, il n'y avait qu'une masse de provisions empilées contre le mur métallique ; dans l'autre, un lit à une place, des plus spartiates. La pensée de Jean-Loup qui dormait à côté du cadavre lui donna le frisson, comme si un courant d'air glacé soufflait soudain dans son dos, et de nouveau, l'envie le prit de partir en courant.

Dans la pièce la plus vaste, il regarda autour de lui. À première vue, rien qui pût dissimuler une issue. Il ferma et rouvrit plusieurs fois les yeux, projetant dans son esprit les éléments qu'il voyait comme des diapositives.

Clic.

Un détail.

Clic.

Cherche un détail.

Clic.

Quelque chose qui ne va pas. Quelque chose de bizarre dans cette pièce.

Clic.

Une petite chose. Une minuscule anomalie.

Clic.

Tu sais que c'est là, tu l'as vu.

Clic, clic, clic...

La pièce apparaissait et disparaissait, comme sous l'effet d'une lumière stroboscopique. Il persévéra, comme si l'un ou l'autre de ses clignements d'yeux devait lui révéler ce qu'il cherchait par une espèce d'effet magique. Il se força à penser automatiquement, par simples associations d'images, comme cela lui réussissait si bien, quelquefois.

Le mur sur la gauche.

Les étagères couvertes d'appareils électroniques, utilisés par Jean-Loup pour dénaturer sa voix et fabriquer celle de Personne.

Les deux enceintes Tannoy, placées pour le meilleur effet stéréophonique.

Un lecteur de CD et de mini-discs, très hi-tech.

Un lecteur de cassettes audio.

Une table de mixage. Très compacte.

Un mastérisateur.

Un lecteur-graveur de vidéocassettes et de DVD.

Une platine pour 33 tours.

Les disques, rangés sur les étagères inférieures. D'un côté, les CD. De l'autre, les vinyles.

Au centre, la plate-forme en bois blanc qui servait de bureau.

Dessus, un ordinateur Macintosh G4, relié par des câbles aux autres appareils.

Le mur du fond.

Sur une tablette, une machine en métal noir, pas très grande. Certainement un autre petit lecteur de CD.

Un rayonnage métallique, avec quelques livres. Presque vide.

Les deux portes ouvrant sur les pièces contiguës.

Entre les deux portes, une table en bois et une petite lampe halogène.

Frank se raidit tout à coup et ouvrit tout grands les yeux.

Une machine en métal noir. Un autre petit lecteur de CD...

Il marcha jusqu'au fond de la pièce et examina avec attention l'appareil en question, posé sur sa tablette. Il connaissait peu la hi-fi, mais assez tout de même pour se rendre compte qu'il s'agissait bien d'un lecteur de CD, pourvu d'un petit écran sur le devant. Un modèle plutôt ordinaire, pas très récent, semblait-il. Des câbles en sortaient, qui aboutissaient à un trou au pied du rayonnage métallique, passant derrière les quelques livres.

Sur un côté de l'appareil, des chiffres étaient tracés au marqueur blanc. Visiblement, quelqu'un avait voulu les effacer, mais ils étaient encore lisibles.

1-10
2-7
3-9
4-8

Frank, perplexe, les regarda un long moment. Pourquoi avoir noté des chiffres à cet endroit ?

Il appuya sur la touche d'éjection et le plateau apparut, avec un compact-disc. Non un disque original, du commerce, mais une copie gravée par ordinateur. Sur la surface dorée, en grosses lettres au marqueur rouge, était inscrit le titre :

Robert Fulton – Stolen Music.

Encore ce satané disque ! Il le poursuivait comme un anathème.

Frank réfléchit. Au fond, cela n'avait rien d'étonnant que Jean-Loup eût gravé une copie de ce disque, pour l'écouter à sa guise tout en préservant l'original, si précieux. Mais alors pourquoi, le jour où il avait tué Allen Yoshida, avait-il éprouvé le besoin de l'apporter avec lui, cet original en vinyle ? Cela pouvait avoir une signification symbolique, certes, mais laquelle ? À moins que la solution ne fût ailleurs...

Frank tourna la tête pour regarder de nouveau la pièce, et ses yeux s'arrêtèrent sur la magnifique chaîne hi-fi qui trônait sur une étagère parmi les autres machines. Un appareil de qualité supérieure, de toute évidence. Et très moderne. Puis il regarda de nouveau le modèle beaucoup plus modeste posé à côté de lui.

Alors, il se posa une question.

Pourquoi diable le propriétaire d'un équipement de premier ordre écoutait-il de la musique sur ce machin de quatre sous, un banal lecteur de supermarché ?

À cette question, on pouvait trouver mille réponses, toutes plausibles. Mais Frank pressentait qu'aucune n'était la bonne. Appuyé d'une main à la tablette, il fixa de nouveau les chiffres inscrits au marqueur, comme s'il s'attendait qu'ils devinssent de feu.

Une hypothèse est un voyage qui peut durer des heures, des années, parfois une vie entière. L'intuition qui la confirme traverse le cerveau à la vitesse de l'éclair, et son effet est immédiat.

Avant, l'obscurité. Après, la lumière.

Tout d'un coup, Frank comprit ce qu'étaient ces chiffres, mal effacés par celui qui les avait tracés. Une combinaison.

Alors, il pressa une touche, et le plateau et le CD rentrèrent silencieusement dans le lecteur. Puis une autre, marquée d'une flèche, pour mettre l'appareil en marche. En vert sur l'écran apparurent des chiffres, indiquant les numéros des pistes et le minutage.

Il regarda les secondes défiler dans le petit rectangle lumineux. Au bout de dix, il passa à la deuxième piste. Cela fait, il attendit que parût le chiffre 7, et passa encore à la piste suivante. Quand sur l'écran brilla le chiffre 9, il passa à la quatrième piste. Enfin, il lut le chiffre 8 et appuya sur le bouton « STOP ».

Il y eut un déclic, tellement léger que si Frank n'avait retenu son souffle, peut-être ne l'aurait-il pas entendu. Il tourna la tête vers la droite, d'où le son provenait, et vit que le rayonnage en métal s'était avancé de quelques centimètres. Un mince espace était apparu entre le meuble et le mur.

Il y glissa ses doigts et tira doucement vers lui. Le rayonnage pivota sur des gonds, révélant une porte circulaire, en métal aussi, à une cinquantaine de centimètres du sol. La porte était munie d'une serrure rotative, très semblable à celle du battant plombé.

En perquisitionnant le bunker, ils ne s'étaient pas demandé pourquoi son occupant s'encombrait d'un grand meuble pour ranger quelques livres. Maintenant, il avait l'explication. La fausse bibliothèque dissimulait la seconde issue.

En manipulant le volant de la serrure, Frank finit par entendre un autre déclic. Il poussa la porte ronde et l'ouvrit sans aucune difficulté.

Derrière, il trouva la bouche d'une sorte de tunnel cimenté, d'environ un mètre cinquante de diamètre. Une longue galerie obscure qui partait du refuge et aboutissait... Où ? Impossible de le savoir.

Mais Frank ôta sa veste, fourra son portable dans la poche de sa chemise et empoigna son pistolet. Ce pouvait être dangereux de s'enfoncer dans ce trou obscur, à l'aveuglette, alors qu'un tueur attendait peut-être à l'autre bout. Extrêmement dangereux, même. La lumière allumée dans le bunker en éclairait faiblement les deux ou trois premiers mètres, mais ensuite, c'était l'obscurité absolue.

Frank réfléchit un instant. Puis, en pensant à l'homme qui avait fui par cette issue et à tous les crimes qu'il avait commis, il leva une jambe, puis l'autre, ploya les épaules, se glissa dans le tunnel et, résolument, commença d'avancer. En cet instant, rien n'aurait pu l'y faire renoncer, pas même la perspective de trouver à la sortie un peloton d'exécution.

60

Précautionneusement, Pierrot passa la tête hors du buisson où il était caché et regarda la route. Il vit avec soulagement que toutes les voitures étaient parties, même celles qui formaient un barrage, et que les policiers n'étaient plus là.

Bon. Maintenant, tout allait bien. Mais en arrivant, il avait eu une belle peur !

En quittant Radio Monte-Carlo, il était monté à pied jusqu'à la maison de Jean-Loup, son sac sur le dos. Il était un peu inquiet, car il n'était pas sûr de reconnaître la route. Certes, il l'avait parcourue plusieurs fois, mais toujours dans l'auto de Jean-Loup, qu'il appelait une « Mercedes », ou quelque chose comme ça. Et il était trop occupé à rire des plaisanteries de son ami pour beaucoup se préoccuper de l'itinéraire. En outre, il n'avait pas l'habitude de se déplacer tout seul, car sa mère craignait toujours qu'il ne lui arrive quelque chose de fâcheux ou qu'on ne se moque de lui, comme faisait la fille de Mme Narbonne, la boutonneuse aux dents de travers, qui s'était pourtant permis de le traiter de « demeuré ». Et plus d'une fois, encore !

Pierrot ne savait pas très bien ce que voulait dire « demeuré ». Aussi l'avait-il demandé à sa mère, mais elle avait détourné la tête – pas assez vite, cependant, pour qu'il ne pût remarquer qu'elle avait des larmes dans les yeux. Cela ne l'avait guère inquiété : sa mère avait souvent des larmes dans les yeux, comme à la fin des films à la télévision, quand l'homme et la femme s'embrassaient sur une musique de violons et qu'ensuite ils se mariaient. Tout ce que Pierrot avait espéré, c'était que ces larmes ne signifiaient pas qu'un jour ou l'autre, il devrait se marier avec la fille de Mme Narbonne !

Au bout du compte, il était arrivé devant la maison de Jean-Loup sans encombre, et sans s'être trompé une seule fois. Assez fier de lui, mais en nage, tout de même. De Monte-Carlo à Beausoleil, l'ascension était longue et plutôt raide, et il aurait bien fait d'emporter une chemisette de rechange. Mais à la réflexion, ce n'était pas grave : il pourrait en emprunter une à Jean-Loup, avant même de le voir. Pierrot savait que dans l'armoire de la buanderie, Jean-Loup gardait des chemisettes qu'il ne portait que pour travailler dans la maison. Si la sienne était trop mouillée de sueur, Jean-Loup lui en prêterait une, qu'il lui rendrait après que sa mère l'aurait lavée et repassée. Une fois, c'était déjà arrivé, quand son T-shirt était tombé dans la piscine. Jean-Loup était remonté avec un T-shirt bleu marine sur lequel était écrit « Martini Racing », en grosses lettres blanches. Il le lui avait rapporté, mais c'était un cadeau et il ne le savait pas.

La première chose, c'était trouver la clef. Tout de suite, il avait repéré la boîte aux lettres en aluminium, accrochée entre deux barreaux à l'arrière de la grille, avec le nom de Jean-Loup Verdier en lettres du même vert que la ferronnerie et le grillage autour de la propriété. Il avait glissé sa main à travers la grille pour trouver la clef et l'avait sentie sous la boîte, fixée avec une matière qui, au toucher, faisait penser à de la pâte à modeler durcie.

Il allait la détacher quand, tout à coup, il avait entendu le moteur d'une voiture. Tournant la tête, il l'avait vue se diriger vers le terre-plein devant la grille. Par bonheur, la haie et le tronc d'un gros cyprès le cachaient, en sorte que personne ne l'avait vu, et il avait eu le temps de s'enfuir derrière un buisson. Ouf !

Ensuite, il avait écarté les branches et vu que dans la voiture arrêtée sur le terre-plein, il y avait un homme qu'il connaissait, le policier à l'accent étranger qui venait tout le temps à la radio avec le gentil commissaire. Sauf que maintenant, on ne le voyait plus, le commissaire, et quelqu'un lui avait même dit qu'il était mort. Comme le monsieur étranger ne regardait pas de son côté, Pierrot s'était caché plus loin, dans un autre buisson, en courant sans se faire voir. Parce que s'il le voyait, l'homme au drôle d'accent se demanderait peut-être ce qu'il faisait là, et ensuite, il voudrait le ramener chez lui, et Pierrot ne voulait pas. Ah, non !

Alors, il avait trotté dans l'allée et trouvé un autre buisson, plus haut. De là, il voyait ce qui se passait dans la cour de la maison de Jean-Loup – et il s'en était passé, des choses ! Il avait vu tout un tas de gens qui allaient et venaient dans tous les sens. Des policiers, surtout, avec de drôles de costumes bleus, et de gros pistolets longs comme des fusils, et des casques sur la tête, et puis des policiers habillés en policiers, et puis des messieurs habillés normalement. Il en avait reconnu un, celui qui s'appelait Claude et qui venait tout le temps à la radio. Il ne souriait jamais quand il parlait aux gens, mais quand il parlait avec Barbara, elle souriait toujours.

Ensuite, il n'avait plus bougé de sa cachette, pendant un temps qui lui avait paru très long, jusqu'à ce que tous ces hommes s'en aillent. Mais finalement, il n'était plus resté personne dans la cour. Le dernier à partir, le policier avec un drôle d'accent, avait laissé la porte du garage ouverte. Mais heureusement, Pierrot était là pour la fermer quand il repartirait. Autrement, des voleurs pourraient entrer.

Pierrot émergea de son buisson et regarda autour de lui. À force de rester accroupi, il avait des fourmis dans les jambes, mais il frappa des pieds sur le sol, comme sa mère lui avait appris, et les fourmis s'en allèrent.

Pierrot réfléchit longuement et élabora un plan d'action. D'où il se trouvait, il ne pouvait pas atteindre la cour. À moins de remonter jusqu'à la route par le petit sentier en terre battue, le long de cette espèce de précipice – enfin, pas vraiment un précipice, mais presque – dont la pente dégringolait vers la mer, puis de redescendre et, finalement, d'essayer d'escalader la grille. Oui, c'était la meilleure solution.

Il s'engagea dans l'étroit raidillon, mais au bout de quelques pas, il vit du coin de l'œil quelque chose qui bougeait dans les arbustes en contrebas. D'abord, il crut s'être trompé : si quelqu'un était arrivé par le même chemin que lui, il l'aurait vu passer de sa cachette, forcément. Personne ne pouvait venir d'en bas, la pente était bien trop raide. Quoi qu'il en fût, il estima plus prudent de retourner se tapir dans son buisson. Puis il écarta les branches, pour mieux voir. Pendant quelques instants, il ne se passa rien. Mais ensuite, il remarqua de nouveau un léger mouvement parmi les arbustes. Il mit sa main sur son front pour protéger ses yeux du soleil, qui éblouissait encore très fort à cette heure-ci.

Alors, ce qu'il vit le stupéfia tellement qu'il ouvrit la bouche toute grande. En dessous de lui, vêtu de brun et de vert comme s'il faisait partie du paysage, il y avait son ami Jean-Loup, qui surgissait d'un petite tache d'arbustes juste au bord du précipice !

Pierrot en eut le souffle coupé. Il eut envie de se lever et de crier son nom pour lui signaler sa présence, mais ce n'était peut-être pas une bonne idée : si quelques policiers étaient encore dans les parages, ils risquaient de l'entendre et Jean-Loup aurait des ennuis. C'est qu'ils voulaient le mettre en prison, ces grands nigauds ! Il décida de monter un peu plus et de lui faire signe, d'un endroit où, forcément, son grand ami l'apercevrait tout de suite.

Tout en suivant des yeux Jean-Loup en contrebas, il se déplaça d'un arbrisseau à l'autre, en silence, s'efforçant d'imiter son ami, qui entrait et sortait des buissons sans que la plus légère agitation de feuillage trahît sa présence.

Arrivé en haut du raidillon, il repéra juste au-dessous de lui un endroit parfait pour agiter les bras à sa guise sans être vu de la maison. C'était une saillie rocheuse, un peu plus bas. Une saillie pas très large, mais assez pour qu'il pût s'y tenir debout, et même s'y asseoir. De là, c'était sûr, il pourrait faire signe à Jean-Loup, peut-être même l'appeler à voix basse, sans qu'aucun policier pût le remarquer.

En s'aidant un peu des mains, il descendit le long de l'escarpement, qui, près du chemin, n'était pas encore très abrupt, et arriva le plus près possible du petit éperon rocheux. Quand il fut à moins d'un mètre au-dessus, il plia les jambes, leva les bras en l'air et sauta.

À peine ses pieds l'eurent-ils touchée que la roche friable céda sous son poids et que le pauvre Pierrot commença de dévaler le long de la pente, en hurlant de terreur.

61

Depuis qu'il avait quitté l'abri, Frank avançait lentement par un viscère souterrain, dans la plus totale obscurité.

L'examen de la galerie où il venait d'entrer lui avait révélé qu'elle était juste assez haute pour lui permettre sans trop de problèmes une progression en position accroupie. Ce n'était pas la plus commode, mais sûrement la moins risquée, compte tenu de la situation. Avec un sourire amer, il pensa à Louis-Ferdinand Céline et à son *Voyage au bout de la nuit*. Il mettait le livre en pratique, en quelque sorte.

Au bout de quelques pas, il n'était plus rien resté de la clarté provenant de l'abri. Il l'avait laissée derrière lui, et son avancée s'était poursuivie dans les plus noires ténèbres. Même en prenant le temps d'accoutumer ses yeux, il n'y voyait strictement rien.

Dans sa main droite, il tenait son pistolet ; de la gauche, il s'aidait de la paroi pour se guider. Volontairement, il restait un peu déséquilibré vers l'arrière, pour que cette main lui servît d'avant-garde tactile, au cas où il rencontrerait un obstacle ou – pis encore – un trou dans le ciment où il pourrait tomber. S'il lui arrivait quelque chose à l'intérieur de ce boyau dont tout le monde ignorait l'existence, il risquait d'attendre du secours jusqu'au jour de la Résurrection universelle.

Il se déplaçait avec grande précaution, mètre par mètre. Peu à peu, ses jambes commencèrent à lui faire mal, son genou droit, surtout, qu'il s'était jadis démis pendant une partie de basket-ball et qui avait nécessité une opération du ménisque et des ligaments croisés. Cet accident avait fermé à Frank la porte des compétitions de haut niveau, à supposer qu'en ce domaine un avenir lui eût tendu les bras. Pour ne pas fatiguer son articulation, il s'efforçait d'exercer régulièrement les muscles de ses jambes, mais le moins qu'on pût dire était qu'il n'avait guère eu le souci de son entraînement, ces temps derniers. Au demeurant, ce qu'il faisait en ce moment aurait éprouvé les meilleurs sportifs.

Dans l'air du tunnel flottait une odeur mêlée de ciment, d'humidité et de feuilles pourries. De temps à autre, sa main frôlait une racine, qui avait réussi à s'enfoncer par une fissure. La première fois, le contact l'avait fait sursauter et il avait retiré sa main comme si elle avait touché un objet brûlant. Et puisque ce conduit – avait-il pensé aussitôt – aboutissait forcément à l'air libre, il était fort possible que des animaux l'eussent choisi pour y faire leur nid ou leur tanière. Frank n'avait pas particulièrement peur des bêtes, mais la perspective de poser sa main sur un putois ou un serpent n'était pas des plus réjouissantes.

Au fond, ses songeries plus ou moins fantastiques prenaient corps en ce moment. Depuis les premiers jours, la chasse à l'homme à laquelle ses collègues et lui se livraient lui faisait instinctivement penser à une progression lente, obsédante et furtive, dans le noir, le froid et l'humidité. Le monde de Personne était celui des rats, et c'était ce monde qu'ils exploraient depuis les premiers jours de l'enquête. Péniblement, anxieusement et à tâtons, cherchant dans les ténèbres le plus mince rayon de clarté.

Une phrase, soudain, lui revint à l'esprit :

« Fais-nous périr, mais dans la lumière... »

C'était la fin de la prière d'Ajax, dans l'*Iliade*. Le héros achéen implorait Zeus courroucé, non pour avoir la vie sauve, mais pour aller vers les ombres de la mort dans la clarté du soleil. Un texte sublime, qu'il avait étudié bien des années plus tôt, au lycée, et dont, étrangement, il se ressouvenait tout à coup.

Une brusque inclinaison du tunnel le ramena au présent. Son équilibre devint précaire, et il décida de continuer son avancée en position assise.

Il redoubla d'attention. Non qu'il s'inquiétât que le tunnel fût en pente de plus en plus sensible : après tout, il devait être praticable jusqu'au bout. Mais plus il approcherait du terme, plus le danger que Personne lui eût préparé un guet-apens quelconque se préciserait. Il connaissait assez son astuce et sa perfidie, et rien n'interdisait de supposer qu'il eût dissimulé quelque part un piège à loup, ou une amabilité de ce genre.

Qui pouvait être cet homme ? se demanda-t-il à nouveau. Et surtout, qui l'avait créé ? Il était patent désormais que Jean-Loup Verdier n'avait rien d'un psychopathe ordinaire, un des ces déments ivres de frustration qui commettaient des crimes pour attirer l'attention des médias et se sentir exister, fût-ce dans la violence et la cruauté les plus ignobles. Cette analyse expéditive convenait à la plupart des tueurs en série auxquels sa carrière l'avait confronté, mais ces gens étaient faibles, veules et plaintifs, le plus souvent d'intelligence plus que médiocre ; ils agissaient dans une obéissance passive à une force qui les conduisait sans qu'ils y comprissent rien, et accueillaient leur arrestation comme une espèce de délivrance.

Jean-Loup était tout autre chose. La momie dans son cercueil transparent témoignait assurément de la plus sombre folie, et sans doute son esprit abritait-il des pensées à donner le frisson. Mais c'était un combattant formidablement préparé. Sans difficulté apparente, il avait assassiné Jochen Welder et Robbie Stricker, deux hommes puissants et vigoureux, deux vrais athlètes. Puis trois policiers excellemment entraînés. Mais surtout, il était astucieux, brillant, et manifestait une incroyable force de caractère. En lui, deux personnalités – celle, familière et chaleureuse, de l'animateur de radio et celle, insaisissable et terrible, du tueur qu'on appelait Personne – semblaient coexister dans le dégoût et la haine réciproques, se pourchasser et vouloir se détruire l'une l'autre. Au fond, peut-être était-ce lui qui s'était le mieux défini, en se présentant comme « un homme et personne »...

Jamais, jamais Frank n'avait dû lutter contre un adversaire aussi dangereux. Il en avait pleinement conscience, et aucune envie de courir de risques inutiles. Sa prudence, il la devait à la mémoire de Harriet. À la mémoire de Nicolas. Et à une femme qui en ce moment l'attendait, anxieuse, dans l'anonymat d'un aéroport.

La progression dans le noir était interminable. Une heure, peut-être, avait passé depuis qu'il avait quitté le refuge. Mais il ne pouvait que s'opiniâtrer, oubliant ses muscles douloureux. Vaine obstination, peut-être ! Car à l'heure qu'il était, le plus probable était que Jean-Loup se trouvait quelque part au diable – même si Frank ne pouvait exclure qu'il l'attendît au bout de la galerie, de cette cave tout en longueur, froide et moite tel un intestin de mort ; qu'il fût aux aguets et prêt à bondir. Pourtant, le tunnel ne pouvait se prolonger jusqu'à la frontière avec l'Italie. Forcément, il débouchait quelque part, à l'est de la maison, sur le versant de la montagne.

Sur les routes avoisinantes, les barrages avaient dû créer un innommable foutoir : des files de voitures arrêtées, des curieux qui descendaient pour voir, des coups de klaxon exaspérés... Certes, les portraits de Jean-Loup étaient partout ; mais Frank ne croyait plus guère à ce genre de mesures. Les gens n'observaient que distraitement les visages des autres, ils ne voyaient que ce qu'ils voulaient voir. Il suffirait que l'assassin se fût coupé les cheveux et portât une paire de lunettes noires pour qu'il eût de bonnes chances de passer complètement inaperçu.

Au demeurant, toutes les polices étaient en alerte, et il ne leur échapperait pas aussi facilement qu'à la foule. N'importe quel flic qui remarquerait un homme surgissant à flanc de montagne pour rejoindre la route ne pourrait manquer d'avoir des soupçons. Et, eu égard au sort réservé à trois de leurs collègues (quatre, en comptant Nicolas), il se pouvait qu'il fût tenté d'user de son arme sans trop de réticence. Devinant cela, peut-être le tueur attendrait-il un moment plus propice pour sortir de sa cachette...

Frank avançait toujours. Le frottement de son pantalon contre le ciment lui semblait faire autant de bruit que les chutes du Niagara, sans compter qu'il lui brûlait la peau.

Il reprit sa position accroupie et, au moment où il se relevait, entendit le « bip » de son téléphone, telle une cloche dans le silence nocturne de la campagne. La sortie ne devait plus être loin. En plissant les yeux, il crut distinguer des taches de clarté blanche, qui dansaient devant lui. Il s'efforça d'aller plus vite, sans abandonner sa prudence, d'autant plus que son cœur battait à tout rompre.

Sa main gauche courait toujours le long de la paroi, la droite serrait son pistolet. Son genou lui faisait très mal, mais devant lui était apparu un soupçon de lumière. Et peut-être une présence à l'affût, prête à toutes les férocités.

À mesure qu'il avançait, les taches lumineuses dansaient comme des lucioles devant ses yeux, plus grandes maintenant, suspendues dans l'air obscur et humide. Frank comprit que l'issue du tunnel devait être masquée par un buisson, que ce qu'il voyait était le jour filtré par le feuillage qu'agitait un souffle de vent.

Tout à coup lui parvint l'écho d'un grand cri.

C'était un cri désespéré, et ses résolutions de prudence s'effondrèrent comme un château de cartes. En quelques pas aussi rapides que sa position le lui permettait, il atteignit le buisson qui dissimulait l'entrée du boyau.

Il écarta les branches et passa prudemment la tête à l'extérieur. Le tunnel aboutissait à un bosquet d'arbustes assez hauts et touffus, qui le couvrait entièrement.

Le cri se répéta.

Frank sortit du tunnel et se redressa. Son genou lui dit quelques mots dans une langue qu'il aurait préféré ne pas connaître, mais il n'en tint pas compte et regarda autour de lui. Le bosquet avait poussé sur un sol relativement plat, une sorte de ressaut pierreux et terreux en forme d'étroite et longue terrasse naturelle, semée de maigres arbrisseaux, de plantes rampantes et de broussaille alternant avec des surfaces de roche nue. Au bord de la route asphaltée, à une cinquantaine de mètres au-dessus, les deux villas jumelles aux jardins soignés contrastaient avec cette sauvagerie végétale. À mi-distance entre les maisons et lui, sur une mince corniche en pente raide courant au flanc de l'escarpement, Frank remarqua quelque chose qui bougeait entre les taches de buissons. Une silhouette se déplaçait avec souplesse, qui portait une chemise vert amande et un pantalon brun. Une sacoche en bandoulière pendant à son épaule, elle grimpait rapidement mais précautionneusement vers la route et son garde-fou.

Dans des millions d'années, Frank aurait reconnu cet homme parmi des millions d'autres.

Tenant à deux mains son pistolet devant ses yeux et fixant le guidon, il lui cria les mots qu'il rêvait de lui crier depuis trop longtemps :

« Plus un geste, Jean-Loup, ou je tire ! Mains en l'air, à genoux et ne bouge plus. Vite ! »

Jean-Loup tourna la tête vers lui. Il ne donna aucun signe qu'il l'avait reconnu, ni d'avoir compris ce qu'il disait, encore moins de vouloir obéir. Bien qu'il fût assez près pour voir le pistolet dans les mains de Frank, il continua de monter sans ralentir l'allure.

Frank sentit son doigt se crisper sur la détente.

À ce moment, le cri angoissé se répéta. Jean-Loup répondit, en tournant la tête vers le bas :

« Tiens bon, Pierrot, j'arrive ! N'aie pas peur, je vais te tirer de là. »

Les yeux de Frank se déplacèrent dans la même

direction. Accroché par les mains au tronc d'un petit acacia qui avait poussé en oblique sur le flanc de la montagne, il découvrit Pierrot.

Ses pieds raclaient frénétiquement la pente rocheuse, s'efforçant d'y prendre appui, mais chaque fois qu'ils la touchaient, la pierre friable s'émiettait et il se retrouvait suspendu au-dessus du vide.

Au-dessous de lui, l'escarpement descendait vers la mer, abrupt et caillouteux. Ce n'était pas une falaise à proprement parler, mais, si jamais il lâchait prise, Pierrot dévalerait sur deux cents mètres, ballotté comme une poupée de chiffons, jusqu'au fond de la ravine. Il n'avait aucune échappatoire.

« Fais vite, Jean-Loup ! J'ai mal aux mains, je ne tiens plus ! »

De loin, Frank perçut la fatigue sur le visage du garçon, et dans sa voix, il entendit vibrer une note d'effroi. Mais il entendit autre chose, aussi : la confiance, la certitude inébranlable que Jean-Loup, l'homme de radio, l'assassin, la voix de l'enfer, son grand ami, viendrait jusqu'à lui pour le sauver.

Frank relâcha la pression de son doigt sur la détente et baissa légèrement son pistolet en comprenant ce que faisait Jean-Loup en ce moment.

Il ne fuyait pas. Il se hâtait pour secourir Pierrot.

Peut-être la fuite avait-elle été son intention première, et sans doute il avait attendu dans le tunnel que le tumulte prît fin aux alentours de sa maison. Puis il était sorti de son trou, pour échapper une fois encore à la traque des policiers. Mais alors, il avait vu Pierrot en danger. Peut-être s'était-il demandé comment diable il se trouvait là, accroché à un tronc rabougri et criant au secours d'une voix d'enfant terrorisé. Ou peut-être que non. Mais en un instant, il avait tout compris, évalué les risques, et fait son choix. À présent, il agissait en conséquence.

Frank se sentit envahi d'une sourde fureur, fille de sa frustration. Il y avait si longtemps qu'il attendait ce moment, celui de tenir en ligne de mire l'homme qu'il avait recherché si désespérément ! Mais il ne pouvait pas tirer. De nouveau, il leva son pistolet, le serrant comme jamais de sa vie il n'avait serré une arme. Au-delà du guidon, il y avait le corps de Jean-Loup, sa haute silhouette agile qui se déplaçait contre la paroi pour arriver jusqu'à son jeune ami.

Maintenant, il était au-dessus de lui, à peu près à l'endroit d'où le garçon était tombé. Entre eux, le trou que sa chute avait creusé à la place de la saillie effritée. De là, il était impossible de l'atteindre, de lui tendre une main pour l'aider à remonter.

Jean-Loup parla, de sa voix chaude et profonde.

« J'y suis, Pierrot. N'aie pas peur, tout va bien. Mais tiens-toi très fort et reste calme. Compris ? »

Malgré la précarité de sa situation, Pierrot répondit par un de ses hochements de tête habituels. La frayeur ouvrait tout grands ses yeux, mais son assurance restait absolue : son ami trouverait la solution.

Frank vit Jean-Loup poser sa sacoche, puis ôter la ceinture de son pantalon. Il n'avait pas la moindre idée de ce qu'il comptait faire pour tirer Pierrot du danger, mais n'avait d'autre choix que de regarder la scène, sans bouger, en continuant de le viser avec son pistolet.

À peine Jean-Loup eut-il fait glisser sa ceinture du dernier passant qu'un bruit retentit, pareil au souffle d'une sarbacane. Près de lui, la poussière gicla, et il se recroquevilla sur lui-même, dans un réflexe qui lui sauva la vie.

Le même bruit fut suivi d'une autre giclée de terre, à l'endroit exact où se trouvait sa tête une seconde plus tôt. Frank leva les yeux. Au sommet de l'escarpement, un peu en contrebas du garde-fou, enfoncé dans la broussaille jusqu'au milieu du corps, il vit le capitaine Ryan Mosse, et, dans sa main, un gros automatique muni d'un silencieux.

Alors se produisit une chose presque impossible à croire. En un éclair, Jean-Loup se redressa, plongea dans les buissons de lentisques et disparut à la vue. Le plus simplement du monde. Un instant plus tôt, il était là. Maintenant, il n'y était plus.

Frank en resta bouche bée. Probablement Ryan Mosse fut-il tout aussi stupéfait, mais cela ne l'empêcha pas de faire feu à plusieurs reprises, très vite, en visant les buissons où Jean-Loup s'était volatilisé. Il tira et tira encore, jusqu'à ce que son chargeur fût vide, le remplaça aussitôt et leva de nouveau son arme. Puis il entama une descente précautionneuse, sans détacher les yeux de la tache de verdure où sa cible s'était glissée.

Frank tourna vers lui le canon de son Glock.

« Va-t'en, Mosse ! Cette affaire ne te regarde pas. Baisse ton arme et remonte ! Ou alors, donne-nous un coup de main. Ce qui compte, c'est de sauver ce garçon pendu à son arbre. Le reste passe après ! »

Le capitaine continua de descendre, pistolet au poing, et, sans quitter les buissons du regard une seule seconde, répondit d'une voix forte :

« Cette affaire ne me regarde pas ? C'est toi qui le dis, *monsieur* Ottobre ! Mais c'est moi qui choisis les priorités. D'abord, liquider ce type. Ensuite, on verra bien si on peut encore l'aider, ton pauvre débile... »

Frank fixait des yeux la silhouette massive de Mosse par-delà le guidon de son arme. L'envie de tirer était forte, autant que celle de faire feu sur Jean-Loup, sans lui accorder la circonstance atténuante d'avoir risqué sa vie pour sauver un chien ou un « pauvre débile », comme Mosse l'avait appelé.

« Je te le répète : baisse ton arme, Ryan ! »

Le capitaine partit d'un rire bref, sec, hargneux.

« Sinon, qu'est-ce que tu vas faire, hein ? Me flinguer ? railla-t-il. Ensuite, tu iras te vanter d'avoir abattu un soldat de ton pays pour sauver la peau d'un assassin ? Allez, range ta pétoire et prends plutôt une leçon... »

Sans cesser de le tenir en joue, Frank se déplaça le long de la corniche et commença de s'approcher le plus rapidement possible de Pierrot. Jamais il ne s'était trouvé dans pareille situation, contraint de décider parmi des options aussi multiples – et toutes susceptibles de lui coûter la vie.

« Au secours ! Je vais lâcher... »

C'était la voix de Pierrot, désespérée. Frank, aussi vite qu'il pouvait, s'avança vers l'endroit où Jean-Loup s'était placé un moment plus tôt. Les branches des ronciers tentaient de le retenir, s'accrochant à ses vêtements comme des mains malveillantes surgies de terre. De temps à autre, il levait les yeux vers Ryan Mosse, qui poursuivait sa descente précautionneuse le long de la pente accidentée, pistolet au poing, scrutant la végétation pour y repérer Jean-Loup.

Tout à coup, à moins de trois mètres du capitaine, Frank vit les buissons s'agiter. Aucun mouvement n'avait été perceptible parmi les branches, rien, pas un signe qui pût laisser supposer ce qui allait se produire. Mais ce qui, soudainement, jaillit de la tache de verdure n'était plus l'homme qui tout à l'heure y avait plongé pour s'enfuir. Ce n'était plus Jean-Loup Verdier, mais un démon chassé de l'enfer parce que les autres démons en avaient peur. En lui vibrait une tension surhumaine, inhumaine plutôt, comme si une bête féroce l'habitait, un fauve entré dans son corps pour lui offrir toute la force de ses muscles et toute l'acuité de ses sens.

Empli de cette concentration de souplesse, de vigueur et de grâce, Jean-Loup s'avança.

En une fraction de seconde, un coup de pied fit voler l'arme des mains de son adversaire. Le pistolet vola très loin et se perdit dans les broussailles. Mosse était un soldat, à coup sûr un excellent soldat, parfaitement entraîné, comme sa triste réputation l'attestait, et prêt à tous les combats.

Sauf, peut-être, à un combat contre des fantômes.

Il plia les jambes et se mit en position de défense. Il était plus grand et plus massif que Jean-Loup, mais l'impression de menace qui émanait de cet homme était si forte qu'elle les plaçait sur un pied d'égalité. Cependant, Mosse avait un avantage sur Jean-Loup : il n'était pas pressé, il avait tout son temps. Peu lui importait le garçon accroché à son arbre comme un noyé à une planche. Il savait en revanche que l'autre avait la plus grande hâte de courir à sa rescousse. Cette hâte, sans doute comptait-il en jouer, pour pousser Jean-Loup à l'erreur.

Au lieu de contre-attaquer, il attendit, reculant d'un

pas chaque fois que son adversaire approchait. Cependant, Jean-Loup s'adressait à Pierrot.

« Pierrot, tu m'entends ? Je suis toujours là, ne crains rien. J'arrive ! »

Tandis qu'il rassurait son jeune ami, il parut se déconcentrer et baisser sa garde un instant. Ce fut celui où Mosse l'assaillit.

Ce qui se passa ensuite révéla à Frank qu'il s'était agi d'une tactique de Jean-Loup, pour inciter Mosse à passer à l'attaque.

Tout ne dura qu'un moment. Mosse fit une feinte sur la gauche, puis tenta une série d'*atemi* que Jean-Loup para avec une facilité déconcertante, humiliante même. Puis le capitaine avança d'un pas. Frank était trop loin pour distinguer les détails du combat, mais il lui sembla que l'expression apparue soudain sur le visage du Texan était de grande surprise. Il fit une autre approche, avec ses bras cette fois, puis, vif comme la foudre, lança un puissant coup de pied. La même manœuvre, pensa Frank, que le jour de leur bagarre sur le chemin de la villa. À ceci près que Jean-Loup ne tomba pas dans le piège, comme lui ce matin-là, en tentant de dévier le coup et s'exposant ainsi à la réaction de l'adversaire. Se penchant très légèrement à gauche, il laissa le pied de Mosse frapper l'air ; puis, posant un genou à terre, il se glissa sous sa jambe levée et la bloqua dans cette position, déséquilibrant le corps du capitaine vers l'arrière, avant de lui asséner un terrible coup de poing à l'entrejambe et de le pousser de côté.

Frank entendit distinctement le sourd gémissement de douleur qui s'échappa de la bouche de Mosse au moment où il tombait. Son corps ne s'était pas encore affaissé dans les buissons que Jean-Loup s'était déjà relevé. Sa main droite serrait un couteau. Il l'avait empoigné si rapidement que Frank n'avait rien vu, et aurait pu croire que ce couteau était dans sa main depuis le début du combat, qu'il venait simplement de devenir visible. L'instant d'après, plongeant dans les broussailles où Mosse était tombé, il disparut une fois de plus.

Quand il se redressa, l'animal qu'il portait en lui n'était plus là, et la lame du couteau était ensanglantée.

Frank n'avait pu voir la fin du combat, car entre-temps il était arrivé près du pauvre Pierrot suspendu à son acacia, laissant derrière lui Jean-Loup et Ryan Mosse. Sur le visage du garçon, il lisait la peur, mais surtout un épuisement des plus inquiétants. Ses mains crispées autour du tronc providentiel étaient congestionnées par l'effort, et Frank comprit qu'il ne tarderait guère à lâcher prise. Il s'efforça de le rassurer, en lui parlant avec une tranquillité qu'il était loin de ressentir.

« Je suis là, Pierrot. Je viens te chercher. »

Le malheureux était trop exténué pour trouver la force de répondre. Frank regarda autour de lui. Il était à l'endroit exact où se trouvait Jean-Loup quand les tirs de Mosse l'avaient contraint à fuir, après avoir ôté sa ceinture.

Pourquoi la ceinture ?

De toute évidence, il comptait s'en servir pour secourir Pierrot. Mais comment ? Frank regarda la pente rocailleuse et vit qu'à environ deux mètres au-dessus de l'acacia auquel Pierrot s'agrippait, il y avait un tronc d'arbre, desséché, de la même longueur à peu près, poussé plus en oblique encore, presque en surplomb. L'arbre mort n'avait plus de feuilles depuis bien longtemps, mais ses branches maigres se tendaient vers le ciel, comme si, par une bizarrerie de la nature, ses racines avaient crû vers le haut. Soudain, il comprit quelle était l'intention de Jean-Loup. Aussitôt, il se décida. Il posa son téléphone sur la corniche, près de la sacoche abandonnée par Jean-Loup, puis mit son Glock dans son pantalon, détacha son étui fixé à sa ceinture et ôta celle-ci, non sans vérifier qu'elle était assez solide pour l'usage qu'il s'apprêtait à en faire. Oui, le cuir tiendrait bon. La glissant de nouveau dans la boucle, il en fit une sorte de nœud, le plus large possible.

Puis il observa la pente abrupte au-dessous de lui. Atteindre l'arbre mort ne serait pas facile, mais possible tout de même. Il s'y employa et, avançant le long de la roche accidentée, y parvint plus vite qu'il n'aurait cru, en s'agrippant à des broussailles dont il espérait que leurs racines étaient solides. Quand il s'appuya sur le tronc, le contact avec son écorce desséchée lui rappela la peau du cadavre découvert dans l'abri – image suivie, au bruit de l'arbre mort qui craquait un peu sous son poids, d'une autre : celle de son corps qui dégringolait jusqu'au bas de l'escarpement. Ce qui valait pour Pierrot valait aussi pour lui : si ce tronc cédait, c'en serait fini de Frank Ottobre... Il chassa cette pensée, s'allongea sur l'écorce et tendit les bras vers le bas, sa main droite serrant la ceinture.

« Attrape, Pierrot ! »

Non sans hésitation, le garçon tendit une main vers le haut, puis la baissa précipitamment pour la crisper de nouveau sur le maigre tronc de l'acacia.

« C'est trop haut... »

Avant même qu'il répondît, Frank avait déjà compris : la longueur de ses bras et du nœud de cuir ne suffirait pas pour atteindre Pierrot. Il n'y avait plus qu'une chose à faire. Serrant le tronc avec ses jambes, il se laissa pendre dans le vide, à la façon d'un trapéziste, en s'arrangeant pour que ses épaules prissent appui sur la déclivité du terrain. Tenant à deux mains la ceinture nouée, il la tendit vers le bas et, cette fois, réussit à la faire descendre jusqu'à Pierrot.

« Voilà, ça y est. Maintenant, agrippe-toi à la ceinture, une main à la fois. »

Du coin de l'œil, il suivit la manœuvre hésitante du garçon, qui suait et soufflait tant et plus. Quand il eut saisi la ceinture, le tronc mort auquel Frank était suspendu émit, sous ce surcroît de poids, un grincement nettement plus sinistre que le premier. Frank sentit que Pierrot n'était plus soutenu que par ses bras et ses jambes enroulées autour du tronc. À sa place, il en était sûr, Jean-Loup aurait accompli cette opération sans grand effort, il serait parvenu à le hisser suffisamment pour qu'il reprît pied, ou du moins trouvât un appui moins précaire, saisît l'arbre mort auquel lui-même était pendu telle une chauve-souris. Frank espérait de tout son cœur y parvenir aussi.

Il se mit à tirer vers le haut, et dans son effort le sang lui monta à la tête – lui descendit, plutôt – si violemment qu'il en éprouva presque une douleur. Il vit que Pierrot remontait vers lui, centimètre par centimètre, en tâchant de s'aider avec ses pieds contre la pente. Les muscles de Frank commençaient de lui brûler tant leur contraction était intense, comme si sa chemise avait pris feu.

Son pistolet, attiré par la force de gravité, glissa de son pantalon. Il frôla en tombant la tête de Pierrot, puis dévala en rebondissant pour se perdre au fond du ravin.

À ce moment partit du tronc sec un bruit qui résonna comme l'explosion d'une grosse bûche embrasée dans une cheminée.

Frank tirait de toutes ses forces. À chaque seconde, la douleur dans ses bras devenait plus insupportable, comme si son sang s'était transformé en acide. Il eut l'impression que ses muscles allaient se déchirer, révélant son squelette, puis que les os se détacheraient pour dégringoler le long de l'escarpement en même temps que le corps de Pierrot.

Mais Pierrot remontait, petit à petit, et Frank serra les dents. Parfois, l'espace d'un instant, il était tenté de lâcher prise pour faire cesser ce supplice, mais la seconde d'après il sentait un regain d'énergie monter de quelque part en lui, il ne savait où, comme s'il en possédait une réserve ignorée dont seules la rage et l'obstination pouvaient ouvrir la porte.

À présent, Pierrot était assez proche pour que Frank pût s'aider du reste de son corps. En tirant de toutes ses forces, il parvint à glisser la ceinture sous son menton, pour transférer une partie du poids sur les muscles de son cou et de son dos appuyé au sol. Dans ses bras, la sensation de soulagement fut immédiate. Cela fait, serrant la ceinture d'une main, il tendit l'autre vers Pierrot.

« Maintenant, lâche la ceinture, calmement, une main à la fois. Agrippe-toi à mes bras et hisse-toi sans te presser. Je te tiens. »

Frank n'aurait pu jurer que ces derniers mots n'étaient pas une fausse promesse. Toutefois, quand Pierrot obtempéra, lâcha le nœud de cuir et saisit son bras gauche, puis le droit et que lui-même eut libéré son cou, il se sentit beaucoup plus léger et eut la sensation qu'on avait versé de l'eau fraîche sur son corps baigné de sueur. Les mains de Pierrot serraient frénétiquement ses poignets, et il s'élevait progressivement vers lui, avec une force surprenante. Mais l'instinct de conservation était une sorte de dopage naturel, Frank le savait. Il fit cependant des vœux pour que cette force ne vînt pas à lui manquer tout à coup.

Enfin, Frank réussit à l'attraper par la ceinture de son pantalon et, dans un suprême effort, l'aida à saisir le tronc de l'arbre mort. Le corps de Pierrot glissa le long du sien, ahanant et gémissant, mais Frank n'y voyait plus rien, tant la sueur lui brûlait les yeux.

« Tu y es ? »

Le garçon ne répondit pas mais, tout à coup, Frank sentit que son poids s'était détaché de lui. Avec volupté, il laissa son torse se détendre contre le terrain et ferma les yeux. D'en haut, il entendit soudain une voix qui semblait venir de très loin, d'une distance infinie, comme un appel dans les montagnes. La fatigue l'avait plongé dans une sorte d'épaisse torpeur, mais il lui sembla reconnaître cette voix.

« Bravo, Pierrot. Maintenant, agrippe-toi aux buissons et remonte encore un peu, vers moi. Calmement, surtout. Tu ne risques plus rien, tu n'as plus qu'à me rejoindre. »

Frank sentit une légère secousse se communiquer à son corps, et le tronc mort grinça une fois de plus au moment où Pierrot le lâchait pour gravir sans son aide les derniers mètres vers la sécurité. Le bois sec et inerte semblait aussi soulagé que lui.

Il n'en avait pas fini, cependant. Il lui fallait vaincre

l'engourdissement physique et mental qui s'était emparé de lui, maintenant que sa tension nerveuse était retombée. Si épuisé qu'il fût, il devait rassembler ses ultimes forces : s'il attendait encore, il savait que cette illusoire sensation de repos l'ankyloserait tout à fait et qu'il n'arriverait plus à se remettre debout.

Il pensa à Helena, muette sur sa banquette de l'aéroport, et à la tristesse dans ses yeux gris. Il vit la main de son père, le général, suspendue au-dessus d'elle comme la serre d'un rapace...

La fureur vint à sa rescousse. De nouveau, il serra les dents et, contractant ses abdominaux – les seuls muscles de son corps qu'il n'eût pas trop sollicités –, il donna un coup de reins et réussit, Dieu sait comment, à se redresser et à saisir le tronc sec, avec une main, puis l'autre. Le sang reflua de sa tête et il fut pris d'un vertige qui lui brouilla la vue. Puis l'écorce grise parut se rapprocher de lui à la manière d'un mirage, et un ultime grincement du bois lui rappela que, tel un mirage, ce tronc pouvait se dissoudre d'un instant à l'autre. Mais son vertige se dissipa, et il finit par se retrouver en position assise. Fermant les yeux, il espéra que les deux éponges desséchées qu'étaient devenus ses pauvres poumons seraient capables de contenir tout l'air qu'il aspirait.

Quelques instants encore, il demeura ainsi, dans la pénombre confortable de ses paupières closes, son corps abandonné contre l'écorce rêche, attendant de sentir qu'un peu de ses forces lui revenaient.

Enfin, il rouvrit les yeux. Légèrement plus haut, à une dizaine de mètres sur sa gauche, là où la corniche était la plus plate et la plus large, Pierrot se tenait debout à côté de Jean-Loup et lui ceignait la taille avec son bras, comme si, d'être resté si longtemps au-dessus du vide, il éprouvait le besoin de s'accrocher à quelque chose ou à quelqu'un pour s'assurer que son sauvetage n'était pas une illusion.

Jean-Loup avait posé une main sur son épaule. Son autre main serrait encore le couteau sanglant, et, l'espace d'un instant, Frank eut peur qu'il ne l'approchât de la gorge de Pierrot et ne prît le garçon en otage, pour protéger une nouvelle fuite. Mais il chassa cette idée. Non, c'était impossible, pas après ce qu'il avait vu, pas après que Jean-Loup avait renoncé à tout espoir de s'échapper pour porter secours à son jeune ami. Soudain, il se demanda ce qu'il était advenu de Ryan Mosse. Mais, au moment même où il se posait cette question, il comprit qu'il se fichait complètement de son sort.

Quelque chose se passait beaucoup plus haut, et Frank leva les yeux. Au niveau de la route, appuyés au garde-fou, des gens observaient la scène près de leurs voitures arrêtées. Peut-être les cris de Pierrot les avaient-ils alertés, ou peut-être n'étaient-ce que des touristes qui avaient fait halte pour admirer le panorama et avaient ensuite assisté au sauvetage, par hasard. Jean-Loup tourna la tête et suivit son regard. Lui aussi aperçut le petit attroupement, à presque quarante mètres au-dessus d'eux. Ses épaules se voûtèrent légèrement, comme grevées par un poids soudain et invisible.

Frank se redressa complètement et fit en sens inverse le parcours accidenté qui l'avait amené de la corniche au tronc. Ce fut avec un soulagement indicible qu'il traversa les derniers buissons et posa enfin ses pieds sur le plat, sur le monde horizontal et le salut qu'il promettait.

Immobiles, Jean-Loup et Pierrot le regardèrent s'avancer, et, dans les yeux de Jean-Loup fixés sur les siens, Frank retrouva la lumière verte qu'il connaissait si bien. Il se sentait exténué. Si grande était sa faiblesse que pas un instant il n'aurait pu lutter contre cet homme, non, pas après ce qu'il avait vu un peu plus tôt, lors du combat avec Ryan Mosse. Il le savait.

Peut-être Jean-Loup devina-t-il ses pensées. Il sourit légèrement, et son sourire fleurit sur un visage soudain très las. Par-delà ce simple mouvement des lèvres, il y avait des choses que Frank ne pouvait que supposer, il y avait une vie tout entière scindée entre la lumière et l'ombre, la chaleur et la glace, la lucidité et le délire, dans un perpétuel et insoluble dilemme : être un homme ou personne.

Le sourire de Jean-Loup s'éteignit. Sa voix fut celle de toujours, celle qui enchantait ses auditeurs à la radio. Elle irradiait la tranquillité et le bien-être.

« Sois tranquille, agent Frank Ottobre. Je sais lire le mot "FIN" quand le film est terminé. »

Frank se pencha pour ramasser son portable où il l'avait laissé. En cherchant dans la mémoire le numéro de Morelli, il songea à l'absurdité de la situation : il était là, désarmé, à la merci d'un homme capable de le désintégrer même avec une main liée dans le dos, et s'il lui était permis de vivre, c'était seulement parce que cet homme avait résolu de ne pas le tuer...

La voix de Morelli surgit brusquement du petit appareil.

« Allô ? »

Frank n'avait plus à lui offrir que sa voix exténuée – et une bonne nouvelle.

« Claude, ici Frank. J'ai besoin d'une voiture...

— Qu'est-ce que tu as, Frank ? » s'enquit Morelli, inquiet.

Répondre lui coûta une énorme énergie.

« Reviens tout de suite à la villa de Jean-Loup, avec une voiture et deux agents. Je l'ai pris. »

Il n'écouta pas les commentaires de l'inspecteur, non plus qu'il ne vit Pierrot baisser la tête et se serrer encore plus fort contre l'homme qu'il aimait tant. Tout ce qu'il vit fut la main de Jean-Loup qui s'ouvrait lentement et laissait tomber à terre le couteau ensanglanté.

62

La voiture aux couleurs de la Sûreté publique de Monaco déboula de l'autoroute à une vitesse supersonique et, sans ralentir, descendit la bretelle menant à l'aéroport Nice-Côte-d'Azur. Frank avait déclaré à Xavier Lacroix qu'arriver à temps était une question de vie ou de mort, et Xavier l'avait pris au mot. En sortant du virage au bas de la bretelle, ils tombèrent tout à coup sur un rond-point en travaux, et, malgré tous les crissements de pneus qu'il avait entendus depuis le départ de Monte-Carlo, Frank jugea qu'une voiture de police devait s'incliner comme toute autre devant les lois de la physique, dont une des plus fondamentales était l'impénétrabilité des corps. Il s'attendit donc que le véhicule, malgré le talent de Xavier, butât contre les balises rouges et blanches et finît sa course dans le décor peu pittoresque des graviers de la plaine du Var. Mais une fois encore, son pilote préféré parvint à l'étonner : négociant un parfait dérapage contrôlé, il contourna l'obstacle et repartit de plus belle après un magistral coup de volant.

Le Terminal 2 apparut, et Frank vit Morelli se détendre. Il savait qu'il survivrait. Enfin, la voiture ralentit et dépassa la zone de débarquement rapide des passagers, le *Kiss and Fly*. « On s'embrasse et on s'envole. » Frank sourit. Le général Parker s'envolerait, c'était sûr. Qu'il l'embrassât avant de partir était beaucoup plus douteux...

Xavier freina devant une entrée réservée protégée par une barrière, que les deux vigiles de faction écartèrent en voyant le blason de la police monégasque. L'inspecteur soupira profondément, puis se pencha vers le chauffeur.

« Mon garçon, je suis trop jeune pour mourir, le morigéna-t-il en agitant un index comminatoire. Si jamais tu conduis comme ça au retour, je te promets que le prochain volant que tu tiendras entre les mains sera celui d'un tracteur au fin fond de la campagne berrichonne ! »

La main sur la poignée, Frank sourit de nouveau.

« Ne t'inquiète pas, champion. Morelli aboie, mais il ne mord pas ! »

Son portable se mit à sonner, avec tant d'insistance qu'en le prenant il s'attendait à le trouver brûlant, comme si ce son exaspéré avait un effet thermique. Il devinait qui l'appelait.

« Allô, Frank ? Ici Froberger. Où es-tu ?

— Juste devant l'aéroport. J'allais descendre de voiture. »

Dans la voix du commissaire, il sentit le soulagement d'un homme qui vient de réchapper d'un tremblement de terre.

« Ouf ! Tant mieux. Notre ami est en ébullition, il a de la fumée qui sort par tous les orifices. Dans un quart d'heure, il va déclarer la guerre à toute l'Europe ! Je ne te raconte pas ce que j'ai été obligé d'inventer...

— Je te crois, coupa Frank. Mais de ma part, ça n'avait rien d'un caprice, je te le jure. Tu m'as rendu un service que je n'oublierai jamais.

— Arrête les violons, sinon je sors mon mouchoir ! Bon, je te retrouve dans deux minutes. »

Frank rangea son téléphone et mit pied à terre.

« Nous t'attendons ? demanda Morelli.

— Non. Rentrez, je me débrouillerai. Et puis...

— Oui ?

— Merci. Merci à tous les deux. »

Morelli le regarda d'un air complice.

« Va, dépêche-toi ! Je crois qu'on t'attend. »

Frank se pencha vers le jeune chauffeur, tout aussi malicieusement.

« Xavier, je te parie cent euros contre une carte de visite de Roncaille que tu n'arriveras pas à regagner Monte-Carlo plus vite que tu n'es arrivé ! »

En riant, il claqua la portière pour couper court aux protestations de Morelli. Mais quand il entendit le moteur s'éloigner, sa gaieté avait déjà disparu.

L'arrestation de Jean-Loup et la fin du cauchemar avaient apporté dans les locaux de la Sûreté publique de Monaco une espèce d'atmosphère de Noël avant saison. Sans guirlandes ni champagne, car tous les morts semés par cet homme sur son chemin interdisaient qu'on festoyât vraiment. Pour tous, cependant, le voir arriver au commissariat entre deux agents et menottes aux poignets avait été comme un beau cadeau trouvé sous le sapin. Si quelques-uns avaient pensé que Nicolas Hulot n'était plus des leurs pour partager cette jubilation, ils s'étaient abstenus d'en parler. Le fait que l'assassin eût été capturé grâce à une intuition géniale de Frank Ottobre et qu'il fût parvenu à l'arrêter sans l'aide de personne avait accru à un degré hyperbolique l'estime où le tenaient les policiers monégasques, ou l'avait fait naître chez ceux qui jusque-là n'avaient pas cru en lui. Frank avait souri quand il fallait sourire, serré les mains qu'on lui tendait, accueilli les félicitations : en somme, pris part à l'allégresse générale, qu'il ne partageait pas tout à fait. Mais il s'était adapté à ce climat de triomphe, pour ne pas jouer les rabat-joie.

Toutefois, il n'avait pas tardé à faire un geste qui semblait destiné à devenir – au moins pour ce jour-là – une sorte de rituel compulsif : il avait regardé sa montre. Et réclamé une voiture pour filer au plus vite vers l'aéroport de Nice.

Il s'avança rapidement vers la porte de verre, qui, percevant sa hâte, s'ouvrit docilement. À peine l'eut-il franchie qu'il trouva devant lui la figure familière du commissaire Froberger, qui fit mine d'essuyer la sueur de son front.

« Tu ne croiras jamais à quel point je suis content de te voir.

— Tu ne croiras jamais à quel point je le pressentais ! »

Ils avaient parlé du même ton jovial, mais tous deux étaient sincères.

« J'ai dû faire toutes les contorsions possibles et imaginables pour convaincre notre homme de ne pas réclamer une intervention officielle. Je l'ai pratiquement ceinturé au moment où il allait appeler le président des États-Unis ! Seulement, tu sais comment il est. Il a raté un avion, mais le prochain vol pour Washington part dans un peu plus d'une heure. Si tu prétends le retenir encore, il va entrer dans une fureur incroyable...

— Rien n'est incroyable avec le général Parker », répliqua Frank, sibyllin.

Par un long couloir moquetté, ils arrivèrent dans la zone de l'aéroport où Froberger avait confiné les Parker. Frank montra sa carte au responsable du détecteur de métaux, et un policier en uniforme leur indiqua un passage latéral, pour éviter la queue et gagner tout de suite la salle d'embarquement.

« À propos de choses incroyables, comment avance l'autre affaire ? La rumeur court qu'il y aurait du nouveau.

— C'est de Personne que tu parles ? Nous l'avons arrêté », dit Frank distraitement.

Le commissaire le fixa des yeux, pantois.

« Arrêté ? Quand ?

— Il n'y a pas deux heures.

— Et c'est comme ça que tu me l'annonces ? »

Frank le regarda à son tour.

« Cette histoire est terminée, Charles. Chapitre clos ! »

Froberger n'eut pas le temps de le questionner davantage, car ils étaient arrivés devant la porte d'un salon privé, devant laquelle se tenait un agent.

Frank s'immobilisa. Derrière cette porte, il y avait le général Nathan Parker, sa fille Helena et son petit-fils Stuart. Le premier encombrait son présent. Les deux autres allaient embellir son avenir. Il fixa le battant comme s'il était transparent et qu'il pouvait voir au travers les trois personnes qui se trouvaient dans la pièce. Froberger s'approcha de lui et lui mit une main sur l'épaule.

« Tu as besoin d'un coup de main, Frank ? »

Dans sa voix, Frank sentit une nuance presque protectrice. Sous ses airs de bûcheron, Charles Froberger était à n'en pas douter un homme d'une infinie délicatesse.

« Non, merci. Pas la peine. Tu m'as déjà aidé plus

que tu n'imagines. Maintenant, c'est à moi de me débrouiller seul. »

Frank Ottobre respira profondément, puis poussa la porte.

La pièce où il entra était un de ces salons pour VIP comme il y en a tant dans les aéroports, confortables et anonymes, à la disposition des titulaires de billets de classe affaires. Fauteuils et divans de cuir, murs aux tons pastel, moquette épaisse, petit réfrigérateur garni de sandwiches et de boissons, reproductions de Van Gogh et de Matisse parmi des affiches de compagnies aériennes dans des cadres d'acier poli. Il y régnait cette sensation de précarité si typique de ce genre de lieu, comme si la multitude des arrivées et des départs avait laissé dans l'air, en dépit du confort, une sorte de vague désolation.

Helena était assise sur un divan et feuilletait une revue. Stuart, à côté d'elle, jouait avec un jeu vidéo portatif. Devant eux, sur une table basse, étaient posés deux gobelets et une bouteille de jus d'orange.

Le général Parker était debout et lui tournait le dos. Les mains croisées derrière lui, il examinait la copie d'une *Crucifixion* de Dalí accrochée près de la fenêtre.

Au bruit de la porte qui s'ouvrait, il tourna la tête et le regarda comme on regarde une personne qu'on n'a pas vue depuis longtemps et dont on s'efforce d'associer l'aspect à un nom et à un lieu.

Helena leva les yeux et, dès qu'elle l'aperçut, son visage s'illumina. Frank remercia le destin que la lumière de ce regard lui fût réservée. Mais il n'eut pas le temps de goûter cet instant d'émotion. Immédiatement, la rage de Parker descendit sur lui – sur eux – comme une noire nuée couvrant le soleil. En deux pas, il s'était posté entre Frank et Helena. Sur son visage, la haine brûlait plus fort que les flammes d'un incendie.

« Vous ! J'aurais dû y penser, que vous étiez derrière tout ça. Mais c'est votre dernière erreur, Mr Ottobre, et celle-ci est définitive. Je vous l'ai déjà dit et je vous le répète encore : vous êtes un homme fini ! Dans votre stupidité, vous croyez peut-être que ce sont des paroles en l'air, mais croyez-moi, dès que je serai à Washington, je ferai en sorte que vous soyez broyé, réduit à néant, qu'il ne reste de vous que... »

Frank fixa de son regard le plus indifférent le visage congestionné du vieux militaire. En lui soufflaient des bourrasques assez fortes pour soulever un raz de marée. Mais quand il l'interrompit, ce fut d'une voix si tranquille que son adversaire en fut encore plus exaspéré.

« À votre place, j'essaierais de me calmer, général. Votre santé est certes excellente, mais tout de même, à votre âge, il est prudent de ménager son cœur. Je doute que vous vouliez prendre le risque de claquer d'un infarctus et de me libérer de vous de manière si récréative. »

Ce qui, à ce moment, passa dans le regard du général fut comme le soulèvement de mille bannières agitées par le vent de la guerre. Mais au fond de cette ire et de cette incrédulité, Frank vit avec satisfaction une ombre de soupçon. Peut-être le vieux faucon commençait-il à de demander d'où Frank tirait la force de le défier avec cette insolence, et de quelle certitude. Mais ce ne fut qu'un instant, un éclair, et aussitôt les implacables yeux bleus déversèrent à nouveau leur arrogance méprisante. Il décida de répondre à Frank sur le même ton, et prit une voix mielleuse et condescendante.

« Navré de vous décevoir, jeune homme, mais mon cœur est solide comme un roc. C'est plutôt le vôtre, il me semble, qui souffre de palpitations malvenues. Et c'est une autre de vos erreurs. Ma fille... »

Frank l'interrompit de nouveau. Et le général Parker n'avait guère l'habitude qu'on lui coupât la parole.

« Concernant votre fille et votre petit-fils... »

Il fit une pause après le mot « petit-fils », parlant bas pour que l'enfant ne pût l'entendre. Stuart observait l'altercation d'un air ébahi, et, sur le divan près de lui, son jeu vidéo complètement oublié émettait avec obstination des « bip, bip, bip » désolés.

« Concernant votre fille et votre petit-fils, disais-je, le meilleur conseil que je puisse leur donner serait d'aller faire un tour dans l'aéroport. Peut-être ce que nous avons à nous dire doit-il rester confidentiel, voyez-vous...

— Nous n'avons rien à nous dire du tout, agent Frank Ottobre ! Et ma fille et mon petit-fils resteront ici. C'est vous qui allez prendre la porte et disparaître à jamais de nos vies, vous m'entendez ? Je vous répète que...

— Général, un homme de votre expérience devrait savoir que le bluff n'est payant qu'à court terme. Tôt ou tard, on tombe sur un adversaire qui a en main de meilleures cartes. Et qui les abat pour vous vaincre. Votre personne m'est tout à fait indifférente, et si je vous voyais brûler vif, je ne vous ferais même pas le plaisir de vous pisser dessus. S'il faut absolument parler devant eux, je le ferai. Seulement, il est des révélations dont personne ne se relève. Si vous désirez courir ce risque... »

La voix de Frank était si basse que Helena avait peine

à l'entendre, et elle se demanda ce que Frank avait pu dire pour que son père se pétrifiât de la sorte. Il la regarda et lui fit un petit signe de la tête, l'invitant à suivre son conseil. Elle se leva et prit son fils par la main.

« Viens, Stuart, allons sur la terrasse, voir décoller les avions. »

L'enfant la suivit sans protester. Comme sa mère, il vivait sous le toit du général Parker et était accoutumé à recevoir non des conseils, mais des ordres.

Frank s'assit sur le divan, à la place que Helena avait occupée, et trouva presque intacte la chaleur de son corps sur le cuir. Cette chaleur devint sienne.

Il indiqua le fauteuil en face de lui.

« Asseyez-vous, général.

— Ne me dites pas ce que je dois faire ! »

Frank perçut une légère note d'hystérie dans la voix de Parker.

« Dépêchez-vous plutôt d'en finir avec vos élucubrations. Nous avons un avion dans... »

Il regarda sa montre et Frank sourit intérieurement. Lui aussi devait avoir fait ce geste des dizaines de fois aujourd'hui. Il remarqua qu'il devait éloigner ses yeux du cadran.

« Notre avion part dans moins d'une heure », compléta-t-il.

Frank secoua la tête.

« Désolé de vous corriger, général. Ne dites pas "notre" avion, mais "mon" avion. »

Le général le regarda comme s'il n'arrivait pas à croire ce qu'il entendait. Sur son visage se dessina lentement l'air un peu ahuri des gens qui comprennent à retardement le sens réel d'une réplique. Puis, brusquement, il éclata de rire. Frank sentit avec satisfaction que cette hilarité était sincère, et savoura d'avance le plaisir de lui ôter toute envie de s'esclaffer – et pour un certain temps, sans doute.

« Riez tant qu'il vous plaira. Il n'empêche que vous partirez seul et que votre fille et votre "petit-fils" resteront ici, en Europe. Avec moi. »

Parker secoua la tête, avec la mine de commisération qu'inspirent les divagations d'un vieillard gâteux.

« Vous êtes complètement fou ! »

Frank sourit, de plus en plus détendu, s'appuya au dossier et croisa les jambes.

« Désolé de vous corriger encore une fois. Dans le temps, je l'ai peut-être été, oui. Mais je suis guéri. Malheureusement pour vous, je n'ai jamais été plus lucide ! Voyez-vous, général, vous avez pris tant de soin de me signaler mes erreurs que vous avez oublié de vous préoccuper des vôtres. Or, elles ont été beaucoup plus graves. »

Le général regarda vers la porte, puis fit deux pas dans cette direction. Mais Frank tua son dessein dans l'œuf.

« N'espérez aucune aide de ce côté. Il serait malavisé de mêler la police française à ce qui nous occupe. Et si vous comptez sur l'arrivée du capitaine Mosse, sachez qu'il se trouve en ce moment sur la table d'une morgue, la gorge tranchée. »

Le général tourna brusquement la tête.

« Qu'est-ce que vous dites ?

— Ce que j'ai dit tout à l'heure, en quelque sorte. On finit toujours par trouver plus fort que soi. Votre porte-flingue était un excellent soldat, mais je puis vous assurer que Personne, l'homme qu'il était chargé d'abattre, était un combattant supérieur à lui, et de fort loin. Il s'en est débarrassé aussi facilement que Mosse comptait se débarrasser de lui. »

À cette nouvelle, Parker éprouva le besoin de s'asseoir. Sur son visage bronzé était soudain apparue une nuance de gris.

« Mais en ce qui concerne l'assassin de votre fille, poursuivit Frank, sachez que nous l'avons arrêté et que ce que vous craigniez ne risque pas d'arriver. On l'enfermera dans un asile pour fous criminels et il n'en sortira plus. »

Frank s'accorda une pause. S'avançant au bord du divan, il observa l'homme assis en face de lui, se demandant quelles pensées pouvaient en ce moment s'agiter derrière ses yeux bleus. D'un autre côté, il s'en moquait. La seule chose qui lui importât était d'en finir au plus vite avec Nathan Parker et de voir s'éloigner son dos tandis qu'il marcherait vers la passerelle de son avion.

Seul.

« Le plus simple, je crois, est de commencer par le commencement, général Parker. Et c'est moi que ce commencement concerne au premier chef. Inutile que je m'attarde sur mon histoire personnelle, vous ne la connaissez que trop bien. Vous savez tout de moi, n'est-ce pas ? De ma femme, de son suicide, après que j'ai réchappé par miracle de l'explosion d'un entrepôt alors que j'enquêtais sur les frères Larkin, deux gros trafiquants de drogue qui contrôlaient un marché de deux ou trois cents millions de dollars par an. Cette expérience m'a littéralement anéanti, comme vous le savez aussi. Alors que je tentais de remonter de l'abîme où j'étais tombé, je me suis retrouvé à Monte-Carlo, impliqué malgré moi dans une enquête sur un tueur en série. Un assassin féroce dont une des premières victimes a malheureusement été votre fille, Arijane. C'est alors que vous entrez en scène, général Parker. Soudain, vous débarquez sur la Côte d'Azur, ravagé par le chagrin et mû par le désir de vengeance... »

Parker prit ces paroles comme une contestation de sa douleur de père.

« Comment auriez-vous réagi si cet homme avait tué votre femme de la même façon ?

— Probablement comme vous. J'aurais voulu poursuivre ce meurtrier jusqu'au bout du monde. Mais dans votre cas, c'est différent...

— Différent ? Qu'est-ce que vous me racontez, pauvre extravagant ? Que pouvez-vous savoir des sentiments d'un père pour sa fille ? »

Parker avait parlé impulsivement, sans réfléchir. Il se rendit aussitôt compte de la bévue qu'il venait de commettre. Frank eut envie de tirer son pistolet et de faire sauter la cervelle de cette brute, d'en faire gicler des bribes sur les murs pour ajouter une note tachiste aux affiches ornant la pièce. S'en empêcher lui coûta beaucoup.

Il répondit. Ce qui sortit de sa bouche fut un souffle de gel.

« En effet, général, je ne sais rien des sentiments d'un père pour sa fille. Mais je sais parfaitement ce que vous-même éprouvez pour la vôtre. Vous me répugnez, Parker, vous me donnez envie de vomir, littéralement. Vous êtes un être méprisable, et je vous ai déjà dit que j'aurais plaisir à vous écraser comme un cafard. Dans votre présomption, dans votre délire de toute-puissance, c'est vous qui n'avez pas voulu me croire... »

L'ombre d'un sourire passa sur le visage de Nathan Parker. Peut-être tenait-il la réaction de Frank pour une petite victoire personnelle.

« Ah oui ? Excusez ma curiosité, mais j'aimerais savoir comment vous comptez procéder. »

Frank tira de sa poche une grande enveloppe jaune et la posa entre eux, sur le plateau de verre de la table basse.

« Voilà. Dans cette enveloppe se trouve la confirmation de tout ce que je vais vous dire. Maintenant, si vous permettez, je continue. »

Nathan Parker fit un geste de la main, pour l'inviter à poursuivre. Encore bouillant de rage, Frank dut faire un effort pour exposer les faits avec la froideur nécessaire.

« Je disais donc que vous êtes arrivé dans la Principauté, accablé de douleur par la mort de votre fille et la barbarie toute particulière de son assassin. Aussi avez-vous manifesté, en termes, oserai-je dire, fort peu réservés, la volonté de mettre la main sur le meurtrier. En termes si peu réservés que c'en était légèrement suspect. »

Il se tut un instant, puis scanda ses paroles presque syllabe par syllabe.

« Vous étiez à mille lieues de vouloir arrêter cet homme, Parker ! Ce qui vous convenait était exactement le contraire. Vous vouliez qu'il continue à tuer ! »

Nathan Parker bondit sur ses pieds, comme s'il venait de découvrir un serpent à sonnettes sous son fauteuil.

« Maintenant, j'en suis sûr. Vous êtes fou furieux et on devrait vous enfermer avec ce type. »

Frank lui fit signe de se rasseoir.

« Général, vos acrobaties dialectiques ressemblent aux efforts d'un rat pour s'échapper d'un piège. De l'agitation inutile. Vous n'avez pas encore compris, Parker ? Vous ne voyez pas que je sais tout sur vous et sur le fort peu regretté capitaine Mosse ?

— Oh, vous savez tout, vraiment ? ironisa le militaire. Et tout sur quoi, je vous prie ?

— Si vous avez l'amabilité de ne plus m'interrompre, vous le saurez avant de prendre place sur votre unique siège d'avion. Pour que vous compreniez bien, il me faut faire un petit retour en arrière et revenir à ma propre histoire. Des deux trafiquants dont je parlais, l'un, Jeff Larkin, est mort dans une fusillade, au cours de l'embuscade organisée pour les arrêter. Paix à son âme. L'autre, Osmond, a fini en prison. La suite de l'enquête sur ces deux messieurs a conduit mes collègues du FBI à soupçonner que leurs trafics étaient couverts par quelqu'un de très haut placé. Une personne dont malgré tous leurs efforts, il n'ont pas réussi à découvrir l'identité. »

À présent, le visage de Nathan Parker était un masque de pierre. Il se rassit sur le fauteuil de cuir, les jambes croisées, les yeux mi-clos, attendant la suite. Ce qui se passait n'était plus un affrontement entre deux personnalités volcaniques. C'était le moment où Frank abattait ses cartes une à une, et pour le moment, le général semblait seulement curieux de découvrir lesquelles il avait en main.

« Dans sa prison, le seul contact d'Osmond Larkin avec le monde extérieur était son avocat, un demi-inconnu du barreau de New York, surgi du néant pour s'occuper de cette affaire. On en est venu à soupçonner que l'homme de loi en question, un nommé Hudson

McCormack, était beaucoup plus qu'un simple avocat. Et à émettre l'hypothèse que ce McCormack était justement le lien avec l'extérieur qui manquait à son client pour arranger certaines affaires. Le collègue avec qui j'ai enquêté sur les Larkin m'a fait parvenir une photographie de Me McCormack parce que, figurez-vous, ce personnage avait prévu de passer quelques jours à Monte-Carlo. La vie est étrange, n'est-ce pas ? La version officielle prétendait qu'il venait pour participer à une régate, mais vous êtes bien placé pour savoir que les versions officielles cachent souvent des réalités beaucoup plus intéressantes... »

Le général haussa les sourcils.

« Auriez-vous la bonté de me dire ce que je viens faire dans toute cette histoire de gendarmes et de voleurs ? »

Frank se pencha en avant et tira de l'enveloppe jaune la photo envoyée par Cooper, celle de McCormack assis dans un bar new-yorkais. Du bout des doigts, il la poussa vers Parker. Ce geste lui rappela la nuit où on avait arrêté Ryan Mosse et où il lui avait montré la photo du corps de Robbie Stricker.

« Je vous présente feu Me Hudson McCormack, avocat d'Osmond Larkin et dernière victime du tueur connu sous le surnom de Personne. »

Le vieil homme jeta un coup d'œil à la photo et leva aussitôt les yeux.

« Je connais sa tête parce que je l'ai vue dans les journaux. Avant cela, j'ignorais jusqu'à son existence.

— Vraiment ? C'est curieux, général. Voyez-vous cette autre personne, de dos, attablée en face de McCormack ? Évidemment, on ne voit pas son visage. Mais l'endroit est rempli de miroirs... »

Le ton de Frank changea soudain et devint presque rêveur.

« Vous n'imaginez pas l'importance qu'ont eue les miroirs, dans cette affaire. Les miroirs, voyez-vous, ont la détestable habitude de réfléchir ce qui se trouve devant eux.

— Je sais ce que c'est qu'un miroir. Chaque fois que j'en regarde un, j'y vois l'homme qui vous réduira en cendres, Mr Ottobre. »

Frank sourit, conciliant.

« Félicitations pour votre humour, général. Un peu moins pour votre présomption d'habileté stratégique et pour le choix de vos collaborateurs. Comme je vous le disais, le bar où a été prise cette photo est rempli de miroirs. Grâce à l'aide d'un jeune homme étonnamment doué, j'ai réussi à découvrir, au moyen d'agrandissements des jeux de reflets, qui était la personne en conversation avec Hudson McCormack. Et là, quelle surprise ! Voyez vous-même... »

Frank tira de l'enveloppe une autre photo et la jeta sur la table basse sans même la regarder. Cette fois, Parker la prit et la tint un bon moment devant ses yeux.

« On ne peut pas dire que le capitaine Ryan Mosse était particulièrement photogénique. Mais vous n'aviez pas besoin d'un top model, n'est-ce pas, général ? Ce qu'il vous fallait, c'était un type exactement comme Mosse : une espèce de psychopathe fidèle jusqu'au fanatisme, prêt à accomplir vos basses besognes et à tuer toute personne qui vous gênait à votre simple commandement. »

Il inclina légèrement le buste vers Nathan Parker. Son ton se chargea d'ironie.

« Général, votre expression incrédule m'annoncet-elle que vous allez nier que cet homme sur la photo est Ryan Mosse ?

— Non, je ne le nie pas du tout. C'est bien le capitaine Mosse. Mais tout ce que prouve cette photo, c'est qu'il connaissait l'avocat dont vous me parlez. Quel rapport avec moi ?

— Nous y venons, général, nous y venons... »

Cette fois, ce fut Frank qui regarda sa montre. Sans devoir l'éloigner de ses yeux.

« Du reste, il vaudrait mieux y venir assez vite. Pour une question d'horaire d'avion, je vais tâcher d'être aussi synthétique que possible. Par l'intermédiaire de Mosse, vous avez conclu un pacte avec Laurent Bedon, le metteur en ondes de Radio Monte-Carlo. Ce malheureux avait besoin d'argent, il était aux abois, et ça n'a pas dû être trop difficile de le convaincre. Un pacte simple : de l'argent, dont vous avez des réserves abondantes, en échange de tout ce qu'il pourrait apprendre sur le tueur et sur notre enquête. Un espion, comme dans toute guerre qui se respecte. Voilà pourquoi, lorsqu'il est apparu qu'une des victimes probables était Robbie Stricker, nous avons surpris Mosse en train de lui parler. Ensuite, Stricker a été assassiné, et j'avais tellement envie que votre sbire soit le coupable que j'ai commis une grosse erreur. J'ai négligé d'examiner tous les éléments dont je disposais, de tous les points de vue. Mais voilà : un reflet dans un miroir nous a fait comprendre, à Nicolas Hulot et à moi, qui était le véritable assassin. Comme le sort est ironique, et comme tout paraît simple après coup, n'est-ce pas ? »

Frank se passa une main dans les cheveux. De nouveau, la fatigue commençait à se faire sentir. Mais ce n'était pas le moment de faiblir. D'ici peu, il aurait tout le temps de se reposer, et en bonne compagnie.

« J'imagine que vous vous êtes senti un peu désemparé pendant que votre homme de main se trouvait dans une cellule, pas vrai ? Une péripétie dont vous vous seriez volontiers passé. Mais Personne a été démasqué, Mosse innocenté et libéré. Soulagement. Rien n'était perdu. Il vous restait le temps nécessaire pour résoudre vos problèmes personnels, d'autant plus que vous avez bénéficié d'un vrai coup de chance... »

Frank ne put s'empêcher d'admirer la maîtrise que le général avait de ses nerfs. Il restait assis en face de lui, impassible, sans ciller. D'autres, dans le passé, avaient dû se dire que mieux valait ne pas s'en faire un ennemi. Frank lui-même l'avait pensé. Mais à présent, il ne voulait plus qu'en terminer avec lui. Il n'éprouvait aucune exultation, seulement une impression de vide. Avec stupeur, il prit conscience que le désir – très humain – de vaincre son adversaire avait cédé la place à celui de ne plus l'avoir devant les yeux.

Il continua son exposé.

« Votre chance a été que Personne, une fois identifié, réussisse à s'échapper. Dans ce déluge d'événements, vous avez eu du mal à y croire, je suppose. Le capitaine Mosse était de nouveau à votre disposition, et l'assassin, caché quelque part à la barbe de la police, pouvait continuer à tuer ! »

Frank observa le dos de sa main. Il se rappela que montrer ses mains revenait souvent à révéler un tremblement, mais la sienne était ferme. Et il pouvait fermer le poing en sachant que le général Parker était à l'intérieur.

« Effectivement, peu de temps après, Personne a de

nouveau téléphoné à l'agent Frank Ottobre. Pas comme les fois précédentes, au demeurant. Il l'a appelé d'un portable, sans déguiser sa voix. À quoi bon ? Tout le monde savait qui il était : Jean-Loup Verdier, l'animateur-vedette de Radio Monte-Carlo. Le portable, un banal appareil à carte, a été abandonné sur un banc, à Nice. Grâce à un système d'interception satellitaire, nous l'avons retrouvé. Sur le téléphone, hormis celles du gamin qui l'avait découvert, il n'y avait aucune empreinte. Ce qui était assez curieux, je trouve... »

Il regarda le général comme s'il s'interrogeait encore sur cette bizarrerie.

« Pourquoi Personne avait-il effacé ses empreintes alors que tout le monde connaissait son identité ? Sur le moment, je n'y ai pas prêté attention. J'étais trop inquiet de ce nouveau coup de téléphone : l'assassin confirmait son intention de faire d'autres victimes et de nous défier encore. Et c'est ce qui s'est passé. On a retrouvé le corps de Hudson McCormack, la tête écorchée, dans la voiture de Jean-Loup Verdier abandonnée devant le commissariat central. Désarroi général. Mes collègues monégasques et moi, nous nous posons alors la même question : comment se peut-il que ce tueur diabolique continue à frapper imperturbablement et s'évanouisse ensuite comme un fantôme ? »

Frank se leva. Si grande était sa fatigue qu'il ne fut pas surpris d'entendre ses articulations craquer. Il fit quelques pas dans la pièce anonyme et vint se placer derrière le général, qui ne tourna pas la tête pour le regarder.

« Je crois que c'est la mort de Laurent Bedon qui m'a mis la puce à l'oreille. Une mort tout à fait fortuite, au cours d'une banale tentative de vol à l'arraché. Seulement, allez savoir pourquoi, elle a éveillé en moi une sorte de soupçon. Et les soupçons, vous savez, c'est comme des miettes de pain dans un lit : tant qu'on n'en est pas débarrassé, pas moyen de dormir ! Voilà, c'est après la mort de ce pauvre Laurent que j'ai commencé à me sentir troublé. Quelque chose ne collait pas. Et c'est sans doute à cause de ce malaise que j'ai fait analyser les photos par le jeune ami dont je vous parlais. Ainsi ai-je découvert que l'interlocuteur de Hudson McCormack, assis avec lui dans un bar de New York, n'était autre que le capitaine Mosse ! Ensuite, de plus en plus soupçonneux, j'ai demandé à ce jeune homme d'analyser aussi l'enregistrement du coup de fil que j'avais reçu du tueur. Et savez-vous ce que nous avons découvert ? Oui, vous le savez, mais je vais vous le dire quand même. Il s'agissait d'un montage. Merveilles de la technique, n'est-ce pas ? Les paroles de Personne ont été examinées mot par mot, et mon ami a constaté que les termes prononcés deux fois, comme "lune", "chiens", "besoin", etc., l'étaient exactement de la même façon, avec les mêmes fréquences et la même intonation. Leurs graphiques sonores se superposaient parfaitement ! Ce qui, dans la réalité, n'arrive jamais, comme il n'y a pas deux iris ou deux flocons de neige identiques. Donc, ces mots avaient été prélevés sur d'autres enregistrements de la voix de Jean-Loup et collés ensemble sur une bande pour composer les phrases désirées. Et c'est cette bande dont on s'est servi pour simuler un appel de l'assassin. Grâce à Laurent, n'est-ce pas ? C'est lui qui vous a fourni les enregistrements des émissions de Jean-Loup, pour que vous disposiez du matériau nécessaire... Ensuite, que puis-je ajouter ? »

Il poursuivit comme si ce qu'il s'apprêtait à dire n'était que détails inutiles, du ton d'un maître d'école qui explique des évidences à un élève buté.

« Après le coup de téléphone, Mosse s'est rendu chez Jean-Loup, s'est emparé de sa voiture, a tué Hudson McCormack et lui a infligé le traitement que Personne réservait à ses victimes. Puis il a abandonné la voiture et le cadavre devant le commissariat. »

Frank se planta soudain devant Nathan Parker, pour forcer le vieux militaire à lever les yeux vers lui pour entendre ses conclusions. En ce moment, dans ce salon anonyme, il était le jury et son verdict serait sans appel.

« C'était cela, votre véritable but, Parker ! Éliminer tout ce qui reliait l'héroïque et puissant général Nathan Parker à Jeff et Osmond Larkin, dont vous protégiez les trafics en échange d'un pourcentage substantiel de leur chiffre d'affaires. Chaque fois que le valeureux général a pris part à une guerre, j'imagine qu'il n'a pas seulement défendu les intérêts de son pays, mais aussi les siens... J'ignore pour quel motif et, franchement, je m'en moque. C'est à vous de régler cela avec votre conscience, à supposer que vous en ayez une, ce dont j'ai tendance à douter. L'infortuné McCormack, votre contact avec Osmond Larkin, était entré dans un jeu de pouvoir qui le dépassait de beaucoup. Mais il en savait assez pour vous attirer des ennuis, s'il avait parlé. Et il l'aurait certainement fait, pour se protéger en cas de pépin. Aussi fallait-il qu'il meure assassiné, et de manière à faire retomber sa mort sur un tueur en série qui avait déjà liquidé plusieurs victimes en leur écorchant le visage. Même si Personne, une fois arrêté, avait protesté de son innocence, qui l'aurait cru ? Personne, justement ! Peut-être Hudson McCormack était-il porteur d'un message de son client, qui vous menaçait de certaines révélations si vous ne le tiriez pas de son cachot dans les plus brefs délais. Le fait qu'il soit mort en prison, au cours d'une banale rixe entre détenus, peut s'avérer une simple coïncidence. Mais il y a eu beaucoup de coïncidences dans cette affaire. Un peu trop, à mon avis... »

De nouveau, Frank s'assit sur le divan, offrant à son adversaire l'expression d'un homme ahuri par ses propres paroles.

« Oui, que de coïncidences, vous ne trouvez pas ? Comme les bavardages d'André Tavernier, le propriétaire de la villa où vous habitiez. À vous aussi, ce vieux sot a dû raconter cette histoire d'abri antiatomique que son frère avait fait construire pour faire plaisir à sa femme. Ainsi avez-vous compris où Jean-Loup se cachait, et envoyé Mosse se charger de lui. Une fois le dernier témoin éliminé, la boucle était bouclée. Vous auriez fermé toutes les bouches capables de vous mettre en cause, une par une. Vous savez ce qui est comique ?

— Non. Mais vous allez me le dire.

— Bien vu. Juste avant de partir pour l'aéroport, j'ai appris que l'agresseur qui a causé la mort de Laurent Bedon venait d'être arrêté. Il s'agit d'un banal petit voleur, qui détroussait les gens au sortir des casinos.

— Et en quoi est-ce comique ?

— Eh bien, je trouve amusant que mes premiers soupçons aient été causés par une mort purement accidentelle, une mort que je vous imputais mais dont vous étiez totalement innocent. Et que le responsable de cet accident pourra confirmer devant qui voudra ce que contenait une certaine mallette volée au malheureux Laurent. »

Quelques instants, Parker parut distrait, comme s'il réfléchissait à ce qu'il venait d'entendre. Frank ne se faisait aucune illusion : ce n'était qu'une pause, non une reddition. Celle d'un joueur d'échecs qui mûrissait sa contre-attaque.

De la main, le vieux militaire fit un geste vague.

« Tout cela n'est que suppositions. Vous n'avez aucun moyen de prouver ce que vous avancez. »

Voilà, c'était la manœuvre que Frank attendait. Et il savait que le général n'avait pas tort. Il avait en main un certain nombre d'indices significatifs, mais aucune preuve matérielle qui pût soutenir une accusation. Toutes les personnes impliquées étaient mortes et le seul survivant, Jean-Loup Verdier, n'était pas exactement ce qu'on appelle un témoin digne de foi. Mais il pouvait bluffer à son tour, et ne comptait pas s'en priver. On verrait bien si le général se laissait impressionner. Il écarta les bras dans un geste fataliste.

« Oui, vous avez peut-être raison. Ou peut-être que non. Bien sûr, vous avez les moyens d'engager les meilleurs avocats pour vous tirer du pétrin et ne pas finir vos jours en prison. Pour le scandale, c'est tout autre chose, général Parker. Une relaxe pour insuffisance de preuve suffit pour éviter un séjour derrière les barreaux, mais non les soupçons sur la culpabilité réelle... Réfléchissez un instant : croyez-vous que le président des États-Unis souhaitera garder à ses côtés un conseiller militaire suspect d'avoir conseillé tout aussi brillamment des barons de la drogue ? »

Le général le regarda longuement, sans rien dire. Il passa une main dans ses cheveux blancs taillés en brosse. Ses yeux bleus avaient perdu leur étincelle guerrière et n'étaient plus que les yeux d'un vieil homme. Toutefois, sa voix gardait toute son énergie cassante.

« Je crois comprendre où vous voulez en venir...

— Vous croyez ?

— Si vous n'aviez pas l'intention d'exiger quelque chose de moi, vous m'auriez déjà dénoncé au FBI. Vous ne seriez pas venu ici tout seul, mais avec une armée de policiers. Alors, ayez le courage de parler clairement. »

Frank songea que la réputation de Parker n'était nullement usurpée. Il se savait vaincu, mais, comme tous les vrais soldats, avait repéré une possibilité de retraite honorable et tâchait de la mettre à profit.

« Clairement ? Je serai même lapidaire, général. Si cela dépendait de moi, je vous livrerais sans merci. Je vous méprise plus qu'un ver de terre et je vous accrocherais volontiers à un gros hameçon pour vous plonger dans une mer infestée de requins. Mais naguère, vous m'avez déclaré que tout homme avait un prix, sans d'ailleurs comprendre quel était le mien. À présent, je vais vous le dire, mon prix. Helena et Stuart en échange de mon silence. »

Frank fit une pause. Puis :

« Comme vous voyez, Parker, vous aviez raison sur un point. Vous et moi sommes faits de la même pâte. À certains égards, du moins. »

Le vieil homme inclina la tête un instant.

« Et si je...

— Non. Rien n'est négociable, c'est à prendre ou à laisser. Et ce n'est pas tout...

— Quoi encore ?

— Vous allez rentrer aux États-Unis et vous vous

rendrez compte que vous êtes trop âgé pour la vie militaire. Vous abandonnerez toutes vos fonctions, officielles et officieuses. On essaiera de vous en dissuader, mais vous serez inflexible. Il me semble on ne peut plus légitime qu'un homme tel que vous, qui a tant fait pour son pays, un père cruellement éprouvé par le sort, profite d'une retraite aussi paisible que méritée. »

Parker le fixa des yeux. Frank s'attendait à tout voir sur son visage, sauf cette curiosité soudainement apparue.

« Et vous comptez me laisser partir comme ça, sans rien faire ? Qu'est-il advenu de votre conscience, monsieur l'agent spécial du FBI ?

— Il lui est arrivé la même chose qu'à la vôtre. Mais le poids qui pèse sur elle me semble infiniment moins lourd. »

Le silence qui tomba entre eux était assez éloquent. Au vrai, il n'y avait plus rien à dire. Ce fut ce moment que choisit le hasard, avec son sens de l'opportunité, pour que la porte s'ouvrît, laissant passer la tête du petit Stuart.

« Oh, Stuart, viens, tu peux entrer. Nous avons fini de bavarder entre messieurs. »

Le garçonnet entra en courant, suivi de la silhouette svelte de Helena. Stuart ne pouvait comprendre, et elle n'y parvenait pas. Ce fut Nathan Parker, indirectement, qui leur annonça la nouvelle, s'adressant à un enfant qui se croyait son petit-fils mais était aussi son fils. Sans effort apparent, il s'agenouilla devant lui et lui posa une main sur le bras.

« Il y a un changement de programme, Stuart. Tu sais que nous devions rentrer tout de suite... »

L'enfant fit oui de la tête, d'un signe qui rappela à

Frank les façons ingénues de Pierrot. Le général indiqua Frank.

« Eh bien, après une petite conversation avec Mr Ottobre, je crois qu'il n'est plus nécessaire que vous m'accompagniez, ta maman et toi. J'aurai beaucoup à faire, vois-tu, et nous ne nous verrons pas avant longtemps, je le crains. Ça te ferait plaisir de prolonger tes vacances ? »

Stuart ouvrit tout grands les yeux, incrédule.

« C'est vrai, grand-père ? Alors, on pourra aller à Eurodisney, à Paris ? »

Parker leva les yeux vers Frank, qui acquiesça en clignant imperceptiblement les paupières.

« Bien sûr ! À Eurodisney, et partout où tu voudras.

— Chic ! »

Stuart leva les bras au ciel et se mit à courir autour de la pièce.

« Nous allons à Eurodisney ! Nous allons à Eurodisney ! Grand-père l'a dit ! Nous allons à Eurodisney ! » chanta-t-il comme une comptine.

Puis il se jeta dans les bras de sa mère, abasourdie. Ses yeux passaient du visage de Frank à celui de son père, comme si elle n'arrivait pas à croire à cette nouvelle et avait besoin qu'on la lui confirmât. Elle tâcha de calmer son fils en lui posant une main sur la tête, mais Stuart, déchaîné, dansa de nouveau autour de la pièce.

On frappa à la porte.

« Entrez », dit Parker en se relevant.

Jusqu'à ce moment, il avait assisté à l'exultation de Stuart dans la même position. Frank se dit qu'elle était des plus appropriées. Voilà ce qu'était le général Parker, à présent. Un homme à genoux.

La silhouette de Froberger apparut dans l'encadrement.

« Entre, Charles, nous avons fini. »

Un embarras compréhensible était peint sur le visage du commissaire. Il perçut avec soulagement que l'atmosphère était tendue, mais qu'il ne s'avançait pas en plein champ de bataille. Un armistice, au moins, semblait avoir été signé.

« Général, acceptez encore toutes mes excuses pour cette attente si longue et désagréable. Mais votre avion vient d'être annoncé. Nous nous sommes chargés de l'embarquement du cercueil, et pour vos bagages...

— Merci, commissaire. Il y a un petit changement. Ma fille et mon petit-fils ne partent plus. Donc, faites seulement embarquer mes deux grandes valises, en cuir bleu, avec mon nom. Vous les reconnaîtrez facilement. »

Froberger acquiesça de la tête, tel un majordome dans une comédie anglaise des années 1900.

« C'est le moins que je puisse faire, général.

— Merci. J'arrive tout de suite.

— Vous embarquez à la porte 19. »

Froberger s'éclipsa, soulagé et incrédule.

« Au revoir, Stuart, dit Parker à son petit-fils. Garde-à-vous ? »

Celui-ci lui répondit par un salut militaire, en souriant, comme si c'était un jeu qu'ils pratiquaient de longue date. Puis le vieux soldat quitta la pièce, sans accorder un regard à sa fille.

Frank s'approcha d'elle et lui effleura la joue avec sa main.

« Comment as-tu fait ? » demanda-t-elle.

Frank sourit.

« C'est une longue histoire. Mais chaque chose en son temps. Excuse-moi une minute, il y a encore un détail dont je dois m'assurer... »

Il sortit et chercha du regard la haute silhouette du général, Parker. Il le vit qui s'éloignait par le couloir, Froberger à son côté. Il les rattrapa au moment où le vieil homme allait franchir la porte d'embarquement. C'était le dernier passager, mais son prestige lui avait valu un petit délai supplémentaire.

Froberger s'éloigna discrètement, et le général parla sans presque se tourner.

« Ne me dites pas que vous êtes venu me dire au revoir.

— Non. Je voulais seulement faire un dernier commentaire. Plusieurs fois, vous m'avez dit que j'étais un homme fini. Maintenant, l'homme fini, c'est vous, général Parker ! Peu m'importe que d'autres le sachent... »

Cette fois, le général tourna la tête. Regard bleu contre regard noir.

« Mais nous le savons, vous et moi, et à mes yeux, c'est tout ce qui compte. »

Sans un mot, le général se détourna, franchit la porte et s'avança dans le couloir. Ce n'était plus un soldat, seulement un vieil homme. Le problème qu'il devrait affronter n'était pas son passé, mais son avenir. Au moment où il marchait vers la passerelle, son reflet apparut dans un miroir accroché au mur.

Encore un miroir...

Frank le suivit des yeux, jusqu'au moment où il eut disparu et où le miroir ne fut plus qu'un écran vide.

63

Frank atteignit le bout du couloir et se trouva devant la porte de Roncaille. Avant de frapper, il s'attarda un instant, songeant à toutes les fois où il s'était trouvé devant une porte close avant ce moment. Au sens propre et au sens figuré. Mais aujourd'hui, c'était différent. L'homme appelé Personne était enfermé en lieu sûr et l'affaire pouvait à bon droit grossir le pourcentage statistique des enquêtes menées à bonne fin.

Cinq jours avaient passé depuis l'arrestation de Jean-Loup et la rencontre avec le général Parker, à l'aéroport. Des jours qu'il avait passé auprès de Helena et de son fils. Sans lire les journaux, sans regarder la télévision ni écouter la radio. En tâchant seulement d'oublier un peu toute cette sinistre histoire.

Mais l'oublier pour toujours était impossible. Définitivement.

Il avait quitté l'appartement de Parc Saint-Roman et, avec Helena et Stuart, trouvé refuge dans un petit hôtel discret de l'arrière-pays, où les journalistes, littéralement déchaînés par la capture du tueur, ne pouvaient venir les importuner. Helena et lui, malgré leur désir, ne dormaient pas dans la même chambre, pas encore. Il fallait d'abord que Stuart s'apprivoisât, et pour cela, Frank ne ménageait pas ses efforts. Mais l'enfant se familiarisait rapidement avec le nouveau compagnon de sa mère, et la confirmation officielle d'une prochaine visite à Eurodisney s'était avérée un excellent point de départ. D'autant plus, avait promis Frank, qu'elle serait précédée de dix jours de navigation sur le canal du Midi, en péniche. Stuart était fasciné par la perspective de franchir des écluses, de dormir à bord et même de piloter l'embarcation. Il restait à attendre que le ciment prît...

Frank se décida et frappa.

La voix de Roncaille l'invita à entrer, et il ne fut pas surpris de trouver dans la pièce le procureur général Durand. En revanche, il ne s'attendait pas à voir le docteur Cluny.

Roncaille, comme à l'habitude, l'accueillit avec son éclatant sourire de relations publiques, qui, aujourd'hui, semblait presque spontané et sincère. En cette heure de gloire, le patron de la Sûreté se comportait en parfait maître de maison. Durand, en revanche, affichait l'air maussade dont il semblait ne jamais se départir, et se contenta d'un hochement de tête.

« Asseyez-vous donc, Frank ! Il ne manquait plus que vous. »

Le ton était si mondain que Frank n'aurait pas été étonné de voir sur son bureau un plateau de petits fours et de flûtes à champagne et une bouteille de Veuve-Clicquot dans un seau rempli de glaçons. Sans doute trinquerait-on un peu plus tard, et en un autre lieu.

Roncaille se rassit, et Frank prit place dans le petit fauteuil qu'il lui avait désigné. Il attendit en silence. Lui n'avait plus rien à révéler, mais encore beaucoup à apprendre.

« Puisque nous sommes tous là, entrons tout de suite

dans le vif du sujet. Ces jours derniers, l'enquête a dévoilé des faits nouveaux dont vous n'êtes pas encore informé Franck. Des faits qui concernent principalement l'histoire de Daniel Legrand, alias Jean-Loup Verdier. »

Roncaille s'adossa à son confortable siège, croisa les jambes et rectifia d'un geste aussi léger que complaisant le chef-d'œuvre immortel de son brushing. Puis il se disposa à partager avec lui sa science nouvelle aussi bienveillamment que saint Martin, jadis, avait partagé son manteau.

« Voici, dans les grandes lignes, ce que nous sommes parvenus à établir, dit-il. Son père, Marcel Legrand, était un gros bonnet des services secrets français. C'était lui qui dirigeait l'entraînement des corps d'élite, un expert dans tout ce qui constitue la formation physique et tactique d'un agent secret destiné, entre autres, aux opérations de commando. À un certain moment, il a commencé à donner des signes de plus en plus flagrants de déséquilibre mental. Sur ce point, nous manquons de détails précis, car on ne peut pas dire que le ministère français de la Défense se soit montré particulièrement coopératif. Apparemment, c'était une situation très embarrassante. Tout ce que nous avons pu savoir, c'est qu'après plusieurs incidents qualifiés de "fâcheux" par les gardiens du dossier, Legrand a été prié d'abandonner le service actif et de prendre une retraite anticipée. On a lieu de penser que cette mise à l'écart a donné le coup de grâce à sa raison déjà vacillante. Ce qui est sûr, c'est qu'il s'est installé dans la région de Cassis, avec sa jeune femme enceinte et sa gouvernante, une femme qui l'accompagnait depuis l'enfance. Il a acheté ce grand domaine, La Patience, où il a vécu comme un ermite, en coupant tous ses liens avec le reste du monde. Et il a imposé la même claustration à son entourage. Aucun contact, en aucun cas. Sauf si le père le décidait, ce qu'il ne faisait que très exceptionnellement et pour un temps très bref. »

Roncaille se tourna vers le docteur Cluny et, le désignant tacitement comme le plus qualifié pour l'exposé de faits comportant une dimension psychologique aussi essentielle, il lui laissa la parole.

Le psychiatre ôta ses lunettes et, conformément à son habitude, se pinça le haut du nez entre le pouce et l'index. Frank se demandait encore si ce geste était un simple tic ou une méthode éprouvée pour capter l'attention de son auditoire. Peu importait. Quand tous les yeux furent fixés sur lui, Cluny remit ses lunettes et commença. Son expression semblait annoncer que beaucoup de ce qu'il allait dire était encore inconnu tant de Roncaille que du procureur.

« J'ai pu avoir plusieurs entretiens avec Jean-Loup Verdier, ou plutôt Daniel Legrand, puisque c'est son vrai nom. Non sans difficulté, je suis parvenu à dessiner une sorte de tableau général. Pas beaucoup plus, car le malade ne manifeste que par intermittence la volonté de communiquer et sombre régulièrement dans un état de complète aliénation. Donc, comme disait M. Roncaille à l'instant, les Legrand arrivent dans ce coin perdu de Provence au début de l'année 1970. Entre parenthèses, Mme Legrand était de nationalité italienne, ce qui explique peut-être que Jean-Loup ait voulu apprendre sa langue au point de la parler presque à la perfection. Il semble avoir idéalisé le souvenir de sa mère, bien qu'il ne l'ait pas connue. Pour plus de commodité, je continuerai à l'appeler Jean-Loup, si vous voulez bien. »

L'un après l'autre, il regarda ses auditeurs, visiblement tout ouïe, et aucun ne protesta. Il continua son exposé des faits. Ou du moins, de ce qu'il en avait compris.

« Peu après, Mme Legrand accouche. Conformément à la misogynie et à la misanthropie de son mari, qui entre-temps sont devenues une véritable obsession, elle accouche seule, au domaine, sans médecin pour l'assister. Et met au monde, écoutez bien, non pas un enfant, mais deux, des jumeaux, Daniel et Alain. Seulement, quelque chose ne va pas. Le petit Alain est affligé d'une difformité. Son visage présente d'énormes excroissances de chair qui lui donnent un aspect monstrueux. Du point de vue clinique, je ne peux pas vous dire de quelle malformation il souffrait, parce que je ne peux me fonder que sur le témoignage de Jean-Loup, et sur ce sujet, il ne s'ouvre que très difficilement. En tout cas, les analyses ADN pratiquées sur le corps momifié qu'on a découvert chez lui ne laissent aucun doute, il s'agit bien de son frère. Le père est horrifié par la monstruosité du bébé et son état mental se détériore encore davantage, si c'est possible. Il rejette son enfant difforme, refuse même de reconnaître qu'il s'agit de son fils, au point qu'à la mairie de Cassis, il ne déclare la naissance que d'un seul enfant : Daniel, ou pour nous, Jean-Loup. Quant à l'autre, il le cache dans l'enceinte du domaine, comme un secret infamant, une honte aux yeux du monde. La mère meurt quelques mois plus tard. Le rapport du médecin qui a signé le certificat de décès parle de causes naturelles, et nous n'avons aucun motif de penser qu'il en soit allé autrement. »

Durand l'interrompit d'un geste.

« Nous avons suggéré aux autorités françaises d'exhumer la dépouille de Mme Legrand, mais après tant d'années et le décès de toutes les personnes liées au drame des Legrand, je doute que cette proposition les intéresse beaucoup. »

Il se carra dans son fauteuil, l'air de trouver particulièrement choquante une telle insouciance des détails. D'un autre geste de la main, il rendit la parole à Cluny, qui accueillit son invitation non comme un plaisir, mais comme un devoir.

« Les deux garçons grandissent sous la férule rigide et obsessionnelle de leur père, qui s'occupe de leur éducation dans tous ses aspects, sans aucune interférence de l'extérieur. Donc, ni école maternelle, ni école primaire, ni, *a fortiori*, fréquentation des enfants de leur âge. Entre-temps, l'homme est devenu un authentique maniaque. Peut-être souffre-t-il d'une paranoïa aiguë, d'un délire de persécution, axé sur la figure symbolique de "l'ennemi", qu'il croit voir partout et dans toute personne étrangère au domaine, où il vit avec ses fils et la gouvernante dans une réclusion totale, comme à l'intérieur d'une forteresse. Là encore, ce ne sont que des suppositions de ma part, qu'aucune preuve concrète ne vient étayer. Le seul auquel soient accordés quelques contacts sporadiques avec le monde, toujours sous le strict contrôle de son père, est Jean-Loup. Son jumeau Alain reste prisonnier dans la propriété, comme une créature dont le visage ne peut en aucun cas être révélé à autrui. Une espèce de Masque de fer, pour citer un exemple littéraire. Tous les deux se voient imposer un entraînement militaire extrêmement sévère et complet, le même auquel Marcel Legrand soumettait autrefois les hommes des services secrets. C'est la raison de l'extraordinaire maîtrise acquise par Jean-Loup dans toutes sortes de domaines, athlétiques notamment. Et en particulier de son habileté au combat. Sur certains points, je préfère ne pas m'étendre, mais Jean-Loup lui-même m'a révélé nombre de détails absolument glaçants sur cette éducation martiale et sur les punitions épouvantables, sadiques, que son frère et lui subissaient à la moindre défaillance. Des détails qui concordent de manière frappante avec la personnalité qu'il a développée par la suite... »

Cluny se tut quelques instants, comme pour signifier qu'il valait mieux pour tous que les détails en question restassent de sa seule compétence.

De son côté, Frank commençait à comprendre. Ou du moins, à imaginer peu ou prou à quel difficile exercice Cluny avait dû se livrer. Ce qui en ressortait était un récit qui flottait dans le temps comme un iceberg dans l'océan, et, comme les icebergs, ne laissait voir que sa partie la moins volumineuse. Une pointe couverte de sang. Et c'était cette pointe sanglante que le monde avait appelée Personne.

« On peut dire que Jean-Loup et son malheureux frère n'ont pour ainsi dire jamais été des enfants, reprit le psychiatre. Legrand était parvenu à transformer un jeu enfantin vieux comme le monde, le jeu de la guerre, en un véritable cauchemar quotidien. Cette expérience a lié les deux frères de manière indissoluble. On sait que la relation entre deux jumeaux est en général très particulière, beaucoup plus forte que celle qui existe entre deux enfants "normaux", si j'ose dire. Les exemples sont légion. Alors, imaginez dans un cas où, de surcroît, l'un des deux est affligé d'une infirmité qui lui vaut d'être humilié comme était humilié le jeune Alain ! Aussi Jean-Loup s'est-il attribué le rôle de protecteur, de défenseur de son frère, que son père traitait comme un être inférieur, plus animal qu'humain. Jean-Loup m'a confié qu'une des expressions les moins injurieuses qu'employait Legrand pour désigner son fils était "sale monstre"... »

Il y eut un moment de silence, et Cluny laissa aux trois autres le temps d'assimiler ce qu'ils venaient d'entendre. Ses dires confirmaient ce qu'on avait pu supposer : derrière la terrifiante personnalité de Jean-Loup, il y avait un trauma fondateur. Un trauma répété et perpétué au fil des ans. Maintenant que cette supposition prenait corps, elle leur apparaissait beaucoup plus vertigineuse que tout ce qu'ils avaient pu imaginer de plus noir, de plus pervers. Et ce n'était pas fini.

« Progressivement, c'est une affection pathologique qui s'instaure entre les deux garçons. Jean-Loup vit le drame de son frère comme si c'était le sien, encore plus douloureusement, peut-être. De manière plus intime, plus viscérale, parce qu'il le voit complètement sans défense face aux fureurs et aux brimades de leur père. »

Cluny fit une nouvelle pause et leur infligea une deuxième fois la cérémonie du nez pincé et des lunettes. Frank, Roncaille et Durand prirent patience du meilleur gré : plusieurs fois ces derniers jours, cet homme avait rencontré Jean-Loup, tenté de s'entretenir avec lui, sondé les puits de ténèbres de sa psyché malade, cherché à tirer du passé les explications d'un présent sans futur. Assurément, ses efforts méritaient l'indulgence plénière et générale pour son inoffensive petite manie.

« Malheureusement, je suis incapable de vous dire

quel a été l'élément déclenchant du drame survenu à La Patience, une nuit, il y a quatorze ans. Peut-être aucun en particulier. Peut-être la cristallisation d'un faisceau de causes a-t-elle créé les conditions idoines pour que la tragédie ait lieu. Vous savez comme moi que dans les décombres de la maison incendiée, on a retrouvé un cadavre au visage écorché... »

Encore une pause. Sans rien voir, les yeux du docteur errèrent un moment dans la pièce, non pour fuir les regards des trois autres, mais comme s'il se tenait pour en partie responsable de ce qu'il allait leur dévoiler.

« La personne qui a tué le jeune Alain n'était pas son père, comme on l'a cru, mais Jean-Loup lui-même ! Quand il passe à l'acte ce soir-là, son amour pour lui est devenu si fort – et si délirant – que dans son esprit malade, il juge que c'est l'unique moyen de le délivrer de son "mal", comme il dit. Comme si cette difformité physique était une sorte d'infection, d'empoisonnement total. Après le meurtre vient l'acte symbolique de libération : une espèce de mutilation rituelle et purificatrice, pour nettoyer son jumeau de sa tare. Ensuite, il tue le père et la gouvernante, qu'il tient évidemment pour sa complice. Il agit de manière à rendre plausible l'hypothèse d'un double meurtre suivi d'un suicide. Après quoi, il met le feu à la maison. Je pourrais introduire ici la fonction symbolique du feu et de la catharsis qu'il induit, mais je ne sais pas si ce serait pertinent ou seulement rhétorique. Quand la maison est en flammes, il s'enfuit. Pour le moment, je ne sais rien de ce qui s'est passé dans les années qui ont suivi... »

Roncaille crut bon d'intervenir, histoire de ramener sur terre cette saga de quasi-sorcellerie qui semblait morbidement en suspens dans des limbes surnaturels.

« Grâce aux documents trouvés chez Jean-Loup, nous sommes remontés jusqu'à un compte numéroté en Suisse. Il s'agit probablement d'argent déposé par Marcel Legrand, une somme très considérable, d'ailleurs. Jean-Loup n'avait qu'à connaître le code pour avoir à sa disposition les moyens d'une existence tout à fait confortable. Entre 1988 et sa réapparition à Monaco, sous le nom d'emprunt d'un jeune homme de Cassis disparu dans un accident de plongée, on ne sait pas où il a vécu, mais on sait au moins de quoi. Avec une fortune pareille, il aurait pu passer sa vie entière sans travailler. »

Par la voix de Durand, le ministère public mit son grain de sel.

« Gardons présent à l'esprit que pour tout le monde, il n'y a jamais eu au domaine de La Patience qu'un seul fils Legrand. Donc, la découverte du cadavre d'un garçon de son âge n'a fait soupçonner à personne qu'il pouvait s'agir d'un autre ! De toute manière, l'incendie qui a dévasté la maison a fait disparaître toute trace de ce second fils. Voilà pourquoi l'affaire a été classée après une enquête assez expéditive. C'est ce qui a permis à ce fou furieux d'aller déterrer la dépouille de son frère dans le cimetière de Cassis dès qu'il a su qu'elle n'avait pas brûlé. Et de l'emporter on ne sait où. »

Durand se tut. Après un moment de silence, Frank prit la parole.

« Et la musique ? » demanda-t-il à Cluny.

Le docteur s'accorda quelques secondes avant de répondre.

« Le rapport très particulier de cet homme à la musique est un des points que j'essaie d'approfondir, et qui demandera encore beaucoup de travail. Il semble que le père était un passionné de jazz, doublé d'un collectionneur fanatique d'enregistrements rares. Il semble aussi que la musique ait été le seul îlot de plaisir qu'il se soit concédé, et qu'il ait parfois concédé à ses fils en maigre compensation des épreuves ce qu'il les forçait à endurer. D'où, peut-être, l'ambivalence que nous avions perçue : la musique comme bonheur unique, mais aussi comme annonciatrice d'extrême violence. Au demeurant, cela aussi, c'est un sujet sur lequel la communication est difficile. Quand je lui parle de musique, le malade ferme les yeux et s'abstrait complètement en lui-même. »

À présent, tous étaient suspendus aux lèvres de Cluny ; mais s'il en eut conscience, il n'en laissa rien paraître. Probablement était-il encore impressionné par ce qu'il avait découvert, et même le fait d'en parler le mettait mal à l'aise.

« Ce que je voudrais vous faire observer est un aspect assez subtil de l'évolution de Jean-Loup. Le meurtre de son frère bien-aimé a généré en lui un intense sentiment de culpabilité, ce qui, en soi, n'a rien d'étonnant. Mais c'est une culpabilité inconsciente, dont il ne se libérera certainement jamais. En conséquence, il a estimé – et estime encore – que le monde entier est coupable de la mort d'Alain, et de tout ce qu'il a dû supporter à cause de son visage repoussant. C'est cela, la genèse de la pathologie criminelle de Jean-Loup. C'est ce qui a fait de lui le tueur en série hors norme qu'il est devenu par la suite. Un tueur qui s'est senti redresseur de torts et justicier. Sa démence s'enracine dans un complexe induit par une psychose familiale, dont l'exutoire est la conquête d'une normalité éphémère pour le frère défunt. La vraie motivation de sa série d'assassinats et de l'utilisation des visages des victimes comme masques destinés à parer le cadavre d'Alain, c'est cela : le sentiment d'accomplir un devoir et d'obtenir réparation pour son frère, le pauvre garçon qu'il s'est vu contraint de tuer pour le guérir... »

Le psychiatre parlait les deux mains posées sur les genoux. Il se tut et baissa les yeux vers le sol. Quand il les releva quelques secondes plus tard, les autres y lurent de la pitié.

« Si étrange que cela puisse nous paraître, cet homme a fait tout ce qu'il a fait à cause de l'amour maladif, inconditionnel, sans limite qu'il ressentait pour son frère. Oui, uniquement par amour... »

Sur ces mots, Cluny se leva aussitôt, avec un léger soupir, comme si, en achevant son exposé, il s'était délivré d'un poids qu'il lui était pénible de porter seul. Maintenant qu'il l'avait partagé avec d'autres, sa présence dans ce bureau lui semblait superflue.

« Pour le moment, c'est tout ce que je peux vous dire, messieurs. Donnez-moi encore quelques jours et je vous ferai parvenir un rapport par écrit. Dans l'intervalle, je continuerai à rencontrer Jean-Loup, même si les éléments qui pouvaient éclairer l'enquête sont déjà contenus dans ce que je vous ai dit aujourd'hui. »

Roncaille se leva pour le remercier profusément et lui serrer la main avant de le raccompagner. Quand il passa près de Frank, Cluny lui posa une main sur l'épaule.

« Félicitations, dit-il simplement.

— Félicitations à vous, docteur. Et mille fois merci pour votre aide. »

Le psychiatre répondit par une sorte de grimace qui était peut-être un sourire, ou peut-être une mine modeste. Il adressa un petit signe à Durand qui était toujours assis, pensif, et ne le salua que par un bref hochement de tête.

Quand il eut refermé la porte sur le docteur Cluny, Roncaille reprit sa place derrière son bureau. Frank se rassit et Durand resta plongé dans ses pensées.

Enfin, le procureur se leva et alla regarder par la fenêtre. De ce poste d'observation, il se décida à rompre le silence. Il parla de dos, comme s'il avait honte de montrer son visage.

« Eh bien, cette histoire est finie, dirait-on. Et bien finie. Grâce à vous, Frank. Comme M. Roncaille vous le confirmera, le prince nous a demandé de vous transmettre ses félicitations personnelles pour votre réussite. »

Il fit une pause, qui fut très loin d'atteindre l'effet d'aimantation des silences de Cluny. Enfin, il se retourna.

« Je serai franc avec vous comme vous l'avez été avec moi. Je sais que je ne vous suis pas sympathique, vous me l'avez fait comprendre assez clairement. Et vous ne me plaisez pas beaucoup non plus. Il y a entre nous un abîme que ni vous ni moi n'avons envie de combler. Mais par souci de justice, il y a une chose que je tiens à vous dire... »

Il s'avança et lui tendit la main.

« Je serais heureux d'avoir beaucoup de policiers comme vous. »

Frank se leva et serra la main tendue. Pour le moment, et peut-être pour toujours, c'était le maximum dont tous deux se sentaient capables.

Puis Durand redevint ce qu'il était d'habitude : un haut fonctionnaire épris de protocole, froid, élégant et non dénué d'une discrète fatuité.

« Maintenant, si vous permettez, je vous laisse. Au revoir, Roncaille. Félicitations à vous aussi. »

Quand il eut quitté la pièce, le visage de Roncaille se détendit sensiblement. Surtout, son ton se fit moins formaliste.

« Qu'est-ce que vous allez faire maintenant, Frank ? Rentrer aux États-Unis ? »

Frank fit un geste vague, qui pouvait désigner le néant absolu ou n'importe quel lieu du monde et de la galaxie.

« Je ne sais pas encore, on verra. D'abord, j'ai envie de me balader un peu. J'ai tout le temps de me décider... »

Enfin, ils se dirent au revoir et Frank se sentit autorisé à partir. Sur le seuil, la voix de Roncaille le rattrapa.

« Une dernière chose, Frank...

— Oui ?

— En ce qui concerne le commissaire Hulot et son épouse, je tiens à vous confirmer que j'ai pris les mesures que vous souhaitiez. »

Frank se retourna et inclina légèrement la tête, comme il se devait en face d'un adversaire chevaleresque qui avait su se montrer un homme d'honneur.

« Je n'en ai pas douté un instant, monsieur le directeur. »

Il referma la porte derrière lui, et, en s'engageant dans le couloir, se demanda si Roncaille devinerait jamais que ses dernières paroles étaient un énorme mensonge.

Dehors, bronzés et souriants, Helena et Stuart l'attendaient. Et son avenir.

DERNIER CARNAVAL

Enfin, tout est blanc.

L'homme est assis par terre, le dos contre le mur le plus long d'une petite pièce rectangulaire, les bras autour de ses genoux, et regarde le mouvement de ses orteils dans ses chaussettes en coton blanc. Il porte un maillot et un pantalon en toile rêche, tout blancs, comme les murs entre lesquels il est enfermé. En face de lui, contre la paroi, solidement fixé au sol, il y a un lit étroit en métal tubulaire.

Blanc aussi.

Le lit n'a pas de draps, mais le matelas et l'oreiller sont blancs. Blanche encore, la lumière qui pleut du plafonnier, protégé par un grillage hâtivement peint en blanc. Cette lampe semble la source de la blancheur éblouissante de la pièce.

Cette lumière ne s'éteint jamais.

Lentement, l'homme lève la tête. Ses yeux verts se tournent sans angoisse vers l'unique, minuscule fenêtre, placée trop haut pour qu'il puisse l'atteindre. C'est la seule horloge dont il dispose pour suivre le passage du temps.

Clarté et obscurité. Jour et nuit. Blanc et noir.

Il ne sait pourquoi, mais le bleu du ciel n'est jamais visible.

Sa solitude ne lui pèse pas.

Au contraire, il éprouve une sorte d'ennui chaque fois que du dehors lui parvient un signal du monde. De temps en temps, un soupirail pareil à une chatière s'ouvre en bas de la porte et un plateau est glissé sur le sol, avec de la nourriture dans des écuelles en plastique. Le plastique est blanc et la nourriture a toujours le même goût. Il n'y a pas de couverts. Il mange avec ses doigts et fait glisser le plateau et les écuelles en sens inverse quand le soupirail se rouvre. En échange, il reçoit un chiffon mouillé pour nettoyer ses doigts, qu'il doit rendre aussitôt après.

Quelquefois, une voix lui enjoint de se placer au centre de la pièce et de tendre les bras en avant. On contrôle ses gestes par un œilleton percé dans la porte, puis, quand il est dans la position voulue, la porte s'ouvre et un groupe d'hommes apparaît. Ils lui glissent les bras dans une camisole de force et les attachent derrière son dos, en serrant. Chaque fois qu'on l'oblige à enfiler cette camisole, il sourit.

Il ne lui a pas échappé que ces grands gaillards en vert s'efforçaient de toutes les façons d'éviter son regard. Il sent bien qu'ils ont peur de lui, une peur dont il sent presque l'odeur. Pourtant, ils devraient savoir que le temps de la lutte est fini. Dans la pièce où on le conduit, il l'a dit et redit à l'homme aux lunettes, celui qui veut parler, qui veut savoir, qui veut comprendre.

Il lui a dit aussi, et à maintes reprises, qu'il n'y avait rien à comprendre. Rien.

Il faut seulement accepter ce qui advient et continuera d'advenir, comme lui accepte sans réagir d'être enfermé dans tout ce blanc, jusqu'au jour où, peut-être, il parviendra à s'y fondre.

Non, sa solitude ne lui pèse pas.

La seule chose qui lui manque est la musique.

Plus jamais on ne lui permettra d'en entendre. Il le sait. Alors, souvent, il ferme les yeux et l'imagine. Il en a tant joué, tant écouté, tant respiré, même, que s'il la cherche en lui, il l'y trouve intacte, telle qu'un jour ou un autre elle y est entrée. Les souvenirs faits d'images et de mots, de couleurs passées et de sons rauques, abâtardis par la recherche d'un sens, ne l'intéressent plus, désormais. Dans sa prison, sa mémoire ne lui sert qu'à retrouver comme un trésor caché toute la musique qu'il possède. C'est le seul héritage que lui a laissé cet homme, autrefois, celui qui s'était arrogé le titre de père, jusqu'à une nuit lointaine où il n'a plus voulu être son fils et l'a privé de ce titre en même temps que de sa vie.

S'il se concentre assez, il entend comme s'il était tout près des mains agiles sur une guitare électrique, un solo rageur, pareil à l'ascension fiévreuse et farouche d'un escalier qui tourne sur lui-même, tourne et s'élève, et semble n'avoir pas de fin. Il entend chuinter les balais métalliques sur la peau d'une batterie, ou tomber les mailloches sur les cymbales. Il sent un souffle chaud se glisser par une anche, se frayer un difficile chemin dans le corps tortueux d'un saxophone et devenir voix de la mélancolie, élancement du regret pour une chose belle et douce, possédée naguère, mais qui s'est effritée entre les mains, consumée par le temps.

Il peut se retrouver assis au cœur d'un orchestre, parmi les cordes, dans l'ondoiement ou l'orageuse houle des archets, se glisser à la dérobée dans les volutes sinueuses d'un cor ou du bec d'un basson, sous les leviers d'un hautbois, observer des doigts aux ongles soignés qui s'agitent, nerveux, derrière une harpe comme de petits animaux dans une cage.

Sa musique, parfaite comme toute chose imaginaire, il peut l'allumer et l'éteindre à sa guise. Elle contient tout ce dont il a besoin, son passé, son présent et son futur.

La musique suffit pour vaincre toute solitude. La musique est la seule promesse tenue, le seul pari gagné. La musique est tout, le commencement et la fin du voyage, elle est le voyage même. Il l'a dit à des gens, dans le temps, mais on ne l'a pas cru. Du reste, que peut-on attendre de gens qui entendent la musique, la jouent peut-être, mais jamais ne l'ont respirée ?

Non, il n'a aucune crainte de la solitude.

Et puis, il n'est pas seul. Il ne l'a jamais été et ne l'est pas davantage maintenant.

Mais qui l'a jamais compris dans le passé, et qui, peut-être, parviendra un jour à le comprendre ? Personne. Voilà pourquoi tous ces gens ont cherché si loin ce qui était devant leurs yeux, comme fait le monde entier, depuis toujours. Voilà pourquoi il a réussi à leur échapper si longtemps, à se cacher parmi ces regards trop hâtifs, comme le noir dans les couleurs. Et le blanc aveuglant de sa geôle, aucun d'eux ne pourrait le souffrir sans hurler.

Mais lui n'a pas envie de hurler. Ni besoin de parler.

Il pose sa tête contre le mur et ferme les yeux, les soustrait pour quelques moments à la blancheur trop immaculée. Non parce qu'il la craint, mais parce qu'il la respecte.

Il sourit, cependant que survient, forte et claire, la voix dans sa tête.

Tu es là, Zapp ?

REMERCIEMENTS

Au terme d'un travail comme celui-ci, les remerciements ne sont pas un devoir, mais un véritable plaisir. Aussi, je voudrais remercier l'ambassade des États-Unis à Rome, le *Federal Bureau of Investigation* et la Sûreté publique de la principauté de Monaco pour l'aide qu'ils ont apportée à un homme qui se présentait comme écrivain, mais ne l'était encore que dans sa tête.

Merci à Gianni Rabacchin, assistant de la police d'État à Asti, et au maréchal des carabiniers Pinna, à Capoliveri, qui ne sont pas seulement des noms et des grades sur leurs uniformes, mais des amis.

Il en va de même pour les docteurs Gianni Miroglio et Agostino Gaglio, qui, dans un monde de mandarins, sont d'authentiques gentlemen de la médecine. Et aussi pour le professeur Vincenzo Mastronardi, psychiatre clinicien, criminologue et titulaire de la chaire de psychopathologie légale à la faculté de médecine de l'université de la Sapience, à Rome, qui, malgré ses innombrables obligations, est parvenu à trouver le temps de m'accorder ses conseils aussi précieux que son amitié.

Salut et merci à Alberto Hazan et à toute l'équipe de Radio Monte-Carlo, avec une mention particulière pour Alain Gaspar, qui a « supporté » mes incursions au sens courant et au sens sportif avec un tact et une compétence qui méritent tous les éloges. Et Dieu soit loué pour son italien, tellement meilleur que mon français...

Salut et merci également à mon ami Jeffrey Deaver, qui m'a montré, polenta à la main, qu'un grand auteur peut habiter le même corps qu'un homme aussi simple que sympathique.

Et à propos de livres, merci à Claudia et Alberto Zappa pour des ouvrages « empruntés » peut-être pour toujours...

Merci du fond du cœur à l'équipe de lecteurs composée de Doretta Freilino, Mauro Vaccaneo, Laura Niero, Enrico Biasci et Roby Facini, qui m'ont soutenu et ravitaillé en carburant et en pneus neufs lors de mes nombreux et harcelants arrêts au stand.

Merci à Roberta, toujours présente, toujours triomphante. Comment et pourquoi, si vous permettez, ce sont nos affaires, exquisément.

Merci à Piergiorgio Nicolazzini, mon agent littéraire, qui a accepté de s'occuper d'un aspirant écrivain quasiment « chat en poche ». Pour la même raison, merci à Alessandro Dalai, à Eugenio Rognoni, à tout le personnel de Baldini & Castoldi, et tout spécialement à mon éditeur Piero Gelli pour ses précieux conseils qui m'ont aidé à guérir du « syndrome de Matarazzo ». Et à Paola Finzi, héroïque assistante d'édition qui s'est révélée capable de calmer une de mes crises de nerfs bissextiles.

Si j'oublie quelques personnes, qu'elles sachent bien qu'absentes de cette liste, elles ne le sont pas de mon cœur.

Quant à moi, je crains d'avoir pris ici et là quelques libertés narratives ou géographiques, mais c'est pour le moment mon seul point commun avec certains grands auteurs qui, d'une certaine façon, sont responsables de la présence de ce livre dans les librairies. La précision « pour le moment » n'est pas l'effet d'un sursaut de présomption, mais l'unique petit souffle de doux optimisme que je m'accorde. Rappelons pour finir, s'il en est besoin, que les faits racontés dans ce roman sont purement imaginaires et que les personnages n'appartiennent pas à la vie réelle.

L'auteur non plus, peut-être...

Composition et mise en pages réalisées
par Nord Compo

Achevé d'imprimer par Rodesa en juillet 2004
N° d'édition : 42845
Dépôt légal : août 2004

Imprimé en Espagne